U0844881

陕西省重大文化精品项目

沙城情

解莉芬　张晓康　著

三秦出版社
陕西新华出版

图书在版编目（CIP）数据

沙城情 / 解莉芬，张晓康著 . -- 西安：三秦出版社，2024.12

ISBN 978-7-5518-3123-9

Ⅰ . ①沙… Ⅱ . ①解… ②张… Ⅲ . ①长篇小说—中国—当代 Ⅳ . ① I247.5

中国国家版本馆 CIP 数据核字（2024）第 077840 号

沙城情

解莉芬　张晓康　著

出版发行　三秦出版社
社　　址　西安市雁塔区曲江新区登高路 1388 号
电　　话　（029）81205236
邮政编码　710061
印　　刷　陕西隆昌印刷有限公司
开　　本　787mm×1092mm　1/16
印　　张　40
字　　数　743 千字
版　　次　2024 年 12 月第 1 版
印　　次　2024 年 12 月第 1 次印刷
标准书号　ISBN 978-7-5518-3123-9
定　　价　168.00 元

网　　址　http://www.sqcbs.cn

谨以此书献给为治沙造林和生态文明建设做出贡献的人们！

红色革命从这里走向胜利，绿色生态在这里取得辉煌。

此书讲述了中华人民共和国成立后，在中国共产党领导下，毛乌素沙地的人民为了改变贫穷落后面貌，追求美好幸福生活，把沙漠变成绿洲，创造世界奇迹的故事。

聯合國世界絲路論壇
United Nations World SilkRoad Forum

聯合國可持續發展目標徵文
United Nations Sustainable Development Goals Call for Papers

金獎
Gold Award

獲獎人
Winner

解莉芬 張曉康（中國）

Xie Li Fen Zhang Xiao Kang（China）

獲獎作品 Award-winning Works：
長篇小説《沙城情》

揚州公共外交協會
Yangzhou Public Diplomacy Association
南亞中國友好合作組織
South Asia Chinese Friendship and Cooperation Organization
斯裏蘭卡-中國社會文化合作協會
Association for Sri Lanka - China Social and Cultural Cooperation

頒獎機構
Award organization
聯合國世界絲路論壇
United Nations World SilkRoad Forum
日期：2022.12.16
Date：16，Dec. 2022

序言（一）

张社年

大自然是人类赖以生存和发展的基本条件。尊重自然、顺应自然、保护自然，是全面建设社会主义现代化国家的内在要求。必须牢固树立和践行“绿水青山就是金山银山”的理念，站在人与自然和谐共生的高度谋划发展。党的十八大以来，以习近平同志为核心的党中央以前所未有的力度抓生态文明建设，推动我国生态环境保护取得历史性成就。

当今世界，森林遭受破坏，土地急剧沙化，生态失去平衡，环境污染严重，人类生存和社会发展受到威胁。我国是世界上荒漠面积较大、分布较广、荒漠化危害较严重的国家之一。据历史文献记载，很早以前，东北、华北、西北地区多有森林，水草肥美。千百年来，汉族、蒙古族、回族、藏族、维吾尔族等30多个民族在这里生息繁衍，开拓经营，在中华民族的历史上写下了光辉的篇章。可是，由于历代战争的破坏，随着人口的剧增，人们过度砍伐、开垦、放牧、樵采，大面积的森林与草原沦为裸地，使得大地失去绿色屏障，生态失去平衡，自然灾害频繁，干旱、风沙和水土流失尤为严重。浩瀚无垠的沙漠周边，经常出现沙暴。流沙埋没城镇、道路，侵吞农田、牧场，威胁着水利设施的安全。5世纪十六国之一的夏国国都统万城，已被毛乌素沙地淹没；两千多年前著名的居延城、黑水城已经变成巴丹吉林沙漠中的遗址；驰名中外的丝绸之路南道被千年扩张百余公里的塔克拉玛干沙漠吞没，沿路繁华一时的尼雅、楼兰等许多古城已沦为废墟；长城内外许多地段曾是阡陌纵横、水草肥美的农区和牧场，而在20世纪中期以后，映入人们眼帘的是遍地黄沙和圮城残郭了。

早在秦汉时期，我国劳动人民便开始了改造沙漠的斗争。特别是1949年后，三北地区人民积极进行造林治山治沙，经过28年的探索和实践，国家于1978年启动了三北地区防护林体系建设工程。之后，随着国家经济实力的提升，又于20世纪末组织实施了退耕还林、天然林保护和防沙治沙等举世瞩目的重大生态工程。现在，这些生态工程彻底改变了三北地区的自然样貌，生态、社会、经济效益日益显著，引起国内外各界人士的关注和赞赏。三北防护林工程，被人们誉为“世界生态工程之最”“中国的绿色长城”。

陕西榆林，地处毛乌素沙地与黄土高原接壤地带，是三北防护林建设的典范。榆林沙区人民在中国共产党的领导和国家有关部委的大力支持下，在历届党委政府带领下，克服重重困难，向沙漠展开了英勇顽强的斗争。特别是在党的十一届三中全会路线指引下，沙区广大干部群众大力弘扬自力更生、艰苦奋斗的延安精神和“不畏艰难、敢于斗争，矢志不渝、开拓创新”的榆林治沙精神。以“敢教日月换新天”的英雄气魄，向沙漠进军。经过70多年的奋战，沙区面貌发生了空前变化，如今57.33万公顷（860万亩）流动沙地已全部治理。成林绿洲映沙海，“绿色长城”已建成，库、坝、井、渠大发展，引水拉沙造良田。沙区人民积累了植治、水治和“蓄引提挖兴水利，一改三化造良田（改良土壤、排灌化、林网化、田园化）”的经验。特别是引水拉沙和飞机播种造林种草的治沙技术，为多快好省地开发利用沙漠，建设绿洲和沙区群众脱贫致富开辟了一条新路子。

榆林治沙的基本经验：一是有中国共产党的好政策。中华人民共和国成立以来，党的历届主要领导人毛泽东、邓小平、江泽民、胡锦涛等同志都十分重视植树造林、绿化祖国，并作出重要指示。习近平同志更是提出了“绿水青山就是金山银山”的理念，系统形成了习近平生态文明思想。20世纪七八十年代，即使在经济比较困难的时期，政府仍然调度资金进行三北防护林体系建设。在经济好转后，更是及时地投入巨额资金开展退耕还林、天然林保护、防沙治沙等重大生态工程。正是由于党的政策的指引和支持，榆林沙区面貌的改变才有了前提。二是有不畏艰难、敢于斗争、矢志不渝、开拓创新的治沙精神。面对当时严重的风沙危害，榆林人民知难而进、迎难而上，坚持治沙不动摇；地方历届党委政府一任接着一任干，一张蓝图绘到底，不断创新治沙思路，科学探索治理模式，采取乔木、灌木、草结合及植治、水治、风治结合的方式，从防沙治沙到护沙用沙，再到绿色发展，创造了防沙治沙的中国经验。三是有沙区广大干部群众和科技人员的辛勤付出。70多年来，他们不畏严寒酷暑，顽强不屈地与干旱和风沙拼搏抗争。

治沙英雄李守林、杨增占、牛玉琴、石光银、杜芳秀、漆建忠、杨忠信等，就是他们当中的突出代表。正是他们这种宝贵的精神，才使榆林沙漠变成了绿洲，人民生活得到了极大改善。

《沙城情》这部小说，是习近平生态文明思想的生动体现，也是人与自然和谐共生的经典之作。它真实地记录了沙区的党政部门和人民群众在党中央的领导下，经过几十年的艰苦奋斗，取得了举世瞩目的治沙成就这一伟大历史进程，描绘了以黄振华为代表的干部群众和科技人员，用坚定的理想和几十年始终如一的努力实干，用辛勤汗水和坚持不懈的奋斗精神谱写了艰苦奋斗建设家园的历史篇章，也细致地描写了陕北的风俗习惯和风土人情，叙述了生活在那里的人们曾经的欢乐、艰辛和幸福，让我们仿佛又回到了那个艰苦创业、顽强拼搏的火热年代。

（张社年：陕西省第十一届政协副主席，陕西省三秦文化研究会会长；曾任陕西省财政厅厅长、陕西省林业厅厅长、延安市市长等职）

序言（二）

陈 彦

在广袤的陕北大地，作者解莉芬和张晓康深入生活，历经五年，共同撰写了一部长达70万字的长篇小说《沙城情》。它如一幅壮丽的画卷徐徐展开，为我们呈现了半个多世纪以来榆林人民治理毛乌素沙地和建设三北防护林跌宕起伏、可歌可泣的奋斗历程。

每个时代都有自己光辉的印记，每个光辉的时代都有值得讴歌的故事。《沙城情》这部长篇小说以科技人员代表黄振华的人生轨迹为主线，生动地展现了不同人物在时代洪流中的命运起伏与价值追求。故事从解放后的驼城开始，描写了从解放初期至改革开放这一历史时期，陕北人民饱受毛乌素沙地的侵袭，贫穷与落后如影随形。然而，他们并未屈服。他们共同的目标是改变沙区贫穷落后面貌和水土流失。在当地党政领导的正确决策下，科技人员无私奉献，人民群众艰苦奋斗，从修渠打坝到林场建设，从飞播试验到引水拉沙，从治沙试验站到治沙研究所的组建，从“谁治理谁受益”的治沙政策到几十万群众进军沙漠，从那个特殊年代的磨难到三北防护林建设的辉煌，一张蓝图绘到底，每一个阶段的治沙事业都凝聚着无数人的心血和汗水。

故事中人物形象鲜明，他们的情感纠葛与治沙事业相互交织，使故事充满了张力。黄振华的坚毅、赫冬梅的坚韧、成森父女的奉献，以及众多治沙英雄的拼搏，共同铸就了驼城的辉煌。在追求知识与进步的过程中，不断探索新的治沙方法；在追求爱情与幸福的同时，为这片土地带来了温暖与希望；他们在劳动与致富的道路上，用汗水浇灌出了沙漠中的绿洲。他们的故事，是一部波澜壮阔的奋斗史诗，一曲荡气回肠的生命赞歌，一部关于信念、爱情、奉献与奋斗的传奇。

这部小说以真挚朴素的语言，描写了普通人民群众的生活；以满怀热情的笔触刻画了那个时代的精神面貌；以丰富多彩的画面反映了当地的风土人情。他们创造了人类生态文明史上的世界奇迹。在这个快速发展的时代，我们需要这样的故事，激励我们爱护环境，为建设美丽家园而奋斗。

《沙城情》是一部充满正能量的作品，它激励着我们在面对困难时勇往直前。让我们一同走进《沙城情》的世界，感受那炽热的沙城情怀，汲取那份坚韧不拔的力量，为地球人类生态文明建设做出中国的贡献。

（陈彦，第十四届全国政协常委、中国作家协会副主席、中国戏曲家协会副主席）

序言（三）

雷　涛

沙漠，号称“死亡之海”。荒漠化被称为“地球的癌症”。然而，被毛乌素沙地包围的榆林人民，在中华人民共和国成立后短短几十年里，以非凡的勇气和智慧，展开了前所未有的“人进沙退”的撼天地、泣鬼神之战，将沙漠变成绿洲，使我国绿色版图向北延续了四百多公里，创造了世界奇迹！

长篇小说《沙城情》用70余万字，讲述了沙区人民这几十年的苦难和艰辛，描写了几代治沙人可歌可泣的奋斗历程，展现了当地风俗民情，尤其是陕北人柔中有刚、坚韧不拔、不达目的不罢休的个性特点。故事情节生动细腻，语言文字朴实自然，人物塑造个性突出。通篇体现了主人公从新旧社会的对比中，感党恩，跟党走，努力改变家乡落后面貌、建设美好家园、追求幸福生活的“乡情”，对母亲的孝和兄弟姐妹的“亲情”，还表现了几对年轻人荡气回肠、生离死别的“爱情”，以及对朋友和同事的“友情”，这使小说充满了跌宕起伏的层次感、悲欢离合的幸福感和有舍才有得的充实感。其中的人情味自不必说。当今中国，要建设生态文明，增强民族自信，讲好中国故事，努力实现“中国梦”，长篇小说《沙城情》，就是一本值得阅读的好书。

（雷涛：曾任陕西省政协常委、文化教育委员会主任及省作家协会党委书记、副主席，著名文化学者）

序言（四）

李 震

榆林对毛乌素沙地的治理，不仅成功遏制了土地沙化、荒漠化，彻底逆转了三北地区和黄河流域生态恶化的趋势，还为人类战胜沙漠、改造自然、创建生态文明提供了中国范本。这一创举凝聚了半个多世纪以来几代科学家和榆林人民的辛劳和血汗，构成了一部可歌可泣的奋斗史、创业史和心灵史。长篇小说《沙城情》是作者解莉芬和张晓康在长期调研、深入考察和亲身体验的基础上创作的，用生动的故事、细腻的笔触和广阔的视野，将这段历史真实生动地再现。

小说通过塑造黄振华、赫冬梅等一组艺术形象，力图还原从新中国成立以来到21世纪初的几十年中，几代榆林治沙英雄、林业科学家和党政领导历经艰辛，克服千难万险，无私无畏、矢志不移地去改变生存环境，造福人民的坚强意志和强大创造力。小说没有在宏大叙事框架中进行叙述，而是在不同时代气息和陕北独特的风土人情中，有血有肉有温度地展示了这一震撼全世界的伟大创举，既是一曲充满历史沧桑感的进行曲，又是一曲包含爱与人间冷暖的情歌，更是一部人类征服荒漠、守护家园、创造美好未来的英雄赞歌。

（李震，中国文艺评论家协会理论委员会副主任，陕西省文艺评论家协会主席、陕西师范大学文学院教授、博士生导师，茅盾文学奖评委）

序言（五）

李　星

小说《沙城情》用70余万字，讲述了老一辈林业治沙科学家和陕北人民愚公移山、艰苦奋斗，使毛乌素沙地由黄变绿的英雄事迹，是一曲可歌可泣的陕北人民征服沙漠的奋斗者之歌，也是一部人类治理荒漠、保护和美化地球家园的壮丽史诗！

小说历史跨度大，气势恢宏，情节生动，故事跌宕起伏，具有催人泪下的艺术力量。已经引起了联合国世界丝路论坛的关注，并获得世界丝路论坛联合国可持续项目金奖。

（李星，中国小说学会副会长，陕西文艺评论家协会副主席，陕西生态文学研究会副会长，陕西图书评论学会副会长，陕西省作家协会常务理事，当代文学研究会常务理事，陕西省影视评论学会常务理事。曾担任“茅盾文学奖”评委，享受国务院特殊津贴）

目　录

第一章

驼城，是塞外古城，东依驼峰山，西临驼溪河，北锁红石峡，南带驼阳水，地处长城脚下，自古以来就是北部军事要塞。这里历史悠久，人文荟萃，民风淳朴，早在远古时代已有人类活动，五百年前逐渐成为陕北的政治、经济、文化中心。

驼城，因坐落在驼峰山下，城外是沙漠，城里养骆驼，且祖辈人以骆驼作为交通工具进行边贸生意而得名。特殊的地域生态和人文环境，形成了当地特有的沙漠草原文化、古城文化、黄土风情文化和陕北革命文化，呈现出一幅绚丽灿烂的历史人文画卷。

驼城，也是被毛乌素沙地包围的塞外沙城。秦汉时期，这里还是“沃野千里，仓稼殷实，水草丰美，群羊塞道”的农牧区。大夏赫连勃勃在白城子建都时，还是“临广泽而带清流”。唐代以后，由于过度开垦，这里逐渐变为“无定河边数株柳”“风沙满眼堪断魂”和“茫茫沙漠广，渐远赫连城”的景象。中华人民共和国成立前，人们乱砍滥伐，破坏植被，导致土地沙化，百姓贫困。由于生态环境恶化，驼城也不得不三次南迁。

驼城周边的村庄，受到风沙侵袭压埋，很多地方已经不适宜人类居住，城东的城墙被黄沙湮没，形成沙海，流沙蔓延。驼城到内蒙古的公路全部被埋在沙底，河床也被流沙堵塞，高出地面。沙区所有的河流终年浑浊，带着大量泥沙流入黄河。整个长城沿线形成了沙进人退的悲惨局面，原来非沙漠的地方也演变成浩瀚沙海。黄风肆虐，从春刮到冬。

1939年仲夏的一天，少见的蓝天白云，晴空万里。自从抗日战争爆发以来，日本飞机越过黄河，飞到驼城上空。小孩子们好奇地指着天上的飞机。随着“轰轰轰”的爆炸声，日本飞机扔下炸弹，炸毁了房屋，炸死了百姓。大人们惊慌失措，眼看着日本飞机狂轰滥炸，却无能为力，只能拉着孩子四处逃散。

住在驼峰山上窑洞里的黄家，听到日本飞机的轰炸声，母女俩跑出来，母亲着急地说："日本飞机又来轰炸了，不知你弟弟在学校怎么样，急死我了！"12岁的女儿说："妈，你别着急，我到学校去看看。"说着头也不回地向门外冲去。窑洞里的男人跑出院子。这是一个身形消瘦、五官俊俏的后生，约莫30岁，脸颊稍稍塌陷，身体像是被病痛掏空了一样。女人说："家旺，你拖个病身子跑出来干啥？快到屋里躺着。"她边说边把男人扶进屋里。男人说："齐英，我的病好多了，本想这几天天气好，我还能到蒙地去把这些货物卖了，你看这日本飞机轰炸驼城，我走了都不放心。"齐英关心地说："休养两天再走吧。我们这里离防空洞很近，你不用担心，倒是振华每天去上学，让我不放心。""唉！兵荒马乱的，实在不行，这几天不要让振华上学了。"黄齐英说："清秀这孩子挺上心的，每天操心着接送弟弟上学。"黄家旺反驳道："清秀再懂事，也还是个孩子，飞机上扔的炸弹是长眼睛的，专瞄准着人往下扔，还让振华上啥学？你身子重了，怀着孩子，行动也不方便，还是让两个孩子在家待着吧。"黄齐英宽慰他说："你放心吧，日本飞机也是挑天气的，刮风下雨天，它飞不过来的。"

黄家旺去蒙地一个多月。这天，一同去的几个边商回来给齐英捎话，说他哮喘病犯了，病倒在十里沙的驿马城。听到消息后，黄齐英一家很着急。清秀装作什么也没有发生，拉着弟弟上学去了。

到了学校门口，黄清秀对弟弟说："振华，放学后姐姐不来接你了，你自个儿回家。我要去十里沙驿马城找爹去。"黄振华看着昏暗的天色，担心地说："姐姐，要刮黄风了，你路上小心点。"

十里沙漠，沙尘暴肆无忌惮地刮着，黄沙遮天蔽日，伸手不见五指。肆虐的沙粒无情地打在黄清秀稚嫩的脸上，沙尘黑压压地笼罩着，很快，她眼睛就睁不开了，连呼吸都成了极其困难的事情。黄清秀在沙尘暴中迷失了方向。风沙的袭击加上害怕，她不由自主地喊道："爹！爹！你在哪儿？爹！十里沙驿马城到底在前面还是后面？……"

一双绿色的眼睛，在黄沙中闪动。一只饿狼尾随着，慢慢露出了锋利的獠牙，紧紧地盯着黄清秀，紧接着，第二只、第三只从黑色的沙尘暴中慢慢显现出来，向黄清秀扑过来。这12岁的女孩，善良懂事的黄清秀就这样成了群狼的美餐。

窑洞里，黄齐英挺个大肚子正在纺毛线，见到儿子独自回家，清秀却不见了踪迹，便问儿子姐姐去哪里了。8岁的儿子黄振华对母亲说："我姐姐听说爹爹在回家的半路上病倒了，她去十里沙驿马城接我爹去了。"黄齐英一怔，大声喊道："她不要命了！这黄风天，她上哪儿找你爹？"随后一骨碌从炕上爬下来："快去你大舅家，让他们把你姐姐找回来！"8岁的振华也害怕起来："好！好！我马上就去告诉我舅舅。"一溜烟地跑出了门。

傍晚，沙尘暴渐渐停了，黄齐英挺着大肚子，在窑洞前的院子里收拾柴火准备做饭。猛一抬头，却望见黄家旺和伙计拉着两个骆驼回到了家。

黄家旺："齐英！老婆！我回来了！"齐英看见丈夫回来了，又惊又喜，忙把手上的柴火放在地上："听说你病在半路上，我和孩子们都急死了。"

黄家旺吩咐伙计把货卸掉，转眼看到孩子没在家，问道："孩子们呢？"

黄齐英回道："和你随行的商家说你病在路上了，清秀不放心，自个儿跑到十里沙驿马城接你去了。我让振华去他大舅家传话，让把清秀找回来，到现在也没见个人影。"

黄家旺："啥？今天那么大的风，怎敢让娃娃们出去？你这个妈咋当的！咳……咳……"

黄齐英："你这病身子，快回家躺着。我正准备做好饭，去他大舅家找娃娃们去。"说完就扶着黄家旺躺在炕上。正说着，齐大舅领着黄振华进了门。

齐大舅："大姐……"

黄齐英："大弟、振华回来了，清秀呢？找回来了吗？"

黄振华大哭起来："妈，我姐姐遇着野狼了，她死了……"

黄齐英："胡说！她怎么会……"

齐大舅："我和二弟、三弟找到了清秀的鞋和尸骨……"

躺在炕上的黄家旺听见这消息，一下从炕上坐了起来，紧接着一口血就喷了出来，把炕上的被褥溅红了一大片。众人哭喊着过去扶他。黄家旺看见了清秀的鞋，上面还有清晰的血渍，突然用尽了最后的力气："我，的，秀……"随即两眼发直，人直挺挺地向后面倒去。

黄色的土丘旁边竖着两个坟头，两块墓碑上分别写着"夫君黄家旺之墓"和"爱女黄清秀之墓"。墓前黄齐英哭道："你们走了，留下我们孤儿寡母怎么活呀……"

齐大舅和齐二舅扶着黄齐英："大姐，节哀吧，你还怀着身孕，你要坚强，你还有振华呢！"跪在墓前的黄振华被小姨和三舅扶起来。

黄齐英擦干了眼泪："我的儿，起来吧，你要好好念书，学会识文断字，在城里当个教书先生，再也别走西口，别和这片可恶的沙漠打交道了！……"黄振华披麻戴孝，在娘的拉扯下，慢慢地站起身来，望向旁边无尽的沙漠，心里的悲伤化作对黄沙的恐惧与憎恨。

十年后，驼城迎来和平解放。

1949年5月，刮了半年的黄风随着春天的到来终于停下了脚步。数量不多的断头柳，借着阳光雨露发疯似地抽出枝条，萌发出绿叶，展现出旺盛的生命力。这个被毛乌素沙地包围着的塞外古城——驼城，也灰头土脸地露出了尊容。尽管风沙无情地掩埋了道路，摧毁了庄稼，吹倒了草屋，使多少人流离失所……不屈不挠的驼城人，还是在这个春天，以喜悦的心情迎来了驼城的和平解放。

驻扎在驼城的国民党部队，在共产党领导的解放战争三大战役取得决定性胜利、全国许多大城市相继解放的情况下，举行起义，使古城的建筑和人民免于战火的破坏与摧残。

以驼城农校校长身份作掩护的中共地下党领导人季伯贤，参加了共产党与国民党驻驼城军队代表举行的和平谈判。双方在谈判之中达成共识，驼城的和平解放取得成功。

在高高的驼峰山上，巍然矗立着古色古香的梅花楼，它像一座灯塔照亮了驼城，也点燃了驼城人的希望。因为驼城农校梅花楼就是中共地下党的秘密据点，现在解放了，她的身份终于可以公开了。

1949年5月30日晚，教育家、驼城中共地下党领导人季伯贤彻夜未眠，解放军入城仪式还有许多事要准备。虽然和平解放取得成功，可一直在国民党军阀控制下的驼城，会不会有顽固分子捣乱破坏？如何通过组织欢迎解放军入城仪式，增进驼城人民对共产党和解放军的理解和拥戴？……许多事情要在第二天的会上安排、落实，必须要做到万无一失。

5月31日清晨，季伯贤的学生兼秘书——共产党员黄振华走进季校长的办公室，告诉季校长，开会的人到齐了。

季校长看了看表，郑重地说："这次驼城的和平解放，多亏了大家的共同努力。明天我们的解放军进城，可不能出一点儿问题。"

黄振华说："同志们已做了充分的准备，就等着在会上研究汇报。"

季伯贤问："还有什么没想到的问题，大家也要认真在会上研究、补充。你母亲在和平谈判中作为人民代表，表现很出色。今天开会她来了吗？”

黄振华笑着说：“来了，自从入了党，她表现更积极了。”

季伯贤拍了拍黄振华的肩膀：“人民群众是我们共产党人的根。一切为了群众，一切依靠群众，这是毛主席一直倡导的群众观点。”

1949年6月1日，这天是农历的端午节。一大清早，米粮市顶的牌楼下边，不断传来卖粽子和卖花绳、香包小贩的叫卖声。牌楼旁边，住着曾经非常显赫、如今逐渐破落的大户——赫家。一进大门，边上是骡马车夫住的房子；二进门，院子旁边是上马凳和供奉土地爷的神坛；三进门，里面是个标准的大四合院，四合院有穿廊连接的南北正房各五间，东西两边各三间厢房。四合院的四个角，又套着四个院：土地院、书房院、磨坊院和灶房院。祖上分给赫家大爷的是五间正北房和三间东厢房，还有书房院和灶房院；给赫家二爷分的是五间南房、三间西厢房和磨坊院。由于赫大爷和大奶奶早年抽大烟，把三间东厢房和书房院换了大烟土抽了，两口子去世后，只留下五间正北房给两个儿子住。

赫二爷因为生意做得好，加上有一个家境殷实的岳父，赎回了赫大爷的三间东厢房和书房院。谁料到，做生意没有事事如意、一帆风顺的。就在赫二爷蒙地边贸生意做得风生水起时，整整八骆驼的皮货，一夜之间被店主伙同强盗偷走了。赫二爷报官追查，然而旧社会兵荒马乱，无人顾及老百姓的是非冤情。赫二爷一气之下，无颜面对妻儿，寻了短见，客死他乡，给妻子和年幼的儿女们留下沉重的债务。

赫二奶奶典当了房产、首饰，为丈夫还债。好在她有一个可靠殷实的娘家，爹爹和弟兄们为她还了债，把房产赎了回来。现在儿子赫启祥也做了生意，逐渐还清了舅舅们的债务。大女儿赫彩莲也当上了迎宾饭店的老板娘。家境不算宽裕，但日子也能过得去。赫二奶奶和两个小女儿赫春兰、赫冬梅仍然住在祖上留下的南房，儿子赫启祥和新媳妇住三间东厢房。二女儿赫春兰，今年18岁，长得眉清目秀，温柔善良，能做一手好针线活，心灵手巧，是母亲的好帮手。小女儿赫冬梅性格活泼，胆大心细，做事果断。母女仨靠纺毛线、揽点针线活儿贴补家用，还靠给儿子家和大女儿家看孩子、做饭，接济着过日子。

这天清晨，小女儿赫冬梅从里屋挑起门帘出来说：“一清早就听见你们干上活了，吵得人连觉也睡不好。”

正在外屋炕上包粽子的母亲不高兴："你二姐不让叫你起来干活，想让你多睡会儿，你倒怨上了。赶快梳头洗脸，去给你大姐家送粽子去！"

赫冬梅突然想起了什么事儿："对了，今天我约了同学去南城门欢迎解放军入城，庆祝驼城和平解放！"

母亲一听说去欢迎解放军，用命令的口气说："不许去！听人家说，解放军进城一人要配一个女学生，你还上赶着去！"

赫冬梅嘲笑母亲道："那都是国民党的反动宣传，你也信！"

赫春兰从锅里拿出了粽子，剥了皮，浇上了蜂蜜，递给赫冬梅："快吃粽子，吃完了给大姐送粽子去。"

赫冬梅对二姐说："二姐，你也去吧。"

母亲生气地说："你还敢拉你二姐去，你也不许去！"

赫春兰给赫冬梅使眼色："二姐不去，你快去快回。"

赫冬梅明白，二姐这是让她借给大姐家送粽子的机会出门，参加欢迎解放军入城活动。

驼城的大街上热闹非凡，城乡人民敲锣打鼓，扭着秧歌欢迎解放军进城。赫冬梅拿着三角彩旗，在欢迎队伍里跟着人群高喊着口号。

解放军排着整齐的队伍，扛着枪，骑着马进了城，唱着《三大纪律　八项注意》，雄赳赳、气昂昂地走在大街上。路两边的群众摇着小彩旗，呼喊着口号，欢迎解放军。

赫冬梅和小学同学张润美，手拉着手穿过人群，走到大街另一头，看见解放军文工团文艺女兵，正在说快板："天亮了，解放了；解放军，进城了。共产党，像太阳，照到哪里哪里亮。毛主席，为人民，他是人民的大救星，领导人民闹革命，当家做主成主人。蒋介石，推翻了，恶霸军阀消灭了。新中国，成立了，人民政权建立了；妇女们，解放了，男女平等爱劳动。解放军，有纪律，三大纪律要遵守，八项注意要牢记！"

一个长得漂亮穿着军装的女兵报幕："下一个节目，《兄妹开荒》……"

冬梅说："这些女兵真神气，长得还那么好看！"

润美问："怎么，你也想当女兵？"

冬梅说："我要是能成为她们中的一员，这辈子真活得值了！"

这俩天真热情的小女生，带着崇敬的心情，跟着解放军文工团，看了每一场演出，直到解放军进城仪式结束，文工团女兵回到了自己的营房，她们才拖着疲惫的身体回家。

赫冬梅一进家门，拿起茶壶倒了杯水，一口气喝完。

母亲看到冬梅就说："今天端午节，一大早出去，给你大姐家送粽子，到后晌才回来。这一天你都到哪儿疯去了？"

赫冬梅兴奋地说："去看解放军进城了，还看了解放军文工团表演的节目。"

母亲生气地说："这么大姑娘，你不怕当兵的把你抢走？"

"人家解放军遵守三大纪律、八项注意，不拿群众一针一线，还能调戏妇女？听解放军说，妇女解放，男女平等，劳动光荣，要打倒欺男霸女、剥削欺压人民的恶霸！"

"听谁说的？"母亲疑惑地问。

"听解放军文工团女兵宣传时说的。"冬梅认真地答道。

"能有这么好的队伍？不是说解放军进城一人配一个女学生吗？"

"我回来的路上，看见解放军给老百姓家里担水扫院，可好了！"

母亲问："共产党不是要共产共妻吗？"

"解放军是老百姓的军队，毛主席领导的共产党，是为人民谋幸福打天下的。什么共产共妻？二姐，你怎么不去看看？"冬梅说。

春兰说："我听到外面锣鼓喧天，妈不让我出去！"

"你还想拉上你二姐和你一起疯吗？"母亲反驳道。

春兰从锅里拿出粽子说："今儿是端午节，妈给你留的粽子，跑出去一天了，饿了吧？赶快吃。""饿死我了！"冬梅这一天又饥又渴，狼吞虎咽地吃起了香甜的粽子。

驼城解放几个月以来，各项工作都进展顺利。季伯贤收到了到北京参加中国人民政治协商会议的通知。为开好这次会议，做好提案，他安排黄振华进行了一个多月的调查研究，做了充足准备。

驼城农校梅花楼季校长办公室里，黄振华将写好的调研报告初稿交给了季校长，放在了他的办公桌前。黄振华说："季校长，这是我们《关于治沙造林建立陕北防护林的调研报告》的初稿，请您审定。"

季校长说："你请坐。毛主席在陕北的时候，就非常重视植树造林工作。当年陕甘宁边区永安县的县委书记，通过调查研究，提出了'多种一棵树，多养一只羊，多积一斤粪，多打一斤粮'的口号。他带领群众兴修水利，开展了植树造林活动，开荒草滩地，种上沙柳、柳树、柠条等，造林种草近千亩，发展农林牧生产，改变了地瘠民贫的面貌。因此，曾获得毛主席亲笔书写的‘实事求是，不尚空谈’的褒奖。”

黄振华说：“为写好这个调研报告，我还查阅了大量的历史资料。驼城从唐代以后，由于大面积的开垦，人口增长超过了土地的承载能力，生态环境恶化，驼城也不得不三次弃城南迁。”

季校长说：“旧时代人们乱砍滥伐，破坏植被，导致土地沙化，百姓贫困。这样的状况，新中国必须要改变，要让老百姓过上好日子，要让我们的生态环境得到改善。”

黄振华说：“据调查了解，在距今100多年时间里，流沙越过长城南侵50多公里，吞没农田牧场8万公顷，沙区仅有的11万公顷农田处于风沙包围之中，26万公顷牧场沙化、盐渍化严重。沙区中有6个城镇和421个村庄，被风沙侵袭掩埋。直到今天，驼城沙区林草覆盖率仅有0.9%，驼城东城墙被沙湮没，形成沙海孤岛，流沙蔓延到城南50公里的鱼河峁。驼城到内蒙古的公路全部被埋在沙底，驼溪河河床因流沙填塞，高出地面1米多。沙区所有的河流终年浑浊，每年向黄河的输沙量高达1.9亿吨。整个长城沿线形成了沙进人退的局面。”

季校长感慨：“黄沙飞扬，沙海茫茫，草无生根土，鸟无落脚树。农民纵然是广种百顷地，结果还是家无隔宿粮。住柳把房，吃糠菜汤，穿烂衲袄，走路穿沙梁。沙区人民祖祖辈辈在沙漠中挣扎苦斗，沙逼人退，生计艰难，民不聊生。这样的日子不能再继续下去了。这次我到北京开会，一定要把这个调研报告作为提案转呈给党中央和中央人民政府。陕北的建设问题、治沙造林问题，必须引起各级部门的高度重视并妥善解决。”

8月的一天，赫冬梅的同学张润美跑来找她，拉她到大门口对她说，现在新政府要招聘女医生、女干部呢，只要有文化，识得字，年满18岁都可以考。

赫冬梅问润美：“我们不到18岁，能让我们考吗？”

润美：“我们上学去呀！驼城师范和驼城农校招生呢，我准备去考试，你去不去？”

两个小女生憧憬着美好的未来，她们商定，瞒着家里报考驼城师范学校。

回到家里，赫冬梅兴奋地将从润美那儿得来的消息告诉了二姐赫春兰：“二姐，我和同学约好了，去考驼城师范学校，我想毕业后当一名老师。现在政府招考女干部、女医生。你是我们三姐妹中学习最好、模样最俊、最有文化的。今年你正好18岁，去考个医生或干部多好啊！”

春兰说："是挺好的，可妈肯定不会同意的。你能想到什么好办法吗？"

冬梅想了想说："我打问好哪天考试，就说大姐叫你去量衣服什么的。"

春兰高兴地同意了。

清晨的古城，百废待兴，街面上到处贴着"天亮了，解放了，人民当家做主人！""共产党万岁""毛主席万岁"等标语。路上行人喜气洋洋。在一座旧式学校大门上挂着标语："驼城师范学校入学测试。"

赫冬梅坐在教室里参加了笔试，考完笔试又参加面试。

办公室里，老师问："你们家有几个人？""你为什么要考驼城师范学校？"赫冬梅一一作答。

赫冬梅考完试进了家门，被不知情的母亲一通数落："回来了？你这么大个姑娘，不在家里学学女红，你去扫盲班当老师不是完事了吗？怎么一天到晚还在外边瞎跑？"

冬梅不理会母亲，想要找二姐分享自己的快乐，就问："我二姐呢？"母亲示意在里屋："劝劝她！"

赫冬梅冲进里屋，见春兰正在哭，就问："二姐，你怎么了？"听见母亲在外屋喊："有什么委屈的！你忠善哥老实忠厚，又有银匠手艺，你嫁他还能过不了日子？"

赫冬梅听到这话，吃惊地问二姐："妈要让你嫁给忠善哥？"

冬梅气愤地冲出屋，质问母亲："妈，我二姐是有文化的人，新政府正需要有文化的女干部、女医生。你让她成天在家干家务，还包办让她嫁给忠善哥，这不是毁了她吗？"

母亲更生气了，骂道："你一个人出去疯还不够，还要挑唆她也出去疯？男大当婚，女大当嫁，女人到了年龄都得嫁人！"

冬梅与母亲讲理："这是新社会，我二姐现在比我大姐出嫁的时候还小呢。"

母亲反驳她道："你大姐挑三拣四，耽误到了二十几岁，一嫁进门就当几个孩子的后妈，还好吗？你就死了心吧，和媒人说好了，后天就订婚！"

冬梅说："你这是包办婚姻！我二姐不同意，你不能这么做！"

母亲反驳："反了你了！一天到晚在外边瞎跑，学了什么好？还敢干涉你二姐的婚姻！"

冬梅气呼呼转身回里屋说："二姐，我可给你打问好了，后天上午考医生。"

春兰擦干眼泪，似乎看到了希望，好奇地问："我从未给人看过病，一点经验也没有。怎么办？"

冬梅说："我问过了，驼城要成立人民医院，缺医生，只要高小文化程度就可以，考上后一边工作一边学医。"

春兰问："可是妈定在后天给我订婚，怎么脱身呢？"

冬梅说："我去找大姐，让大姐劝劝她！"

迎宾饭馆，大姐赫彩莲正在招呼着客人，见冬梅进来，拉她到一边问："试考完了，考得怎么样？"

冬梅回答："数学、政治考的题我都会，就是语文不会写的字太多。"

彩莲说："高小都没上过，就敢考师范，你够胆大了。你看那桌，他家小姐高小毕业，考完试见了她爹就哭，说政治考的题一个都不会。"

冬梅得意地说："满大街贴的标语'毛主席万岁''共产党万岁'，解放军文工团到处宣传，她还不会，只能怨她自己太孤陋寡闻！"

彩莲招呼着常来吃饭的一位顾客："吃好了？"

那人答："贺福堂师傅的厨艺太好了！吃了一顿，想第二顿、第三顿，会让人吃上瘾的。"

彩莲说："当年驼城驻军的胡大长官也是这么说的。"

那人回答："说起胡大长官，当年可是你这里的座上客，人家识时务，早早起义了，现在还在新政府里做大官哩！"

彩莲说："是啊！识时务者为俊杰，人家认得清形势！下次你想吃了，再来！"送走顾客，彩莲来到冬梅身边。

冬梅笑着对大姐说："大姐都会说'识时务者为俊杰了'。"

彩莲说："见得多了，就识得广嘛。你都敢考师范学校了。"

冬梅说："我可是背着妈考的。唉！我识那几个字，还是二姐教我的。当年我们住在乡下，妈说我小，兵荒马乱，学堂太远。还是在你争取下，才让二姐上到高小毕业。现在新政府正在招女干部、女医生，有文化的，年满18岁，就可以报考。大姐，你劝劝妈，让二姐去考新政府的干部和医生吧，别让二姐嫁给忠善哥！"

贺福堂出了厨房看到冬梅："冬梅来了？"

冬梅说："姐夫，你辛苦了！"

贺福堂问："听你姐说，今儿上午考师范学校了？劳苦功高！司徒！快给冬梅盛碗粉汤，拿盘包子来！"然后对彩莲说："让冬梅坐下先吃饭，考了一天试，多伤神！"

两位客人进来了："贺师傅！来一盘酿茄子、粉蒸肉、肚丝汤，两碗米饭！"

贺福堂说："好的，您先请坐，喝点茶，稍候！"转身回厨房。

司徒端着盘出来："冬梅，快吃！"说完就去招呼客人了。

彩莲对冬梅说："你知道忠善父母死得早，他一直在咱家住，二十好几了，说不上媳妇。在外边找媳妇，那还不得一笔彩礼，妈又拿不出，怎么办？"

赫冬梅道："那也不能让我二姐做牺牲吧！"

彩莲解释："妈那天发愁地说，你忠善哥的婚事不解决，她没法向死去的二姨交代。唉！这主意还是我出的呢。"

"大姐，你咋出这么个主意？二姐她不愿意呀！"

楼上有人喊："老板娘！大小姐醒了！"

赫冬梅说："大凤醒了，我上去看看，记得回家劝劝妈！"

彩莲点头说："我抽空回去！"

家里，大哥赫启祥、嫂子金玉珠和母亲、春兰正在吃中午饭，炕桌上摆着饭菜。母亲喊："冬梅！吃饭了！"春兰说："冬梅被同学叫走了。"赫启祥问："你没问问，她去哪儿了？"

母亲抱怨说："一天到晚在外边瞎跑，你这当大哥的，也该管管你小妹了，快十六岁的大姑娘还这么野，将来谁敢娶她？"

门响了，冬梅进了家门："我回来了！"

赫启祥问："你去哪儿了？"

赫冬梅自豪地说："去看驼城师范学校的录取榜，榜上有我的名字。"全家人用惊奇的眼神看着她。

赫启祥问："你说什么？"

赫冬梅说："我考上驼城师范学校了！"

赫启祥："哈哈，这可是咱家里的大喜事！"

母亲问："你什么时候考试了？你妈我可没钱供你上学！"

赫启祥说："大哥供你！"

嫂子金玉珠不高兴，拿眼睛瞅了瞅赫启祥，低声说："就你开百货铺赚的那几个钱，都不够日常开销，还能供两个学生上学？"

赫启祥说："吃你的饭，别说话！"

赫冬梅说："听说上师范学校是免学费的，还给发奖学金。"

母亲反对："我不答应你上学！老话说得好，女子无才便是德。"

赫启祥说："妈，现在是新社会，小妹学出来就是教书先生，现在叫老师。老师就是公家人，由国家给发工资。小妹有了前程，这是多好的事！"

母亲暗自笑了："女人还能做公家人，还能奔前程？"

赫启祥说："妈，共产党讲男女平等，男人能做的事，女人也能做。"

母亲："真是翻了天了！"

春兰流着眼泪摸摸冬梅的头发："小妹，二姐真为你高兴！"

母亲看见了，说："春兰，你别学冬梅，她小，都让你大哥大姐惯坏了。你已经18岁了，收心吧，该嫁人了。"两姐妹拥抱在一起。

赫冬梅到了大哥的百货铺，赫启祥对伙计说："阳娃，把今天上午进回来那几匹花布拿出来，让冬梅挑。"

"哥，你又进了这么多的花布，太好看了。我想做两身换着穿，行吗？"

赫启祥说："春夏秋冬四季的衣服，多做几身吧！人饰衣衫马饰鞍，要上学了，打扮漂亮点，别让人家看不起。回头让你二姐也来挑，快嫁人了，也多做几身好衣服穿。"

赫冬梅感动地说："谢谢大哥！"

家里，母亲催促："春兰！快点，打扮下就行了，快走了，参加订婚的亲戚快到迎宾饭馆了！"

赫冬梅说："妈，你先去接待亲戚，我陪二姐随后就到。"

母亲抱怨："梳头洗脸打扮一下，还这么费劲！快点啊！客人们都等着呢。"说完出门先走了。

招聘医生的考场，冬梅和春兰气喘吁吁地跑来。考场已经关闭，工作人员不让她们进去。

赫冬梅央求："求求你了，我姐要订婚，她是逃婚出来考试的，出来考试太不容易了，就让她参加考试吧，求你了。"

工作人员上下打量春兰："穿这衣服像是从订婚现场跑出来的，是包办婚姻吧？"

赫冬梅说："是的，是封建包办婚姻。"

负责人过来问："怎么回事？"工作人员在他耳边说了几句话。负责人说："可你们来晚了，考试已经开始了。"

赫冬梅说："求求你了，通融通融，错过这次考试，我二姐的命运就毁了。"

负责人又说："我们是反对包办婚姻的，既然你是逃婚出来的，我们支持你，随我来！"负责人将春兰领进了考场。

迎宾饭馆，母亲坐在圆桌前，忠善坐在母亲旁边。几个舅舅和媒人、启祥都围着桌子坐在一起。

彩莲说："妈，时候不早了，不要等春兰了。订婚嘛，几个舅舅、媒人和我哥都在，说定结婚的日子就行了。"

母亲走到桌前："几位兄弟都来了，今儿就想商量一下忠善和春兰的婚事，你们同意了，就给定下来。"

林大舅说："大姐，这是一桩好亲事，二姐二姐夫去世后，留下忠良、忠善两个儿子，忠良跟了他大伯子，忠善本应该由舅舅扶养，可大姐抢着领养回去，是给我们减轻负担了，这是大姐的好意。忠善结婚的一切费用，我们兄弟几个包了。"

林二舅："大哥说得对，大姐就别操心了。我们几个舅舅包了。"

母亲说："房子有你二姐原来留下的三间东房，收拾一下就行了！"

林大舅："大姐，房子的修缮粉刷，家具的配备，明天我们就做。您只管给春兰缝几件新衣裳就行了。"

赫启祥说："春兰的陪嫁有我呢，自然要让我妈和春兰满意。"

林三舅："春兰是个善良的好姑娘，大姐愿意让她嫁给忠善是好事。忠善，你要好好待她，好好孝敬你大姨！"

忠善："那是自然。一定！一定的！"

启祥问："舅舅们商量，结婚定在什么日子？"

媒人说："下个月初五，就是个好日子！"

林大舅问："彩莲，你这儿有黄历吗？"

彩莲道："有，在这儿。"

林大舅接过皇历翻看，又掐着指头算了算："是啊，这两人的生辰八字正合，就定在下月初五。百年好合，大富大贵！"

冬梅看见了二姐和其他考生一同出了考场。迎了过去问："二姐，考得怎么样？"

春兰兴奋地说："题倒不难，政治题都是你回来告诉我的，老师面试时问我从哪儿知道的，我说都是我妹妹看到和听到的，回家告诉了我，老师说我有个积极向上的好妹妹。"

"二姐，我们现在去迎宾饭馆肯定赶不上了，不如回家装病。"冬梅机敏地说。

"怎么装病？"春兰问。

"妈回来就说你突然肚子疼，下不了地，去不成了。"

春兰赞同："小鬼头，就你聪明！"

赫冬梅要开学了。在家里，二姐正提着给冬梅做好的衣服让冬梅试穿。冬梅说："二姐，你给我做的是新款式，真好看！"

春兰说："我是按大哥拿回来的海报上面女明星的款式做的。你上学了，也成大姑娘了，得穿好看点。"

冬梅看着春兰同情地问："二姐，你为什么不愿嫁给忠善哥？"

春兰感慨地说："唉！自从二姨去世后，他就住在我们家，从小叫他哥。你说这兄妹怎么能做夫妻呢？我宁愿嫁给掏粪的、要饭的，也不愿意嫁给他。"

"忠善哥哪儿都好，就是个闷葫芦，你也不爱说话，你们俩过日子可太无趣了。二姐，我打问好了，下个月又要招考女干部了。"

母亲突然从外屋冲进来斥责冬梅："又来挑唆你二姐！她已经订了婚，下个月结了婚就是人家的人了。"

迎宾饭馆，冬梅正在和大凤追着玩。贺福堂提醒说："彩莲，给小妹拿点钱，要上学了，笔墨纸砚总要花钱买的。”彩莲说：“我知道了。”

到了春兰与忠善结婚的日子，春兰在里屋流着眼泪，几个姐妹在给她化妆，两行眼泪冲掉了脂粉。

母亲劝道：“别哭了！你二姨两口子去世后，我答应照顾好忠善。你们俩都是善良听话的孩子，他又有手艺，肯定能把日子过好。亲戚们都说这是门好亲事，你怎么就过不了这个坎儿呢？”

赫冬梅说：“妈，我二姐说，她宁愿嫁给掏粪、要饭的，也不愿意嫁给忠善哥！”

母亲抬手就打冬梅：“就是你胡说八道，挑唆你二姐。多好的一桩亲事，让你说得这么不堪。将来就把你嫁给掏粪的、要饭的，让你尝尝那滋味。让你二姐快补妆，迎亲的人马上就到了！”母亲说完出了里屋。春兰的眼泪像断线的珠子在淌。

冬梅难过地说：“二姐，你实在不愿意，我陪着你，咱们逃走吧！”

春兰眼睛一亮，随即又暗了下来：“傻话，往哪儿逃？”

冬梅说：“不管去哪儿，躲过今天再说。”

春兰摇摇头说：“妈那么要脸面的人，亲戚请了那么多，那还不得气死？唉……这就是你二姐的命！”说着，春兰的眼泪又将脂粉冲开。

吹唢呐迎亲的人和新郎官已经进了院子。新郎官满面春风，和一群人涌进了家门。唢呐声越来越大了，鞭炮声越来越响了。院子里站满了看热闹的人，孩子们随着鞭炮声喊叫着，嬉闹着……

春兰头上顶着红盖头，被新郎官抱上了轿。司仪官喊：“起轿！”唢呐又吹起来了，鞭炮声又响了，新郎官被一群人拥着，春兰就这么被娶走了……

家里炕上，母亲挑灯做着针线活，冬梅头藏在被窝里哭。母亲说：“你二姐嫁了，你都哭了两天了。我就不明白，你哭什么？”

赫冬梅说：“都是你的封建思想，硬逼我二姐出嫁！不知她过得怎么样，呜……呜……”

母亲平静地说：“你二姐嫁得比你大姐好！”

赫冬梅说：“可我大姐是自愿的，我二姐是你逼的！”

母亲说：“你大姐是自愿往火坑里跳！一手好针线活儿，模样又好，人又能干，可一过门就当四个孩子的后妈，还有抽大烟的公公、不立事的婆婆，够她受的。也怨那时候，你爹做生意赔了个净光，他倒轻松走了，可给我们落了一屁股债。借债就要还债！我们典当了房产，再没脸住到城里，只好住在乡下。你大姐也是为了这个家，她是怕把我们饿死，才要当这个饭馆的老板娘。最后，还是你外公帮我们赎回了房产。你大哥还非要给你外公还钱。也对！滴水之恩当涌泉相报嘛。你二姐就不一样了，没有公婆挟制，没有拖累，你忠善哥又有银匠手艺，肯定能过好日子的。早点睡吧，明天你二姐回门，你接他们回来。"

第二天清早，冬梅来到了春兰的新房前敲门："二姐，我是冬梅！"春兰开了门，见了冬梅亲热地拥抱。

忠善说："小妹来了？里屋坐。"

"忠善哥！妈说今天回门，让我接你们回家。"

忠善示意："我准备好了，去帮你二姐收拾。"

冬梅环顾了整洁喜庆的新房，看着还带着忧伤的二姐，轻声问："我很担心你。怎么样？"

春兰带着冬梅进了里屋，坐在炕边的太师椅上说："大清早就跑过来，没吃早饭吧？"

冬梅说："吃什么早饭呢！大姐夫做了一桌酒席，中午就送到家里了。"

春兰喜爱地摸了摸冬梅的脸："那也不能两顿并一顿吧。我正滚着醪糟呢，喝一碗吧！"

春兰走进厨房将醪糟盛了一碗，放在炕桌上，又盛一碗，走进新房递到冬梅手里。

冬梅轻声问："你和忠善哥不说话？"

"有什么好说的。"春兰答。

"那你们这两晚，各睡各的？"冬梅问。

"大姑娘家的，问这么多，快喝完，咱回家了！"春兰道。

回到家里，冬梅兴奋地说："妈，我把二姐接回来了！"赫春兰也高兴地说："妈，我回来了！"

忠善习惯地叫："大姨！我们回来了！"

母亲说："还叫我大姨？"

忠善不好意思地说："妈！"

母亲拍了拍忠善的肩："唉！这就对了，我的儿，这就更是一家人了！"

冬梅亲热地把春兰带进了里屋。

母亲轻声问忠善："这两天你们处得怎么样？"

忠善说："还好，就是她不和我说话。"

母亲神秘地说："耐心点儿，哄着，求着，跟她要个孩子。女人有了孩子，心就拴在家里了。知道啦？"

忠善羞涩地说："知道了。"

这时有人敲门："赫春兰，在家吗？"

母亲问："谁呀？冬梅，去开门，看看是谁。"

冬梅开了门，进来两个女干部说："我们找赫春兰。"

冬梅让她们进了屋："二姐，找你的。"

女干部："你是赫春兰吗？"

春兰说："我就是，找我有什么事？"

女干部道："上个月你参加了医生招聘考试，经过我们权衡评选，你的考试成绩合格，被录取了。前几天贴榜通知，你大概没看到吧？因你没来报到，所以，我们今天到你家里正式通知你，明天到驼城人民医院报到。"

另一个女干部问："你是不是已经结婚了？"

春兰点点头："是的，刚结婚。"

女干部又问："是包办婚姻吗？这不算数！"

母亲急忙说："明媒正娶的，怎么能不算数呢？"

女干部问："是自由恋爱，自愿结婚的吗？"

忠善结结巴巴赶忙答道："是的，是的，我们是青梅竹马。"

"我们要听赫春兰亲口说。"女干部说。

母亲推拉着赫春兰："快给干部说！"

春兰吞吞吐吐，怯生生地说："是的，是青梅竹马。"

女干部："那就好，你们要到政府办理结婚登记，领了结婚证，才是合法的婚姻。"

母亲问："办什么结婚证，祖祖辈辈明媒正娶都算数，没领结婚证，怎么就不算数了？"

女干部说："大妈，现在是新社会，只有男女双方自愿申请，领了结婚证，才能证明他们是自愿的。只有这样，才能避免包办婚姻和买卖婚姻啊！"

母亲说："知道了，谢谢了！"

女干部走出了门。

赫冬梅大声说："二姐，你们的婚姻不算数！"

母亲气愤地说："你放屁！"操起鸡毛掸子就打冬梅。春兰和忠善拦着母亲。

赫春兰说："冬梅，快给大姐送衣服去。"冬梅拿起包袱出了门。

迎宾饭馆里，一个面黄肌瘦的老头正站在饭店的大门前，高声喊叫："贺福堂！福堂！给老子出来！"

彩莲问贺父："爹，您来了，找福堂有啥事？"

贺父喊："叫我儿出来，给我拿钱！"

彩莲说："昨天不是让人给您送吃的、穿的、用的了吗？要钱干什么用？"

贺父又喊："我找我儿要，不关你的事！"

彩莲辩驳道："你儿的事就是我的事！我是这儿的老板娘，这个家是我在当！"

贺父叫不出来儿子，一屁股坐在大街上撒泼。贺父一边嚎一边闹："街坊邻居，你们给评评理啊！养儿为了防老，我这儿子不孝呀！挣的钱全交给媳妇，让媳妇当家，把我这老子扔在一边儿不管了。"

街上行走的人，看热闹的都围了过来。冬梅提个包袱看到了这一幕，也跟着上前，却没有进去。

贺福堂出了厨房，看见他爹坐在大街上闹，急得直跺脚："这越发不像话了，都闹到大街上了。"

彩莲问他："怎么办？"

贺福堂给彩莲作揖："我对我爹没办法，夫人全权处理，全权处理！"贺福堂转身躲进厨房。

彩莲道："司徒，狗剩！跟我出来！"

彩莲出了店门站在街上说："爹！你这演的是哪一出？你吃的、穿的、用的，哪一样不是你儿子给的？昨天我还让这两个伙计给您送米面、送油肉。"

司徒说："是的，我们俩拉了一车，给您扛到家里的。"

彩莲继续说："我们好吃好喝孝敬父母，只要这饭馆子开着，都没问题。我知道你要钱干什么，是不是要买大烟土？你要钱买大烟土，我一分钱都不能给。政府取消了烟馆，禁了烟，你是要在黑市上买吗？"

贺老爷子一听，脸上挂不住了，索性又撒起泼来："活不成了，老子不活了！……"

彩莲又劝道："爹，您拿起个恒心戒了吧。政府提倡戒毒，为了您好，也为了这个家好！司徒，狗剩！把老爷子扶起来送回家！快到饭点了，咱还要做生意呢！"

街上看热闹的人议论："这老头是个烟鬼，三天两头来找儿子要钱。整得儿子饭馆都开不下去了，自从娶了这媳妇，生意越来越红火。这媳妇真能干，把个烂包家整治得井井有条。"

迎宾饭馆，冬梅紧跟着大姐进了店门。彩莲问冬梅："你都看到了？"

赫冬梅说："我看到了，还听到了街上人议论，说你真能干，把个烂包家整治得井井有条！"

贺福堂高兴地端个盘子出来："是啊，我贺福堂何德何能，娶了这么个好娘子！娘子，夫君这厢有礼了。"一边说，一边给彩莲双手抱拳作揖。

彩莲不好意思地笑道："去你的！"

贺福堂笑了，说："快，趁热和小妹一起吃羊奶豆包。"

赫冬梅说："大姐、姐夫，这是妈和二姐给大凤、二凤赶缝的秋衣，妈让我顺便送过来。"

贺福堂问："你什么时候开学？"

赫冬梅答："明天开学！"

贺福堂说："好好念书，缺什么，没钱花，就跟你大姐要！"

赫冬梅开玩笑地说："我大姐可是一分不给！"

贺福堂坚定地说："那要看干什么！抽洋烟就是一分不能给，上学念书可要大力支持！"

"姐夫，我算看出来了，我大姐为什么死心塌地跟你过日子了。"

"为什么？"

"姐夫疼爱大姐，敬重大姐，还能逗大姐开心呗！"

贺福堂竖起大拇指："小妹长大了，懂事了！司徒，狗剩！我丈母娘家的一桌菜好了吗？"

司徒：“马上就好！”

彩莲对冬梅说：“今天你二姐回门，叫上大哥一家。告诉妈，我和你姐夫忙得走不开，你们吃吧！”司徒和狗剩一人提两大盒，跟着冬梅出了迎宾饭馆。

家里，吃过饭天色已晚了，母亲对春兰说：“天快黑了，春兰！跟忠善回家！”

赫春兰说：“妈，今天不是回娘家的日子嘛？我不想走。”

母亲对忠善说：“忠善，今晚你先回去，明天再来接春兰回家。”

忠善悄声道：“妈，您劝说劝说春兰，这婚可千万不能不算数！”

“不会的，我会说她的，你先回家，心放肚子里，踏实等吧。”

“拜托妈了。”忠善说完出了家门，自己回家了。

母亲：“冬梅，你大哥走外地进货去了，去陪你嫂子睡觉吧。”

赫冬梅说：“二姐，我明天开学，一早就去学校了。记着明天要做的事！”

母亲不耐烦地说：“收拾好明天到学校要带的东西，快走吧！”

赫春兰用羡慕的眼光目送冬梅走出了房间。

春兰洗了脸上炕，铺好被褥说：“今晚跟妈睡，真好！”母女俩睡在炕上。

母亲笑了笑：“好啊，今晚跟我的乖女儿睡！”

母亲语重心长地说：“兰儿，妈寻思医院的事你去不得，你哪里会看病呢？万一给病人吃错个药，打错个针，那可是人命关天的大事。再说，你从小胆子就小，又怕见血，医院那地方成天和伤病打交道，哪能不见血呢？……你别听那些女干部说的话，明媒正娶不算数，怎么可能！咱们人也请了，堂也拜了，洞房也入了，怎能不算数？是妈能丢起这个人？还是老赫家能丢起这个人？你和忠善将来怎么见人？还有谁敢再要你？”

春兰在被窝里哭着……

母亲继续劝着女儿：“听妈的话，好好跟忠善过日子吧。将来生个一男半女，风风光光的。有了孩子，你会觉得日子还是有滋有味的。你真想出去当公家人，比如当个女干部或者当女教师，只要忠善同意，妈给你带着孩子。”

春兰停止了哭泣，母亲觉得春兰听进去话了，继续劝道：“忠善是个苦命的孩子，你不要不理他，不和他说话，既然成了夫妻，就要尽妻子的责任。等你们有了孩子，妈给你带着，你想出去工作，妈支持你。”

春兰揭开自己的被子，钻到了母亲的被子里。母亲搂着赫春兰说：“傻丫头，当了新娘应该高兴，成天哭得像个泪人一样，以后可不许哭了，只要生了孩子，妈什么都依着你……”

赫冬梅从学校回到家看见大凤、二凤戴着孝，诧异地问：“妈，她们是给谁戴孝？”

大凤说：“我爷爷死了，妈让我们这几天住外婆家。”

赫冬梅问：“妈，几天前我还见过她爷爷，好好的怎么就死了？”

母亲道：“他听说政府要求洋烟鬼到戒毒所戒毒，自个儿害怕人家抓他，跳城墙寻了短见！也好，把罪撂了。”

赫冬梅说：“他为什么要寻短见呢？我们老师说了，政府取消所有大烟馆和妓院，还免费给妓女看病，给洋烟鬼戒毒！”

母亲感慨：“现在的政府还真好！这下好了，你姐夫的大儿子进了戒毒所，也能把毒戒了，你大姐的负担也能轻点。吃饭吧，饭在后锅里温着呢！”

正在这时有人敲门，进来一位精瘦干练、目光有神的中年妇女：“赫家大嫂，在家吗？”

母亲热情地招呼：“她大婶，进来吧！家都搬好了？”

黄齐英：“搬好了，也没多少东西。这是你的小女儿？长得真俊！”

赫冬梅好奇而客气地打了声招呼。

母亲：“是啊，小女儿在驼城师范念书。”

黄齐英：“那好，毕业后也是个公家人。我儿子刚从北京开会回来，今天发了工资。我把这个月的房钱给你送来了。”

母亲客气：“不忙！远亲不如近邻，家里缺什么，言语一声。”

黄齐英把房钱放在炕桌上：“那我先回去忙了。”

黄齐英走后，赫冬梅惊奇地问：“妈呀，她儿子去了首都北京开会！她儿子是干什么的？他见过毛主席吗？”

母亲道：“听说是给一个大官当秘书。”

赫冬梅问：“大官的秘书？那一定是个很有学问的人！”

迎宾饭馆。贺福堂问儿子：“彻底戒了？”

贺金满答：“政府的戒毒所管得严，这次是彻底戒了。”

彩莲说："彻底戒了就好，回来有什么打算？"

贺福堂："是啊，你年纪轻轻，又娶了媳妇，总得为她打算吧？以后还会有孩子，还能让老子再养着你们？"

贺金满："不能，不能！今天我和媳妇来店里，就是找爹和小妈商量。我跟爹也学过厨子的手艺，我们也想另开个饭馆。"

彩莲问："在哪儿？找到门面了吗？"

贺金满："还没找呢，这才和你们商量。"

贺福堂看了看彩莲。

彩莲说："我看行。不过驼城街面上你不能开！一则你爹的手艺好、名气大，你争不过他；二则驼城就这么大，你虽然戒了毒，众人还会用老眼光看你，做生意要的是人气，你不好做。"

贺金满焦急地说："那怎么办？"

金满媳妇想了想说："不然的话，到我娘家川堡镇开个饭馆怎样？"

彩莲说："你媳妇这主意好！有你娘家帮衬着，兴许这生意还能做好呢。"

贺金满："那就这么着，我和媳妇回趟娘家。"金满和媳妇出了店门。

贺福堂："你看出来了吧？这媳妇是借口要和我们分家。"

彩莲说："分吧，迟早的事！只要他们过得好，我们也图个轻松。"

贺福堂："那边一大家子人谁照顾？"

彩莲思量了一会儿："两个小的让妈先试试照应着，不行了再雇人，饭暂时由我们给他们做好送去。老二银满，也不是个上学的料，我听说明年开春解放军要招兵，他也满18岁了，就报名当兵去。"

贺福堂："人家解放军能要他，他会打仗吗？"

彩莲："他好歹上过高小，比起那些农家子弟还算有文化，吃不了亏，现在全国都解放了，还有仗打吗？只要在部队里好好干，说不定还能有点出息。"

贺福堂高兴地一拍大腿："对，对，对！我老婆脑子就是比我活。"

春兰的新房里，春兰和往常一样将自己的被褥搬到炕的另一头。脱了外衣，放在炕的中间靠近自己褥子边，然后和衣睡下。

忠善进了屋，在炕的另一头展开褥被，脱下外衣放在自己褥子边上。看着春兰背对着他，想说什么，动了动嘴又没说。关了灯，睡下了。

忠善鼓足勇气："春兰，我知道你没睡着。我们结婚这么多天，你都不和我讲话。我也不知道说什么。你很闷吧？妈说让我们要个孩子，我想有个孩子给你做伴，你就不闷了。"

黑暗中只见春兰的眼泪在月光下闪着亮光。

忠善："你不说话，是不是就同意了？……我们今天能同房吗？"

忠善在黑暗中，借着月光爬过去，揭开了春兰的被子……春兰流着眼泪被动地承受着……

冬梅从学校回到院子，看见西房的门台上坐着一个十来岁的小姑娘，正在看书。她走过去问："你是黄大妈的女儿吗？"

小女孩点了点头。赫冬梅问："你叫什么名字？在哪儿上学？"

小女孩答道："我叫黄秀华，在二完小上学。"

冬梅关切地问："你怎么不回家看书呢？"

黄秀华说："我妈不在家，我没有钥匙，进不去。"

冬梅问："你有家庭作业吗？"黄秀华点点头。

冬梅说："那到我们家做作业吧，你妈回来，你再回去。"

黄秀华犹豫了一下："那好吧。"

冬梅领着黄秀华回到自己家，家里也没人。赫冬梅问："秀华，来，坐在炕桌前写作业吧。刚放学，饿了吧？"

黄秀华说："还不到吃饭时间，不饿。"

冬梅从暖壶里倒了两杯开水，从橱柜里找出蜂蜜舀了两勺，放在水杯里搅一搅，放在秀华的面前。又从包里拿出蛋糕，切了两块放在小盘里。"秀华，大晌午的，天凉了，喝点热蜂蜜水吧。"秀华端起水杯喝了一口："姐，这水真甜呀！"冬梅笑了笑："来，再吃块蛋糕吧。"

黄秀华拿起蛋糕咬了一口："真好吃！姐姐，你为什么对我这么好？"

冬梅笑笑："我们是邻居呀，你们刚搬来那天，我见过你妈，她说你哥去北京开会刚回来。他见过毛主席吗？"

秀华答道："见过。毛主席在台上讲话，他在台下听。"

冬梅羡慕地问："你哥太幸运了，能见到毛主席。那他也一定去过天安门广场了？"

秀华答："嗯，去过！他和他们的领导还在天安门前照相留影了。"

冬梅用羡慕的眼神望着秀华："那照片在你家吗？"

"我见过，不知我哥放哪儿了。"

赫冬梅问："能让我看看吗？"

"那等我跟哥要来给你看。"

"不要让你哥和你妈知道，偷偷拿出来让我看看。"

黄秀华问："姐姐，你叫什么名字？"

"我叫赫冬梅，家里人叫我小梅，你就叫我小梅姐吧。"

"好的，小梅姐。"

体育场举行万人大会。地委书记主持会议："今天我们召开驼城工农兵学商参加的万人大会。现在，请我们驼城出席中国人民政治协商会议全国委员会的代表季伯贤同志讲话。"

季伯贤走上台前，大声地讲道："十天前，我在北京参加了中国人民政治协商会议第一届全国委员会，亲眼看到了中华人民共和国的成立，聆听了毛泽东主席的讲话。在中国人民政治协商会议上，改北平为北京，确立了我国的首都；国歌是《义勇军进行曲》；我们的国旗是五星红旗；还确立了我们的国徽。大会制定了《共同纲领》，这是我们的临时宪法。毛泽东同志被选为中国人民政治协商会议主席和中央人民政府主席。"

"毛泽东主席在天安门城楼上向全世界宣告：中国人民从此站立起来了！……中华人民共和国屹立在世界东方，人民当家做了主人，我们推翻了帝国主义、封建主义和官僚资本主义三座大山，赶走了国民党反动派，建立了新中国！……"

冬梅和学校的师生坐在台下心潮澎湃，不断地鼓掌。

地委书记："下面请驼城人民代表黄齐英讲话，大家欢迎！"

黄齐英走上主席台讲话。

赫冬梅吃惊地说："啊？是她，这不是我家院邻黄大妈吗？"

同学李美霞问："怎么，你认识她？"

"这是我家院邻，黄秀华她娘黄大妈！她是人民代表啊？"

李美霞问道："她是你家院邻？"

“是啊，几天前才搬到我家西房住的，真不简单呀！她儿子也是几天前才从北京开会回来的，还听过毛主席讲话，原来他是这位大官的秘书！”

李美霞好奇地问：“你是说他儿子吗？他儿子多大？结婚了吗？有对象没有？”

赫冬梅摇摇头：“不知道。我没见过她儿子。你问这么多干什么？”

李美霞说：“认识一下！真想到这个革命家庭看看！”

冬梅随口道：“很普通的家庭。”

冬梅看着李美霞开玩笑地说：“噢……我明白了，你是惦记人家儿子了，真不害羞！”

第二章

驼城师范学校大门口，赫冬梅放学准备回家。李美霞站在路旁东张西望，一看见她就问："赫冬梅！你回家吗？今天我去外婆家，刚好和你顺路。"

"有你一路做伴，好啊。"

"顺道去你家，看看你家那个当人民代表的邻居。"

赫冬梅调侃道："你是不是看上人家当秘书的儿子了？"

"我是好奇！咱驼城能到北京参加开国大典的人太了不起了！母亲是人民代表，儿子是领导的秘书，这样的家庭，驼城能有几个？"

赫冬梅问："你怎么好意思见人家呢？"

"去了就有机会说话。"李美霞自信地说。

赫冬梅带李美霞回到家里，向母亲介绍同学李美霞。李美霞客气地打了招呼。

母亲问："好俊俏的女子，你家住哪儿？"

"我家在李学士巷。"

"那你是李学士家的后代？"

"李学士是我爷爷。"

母亲说："那你们可是书香门第的大户人家！跟你比起来，我们冬梅没念几天书，学习一定很吃力，麻烦你要多帮帮她。"

李美霞笑笑："冬梅学习很用功，老师经常表扬她。"

母亲高兴地说："笨鸟要先飞，她不下功夫努力学习，就赶不上你们了！"

正说着，黄秀华从院子外跑进来，手里拿本书："小梅姐！小梅姐在家吗？"

赫冬梅说："在家呢！快进来吧！"

黄秀华很神秘地进来，看见家里有客人："小梅姐，这会儿有空吗？"

母亲问："秀华，找你小梅姐有事吗？"

黄秀华点点头。

母亲说："这孩子兴许是问作业呢，小梅，领她到里屋去！"赫冬梅领着黄秀华和李美霞进了里屋。

黄秀华说："小梅姐，我把照片带来了。"

黄秀华把书本里夹的照片拿出来，给赫冬梅看，并指着照片上那个年轻人："这就是我哥，这位是他的领导。"

赫冬梅接过照片："让我看看。你哥穿的还是西洋装。"

李美霞拿过照片："什么西洋装？是中山装！长得很英俊！"

赫冬梅说："我没见过本人，他不常回来吗？"黄秀华答道："最近回来得少，他要陪领导到处开会讲话。"

李美霞问黄秀华："你哥在哪儿上班？做什么工作？"

"在驼城农校，给季校长当秘书。季校长是全国政协代表。"

李美霞说："我知道了，听我爷爷和爸爸说，季校长不仅是教育家，还是革命家，他的同学和同事有的成为国家领导人，季校长还培养了一大批陕北籍的革命家。他是党和国家的一位功臣。"

赫冬梅把照片还给黄秀华："太珍贵了，快给你哥收好，谢谢秀华！"

赫家一家人在炕上吃饭。赫启祥看见窗外有个陌生的身影，就说："咦，院里进来这个标致后生，是谁呀？"母亲从窗外望去："是新邻居西房黄大妈家的儿子。"正吃饭的赫冬梅听到后，有点惊喜，她放下饭碗，悄悄躲进里屋，想仔细窥探。可惜，只看到了一个高大宽肩的背影走进了西房。

母亲说："黄大妈这辈子不容易，年轻时就守了寡，靠着纺毛线为生，一家人吃糠咽菜，忍饥挨饿，硬是把儿子供着读书识字，培养成人。这儿子也争气，书念得好。现在给大官当秘书，走南闯北，可有出息了。"

赫启祥道："寒门出贵子，贫家孝子多！"赫冬梅在里屋静静地听着母亲和大哥的对话，觉得脸发烧，心在跳。对着镜子一瞧，两个脸蛋绯红，自言自语：“我这是怎么了？”

母亲喊：“小梅！在里屋干啥呢？快出来吃饭，饭凉了！”

赫冬梅走出里屋：“别喊了，知道了。”

迎宾饭馆的后厨里，赫冬梅和大姐在桌前择菜。赫冬梅问：“大姐，那边家里的事都摆平了？”

赫彩莲：“嗯，我公公死了，我婆婆连一声都没哭，也真是受够了。又听说我把老大分出去了，高兴地拉着我的手说，老贺家积了德，娶了你这么个好媳妇，兴家旺家有指望了！”

赫冬梅笑笑：“是该夸夸你。你把老大分出去，人家小两口愿意吗？”

赫彩莲：“你姐夫的大儿子从戒毒所回来后，他媳妇要在川堡镇娘家那里开饭馆，我们给了一笔钱，也算分家了；老二也18岁了，也能干点担水拿重的力气活。我说明年开春了，他若想去，就让他参军。听说让他当解放军，可高兴了。我说，现在你得好好帮奶奶管理家，多干活，别学坏，锻炼好身体。他高兴地一口答应了，现在表现可好呢。”

赫冬梅夸奖：“姐，你可真能干！”

赫彩莲问：“你怎么样，学习能跟得上？”

“勉强跟得上，就是识的字太少了。老师建议我买本字典，不会的字查一查就会了。我刚到新华书店去买，人家说卖完了。”

赫彩莲：“叫什么字典？”

“《新华字典》。”冬梅答。

贺福堂提了一个大包，放在冬梅面前：“今天包子蒸多了，冬梅拿回去，让妈和大哥他们吃。”赫冬梅说：“这也太多了！”

赫彩莲：“拿回去分着吃。”

赫冬梅提着包子走进院子，看见黄秀华又坐在门口台阶上看书写字：“秀华，又进不了家门了？”

“小梅姐，你回来了？”

“来吧，跟姐姐回屋里来！”

黄秀华拿起书包跟着赫冬梅进了家门。俩人进了屋，赫冬梅说：“秀华，跟我到里屋写作业去。”

黄秀华跟冬梅进了里屋。母亲买菜进屋回来，看见外屋没人。放下筐，进了里屋。

母亲说：“光听见声音，咋不见人？哟，秀华也放学了。”

赫冬梅解释：“黄大妈不在家，秀华进不了门。我让秀华到咱家做作业。”

母亲道：“秀华，你妈是个大忙人，在街道办当领导，什么事都要管，以后放学回来，就到大妈家来，有你吃的喝的。”

“谢谢大妈！”秀华感激地说。

母亲转身出了里屋。赫冬梅把黄秀华安顿好，也跟着出来。

赫冬梅说：“妈，这是姐夫给咱们带的包子。”母亲接过来，拿出盘子放了些包子，在后锅里加热，对赫冬梅说：“热好了，你给秀华拿几个吃去。这孩子可怜，你看天都凉了，孩子身上也没件像样的衣服，把你穿小了的衣服收拾几件出来，送给秀华穿。”

“好的。”冬梅进了里屋，在柜子翻出来一个包袱，打开问：“秀华，你喜欢姐姐的衣服吗？”

“喜欢！小梅姐穿的每一件衣服又好看，又时髦。”

赫冬梅拿出几件衣服：“秀华，你试试看，穿这件衣服怎么样？”

黄秀华试着穿上。赫冬梅帮着扣上扣子，看了看：“正合适，去照照镜子！”

黄秀华在镜子前照了照，高兴地喊道：“我变好看了！”

赫冬梅说：“穿上好衣服，秀华还是很漂亮的。来，再试试这几件。”赫冬梅帮秀华试穿了好几件衣服。黄秀华说：“小梅姐，你的好衣服，别让我给穿脏了！”

赫冬梅问：“这几件衣服你喜欢吗？”“喜欢。”赫冬梅说：“那就都给你了。”黄秀华惊喜：“什么？都给我？不行，不行！我不能要！”赫冬梅问：“你喜欢，为什么不能要？”黄秀华不好意思地说：“我怕我妈会骂我。”冬梅说：“没关系，等你妈回来，我送过去。”

黄秀华感激而高兴地说：“谢谢小梅姐！”

母亲进了里屋：“秀华，和你小梅姐出来吃饭！”黄秀华推辞：“大妈，我妈应该快回来了，我还是回家吃吧。”母亲说：“都过了饭点了，你和小梅姐先吃，你妈的饭我给留下了。”黄秀华感激地说：“大妈，你们对我们太好了。”母亲道：“你妈现在是街道办的积极分子，忙着呢。以后你只管到大妈家来，千万不要客气。”赫冬梅招呼黄秀华吃包子、喝稀饭。

迎宾饭馆里，十几张桌子前，坐着不少客人在吃饭。老板娘赫彩莲招呼着客人。一抬头："这不是新华书店的刘主任吗？快请坐！"

刘主任："老板娘今儿好像很高兴。"

赫彩莲给刘主任倒茶，徒弟送上菜单："笑迎天下客嘛，刘主任今儿想吃点啥？"

刘主任："今天我请一个老朋友吃饭，再等等。"

赫彩莲："我还有件事想求刘主任。你们书店有《新华字典》吗？我妹上学要用，她到书店没买上。"刘主任："老板娘要几本？我那里就有。"彩莲："我要两本。"刘主任："好的，下午，我让人给你送来！"赫彩莲："那就谢谢你了，今儿的饭我请了！"刘主任嘴上说不用，心里却很高兴。

阳光洒在驼城师范的操场上，李美霞和赫冬梅在操场边散着步。李美霞道："冬梅，今天下午没课，你陪我到农校图书馆借几本书。"

赫冬梅问："为什么跑那么远借书？"

"那里的图书馆馆长是我爸爸的学生，方便嘛。"

"驼城农校，我还从来没进去过。"

李美霞说："那就说定了。吃过午饭就去，我叫你。"

赫冬梅和李美霞来到农校门口，赫冬梅怯生生地到处张望。李美霞非常老练地告诉她："我爸爸认识这里的季校长，而且他有好多学生在这个学校里工作。他曾经带我来过这里，我对这里比较熟悉。"李美霞像个讲解员一样带着赫冬梅到处游逛。"我爸爸是学历史的。他跟我讲过，大夏王朝赫连勃勃曾经在咱这儿建统万城，后来这座王城被大漠风沙淹没了。哎，冬梅，你姓赫，说不定你就是赫连勃勃家族的后代。"

冬梅茫然地答道："我不知道，从来没有听我父母和我哥哥姐姐说起过。"

李美霞指着前方："你看那座古建筑就叫梅花楼。站在梅花楼上就可以眺望半个驼城的风景。"

赫冬梅好奇："我们一会儿到那里去看看吧。"

"你看见那座礼堂了吗？那里原来是国民党驻扎军队的指挥部。梅花楼下还有一个八角楼，是当年国民党军队的会议厅。你看对面山上是一排排的窑洞，原来是军营，现在是学生宿舍。你想想季校长领导的中共地下党就在国民党军阀的眼皮子下面活动，国民党都没发现，最后力促国民党守城部队起义，才使驼城和平解放！"

赫冬梅说："季校长领导的中共地下党可真了不起。美霞，你知道的还真多！"

李美霞说："我这是听我爸爸说的。"

不一会儿，她们就来到了图书馆。李美霞走到前窗口，问道："刘馆长在吗？"

馆员说："他开会去了，得过会儿回来。"

"好的，我们转转，一会儿再来。"李美霞说完拉着赫冬梅出了图书馆的门，突然想起什么，又折回来问馆员："我跟你打问一个人。这人姓黄，二十来岁。好像是你们季校长的秘书。"

馆员："哦，姓黄，男的？你说的是我们团委书记吧？他叫黄振华。"

李美霞说："前两天到北京开会了，是吗？"

馆员："对，他和我们季校长才从北京开会回来。他最近不在学校，和校长一块儿到各县去传达北京的会议精神了。"

李美霞说："噢，知道了，谢谢你。"

李美霞和赫冬梅不知不觉走到了梅花楼。她们从楼上往下眺望，一边是驼城的景色，另一边是校园的景色。秋天的树木，层林尽染，湛蓝的天空上飘着白色的云朵。远处的城墙外黄沙漫漫，近处的城墙内炊烟袅袅，形成了一幅意境高远的山水画。赫冬梅心旷神怡，不由自主地喜欢上了这里。

"他这里的工作环境可真好！"

李美霞问："你说的他，是黄振华吗？我倒认为他的前途更好！哎，你看那边。"

"看什么？"冬梅问。

"团委。门上写着团委，那就是他的办公室。只可惜今天人不在。"

赫冬梅问："刘馆长的会该结束了吧？"

李美霞说："不找刘馆长了。咱们再转一转就回家。"

"你不找刘馆长借书了？"

李美霞道："改天吧。"

学校的教室里，同学们都放学走了，赫冬梅在教室里写作业。李美霞装着看书，眼睛却关注赫冬梅的动向。等同学快走完了，她走到赫冬梅跟前："冬梅，还没写完吗？"

赫冬梅说："马上完，你还不走？"

李美霞道："我等你。"

赫冬梅一边把书放在抽屉里，一边说："写完了。怎么，今天又去你外婆家，和我一路？"

李美霞和赫冬梅一起出了教室。李美霞将赫冬梅拉到学校操场。李美霞说："我想问你话呢。"

"什么话，这么神秘？"冬梅半开玩笑地说。

"我打问了，黄秀华她哥叫黄振华。"

"这我知道了，那天去农校不是人家介绍了吗？"

李美霞说："还有你不知道的，刘馆长那天去找我爸，我还听说他品学兼优，是驼城农校的团委书记、共产党员。季校长非常赏识他，这人前途无量。"

赫冬梅问："你打问他干吗？你不会真看上他了？"

李美霞反问："我问你，是不是你也看上他了？"

赫冬梅笑着："我都没见过他，何谈看上看不上？"

"我真服了你，他家住你家院子一月有余，你怎么连本人都没见过？"

赫冬梅说："那天还是我哥看见他回家了，等我到玻璃窗前看时，就只看见一个背影。"

李美霞问："怎么样？"

"个子高高的，肩宽宽的。"

"说完了？没别的感觉？"

"没感觉。"

李美霞说："我看你就是不上心！"

"我哪有时间成天盯着人家门，等着看一个大男人什么时间回家？"

"你要是对人家没意思，我可找人介绍认识他了。"

赫冬梅好像无所谓："介绍认识吧，我没见过他，谈不上有没有意思。"

李美霞好像得了宝贝似的，高兴地与赫冬梅告了别。赫冬梅感觉像吃了东西不消化一样心口堵得，五味杂陈。

回家的路上，赫冬梅闷闷不乐地来到迎宾饭馆。大姐看见她不高兴，马上迎上去，关切地问："冬梅，今天你怎么不高兴？出了什么事儿？"赫冬梅说："没事儿。"

赫彩莲拉着冬梅的手："你看，我给你买到什么了？"说着从收银台拿出一本《新华字典》给了赫冬梅。

赫冬梅吃惊地问："你买到《新华字典》了，你怎么买到的？"

“新华书店的刘主任在这儿吃饭，我托他买的。我就等着要给你呢！”

赫冬梅高兴地说：“太好了，这下我就不愁认不得字了。”

赫彩莲问冬梅：“哎，你今天为什么不高兴？”

“没什么，没事，不过是丢了一样东西。”赫冬梅拿上了字典：“那我回去了。”

赫彩莲问：“你丢什么了？大姐给你买。”赫冬梅苦笑：“那东西买不到。”

赫彩莲：“告诉你个好消息，你二姐怀孕了，最近害喜，想吃干豆角，妈急得到处找不到，我这已经给她做好了，你给她送去。”

赫冬梅这才转出笑脸：“正好几天没见二姐了，想她了，我去送！”

赫冬梅一路来到二姐家，一进门就喊：“二姐，我来了，大姐让我给你送吃的来了，干豆角。让我看看，你最近怎么样？”

赫春兰说：“我好着呢，你学习那么忙，哪有时间到我这儿来？”

“二姐，我可想你了。好几天都没来看你，可有些憔悴哦。忠善哥还没回来？”

赫春兰惊喜地说：“哎呀，我可真是想吃得不得了。妈和大姐今天上午来看我，我就顺嘴说了一声，没想到大姐就给我做好了。”

“二姐，我一直担心你，怕你过得不好。听说你怀孕了，我可高兴了。”

“二姐我已经认命了，就这么过吧！倒是你，将来千万要找个自己喜欢的人嫁了。穷日子苦日子都不怕，只有爱着的婚姻才会有幸福。我现在全指望这个孩子了。”

“二姐，我没想到，你现在还这么不开心。难道忠善哥对你不好吗？”

赫春兰说：“他是个好人，对我也很好。跟一个善人好人过日子，就能幸福吗？这不是我想要的生活。也可能有了孩子就会开心吧，有了孩子就会有寄托有希望了。”

赫冬梅放学回来，见黄秀华正在院子里踢毽子。看见冬梅高兴地问：“小梅姐，你回来啦？你看我刚扎的毽子好踢不？咱们玩一会儿吧。”

赫冬梅试着踢了两下：“还真不错。哪儿来的鸡毛？”

黄秀华说：“今天大妈买了一只鸡，是我妈给杀的，说要给你二姐补补身子。我觉得鸡毛真好看，就扎了几个毽子。”

黄秀华和赫冬梅两个人在院子里踢来踢去，正在高兴的时候，黄秀华向远方踢去，喊着：“哥哥，快接住！”

赫冬梅吃惊地回头向毽子的方向看去。黄秀华的哥哥就站在她身后，微笑地看着她俩踢毽子。毽子飞过来时他接住了，微笑着将毽子踢给了赫冬梅。赫冬梅脸红了，在慌乱中接住了毽子，踢了两下又传给了黄秀华……三个人玩得正开心，突然听见母亲叫赫冬梅回家。

“冬梅！冬梅！”

赫冬梅回了一声：“哎！”

黄秀华的哥哥走过来，温和地对赫冬梅介绍自己：“我叫黄振华，是秀华的哥哥，做了邻居，少不了麻烦你。”

赫冬梅羞答答地说：“我叫……”

黄振华温和地说：“你叫赫冬梅，常听秀华说起你照顾她，谢谢你。”赫冬梅礼貌地说：“不客气，应该的。我妈叫我……我先回去了。”

黄振华拉着妹妹黄秀华的手，有说有笑地回家了。

赫冬梅一回到屋里，母亲就抱怨她：“这么大的姑娘家，和一个大小伙子踢毽子，传出去叫人家笑话，以后谁还敢娶你？”

赫冬梅没理会母亲的话，径直走到里屋，摸了摸心脏，还在快速地跳。照了照镜子，一张绯红的脸兴奋而愉悦。她不由得回想起黄振华温和的微笑，一股从未体验过的幸福而快乐的暖流涌上心头。她自言自语：“这是不是就是二姐说的爱？”怔了一会儿，突然又想到：“可是李美霞也喜欢他，我的条件哪能和她比？我可能是白喜欢一场……”

母亲喊道：“冬梅！快出来吃饭！”

驼城农校，黄振华坐在办公室，突然有人敲门。黄振华说：“请进！”

推开门进来的是一个女生。她拿出介绍信说：“我是驼城师范学校团委的李美霞。我代表我们学校团委来和你们联系工作。”

黄振华道：“请坐！”

李美霞问：“您就是黄振华书记吧？”

“是，我就是。”黄振华站起身来，倒了一杯水，放到她面前：“师范学校离农校可不近啊！你是走过来的？”

李美霞答：“因为有工作嘛，这点路不算远。”说着，李美霞环顾了一下黄振华的办公室：“这么多的书啊！你看的书可真不少。”

“年轻人，还是多看点书好。你来是要说什么事儿吗？”

李美霞说：“我受师范学校团委杨书记的委托，想协商一下我们两个学校可否组织一次联欢会或者交谊舞会，促进两个学校的交流。”

黄振华思考一下：“这个想法很好。近期，我们可以召开一次联谊交谊舞会。联欢会嘛，还要准备节目，可以考虑放在新年前，迎新年联欢晚会。”

这时有人敲门：“黄书记！季校长让您到他办公室去。”

李美霞说：“你先去吧，我在这儿等你。”

“好吧！你先喝点水，我去去就来。”

等黄振华出了门，李美霞站起来，在办公室转了转，好好地打量了一下这位黄书记的办公室。一张书桌、两把椅子、一个资料柜，柜子后面一张简易床，便是办公室的全部陈列。毕竟是刚刚解放，办公室简简单单的，但是可以看出，办公室的主人生活简朴且整洁干净。

黄振华出门来到季校长处汇报工作，看到季校长在办公桌前看文件。黄振华敲门进来：“季校长，您找我？”

季伯贤说：“你来看！我们的调研报告引起了中央和省委的高度重视。今年2月，中央林垦部召开了第一次全国林业会议，提出了‘普遍护林，重点造林’的方针。4月，陕西省人民政府制订了在陕北沿古长城线，东自沙谷县，西到定安盐场堡，营造陕北防沙林带的规划。5月，西北军政委员会林业局在驼城成立陕北防沙造林总场。6月，陕北防沙林业委员会正式成立，我是名誉主任。”

黄振华说：“太好了，驼城治沙有希望了，老百姓的幸福生活也有指望了。”

季伯贤道：“我虽然是名誉主任，但我也是驼城的政协主席，对党政工作有监督和建议的权利。你是我的秘书，以后还要与他们多联系，在方便的情况下，我们也要做一些调查研究，和他们一起把这项工作做好。”

“好的，我尽快和陕北防沙林业委员会取得联系。还有一件事要向您汇报，驼城师范学校团委想和我们学校举行联谊会和交谊舞会。”

季伯贤说：“这活动很好啊，你是团委书记，这事你定。教书育人是我们的本行。团委工作就是要注重培养年轻人的活力，多组织活动，团结人，教育人。活动要搞得丰富多彩一点。”

“驼城师范团委工作人员正在我的办公室等我商量此事，那我先去了。”黄振华说完出了门。

黄振华办公室里，李美霞听见了脚步声，迅速从柜子后面跑到原来的位置上坐下。

黄振华一进门说道：“你刚才说的我们两个学校举行联欢会和交谊舞会的建议，我给季校长汇报了，他同意。我们要具体确定一下时间和地点。你看好吗？”

“交谊舞会放到周末，怎么样？”李美霞建议。

“可以。放在周六晚上7点到9点，这样学习休息两不耽误。”

“那我回去跟我们领导汇报一下，确定了时间，再告诉你。”

“好的，请提前告诉我。”

李美霞和黄振华书记握手告别，心里想，好温暖的一双大手。

回到师范学校后，李美霞去了团委办公室，向杨书记汇报：“我已经和农校的团委黄书记接洽过了，他们同意了。现在就是要确定时间和地点，由谁家承办。”

杨书记说：“这是我们先提出的，还是先由我们承办。先举行校际联谊舞会吧，黄书记说放在什么时间？”

“他说联谊舞会放在周六晚上7点到9点，学习休息都不耽误。”

“放在哪个周六好呢？”

李美霞道：“农校的黄书记人很随和，这事您说定就行了。”

“第一次召开校际的联谊会，我看先放在我们礼堂吧。那我给校长汇报一下。然后，我得见见黄书记，具体商定。”

汇报完工作的李美霞，回到教室里，正好碰到正在备课的赫冬梅，李美霞动员赫冬梅：“冬梅，周末有舞会，是驼城农校和咱们师范学校的校际联谊舞会，你得赶紧学跳舞呀。”

“跳舞？我可不会。”

“哎呀，不会不能学啊？最近不是有团委组织的跳舞扫盲班嘛，你也去学下跳舞呀！”

赫冬梅问：“这是你的主意吧？”

李美霞说：“我是团委宣传委员，我不否认这个建议是我提的，为了团委的工作嘛。当然我也想借此机会，见见这位黄书记。”

“感觉怎么样？”

“感觉太好了，他就是我命中注定要选择的对象。他不仅有高高的个子、宽宽的肩，还有一双温暖的大手，长得也十分英俊。”

赫冬梅的头低了下来，酸酸地说：“那我祝你如愿以偿！”

李美霞说：“你要是也喜欢他，一起竞争呀。”

“你放心，我甘拜下风！”

“不过我很有自信。”

“对对对，你的条件比我好。”赫冬梅回过头又小声地说，“我退出，不和你争。”

转眼到了周五早上，李美霞站在教室的讲台上，对全班同学宣布：“明天是周六，晚饭后，请所有的同学到礼堂，参加农校和师范学校校际交谊舞会，请同学们注意自己的形象和仪表，准时参加舞会，不能缺席！”

同学们听到后，先是发出一阵高兴的笑声，而后躁动声四起。女生们互相议论应该穿什么衣服，男生们高兴得跳了起来，手舞足蹈，所有人都非常期待周末的舞会。只有赫冬梅安安静静地坐在座位上，装出写作业的样子，无动于衷。

周末，师范学校的礼堂，被学生布置得灯火辉煌，四面挂着彩色的纸带，热衷于跳舞的人，早已坐在那里等候。李美霞穿了一身粉红色的连衣裙，显然做了精心打扮，格外漂亮出众。

联谊舞会开始了，师范学校的团委杨书记上主席台主持：“今天我们特别邀请了农校团委和我们共同组织校际联谊舞会。目的是促进两校之间的友谊，交流工作经验，加强同学们之间的交往。下边请农校团委书记黄振华同志讲话！大家欢迎！”

黄振华讲：“算不上讲话，只是想代表我校团委表个态。农校和师范都是我们驼城的两所重点学校，是培养人才的地方。增加两校之间的友谊和工作交流，有利于我们促进团委工作。年轻人嘛，是祖国的未来和希望，是驼城建设社会主义的骨干力量。召开联谊舞会，也是为了促进我们年轻人之间的交流和交往。话不多说，把时间交给大家！”

一阵掌声过后，杨书记宣布：“驼城农校和驼城师范学校联谊交谊舞会，现在开始！”

音乐响起，李美霞迫不及待地邀请了农校黄振华书记跳舞。农校的一位女生也邀请了师范学校团委的杨书记跳舞。

黄书记一边和李美霞跳舞，一边问她：“你们学校有一个叫赫冬梅的同学，你认识她吗？”李美霞说：“当然认识啊，她和我是同班同学，也是好朋友。”

“她好像今天没有来。”

“是吗？我都通知她了。她可能是不会跳舞吧！这会儿应该在教室里用功呢。她底子薄，所以学习比别人要用功得多。”嘴里虽然这样说着，心却往下沉，李美霞感到，赫冬梅可能是她的劲敌。

首支乐曲终止后，李美霞让一个男生去教室里把赫冬梅叫来。

站在一旁的两个女生在议论。甲女生：“这个黄书记简直太标致了。你看看人家的个头、身板、舞姿，简直太迷人了。”乙女生：“那你为什么不和他跳舞呢？”甲女生：“我不敢，还是你邀请他吧！”

李美霞走过来，对几位女生说：“你们要邀请人家男生跳舞，别老那么被动地等男生邀请，你们也主动一点嘛。”说着，赫冬梅进来了，她看见这些女生光鲜亮丽，感觉自己像个丑小鸭，悄悄地坐在了后排。

甲女生：“李美霞，你今天穿裙子，不冷吗？”

李美霞笑道：“只要你跳舞，就不冷，我都热得出汗了呢。”

乙女生：“和黄书记跳舞，感觉怎么样？幸福吗？”

李美霞说：“幸福不幸福，你试试就知道了！”正说着，黄书记朝她们走过来。

甲女生：“李美霞，看黄书记又邀请你跳舞了。”

“和我跳过了，是来邀请你的。”她们看着黄书记越过她们，径直走到了后排赫冬梅的身边。

黄振华问：“冬梅，可以请你跳舞吗？”

赫冬梅一阵慌乱：“我？我不会跳舞。”

黄振华说：“没关系，我教你。”赫冬梅犹豫了一下，觉得不好拒绝，只好站了起来，任黄书记拉着她进入舞池。

女生们又议论起来：“黄书记认识赫冬梅吗？”

李美霞不高兴地说：“他们是邻居。”

甲女生：“冬梅有这么好的邻居，那她可要近水楼台先得月啦！”

乙女生：“李美霞，真没想到啊，你的劲敌却偏偏是这个老实巴交的赫冬梅！”李美霞听到同学开的玩笑，表面上强装镇定，心里很不是滋味。

另一边，赫冬梅被动地被黄振华拉着走，跳不到点上，不小心踩了黄振华：“对不起，我踩你的脚了。”

黄振华宽容地笑笑：“听同学说，你学习很用功。”

赫冬梅说：“我没上过高小就考上师范，基础太差，别的还好说，就是不认识的字词太多，不用功就赶不上了。”

黄振华开导她：“其实中国汉字最基本也最常用的就是两三千个字，识得三千个字，阅读写作就不是问题了。学好语文最重要的是阅读，多看书，而且多看课外书。既增长知识，又提升语言能力和写作水平。”

赫冬梅恍然大悟：“是啊！我怎么就只知道整天查字典呢？”

“查字典是个好习惯，但毕竟字典是拐棍，要少用拐棍，就得先练好腿上的功夫，逐步学会走路和跑步。”

赫冬梅感激地对黄振华说：“谢谢你对我的帮助！你给我指出了学习中存在的问题。”说完这话，脸颊已经微微泛红，还好音乐这时也恰到好处地结束了。赫冬梅松开了黄振华，迅速逃离了现场。

周末过去，隔天早上，李美霞来到了农校黄振华的办公室，发现门开着没有人。她把包着毛毯的大包悄悄放在了黄振华的床上。看到床边的脏衣服，就收拾到自己的包里，心想：“我这么做是不是太唐突了？还是悠着点来。”又把脏衣服从包里掏出来放回原处。然后出来坐到椅子上，等黄书记回来。

黄振华进了办公室，发现李美霞坐在椅子上，上去和她握手。“美霞同学，你来了。关于组织联欢会的事情，贵校的意见呢？”

李美霞说：“组织联欢会，我没经验，想听听你的想法。”

黄振华翻着日历：“那这样吧，新年是周一，国家公休假，联欢会的时间放在新年前两天的周六下午，地点就在我校礼堂，联欢会的布置我们来做，双方各出八到十个节目，内容要健康向上。联欢会的时长，控制在两小时左右，你看如何呢？”

“黄书记不愧是领导，思路清晰，条理清楚，我回去向领导汇报。”

黄振华强调：“尽快形成文字方案，报送两校领导批复同意后，就开始实施。”

他看了看手表：“我马上要出去开会。等你们校长批复后，给我一个准信。”

“好的。”李美霞同黄振华书记握手告别。

中午时分，黄振华在办公室准备睡午觉，突然发现床边有一块毛毯。黄振华喊：“通讯员，进来！”

通讯员问：“黄书记，有事吗？”

黄振华说："我们最近办公室都配毛毯了吗？"

通讯员摇头："没有。"

"那这块毛毯是哪来的？"黄振华问。

通讯员摸摸头："我想起来了，今天上午有一个女同志提了个包。进了你的办公室，会不会是她落到这儿的？"

黄振华说："哪个女同志？"

通讯员道："就是那天来你办公室的那个驼城师范的女同志。"

黄振华说："好，我明白了。嗯，明天你去师范学校，把这个连包送还给人家。"

通讯员点头："好的。"

师范学校的传达室老张，见了李美霞就喊："李美霞，取你的东西，还有你的一封信。"

李美霞问："从哪来的？"

老张喊道："驼城农校。"

和李美霞一起走的几个女生开玩笑："黄书记都给你送东西来了。""快去吧！还有信？"

另一女生说："一定是情书吧！你们进展够快啊！"

李美霞不高兴地说："闭上你们的嘴吧。"

"怎么？不高兴？黄书记拒绝你了吗？"

李美霞说："无聊不无聊？要拒绝也是我拒绝他，能轮到他拒绝我？"

"你好自信啊！小心有人把他抢走，看你还得意不得意！"

"谁把他抢走啊？再说谁能把他抢走！"

"那可说不来。说不定就是你最看不上的，觉得没有可能的，就把他抢走了。"

"我看赫冬梅就是一个竞争者。"

李美霞说："她才不会像你们这么无聊！"

其中一个女生说："你们别说笑了，黄书记给她写的信和送的东西就是证明。"

老张把信给了李美霞，被几个女同学抢去。李美霞黑着脸："偷看别人信件是不道德的行为。这个道理难道你们不懂吗？"

一个抢到信的女同学，把信展开："里面的内容我们就不看了，信封皮总可以看吧，你们看看人家黄书记写的字，这书法多好啊。尤其李美霞三个字写得最好，肯定练过好多遍！”

李美霞道：“字写得好是练出来的功夫，还用写多少遍？”

同学将信塞给李美霞：“好啦，我们是有道德的人。那就请你拆开给我们念一段，让我们也学学情书怎么写！”

李美霞没理她们，把信揣到衣兜里，提着包就到宿舍去了。

女生宿舍里，李美霞拆开黄振华的信：“美霞同学，你好。我回到宿舍发现这里有一个包和一块毛毯。通讯员说，他看见你提来这个包。我想应该是你遗忘在这里的。我让通讯员送去，请你查收。我们都是年轻人，应该首先好好学习，只有学好了本领，才能更好地工作和生活。关于联欢晚会的事儿，我的意见是每个学校出十个小节目。主要是为了展示同学们的才艺，内容要积极向上，要有革命题材，体现革命的思想。不多说了。祝你学习进步！此致，敬礼！黄振华。”

李美霞打开包，是自己送去的毛毯。她把毛毯叠好放在自己的被子上，自言自语道：“冬天到了，你不要，我盖吧！”

赫冬梅和几个女同学进了宿舍。甲女生：“李美霞，你还没吃饭？”乙女生：“美霞吃了精神食粮了，还吃什么饭！”

甲女生：“黄书记送温暖来了，你看又是送毛毯，又是写情书。幸福得连饭都不想吃了！”

赫冬梅说：“美霞，你厉害，终于抓到手了！”

“别胡说了！我吃饭去了，不理你们！”李美霞扭头向门外跑去。

下午，赫冬梅放学回家，刚进院子，黄秀华就跑过来：“小梅姐！我哥让我把这本书交给你。”赫冬梅接过一看，是一本《常用字词3000条》。赫冬梅说：“太谢谢你哥了，我就那么一说，他就上心了。”黄秀华说：“这书目前买不到，是我哥在他们学校图书馆借的。”赫冬梅道：“我会好好看看，看完后还给他。”黄秀华回话：“他说不急着还，看一年都可以。”

赫冬梅笑了笑：“用不了一年，我就能背完！秀华，我送你一样东西，一个文具盒。”赫冬梅从自己挂包里拿出一个文具盒递给秀华：“这是我哥他们的百货铺才进的货。你打开，里边有铅笔、小刀、橡皮、尺子、圆规。正是你需要的。”

黄秀华激动地说："我们班有个男生，说他爹去天津给他带回一个，全班同学围着看，还不让我们几个女生看。没想到我也有了这样一个文具盒。谢谢小梅姐，我哥回来，让他给你钱。"

赫冬梅说："是我送你的，不是卖的。给我钱就是不领情喽？"黄秀华说："那多不好意思，谢谢小梅姐。"

赫冬梅看着秀华一蹦一跳的高兴劲儿，很欣慰。又看了看手里的书，心想："这个黄书记一边给李美霞送毛毯、写情书，一边给我找书送书，他是什么心思？真摸不透！"

赫冬梅在炕桌上全神贯注地看书写字，不知不觉已到黄昏时分。母亲回到家，她也不抬头。母亲微笑着拉开了电灯："天快黑了，也不知道开灯！"

赫冬梅吃惊地抬头看着电灯："我们家什么时候装上电灯的？"

母亲高兴地说："昨天就装上了！你黄大妈成居委会的主任了，组织了电工队挨家挨户装电灯。你没注意吧，咱们家的大门口也装了电灯，以后你晚上回来就不用怕黑了。"

赫冬梅说："现在的社会好吧？"

母亲感慨："嗯，没有战乱，没有偷盗打劫的，也没了抽大烟、赌博、嫖娼的。政府还想着法子让老百姓过上好日子。打我记事起，还没见过这么好的政府，这么安定的社会呢！你看这电灯多方便，灯绳一拉就亮了，再一拉就熄了，真好！"

经历过战乱的人，才知道和平的可贵。自从驼城迎来了解放与和平，老百姓的日子一天天好了起来。赫冬梅把所有的精力放在了学习文化课上，知识量也以惊人的速度增长起来。别人在操场上活动时，赫冬梅拿着树枝在地上练习新学到的生字；宿舍熄灯了，一个炕上的七八个女生都睡着了，赫冬梅却拿着手电筒，在被窝里偷偷看书背书。

第三章

联欢会当天中午，赫冬梅在回家的大街上，低着头，走着路，手里还拿个小纸条，看着、背着，一不小心撞到了人。赫冬梅连声道歉："对不起，对不起！"她抬头一看，是学校的李文化老师。

李老师笑笑："赫冬梅，这么用功啊？大街上走路还在看书，是回家吗？"赫冬梅不好意思地笑了笑，点点头。

李老师温和地看着她："走路别看书了，很危险的，到家再看，好吗？"

赫冬梅看到李老师这么关心她，有点脸红了："好的。"然后急忙走开了。李老师目送赫冬梅走远，才转过身微笑着走了。

天色已晚，驼城农校礼堂里却灯火辉煌，四周墙上挂满了彩旗彩带，屋顶下悬吊着许多灯笼，舞台上方横挂了一条醒目的横幅——"驼城农校驼城师范学校迎新年联谊晚会"。

一名女报幕员大声地宣布："驼城农校、驼城师范学校迎新年联欢晚会现在开始！第一个节目：大合唱《东方红》，指挥：黄振华。"幕布拉开，音乐响起。黄振华站在舞台中央潇洒地指挥，歌声立即响起。台下坐满了两个学校的师生，赫冬梅和同学们也在其中。

甲女生："这个黄书记还真是多才多艺！李美霞真有眼光！"

乙女生："李美霞人呢？"

甲女生："她还能不借这机会表现表现？准备节目去了，下一个节目是舞蹈，李美霞主演。”

乙女生扭过脸来，对赫冬梅说：“冬梅，你就甘心让这么有心计的李美霞把人抢走？”

赫冬梅尽可能平静地说：“是你的不用抢，不是你的抢不来。李美霞聪明又漂亮，家境又好，我和她可比不了。”

甲女生：“哎，冬梅，你就是太老实了！”

说话间，张润美进来，坐在赫冬梅旁边。赫冬梅说：“我给你占了个座位，去哪儿了，这会儿才来？”张润美说：“我有个同学在农校上学，刚碰见他，说了一会儿话，还要了一份节目单。”

赫冬梅拿起节目单看，目光停在“《兄妹开荒》，表演者：黄振华、陈艳秋”几个字上。

甲女生：“农校是《兄妹开荒》，我校是《夫妻识字》，表演者：李文化、李美霞。两个传统节目。”

张润美说：“告诉你们个重大新闻，刚听我同学说，黄书记有对象了，叫陈艳秋！”赫冬梅和几个同学听到后，吃了一惊。

甲女生：“啊？是真的吗？”

乙女生：“不会吧？那黄书记给李美霞送的毛毯和写的情书，怎么解释？”

张润美说：“你怎么认定那是情书？你又没看。”

“那毛毯呢？”

“说不定是她送给黄书记的，人家退回来也未可知啊。”张润美尖刻地说。

“你的意思是说，李美霞送毛毯给黄书记，黄书记不要，给她退回来了？这可能吗？”

乙女生：“如果这事是真的，那李美霞这个人也太有心机了！”甲女生补充：“那叫色胆包天。”赫冬梅不想听到这些议论，制止道：“别说话了，看节目吧。”

张润美淡定地说：“看以后的发展吧！我们拭目以待！”

晚会结束，赫冬梅和几个女同学走出礼堂。她们边走边议论：“今晚的节目，哪个人演得最好？”

“男的数黄书记，女的应该是李美霞。”

张润美说：“我校的李文化老师也演得很好，陈艳秋也不比李美霞差。冬梅你说呢？”

赫冬梅道：“人既有文化，还能多才多艺，这太难得，也许这就是人们说的修养吧。”

许久后的一天，师范学校的路上，赫冬梅和几位女同学正走着，听见后边有人叫：

“赫冬梅！赫冬梅！”

赫冬梅转身走过去：“李老师，您叫我？”

老师李文化说：“冬梅，把你们班的作文本收上来，送到我办公室。”

赫冬梅心想：“有学习干事，为什么要让我送到他的办公室？”但嘴上却说：“好的，我转告张润美。”

李老师：“你送来也是一样的。”

张润美抱了一摞作文本，放在李老师的办公桌上。李老师抬起头问道：“赫冬梅呢？”张润美问：“啊？你找赫冬梅？”李老师：“你把赫冬梅叫到我办公室来。”张润美应声走了出去。

过了会儿，赫冬梅来了，喊道：“报告！”

李老师：“进来！”

赫冬梅说：“李老师，您找我。”

李老师：“是的，你来一下。你最近学习进步很大，作文写得也不借，但是字写得不好。字是人的第二张脸面，一定要练好。它就像一个人一样，要有比例。头大了，身子太长，腿太短，一个肩高，一个肩低，都不好看。你将来要当老师，上课要在黑板上写字，板书不好会影响教学效果。所以，写字要规范，笔画要正确，结构要合理，字形要好看。如果你能写一手好字，会增强学生对老师的认同感。这是我写的字，我用笔顺和结构编成儿歌，作为你的字帖，你回去每天写一篇，多习帖，才能写好字。”

赫冬梅说：“李老师，谢谢您，您的字写得真好，同学们都在议论，给我们上课的老师里，公认您的字是最好的。其实我们班里，好多同学都在偷偷模仿您的字呢！”

李老师问：“怎么模仿？”赫冬梅说：“您给我们批改作文时写的评语，都作范本了。”李老师笑了笑：“很高兴同学们能重视练字，你尤其要努力。”赫冬梅说：“我知道，我的基础差，一定加倍努力。”

李老师说：“快放寒假了，希望这个寒假，你好好练练字。明年开学了，我要看到你的进步啊！”

“谢谢李老师，我一定不辜负您的希望。那我回教室了。”赫冬梅带着感激的心情离开李老师的办公室。

迎宾饭馆里，赫冬梅一家人围坐在餐桌前。母亲说：“自家人，在家吃饭就行了，还要放到馆子吃，这一桌酒席能卖多少钱？”

贺福堂安慰：“母亲大人可千万别这么说。平时生意忙，顾不上照料家里，这是自家的馆子，也等于是在家吃饭。忙了一年，托您的福，今年生意还不错。今天请全家来，一则孝敬您老人家，感谢您和大哥对我们家的帮助；二则春兰有了新家，即将添丁进口；三则冬梅上学，这是咱家的喜事。今天要特别庆祝冬梅拿了三好学生的奖状回来，这说明她在学校是好样的。”

赫启祥问赫冬梅：“你还得了三好学生？是哪三好？”

赫冬梅撒娇：“大哥连这都不知道？三好是品德好、学习好、身体好。”

赫启祥说：“我就纳闷了，品德好我知道，咱小妹积极向上，尊敬师长，这也没得说。就是这学习好，你是怎么做到的？你没上过高小就敢考中师，没识得几个字就能赶上学校的进度，可见我们家小妹有多聪明，有多勤奋！福堂说得好，今天要特别庆祝的是小妹得了三好学生奖。小妹，你今天也喝上一杯酒！来，干杯！”

母亲感动了：“你们这当哥当姐的就惯着她，护着她！”赫冬梅说：“妈，你不高兴吗？”

母亲流下眼泪：“妈高兴！你爹走得早，多亏你的哥哥姐姐把你拉扯大，你要记着他们的好。妈就是死了，也安心啊！”

赫启祥说：“妈，今天都是高兴的事，福堂的生意好，我的生意也不错。苦日子已经过去了，咱们的日子越过越好了。妈，别难过。”

母亲破涕为笑：“妈这是高兴的，日子越过越好了，我就不由得想起你们的爹。做生意为了那八骆驼货和人家拼命，现在日子好过了，他却走了。如果他今天也在的话，看到你们一个个这么有出息，该有多高兴啊！”

赫彩莲说：“妈，咱们不说这些了，吃饭吧。好好庆祝庆祝啊！”

母亲和全家人高兴地举起酒杯。

赫冬梅送二姐回家进了门，春兰说：“放寒假了，你打算做什么？”

赫冬梅答道：“把《常用字词3000条》巩固一下，我要好好练字。我的字写得不好，将来当老师，板书不好，学生会不信服我的。”

赫春兰点点头：“说的是。”

赫冬梅接着说：“二姐，我有个事想和你说说。我们学校的李老师，他对我特别好，他为了让我把字写好，还给我打米字格，让我练。”

“不错呀。他是不是想追求你？外地人，有没有成家？”春兰问。

冬梅答：“我不知道。但是我觉得他对我特别关心。”

“你要打问一下，看他有没有结婚，是不是外地人没有关系，关键是你喜欢他吗？”

赫冬梅说：“我也说不上是不是喜欢，但是挺感激他的。而且这个老师也多才多艺，文化水平高，大学毕业，字也写得特别漂亮。我们班的同学都很崇拜他，好多女生都把他作为偶像。我也觉得他这个人挺好的。”

赫春兰问：“他向你表白了吗？”

赫冬梅说：“嗯，还没有。不过我看得出他有这个意思。”

“看来你动心了。”

“也不是，真让我心动的不是他。”

“那是另有其人了？是谁？”春兰追问。

赫冬梅不好意思地说：“就是我们西房住的，黄大妈家的儿子。他在农校工作，是团委书记。他对我也挺好的，还给我借了一本《常用字词3000条》，让我尽快过了识字关。就是这本书，让我今年学习成绩一下提高了不少。我第一次见他的时候，心跳加速，脸颊发烧，这是不是心动了？不过我们有个同学叫李美霞，她可是倒追着他。还听同学说他们农校有一个姓陈的姑娘，好像在和他谈恋爱。唉，不管怎么说，我和她们比，都比不过的。”

赫春兰看着害羞的妹妹，温柔地安慰道：“小妹，不要和别人比，是你的缘分，也不要推辞。只要你喜欢他，他也喜欢你，这日子就好过了，就是幸福婚姻。多么希望你嫁一个如意郎君。有爱情的婚姻才是幸福的。”

光阴似箭，转眼到了冬天。塞北的冬天，寒风刺骨，难得有一个阳光明媚的晴天，冬日的阳光从窗户上洒进来，赫冬梅正在炕桌前盘腿坐着练字，就听见院子里母亲说话了：“这是不是秀华她哥的对象？”

赫冬梅一听，心里一揪，忙从玻璃窗子向外面望去。看见了一个美丽的姑娘，梳着两条长长的辫子，和黄振华有说有笑地走进西房。赫冬梅感到有些失落，继续埋头练字。但是字怎么也写不好，然后她把写满字的纸扔到了地上。母亲从地上捡起来：“写上字的纸是不能丢弃在地上踩的，你这样，文殊菩萨会怪罪的。”

赫冬梅没好气地说："什么文殊菩萨，新社会还讲迷信！"

母亲说："你不信文殊菩萨？你怎么能考上师范学校？自古以来老辈人就是这么说的，一字不成，坏笔三年！这是对文字的敬仰。"

赫冬梅说："照你这么说，写了字的纸就得供着？"

母亲道："可不就得供着，门上贴的对联，那就是避邪用的。纸上写了字，就不能踩，就得顶到头上。回头把你写的字收着，在你爹的坟头上烧了，给他看看，他的小女儿现在都读书识字了，他肯定会高兴的。"

黄振华和刚才那位姑娘又从西房走出来，有说有笑，还提着一个大包。母亲看着窗外说："这黄大妈家的儿子的对象，长得还挺俊的。"母亲看见赫冬梅看得那么专注："你看，人家有对象了，你就死心吧，别惦记人家了。"

赫冬梅没好气地说："你胡说什么呢！我什么时候惦记人家了？"

母亲说："跟你说个事儿。前街的张福贵家的儿子，做皮毛生意的，有一院大瓦房，有几处门市铺面，家境富足。张家托媒人说亲，你见面不见面？"

赫冬梅说："不见！不见！我上学期间谁都不见。别再找媒人说亲了，我要专心学习！"

汽车站里，黄振华将一个大包交给陈艳秋，陈艳秋上了汽车。黄振华目送从车窗探出头的陈艳秋。陈艳秋含情脉脉地看着黄振华。汽车开动了，他们两个依依不舍地挥手告别。

赫冬梅扶着挺着大肚子的二姐一进院子，就大声喊道："妈，我们回来了，我把二姐接回家了。"母亲没好气地说："回来就回来了，这么大姑娘也不学斯文点，喊叫什么？"

进了屋，赫冬梅高兴地把二姐扶到炕上："二姐，这炕头可热了，你坐这吧！你喝水不？饿了吗？"

赫春兰笑笑："刚从家里来，也不缺吃不缺喝。你快来跟二姐说会儿话。"

母亲也高兴地给赫春兰拿了个枕头和小薄被，关心地说："快躺着歇一会儿。"

赫春兰说："不歇了，一会儿帮妈做饭！"

"好不容易回来了，歇着吧！做饭有妈呢！"母亲关切地说。

这时，嫂子金玉珠哭着进了门："妈呀，我想和启祥一块去内蒙古进货，他不带我去。"

母亲劝道："你还怀着身孕，又有孩子，你怎么跟他去呢？他进货也就是十来天的时间。你跟上，他是照顾你呀，还是进货呀？"

嫂子说："那我晚上不敢住。"

"没关系，我让冬梅陪你住。"

"冬梅睡着了像死狗一样，她能照看我？"

"那实在不行，我陪你睡？"

"启祥说我不能使唤妈，等启祥走了以后，我想接我妈来陪我住。"

母亲说："成，让冬梅把你妈请来陪你住几天。"

"那好吧！我回去了。"嫂子满意地走了。

赫冬梅对母亲说："都是你惯的毛病。我哥娶了这么一个娇滴滴的漂亮媳妇，我们一家子人都把她哄着供着。想让她妈来就直说，还非要闹着要跟我哥去进货，这是逼着你请她妈到咱们家来。这下好了，你不仅伺候她，连她妈也要伺候上。"

赫春兰抬起手来做了个停止的手势，小声说道："别说了，小心让嫂子听见。"

母亲说："你金大妈是个讲理的人，她来了我也省心。"

"冬梅，你不知道。妈同意让嫂子她妈来是有原因的。"春兰向冬梅解释道。

赫启祥进来了："妈，我下午去联系几个伙计，明天一早我们就去进货。"

母亲说："早饭吃了再走。"

"我们几个人相跟上，在半路上吃。"

"妈给你带些干粮，明天带上。另外，你媳妇刚才说，你走后她想让她妈来，明天叫冬梅把亲家母接来陪她住几天。"

赫启祥说："好，妈，这样你也省心。"

院子北房外，赫二娃坐在门台上，眼睛就没有离开过东房。看一看东房，偷着笑一笑，乐一乐，自言自语："启祥哥真有福气，找了这么年轻漂亮的媳妇。"

母亲说："二娃，你坐在院子半天了，不冷吗？快回去吃饭吧！一会儿你媳妇该骂你了。"

二娃笑了笑："二大妈，我启祥哥真有福气，给我找了这么标致的嫂子。"

"你媳妇来叫你了，一会儿你回去晚了要跪搓板，快快回去。"母亲又说。

赫二娃摇摇头说："我不回，我再看看我嫂子。我媳妇没到吃饭的时间不会叫我的。"正说着，冬梅领着嫂子的妈——金大妈进了院子，她看见母亲劝赫二娃回去。

赫二娃说："我不回，我再看看我嫂子。"

听到这话，金大妈不高兴了，训斥道："嫂子是你能看的吗？她是有主的女人。你快回去！"

赫二娃问："你是谁呀？为什么管我？"

赫冬梅说："这是我嫂子她妈！"

金大妈斥责："你再要坐在门台上看我女儿，我就要你好看。你还不走？"

赫二娃起身："不就是我嫂子年轻漂亮，我多看两眼嘛，你别赶我走。"

赫冬梅生气了："我现在就找你媳妇去，让你媳妇把你叫回去。"赫冬梅朝大门口走去。

赫二娃急忙追去："你别叫她来，我走，我走，我走还不行吗？"

母亲解释："没事，这是个半傻子。那天看见了启祥的媳妇，这就坐在北房门台不走了，都几天了。"

金大妈说："亲家母，你放心，我来了，你就别管了，我女儿我知道，她不会有二心的。"

"启祥去包头进货了，得十来天，媳妇闹着要跟着去。你说她怀孕在身，哪能经得住旅途劳累呢。所以把你接过来，让你劝劝她哄哄她。"母亲温和地说。

"你放心。我的女儿不懂事，让你费心了，不过她听我的话，你就放心吧。"母亲热情地把金大妈领到了媳妇住的东房里。

赫冬梅走进赫二娃家的院子，看见赫二嫂子正在洗衣服。赫冬梅说："二嫂，你把我二哥管住，别让他到处乱跑。"赫二嫂问："怎么，他又闯祸了？"赫冬梅在她耳边悄悄地说了赫二娃刚才的事。二嫂一听，拿起洗衣用的棒槌，追着赫二娃就要打。赫冬梅一把夺过棒槌："让你管他，并没有让你打他呀。"

赫二嫂气愤地说："这个没出息的货，一天到晚好吃懒做，家里什么都指望不上。我洗衣服的工夫，就跑出去了。冬梅，你放心，我管着他，再不让他踏进你家院子半步。"

赫冬梅回到家里。二姐把她拉到里屋。赫春兰兴奋地说："你说的黄大妈的儿子，我刚才看到了，真是一表人才呀。你说他是农校的团委书记，还见过大世面。你要是能和他成了，二姐觉得你这辈子活得值了。"

"没戏了，人家把女朋友都带到家里来了，昨天有说有笑的，所以人家有对象了，我没戏了。唉！我们同学李美霞也是白追了一场。”冬梅说。

“真可惜，要不然你们是天生的一对啊！”赫春兰正说着，西房里传出了黄振华的歌声。

赫冬梅无奈：“看看人家，有对象了，还唱着小曲，多得意、多高兴！”

母亲把饭做好了，对冬梅说：“冬梅，快给你嫂子和她妈送饭去！”

赫冬梅看了一下：“她们两人吃这么多，我们三个人，你给留这点饭够吃吗？我二姐还怀着孕呢。”

母亲不耐烦：“你少废话，她们吃不了，拿过来，你再吃。但必须得多送些，宁可剩下吃不了，也不可不够吃。这才是待客之礼！”

出了门，赫冬梅看见黄秀华在院子里玩：“秀华，秀华！你过来。”

“小梅姐，叫我有什么事儿？”

赫冬梅把书递给了黄秀华：“这本书我看完了，还给你哥，代我谢谢他。”

黄秀华说：“小梅姐，我哥说不着急。”

“我已经看完了，再说这是借人家学校的书，还是早点还了好。”正说着，黄振华出了家门，走过来：“冬梅，不着急，你继续看吧！”

赫冬梅回道：“我看完了，而且这里的字我都会写了。”

黄振华有点吃惊：“这么快，几个月时间你把3000字都学会认会了？”

赫冬梅自豪地说：“是的。”

黄振华问：“听秀华说，你上学期还评上了三好学生？”

“是的。”

黄振华看到了赫冬梅的进步，高兴地说：“你真了不起！”

赫冬梅说了声：“谢谢！”便转身回家去了。

赫启祥从包头进货回家了，全家人非常高兴，一起吃了中午饭。饭后，赫启祥来到了赫冬梅的房间，看见冬梅正在练字。

赫启祥拿起她写的字：“冬梅，你太让大哥吃惊了！这么短的一个假期，你把字写得这么好了！”

“大哥，你别挖苦我了，你知道我字写得不好。我每天坚持练习，这是一个假期的成果啊！我认了3000个字，写了3000个字，练了3000个字，总算还有点起色。不过，能得到大哥的表扬，我很高兴。大哥，你这次进货回来给我带什么礼物了？”

赫启祥说：“到铺子里看看，喜欢什么，大哥奖励你什么！还有，叫上你二姐一块儿去。嗯，我还进了皮帽和围巾，特别漂亮，别让你嫂子知道。”

“谢谢大哥！”

赫冬梅和李美霞坐在操场边上。赫冬梅说：“美霞，这是我的入团申请书，请团组织考验我。我自愿加入中国共产主义青年团。请你做我的介绍人，并且帮助我早日加入团组织。”

李美霞道：“你是上学期的三好学生，又是要求进步的积极分子。我一定把你的申请和愿望向团委汇报，我会帮助你的。”

她俩同时对彼此说：“我想跟你说……”她俩一起笑了。赫冬梅说：“你先说。”李美霞说：“你先说。”

赫冬梅说：“黄书记好像有对象了。那天把那个女的领到他家里来了，我在窗户上看见的。”

李美霞伤感：“怪不得，人家说不和女学生谈恋爱，怕影响女方学习！说得冠冕堂皇，原来是有对象了。”

“挺虚伪的。他还不如直说有对象了呢。”

李美霞问：“那对象怎么样？”

“不怎么样，人长得还不错，但是感觉有点土，没你漂亮大方。”冬梅不满地说。

李美霞道：“咱们同学们都误认为是黄书记给我送了毛毯，写了情书，其实都是误会。那天和黄书记谈工作，我不小心将毛毯放在他办公室，走的时候忘了带。是黄书记让通讯员送到我们学校，结果引起一场误会。唉，真让我有口难辩！”

教室里正在上课。李老师站在讲台上：“今天的作文课，我想给大家读一篇范文。这篇范文是我们班里的同学写的，我先不告诉大家她的名字。这是以‘春’为主题写的一篇作文，题目是——我的春天来了。”

“我生在一个富足的家庭里。可我出生后不久，父亲在外地做生意被骗，客死他乡。我的二哥因为没钱治病，年幼夭折。母亲变卖了所有的家产、房产和首饰，为父亲还债。从此，我们家的生活一落千丈，一度不得不住在乡下亲戚家的防空窑洞里。妈妈说我命不好，是‘妨事灵’，让家里的生活从此陷入了贫困。我出生在寒冷的冬天，妈妈给我取名叫冬梅。”全班同学的目光看向了赫冬梅。冬梅红着脸，低着头。

李老师继续读道：“从小到大我立志不做‘妨事灵’，我要让妈妈为我感到骄傲和自豪，我想通过自己的努力，改变家庭的命运。我长大了，是新中国新社会给了我机会，让我这个没有上过几天学的小女子，考上了师范学校。我的命运从此进入了春天。春天是播种的季节，如何让我的人生取得成就，对我来说就是学好本领，为祖国建设添砖加瓦。寒假里我认读学写了《常用字词3000条》，扫清了我学习中的“拦路虎”，进入了我学习的春天。春天是经过夏天的酷热、严冬的寒冷而来的，春天也是为了秋天的收获而来的。珍惜吧，我的春天！”

全班同学沉默良久。

李老师评价：“全篇作文，没有一个错别字，没有一个错误的标点符号，每一个字书写都很规范。你们应该猜出来了，这位同学就是赫——冬——梅！”

全班爆发出热烈的掌声，赫冬梅激动地哭了。

李老师说：“好多同学不知道好作文怎么写，今后，就要像赫冬梅同学这样，把你感受最深的人和事写出来，感动了读者，就是好作文！”

自习课，李美霞走到教室里对赫冬梅郑重地说：“冬梅，你的入团申请书被批准了，祝贺你成为光荣的中国共产主义青年团团员。团委杨书记一会儿找你谈话。”

赫冬梅感动地说：“美霞，谢谢你的帮助！”

李美霞说：“记得去杨书记办公室！”

“好的！”

李美霞转身向全班同学说：“同学们，我向大家宣布：经驼城师范学校团委批准，赫冬梅同学成为光荣的中国共产主义青年团的一员，请大家祝贺她！”

赫冬梅站起身来，面向同学：“感谢同学们的鼓励和帮助，感谢团组织的信任，我一定努力学习、努力工作，绝不辜负团组织和同学们的期望。”

赫冬梅和同学们吃过中午饭，往宿舍走。学校的广播里正在播送：“全国推广学习纺织工人赵梦桃小组工作经验。全国掀起学习赵梦桃小组热潮……”

师范学校团委办公室内，团委杨书记找赫冬梅谈话。杨书记宣读文件后讲：“经学校团委开会研究，批准赫冬梅等同学的入团申请，并任命赫冬梅为团委的劳动卫生委员。同时为了学习赵梦桃小组的经验，请赫冬梅先做一个表率，成立冬梅小组，组织同学们，树立先进标兵。”

冬梅回答：“我一定不辜负组织对我的期望。”

赫冬梅问张润美：“李美霞今天怎么没来上学？”

张润美说：“李美霞请假了，她病了。”

甲女生：“李美霞这几天没精打采的，这次生病是不是和失恋有关呀？”

赫冬梅辩解道：“大家不要乱说，她和黄振华就没有谈过恋爱，哪来的失恋啊？我还要给大家解释一下，那天美霞到农校黄书记的办公室谈联欢会的工作，她把自己的毛毯忘到黄书记的办公室里，是黄书记让通讯员把毛毯送回来。结果大家误会，说是黄书记给李美霞送毛毯、写情书，让美霞有口难辩，所以大家以后不要再乱说了。”冬梅转身问张润美：“中午我们到她家里看看她吧。”

张润美点点头同意了。

李美霞家住在一座豪华的四合院里。赫冬梅第一次来到李美霞家，家里的保姆领着她们去李美霞的卧室。李美霞的卧室布置得非常雅致，她躺在一张精美的绣床上，屋里还有雕花的书架、桌子、椅子等精美的家具。

赫冬梅问：“美霞，你还好吧？我们来看看你。你的房间好漂亮呀！”

李美霞躺在床上，盖着一床织锦小被：“唉，也就是一点小感冒，还让你们费心到家里来看我。药也吃了，明天我就可以上学了。听说你还成立了冬梅小组，成天做好事，树立标兵，被老师表扬了？”

赫冬梅说：“你消息真灵通！”

冬梅小组在粉刷墙。一群人在赫冬梅的带领下，忙得热火朝天。

教室内，冬梅小组的人员在写决心书，布置心得体会专栏。

赫冬梅到了农校团委黄振华的办公室。门半开着，她敲了敲门，从门缝儿看见没有人，就推门进去。办公室里整洁简朴，办公桌上还有一杯热茶，冒着热气。她判断人没有走远，于是她就坐到椅子上等待主人。一会儿，她又站起来，走到书柜后面，环顾了一下，看见靠在后墙有一张单人床，上面放着单薄的军用被。她明白了，李美霞为什么要送毛毯给他。李美霞是用这种方式来表达自己的感情，没想到让这个黄书记拒绝了。

黄振华进来了，发现赫冬梅坐在办公室，有点惊奇："冬梅，你怎么来啦，有事吗？"

赫冬梅说："第一次到你办公室来，有些事情我想和你澄清一下。"

"什么事儿需要澄清？"

"想问问你给李美霞送毛毯的事情。"

"我为什么要给李美霞送毛毯？"

"你太健忘了吧。"

黄振华拍了一下脑门："哦，我想起来了，那天李美霞和我谈工作，她把毛毯忘到我办公室，我让通讯员送到你们学校给她，有什么问题吗？"

赫冬梅质问："你知不知道李美霞喜欢你？"

黄振华有点诧异："我不知道。"

"那么我再问你，你给李美霞送毛毯时，还写了一封信，是吗？"

"是的，我给她说了关于联谊会的几件事情，交代了一下我的意见。"

"你送毛毯和写信给她造成了很不好的影响，我们师范学校的同学都认为你给她送毛毯、写情书，让她有口难辩。"

黄振华恍然大悟："哎呀，这太不应该了。我没想到我会给她造成这么大的影响，这是我的失误。"

赫冬梅又问："是不是有人给你介绍过李美霞，作为你的女朋友介绍的？"

"没有啊！"

"你再仔细想一想。我提醒一下，图书馆的刘主任给你介绍过对象吗？"

黄振华想了想："好像有一次他说给我介绍一个对象，是师范学校的学生。我回答他说，正在上学的女学生我不谈，这样会影响她们的学习。"

"那么刘主任给你说是谁了吗？"

"他没有提名字，我也没有追问。"

赫冬梅说："李美霞因此病了，你知道吗？她很难过。同学们都认为她是因为失恋而病倒的。我想告诉你的是，你很优秀，好多女同学喜欢你，这也很正常。但是请你处理好和她们的关系，既然有了对象就不要到处留情，给一些女生希望，这样会影响她们的情绪。你有了对象就早点公布，别让有些女孩子为你而伤神，影响她们的学习。”

黄振华有些委屈：“冬梅，你说的话我不明白。我也不能因为要堵住同学们的嘴，就随便拉一个女的宣布，我有对象了。李美霞是单方面的失恋，这并不是我的责任。我承认，有些事情处理得不好，给她造成了一定的负面影响，对这一点我感到抱歉，请你转告李美霞同学。其他事情我并没有错呀，你不能冤枉我。”

“你的个人问题，希望你解决好，不要让不相干的人受牵连。今天我就是为了这件事和你谈谈，希望你以后注意。”赫冬梅说完后推门出去。

黄振华感到莫名其妙，尴尬地摇了摇头：“我真是有口难辩。”

自习课，张润美走到赫冬梅面前悄声说：“冬梅，图书馆的马老师让你到他办公室去。”

赫冬梅问：“叫我什么事？”

张润美说：“我也不知道，他让你去一下，你还是去吧，去了就知道了。”

赫冬梅进了马老师的办公室，她看见李老师也在那里。

赫冬梅问：“马老师，您叫我？”又看了看李老师。

马老师说：“嗯，李老师找你有话要说，我出去买点东西，你们两个谈。”然后马老师走了。

李老师道：“冬梅，你最近学习进步很大，又积极要求进步。嗯，你成为团委的劳动卫生委员，还成立了冬梅小组，做了不少好事，你现在是我们学校的标兵学生。看到你的进步我很欣赏，也很钦佩。我今天找你来是谈一谈个人问题。我是关中人，大学毕业分配到驼城师范学校。我结过婚，是父母包办的婚姻，暑假我已经离婚了（他拿出他的离婚证让冬梅看），我没有孩子。”

赫冬梅问：“李老师，你为什么给我讲这些？”

李老师停顿了一下：“那我直说了吧，嗯，下学期有可能我要调到沙柳县中学当教导主任。我想在驼城解决我的个人问题，我很喜欢你，你愿不愿意接受我？”

李老师抓住赫冬梅的手，赫冬梅手足无措，紧张地甩开了他的手。

赫冬梅说：“我不知道你在说什么，因为我从来没有考虑过我的个人问题。我现在的主要任务是学习，我也不打算考虑个人问题，你刚才说的话我还不能马上回答你，我得问问我们家里的意见。”

李老师：“那你的意见是什么？我想听听你的想法。”

赫冬梅说：“你提的问题太突然，我没有思想准备，让我想一想再告诉你。”

李老师：“那好吧，你考虑考虑，也可以和你家人商量一下，我等着你的回答。最好能尽快给我答复，好吗？”赫冬梅脸红扑扑的，出了马老师的办公室。

学校周末联谊舞会上，冬梅小组帮李美霞布置会场。李美霞病好了，也上学了。

赫冬梅关切地说：“美霞，你病刚好，坐那儿指挥吧，这些活由我们来干。”

“没关系，我的病已经好了，那件事我也释怀了。”

赫冬梅说：“我那天从你那儿出来非常生气，就一个人跑到农校找了黄书记，质问他为什么脚踩两条船，为什么把毛毯送到传达室，让同学们对你产生了误会，让你有口难辩。他说，他失误了，没想到给你造成了这些影响。他表示抱歉，并让我转达对你的问候和歉意。”

李美霞道：“唉，都过去了，不想这些事了。不过，冬梅我还得谢谢你，总算为我说了一句公道话。”

学校礼堂，李美霞站在舞台上宣布：“为了活跃学校的文艺生活，团委决定：以后周六晚上，特殊情况除外，都在学校礼堂组织联谊舞会，请同学们积极参加。现在，我宣布文艺联谊舞会正式开始！音乐响起来！大家找好自己的舞伴，跳舞吧！”

李老师走到赫冬梅旁边，对赫冬梅说：“请你跳支舞吧。”赫冬梅起身和李老师一起跳舞，几个同学对李美霞说：“我们感觉李老师好像看上赫冬梅了。”

甲女生：“真不理解，怎么好男人都喜欢赫冬梅这种人？”

李美霞说：“冬梅善良实诚，不做作，这就是冬梅俘虏好男人的武器。”

乙女生：“听说李老师下学期要调离我们学校，提拔到沙柳县中学当教导主任。”

李美霞道：“冬梅未必会和他到那里去，据我了解，她妈不会让她走的，但是爱情的力量就很难说了。”

李老师和赫冬梅跳舞，突然问赫冬梅：“你给父母家人说过我们的情况吗？”

赫冬梅答道：“我还没有回家，也没有告诉家里人这件事。”

李老师催道：“那你抽空回家一趟，告诉家人我的情况和我们俩的事儿。关键是你怎么考虑的？”

赫冬梅结结巴巴：“我是……挺喜欢……你的。”

李老师微笑了，含情脉脉地对赫冬梅说：“那你尽快跟家里人谈谈吧。”

杨书记带着各学校的团委书记和观摩小组，到驼城师范学校冬梅小组观摩。他们看到了冬梅小组的专栏，看到了冬梅她们整齐干净的宿舍，看到了黑板报上同学们的生活和思想专栏。杨书记重点向各位介绍冬梅小组的先进事迹。黄振华也带领着农校的团委成员参观着。

黄振华碰见了赫冬梅，说：“冬梅，你的进步真让我吃惊！我们是来向你学习的。”

黄振华看见了李美霞，主动上前握手：“美霞同学，有些误会，请你原谅，我们还是好朋友，对吗？”

李美霞愉快地说：“非常高兴你这么说，是的，我们还是好朋友。”

赫冬梅看到李美霞的微笑，心里宽慰了很多。

第四章

赫冬梅来到迎宾饭馆跟彩莲说："大姐，我们学校有一个老师追求我，我不知道怎么回答他。"

赫彩莲问："这个老师是什么情况？"

"他大学毕业，多才多艺，但离过婚，可是他没有孩子，就是有一点不好，是地主成分。他下学期要调到沙柳县中学当教导主任，催我与家人商量，尽快答复他。"

赫彩莲说："这件事可要跟妈商量。如果他调到外地工作，妈可能不会同意。我跟你一块儿回家，跟妈商量商量，他不是急着要答复吗？"

母亲、大哥、大姐和冬梅坐在一起。母亲说："他结过婚，是个二婚，有没有孩子还不知道。他还要在外地工作，你要跟他去，你还能上学吗？你不是一直不谈恋爱，要学习嘛。你跟他去了外地，连学都没得上了，我不同意！"

赫冬梅说："可是我喜欢他，不管他去哪里，我觉得这个老师很好，他对我也不错。"

赫启祥道："这个人是地主成分，这样会影响你的前途。"

赫彩莲说："要不然，先让我们见一见他。"

赫冬梅说："那可不能让他到家里来呀，如果他到家里来，那就等于我们答应他了，再说影响也不好。"

赫启祥说："那你想个办法，让我们侧面见一见。"

赫冬梅说："那好，过两天我们要出秧歌，你们在我哥的铺子等着，我们过来的时候，我指给你们看看。”

母亲说：“这个主意好，我们侧面先看看这个人怎么样，是不是像你说得那么好。”

赫启祥的百货铺门外，赫家人都等在那里。一会儿，锣鼓声传了过来，一队队秧歌沿着街道向这边走来。母亲、赫彩莲和赫启祥看到了驼城师范秧歌队的旗帜。

赫启祥喊道：“师范学校的秧歌队来了。”

赫彩莲说：“妈，来了，这就是驼城师范的秧歌队。等秧歌队走到铺子前，赫冬梅看见了母亲和哥哥姐姐在那里看秧歌，她就指着吹哨子的李老师，哥哥点了点头，母亲大姐也招了招手。

赫启祥的铺子里，一家人还聚在一起，等着赫冬梅回来。

赫冬梅的秧歌队表演结束了，她回到铺子，一边卸妆，一边问：“那个李老师你们看清了吗？怎么样？”

母亲说：“不怎么样。”

赫彩莲问：“长得那么黑，他是农村人吧？”

赫启祥道：“人长得怎么样倒无所谓，关键他是二婚，又是地主成分，将来会影响你的前途的。另外，他有没有孩子，也不能凭他说吧？”

“妈是不会同意你嫁到外地去的。外地人我们不了解，所以我们不同意，你也死了心吧。我看别人给你介绍的，媒人介绍来的，都比这个强。”

赫冬梅听了大家的话，也有些动摇。

赫冬梅来到二姐家：“二姐，这些天忙得不可开交，今天是星期天，我来看看你。”

赫春兰亲切地拉着冬梅的手：“就是，这么些天也没见你来，二姐想你了。”冬梅打量二姐说：“你的肚子大了好多，什么时候生呀？”

“离预产期还得两个多月呢。你看我给小宝宝做的衣服，好看不？”春兰打开包袱。

“哎哟，好可爱呀，这么小的衣服。二姐，你这一手好针线活儿可是派上用场了。你看这小袄儿上都绣的花。”冬梅拿起小衣服说。

赫春兰说：“这是大姐拿来的一些布料，说头一胎要打扮得漂亮一点，我也不知道是男孩还是女孩，索性就当男孩儿缝制衣服吧。”

“男孩女孩都一样，只要是我二姐生的，都是好宝宝，都会聪明善良的。”

赫春兰拉着冬梅：“我还有一件东西要给你，这是我给你织的毛衣，新款式。”

赫冬梅接过毛衣，在身上比量着：“太好看了，二姐你真是我的知心人，你怎么就知道我喜欢这个颜色和款式呢？我们同学张润美穿了一件，李美霞也穿了一件，我好羡慕呀，可是我不会织毛衣，没想到二姐都给我织好了，谢谢二姐！”

“二姐不是有钱人，只能给你干点活出出力。大姐和大哥都给你买新衣服，二姐就给你织织毛衣，做好看的衣服吧。”

“二姐，你是我的知心朋友，我有些话想跟你说。”

赫春兰问：“是不是遇到什么事儿啦，出现恋爱问题啦？”

“二姐，我们那个李老师向我表白了，他说他喜欢我，想和我结婚。”

“那你喜欢他吗？”二姐关切地问冬梅。

“我也挺喜欢他的，我觉得这个老师非常好，多才多艺，对我也很好，可是妈不同意呀，大哥大姐也反对。”

“为什么不同意呀？”二姐问。

赫冬梅说：“一是因为他是地主成分；二是因为他结过婚，是二婚；三是因为他马上要调到外地去工作。”

赫春兰追问：“要到外地工作，那他没有孩子吧？”

“没有孩子。他是包办婚姻，所以他去年夏天已经跟原来的妻子离婚了。”

赫春兰语重心长地说：“我觉得妈和大哥大姐说的也有道理，你是一个进步青年，又刚入了团，将来还有可能要入党。他的地主成分可能会影响你的，再说你到了外地怎么回来呀？我们会想你的，二姐也离不开你呀！”

赫冬梅无奈：“就是这一点，我很纠结。”

赫春兰说：“我倒觉得黄大妈家的儿子最合适你，年龄相当。他们又是革命家庭，将来对你的工作、学习、生活，包括进步都会有帮助的。他们家是穷点，要我说，穷富都无所谓，富有富的过法，穷有穷的过法，再说你们俩都有工资，日子还能过不下来吗？”

赫冬梅强调：“二姐你忘了他已经有对象了，是他们学校的职工，我不可能插一杠子吧？”

“我看见过他那个对象，不咋样，我觉得还不如你。”

赫冬梅改了主意："二姐，既然你也反对的话，那我就把李老师拒绝了。"

赫春兰说："二姐认为你还有机会呀，你还在上学，如果跟他走了，你学业怎么办？那多遗憾。我认为你现在还是好好学习，等毕业了有了工作再说，现在不是提倡晚婚吗？我觉得你以后还有机会的。"

赫冬梅惴惴不安地敲开了李老师的办公室。李老师看见是冬梅急忙把她让进了房间："这么长时间了，你应该跟家里人商量过了吧，我想听你一个准话。"

赫冬梅说："我们家里不同意，特别是我母亲，不想让我到外地去。再说，我还在上学，所以我暂时不想谈婚论嫁。李老师，我可能没办法满足你的要求，我得听我妈和我哥哥姐姐的。我现在还在学习阶段，我想把学上完再考虑个人问题。"

李老师沉默了一会儿："唉，太让我失望了。我是真的喜欢你，那就再见吧。"

赫冬梅表示惋惜："李老师，再见。不过你对我的好，我一辈子都不会忘记，谢谢你。"说完，走出了李老师的办公室，回教室去了。

一天中午，赫冬梅回宿舍里，几个女同学围坐在一起。李美霞看见冬梅进来就问："冬梅，我们都以为你会和李老师结婚，跟他到外地去。是不是你家里人不同意？"

"是的，我妈、我大哥和我大姐、二姐都不同意，我也不想跟他去外地！"

"唉，让我猜着了。其实我们班里好多同学都挺仰慕李老师的，因为看到李老师喜欢你，所以大家都死心了，你知道李老师最后和谁结婚了？"李美霞神秘地问冬梅。

"李老师结婚了？我不知道。他和谁结婚了？"冬梅惊讶地问。

"他和附小的刘老师结婚了，她也是二婚，也没有孩子。他们已经办了手续，李老师已经到沙柳县中学任教了，刘老师也跟他一块儿去了。"

赫冬梅一句话也没说，显得很难过。

张润美说："我倒觉得他们两个挺合适，你和他未必合适。"

赫冬梅在屋里发呆。母亲正在缝制衣服，听见外屋水壶响了："冬梅，水开了，快去把暖水瓶灌了。"

赫冬梅跑出了外屋，一边灌水，一边若有所思。一不小心，把热水浇到了自己的脚上，不由自主地喊："哎呀！"

母亲听到喊声从里屋跑出来："怎么啦？"

"我不小心让热水把脚烫伤了。"

母亲一边帮冬梅，一边抱怨："你这几天怎么了？整天魂不守舍，连这点事都做不好！"

"好痛啊，好痛啊！"

正说着黄齐英进了屋，黄齐英问："冬梅，怎么啦？"

"冬梅不小心，让开水把脚给烫伤了。"母亲说。

"没关系，我家里有特效药，是个偏方，我拿来给她抹上就好了。"

过了一会儿，黄齐英拿了一碗油汪汪黑乎乎的东西进来，走近冬梅："脱了鞋和袜子。"她亲手给冬梅上药。冬梅看了一下黄齐英，觉得非常亲切。

黄齐英问："把药抹上了，是不是疼得轻些了？"

赫冬梅说："好多了，谢谢黄大妈。"

"谢什么，一点小事。这药是我给秀华配的，前一阵秀华把手烫伤了，我就用这个偏方，抹了两天就好了，一点疤都没留，你放心用。一天抹上三四次，保证两三天以后就好了。哦，我都忘了正事了。"

黄齐英从口袋里掏出了钱："赫家大嫂，这是我们这个月的房租。"

母亲客气地说："不急，不急！都是一个院子的邻居了，这点钱不着急。你看你，每月还这么按时按点地给我送来。"

"我儿子说了，赫家大妈也是靠着儿女接济吃饭，所以这房钱让我按时按点地给你送来。冬梅，有这个特效药，你两三天就能上学了。大嫂，我走了。"

母亲感谢道："谢谢啦！"送黄齐英出了门。

赫冬梅对母亲说："黄大妈还挺好的，很有爱心。"

"黄大妈是个好人，就是性子有点直，做了那么多的好事，还是得罪了不少人。"

赫春兰挺着大肚子回到娘家，一进门就问："冬梅，听说你把脚烫伤了，二姐来看你。怎么样？还疼吗？"

"二姐，我好多了，多亏了黄大妈家的偏方药，你看我的脚都不肿了。"

赫春兰关心道："最好还是别下地，请两天假吧。"

"已经请过假了。"

赫春兰说："妈说你心不在焉，怎么回事儿？"

"哎，二姐，我心里挺难过的。李老师和附小的一个女老师结婚了，他们已经去了沙柳中学。是我先不同意他的，但是听到他结婚，我还是特别难过，挺惋惜的。那天我一直在想，如果我没有拒绝他的话，说不定现在我和他已经走在一起了。我真是舍不得这个老师，我想他这么快结婚，可能因为我伤害了他，他才闪电式结婚。我一定把他伤得不轻。"

"你都伤成这样了，还为人家考虑，看来你还真是动了感情了。"

冬梅惋惜："他毕竟是第一个向我求婚的人。我没有珍惜，让这么一个好男人从我身边溜走了。"

春兰给冬梅打气："别说了，好男人有的是。"

赫冬梅抬起头来，盯着二姐："在哪儿？"

"远在天边，近在眼前。"她用手指指西房。

"我跟你说了多少遍了，人家已经有对象了。"

"我敢和你打赌，那个人迟早是你的。"

"你净瞎说，没有可能的事了。过去我见着他还有点紧张心跳，现在我见了他，和平常人没什么区别，结束了。"

赫春兰说："那是因为你认为他已经有了对象，对他死心了呗。"

赫冬梅反驳："可二姐你凭什么说他就是我的？李美霞和那个陈艳秋，都横在我的前面，怎么可能？"

赫春兰自信地答："我是凭着一种直觉！你等着瞧！"

师范学校团委杨书记办公室里，杨书记说："冬梅同学，最近你的工作做得很不错，同学们都对你评价很高，你的学习也进步很快，老师们都有很好的反映。嗯，关于你的个人问题，有人说你和李老师谈恋爱？"

赫冬梅说："啊，没有，家里人不同意。"

杨书记："这是真的吗？其实我一直认为你和李老师不合适。李老师这个人是有些才能，但是思想比较落后，家里又是地主成分，将来会影响你的进步。现在他也已经结婚了，你就应该放下这件事，轻装前进。"

赫冬梅说："我现在不想谈对象，我只想好好读书。在学校的这段时间里，日子过得很快。我觉得应该学的东西还有很多，所以我想毕业参加工作以后再考虑个人问题。”

杨书记：“你这个考虑也很有道理。那好吧，还有一个学期就要毕业了，你要把学习成绩提高，还要组织好同学，做好毕业和参加工作的准备。”

赫冬梅来到二姐家：“二姐，我们考完试了，就这一两天放假。我来看你了。”

“快放假了吧？”

“嗯。”

赫春兰问：“是不是又被评为三好学生啦？”

“我把三好学生奖让出去了，我是优秀团干部，又是冬梅小组的组长，荣誉不能都让我一个人得呀。”

赫春兰夸奖：“我的小妹总是这么公平公道。”

赫冬梅好奇：“让我看看你，哎哟，肚子这么大了，快生了吧？”

“按预产期应该就是这几天吧。二姐真羡慕你，你看你有前途，又有追求，再看看我，纯粹一个家庭妇女。”

“二姐，你别急，等你生完孩子以后，你还可以参加考试。”

“嗯，妈许诺，我生完孩子以后，她给我带孩子，我去当女干部、女医生，她都不干涉我了。我也有指望了，能和你一样成为国家的人。看看我的小妹，是优秀团干部，又是冬梅小组组长，人家领导这么看重你，你可要努力呀！”

冬梅自豪地说：“我们团委杨书记说了，让我积极努力，他还要培养介绍我入党呢！”

赫春兰惊喜道：“你说要加入中国共产党吗？二姐真为你高兴！”

“二姐，等你生了孩子以后，有妈给你带孩子，你也能和我一样，你一定会成为劳动英雄的。”冬梅安慰春兰。

春兰目光有神，好像看到了希望：“二姐等着那一天！”

赫冬梅说：“二姐，不过我最近心情一点都不好。因为我喜欢的李老师，闪电式地和附小的刘老师结了婚。结婚后他到沙柳中学去当教导主任了，尽管我拒绝了他，但是我心里还是觉得很失落。”

赫春兰安慰道：“这件事过去了，别再想了，你会找到如意郎君的。”

姐妹俩互诉衷肠，憧憬着美好的未来。

赫冬梅回到家告诉母亲，二姐的预产期就在这几天，提出她想去二姐家多陪陪她。

母亲说："你明天不就放假了吗？放了假就陪你二姐住，妈家里走不开，还要给你哥、嫂子和孩子们做饭呢。你二姐有什么情况，你在她身边也好照应。"

赫冬梅住在二姐家，姐妹俩整天有说有笑，很开心。冬梅在二姐的指导下学习做家务。

赫春兰说："小妹也该学学做饭、做家务了，等你将来成了家，有了孩子，你还能不给他们做饭吃吗？所以到二姐这儿来，二姐教你做饭、做针线活，怎么样？"

赫冬梅道："学做饭倒是有必要，至于针线活嘛，我有二姐呢，等我结了婚有了孩子，二姐给我的孩子做针线活吧，我是学不会这些东西的。从小这些活是你和大姐做，我连针都没拿过，所以，将来我的孩子就靠二姐了。"

赫春兰说："你这个小懒虫，将来生活会逼着你做这些活儿的，你学会家务活，也不会影响你工作呀，人常说艺多不压身嘛。"

夜里赫冬梅陪着二姐在炕上睡觉，突然被二姐推醒："冬梅，醒醒，我肚子疼得厉害。"

赫冬梅说："二姐，你是不是要生孩子了？那我赶快去叫妈来。"

"不行，大半夜的，你一个女孩家的不能去！"

"那我让忠善哥去叫妈和产婆来。"赫冬梅穿好衣服起身，去另外一个房间叫忠善。

"忠善哥！忠善哥！快起床，我二姐肚子疼，怕是要生了。你赶快起来去找妈来！"

忠善连忙起来："我这就去找妈和产婆来，你好好照顾你二姐。"说着忠善急急忙忙拿了件外衣就跑出门外。

来到母亲家，忠善半夜敲门："妈，妈！是我，我是忠善！"

"忠善！是不是春兰要生了？"

"是的，春兰肚子疼得厉害。"

"疼了多长时间了？"

"有一个时辰了。"

母亲说："那还早着呢！你先去请产婆，我这就去你们家。"

母亲来到春兰家，不一会儿忠善哥也带着产婆来了。母亲说："忠善、冬梅，你们到外面候着去。女人生孩子，你们帮不上忙。"

赫冬梅和忠善在院子里等待。忠善着急地在院子里转圈圈，冬梅说："忠善哥，你别转了。别着急，妈和产婆她们有经验。忠善哥，我问你句话，你爱我二姐吗？”忠善不好意思：“不爱能结婚吗？”赫冬梅问：“那你和我二姐为什么不说话呢？”

“我心里有点怕她，害怕她伤心难过。她不是自愿嫁给我的，是妈好说歹说劝她嫁给我。她心里对我不满意，我对她有些愧疚。我给她说过，等孩子生了，她想干啥就干啥，我绝不拦她。”冬梅说：“恐怕你也拦不住吧。”

“只要她高兴，我不会拦她，也不敢拦她。”两个人沉默了一会儿。

突然，屋子里传来婴儿的哭声，忠善和冬梅不约而同地冲向屋子，房门反锁着，他们进不去。冬梅焦急地在外面喊：“妈，是男孩还是女孩？”屋里母亲说：“是个男孩。”忠善高兴地拍拍胸脯：“这下好了，这下好了。”

屋子里，大家欢天喜地庆祝。冬梅高兴地对躺在床上的二姐说：“二姐，你的任务完成了，你生了个漂亮的男孩。”二姐有气无力地笑了一下，然后沉沉地睡去。

过了会儿，冬梅抱着孩子玩。母亲端了一碗粥对冬梅说：“叫你二姐起来，让她把这碗粥喝了。另外这是给孩子的糖水，你用小勺给喂着。我回家给你哥嫂做饭去。”冬梅说：“好的，你走吧。”

母亲出了门，冬梅把糖水喂给孩子。孩子喝了几口就睡着了，冬梅把孩子放到炕上。回过头来叫：“二姐，二姐，起来喝粥。”她发现二姐昏睡没有反应。冬梅又叫了一次还是没反应。冬梅急了：“忠善哥，忠善哥，你快回家找妈来，二姐怎么叫不醒？”忠善过来一看说：“大事不妙！”向门外跑去。

母亲刚回家，准备做饭。忠善跑来：“妈！春兰长睡不醒，叫了不答应！”母亲着急地说：“我现在就过去。忠善，你赶快叫你大姐来，还要找个医生，到家里来。”

忠善气喘吁吁地跑到了迎宾饭馆彩莲面前：“大姐……”彩莲看他上气不接下气：“春兰生了？”“生了……”大姐问：“生了个男孩女孩？”“生了个男孩，但是情况不妙，春兰现在昏睡不醒，妈让你赶快到我家去。我这就去找医生。”大姐连忙说：“那好，我就过去。你快去请医生来。”

忠善走进一个私人诊所，进门就问：“你们这儿有医生吗？”过来一个醉醺醺的人说：“我就是医生。”忠善说：“你赶快跟我走吧，我老婆生完孩子就叫不醒了，不知什么原因。”医生醉态而自信：“刚生完孩子，无非两种情况，一种是大出血，一种是血迷。我带点药过去。伙计！把我的银针带上，另外把我的药箱拿来。”说完他拿着医药箱跟着忠善走出诊所。

忠善带了一个醉醺醺的大夫来到家里。大夫给二姐诊脉："这是血迷，出血昏迷。扎个针，吃点药就好了。"于是，他掏出银针，找准穴位，给二姐扎针。不一会儿，二姐终于醒了，母亲和大家都很高兴。

那个醉汉医生从自己的药箱里掏出一大把药，醉呼呼地说："一天三次，一包三次。"还竖起三个指头，重复了他的话，"一天三次，一次三包。"冬梅不放心又问他："是一次三包，还是一包分三次？"医生醉醺醺地说："这姑娘连话也听不明白，一、一次三包嘛！人也醒了，药一吃就好了。我，我走了。"忠善哥把医生送出了门。

母亲按医嘱给二姐服下药，又让二姐喝了一碗粥。这时大姐也来了："妈，我带了粉汤和包子，你吃了再回去。"母亲说："你大哥家的饭还没做呢，孩子们放学回来要吃饭，我回去做饭去。"彩莲答应道："你回吧，这儿有我和冬梅呢。"

赫启祥回到家中，金玉珠说："春兰今天生孩子，妈去了也没回来，也没人做饭，我带着孩子也没法做。"启祥问："生的男孩还是女孩？"金玉珠道："我也不知道，谁也没给我说。"启祥说："没关系，我出去买点吃的，别让妈做饭了。"说完走出了房间。

母亲急急忙忙跑回来赶着做饭。金玉珠说："妈，你别做饭了，启祥到馆子买吃的去了。"母亲说："春兰生孩子大出血，情况不太好，妈在那多耽搁了点时间。也好，那你们今天就买饭对付一顿。妈不放心春兰，那我过去了。"

母亲又赶到春兰家，看见冬梅抱着孩子，孩子不停地在哭。母亲说孩子饿了，冬梅说："孩子饿了，我二姐也没法喂，总不能老喝糖水吧！我让嫂子去给孩子喂点奶。"还没等母亲和大姐同意，冬梅给孩子裹了个小被就抱出门外，直奔嫂子家去。

冬梅进了嫂子的家门，对嫂子说："嫂子，我二姐的奶下不来，孩子饿得哇哇直哭，你给孩子喂点奶吧。"

金玉珠不高兴："我的奶我的孩子都不够吃，哪有多余的奶给他吃？"

冬梅气愤地说："嫂子，你的孩子大了，一岁了，不够吃，他吃点米糊、面糊都可以呀。这个孩子刚出生，你让给他喂什么？"

金玉珠反驳道："我孩子吃惯我的奶了，不喜欢吃面糊、米糊。"

冬梅生气了："你的孩子那么金贵，别人的孩子就不是人吗？妈和我二姐平时对你咋样？到这关键时候你不帮忙，你说得过去吗？"

俩人正吵着，赫启祥和金大妈进了家门。金大妈严肃地说："玉珠不像话！放下你的孩子，给这个小孩子喂奶。冬梅说得对！你的孩子快一岁了，可以吃米糊糊和面糊糊了！”冬梅叫道：“金大妈，您来了。”金大妈说：“让你妈这几天就伺候你二姐吧，这边的饭我来做。”金玉珠虽然不高兴，还是把春兰的孩子抱在怀里给喂了奶。

启祥对冬梅说：“我岳母说得对，叫妈放心这边的事儿，安心给你二姐守月子。另外我买了两只鸡，还有酥油，你带过去。男人不让进月房，我过几天去看看你二姐。孩子这几天就放在这里，有你嫂子给喂奶呢，放心。你二姐不舒服，找个好医生给看，千万不敢耽误了。”

在赫春兰家里，赫冬梅不停地给二姐擦汗。母亲说：“这大夫的药吃了，也不见好，都吃了一天了，没什么效果。为什么病人老是盗虚汗呢？”

冬梅说：“我大哥说要找个好大夫给二姐看病，我忠善哥找的这个大夫是个醉汉，他这药有没有问题呀？”母亲端来饭，带来鸡汤和粥让二姐吃。赫春兰有气无力坐不起来：“妈，我没有力气，我不想吃。”

赫冬梅说：“不行，得找那个醉汉郎中去！忠善哥，你把那个醉汉叫来，他给我二姐吃的什么药？我二姐吃了一天药，为什么一点力气都没有？”

忠善喊着：“我去找他，我去找他！”说完跑出了门。

忠善到了诊所，一进门儿就抓住那个医生的领口问：“你给我老婆吃的什么药？我老婆现在浑身出汗虚脱了，一点力气都没有，连饭都吃不进去了。”

医生说：“不会吧，我的药好好的，我这药是偏方，治好了多少人的病，怎么到你家就吃出问题了？你们怎么给吃的？”

忠善说：“你说的一天三次，一次三包。”

大夫：“不对呀，我说的是一天三次，一包分三次。”

忠善说：“一包分三次？你说是一次三包，我们一家人能都听错吗？”

大夫说：“那你们把药吃过量了，能怨我吗？”

家里，二姐有气无力地抓住冬梅的手：“二姐托你个事儿，把我的孩子养大成人，一定要让他上最好的学校，把他培养成才，成为一个有用的人。”

母亲说：“春兰，别胡思乱想，忠善去请医生了，你再坚持一会儿。”

赫春兰说：“妈，我不行了，我恐怕坚持不下来了，托你们的福，一定把我的孩子养大，培养成才。对不起，我还没孝敬你呢……我舍不得离开你们呀……我要走啦……妈……冬梅，孩子托给你们了……”

赫春兰就这么走了，全家人哭成一片。

忠善带着大夫进了门。

冬梅见了那个醉汉大夫，像疯了一样，一把拽住大夫："你给我二姐吃的什么药？我二姐死了，她留下了一个几天大的孩子，你让我们怎么办？你是刽子手啊！"

大夫掰开冬梅的手："是你们吃错药了，不能怨我呀！你们把药吃过量了，病人肯定扛不住呀……"

冬梅还撕扯着大夫："你就是杀害我二姐的刽子手……"大夫夺门逃出去了。冬梅哭得死去活来："二姐呀，你命好苦呀，你怎么舍得离开我，离开妈和孩子呀……"

赫春兰家的院子里，冬梅穿着一身孝服，左边是大凤，右边是二凤，她们跪在地上，在瓦盆里烧纸。

赫冬梅哭道："二姐呀……我给你的孩子起名叫建雄……我一定要让他成为英雄。如果你活着，你一定是个劳动模范，是个英雄，所以我让你的孩子叫建雄，今天我替建雄给你戴孝，大凤、二凤也给你披麻戴孝……"赫冬梅举起瓦盆摔到地上。赫彩莲和大凤、二凤都哭着。

司仪喊："出殡啦！"全体起立，乐人吹着唢呐，就像春兰结婚时一样，现在又响起唢呐声。"唢呐声声碎心肺，亲朋哀泪送天堂。"赫春兰用她短暂的一生，诠释了人间的悲剧。一个善良女子，在旧式封建思想控制下发生的悲剧，一个被命运摆布的可怜女人的悲剧……

母亲极度悲伤，整天在家里以泪洗面。冬梅成天像个泪人。大姐擦干眼泪说："妈，悲伤不能解决问题。建雄不能老在我哥家，让嫂子给喂奶。我们得给他找个奶妈，把孩子照顾好。"

母亲才醒悟："孩子太小，必须得雇个奶妈，忠善又不善于做家务照顾孩子。你去打问一下，雇一个好奶妈，我们多出点钱都可以。春兰命苦啊，她不愿意嫁给忠善，为了不让我伤心，所以委曲求全地嫁给了他，没过几天好日子就走了。想想她这一辈子，在我们家没享过几天福，吃苦受累，跟我一起拉扯这些孩子，做衣服、纺毛线、担泔水，总是悄悄地干活、默默地奉献……我亏了她了……"

彩莲安慰："妈，你也别这么想，春兰的命不好，也不是个人原因造成的。你这么悲伤，还是到我们家住两天吧。母亲摇摇头：“我哪儿也不去。”冬梅哭着说：“大姐，你别担心，这几天我陪着妈。”

“别惹妈生气，这几天我打发伙计送饭，不要让妈做饭了。妈也该吃点东西了。”彩莲说完出了家门。

第二天，彩莲带着奶妈来了，是后院的王婶子。王婶子一进门：“赫家大妈，你放心，我的奶水好，我孩子已经大了，不吃奶了，他现在主要吃饭。这个孩子我一定给你奶好。”

母亲打发冬梅：“去你嫂子那儿把孩子抱来，以后，你常到奶妈家看看建雄。”

冬梅到了东房：“嫂子，谢谢你这一阵子给建雄吃奶。我大姐已经给建雄雇了一个奶妈，奶妈到家里来了，让我把他抱走吧。”

嫂子说：“孩子刚吃饱睡着了。”

金大妈道：“这孩子可乖了，吃饱了就睡，醒了也不闹。可怜的孩子，这两天你们就到东房来吃饭。让你妈别难过，饭我已经做好了，你们过来吃饭吧。”冬梅把建雄抱走，交给了奶妈。

第五章

冬梅把建雄送到奶奶家。回来到了院子大门口，碰见了黄振华。黄振华关切地问："你二姐的事办完了？你和家人要节哀顺变。"冬梅说："谢谢！"转身要走。

黄振华说："我很高兴你没有和李老师到外地去。"冬梅转身，看了一眼黄振华，不知道他是什么意思，也没说话。

黄振华又接着说："我听你们学校杨书记说，你表现得很好，正在接受党组织的考验。你写了入党申请书，这很好。你们再有一个学期就毕业了吧，希望你一切安好，顺心如意。"

冬梅什么话也没说，转身走了。

驼城农校梅花楼。中午，黄振华正出校门准备回家，碰到陈艳秋和一个学生打扮的年轻人有说有笑进了学校大门。看到黄振华后有些尴尬，陈艳秋不好意思地问："黄书记，你这是出去吗？"

黄振华答道："下班了，我准备回家。"

陈艳秋有些尴尬："哦，我给你介绍一下，这是我表哥，他刚大学毕业分到我们驼城工作，今天我把他领到学校来转一转。"黄振华和他握手告别。

下午，陈艳秋来到黄振华办公室，显得有点愧疚："我是很喜欢你的，嗯……我们家里都同意我和表哥交往，我也没办法。"

黄振华平静地说："我们家里生活比较困难，你的决定是对的，我完全理解。"

“就是觉得有点对不住你。”陈艳秋抱歉地说。

“没有什么对不住的，一辈子的大事，一定要全面考虑。当时梁校长给我介绍你的时候，我就跟你说过，我们家比较困难，我要养活母亲和妹妹，家庭负担比较重，这点你也清楚。”

陈艳秋不好意思地说：“那以后我们还能做朋友吗？”

黄振华宽慰她：“当然可以呀，我们还是好同事，也是好朋友。不要为这件事情有什么心理负担。你既然决定了和表哥恋爱，那么我祝你们幸福。”两人握手告别。

晚上，冬梅和母亲躺在炕上，她们心里都十分难过，为二姐的去世而流泪。冬梅钻到母亲的被窝里：“妈，你别太伤心了。”母亲一边哭着一边说：“都是我的错，给你二姐吃错了药，这是妈妈一辈子都感到后悔的事儿。”

赫冬梅说：“妈，你别太自责了，这只能怪那个醉汉大夫说错了剂量。我怕听错了还又问了一遍，我们没有错。”

母亲责备：“你说怎么就那么巧？你忠善哥怎么就找一个喝了酒的醉汉医生呢？”

赫冬梅说：“忠善哥也是病急乱投医，从我大姐那里出来，看见一个诊所，进去抓了一个医生就走，他也没考虑那么多，他要是知道这个后果，绝对不会叫这个醉汉大夫给二姐看病。”

母亲说：“你忠善哥太老实，他这会儿也不知道有多后悔、多难过呢。明天你把他叫来吧，到咱家吃饭，过来开导开导他。”

“妈，你也再别哭了，睡吧，今天把建雄送到奶妈家，我有点不放心。”冬梅担心地说。

母亲道：“这个奶妈心地挺善良的，她的孩子也一岁多了，不会跟建雄抢奶吃的，再说咱们多给了她钱，她也保证会把孩子奶好，看看再说。你放心睡吧。”

冬梅来到了一个鲜花盛开的仙境，看到前面走着一个仙女打扮的美女，那么妖娆。突然那个仙女一转身：“冬梅，我在这儿等你多时了。”冬梅仔细一看是二姐。赫冬梅惊喜地说：“二姐，你怎么穿着这身衣服？像仙女一样，真好看。妈和忠善哥到处找你，你怎么会躲到这里了？”

春兰说：“冬梅，我本来就是一个仙女下凡，因为我打翻了师父的茶具，被贬到人间。修炼惩罚时间已满，所以师父又把我招回来了。你告诉妈和忠善哥，让他们别为我难过。”

冬梅问：“二姐，那你的儿子怎么办？你也不管了？”

春兰叹了口气：“我的儿子就交给你了，我也会时常照看他。他是凡人，我带不走。他将来是一个好孩子，会给你争气的。小妹，你也会找到如意郎君，你的后半生会幸福的。”说完话，赫春兰就飘飘然地走了。

赫冬梅追过去：“二姐，二姐，你别走，你别走，快跟我回家！”母亲将熟睡的冬梅推醒。

母亲：“冬梅，冬梅，天亮了，起床吧。”

冬梅惊醒了：“妈，我刚才梦见我二姐了，她变成了一个仙女走了，还告诉我，让妈和忠善哥别为她难过，说她本来就是仙女，是因为打翻了师父的茶具，被罚到人间修炼的。”

母亲责备：“她是仙女下凡，投胎到我们家？她就这么走了？留下你忠善哥成了光棍，孩子一出生就没了娘！让她的娘这么伤心，白发人送黑发人，她的心可真够狠啊！”

赫冬梅回想着：“这个梦，如果是真的话，我倒觉得二姐有了好归宿，妈你也不该再伤心了。”

母亲说：“妈且信你做的这个梦！今天刚好是你二姐去世的头七。你和你忠善哥给你二姐上个坟，然后拉着你忠善哥回来，到咱们家吃饭吧。也该劝劝他，别让他太难过。”

冬梅领着忠善哥回到家里：“妈，我们上坟回来了，我大姐也去了，饭店那边忙，就直接回去了。妈，你说巧不巧，我忠善哥昨晚也梦见我二姐了。”

母亲问：“忠善，你给妈说说，春兰给你托了个什么梦？”

忠善说：“她在梦中叫我忠善哥，说她时辰到了，要到师父那里去，让我把孩子抚养长大，说孩子将来会成才的。”

母亲自言自语：“她倒是给你们两个托了梦，看来她是责怪我，怎么就不给我托个梦呢？”

赫冬梅说：“我大姐也说无巧不成书，且信着，妈别太伤心了。我们就听她的，把建雄抚养长大，培养成才。”

母亲道：“好，我们就相信她托的这个梦是真的。忠善，你也不要再难过了，过上一年半载续个弦吧，把建雄培养长大。好了，你金大妈把饭做好了，咱们到东房去吃饭吧。”

一月后，赫冬梅回到家对母亲说：“妈，我回来啦，建雄今天都会笑了，抓着我的手不放开。”

母亲笑笑：“没了娘的孩子，看见姨娘亲。”

赫冬梅道：“我碰见忠善哥了，他也看孩子去了。他给奶妈又加了钱，奶妈不好意思，说让我忠善哥在她家吃饭，每天看看孩子，顺便也把饭吃了。”

母亲反驳：“这可不成。他一个大男人家在人家奶妈家吃饭，不好听啊。告诉你忠善哥，明天开始到咱家吃饭。你金大妈家里也有一摊事，让她回去吧。妈给你们做饭。你快开学了，妈把你的铺盖被褥准备好了。”

“好的，我一会儿去告诉他。”

赫冬梅拉着妈的手：“妈，我打算这学期不到学校住了，我陪你在家住吧，每天上学或者放学，我还可以顺道去看看小外甥。”

“妈还没有七老八十，不用你陪。”

冬梅讨好母亲：“妈，以后我会听你的话，再也不惹你生气了。这学期上完，我就毕业了，就是人民教师了。有了工资，我养活你，我给你养老送终。”

“你的好意妈领了，养老有你大哥呢，我儿子会给我养老送终的，这不用你操心。你只管找个好婆家嫁了，你的日子过好了，妈才能安心。”

季校长办公室里，季校长正和黄振华谈话：“振华，这是中国人民大学发来的入学通知书，你打开看看。你带上通知书和我们单位的推荐信，去北京报到。”

黄振华感激地说：“谢谢季校长的栽培和推荐，让我有这次难能可贵的机会，我一定会珍惜，好好学习。”

季伯贤语重心长地说道：“中国人民大学是我们党培养管理和建设社会主义骨干人才的高等学校，你一定要珍惜这个机会，好好学习。毕业以后，很有可能会留到中央机关，那时你考虑的就是全国的大事。也可能会分配到西北地区工作，那就要努力考虑做好西北地区的工作。当然也可能会回到我们陕北，为家乡出力。不管将来你在哪里工作，都要全心全意为国家效力。”

黄振华说：“季校长，您是教育家，也是革命家，我黄振华能成为您的学生，感到十分荣幸。当年您培养了那么多革命志士，为国家输送了大量的革命和建设人才。我虽生在旧社会，可也是新中国培养成长起来的，我是您的学生，是您带领我走上了革命的道路，介绍我加入了中国共产党，成为一名社会主义建设者。您对我的恩情，我一生都不会忘记。和您在一起工作的这个阶段，从您身上学到了许多革命的道理。工作不分贵贱、不分地区，工作单位不分好坏，我毕业后一定服从组织分配，哪里需要就到哪里去。不管到哪儿工作，我都不会让您失望。”

季伯贤说：“你出身好，城市贫民家庭，思想进步，对社会主义和共产党有着很深的革命感情。根子正，苗子红，正是我们依靠的对象。培养你也是我的职责。我是个校长，就是要培养出更多的优秀学生和优秀人才，也算是为社会主义建设添砖加瓦、育才聚力！”

院子大门口，冬梅提了一包东西，正准备给小外甥的奶妈家送去，迎面碰见黄振华回家。黄振华看见赫冬梅，真诚地说：“冬梅，你二姐不幸去世，大家都很难过，我心里也很难过。现在她的孩子怎么安排了？”

“孩子太小，只有找奶妈把他奶大。”

“你们姐妹情深，二姐走后你也要节哀顺变。”

冬梅难过地说：“人已经走了，再难过也活不过来。”

振华问：“你现在去哪儿？”

“我给小外甥的奶妈家送东西。”

“你是不是这个学期就要毕业了？”

冬梅道：“是的。这个学期结束了以后，我也就毕业该工作了。”

振华说：“你准备去哪儿工作，想过了吗？”

冬梅说：“我服从组织分配。”

振华说：“也好，我也想告诉你个事情。我就要到中国人民大学学习了，恐怕需要两三年的时间。希望你能多多照顾我母亲和小妹。”

冬梅心想：“你的母亲和小妹还用得着我关照吗？你不是有女朋友吗？为什么不让她关照呢？”但嘴上答道：“会的，都是邻居嘛，况且黄大妈人也不错，秀华小妹也挺好的。什么时间走？”

“明天。”

赫冬梅很羡慕：“去北京上大学，真好，祝贺你。”转身走了。

黄振华目送着冬梅的背影，心想：“亲爱的冬梅，请你等着我。”

7月中旬，在西北局干部集训会上，黄振华坐在第一排。

会议室里的主席台上，西北局领导在讲话：“新中国成立后，我们要进行新民主主义革命，对旧的社会体制进行改造，要建设社会主义新体制。毛主席早就说过，‘政治路线确定之后，干部就是决定的因素。’我们西北局从西北五省经过严格的政审，推荐选拔出五十多位同志，到北京中国人民大学进行学习培训。你们是第一批选送的，要起好这个头，唱出开门红，要以良好的政治表现，以优异的学习成绩向党和人民汇报。

你们绝大部分是中共党员，党员就要起先锋模范带头作用。我们指定黄振华同志为临时党支部书记，大家认识一下（黄振华站起来向大家挥手致意）。该同志在北京参加过开国大典和中国人民政治协商会议。由黄振华同志负责，各省也选择了一位支部委员负责联系本省的学员，并在临时党支部的领导下，做好到学校前的组织协调工作。到了人大，你们要分班，成立正式的党支部，隶属人大党委管理。但是这个临时党支部，我认为还不能撤销，主要管理我们西北的同志在人大学习、生活和思想工作。每学期结束后要向西北局进行书面汇报。”

临时党支部会，黄振华主持。黄振华说：“同志们，我们开一个临时党支部会议，经西北局党委决定，我们西北局选派赴中国人民大学学员班党支部正式成立。我被指定为党支部书记，甘肃的刘丽玲同志任组织委员，宁夏的廖洪波同志任学习委员，新疆的达慕汉同志为文体委员，青海的刘振华同志为宣传委员。大家对这个分工还有意见没有？”

大家说没有意见，服从组织安排。

黄振华接着说：“那我们就讨论一下，我们去北京，在这个阶段，要注意的问题和主要工作。”

刘丽玲说：“作为组织委员，我想要一份我们西北局这次选送去北京中国人民大学学习的人员名单。”其他成员也说：“这个名单我们都需要，既然组织信任，我们成为支委，就要配合黄书记把工作做好。了解每一个同志的思想动态、生活情况和学习特点，以便于我们在学习期间相互联系，了解情况。黄书记说："这个名单只给了一份，我们抄一下。"

刘振华说："火车是明天中午的吗？"

黄振华说："是的。"

刘振华说："那我们要告知同志们，什么时间去火车站集合，到了北京由谁来接。"

黄振华说："西北局联络处已经给我说过，明天上午由西北局派车，统一乘车去火车站。到了北京，学校会准时到火车站接我们去学校。这一点希望我们各个支委给本省的同志们通知一下。行李多的同志，特别是女同志，大家相互帮助。"

廖洪波委员说："我们的临时党支部，到了学校不解散，我们一个月召开一次全体党员会议，一个星期召开一次支委会。"

黄振华说："你这个建议很好，我们要随时了解从西北来的同志们的生活、学习、思想状况。生活和学习中有什么困难要相互帮助，这一点我们可以在火车上开个临时会议，今天我们就不再开全体人员会议了。大家准备一下，晚上要休息好，明天不要迟到，统一乘车去火车站。"

达慕汉说："我是文体委员，应该了解到北京后怎么开展文体活动。不知道我们可否分到一个班里，这样的话我们的文体活动就好开展了。"

黄振华说："这些事情只能到了学校以后，我们根据情况，再开支委会研究决定。还有什么问题？"

刘丽玲说："没关系，我们以后三年都在一起，有什么问题我们相互商量，随时解决。"

黄振华说："那好，如果没有别的议题的话，咱们今天的支委会就在这儿结束，在火车上，我们再给大家通知一些具体事宜。"

北京站到了，同学们都非常兴奋。大部分人都是第一次到北京来，心情非常激动。中国人民大学的接站牌已经举在那儿。男同学为女同学扛着行李，大家有说有笑去中国人民大学接站的同志那里报到。接站的同志把大家领出站，坐上大轿车，向中国人民大学驶去。

坐在车上，同学们好奇地东张西望。黄振华心情也很激动，又来北京了，北京更美丽了。他想到在人大期间，要带领西北的这五十多位同学，做到学习进步、思想进步、政治可靠、遵守纪律，瞬间感到责任重大。

人大接待的同志给了黄振华一份名单："您是黄振华同志吧，西北来的同志们住在6号楼，这是住宿名单，如有不合适还可以调整。"

黄振华将名单传给下一位，站起来大声说："同志们，我们到了中国人民大学学习，这是一份宿舍分配名单，在这里我不念了，有楼号和房号，同志们对号入住，记住自己的房号，请各位传阅。"黄振华把名单看了一下，说："我和宁夏的廖洪波一起住。"

人大开学动员会上，一位中央领导讲话。

"今天我们召开中国人民大学开学典礼，由我来致辞。中国人民大学的前身是抗战时期的陕北公学及后来的华北联合大学和北方大学、华北大学。中国人民大学是我们党和国家培养干部的一所高等学校。我们的学员来自五湖四海，都是各地方、各单位的骨干力量。你们年轻，有文化，有实践经验。在这里通过几年的脱产学习，提高马列主义、毛泽东思想的理论水平，提高专业技术水平，提高思想觉悟，然后如虎添翼地投入我们的革命和生产的建设当中，为我们的新中国建设添砖加瓦。所以我们的学员应该继续发扬我们党的优良传统，认真学习，刻苦钻研，保持团结紧张、严肃活泼的生活学习状态，以优异的成绩，报答党和人民对我们的培养。"

驼城师范团委办公室，杨书记对冬梅说："刚刚开学，大家都很高兴，你为什么情绪低落，思想消沉？"

赫冬梅含着眼泪："我家最近发生了几件不愉快的事，因为我二姐是我最知心的朋友，从小和我的感情最深，她的去世，对我打击很大。我老是提不起精神。"

杨书记开导她："逝者已矣，来者未已。要化悲痛为力量，不能老停留在悲伤的情绪当中。你是团委的劳动委员，还要带领大家做好毕业前的工作。

冬梅点点头："好的，我一定控制自己的情绪，处理好自己的私事，搞好学习，做好工作。"

杨书记："你也快毕业了，可以考虑个人问题了。我觉得你和农校的团委书记黄振华挺合适的，他是革命家庭，黄振华又是季校长的得意门生，最重要的是，他有美好的前程，人也很能干，多才多艺，管理经验很丰富。"

赫冬梅说："这不可能。他已经有对象了，我还见过他女朋友。"

杨书记："是真的吗？我们怎么不知道他有女朋友？"

赫冬梅说："人家已经有对象了，都带回到他们家里去了。"

杨书记："你怎么知道的？"

赫冬梅说："他家就在我们家院子的西房住。我亲眼看见的，不会错。是他们学校的职工，叫陈艳秋，人长得也很漂亮。"

杨书记："我还打算给你们俩当介绍人，看来你比我更了解他了。真没想到，原来你们是院邻啊！"

赫冬梅摇摇头："人家黄书记已经到北京上大学去了，我们就更不可能了。"

杨书记："上大学的事我听说了，他根正苗红，季校长又有那么好的人脉，又那么器重他，你没把他抓住太可惜了。"

赫冬梅苦笑了一下："李美霞长得那么漂亮，又聪明又能干，那么有知识有文化，能歌善舞，也没有把他抓住，我怎么能把他抓住？"

杨书记："李美霞？我想黄振华和她不合适，因为她是旧式家庭出身的，黄振华肯定在这方面会有要求的，你就不同了。"

赫冬梅说："我现在什么都不想，暂时不考虑个人问题，等我毕业工作了以后再说吧。"

杨书记："听历史老师说，你上课不认真听讲，历史考试不及格，这可不像你的作风。学习可不能出问题。我们在学校上学仅仅两年半的时间，一定要把握好。要好好学习，好好工作。这学期结束，你们就要走向工作岗位。学知识学文化，现在不努力，等到用时方恨少。学生生涯对你一生都很重要，以后也是一种怀念。所以，要脚踏实地，把当下的工作做好。我原来还培养你入党，鉴于目前的情况，这次你没有被列入发展的名单，还要经受党组织的考验。"

赫冬梅保证："我一定调整好自己的情绪，在最后这一个学期里，经受考验，得到锻炼，好好学习，认真工作。谢谢杨书记提醒。"

赫冬梅、李美霞和张润美三人坐在学校的大树下。赫冬梅感慨："这次入党的名单没有我。美霞，有你吗？"

李美霞感叹："我家庭成分不好，可能受了很大的影响。杨书记说你情绪低落，工作不够积极主动。"

赫冬梅叹气："我二姐去世，我确实情绪很低落，思想包袱比较重，还有一个重要的问题就是我的历史没有考及格。历史老师反映到杨书记那里了。"

李美霞问："就是啊，你的历史为什么没有考及格呢？"

“我不喜欢历史老师，他每次上课站在我旁边问长问短，我很讨厌他，所以，我不爱上历史课。”李美霞和张润美都笑了。

“你不能因为不喜欢这个老师，就让这门功课不及格，甚至交白卷。学习是给自己学，又不是给老师学！”张润美批评她。

李美霞笑得前仰后合：“冬梅是用不及格的方式，告诉历史老师，别癞蛤蟆想吃天鹅肉！”三人都笑了。

赫冬梅关切地问：“润美，你有没有在入党的名单上？”

“我没你俩贡献大，怎么能上入党的名单？我们班只有一个，就是班长李国柱。”

李美霞笑问：“你怎么知道得这么清楚啊？”张润美笑了笑：“我也是听李国柱说的。”赫冬梅问：“李国柱为什么不告诉我们而告诉你呢？”李美霞笑道：“你们俩是不是有点那个？”张润美羞涩地答道：“作为好朋友我也不瞒你们，他向我表白了。”

“怪不得你这几天情绪这么好，走路都带着小跑。你是收获了学习，又收获了爱情。”冬梅打趣地说。

“唉，好啊，不像我和冬梅，只收获了学习，可没有收获爱情。”李美霞感慨。

赫冬梅调侃李美霞：“不过黄书记到北京人大学习去了。没听说他订婚，李美霞你仍然有机会呀。”

“我已经死心了，不可能了。我们家庭成分不好，我原想找个贫下中农出身，用革命家庭来摆脱我出身不好的命运。可是人家也在挑呀。像我的家庭成分这么高，说不定会影响人家的前程。”

赫冬梅安慰：“美霞，你可不敢这么消沉，党的政策是讲成分而不唯成分论，重在个人表现。”

张润美说：“对呀，你千万不能有思想包袱。”

中国人民大学的图书馆里，黄振华正在看书，达慕汉和廖洪波来找他。他俩轻声说：“黄书记，我们有事找你。”黄振华看了看他们，说：“好吧，我们出去说话。”三个人一块儿出去，走到了楼梯旁。达慕汉说：“黄书记，你看到了没有？为了迎接国庆，学校要组织文艺联欢晚会，我们西北来的可不能输给别人。所以我们想，我们该排些节目，把我们西北的风土人情展示出来。”

黄振华说：“我已经看到通知了，正准备和你们几个商量，该怎么准备，准备什么节目。”

达慕汉说：“咱们西北是能歌善舞的地方，我们新疆来的同学可以出新疆歌舞。还有宁夏的《花儿》独唱。陕北就更不用说了，陕北的革命题材的歌舞节目太多了。”

黄振华说：“好，我们把几个支委召集在一起，先商量一个方案。”

西北局学生临时党支部会议。黄振华说：“我们大家都先提一些节目，然后再从中选择。”

达慕汉说：“我们新疆同学报新疆歌舞——《我们新疆是个好地方》。宁夏报一个小合唱《花儿》。”青海的同学商量后决定报一个男女对唱《在那遥远的地方》。”甘肃的刘丽玲说：“我们和陕西的同学一起报一个《延安大生产运动》组歌。”

黄振华说：“我看我们这四个节目都有非常鲜明的地域特色和民族特色，那我们就全力以赴做好这四个节目的排练准备工作。”

中国人民大学迎国庆文艺联欢会上，各地各省的文艺节目轮流表演。联欢会最后一个压轴节目就是由西北同学表演的《延安大生产运动》组歌。最后，经评委评选，这个文艺节目拿到冠军，赢得了全场的掌声。

迎宾饭店。新华书店的刘主任带着一个小伙子，坐在了迎宾饭馆的桌前。赫彩莲招呼他们喝茶。

彩莲：“冬梅应该快到了，时辰差不多了，你们再等等吧。”

刘主任介绍：“这是我侄子，在西安上大学，毕业回来分到了驼城中学教历史，今年23岁。”

彩莲：“我妹妹就喜欢学习好、有文化的人。两人的年龄正相当，我妹妹今年19岁，在驼城师范上学，很快就毕业了。我妈不想让她找外地人，你这侄子刚好在城里中学教书，正好符合我妈的意思。”

他们正说着话，冬梅进了饭店，大姐迎上去：“冬梅，过来，我给你介绍一下，这就是新华书店的刘主任，上次就是托他给你买的《新华字典》。这位是他侄子，大学毕业了，分到了驼城中学教书。”

冬梅说：“刘主任，谢谢你。”

刘主任的侄子急忙站起来，自我介绍说：“我叫刘冰，幸会，幸会。”伸出手和冬梅握手。

彩莲："冬梅，你们俩都是文化人，在一块儿聊聊天。我去给你们弄饭。"

冬梅说："大姐，我马上要回去，不在这儿吃饭。"

刘冰问："赫冬梅，你们学校也开历史课吗？"

"开着呢。"

刘冰接着说："学习历史使人明智。"

"是吗？"

刘主任偷偷站起来，笑了一笑，走开了。

刘冰卖弄地说："这是著名的英国哲学家培根的名言。培根曾经说，数学使人精密，读诗使人聪慧，读史使人明智，哲理使人深刻。"

赫冬梅说："你这学问可太深了！我的历史学得最不好。因为我对历史不感兴趣，主要是我对教历史的老师比较反感。"

刘冰说："那个老师一定讲课讲得不好。历史是最有故事性、最能引人入胜的学科。"

冬梅眼前出现了李美霞的形象。美霞曾经说过，她父亲是学历史的。这个人不知道李美霞会不会喜欢，冬梅觉得倒可以介绍给她认识。于是冬梅坐下来，详细询问刘冰的情况。

"你是哪儿的人？在西安哪所大学上的学？"

"我是清河乡人，师范大学历史系毕业的。"

赫冬梅又问："那你在这里有房子吗？"

刘冰答："目前还没有，眼下在我二爸家的偏房住。如果以后有可能，我租房或者买房。"

"你们家有几个人？弟兄几个？你父母都健在吗？"

刘冰道："我们家弟兄三人，父母都健在，除了我，都在老家。"

"你们家在农村住。你们家什么成分？"

刘冰犹豫了一下："我们家是中农。"赫冬梅反问："中农也能供你上大学？"

刘冰答："我上大学，亏了二爸给我了支持。你也知道师范大学是不收学费的。"

赫冬梅说："你的条件还不错，那你对女方有什么要求？"

刘冰："我只希望，嗯，能和一个将要当老师的同行谈恋爱最好，这也叫志同道合嘛。"

赫冬梅说："那你对家庭成分有要求吗？"

刘冰："当然不希望成分太高，但是如果我遇到喜欢的，就不苛求那些了，反正我也不从政，对女方成分的高低不要求。"

大姐和刘主任在旁边看着他们谈得很高兴，挤眉弄眼地笑了。彩莲说："我这小妹比较挑剔，看来和你侄子今天对上眼了。"

冬梅起身对刘冰说："我还有事先走了，以后再约吧。"冬梅和刘冰握手告别。

"大姐，我要去奶妈家看小外甥，赶到饭点不太合适，我先走了。"

刘主任问自己的侄子："感觉怎么样？"

刘冰说："挺好。你们说她羞涩胆小，我倒认为她挺大方的，没有拘谨的感觉。"

刘主任对彩莲说："好啊，今天见面牵上线，以后让他们自己谈。"又转过头来对刘冰说："你可要追求她呀，现在女孩子都是追上手的。"

刘冰拿本书，不时地向驼城师范学校大门里张望。放学了，他等着冬梅出来。冬梅和同学们一边走一边说笑。刘冰悄悄地跟在冬梅身后。等剩冬梅一个人的时候，他追了上去。

刘冰："冬梅，冬梅。"冬梅回过头，看见是刘冰。

赫冬梅问："你怎么在这里？"

"我跟着你走了好一会儿了。你和你们同学有说有笑，我不便打扰。我想约你到莲花池坐一坐。"赫冬梅解释："我今天有事，明天吧。明天放学以后，你在莲花池的牡丹亭等我。"

刘冰："那好，我一定等你，你不能不来呀。"

冬梅说："我一定去。"

刘冰将自己手里的书给了赫冬梅："这是一本历史故事书，我希望你从认识我开始喜欢上历史。"冬梅不好拒绝，只好把书接过来："好吧，那我就算借你的书看看。"

学校的树下，冬梅约见李美霞："我认识了一个人，陕西师大历史系刚毕业，分配到驼城中学当老师。他家成分中农，家在清河乡，弟兄三人，他不在乎女方的成分高。目前他住在二爸家，他二爸是新华书店的刘主任。美霞，我认为他跟你比较合适。"

李美霞问："你怎么认识他的？"冬梅说："是我大姐和刘主任把他介绍给我，我认为我们俩不合适。他引经据典，之乎者也，我听不懂。我就想你父亲是学历史的，你也喜欢历史知识，我觉得跟你比较合适，你现在也没有谈恋爱，可以认识一下，了解了解，权当交个朋友呗。”

李美霞说：“那让我先侧面见见，看看人怎么样。”

赫冬梅道：“那好，明天放学以后，我跟他约好在莲花池的牡丹亭里见面。”

第二天，冬梅和美霞走到莲花池，远远地看见亭子里有一人走来走去。李美霞问冬梅：“就是那个人吗？”冬梅说：“就是。”

李美霞说：“远远看去，这个人还比较文静，个子也还可以。”

冬梅说：“你跟他说说话，具体了解一下再说。”

他们在牡丹亭里相互认识了。冬梅介绍：“这是我最好的朋友，李美霞。她比较喜欢历史，嗯，她的父亲也是学历史的，我想你们肯定能谈得来。刘冰，你和美霞先谈谈，我去买点东西。”

刘冰说：“这是我的失误。应该我去买点吃的喝的，给女士们准备好。”

赫冬梅说：“我不懂历史，还是你们能说在一起，我去买东西，一会儿就回来。”

“你快点回来。”刘冰急切地说。

刘冰问李美霞：“冬梅为什么不喜欢学历史？”

李美霞笑笑：“你可能还不知道吧，我们那个历史老师追求冬梅，一上课就站在冬梅旁边问长问短，让冬梅很反感。冬梅为了让他明白，也为了拒绝他，历史居然考试不及格。这个历史老师气急败坏地给我们校团委告状，说冬梅学习态度不端正。”刘冰说：“那这个历史老师也太不地道了。”李美霞说：“冬梅其实在我们学校，可是个人才，你知道赵梦桃小组吗？我们学校就有冬梅小组，这是我们学校的标兵小组，冬梅是小组的负责人，她还是我们团委的劳动卫生委员。为了这事，冬梅的入党都受了影响。”刘冰气愤地说：“这个老师道德品质有问题！”

冬梅放了学，在大街上走着，忽然听见后面有刘冰在叫：“冬梅！冬梅！”

赫冬梅回头：“怎么又是你呀？”

刘冰背了个挎包：“我今天买了好多吃的，有瓜子、花生、糖，还有小点心。”

冬梅说：“大街上我们不好说话，你还是到莲花池等我。我给我的小外甥买点东西，送去了我就来。”

刘冰在莲花池等冬梅。莲花池里的金鱼游来游去。他也没心思观赏，眼睛只盯着远方，眼巴巴地盼着冬梅尽快出现。

赫冬梅走过来。刘冰拿出糖、花生和瓜子来，让冬梅吃。

冬梅抓了一把瓜子问刘冰："你觉得李美霞怎么样？"

刘冰说："啊，就是昨天那位女同学吗？"

冬梅介绍："李美霞是我们团委的文艺委员，长得很漂亮，是我们学校的校花。学习又好，有文化，懂礼貌，还多才多艺，历史知识也非常丰富。我看你还是追求她吧。"

刘冰问："那你不喜欢我吗？"

"我真的不喜欢历史，而且历史知识贫乏。李美霞除了家庭成分比较高以外，她简直是完美的。如果打分，她能打90分，我只能打60分。"

刘冰若有所思："冬梅，你是不是心里有别人？"

冬梅看着莲花池的水，突然脑海浮现出黄振华的形象，想起他曾经对自己说："冬梅，麻烦你照顾我的母亲和小妹。"冬梅答道："是的，我心里还装着一个人，所以我不能和你谈。如果你喜欢李美霞的话，我介绍你们认识，至于能成不能成，就看你俩的造化了。"

刘冰问赫冬梅："能告诉我那个人是谁吗？"

冬梅说："不能，因为我不能确定，但是我心里确实想着他。"

刘冰："那你是单相思啊。"

赫冬梅说："我不确定他有没有对象，但是我愿意等他。"

刘冰说："没想到你还这么痴情！"

冬梅约李美霞见面。冬梅问美霞："美霞，昨天见的那个人你觉得怎么样？"

美霞说："外表还凑合，就是有点酸腐味。"

"学历史的，难免有点学究气质。"

"我觉得这是你大姐给你介绍的，我横插一杠不太合适吧。将来大姐会骂我的，抢走了她小妹的对象，连饭馆都不让我进去了。"美霞打趣地说。

"我大姐不会说的，我不愿意的事，我大姐也没辙。"

美霞问："你真的不喜欢他吗？"

赫冬梅说："我对他没有一点感觉，真的不喜欢，不是说人家这个人不好，而是我对学历史的人有点发怵。”

美霞笑了：“看来这历史老师对你伤害太深，让你一竿子打翻一船人。既然这样，我反正总得要找一个，你不喜欢，那我就先和他交往吧。冬梅，你还惦记着黄书记吗？反正黄书记是给你准备的，你占尽了天时、地利、人和，如果他没和陈艳秋订婚的话，我想你是最有可能的，作为朋友我不能和你抢啊，而且不是我的，我也抢不来。”

冬梅说：“你尽说瞎话！你要愿意和刘冰交往，我就给人家说。你要不愿意，我明天就给人家回话。”

美霞回道：“好吧，先交往着吧，反正交个朋友，又少不了块肉。”

操场上，黄振华与同学们比赛篮球。达慕汉吹哨子，刘丽玲记分。随着比赛结束的哨声响起，比赛结束，黄振华边擦汗边走过来，达慕汉说：“我们的篮球队也组织起来了，还得加强训练，下周与东北队比赛。”黄振华说：“友谊第一，比赛第二。我们尽力就行。”

黄振华被选为西北班党支部书记，学校正式下发文件。学校党委召集各党支部书记开会，黄振华被任命为校团委文艺委员。

一天，黄振华在图书阅览室翻看《中国人民大学学报》，里边有一篇文章署名为成树，题目是《西北地区沙漠化研究——土壤沙漠化研究及初探》。文章的内容一下引起了他的注意。他心想：“西北的土壤沙化非常严重，确实该有人去研究探讨沙漠的治理，我在学校期间，在这么好的条件下，应该多对西北沙漠化的原因与治理进行研究，收集大量的资料，写出自己的观点。也算对家乡人民的治沙，特别是防治毛乌素沙地的危害做点贡献。”他一边看这篇文章，一边拿出笔记本，做读书笔记。

冬梅终于要毕业了。同学们都在填分配志愿表。

在工作分配的那一栏里，冬梅写上了：服从组织分配；在工作意愿那一栏里，写上了：到最艰苦的地方去。润美走到冬梅身边，看了冬梅的志愿表：“你怎么写得和班长李国柱的一模一样，服从分配，到最艰苦的地方去。”冬梅问润美：“你准备去哪里？”

张润美说：“我当然想和李国柱分到一起。他是共产党员，他肯定要到最艰苦的地方去。他去哪儿，我就准备去哪儿。”

赫冬梅笑笑："真为你俩坚贞不渝的爱情而感动！"

母亲、大哥、大姐正在议论冬梅的事。

赫彩莲道："这个小伙子是驼城中学的历史老师，大学毕业，人长得也不错。和小妹见过几次面，昨天人家刘冰来找我，说小妹拒绝了他，原因是不喜欢历史，还说她心里已经有人了。人家小伙子很难过的。"

赫启祥说："听你这么说啊，这个小伙子条件很不错的。如果小妹能和他成，就有条件分到城里工作。"

母亲："我不舍得让我的小女儿到外地工作，你们当哥当姐的得想想办法。"

赫冬梅进了家门，发现大家都在，"妈，我回来了，大哥大姐也在。"

彩莲："你们毕业分配进行得怎么样？"

"我的志愿书已经填好交上去了。"

大姐说："你填到哪儿了？你得填到驼城，妈不想让你离开家。"

"我填的服从组织分配，到祖国最需要的地方去，哪里艰苦就到哪里去。"

母亲骂道："这个死女子啊，就是气我。你一个姑娘家，到什么艰苦的地方去？好好的对象，如果你和他结婚，你不就有理由留到城里了吗？人家刘冰哪儿不好？你为什么要拒绝人家，你还说你心里有人了，有谁啦？你说的就是黄大妈家的儿子吗？人家那个姓陈的大辫子姑娘，昨天还到黄大妈家来了。人家已经有对象了，你还心里惦记着人家吗？你这不是傻吗？"

赫冬梅争辩："我是积极要求进步的党员发展对象，我虽然暂时在程序上没有加入党组织，但我的思想已经加入了党组织，所以我要用共产党员的标准来要求自己，当然要填到最艰苦的地方去。"

母亲："你个死女子，你一生下来，就是跟我闹别扭的，没有一件事随我的心，顺我的意，你就是我的克星！我看这件事由不得你！让你大姐找刘冰说合去，赶你毕业分配之前先订婚！"

赫冬梅反驳："怎么？你还想逼婚呀？把我二姐葬送了还不够，还想葬送我啊？"

母亲气愤："你们听听这说的是什么话，抬出她二姐来挤对我，都是你们俩惯的，一身的毛病！你就气死我吧，我死了你就高兴了！"母亲气哭了。

彩莲："妈，你别哭，别生气，小妹任性惯了，我们再劝劝她，你千万别生她的气，她说话就是嘴上没个把门的，胡说八道！”

赫启祥说：“冬梅！你说的是什么话？怎么能这么对妈说话呢？婚姻大事，妈也是为了你好，不想让你离开她，也是因为爱你，关心你呀，你怎么就这么不领情，还用你二姐来挤对妈？你还不赶快给妈道歉！”

赫冬梅自知说错了话：“好了，妈，别哭了，是我话说得太冲了。我说错了，你别生我的气，我知道你是为了关心我，想把我留在身边，想让我这小棉袄在你左右陪着你。”

母亲气话：“去！去！去！你爱到哪儿去到哪儿去，权当我没生你这个女儿！”

赫启祥劝解：“妈，你别生气了，明天让冬梅到我铺子来，我再劝劝她。我进货不少，新来了一些炼乳。让冬梅给建雄送几盒去。”

母亲带着哭腔：“正好我给建雄做了几件衣服，快秋天了，能给孩子穿了。我那苦命的二女儿走得太早了，留下这么一个血脉，你们这当哥哥姐姐的也很关心他，我也觉得很欣慰。”

赫启祥领着冬梅来到了他的百货铺：“冬梅，你告诉大哥实话，你是不是心里还有黄大妈家那个儿子？”

赫冬梅说：“大哥，我心里真的有他。我不知道他和那个姓陈的姑娘是否定终身，但是在黄振华去北京的前一天，他碰见我，让我照顾好他的母亲和小妹。我隐隐约约感觉到，他心里好像也有我，所以在他没有结婚之前，我不死心。当年我二姐对我说，黄大妈家的儿子就是给我准备的，我当时还认为她在说笑话。可是，当我和刘冰在莲花池谈话的时候，我居然看到水里边有个影子就是他，他对我说‘等着我，等着我’。大哥，你说这是不是心灵感应啊？”

赫启祥说：“大哥明白了你的心意，这件事我会向黄大妈打问的。你入党上进，毕业分配想到艰苦的地方去，大哥都依你。只是你对妈说话的方式要改变，不能硬碰硬，伤妈的心。新社会了，女子已经是半边天，到哪里工作，都是接受党的领导。社会主义大家庭也不会有什么危险，所以大哥是放心的，妈的工作有大哥会做，只要你认为对的事情，你就去大胆尝试，大哥一定支持你。”

赫冬梅感动：“大哥，你真好，只有你能理解我。谢谢我的好大哥！”

赫启祥对伙计：“杨娃，把昨天进货的炼乳拿出来两盒，给冬梅，让她给建雄送去。”

杨娃拿出了一盒给冬梅。

“我哥不是说两盒吗？你怎么拿一盒？”

杨娃说：“他家那么多孩子，你拿两盒，还能吃到建雄的嘴里。一盒一盒送给他。”

赫启祥叹口气：“唉！就拿两盒吧，都是孩子，吃就吃吧，只要别把我的外甥饿着就行了。”

驼城师范学校的公布栏上，毕业分配的名单张榜公布。同学们在查看自己被分配的工作地点。

李国柱、赫冬梅、张润美、胡俊华被分配到了沙谷县教育局。李美霞因为和刘冰订婚，并领了结婚证，为了照顾夫妻关系，留在了驼城师范附属小学。

张润美高兴地说：“冬梅，太好了，我们分到一个县里了。”

赫冬梅调侃：“让你如愿以偿的是和李国柱分在了一个地方。”

胡俊华不平：“冬梅，听说李美霞的对象是你给介绍的？你看人家多实惠，为了留到城里，抓紧时间找了一个男朋友，还领了结婚证。这下人家留到驼城了，你可要分到外县工作了。你不觉得亏吗？”

张润美说：“冬梅哪是李美霞的对手，李美霞机关算尽，八面玲珑，占尽了便宜。”

赫冬梅制止：“别这么说，是我不愿意。我觉得他和李美霞更合适，才介绍他们认识的。”

冬梅来到了大哥的商铺里找到大哥：“大哥，我们的毕业分配名单已经公布了。”

启祥问：“你分到哪儿了？”

“我分到了沙谷县教育局。”

“沙谷县离驼城有200多里路，我去过那里，不通公路，骑着毛驴得走七八天才能到。那里应该是离驼城最远的县城了。这下如了你的意了，到了最偏远最艰苦的地方。”

赫冬梅不安地解释：“我报名到最艰苦的地方去，并不是停留在口头上，是我内心就想到最艰苦的地方。我们班分到那里的有四个同学，一个男的三个女的。我不敢回去给妈说，我怕她骂我。你给妈说吧。”

启祥问道：“你大姐知道吗？”

冬梅答道：“我也没有给大姐说，我怕她怨我。她当初让我和刘冰认识交往，恐怕目的就是让我留到驼城，现在刘冰和李美霞好了，他们俩都领了结婚证了。”

赫启祥笑笑：“李美霞留到驼城了，是吗？”

冬梅点点头：“是的。她留在了驼城附小。”

赫启祥说：“我的傻妹子，你后悔啦？”

赫冬梅嘴硬：“我不后悔。”

赫启祥道：“既然你不后悔，那就下定决心去吧，把所有的困难考虑到前头。”

屋里，启祥给母亲做工作：“妈，冬梅的工作分配已经定了。分到了驼城北边的沙谷县，靠近内蒙古了。”

母亲：“分配得那么远，那和到内蒙古有什么区别？活该！她就该吃这份苦。”

赫启祥说：“冬梅积极要求进步，要求入党，她要表现嘛，就让她去吧。”

母亲：“哼！她碰上一鼻子灰，就知道回头了。不见棺材不落泪，不到黄河不死心！”

启祥说：“现在是共产党领导的新社会，她积极要求入党，要求进步，我们不要拖她后腿。就让她按自己的意愿往前走吧。他们恐怕在年前就要走，所以妈，我们就积极准备她的行李吧，你也再别说她了，姑娘大了，自己的路让她自己走。”

母亲：“你这个小妹，心太野，她从来不把我的话当话，自以为是，总认为她自己做的是对的。这孩子拗着呢。现在都19岁了，人又在外地，婚姻大事怎么办？到了出嫁的年龄了！”

启祥：“妈，这件事情你别操心，据我了解，追冬梅的人可不少，都是好条件，所以你别操心。她现在是公家人了，拿着工资，就不能由着自己的性子。”

冬梅回来了，看着大哥。大哥给他使了一个眼色，意思是妈的工作已经做通了。冬梅说：“妈，我走远了，你别想我。”

母亲说：“我不会想你的，你走得越远越好，我眼不见，心不烦！”

“妈，我让你那么烦心啊，那我想你了，还能回来看你吗？”

启祥说：“净说废话，这几天让妈高兴高兴！你什么时候走？”

冬梅答：“十天以后就走。我们相跟共四个同学，沙谷县教育局派人来接我们过去，他们雇了脚户。”

启祥说：“妈，那这样好了，十天嘛，很快就过去了。我们这两天请大家吃个饭吧，放在彩莲那里，一家人在一块儿吃个团圆饭，再看小妹要带些什么东西，做些准备。”

母亲：“好吧，就这样，我还能说什么？”

众多送行的人聚在北城门口。两个穿着羊皮袄的人，牵着四头骡子。雇的脚户喊道："女生骑骡子，男生跟着走！"

冬梅心里很高兴，虽然工作了，但是与家人恋恋不舍，特别是看到母亲哭天抹泪，真不知该说些什么。

母亲："妈送过你爹，送过你哥，可从来没想过会送女儿出远门。"

赫冬梅说："你看，我们相跟这么多人呢，学校放了假我就回来看你。"

母亲："工资发了自己留着用，不要给妈寄。妈有你哥和你姐呢。"彩莲拿一个包让放在冬梅骑的骡子上："这是你姐夫给你炒的杂酱和干粮。"

赫冬梅说："这也太多了吧？"

彩莲："人家照顾你，你和同事一起吃。也不知那里的饭菜可口不。"

赫启祥说："去了新单位，要和同事搞好关系，照顾好自己。多写信回来。"

赫冬梅说："你们回吧，放心吧，到了我会写信回来！再见！"

二月的北方，一派萧条的景象，越走越荒凉，心情也越冰凉。

胡俊华开始哭了："这是什么地方，我感觉我们走向艰难和地狱。"

李国柱："说错了，景色虽然荒凉，可我们是走向工作岗位，走向光明前程。冬梅唱首歌！"

赫冬梅说："我唱歌跑调，在学校宣传队我是管服装和道具的，从来没有唱过歌。"

和他们一起走的脚户说："学生娃娃们，你们想听民歌吗？""想听！"

脚户清了清嗓子："我给你们唱几首酸曲吧！"那个脚户唱起了陕北民歌，高亢婉转。大家开始有了笑声，一路欢歌笑语。

大家走到一条河边，脚户大声招呼着大伙儿："学生娃娃们，要过河了，往前看，不要看河。快开春了，这河水开始化了，不能走冰滩了，看了河里的水流会头晕的，弄不好就掉到河里了。所以嘛，你们骑着骡子往前看。"

赫冬梅说："我们还要过几条河？"

脚户："大大小小长长短短得过72条河。"

赫冬梅说："72条河？那走到哪里去了？"

脚户："我是说就这一条河，我们要来来回回过72次。走河川比走沙漠翻山梁好走，省力气，骡子走不累，人也不累。”

胡俊华说：“那什么时候能到？”

脚户：“快了，不耽误，七天就能到。”

胡俊华说：“妈呀，这是个什么地方？回一次家多难呀！”

脚户：“不怕，你们学生娃娃们娇贵，我们这农村娃娃天天就走这个路，一点都不觉得累，还高兴着呢。一路唱唱歌，说说话，七八天过得可快了。”脚户又唱起了歌，李国柱、赫冬梅也跟着唱了起来。

胡俊华还低着头抹眼泪。骡子过河，一脚踩深了，失去平衡，胡俊华掉到了河里。好在河水不深，可衣服全湿了。脚户和李国柱急忙过去扶她。可她哭着坐在河里不起来。最后在大家的劝说下，把她扶到了岸边。

李国柱喊：“赶快拿了衣服，给她换上。”

赫冬梅说：“胡俊华，你别太难过了，哭也没有用。我们总是要到工作单位去的，一路上说说笑笑也过去了。你哭一路，还得走这个路，回也回不去，还不如高高兴兴地和大家一块儿走，再难我们大家在一起，就不难了。”

脚户：“那几个女娃娃，你们衣服换好了，咱们就要起来赶路了！”

大家骑上骡子，继续向前行。

天黑了，大家歇在一家店里。煤油灯下，火炉旁，三个女生在炉子旁烤湿衣服。胡俊华铺开被子仔细看：“这被子里有不少虱子呢，怎么盖嘛？”

赫冬梅说：“把被子反着盖。”

胡俊华反驳：“那它会爬到身上的。”

张润美说：“用笤帚把被子扫一遍，把它扫下去。”

李国柱推门进来：“饭做好了，店家给我们做了羊肉面。”

张润美说：“真饿了，又累又饿。”

李国柱建议：“衣服架到凳子上，赶快先去吃饭，吃完饭后睡一觉，衣服明天就干了。”

胡俊华说：“我又累又饿，累得都不想吃饭了。”

冬梅拉着胡俊华说：“人是铁饭是钢，一顿不吃饿得慌，赶快去吃饭，吃饭回来睡觉，明天还要赶路呢。”

走了几天，一行人依然在赶着路。脚户忽然指着前方说：“前面看到了吧，那就是沙谷县，学生娃娃一路辛苦了，我们很快就到啦！”

胡俊华：“我这辈子再也不回家了，我也不走这路了，就死在这儿埋在这儿算了。”

冬梅说：“净胡说八道，过不了一年，你肯定想回家。”

“润美，李国柱，”胡俊华说，“你们俩干脆在这儿结婚成个家算了，哪儿也别去了，驼城也别回了，这路也太难走了。”

赫冬梅说：“人生的路还长着呢，怎么可以不回家呢？我妈还等着我回家呢。”

终于到了沙谷县。在沙谷县教育局的会议室，一个干部模样的人说：“我是沙谷县教育局局长。首先，我欢迎大家到我们沙谷县这个艰苦的地方来工作。我们沙谷县是驼城第一大县，地域最大，人口最少，住得也分散。现在我宣布各位的工作单位，当然，不合适我们还可以调整。”

“李国柱、赫冬梅分在沙谷县城关小学。李国柱，你是这次分配学生里唯一的党员，所以你还要在学校担任团支部书记和少先队大队长。”

“张润美、胡俊华分在哈镇小学。”

胡俊华说：“哈镇小学！哈镇在哪儿？”

赫冬梅说：“我也不知道。怎么没把张润美和李国柱分在一起？”

张润美说：“唉，服从分配吧。”

胡俊华问旁边的一个老师：“哈镇离沙谷县远吗？”那个教师说：“两天的路程。”

胡俊华说：“天哪，还得走两天路，我死了算了！”冬梅戳了她一下：“别在这胡说八道，乱讲话影响不好。”

局长说：“没有问题的话，就这么定了。如果有什么疑问，我们还可以做些调整。”

李国柱说：“让胡俊华到沙谷县城关小学，我和胡俊华换一下。”

局长说：“别人都能换，你不能换了。你已经被任命为学校团支部书记和大队长了。”

冬梅说：“我换吧，我和张润美换，因为他俩是两口子，我还是和张润美换一下，我去哈镇。”

局长笑了：“早说哦，没注明你们是小两口。那好吧，那叫张润美和赫冬梅换一下。”

胡俊华高兴地说：“也行，我和冬梅在一起，那我就去。”

张润美说："冬梅，你何苦呢？那地方毕竟还要走两天路。"

冬梅说："无所谓。成人之美嘛，把你们小两口放在一起。"胡俊华加了一句："你俩赶快结婚成家吧，我和冬梅走了。"

第六章

第二天，赫冬梅和胡俊华又跟着学校雇的脚户骑上骡子，往四十公里外的哈镇小学走去。路上，胡俊华说："冬梅，这一路上这么艰苦，也没听见你埋怨。留在县城的名额，你又让给了张润美，成全了他们小两口。你可真能吃苦，还舍己为人呀。"

冬梅说："那你说咋办？咱们总不能让他们小两口分在两地，谁也顾不上谁。再说这些路我也没走过，但是我听我哥说过路上很艰苦，要走七八天，所以我有思想准备。"

胡俊华说："冬梅，你像个大姐一样，我就认你当大姐了。以后我做得不对的地方，你可要给我指出来。"

冬梅很自信："好的，没关系，我会照顾你的，你别担心。这次来，我看咱们有些同学也在这里，还有我们的老乡，我一点也不害怕了。我们开始了新的生活，走上了新的工作岗位，遇到困难是自然的，但是只要我们有信心、有勇气，就能战胜一切困难。"

胡俊华感慨："我要向你学习，和你在一起，我就有了战胜各种艰难险阻的勇气。过去我觉得豪言壮语都是英雄人物的话，没想到这些豪言壮语对我们现在来说还挺管用，能壮胆。"

冬梅说："是啊，豪言壮语可以增加我们的勇气和信心啊！我过去不知道什么是勇敢，现在我体会到了。"

又走了两天，傍晚时分，到了哈镇。胡俊华说："哈镇，这是个什么地方？这么漂亮，还有这么好的建筑，你看这学校里有礼堂，有八角楼。"

学校迎接她们的校长说："欢迎两位同志到哈镇小学来工作。哈镇这个地方呢，是内蒙古、宁夏和陕西的交界处，具有重要的战略地位。马占山当年驻扎军队在这里。你看前面，那儿是一片跑马场，我们的学校就是他们的盐铺。解放以后，我们把这个盐铺改造成了小学，这是哈镇最漂亮的地方。”

冬梅说：“这么偏僻的小镇，还有这么好的一块地方！你看这里有青山、河水、湖泊，还有这么好的建筑，真是我们没有想到的。如果不分配我们到这儿来，我们恐怕永远都不知道这个地方。”

校长说：“这里的文化氛围也不错，老百姓非常认可有文化的人，也特别愿意让自己的孩子上学，孩子们上学没有阻力。家长对老师非常敬仰，非常尊重。所以这里的文化环境非常好，老百姓也淳朴善良。好了，咱们进屋里说。”

她们来到校长办公室，校长高兴地说：“你们女学生能到我们偏僻的小镇来，我们感到非常高兴。我们学校也非常需要像你们这样科班出身的教师。我想就你们两个的工作安排谈一下。嗯，根据我们学校的课程安排，赫冬梅，你教三年级的语文和历史，胡俊华，你教二年级的数学和语文。”

胡俊华问赫冬梅说：“你看行吗？要不要我们俩换一换？”

冬梅说：“不需要，没问题。”

校长又接着说：“另外，赫冬梅同志，你是共青团员，所以你要兼任学校的团支部书记和少先队大队长。”

冬梅爽快地答应：“没问题！希望校长多给我安排工作。”

校长说：“那好，有什么问题，我们协商解决。给你们俩安排了一个宿舍。有什么事，请随时向我汇报。”

冬梅和胡俊华说：“没有问题，我们刚来学校，如果有做得不对的地方，也请校长给我们指出来。”校长热情地说：“好吧，那就明天上课。”

两人来到宿舍，胡俊华说：“冬梅，你的历史课要不要我跟你换？”冬梅说：“你也知道我学历史的故事？”胡俊华笑道：“你的故事大家都知道。你是以历史考试不及格拒绝历史课老师。我们都作为笑话议论。没想到在这里又让你上历史课，怎么办？”

冬梅说：“我算是跟历史正式干上了。也许是惩罚我在学校没有好好学历史，所以到了这里第一次上课就上历史课，玩笑归玩笑！我不能和你换，也许利用这个机会我能把历史知识补上来。”

第二天一早，赫冬梅和胡俊华到饭堂里打饭，几个男老师和她们打招呼。

一个身材高高的男教师向她们走过来："你们就是新来的两位老师吧？我也是哈镇学校的老师，当地人，我叫杨冒才。"

胡俊华："是啊，我叫胡俊华，她叫赫冬梅。以后请你多关照。"

另一位老师刘万喜说："赫冬梅，胡俊华，你们还认识我吗？"

赫冬梅说："你好像是52届春班的。"

刘万喜："对呀，你们是秋班的，我比你们早来半年，我叫刘万喜，家在驼城南门外刘家峁。"

胡俊华："那你暑假能和我们一起走？"

刘万喜："咱们北方暑假短，寒假长。一年一次探亲假，盘缠路费都是县教育局出。暑假只有二十多天，来回路上走半个多月，回家能住几天？在沙谷县工作的驼城人，都在寒假回家过年，两个月的假期呢。"

胡俊华："照你说的，暑假回驼城是自费了？"

刘万喜："是的。"

赫冬梅说："公职人就是好，每年还报一次来回路费盘缠。我们一个月工资是多少？"

刘万喜："26元，像你们女生不喝酒、不吸烟，每月10元够了。"

赫冬梅说："那我每月最少能给我妈寄10元钱。真好！"

胡俊华："杨老师，那个大金牙是谁？他老朝我们这边看。"

杨冒才："咱学校的教导主任，这人心胸狭窄，老找别人的茬，你们可小心点儿。"

胡俊华："这人看着就不顺眼。"

赫冬梅拉了她一下："小声点，别让他听见，到时候给你穿小鞋。"

杨冒才强调："这人绝对能做得出来！"

教室里，杨老师帮冬梅画板报，冬梅写字，胡俊华看。

胡俊华赞叹："冬梅，你们班里的板报，让杨老师这么装饰点图画，真的好看多了。"

杨冒才道："小学生天生爱看图画，花花绿绿的很醒目，就能吸引孩子们的注意。"

赫冬梅说："杨老师画得好，写得也好。俊华，你的板报写完了？"

"字写完了，等杨老师给你画完也给我画一画，装点一下。"

杨冒才："马上就完成了，这就过去到你们教室画。"

饭堂里，冬梅拿出了姐夫炒的杂油和肉酱，放在餐桌上："杨老师，万喜，快来，饭里加点肉酱和杂油好吃。"

胡俊华说："冬梅姐夫可是驼城的名厨，这肉酱杂油炒得真香。"

杨老师和刘万喜打了饭端过来，四人一桌有说有笑。刘万喜："冬梅姐夫贺师傅手艺那是一绝，把当年国民党驻驼城的胡长官都吃上瘾了，每天到馆子吃饭，还要求变着法地换新菜，不重样。几个月下来，胡长官佩服得五体投地，说他没有见过这么好的厨师，竟然拜了把子。起义投诚后到了西安，就想把贺师傅也带到西安，可贺师傅哪离得开家，最后给他派了个徒弟。"

赫冬梅说："你怎么知道得这么详细？"

刘万喜："驼城人都知道这个故事，都当胡长官和贺师傅的佳话传呢。"

杨冒才："等有机会到了驼城，一定要到你姐夫那里叨扰。"

大金牙看到他们一起吃饭说笑，把他一个人晾在一边，嫉妒的怒火在心中暗暗涌动。

星期天，赫冬梅和胡俊华正在哈镇街上转，碰见杨老师。

胡俊华问："星期天，我们俩想在镇子上转一转，买点东西，不知道供销社在哪里？"

杨老师说："我领你们去吧。"

赫冬梅客气："别耽误你的事儿，你给我们说说地址就行了。"

"我也没事，也是出来瞎转，不如我跟你们一块儿去。"

胡俊华说："那太好了，我们还真担心，怕有狗呢，你跟着我们心里踏实多了。"他们三个人有说有笑，向供销社走去。

这一切被大金牙看到了。

土路上，赫冬梅、胡俊华、刘万喜、杨冒才4个人正坐着马车，一边走一边说笑。胡俊华说："暑假放了，也回不了家，我们到沙谷县找同学去玩儿。"

冬梅说："我想到邮局去给我妈寄点钱和东西。"

杨老师说："暑假我们要在那里开集训会，恐怕没有多少时间去玩儿。"

冬梅好奇地问："每个暑假都要开集训会吗？"

"基本是的。反正暑假大家也回不去。嗯，只放几天假，然后就在一起开会。集训会嘛，就是相互提提意见，严格说是思想整顿吧。整顿教师的思想，加强学习，提高教师的业务和思想政治水平。"杨冒才说。

赫冬梅问："杨老师，你在这里工作几年了？"

"从我高中毕业就到哈镇小学教书，已经三年了。"

刘万喜说："到了沙谷县，杨老师就算是到家了。"

杨老师说："是，我是沙谷县人，老婆孩子都在沙谷县，父母也在那里。所以到了暑假，沙谷县开集训会，我也算回了家了。"

赫冬梅说："我们一年回一次，你半年就能回一次家，好羡慕你呀。"

杨老师安慰："你们刚出来工作，年龄又小，第一次出远门，想家是难免的。到了第二年第三年就好多了。"

胡俊华叹口气："唉，不知哪年哪月才能回驼城工作呢。"

北京，人民大学。一个星期天的上午，好多同学出去，有的到北京天安门去玩儿，还有的去圆明园玩儿。黄振华心里惦记着，要找治沙造林的相关知识。正准备去图书馆，刚出了宿舍门，突然一个女生跑来，拉住黄振华，焦急地说："麻烦你帮个忙，我们宿舍的一个女生肚子疼得厉害，她要到医务室，可是我没办法把她背过去，麻烦你一下，背她去医务室吧。"黄振华不由分说跟着这个女生去了她们的宿舍楼，他背起这个女生，从四层楼梯下来，直奔学校医务室。

到了医务室，医生说："初步诊断是急性阑尾炎。学校医务室没有条件，得马上用救护车送她到大医院去做手术。"这位女生拉着黄振华说："我们一块儿陪她到医院去吧，万一有什么事，两个人也好招呼。"医生也说："今天是星期天，我们这里也没有人，所以就请你们两个随司机直接把病人送到医院。"黄振华答应了，和这个女生一块儿把患病的女同学送到了医院。

到了医院，登记病人的姓名。那个女生说："病人叫成树，是中国人民大学的学生。"黄振华听了，不由得脱口而出："哦，原来她就是成树，我还以为成树是一个男生呢。"成树立即被医护人员推进了手术室做手术。

黄振华和那个女生在手术室外等候。女生说："成树家在北京。我们要不要通知她的家人呢？"黄振华说："应该马上通知她的家人。"这个女生说："我知道她家地址，要不麻烦你跑一趟，我在医院盯着，你去通知她的家人。"

黄振华说："好吧。"女生掏出笔，写了一个纸条给黄振华："我叫张华，和成树一个宿舍。她家离这家医院不远，你去一趟吧。"

黄振华拿着纸条，出了医院，一路找着问着，终于敲开了一户人家。给他开门的是一个十三四岁的小女孩。黄振华问："这是成树家吗？"

小女孩说："我姐姐在学校，她不在家。"黄振华说："那你家里还有人吗？"小女孩反问道："难道我不是人吗？"

黄振华笑了笑说："我是说你们家里还有没有大人？"

小女孩说："你找我姐姐有什么事？"

黄振华说："你姐姐得了急性阑尾炎，已送到医院了，医院正在给她做手术。我是来通知家里人的。"

小女孩说："那你是我姐姐的同学了，请进来。"回过头喊："爸爸，爸爸，姐姐的同学来家里了，姐姐得了阑尾炎，在医院动手术呢。"

一位长者出来，和黄振华握了手。急切地问："成树怎么了？"

黄振华说："她已经送到医院了，正在做手术，是急性阑尾炎。"

成树的爸爸妈妈着急地和黄振华一块儿出了门，成树的小妹也跟着，直奔医院。

到了医院，成树已经做完了手术，被推进了病房。成树的爸爸妈妈先看了自己女儿，然后握着黄振华和张华的手："谢谢你们。"病床上的成树露出苍白的面容，伸出一双苍白的手，和黄振华握手说："听张华说，是你背着我从四层楼一直到学校的医务室，又送我到了医院，还通知我的家人，谢谢你。"

黄振华说："不用谢，这是应该做的。"

成树的父亲握着黄振华的手说："非常感谢你！让你耽误了这么多的时间。听医生说，你们送来得非常及时，如果再晚一个小时，恐怕成树的病就很麻烦了，谢谢你们救了我家成树。"成树的妈妈说："耽误你们太多的时间，成树由我们照顾，谢谢你们，改天到我们家吃饭。"

沙谷县教育局召开全县教师暑假集训会。教育局局长在主席台上大声讲道："暑假集训会，第一就是要大家集中起来培训。大家要相互提意见，对我们工作中和生活中不良的言行和错误进行纠正，还要批评。第二要学习业务知识，学习政治理论。第三呢，提高我们的思想水平和文化知识水平。一年来，大家的学习和政治觉悟都有了普遍的提高，工作成绩也很显著。但是，也出现了一些问题，个别同志还犯了错误。这次集训会，我们就要抱着治病救人的态度，指出不足的地方。同时要提高广大教师的政治思想觉悟、文化知识水平，这样就达到了我们集中培训的目的。时间只有短短的十几天，所以，我们的教师，要集中精力学习，集中改造思想，使我们的教师集训会取得较好的成效。”

第七章

一间办公室内，两名县教育局的干部正同赫冬梅谈话。一个干部问："赫冬梅同志，据群众反映，杨冒才老师和胡俊华老师有不正当的男女关系。我们想了解一下情况，把你知道的告诉我们。"

赫冬梅惊愕地说："杨老师和胡俊华老师怎么可能有不正当的男女关系呢？胡俊华和我寸步不离。我们同吃同住，同时教学，她有什么时间会和杨老师有不正当的关系呢？我不理解。"

干部说："你们同吃同住，这我相信。难道上课她也跟着你吗？"

冬梅说："那当然没有，上课的时候，我们各上各的课，那也不至于会发生什么关系。我没法理解。杨老师是一个文化知识水平比较高又乐于助人的好老师。我和胡俊华老师初来乍到，刚参加工作，有许多东西还不懂，我们问问杨老师，这有什么错？难道男女老师说说话，开开玩笑，就成了不正当的男女关系了？我不知道是什么人给你反映的这种问题，我觉得这不符合事实。"

干部说："对待不良的思想和道德品质，冬梅老师不可以袒护，这样不利于同志改正错误。"冬梅说："我不知道的事，不能捏造事实吧！我没有看见的，我不能胡说八道吧？"

干部说："你不说，自然有人会说，我们已经接到举报和反映了。我们没必要再谈下去了，看来你的思想觉悟还有待于提高。还有一件事情，我们想了解一下，胡俊华同志是不是爱打扮？"

“年轻女同志都爱穿，都爱打扮，但她没有影响工作，爱美之心人皆有之啊。”

两个干部相互看看，摇摇头：“好吧，今天的谈话就到这里吧。”

赫冬梅和胡俊华在黄河边，面对黄河，胡俊华在哭泣，冬梅在劝慰。

胡俊华说：“冬梅，这太冤枉人，太欺负人了吧。杨老师我们都认识，我们都和他在一起说笑，怎么就说我和他有不正当的男女关系呢？”

“你要相信组织能把这件事情调查清楚的。”

胡俊华失望地说：“这种事，我真是跳进黄河都洗不清。”

冬梅劝说：“你可千万别说跳进黄河洗不清的话，肯定有人告状了。”

胡俊华说：“我怀疑是大金牙，他嫉妒羡慕恨，肯定是他使的坏。杨老师能和我们有什么密切的关系？”

赫冬梅说：“这很有可能。我想不出会有什么人使这种坏，说这种坏话。”

胡俊华哭道：“冬梅，我真想家呀！我想回去，不干了。呜……”

冬梅说：“你别这么想，你要相信组织会把事情弄清楚。你现在别说不干的话。不干了，就说明你承认了。没有的事情，我们要坚持到底。”

两个女孩面对黄河，既想家又觉得委屈，她们哭了。

由于大金牙的告密，杨冒才老师被开除，刘万喜老师调到了麻地湾，胡俊华到了城关一完小，赫冬梅一个人回到了哈镇。冬梅觉得很悲凉，本来工作以后的热情非常之高，心情很好。但是集训会把她的朋友都分散到各地，特别是杨冒才老师被开除，让她感觉到非常有压力，心里蒙上了一层阴影。

县教育局的宿舍里，张润美找赫冬梅说话：“冬梅，快开学了，很快我们又分离了，把你一个人留到哈镇，你是不是很难过？我们这儿的县医院，有一个姓朱的大夫，他是驼城人。今天请咱们驼城来的人聚餐，你也去吧。”

冬梅没有反对：“那就去吧，认识认识老乡嘛。”

一间食堂，坐了十来个从驼城分来在沙谷县工作的同乡。李国柱介绍说：“今天的东道主是朱医生，他是我们驼城人。大学毕业分配到了沙谷县医院当大夫。”张润美安排朱大夫坐在赫冬梅的旁边。席间，朱大夫不停地举杯，给赫冬梅加菜，献殷勤。冬梅开头很客气，后来觉得他过分殷勤，就有点反感。

同乡们在一起，除了谈谈工作，就是谈生活，还有回家和想家等这些事情，也谈来了沙谷县以后的经历和感受。在一个偏远的地方，这一顿饭，让大家感受到了同乡的友谊。

饭后，在回来的路上，张润美对赫冬梅说："今天这个朱医生，可是很有本事的人，在县医院迟早会当上院长的。他的技术好，人品也不错，领导对他也很器重，群众对他反映很好。"

张润美见冬梅没反对，接着说："冬梅，朱医生说他对你印象很好，不知道你对他有没有意思，和他谈一谈怎么样？交个朋友相互了解了解。"

赫冬梅说："我现在还没有考虑个人问题的打算。目前工作压力很大，我想先把工作做好再说。"

润美说："你已经20岁了，成大龄姑娘了，别把自个儿耽误了。你不会还想着那个黄书记吧？"

冬梅急忙说："别说了，人家上了大学，多少姑娘追呢，还会想起我吗？"

润美说："所以呀，你和朱医生认识认识，交个朋友。说不定，你们将来一块儿回家也挺好的呀。"

冬梅一人要坐车回哈镇，同学们去送她。张润美和冬梅拥抱："好好保重，照顾好自己。"润美又偷偷说："在你的车里有一个包袱，你回去看看。"

冬梅说："是什么东西？"

润美说："是朱医生托我捎给你的。"

冬梅拒绝："这不可以，这东西我不能收。"

张润美说："那是你俩的事，我只负责转给你。要不要，你跟他说。退也行，不退也行，全在你。"

暑假过后，教导主任大金牙领着一个女同志，进了赫冬梅的宿舍介绍说："我们的新校长到了。赫老师，这是新来的校长的夫人许丽英。"

许丽英说："你是赫冬梅老师，以后我来跟你做伴。主任，请你把这件行李放到这儿，谢谢。"

冬梅连忙迎上去，帮许丽英拿行李。冬梅说："你是校长的夫人，为什么不和校长住在一起？”

许丽英说：“我首先是人民教师，其次才是他的夫人，这里是我的战场，是我的阵地，难道你不欢迎我和你一起住吗？”

冬梅笑着说：“欢迎，自从胡老师调走以后，我一个人还挺孤单，你来和我做伴，我巴不得呢！”许丽英非常和善地说：“是啊，我们两个女的在一起做伴多好。”

赫冬梅说：“是啊，我又有伴儿了。你和校长可真是一对革命夫妻呀！”

一天，冬梅正在学校刚刚下了课，一个自称是县工会的干部找冬梅谈话。他在办公室问长问短，问东问西，都是一些与工会工作不相干的事。

工会干部问：“赫冬梅老师，你家里有多少口人？”“你父母还健在吗？”“你有没有谈对象？”“你可以在沙谷县一直安心工作吗？”冬梅一一回答。

那人又说：“你的钢笔不错，能让我用一下吗？”

冬梅掏出自己心爱的金星钢笔：“这是我开始工作的时候，我四舅送给我的礼物。”冬梅拿出钢笔给他。

那人又问：“你们学校有多少职工，参加工会的人有多少？”“参加的人都交会费吗？”“大家参加工会的积极性高吗？”“工会会费能够按时收到吗？”

冬梅对他的问题一一做了回答。

工会干部说：“今天就谈到这里。”他拿起笔记本和冬梅的金星笔就走，边走边说：“我今天要赶回沙谷县，所以下次再跟你了解情况。”

冬梅连忙说：“哎，同志！你把我的钢笔还我。”

那个工会干部说：“等等，我用完会还给你的。”于是他不由分说地把冬梅的笔装进了自己的口袋走了。

沙谷县医院的朱医生追到了哈镇找赫冬梅。赫冬梅听说朱医生来了，就躲到宿舍不出来。

许丽英问赫冬梅：“你认识他吗？”冬梅说：“我是在沙谷县集训会上，别人介绍我认识的。和他见过一面。”

许丽英：“你不愿意，拒绝他就可以了。”

冬梅说：“我已经拒绝过他了。但是他还不死心，追到哈镇来。我真不想和他见面。麻烦大姐和他说说吧，就说我不想和他谈，我也不和任何人谈。”

许丽英说:“这个好办，你就在宿舍待着，我把宿舍一锁，你不要出声，我来应付他。”

冬梅说：“那就拜托大姐了。”

许丽英出门，把门一锁，在大门口看见朱医生：“你跟我来。”就把朱医生引到了校长办公室。校长夫人：“朱医生，你是沙谷县医院的医生？”

朱医生说：“是的，我是找赫冬梅的。”

许丽英说：“可是赫冬梅不想和你谈。我觉得既然她已经拒绝了你，你就不该再找她。这样会影响她的工作，给她带来一些烦恼。”

朱医生说：“她原来给我说过，但是我不死心，我很喜欢赫冬梅。”

校长说：“谈恋爱得在双方都愿意的情况下才能幸福。一方不同意，强扭的瓜不甜。所以我劝你还年轻，你的工作也很好，可以回沙谷县再找一个更好的姑娘。赫冬梅既然不想见你，肯定是不和你谈，所以你就不要再找她了。”

朱医生很难过地说：“我知道了。校长，她能让你们来告诉我这些话，看来是没有任何希望了。那我就走了。请你告诉赫冬梅，我祝她幸福。”

校长说：“好吧，我知道了。”

黄振华借了几本书，找到图书馆的一个角落坐下来看书。成树看见了他，悄悄地走到他的身边，黄振华居然没有觉察出来。成树轻轻地敲了一下桌子，黄振华抬头一看，吃惊地问：“你怎么出院了？病好了吗？”成树示意他出去说话。黄振华拿起了书，随着成树走到了图书馆外。

他们坐在一棵大树边的椅子上。黄振华说：“你怎么这么快就出院了？”成树说：“我到宿舍找你，你宿舍的人告诉我，在图书馆肯定能找到你，我就来到图书馆找你。”成树看见黄振华借了几本治沙造林的书，就问：“你怎么对这个感兴趣？”

黄振华说：“不瞒你说，我的家乡在陕西北部，我们周围被毛乌素沙地包围，我一直关注沙漠化的问题。我在学报上看了你发表的一篇文章，我觉得我有责任对治沙造林做点研究，看能不能在治理沙漠方面找出一点经验，研究出一些做法。”

成树说：“你看了我那篇文章吗？”

“是啊，”黄振华说，“我看了非常有感触，没想到你对沙漠和土壤的沙化和治理这么有研究。”

成树说：“我父亲在林垦部工作，他分管的是治沙造林工作。我呢，从小受他的影响，所以也对土壤学和林业，还有治沙感兴趣。”

黄振华说：“听你的名字成树，就有对植树造林的热爱。”

成树看了看黄振华借的几本书：“我还可以给你推荐几本书，你还可以听听治沙造林方面的课程。”

黄振华说：“太好了，我非常愿意学习一些有关治沙造林，还有土壤学、植物学等方面的知识，将来造福家乡。”

成树说：“太好了，我们有这方面的课，我会叫上你。好在我们在一个楼上，我要听课的时候，只要你在，我就叫你一块儿去听课。”

黄振华说：“那就太好了！我可以选修治沙造林专业课，进行旁听。”

黄振华用了许多时间，花了很大功夫，翻阅了大量的资料，结合陕北驼城毛乌素沙地的性质和实际情况，还有老百姓早年治沙的一些经验，撰写成了一篇论文——《毛乌素沙地治理的实践性研究》，将这篇论文发表在了学报上。

一天下午，成树来到了他们的宿舍：“黄振华同志，你的论文发表到学报上了，我们都看到了。学报在这里，我给你带来一本。”

黄振华激动地将学报接过来，看到自己的论文发表在学报上，内心非常高兴。

成树说：“你的论文很有说服力，特别是有当地群众对治沙造林的一些经验和做法，很有参考价值。这个星期天，你抽空到我家去一趟，我父亲有些问题想问问你。顺便我母亲还要感谢你对我的救命之恩呢！”

黄振华说：“救命之恩说得太重了，不过是举手之劳，换了谁都会这么做，可千万别让老人家记挂在心上。作为上级领导了解情况，我会去的，可饭就不一定吃了。”

成树笑着说：“恐怕这个饭你是必须要吃的，否则，我母亲会不停地叫你，这个人情你不领也不行。”说完笑着走了。

黄振华和成树、张华一块儿来到了成树家，又是成树的小妹成林开的门。成林说：“欢迎哥哥姐姐回家。”说着，成树的父亲成森也站起来，迎接他们的到来，主动伸出手与黄振华和张华握手道谢，并表示欢迎。成树的妈妈一边在饭桌前摆饭，一边说：“请坐，请坐！饭马上就好，你们先坐着说话。”

成树的父亲成森对黄振华说：“听说你写了一篇论文，是关于治沙造林方面的实践性研究，我非常感兴趣。成树拿回来那篇文章让我看了。我们现在缺乏的就是对沙漠治理的实际经验，你的论文对我非常有启发，我们就是要总结这方面的经验，然后推广出去。”

黄振华说：“我还差得很远，数据还不够完善。在我们陕北驼城，老百姓深受风沙之苦，也积累了不少治理沙漠的实践经验。”

成森问：“你是陕北驼城人？”

黄振华答：“是的，那是我出生和成长的地方。我的家乡很穷，老百姓的生活十分艰难，身处毛乌素沙地，老百姓深受风沙之害。”

成森突然站起身来，邀请黄振华到书房去。

在书房的柜子里他拿出了一个小包裹，包裹里包着一块白毛巾。他把毛巾递给了黄振华，让他看白毛巾上绣的“英”字。成森说：“小黄，你是驼城人，请帮我找个人，她叫英姐。解放前夕，我们奉命攻打驼城的时候，她是我们党的地下交通员。我被一颗流弹击中，身负重伤，是英姐背着我到城外二里半她弟弟家养伤，才让我保住了性命。所以她是我的救命恩人。请你帮我找找她。”黄振华看着成森庄严而认真的样子，答应了他。

成树不知道为什么爸爸把黄振华叫到书房，心里忐忑不安，悄悄地推门进去：“爸爸没事吧？妈妈让我们去餐厅吃饭。”

成森说：“好，我们去餐厅吃饭。”

饭桌上成森说：“我们林垦部刚好要到西北去，就土壤沙漠化及其对策问题进行调研和考察，时间刚好在你们寒假，如果你们感兴趣可以参加我们的调研。”黄振华说：“这机会太难得了，我能去吗？”成树说：“我也要去，爸爸！”张华说：“我也能去吗？”

成林说：“爸爸，我也要去！我也要去！”

成森说：“这次调研很艰苦，有些地方是要徒步走的，女生会吃不消的。”

成树说：“爸爸太小看我们女生了，男同志能办到的事，我们女同志也能办到。”

成树母亲领着一个军人模样的年轻人，给大家介绍说：“这是我的小老乡叫童军。今天的饭是他帮忙做的。”她招呼大家上桌吃饭。

终于放寒假了。赫冬梅给学生们考完试，阅了卷，准备好行李。一年了，赫冬梅是多么想念母亲啊，还有大哥大姐，还有驼城的亲人。沙谷县教育局给他们雇了脚户。家在驼城的教师们在沙谷县采购了许多东西。经过六天的路途，回到了离别一年多的家乡，妈妈、哥哥、姐姐做了一桌好饭，等待她的归来。

母亲看到她，拉着她的手哭了起来："你的每封信妈妈都收到了，都让你哥给我读。你每月给妈寄的钱，妈也收到了。我的小女儿有出息了。就是离妈妈太远，一年才回来一次。而且路途遥远辛苦，真让妈心疼。"

冬梅拉着母亲的手："妈，你别难过，我们一大帮同学都是这么过来的。你看我给你买的什么？这一罐是梨，驼城没有这么酥的梨，可好吃了。你不是经常咳嗽哮喘吗？多吃点梨有好处。这是布头，我在供销社买的布头，不用出布票；这是花布，给我的侄女和外甥女做衣服穿。这块苏联花布，花色非常漂亮，这是给我嫂子的。这一块是给我大姐的。还有这一件二毛坎肩儿，是给我大哥买的。这是一包海虹干，是沙谷县的特产，给我的侄子外甥外甥女吃吧。"

母亲在整理冬梅的东西，发现了一个被套，里面一摞信。正赶上回家吃饭的大哥回来了，母亲说："你看看，冬梅在被套里夹了这么多的信，这都是谁的呀？"

启祥拿起看了看："这好像都是陌生人的，你放好，等冬梅回来以后问问。"

冬梅回到家。大哥拉她到里屋，问冬梅："你被套里装了那么多信，是怎么回事？"

冬梅说："都是些求爱信，我压根儿都没看。"

启祥说："不管你愿意不愿意，你应该给人家回信，或者给人家把信退回去。"

冬梅说："啊，这些人我都不想搭理，我也没看上。"

启祥说："既然不愿意，就应该给人家答复，或者把信给人家退回去，这样才有礼貌，别让人家等着你，还给你写信，这样不好。"

冬梅说："大哥，我知道了，以后一定注意。"

黄秀华趴在玻璃上，往里看了看，然后从门外跑进来："我听见小梅姐的声音了，我想小梅姐肯定回来了。"

母亲对黄秀华说："快进来，这是你小梅姐拿回来的海虹干，给你妈拿些回去吃。"

秀华说："小梅姐，你走了这么长时间，我可想你了。"

冬梅说："我也有礼物给你。"说着从柜子里边拿出来一块粉底白花的布："这是苏联花布，我们那个小地方，也卖许多好东西，这苏联花布，送你一块，让妈妈给你做一件衣服吧。"

黄秀华高兴地说："谢谢小梅姐，你总是给我买东西。我哥寒假的时候也回家过年，他过两天从北京就回来了，我和我妈也等着他。"

冬梅说："你哥是从北京首都回来的，我是从农村回来的，那可没法比了。"

黄振华的信："妈，秀华，寒假我要参加林垦部的西北调研，不回家了，见谅。秀华要好好学习，照顾好自己，照顾好妈。"黄齐英听秀华念信，若有所思地说："你哥寒假不回来，也就是过年也不回家过了？出了门，心都野了，丢下他妈在家，这年还怎么过？"

秀华说："我哥不会在北京找个对象，不回来吧？"

黄齐英："北京的姑娘会看上咱这穷地方？我担心的是，去了北京花花世界，只怕把他留在那里了。"

黄秀华说："那我哥在北京找个对象留下不回来，可咋办呀？"

黄齐英立刻不高兴地说："你妈我寡妇磨儿为什么？到老了，儿子飞了，谁给我养老送终？这可不行，赶快得给他找个对象，先把心收回来。"

秀华说："妈，我觉得小梅姐最合适了，我挺喜欢她的，赫家大妈和她哥姐人也很不错，他们这一家人也都挺好的。"

黄齐英说："你跟妈想到一块儿去了，好，明天我就去提亲，看看你大妈怎么说。"

冬梅一进迎宾饭馆，就被大凤二凤拉着喊："小姨，你可回来了，可想你了。"大凤说："小姨跟我们上楼吧，我们在上面有一个好玩的东西。"

彩莲："大凤二凤，你们先上去，我和小姨还有话说。"她把冬梅拉到一边说："看看靠窗户那个男人。"冬梅说："什么人啊？"

"这个人，是妈要给你介绍的对象，是李豆腐的亲侄子，开着一个金货铺，是个精明的生意人。家里很富裕，又没有复杂的家庭关系，父母留下一大笔家产。没有公公婆婆的挟制，你回来之前已经给妈提了几次亲了。"

冬梅说："个子那么矮，亏妈想得出。"

彩莲："我想你也看不上。"

冬梅说："我不会像二姐一样屈服妈的，绝不让她给我包办！我的对象我自己选！"

黄齐英敲门："赫家大嫂在家吗？"母亲："在家，请进！"只见黄齐英提了一筐南瓜和土豆，进了家门："这是我娘家弟弟送来的，我们娘俩也吃不了，带点给你尝尝鲜。

他们自己种的南瓜和土豆，可好吃了。听说冬梅回来了？”

母亲说：“是啊。刚回来，又出去了。”

黄齐英说：“好的，这南瓜好，给冬梅吃吧。”

母亲说：“看你客气的，拿这么些东西。”

黄齐英说：“谢谢冬梅给我们秀华带的花布，我没什么好的，只好带点弟弟种的南瓜和土豆，表示点谢意。”

母亲说：“冬梅不在家，去看她二姐的孩子去了。”

“唉，她二姐苦命丢下个孩子，多可怜。”黄齐英同情地说。

母亲说：“是啊，我二女儿命苦。丢下孩子，让人心疼。”

黄齐英问：“冬梅有对象了吗？”

母亲说：“还没有呢，倒是不少人提亲，但没有相中的。”

黄齐英说：“好姑娘，提亲的人自然多。我儿子在北京上大学，本来过年要回来的，结果来信说，国家林垦部抽出去搞调查研究。所以，今年过年又回不来了。我儿子也没有对象，不如咱们两家结亲吧。冬梅也算是我看着长大的好姑娘，我儿子上大学回来，将来也会有出息的。我看两个孩子也很合适的。用现在的说法是‘革命的伴侣’。他大妈，如果你们不嫌我们家穷的话，我看也是个好亲事，你可以回来给冬梅说一说，她要愿意的话，我让我儿子给她写信。”

母亲说：“你儿子可是个好小伙子，等冬梅回来我给她说。”

母亲与儿子赫启祥、儿媳金玉珠一边吃饭，一边说起黄齐英让她儿子和冬梅谈对象的事。赫启祥说：“黄家的儿子是很优秀的，现在又在北京上大学，将来前途无量。”金玉珠说：“黄家那儿子长得一表人才，人又精干，性格又好，现在又在北京见多识广，未必看得上冬梅。”

赫启祥斥责：“你胡说什么？现在是他们来提亲的。黄振华又是个孝子，能不听他母亲的？我看有门儿。这亲事不会差，只是黄大妈人太厉害，遇到个厉害婆婆，不知道冬梅能不能接受。”

母亲说：“婆婆厉害，家又穷，冬梅将来会受罪的。我并不看好这门亲事。”

赫启祥说：“穷不怕，我们会帮着她。就怕那婆婆厉害，冬梅又任性，两个人不好相处啊！”

金玉珠说：“就是嘛，婆婆厉害，还有一个小姑子，都在家里过日子，这么复杂的关系，冬梅又厉害，说话不饶人，成天吵架了！”

母亲说：“我还有个担心，他儿子在北京上大学，会不会留在北京或外地工作。你是大哥，冬梅回来，你跟她说，看冬梅愿意不愿意。如果她不愿意，我们就再不提了。”

赫启祥说：“如果冬梅愿意，先谈谈。妈，我看冬梅的婚事就由着冬梅做主吧，我们不要强迫她。”

母亲强调：“冬梅年龄不小了，你们当哥嫂的多操心，妈再也不做主了。你二妹的死，是妈一辈子的痛！”赫启祥说：“这件事交给我，让我和冬梅先谈谈看。”

吃过晚饭后，赫启祥跟着冬梅来到里屋。赫启祥说：“冬梅，黄大妈今天找妈说，想让你和她儿子谈恋爱，说她儿子在北京上大学，她希望她儿子回驼城工作，只是不知道你的意见如何。”

冬梅听到大哥的话，惊得愣住了，不知道说什么好。尽管黄振华是她的梦，突然让大哥这么轻松地说出来，让她缓不过神来，一下子无语了。

赫启祥见冬梅直勾勾地看着他不说话，以为她没听懂，接着说：“我看黄大妈来咱家提亲的意思，就是不想让她儿子留在外地，想让他回驼城工作，所以才在驼城给他张罗找对象。”

赫启祥语重心长地对冬梅讲：“女孩子找对象，我认为找一个可靠的男人比较好，大哥认为黄振华这个人不错，有文化，知书达理，善良理性，工作又好，将来也是个当官的料子。家庭穷一点儿，婆婆厉害一点儿，小姑子麻烦一点儿，这都是次要的。最主要的是，你和这个人结婚，是要和这个人过一辈子的，所以我觉得人好最要紧。小妹，你过去不也对他有好感吗？你的意见呢？”

冬梅缓过神来了，心里暗自高兴，羞涩地低着头：“大哥你说得对。”

赫启祥说：“大哥认为你只要能看上这个人，其他都不是问题。”

赫冬梅说：“这个人我是看上的，人很不错，那就听大哥的。”

寒假快结束了，冬梅和家人告别。与往年不同的是秀华也跑来：“小梅姐，这是我和妈的一点心意。”冬梅打开一看，是一双红毛线织的手套和帽子。

秀华说：“小梅姐，你戴上试试。”冬梅戴上，秀华说：“真好看。”

在家人的目送下，冬梅和同事骑上毛驴上路了，回到她工作的地方，沙谷县哈镇小学。

第八章

北京，一辆中巴车停在了成副部长家的院子里，黄振华、成树、张华随部长下了车。黄振华和秘书将成部长的行李包提下来送到家里。成森说："这次的调研报告初稿，由黄振华、成树和张华起草，你们汇总参调人员的意见。快过年了，年后把初稿交给我。另外，请你们到我们家来吃年夜饭。为了这次调研你们都没有回家过年。回校以后一定给家里写信，别忘了，代问你们的父母家人好。"

黄振华和张华说："谢谢成部长，我们会尽快写出这次的调研报告，让您过目。"

成森给司机说："把他们送回学校。"司机说："成部长放心吧，我一定把他们送到学校。"成部长将他上衣口袋的一支金星钢笔掏出来，送给黄振华。"听说你那支钢笔坏了，这支笔送给你。这是一支金星钢笔，能帮助你写出好的调研报告。"

黄振华说："这太珍贵了，我写完还给您。"

成森说："送给你吧，年轻人。它对你们更有用。"

黄振华、成树、张华三人在宿舍里讨论调研报告的设想。黄振华说："这次参加林垦部调研，让我开阔了眼界。沙漠给我们的生产建设和人民群众生活带来了太大危害。我国幅员辽阔，西北也是我国占地面积最大的一个地区，仅塔克拉玛干沙漠，就占去了我们西北十分之一的土地。"

成树说："西北地区土地贫瘠，人民生活贫困。新中国成立以后，要甩掉贫穷落后的帽子，让人们的生活过得好，就一定得去沙漠化，把土地沙漠化治理好。"

黄振华说："要想治理好沙漠，目前的办法就是种草种树，不让沙丘破坏了现有的土地，就必须防沙固沙。”

张华说：“我没想到，沙漠占了我国西北土地那么大的比例，治理沙漠难度很大，这得需要打一场人民战争。”

成树说：“我们这次起草的调研报告，必须要角度新、立意高。因为我们的调研，可能具有指导全国治沙造林工作的作用。”

黄振华说：“你俩说得都不错，我们这次写的调研报告不仅要立意高、角度新，最好切合实际，能够对各地或者是林垦部决策起到重要的参考作用。我想这次调研报告可分为三个部分：第一部分写我们这次调研的基本情况；第二部分写我们调研中发现和存在的问题，并对问题进行分析论证；第三部分，我想针对这次调研中发现的问题提出对策和建议。你们的意见如何？”

成树和张华同意黄振华的意见。

成树接着说：“要不我们分头来写，这样我们可以尽快拿出初稿。然后我们再共同讨论和补充。”

黄振华说：“可以。那么，张华你写第一部分我们这次调研的基本情况；我写第二部分存在的问题，并且分析论证；成树重点写第三部分，我们针对这些问题提出具体建议。然后我们三天后一起讨论，相互补充和完善。”

成树说：“这个办法非常好，那我们三天后拿出稿子见面讨论。张华，你把稿子写完以后，你家在上海，过年可以赶回去和家人团聚。”她又对黄振华说：“你还回家吗？”

黄振华说：“我家要是在西安也算方便，可是从西安再回我家得五六天。所以我就算了，回家也赶不上过年了，写封家书，告诉老母亲就可以了。”

张华说：“好吧，我争取尽快把我的第一部分写完交给你们，剩下的就辛苦你们了。”

黄振华说：“好吧，你们三天后把稿子交给我，由我来修改整理统稿。最后上交给成部长，这恐怕要成树代劳了。”

五天后，成树将一本沉甸甸的稿子送到成部长手里。成部长说：“这么快就写好了？”

成树说：“这是我们三个人熬了几个通宵写的，最后由黄振华修改统稿，誊写好才交给您部长大人的。”

成森：“工作效率还蛮高的啊。”

成树说：“我们说好年前写完，提前交稿的。”

成森从上衣口袋里掏出了老花镜戴上：“看看，你们看看，这年轻人写的字。”成树急切地问："字怎么了？"

成森说："太好了！字写得这么好，看着就舒服，这谁写的？"

成树说："您吓了我一跳！当然是黄振华写的。最后修改、统稿、誊写是黄振华。这可是用您送给他的金星笔写的。"

成森说："好笔配好字，看看，这字写得有多好，你们应该好好向黄振华学习。字是人的脸面，好字是人的第二张脸。好了，我进书房看稿子，别打扰我。"

下午，成树将黄振华约到了爸爸成森的书房。成树说："爸爸，张华回上海过年了，我把黄振华叫来了。"

成森说："小黄，来，请坐。今天大年三十，把你请到我这儿来，一是讨论一下调研报告的事儿。二是你参加这次调研并且撰写调研报告，没有回家，就在我家过年吧，晚上和我们一起吃年夜饭。"

黄振华说："不用了，没有关系，我晚上回学校去吃饭。"

成森说："先不说那么多话，我们先讨论调研报告。你们写的调研报告，我仔细阅读了，总体写得很好，情况分析得很透彻，就是最后的建议，你们写得很超前、有高度、有前瞻性。但有些建议目前实际还做不到。所以，请你们过来，我也提提我的意见，做些修改。"

成森说："梁部长给林业绘制出了愿景：无山不绿，有水皆清，四时花香，万壑鸟鸣，让河山披上锦绣，把国土绘成丹青，让黄河常流碧水。你们提出的建议符合中央的精神，也符合梁部长的要求。比如：在北方建立防护林绿色长城；成立国家科学综合考察队；成立东北、华北、西北三北地区的林业局；还有防止黄河流域的水土流失；让林垦部发文件，打一场治沙造林的人民战争；调查总结人民群众生活中防沙固沙的基本经验并进行推广；尽快培养科技人员，研究沙生植物和治理沙漠的科学方法；创建国家地方的林业和土壤植物院校，为各地培养专门的研究人员和推广人才；等等。你们写的调研报告立意很高，口气很大，大有指导全国植树造林、治沙固沙的气魄。年轻人有这种想法，非常好，说明你们对绿化祖国有很高的期望。可是千里之行，始于足下，我们国家现在还很穷，还缺许多干工作的同志，比如我们林垦部现在就很缺乏人才，当然在地方上更缺干部了。"

成林说："爸爸，妈妈已经做好饭了，可以开饭了吗？"

成森对黄振华说："你们这个稿子写得很好，我也做了些修改，你拿回去看一看，然后把它再抄写一遍。年后上班第一天，我就交给部里讨论。可能的话，你和成树，还有张华也参加，先在我们调研组里对这个稿子进行讨论，听听大家的意见，然后修改上报。好了，现在我们吃年夜饭！”

成家的年夜饭。成夫人照顾着大家，在餐桌前就坐。黄振华说：“阿姨，您辛苦了。”

成夫人：“哦，今天的饭菜我还有个好帮手啊。童军！快过来一起吃饭吧。”

一个小伙子系着围裙从厨房里端着一盆汤走了出来，把汤放在餐桌上。成夫人介绍说：“童军也在北京读书，因为写论文没有回家过年。这位是成树的同学，和你叔叔一块去调研。来，大家就座，你们年轻人坐在一起吧。”黄振华与童军握了手，坐在成树旁边。

黄振华回到学校宿舍，传达室老头：“黄振华！你的信。”

黄振华说：“太好了，有我的家信。大爷，过年了，没回家？”老头：“今天我值班，你怎么放假也没回家？”

黄振华说：“我家在陕北，路太远了，赶不上回家过年，所以寒假不回去了。”

传达室老头：“在北京过年也一样，学校食堂给你们没回家的同学老师包饺子吃。”

黄振华说：“学校的伙食比家里好。”

老头：“是啊，吃饱饭就不想家了。”

一进宿舍，黄振华打开信，是秀华写的：“哥：你过年不回家，我们非常想念你。妈说这个年过得真没意思，哥哥不在，她都没有心思过年。妈不希望你留在北京，也不希望你在北京找女朋友。让你毕业以后回驼城工作，和我们在一起。妈到赫家提亲了，她让你给小梅姐写信谈恋爱。小梅姐一家也同意，她也愿意谈。”

黄振华眼前浮现出：赫冬梅踢毽子、和他跳舞、到他办公室兴师问罪、在大门口前和他说话、她去工作之前看她二姐的孩子……和自己碰面的一幕幕情景，将信放在胸口笑了。

大年初一，成部长家，成树收拾要出门。成夫人：“大年初一你要出门吗？”成树说：“是啊，我到学校去一趟。”成夫人：“是找黄振华吧？昨天他走的时候我们给他说，让他今天到咱们家吃饭，你再给他打个电话就行了，何必去一趟呢？”

成树说：“打个电话，也太没有诚意了吧，我亲自去请，看他来不来。”成树出了门。

成树走后，成夫人对成森说：“你说这成树会不会看上黄振华了，见天儿地往他那里跑。”

成森：“成树到了谈恋爱的年龄，黄振华是很优秀的年轻人，看上了也是正常的。”

成夫人：“我倒觉得树儿和童军更合适一些。”

成部长：“恋爱自由，成树的婚姻，应该让她自己决定，我看这两个年轻人都不错，应该由成树自己选择。你不要干涉太多啊！”

人大学生宿舍里，黄振华正在桌前写信。他听到敲门声，打开门，一看是成树。

黄振华有点吃惊地问：“大年初一，你不在家和家人在一起，跑来学校干什么？”

成树说：“找你呀，昨天答应到我们家去吃饭，我亲自来请啊。你在干什么？”

黄振华答道：“正准备给家里写封信。”成树眼睛瞟了一下，看信纸上写的“母亲大人，小妹”，就说：“那你继续写，我在这儿坐一会儿等你。”

黄振华说：“外边很冷吧？我给你倒杯水……可没有多余的水杯。”成树说：“就用你的杯子！”

黄振华说：“那我洗一洗。”成树抢过杯子，拿起热水瓶往杯子里倒了水，两手捧着暖手，一边喝一边说：“你快写信，写完我们一齐走。”

黄振华说：“你在这儿，我还写什么信呢，晚上再写。”

成树笑了笑：“也好，那我们现在就走。”

黄振华说：“我不去了，你应该回去和家人一起过年，我昨晚已经吃过饭了，今天就不去了，我有任务。”

成树狐疑地看着黄振华：“什么任务？”

黄振华说：“我们季校长让我给一位中央领导送封信。我已和秘书约好11点钟见面，所以请你原谅，谢谢成部长和阿姨的好意。”

寒假放完后，赫冬梅回到了哈镇小学。日子过得很快，转眼已是春天。一天中午，孩子们刚放学，赫冬梅正在擦黑板，收拾教具，准备出教室。传达室的老张带着一位男青年来找赫冬梅，说：“赫老师，这是县工会的同志，来找你。”

冬梅一见：“你不是去年来的同志吗？请坐吧。嗯，到办公室谈还是到教室谈？”

年轻人说：“就在教室谈吧。我是县工会派来了解情况的，工作开展得顺利吗？”

赫冬梅说：“在校长的领导下工作开展很顺利。”

突然，工会干部一转身，塞给了冬梅一封信说："我要对你说的话都在信上写着呢。"说完转身就走了。

冬梅接过信，以为里边是她的金星钢笔。用手一摸，没有钢笔，而是一封信。冬梅说："哎！你等一下，你没忘了吧，我的钢笔！"

工会干部笑着说："以后加倍还你！"说完转身走了。冬梅把信打开，原来是封很肉麻的求爱信。冬梅自言自语："这个人真是！拿了我的钢笔也不还。算了，金星钢笔我也不要了。"冬梅不高兴地将信撕成碎片，扔到地上。

又过了几天，冬梅在哈镇小学，一进学校门，传达室的老白交给她两封信。她一看，一封是大姐写给她的，另一封地址是北京——中国人民大学。冬梅的心跳了起来，脸皮热了，她急忙把信装进口袋。

老白羡慕地说："赫老师，你还有首都北京的朋友？"冬梅不好意思地说："嗯，是……是同学来的。"

回到宿舍里，冬梅急切地拆开了大姐的来信。大姐在信中写道："冬梅，一切都顺利吧！黄大妈家的儿子黄振华暑假要从北京回来。他本人愿意和你谈对象。我们家记账的谢先生说，他儿子在农校上学，说他们的黄老师人非常好，多才多艺，知识渊博，又是季校长面前的红人，是他们的团委书记，人很正直，是他最崇拜的老师。听黄大妈说，黄振华会给你写信的。你如果愿意，就给他回信。我们都是院邻，低头不见抬头见，你对人家态度好一点。"

冬梅又心里惴惴不安地打开了黄振华的信："冬梅，你好，工作学习生活都顺利吧？你到了那么偏远艰苦的山区，会有很多困难和不方便，听说你也吃了不少苦，我对你表示钦佩和称赞。我们都是年轻人，不怕吃苦，只要是自己喜欢干的事业，为人民服务，为国家建设做出贡献，就是一个有益于党、有益于国家、有益于人民的人。你是一个积极要求进步、学习努力刻苦、工作任劳任怨、待人和气善良的好人。特别是对我妹妹的关心和照顾，让我对你非常感激。过去一段时间，通过和你的接触了解，我就想过，如果我要找我的另一半，就一定要找像你一样的人。其实我早就想向你表白，只是因为工作学习太忙而没有机会。但是令人高兴的是我们的长辈和两家人却首先提出，这正合我意，我非常高兴能与你携手。执子之手，与子偕老。你若愿意和我交朋友、谈恋爱，就请给我回信。祝你工作顺利，学习进步，生活愉快！"

冬梅看完信激动地站了起来，她在宿舍里来回踱步，心里回想着：当年上学的时候，她和李美霞去找黄振华；还有在院里和他踢毽子；她抱着建雄去奶妈家，黄振华炯炯有神的眼睛关注着她；她和黄振华跳舞时，他那关切的眼神……这些，都让冬梅激动得流下了眼泪，好像这么多年来在她心底尘封的对黄振华的爱和敬佩都宣泄出来了。她突然明白，她拒绝了那么多的求爱者，实际上是一直在等着他对自己的表白。

冬梅又想起了早年二姐托给她的梦，她说“黄振华迟早是你的，谁也争不过、抢不走”，原来二姐是有预感的，预感他终究是我的，是和我相伴终生的爱人。

又到了放暑假的时候，全县的教师又按惯例到县教育局集中进行培训。

宿舍里，几个女生正在玩扑克，张润美领着一个男青年进来。她说：“哎，给大家介绍一下，这位是姚子峻，他是湖北人，大学毕业以后分配到了沙谷县政府工作，今天他也参加我们的聚会，大家互相认识一下吧。”可是这个男青年老盯着赫冬梅的一举一动，他的过分关注让赫冬梅很不好意思，也很不自在。过了一会儿，这个男青年跟张润美耳语了几句就出去了。

张润美说：“今天在沙谷县的驼城老乡聚在一起吃饭。你们玩了这把牌后，咱们该走了。”胡俊华和几个女教师说：“好啊，有人请客是好事啊，走。”说着就收拾东西往外走。

冬梅说：“我就不去了，我想补习补习我的历史。”张润美拉着冬梅说：“你别这样，大家都去，你补历史也不在乎吃饭这点时间，别让大家都等着你。”胡俊华也说：“走吧，教师集训会快结束了，咱们俩又要分开了，还是跟大家一块吃个饭吧，认识认识沙谷县里的老乡也好啊。有什么事，也有老乡帮忙呀。”大家伙儿一同出了门。

饭馆里围了一桌老乡，其中做东的是姚子峻，就是刚才到宿舍来看赫冬梅的那个男青年。

张润美坐在赫冬梅的旁边，对冬梅介绍说：“这是县政府的姚子峻，他是一个好人，今天就是他请大家吃饭。”

姚子峻和赫冬梅握了握手，眼睛一直盯着赫冬梅。这种目光让赫冬梅很不舒服。

张润美把姚子峻推了一把，说：“赫冬梅好看，也不能这么盯着人家呀，让人家多不好意思。”姚子峻好像意识到了他的不礼貌，脸红了，笑了一下，说：“对不起，赫冬梅实在是太好看了。”在座的各位老乡哄堂大笑。

胡俊华说："闹了半天，不是请我们老乡，我们是作陪的，你是请赫冬梅啊。"大家又是一阵大笑。

赫冬梅有点不高兴，站起来要走，被胡俊华和张润美死死拉住。张润美说："冬梅，走了就不好了，大家不过开开玩笑嘛。你长得好看，人家多看你几眼也是正常的。别不高兴，坐下来和大家一块儿吃饭。"又对大家说："大家好好吃饭，别再开玩笑了。你们这么说，让冬梅坐不住了。"

集训会场，刚开完会，有人喊："赫冬梅，有人找你。"冬梅转身，看见是那个工会干部。冬梅跟他出去，以为工会干部还她的金星钢笔。他们走出了院子，工会干部说："你们开完会了？"

赫冬梅说："会刚结束。"

工会干部："我们要不要到黄河边上走走，散散步？"

冬梅疑惑地看了看周围说："可以。"走了几步，冬梅发现胡俊华几个人跟在后面。就说："你们几个什么时候也来了？"工会干部急忙走开了。

等那人走远后，胡俊华说："我看见你刚才和那个工会干部在一起走。"

张润美说："什么工会干部？他哥是我们学校的教导主任，他是县城附近的民办教师。"

胡俊华说："那他是个骗子？"

张润美说："他就是个骗子！"

胡俊华说："差点把正事忘了。冬梅，那边还有个人等着你呢。"

赫冬梅说："什么人等着我？我谁也不见。"

张润美说："哎，人家姚子峻可是个好人！一表人才，高高的个子，人家说找你问个话。"

赫冬梅说："有话要问，让他过来找我好了，我犯不着去找他！再说我又和他不熟！"

胡俊华说："你还是去吧，他就在黄河那边的亭子里等你。你不去，好像我们没有把话传到。"胡俊华一边说一边推着冬梅让她过去。

黄河边的亭子。冬梅看见亭子里的姚子峻不安地走来走去，看见冬梅来了，急忙迎了过来。

赫冬梅说："你找我是不是有话要问？"

姚子峻："是这样，我明天要到西安学习十几天，这是我房间的钥匙，你可以到我房间里住。你们教师集训会几个人挤在一个房间不方便学习，我那里有好多书，你学习应该安静一些。”

赫冬梅说：“我不能要你的钥匙，我怎么能到你的宿舍住呢？”

姚子峻：“如果我们以后成为一家人的话，你在我那里住应该没有问题吧？”

赫冬梅说：“开玩笑吧，我们怎么会成为一家人呢？”

姚子峻：“县医院的朱大夫追求你，我看得出来，你没看上他。我想你是不是能考虑和我交朋友？”

赫冬梅说：“我想回驼城，我不想在这里解决我的个人问题。”

姚子峻：“如果我们俩交往，彼此知心的话，你到哪儿，我会跟你到哪儿，一切都由你决定。”

赫冬梅说：“我们的教师集训会很快就结束了，谢谢你，我用不着你的宿舍，我们俩只能作为朋友交往，因为我有结婚的对象了，是两家人都同意的，过不了多久，我就要结婚了。我真诚地希望，你找到比我更好的生活伴侣。”

天已晚了，北京人大学生宿舍里，黄振华看冬梅的来信：“振华书记：你好！不知该怎样称呼你，习惯叫你书记了，暂时还改不了口。看了你的信我很感动，非常感谢你对我的肯定，实不敢当，我对秀华的关怀和照顾是应该的，你不必挂在心上。我对你印象一直非常好，是我敬佩的领导和同志。尽管我们住在一个院子，但是平时接触得也很少，你的点点滴滴我都是从小妹那里听说的。我愿意和你进一步了解，增进友谊，加深感情，感情也许是要慢慢培养的。好在我们有一个良好的开头。祝你工作学习顺利，生活愉快。”

下课铃响了，传达室的老白跑到冬梅的教室说：“赫老师，有一个沙谷县医院的朱医生来找你，他现在正在传达室。”

冬梅急忙给老白说：“千万别让他进来。”

许丽英过来问：“冬梅，怎么回事？”

赫冬梅说：“这个朱医生追求过我，我已经把他给我的东西和信件全部邮寄给他了，并且向他说明我已经有对象了。谁知道他今天又跑到哈镇来找我。”

许丽英对老白说：“老白，你把他带到校长办公室，我和冬梅在那里等他。”

校长办公室。校长问朱医生："朱医生，您是在沙谷县医院工作吗？"

朱医生："是的，我今天到哈镇来巡诊，因为赫老师和我是老乡，所以我来哈镇小学看看她。"校长："我知道你们俩谈过恋爱。"

冬梅马上说："没有，没有谈过，只见过一次面。"

朱医生："是没有谈，是我追求过她，可是被拒绝了。我听说赫冬梅找到对象了。我想证实一下，听她亲口告诉我。"

校长："我们都知道冬梅她已经有男朋友了。所以，朱医生如果你作为老乡来看看她，是可以的，如果是来继续追求她，那就没必要了。天涯何处无芳草，好姑娘有的是！你是县医院的大夫啊，你的条件非常好嘛，所以再找一位好姑娘也不难。赫老师你也表个态。"

赫冬梅说："谢谢你看得起我，并且来看我，不过我要告诉你的是，我寒假回去就要结婚了，我真心祝福你能够找到自己的幸福。"

校长："难得朱医生来，到我们灶上吃饭吧。"朱医生："不了，不了，镇医院已经给我派好饭了，谢谢，谢谢！"朱医生有些失望地和赫冬梅握手告别："祝你幸福！"赫冬梅："也祝你早日找到如意伴侣！"

下午时分，冬梅和许丽英散步回到学校大门口。门房老白："赫老师，有你的信。赫老师，你这个北京的同学对你可真好，一周一封信，比时钟还准时。"

许丽英说："你这个老白，明知故问。赫老师的对象不就是在北京学习吗？一周一封信是正常的，谈恋爱嘛，没听过鸿雁传书的故事吗？你都是过来人，这有什么稀奇？"

老白："不过今天还有一封信，是沙谷县教育局来的。"冬梅接过信，拿到手里要回宿舍。许丽英说："你回宿舍看信吧，我也回去看看我们家那口子。"

冬梅打开了沙谷县教育局的来信。"亲爱的表姐，我和芝娇毕业了，分到了沙谷县，我们现在正在教育局报到，芝娇分到了城关一完小，我被分到了麻镇，我们又能在一起了。林芝娅。"

冬梅心里想："这两个傻姑娘，能留到驼城多好，为什么要结伴跑到沙谷县来？"接着，冬梅又拆开了北京的来信："亲爱的冬梅，你的来信我已收悉，非常感谢你能接纳我，并同意和我谈恋爱。我把我们的意见给家里说了，两家人热心地在给我们准备婚礼。我想和你商量，如果你不反对的话，我们可不可以在寒假就结婚？"

冬梅自语："我给校长把牛皮吹出去了，说我寒假要结婚，这下可应了你的话了。"

又到了寒假，沙谷县一完小表妹宿舍，冬梅一进房间，三姐妹抱成一团。不仅是因为久别重逢，更是因为她们放寒假了，就要一起回家了。

赫冬梅说："你们这两个傻女子，怎么会跑到沙谷县来，为什么不留在驼城呢？"

林芝娅说："还不是因为你在这里吗？我们是跟着你来的。"

林芝娇说："没想到我们来了以后还是分开了，也不能天天见面，只能书信来往。"

冬梅说："不过我能在这儿见到你们，能和你们在一起，非常高兴。想着沙谷县还有俩表妹在这里，心里就暖洋洋的。"

林芝娅说："我们这一辈子都没有分开过，我们念书都在一起，毕业了我们不来找你找谁呀？"

冬梅说："你还是这么伶牙俐齿。这么厉害，将来谁敢娶你呀？你看人家芝娇早早地就嫁人了，你呢，有男朋友了吗？"

林芝娅说："我等着你给我介绍呢。"冬梅说："唉，还真有一个人，挺不错的，不过这个人在沙谷县政府工作，不知道你愿意不愿意。"

林芝娅说："有好的，你先挑走了，还能轮得上我？"

冬梅说："告诉你们，我已经有男朋友了，是我们院邻黄振华，今年寒假回去我就要结婚了。"

林芝娇说："呀！这么大的喜事，你怎么才告诉我们？"

林芝娅说："真的假的？这人是干什么的？"

赫冬梅说："驼城农校团委书记，现在正在北京人大学习。不过芝娅你好好考虑一下，如果你还要回驼城的话，最好在驼城考虑个人问题。"

林芝娅说："只要我看上了，在哪儿都能活人。为什么一定要回驼城再考虑个人问题？"

赫冬梅说："这个人还是胡俊华给我介绍的，一表人才，高个儿，大学毕业，其他情况我就不知道了，因为我没打算和他谈，就见过一面。你要见吗？"

林芝娅说："见！只要人长得好，拿得出手。"

正说着，有人敲门。开了门，是胡俊华。她一进门就问："赫冬梅到了吗？"

冬梅拥抱着胡俊华说："到了，到了。"胡俊华说："你最远，我们都等着你。后天我们就起身了，明天恐怕你也要到街上去买东西吧，不过我们帮你买了些，你平常要的东西已经买好了，你只要付钱给我们就行。”

胡俊华说：“冬梅，还有一个人要见你。”

赫冬梅说：“谁？”胡俊华说：“姚子峻。”

没想到冬梅痛快地说：“好，明天上午老地方见！”

黄河边的亭子里。冬天的黄河边非常冷，河水被冻得白茫茫一片。亭子里，姚子峻在耐心地等待着，寒冷使他来回踱着步。

胡俊华和赫冬梅还带着冬梅的两个表妹来到了亭子前，姚子峻迎上来说：“你们几位女士是在考验我吗？让我在这个冰冷的亭子里等了半个时辰。”

胡俊华说：“冬梅就是在考验你的耐心。”赫冬梅说：“我有一个事情要向你们说明白，今年寒假回去我就要结婚了。”姚子峻吃惊地看着她。

赫冬梅说：“姚子峻，我想介绍你和我表妹认识。她叫林芝娅，比我长得漂亮，比我能干。如果你愿意的话，我把她介绍给你，你俩谈一谈，交个朋友怎么样？”

姚子峻看着林芝娅，没说什么话。林芝娅看着这个高大帅气英俊的男子动了心。

赫冬梅说：“好了，你们谈吧。这儿冷，你们爱上哪儿上哪儿去。我们要上街买东西、办年货了。林芝娅，你的东西我们帮你买了，时间交给你们，我们走了。”胡俊华、赫冬梅、林芝娇三人走了，留下林芝娅和姚子峻在一起。

姚子峻说：“这里很冷，要不要换个地方？”林芝娅说：“去哪里？”姚子峻说：“这个城非常小，到我的办公室去可以吗？”林芝娅说：“为什么不可以，走吧，就到你的办公室去！”

天已黑了，宿舍里冬梅和林芝娇正在打捆行李，收拾着回家的东西。林芝娇说：“这么晚了，芝娅姐还不回来？”赫冬梅说：“看来是看上姚子峻了，这事有门儿。你说芝娅真和姚子峻成了，大舅不会责备我吧？”

林芝娇问：“为什么要责备你？”赫冬梅说：“如果他俩真结婚了，恐怕调回驼城就很难了，弄不好就留在沙谷县了。”

一阵敲门声，林芝娅和姚子峻提着大包小包进了门。赫冬梅说：“你这是要把沙谷县搬回驼城吗？又买了这么多东西。”林芝娅说：“这是姚子峻买的。”

冬梅把林芝娅拉到一边说：“八字没一撇，你要人家的东西干什么？”林芝娅说：“谁说八字没一撇？我这辈子就嫁他了。姚子峻还想跟我们一块儿回驼城呢。”

赫冬梅说："这不成。姚子峻，你暂时还不能去，不管怎么说，得让我大舅心里有个准备，等他们同意了，接受你了，你再去，更妥帖一些。"

姚子峻说："冬梅说得对，欲速则不达，我等着好消息。那我先回去了，你们早点休息，明天还要上路呢。芝娅，回去以后给我写信。"

等姚子峻出了门后，冬梅拉着林芝娅说："你疯了，说风就是雨，许多问题你考虑周到了没有，我也是一时热心，介绍你和他认识，见了一次面怎么就说要嫁给他？"

林芝娇也说："芝娅姐，你这样决定太草率了吧！"

林芝娅说："这人真的很好，是湖北人，大学毕业就来支援陕北。我去了他的办公室，又到了他的宿舍，人很干净，又很体贴，还很忠心。我说我迟早是要回驼城的，他说，我去哪儿他就去哪儿，甚至辞了工作也在所不惜，没得挑！唯一不足的就是地主成分，反正我们家也成分不好，正好王八看绿豆——对上眼了！"

驼城家里，冬梅带回半炕的东西，母亲高兴地分给众亲戚。

赫冬梅说："妈，让我最放心不下的建雄，他过得好吗？"

母亲："你忠善哥又续弦了。你这位嫂子人不错，对忠善哥和孩子都很好。"

赫冬梅说："我才不信，世上的后妈哪有对别人家孩子好的？不行，我现在就过去看看我的外甥建雄。妈，这是我给建雄买的苏联奶粉和炼乳，还有饼干和玩具。"

母亲："带上给新嫂子的苏联花布，给你忠善哥带几个酥梨。你说这沙谷县那么偏僻的地方，怎么会有这么多好东西？"

冬梅说："妈，这你就不知道了，沙谷县靠近内蒙古，有些是从蒙古、苏联来的东西和货物，有些比我们这儿还全。我们这儿买不到的东西，那边都能买到。这苏联花布又好看，还不要布票，只要有钱买多少都可以，还便宜。"

母亲将东西放在一个布兜，叮嘱道："去了要叫嫂子，对新嫂子礼貌客气一点。"

冬梅说："知道了，你可真啰唆。"

忠善哥家，冬梅看见建雄，一把搂住："建雄，三姨一年没见你，长这么高了？"孩子怯生生地躲着她。"你不认识三姨了，你看三姨给你带什么好吃的了？"冬梅打开包袱说："你看三姨给你带的炼乳、饼干，还有奶粉、玩具。"冬梅拿起个小拨浪鼓左右摇，接着又拿起耍刀人逗建雄。建雄好奇地拿上了耍刀人玩具。

这时嫂子进来说："你是孩子的姑姑吧？"给孩子盛了一碗饭，说："快吃饭吧。他姑姑要不要也吃点饭？”

冬梅说：“我刚在家里吃过了，嫂子，辛苦你了，这是我给你买的苏联花布，给你做件衣服。我忠善哥老咳嗽，这是我带的海虹干和酥梨。”

嫂子说：“让你破费了。建雄，快叫姑姑。”

冬梅说：“叫三姨。”

建雄一边吃饭一边看着冬梅，不小心把一勺饭掉到了地上，急忙从地上抓起来送到嘴里。这一切都被冬梅看在眼里，痛在心里。冬梅说：“建雄，掉到地上的东西不能吃，吐出来！别吃！”可建雄还是把掉在地上的饭抓到嘴里咽下去，怯生生地看着后妈。

嫂子说：“孩子也怕浪费粮食嘛，我小时候家里穷得揭不开锅，还吃过观音土呢！没事，没事。”

冬梅回到家里，彩莲也在，她也不和大姐打招呼，一屁股坐在炕边就哭：“什么好嫂子，居然让我外甥把掉在地上的饭都捡起来吃了。妈，你这个外婆是怎么当的？怎么让建雄在那个家里生活？不行！你必须把孩子带回来，我们自己养，你要带不了，我把他带到沙谷县我来养。”

母亲：“净瞎说。你还没结婚，知道怎么带孩子吗？忠善的媳妇人很好。只是建雄胆子太小。”

赫冬梅说：“反正我不能让建雄在后妈那里受罪，受虐待。”

彩莲说：“冬梅你也不要着急，我看叫忠良哥家收养建雄吧。忠良大哥结婚到现在一直没有孩子，恐怕大嫂生不了，不如让建雄跟他们过。大嫂子心又好，人又勤快，肯定会对建雄好的。”

母亲说：“听说你忠良哥过年要回来，我给他提。他如果愿意，这倒是建雄的好归宿。”

赫冬梅反对：“忠良大哥家在蒙地，他把建雄带走了，我们恐怕很难见到孩子了。”

母亲斥责她：“这也不行，那也不行，究竟是为你好，还是为孩子好？如果为了孩子，就让忠良收养他，让孩子有一个好的归宿。”

彩莲说：“建雄的事就这么定了。冬梅，你还是考虑一下你的婚姻大事吧，快结婚了，还像个孩子，意气用事。”

第九章

冬梅去了大舅家，大舅问："冬梅，芝娅回来就说她已经订婚了，不让我们给她说亲事，说她的对象是你给介绍的。大舅问问你，这人怎么样？外地人可靠吗？"

赫冬梅答："这人我见过，很不错，大学毕业就分到沙谷县政府工作。我给芝娅介绍认识，谁知他俩一见钟情，两人约定非他不嫁、非她不娶。我们也觉得芝娅有点草率，但是芝娅好像很愿意他。"

大舅："这人的人品和家境怎么样？"

赫冬梅说："长相应该说一表人才，高个子，南方人，文质彬彬，很有礼貌。家庭具体情况我也不清楚，但是要了解他的家境应该不难，再说了，现在出门在外，他又在政府工作，有着国家发的工资，两个人过日子应该不是问题。"

大舅强调："外地人不了解，有没有结过婚，有没有孩子？一概不知。我怕她会吃亏，上当受骗。"

赫冬梅说："他在政府工作，如果他有老婆和孩子，难道政府会不知道吗？这个事情让芝娅在他工作的单位了解一下，就清楚了。"

大舅点点头："冬梅说的这是个好办法。那大舅就委托你了。你到沙谷县政府打问打问，看看这个人怎么样，再给大舅回个信。"

冬梅回到家里，秀华在窗户外面的玻璃上向里边张望。冬梅看见了以后，打手势让她进来。秀华跑进来对冬梅说："小梅姐，我哥从北京回来了，他让我看看你在不在，他想见你。"

赫冬梅说："我妈这会儿也不在，要不我们在外面见面吧。"秀华说："那就在公园见面，好不好？"赫冬梅羞涩地点头："好的。"秀华说："那让哥哥在莲花池牡丹亭等你。"冬梅点头。

阳光明媚，红梅盛开。公园里，黄振华背了个挎包在那里等着冬梅，远远地欣赏着盛开的红梅。

冬梅脸红了，不好意思地问："你什么时候回来的？"

黄振华温和地拉住冬梅的手："昨天晚上回到了学校，今天早上回的家。"冬梅有点冷，搓了搓手，然后捂住了自己的耳朵。振华将挎包里在北京买的围巾帮她围上，又掏出一双手套戴在了冬梅的手上，让冬梅感到非常温暖，感到了身边这个男人的体贴和温存。

冬梅问："这是你在北京买的吗？"

黄振华问："这个花色不知道你喜欢不喜欢。"

冬梅说："挺好看的，喜欢。"

黄振华温柔地看着冬梅说："和你认识了这么久，还是第一次单独约你出来。"

冬梅说："因为我们的工作都很忙。"

黄振华说："再忙总还是可以抽出时间的，以后我会经常约你出来。"

赫冬梅说："你信中说，剩半年学习就结束了，那你今后的工作会在北京或者西安吗？"

黄振华说："都有可能，但是我还是想回驼城工作，我的家乡在这里，我的理想在这里，还有家人和你也在这里。"

赫冬梅说："你的理想是什么？"

黄振华拉着冬梅的手，爬上了城墙。"我参加了林垦部的西北水土流失和沙漠化调研。你知道我们的城市为啥被沙漠包围着？为啥我们一年四季除了夏天都要被风沙侵扰，难得有几个像今天这样的好天气？"

赫冬梅说："学地理的时候，听老师说我们身处毛乌素沙地的边缘。"

黄振华指着城墙外的沙漠："那你现在看看，我们的驼城几乎被毛乌素沙地包围了。据历史记载，驼城南迁三次，就是因为毛乌素沙地以每年3~5米的速度向南蔓延。如果再不治理，我们将会被毛乌素沙地所覆盖。"

赫冬梅说："沙漠怎么治理？"

黄振华说："这就是我们现在面临的一个新课题。新中国成立以后，我们成立了林垦部，分管林业的副部长也带队去西北地区进行考察。"

赫冬梅说："这么说，党和国家有治理这片沙漠的计划？"

黄振华说："不光是要治理沙漠，而且要解决西北地区水土流失和荒漠化的问题，还要改善土壤质量，让沙漠变绿洲，荒地变良田。"

赫冬梅说："那你一个人又能做什么呢？你能治理好这片黄沙吗？"

黄振华说："冬梅，我们还都很年轻，有的是时间和精力。我这次回来，想和季校长谈一谈，建议在我们农校设立林学专业，先培养治理沙漠、植树造林的专业人员。其次，成立治沙造林站，成立研究机构做试验，然后推广经验，打一场治沙造林的人民战争。10年、20年、30年，甚至50年，这片沙漠的面貌肯定会有较大的改变，我们这一代人栽树，后人就可以乘凉。"

赫冬梅说："前人栽树，后人乘凉？"

黄振华说："到100年后这片土地就能造福于人类，造福于家乡。"

赫冬梅说："这就是你这两年学习的收获吗？"

黄振华答道："是啊。我给你讲讲我们家的故事。我8岁那年，父亲拉了两匹骆驼，到内蒙古贩货。那时走西口的人，经常会遇上沙尘暴，长年累月在沙漠中行走，大都会患上肺痨和哮喘病。那一天，是狂风大作的沙尘暴天气，和父亲一块儿去的商家捎话，说父亲半路上遇到沙尘暴，因哮喘病犯了，留到了十里沙的驿马城。那时候我妈正怀着小妹秀华。我姐姐当年12岁，一个人走进沙漠去寻找父亲，遇到沙尘暴迷了路，再也没有回来。我的舅舅和亲戚们就去寻找大姐，他们只找到了大姐被撕碎的衣服、鞋和骨骸，估计遇到了狼群。我父亲听到后，一着急，吐血而亡。我那时候就恨透了这片沙漠，它夺走了我最爱的亲人的生命。"冬梅从未见过温文尔雅、和蔼可亲又坚定果敢的黄书记，显露出失去亲人的痛苦。看着他的眼里饱含的泪花，冬梅心疼了，她多想分担他的痛苦，用女性的温柔来安慰他、保护他、爱他，为他抚平伤痛。她温柔地拉着黄振华的手表示理解和安慰，并且掏出手帕为他拭泪，鼓励他继续诉说他的故事。"我们生在这座沙漠包围的城市，从小深受沙漠和风沙天气的危害。我虽然从来没对别人说过我的心愿，但是，我从小做梦都在想，什么时候能把这些沙地变成良田，让沙漠和风沙不要再害人，让我们家乡的人不用再挨饿，不要再受穷。能让沙漠变成绿洲，这可是造福子孙的千秋功业！"

冬梅听后，突然觉得身边这个男人高大起来，让她肃然起敬。过去，她只是羡慕他的地位，欣赏他的外表，没想到他内心隐藏着这么伟大而崇高的理想。她暗下决心，把自己一生的命运和他绑在一起，和他一起生活，分享他的喜怒哀乐，这是一件多么幸福的事情。

赫冬梅说："你的理想够远大的，这需要你一辈子去奋斗。"

黄振华："毛主席说，一个人做一件好事并不难，难的是一辈子做好事，不做坏事。你听过愚公移山的故事吗？一项伟大的工程，只要坚持不懈地为之奋斗，就一定能够实现！我们要为新中国做贡献，就是将自己的理想与建设祖国的目标统一起来。"

赫冬梅说："要实现这个伟大的理想。我认为只要你坚持，经过艰苦努力，就一定能实现！"

黄振华："感谢你的鼓励，希望你能支持我。我还有一件事要跟你说，我们家很穷，不能给你物质生活的满足。我母亲从小是在艰苦的环境中生活过来的。特别是我父亲早年去世，我母亲把我们兄妹两个拉扯大，很不容易，常年养成这种坚定好斗的性格，如果对你有不客气的地方，希望你能原谅。如果我俩结婚了，你受了委屈，请不要与她计较，我会加倍对你好的。"

赫冬梅说："你母亲是一个革命斗争精神很强的人，我很钦佩。在那样艰苦的情况下，她刚强一些我能理解，我对这些都没有意见。"

黄振华说："你都能容忍的话，我对你就再没有顾虑了。但有一点你放心，我这一辈子都会对你好，会听你的话。只有一点，希望你能听我的，就是希望我们尽快结婚。"

赫冬梅说："那就听你的，我们尽快准备结婚吧。"

黄振华、黄齐英来到了冬梅家，商量结婚的事。母亲和赫启祥、赫彩莲都在，冬梅坐在里屋。两家人商量了一会儿，母亲到里屋问赫冬梅说："结婚的时候，还需要一些什么东西？"

冬梅说："我是个教师，思想追求进步。再说我有工资，也不靠别人养活。我什么都不想和人家要，也不提任何条件。你们准备成什么样子，就是什么样子。"

第二天，母亲从大立柜里拿出哥哥从天津带回来的花布，做成了一件长的大襟棉袄，还有一条卡其色裤子，给冬梅当嫁衣。妈妈又说："你寄来的钱，你哥不让我花，也不让我给家用，都存起来给你当嫁妆。他给你做了一个琴案，花了60多元。又给你买了一些桌子上摆的东西，还有两套被褥、床单、枕头……”妈妈说了那么多，冬梅也不是很在意。

腊月二十六，黄振华和赫冬梅举办婚礼。

赫冬梅接到教育局开会的通知，去礼堂参加会议，与张润美碰见了前来开会的李美霞。赫冬梅说：“李美霞！你也是来开会的，我们两年没见面了，你还都好吧？”

张润美说：“李美霞是结过婚的人了，你看满脸都写着‘幸福’两个字。孩子多大了？有一岁了吗？”李美霞有点尴尬地说：“孩子刚满一岁。你们也是来开会的？你们到了沙谷县工作还顺利吧？”

赫冬梅说：“生活还不错，唯一不足是路远点。”

张润美说：“岂止是路远一点吗？我们一年才能回一次家，那种想家的心情，是难以言表的。去了那里就是想家，想家，想家。”

冬梅为了打破这种尴尬：“美霞，我今天邀请你中午去吃饭，我邀请你参加我的婚礼。”

李美霞说：“你也该结婚了，新郎是谁？”

张润美故意强调：“你认识，也很熟，就是农校的黄书记。”

李美霞羡慕而惊讶：“冬梅，你终于如愿以偿。和黄书记结婚一定很幸福，祝贺你！你今天结婚，还要参加教育局的会议吗？”

赫冬梅：“当然！教育局开会，怎好意思请假？”

润美说：“我怎么劝她也不听，还是要来开会！”

李美霞：“请假吧，黄书记会不高兴的！”

赫冬梅：“不会的，他同意了。”

李美霞羡慕地说：“黄书记可真宽容。”

迎宾饭馆里坐满了来参加婚礼的亲戚和客人。母亲急切地问：“冬梅咋还不回来，这开会也该结束了吧？今儿是自己结婚的大喜日子，你说这孩子开什么会呢？”

彩莲对振华说：“冬梅开会还没回来，亲朋已经坐好了，酒席也备齐了，你看该怎么办？”

振华：“妈，大姐，别等了，开会没准点儿，亲戚们既然已经到齐，酒席备好了就上菜吧。”

彩莲说：“给她备上一桌，时辰到了，让亲戚们吃饭吧。她如果带朋友们来，一块儿吃。上菜！”

晚上，农校礼堂灯火辉煌，黄振华和赫冬梅举行婚礼。

赫冬梅把母亲缝的花棉袄和卡其裤子穿上，里面还有新衬衣，她和同样衣裤一新的黄振华并排站在台上，胸前戴着红花，满脸带着幸福和羞怯。

季校长证婚并致辞。

下面的老师同学和亲朋好友起哄，让新郎和新娘唱歌。黄振华非常大方地唱了一首陕北民歌《挂红灯》，高亢悠扬，非常好听，赢得了一片掌声和叫好声。

大家又喊，让新娘子唱一个。冬梅脑子里原准备唱《五哥放羊》，后来又就觉得这么隆重的场合上唱《五哥放羊》，有点肉麻，就随口唱了一个《三头黄牛》，唱到一半又忘了词，惹得下面一片笑声。冬梅羞得跑下台。她自己很难过，也觉得很遗憾，心想自己的婚礼，自己没有显出本事，又惹人笑话。

婚礼结束后，俩人来到农校梅花楼的宿舍，新房里面布置得非常好，贴着红喜字，窗子上还贴着窗花，床上铺着上海产的太平洋床单，还有两床漂亮的缎被子。冬梅悄声问振华："为什么新房放在学校？"振华说："大家想闹新房，家里太小，又不方便。他们就给我们设置了一个临时的新房。"到了晚上，他们真正休息的新房是农校的一个小房间，就在梅花楼的旁边。第二天，冬梅把单子一卷就拿回家，一见到母亲就哭了。母亲不了解冬梅为什么哭。

冬梅说："这么节俭的一家人，床上铺的单子还是借别人的。"母亲把单子拆开一看，说："不怕，我给你洗干净。我记得你哥哥的百货铺也有同样的单子，就让哥哥拿回来一条，给别人还了。这个单子就给你们留着用。"

以前，冬梅从来没有去过黄振华家。去了婆家以后，一进门三间房子，一进两开。靠南头的房子是新房，冬梅进了房门，往里面一看：靠墙当中摆着一个琴案，房子很小，炕上铺着两条毡，毡上面放着洗干净的太平洋单子，还有在农校结婚时摆的两床被子，在炕上摆得整整齐齐。琴案上摆着一个穿衣镜，水银做的框上刻着花，挺好看。两边摆两个好看的玻璃花，还有几个瓷花瓶，瓷花瓶中间是一个茶盘，茶盘里放着茶壶和四个茶杯。还有一个很洋气的梳头匣子。这就是母亲说的哥哥给冬梅做的嫁妆。

在婆家吃了饭以后，冬梅就回到自己娘家了。母亲问赫冬梅："你的新房，还满意吗？"冬梅点点头。母亲说："你要记着你哥和你姐对你的疼爱，给你的陪嫁。"

婚后不到十天，冬梅又要去沙古县的哈镇。这次去的时候，冬梅、林芝娇、林芝娅和胡俊华、张润美一大帮人一起走。队伍里既有两个亲爱的表妹，又有同学。冬梅的母亲、大舅妈、二舅妈和小表弟、小表妹把她们送到北门外。大家的心里因离别而感到不是滋味。

她们离开了家人，开始上路。一行人坐在马车上，慢慢地离开家乡。望着冬春之际的驼城外一片荒凉的景象，林芝娇抹着眼泪："真舍不得离开家乡。这一走，又得一年才能见到我妈。"

林芝娅说："你是舍不得离开你丈夫吧？"林芝娇："舍不得又咋样？好歹我和冬梅姐还有个丈夫可想，你呢？你的丈夫在哪儿？"林芝娅说："哼，姚子峻已经给我来过几封信了，我回去就和他结婚，我的丈夫就在身边，招之即来。不像你们，想丈夫还得等一年半载放了假，才能见一面。"

赫冬梅说："芝娅！你别胡来，大舅还没有同意呢，还等着我去了解呢。"林芝娅说："免了吧，麻烦你写封信，就说了解清楚了，人很好。我回去就结婚，特邀请你们参加我的婚礼。"

林芝娇："你就这么等不及了？好歹让父母同意了吧！"

林芝娅说："结婚是我们俩的事，姚子峻来信说了，他已找了教育局局长，局长答应，只要我们俩拿到结婚证，他就把我调到城关小学教学。这样，我们以后就能天天在一起了。"

赫冬梅说："你们是天天在一起了，但是你只要留下来，将来就很难调回驼城了，这一点你想过吗？"

林芝娅说："我管不了那么多。这么艰苦的地方，离家那么远，身边有一个男人照顾着自己，日子总能好过一些，以后的事以后再说吧。"

冬梅和林芝娇沉默不语，似乎被她这一番话所打动，她们突然又带着羡慕的心情，感觉林芝娅说得也不错，在这个寂寞荒凉的艰苦环境里，远离家乡，远离亲人，如果能找到自己的另一半，而且能和他日夜厮守，也是人生一件幸福的事情。

沙谷县城门边马路旁的一家餐馆，姚子峻坐在窗户边，时不时地向窗外望去。老板娘说："同志，你等的人还没到吗？你可真是痴心，在这已经等了两天了，再给你添点热茶吧。"

姚子峻笑了笑："谢谢！"

老板娘："看你一脸的高兴，难道是等自己的心上人吗？是自己的媳妇吧？"

姚子峻："我还没结婚，是在等我的未婚妻。"

老板娘："你的未婚妻回娘家了？"

姚子峻："是的，她从驼城回来，说是这两天回来，所以我在这儿等她，让她一到沙谷县就能看到我。"

老板娘："你可真是个痴情的好后生，你的未婚妻一定很俊吧？"

姚子峻："是的，在我看来她就是一个天仙。"

老板娘："情人眼里出西施，我还真想看看你这未婚妻有多俊，让这么标致的后生，在这里等了好几天。"

沙谷县城门口，天已渐黄昏，冬梅等一行人在马车上。林芝娇坐在前面，抬头看到城门，高兴地喊道："你们快看，到了！七天的马车，真是坐够了！"

林芝娅说："别喊了，你的城关小学是到了，冬梅姐还要坐上两天，我还得坐一天的老牛车，才能到学校呢。"

林芝娇问："冬梅姐，在沙谷县休息一天再走吧？"

林芝娅说："对呀，冬梅姐，我总得见一下姚子峻吧。"

赫冬梅道："好吧，就住一天，后天我们必须走，否则赶不上开学了。"

这时林芝娇指着前方："嘿！你们看，城门边上站的那个人像不像姚子峻？"冬梅向她指的方向看去："那就是姚子峻！"

姚子峻在餐桌前给冬梅、林芝娇倒热茶，又给坐在身边的林芝娅倒了一杯，递到手里问："冷吗？捂捂手吧，真想你！"

林芝娇笑："哎，旁边还坐着人呢，就这么卿卿我我？"两人旁若无人地继续。

赫冬梅说："不就三十多天，至于吗？"

姚子峻看着芝娅："可对我来说像过三十多年了。"

林芝娇扭开头："妈呀！度日如年的词都出来了，你也太肉麻了吧！"这时老板娘端上饭菜，看了一眼："这三个俊女人，哪一个是你的未婚妻？"

姚子峻温和地说："你猜猜看。"

老板娘："这三位姑娘，一个赛一个的俊。我看，敢情是你身边这位了？"接着又对林芝娅说："你可真有福气，找了这么个知冷知热的好男人。他为了见你，在我这店里蹲守了三天！”

林芝娇宿舍里，三姐妹刚刚起床，正在收拾屋子，梳洗打扮。

林芝娇打开窗户透透气：“妈呀！你们看，姚子峻一大早就在操场边等着呢！”

冬梅凑在窗户前：“看他冷的那个样，恐怕来了多时了，快点让他进屋吧。”

林芝娇打开窗户招手喊道：“姚子峻！我们已经起床了，你进来吧！”转过身对林芝娅说：“芝娅姐，看在姚子峻这么痴情的分上，我同意你们结婚了。”林芝娅说：“不错吧，我又有同盟军啦。”

赫冬梅说：“这人是不错，但是你总得让大舅他们见一面，同意以后再结婚。他们也会祝福你们的。”

芝娅说：“谢谢你这个大媒人，我等不及了，我希望尽快离开那个鬼地方，我想回到城里工作和生活。”这时姚子峻进了门。林芝娇招呼：“快进来！外面多冷啊。”

姚子峻坐在桌子前。冬梅给姚子峻倒茶说：“刚煮好的奶茶，快趁热喝，还有这是我们驼城的点心、糖棋子，你尝尝吧。”

林芝娅关心地问道：“傻瓜，你在院子里等了多长时间了？这么冷的天。”姚子峻笑了笑说：“没多长时间，我一起来就赶过来了，快到了，才想着你们应该没有起床，劳累了这么多天，让你们多睡一会儿，所以我没有敲门，在外面走了走跑跑步，不过这天还真冷。”林芝娅说：“要不是冬梅姐和芝娇拦着，我昨天晚上就住你那儿了，免得你一大早还要往过跑。”

赫冬梅说：“芝娅！你说得过分了，没结婚，怎么能住到人家男人的屋里呢？”林芝娅低声道：“什么人家男人？这是我的男人！”

姚子峻幸福地做了一个鬼脸，表示认同林芝娅的说法。他轻轻地用手摸了一下林芝娅的头，更加喜欢面前的这个女人。她是那么直率，那么可爱！

林芝娇：“姚子峻，冬梅姐说了，她和芝娅只能待一天，明天就要回学校了。芝娅姐交给你，你们可珍惜这一天的时间哟。”林芝娅说：“你们俩要不要和我们一起出去玩儿？”

赫冬梅说：“姚子峻！今天不是星期天，你应该上班吧？”姚子峻说：“我今天向领导请了一天假，专门陪你们。”

林芝娇：“你们爱哪儿玩哪儿玩去，我们才不想当你们的电灯泡呢！”

沙谷县政府门口。赫冬梅和林芝娇从县政府门口出来。赫冬梅说："看来姚子峻这个人，给领导留的印象还是不错的，说他工作能力很强，工作表现也好。"

林芝娇："不过领导又说他家庭成分不好，社会关系复杂，婚姻问题让我们慎重考虑，这该怎么办呢？"冬梅说："实话实说呗，我回去就给大舅写信，把咱们了解的情况给他汇报一下，看看他是什么意见。"

芝娇说："恐怕等不了长辈同意，林芝娅就敢跟姚子峻结婚。"冬梅说："等林芝娅回来，我们再劝劝她，不要太着急，等大舅同意了再说。"

林芝娇宿舍里。姚子峻和林芝娅大包小包提了一堆东西回到了宿舍。林芝娅一进门就大嗓子喊道："告诉你们一个好消息，我和姚子峻已经领了结婚证，明天我要结婚了，希望你们俩参加。"冬梅和林芝娇瞪大眼睛看着他们，半天什么话也说不出来。

赫冬梅说："姚子峻，你就这么着急吗？你起码让大舅同意了以后，再领证也不迟呀！你这样先斩后奏，我大舅会对你有意见、有看法的！"

林芝娅说："冬梅姐，这是我的意见，是我坚持要领结婚证的，你不能责怪姚子峻！"

林芝娇问："明天你们怎么结婚？新房在哪儿？请不请人吃饭？在哪儿举行婚礼？结婚还应该准备东西，这些你都来得及考虑吗？"

林芝娅说："新事新办，新房就在姚子峻的宿舍，今天我们已经打扫布置好了。我们在饭店也订好了一桌酒席，就请他们单位的人和你们两个。婚礼就免了吧。在饭馆有他们领导主持讲话就行了。"

林芝娇道："太简单了吧，芝娅姐，以后你可别后悔！看到别人的婚礼都盛大隆重，而你的婚礼却这样简单，你不要羡慕人家呀！"

林芝娅说："他们应该羡慕我们新婚礼新风尚才对。我们的婚礼，不就是新社会提倡的新风尚吗？我才不喜欢那些繁文缛节和虚情假意的婚礼！"

林芝娇劝冬梅："冬梅姐，那明天你也不要走了，还是留下来参加芝娅姐的婚礼吧。"

赫冬梅说："明天一早我必须走，否则赶不上开学了。"

林芝娅不满："哼！我早猜到了，为了参加革命的会议，连自己的婚礼都不出席的人，她能参加我的婚礼？我早知道她是革命的先进的积极分子，当然是工作第一、革命第一了！什么姐妹情分，这都是排在第二、第三位的。"

赫冬梅说："快写请假条！结婚有三天假，我明天顺路到你们学校，把请假条交给学校。三天一过，姚子峻，你必须把她送到学校去，不能迟到，不能旷工！"姚子峻答：

“一定，一定的。”

北京，中国人民大学成树的宿舍里。张华走到成树床前问：“成树，你是不是不舒服？今天早上也没有吃早饭。”又伸手摸了一下成树的额头：“呀！你发烧了！不行，我们上午有课，你肯定上不成了，要不我让黄振华来陪陪你，领你上医院。”

成树连忙说：“快别叫他了。我没那么严重，可能是昨晚在外边待得太久，着凉感冒了吧。”

张华问：“你昨晚回来得很晚，是不是和黄振华在一起？”

成树说：“是的，他告诉我他寒假回去已经结婚了。”张华问：“怎么回事？我不相信，怎么会这么快，闪婚啊？”

成树说：“我也不相信，过了一个寒假，这个人这辈子就和我擦肩而过了。我想不通，就在操场上独自走了两个多小时。我在想是什么原因，让他这么快就结婚了。”

张华问：“你没有问问他为什么这么快结婚？”成树说：“我问了，他说他母亲不愿让他离开老家，所以给他定了亲，寒假回去就把婚结了。他说这个女孩和他们家是院邻，是一个山村女教师，他很喜欢。”

张华又问：“在你们平时交往当中，他向你表白过什么吗？”

成树伤心地说：“没有。他一直把我当朋友看待。”

张华还问：“那你对他有这个意思，对他表白过吗？”

成树回道：“我没有对他直接表达过，但是他应该能看出来我对他的好意吧。”

张华说：“男人在某些方面几乎是绝缘体，很迟钝，你别估计得太高了，他未必会看出你的意思。”成树说：“当他告诉我他结婚了，他都不敢看着我，我不相信他对我没有感觉。”

“哦，我想起来了，去年春节前他到你们家吃饭的时候，阿姨把童军叫来，他会不会认为你妈妈暗示童军是你的男朋友？因为当时我也误以为童军是阿姨给你选择的男朋友。”张华说。

“你是说我妈同时请童军到我家，是专门叫童军堵他的嘴？”成树疑惑地问。

张华：“这就对了，你们相互都没有表达出对对方的意思，特别是阿姨让童军来挡在中间，他更不会想到那个地方了。加上他母亲撮合，才导致了这样的结果。”

成树说：“好悲凉呀！弄了半天我才明白，原来我母亲才是真正的推手！唉……我是自作多情。”

张华开导：“你也不是自作多情。我分析他结婚这件事，为什么不告诉我和其他人，而专门告诉你呢？这说明他认真考虑过，而且设身处地地为你着想。他认为只有童军做你的男朋友，才最符合你和你家的利益和愿望。他又是个孝子，自然不愿违背他母亲的意愿。看来他是个内心很强大的人……我突然对他肃然起敬！”

成树流下了伤心而惋惜的眼泪：“可惜，他已经和我无缘了。我也许这辈子再也不会恋爱了。”

张华：“真没想到你会陷得这么深！你也不必惋惜，只是错过了一个好人，今生不能做连理，做朋友也很好啊！想开点吧，好男人有的是，像你这么优秀的女生，还怕找不到好男人吗？”

成树摇摇头：“我和你说了这么多话，感觉好多了，沉重的情绪从昨天开始一直压在我心头。”

“说出来就痛快了，走吧，我陪你去医务室。”张华扶着成树出了宿舍，到医务室去了。

成森家里，成树、张华陪成夫人在客厅和厨房张罗饭。黄振华和成部长在书房。成部长说：“小黄，我们经过了解，你是新中国成立以前加入的中国共产党，家庭成分是城市贫民。经过我们对你的考察和了解，你的原工作单位对你评价很高，说你的工作能力和政治表现都非常优异。我们林垦部想在你们即将毕业的学生里选拔一批干部，经学校推荐和我们的考察，你在我们的选拔之列，今天刚好成树把你们请到家里来，我也想听听你的意见。”

黄振华说：“谢谢组织对我的信任，感谢林垦部对我的重视。我是这么想的，我是从基层来的，我们陕北的条件非常艰苦，我是在那里长大的，对那里的情况很熟悉，也十分眷恋。我对西北的土壤改善和治沙造林情有独钟。我的工作单位是农校，我和我们季校长已经谈好，等我回去以后，我们想开设林业和治沙造林方面的专业课，想培养一批能在基层工作的林业干部，能在治沙造林方面做出努力，总结群众治沙造林的经验，向部里提供最基层和最切合实际的意见。我想，建设祖国不能停留在口头上，应该付诸实际行动。所以我个人还是想回陕北，回家乡，为家乡的建设做点贡献。特别要说的是，我们驼城城外就是毛乌素沙地，更容易也更方便研究治沙。”

成森说："年轻人不怕到艰苦的地方去，到基层去，这是非常可贵的。听成树说你已经结婚了，恭喜你。这是不是离不开新媳妇啊？"

黄振华不好意思地笑了笑："不会，不会，我的理想信念是之前决定的。先把家乡建设好，特别是把我们那里的沙漠治理好，这是我一生的愿望和理想。"

成森说："很好，我可以跟人事部门打招呼，放弃你也是很不容易的。你上次和我们一块儿调研的时候，我们的人事部门还是很欣赏你的。虽然有点遗憾，但是革命工作只要努力，在哪儿都能做出成绩。以后你只要有机会到北京来，就到家里来。有什么情况可以直接向我反映，特别是有好的建议也可以给我们林垦部汇报。"

黄振华说："那是一定的，谢谢部长！您职位这么高，对我们年轻人还这么关心，我非常感动。"成树推门进来说："爸爸，开饭了。"

学校图书馆的楼道边，成树拿着一个笔记本，送给了黄振华："我们马上就毕业了，不知道你下一步去哪儿，你会留在北京或者去西安吗？"

黄振华肯定地说："我不会留在北京，也不会去西安。我已经下定决心回我们老家驼城，那里更需要我。我上次回家，到农校已经和我们的校长谈过了，想在我们学校创办林学专业，首先培养人，才能改变我们的落后面貌。"

成树说："我转达我父亲的意思，如果你愿意留到林垦部的话，那里也需要人。"

黄振华说："我的家乡更需要我。我回到驼城，可以在现场实地研究并组织专业团队进行试验，总结出一套老百姓行之有效的治理沙漠的实践经验，提供给国家林垦部参考推广。"

成树说："我也不想留在北京，我准备到甘肃，听说那里要成立一个中科院沙漠研究所。"

黄振华说："太好了，我到基层总结实践经验；你到科研单位去搞理论研究，我们还是可以联手做事。我最近看了很多书。我想我们两个如果能在治沙造林上贡献出我们的微薄力量，把一生都投入进去，为了一个目标去奋斗，也是令人激动和欣慰的。"

成树有点激动："马上就要毕业了，没什么可送你的，送你一个笔记本做个纪念吧。"

黄振华说："谢谢你，我会用这个笔记本，把我的治沙造林的经验和感想都写进去。"说着，黄振华从自己的上衣口袋掏出了一支笔送给了成树。"我把部长送我的金星钢笔保存着，这支笔送给你作为纪念。"

成树说："这可是一支派克笔呀，国际名牌。"

黄振华说："我还是最喜欢部长送我的金星钢笔。"

成树说："好的，我接受了。"两个人紧紧地握了手。"好，我们以后要为了一个共同的目标，在各自的岗位上做出我们的成绩。"

黄振华说："好的，你到了研究所给我写信，我们相互交流经验。"成树说："你的工作单位会改变吗？"黄振华说："我刚刚接到调令，让我去省委组织部报到，具体会分到哪儿，还得到了组织部才能知道。"成树说："那等你工作单位定了。你把信写到我们家，让成林转交给我。"

驼城农校的梅花楼，校长办公室里。季校长和黄振华在办公室里谈话。季校长问："你放弃了留到林垦部和省委工作的机会，回驼城农校工作，精神可嘉。你放弃了工作环境和生活条件更优越的城市，以后不后悔吗？"

黄振华说："不管从哪个角度，我思来想去还是要回农校工作。农校也是培养我成长的地方，我很留恋。特别是到林垦部参加调研，成部长告诉我们，北方地区的土地沙漠化非常严重，国家要改变西北的贫穷落后面貌，改变生态环境，我们就应该到最需要的地方去，到基层去，所以我放弃了在城市工作的机会，回到家乡。我有两件事想要做，一是建议我们农校增设林学专业，扩大招生规模，为我们地区的治沙造林工作培养专业人才；二是研究治沙的一些基层工作经验，特别是研究出一些需要政策改变的方法措施，提供给党委和政府的决策领导，使我们的面貌早日改变。"

季校长说："过去我们是提着脑袋干革命。新中国成立了以后，我们需要提着脑袋搞建设。你有这样的决心，还有这样的理想，非常好。嗯，前两天驼城地委高书记和我商量干部问题，让我推荐一位农校的副校长和沙树梁乡的乡党委书记，我还是陕北林业总站的主任，准备在沙树梁乡成立一个治沙综合试验站。我推荐你。你有什么想法？"

黄振华说："好，感谢季校长的举荐。那我是做副校长呢，还是做乡党委书记呢？"

季伯贤说："现在缺干部，我看你可以兼两职。副校长可以培养急需人才，这项工作你熟悉；兼职乡党委书记可以到基层接地气，在沙树梁筹备治沙综合试验站，总结群众治沙经验，在实践中学习，你可以按你的想法去干。这样的话，你就离开了家。我知道你家里也有困难，还有老母亲。我建议把冬梅从沙谷县调回来吧，有她照顾家里，你也可以安心工作。"

又放暑假了，沙谷县教师集训会如期举行。正在开会的赫冬梅被县教育局的工作人员叫出去，说是教育局局长找她谈话。

赫冬梅走进教育局局长的办公室，局长对赫冬梅说："请坐。"赫冬梅有点拘谨地坐在了局长办公桌对面的椅子上。局长说："赫冬梅同志，我们接到驼城地区教育局的调令，你被调到了驼城二完小工作。你准备一下，我们会派脚户送你回驼城。你在沙谷县工作很努力，表现很好。哈镇小学的校长和师生对你评价非常高，所以组织给你做了鉴定，随后我们会寄到驼城地区教育局。"

赫冬梅说："我被调回驼城，这个消息我怎么不知道？"

局长说："这是组织的调令，你服从分配吧。回家也是一件好事嘛，你已经结婚了，家里的老人也需要你照顾。革命工作嘛，在哪儿都一样。感谢你为我们沙谷县贫困山区的教育事业做出的贡献，我代表沙谷县教育局感谢你。"

赫冬梅说："开完教师集训会，我回哈镇收拾好东西再走吧。"

局长从桌子后面站起来，主动与赫冬梅握手："不用了，你明天就可以启程。我们派人把你送到哈镇，收拾好东西以后，就可以直接回驼城了。"

冬梅说："感谢沙谷县教育局对我的关心和培养。谢谢！再见！"

沙谷县林芝娇的宿舍里，冬梅的同学和表妹们都在一起，欢送赫冬梅调回驼城。

胡俊华说："冬梅，你是我们到沙谷县来的同学里第一个调回驼城的人，我们真羡慕你。"冬梅说："两年半的生活，让我感慨万千。离开家乡到艰苦的山区，一个人工作学习，生活是孤单了一点，也有想家的苦恼，但也让我第一次感觉到我能够自食其力。我有了工作，有了自己钟爱的事业，有了自己的职业自豪感。"

张润美说："冬梅自然有一种自豪感，自己挣了工资自己花，还能孝敬父母。现在马上要回去了，心情肯定很高兴吧？"

胡俊华说："要和你亲爱的丈夫、亲爱的妈妈和哥哥姐姐团聚，哪能不高兴呢？"

赫冬梅说："调回驼城我很高兴，但是要离开你们，又觉得恋恋不舍。"

胡俊华说："没关系的，冬梅给我们开了一个好头，让我们也看到了希望，我们再干一两年，也应该有理由调回驼城了。"

张润美说："是啊，你们的丈夫都在驼城，组织上会优先考虑调你们回去，我和林芝娅，我们的丈夫在身边，恐怕调回去就不是那么容易了。"

半天不开口的林芝娅说："调回去当然好，反正我们的老公在身边，调不回去，那就在沙谷县再过两年呗。"

胡俊华说："冬梅调回去，下来应该是我和林芝娇了。"

张润美说："林芝娇的丈夫是军人，在兰州军区。人家提了干，林芝娇自然会随军的。其实数来数去，就是我和林芝娅恐怕要在这里长住了。"

冬梅终于回到了驼城。一回到家，母亲惊喜地把她迎进门："你怎么突然回来了？"

冬梅说："我从沙谷县调回来了。以后，我再也不离开你了！"

母亲高兴地抱着冬梅，嘴里喃喃地说："太好了，太好了！你出去的这两年，妈天天想你。"过了一会儿，母亲对冬梅说："你还没回婆家吗？"

冬梅说："家里没人，我又没有钥匙。"

母亲说："你已是嫁出去的人，应该先回婆家。"

赫冬梅说："都在一个院子住，娘家婆家有什么区别？"

母亲："带回来的东西先不要打开，回了婆家，让你婆婆过了目，再给众人分。"

赫冬梅说："我嫁给黄振华了，没嫁给他家。这些东西是用我的工资买的，我想给谁就给谁。这会儿振华没回来，婆婆也不在家，我自然就回娘家了。"

母亲解释："妈是担心你婆婆会不高兴。振华给你写信了吗？他在农校当副校长，还在乡里兼任书记，你调回来了，可他又要走了。"

赫冬梅说："回来之前，我收到他的信。说他选择回家乡，回农校工作。提拔当副校长这事没向我提过。"

母亲："前些天才听他说，等调令一到，他就要走。说把你调回二完小工作，离家近，可以照顾家里。妈很高兴，你又回到妈的身边了。"

赫冬梅说："妈，我也好高兴能调回驼城，我们那里工作的同学都羡慕我。芝娅和芝娇都哭了，不知啥时候她们才能调回驼城。"

母亲："芝娅不征求你大舅同意，就结婚了，你大舅气得病了一场。众人开导后，才好一些，抽空去看看你大舅。"

赫冬梅说："我大舅没必要担心，人家小两口感情可好了。姚子峻可会照顾芝娅了。"

晚上，驼城农校梅花楼的宿舍里，振华拉着冬梅的手说："半年没见你，真想你呀。"

冬梅说："我也是，听我妈说你又要调到外地去工作？"

振华："是呀，季校长推荐我当农校副校长，兼重沙区沙树梁乡党委书记，我答应了，服从组织决定。"

冬梅说："好不容易我回家了，你又要走。"

振华："正因为我要调走，组织才决定把你调回来照顾家里的。不过你别担心，沙树梁乡通公路，回驼城也就半天工夫。有空我会经常回家的。"

冬梅说："你在北京上学，本可以留在北京或省城西安，为什么你一定要回我们这穷乡僻壤呢？"

振华："金窝银窝，不如自家的土窝。你在这里，娘亲在这里，我的心和理想也在这里。我们这里穷也落后，更需要人来建设和改变呀！"

冬梅说："看来你这个共产党员比我思想更先进，我得向你学习。"

振华："睡吧，你也累了。"

驼城二完小，赫冬梅第一天上班。一早来到学校，找校长报到。突然后边有人拍了一下她，她转身发现是她的老同学许文霞：

赫冬梅说："许文霞？老同学，你在这儿上班吗？"

许文霞："是啊，听说把你调到了我们学校，没想到今天刚开学，就看到你了。"

赫冬梅说："我正准备找校长报到。"

许文霞："我带你去！你知道我们的新校长是谁吗？"

赫冬梅说："不知道，是谁？"

许文霞："就是我们上学时的团委杨书记。"

赫冬梅说："太好了！那我们太了解了。"

冬梅进了杨校长办公室："老书记，杨校长，我来向您报到。听到您是我们的校长以后，我真高兴。"

杨校长："是啊，黄书记告诉我要把你调回驼城，而且调到我们学校工作，我也很高兴。我曾经说什么来着？你和黄书记是最合适的两口子，让我说中了吧，你们最终还是走到一起了。婚后的生活不错吧？"

赫冬梅说："杨书记真是高人，神机妙算。"

杨校长："这叫有情人终成眷属。我不是什么神机妙算，我是旁观者清。把你从沙谷县调回来，调到城里来工作，你有什么想法？”

赫冬梅说：“我当了几年的山村教师，那里条件艰苦，但是工作量不大，我现在调到城里教学，恐怕要求比较高，我要尽快适应。”

杨校长：“是啊，这里的工作量很大，每个班里要有50多个学生，不像你在乡村学校。在这里不仅要教课，可能还要叫你当班主任。我初步想，让你教三年级语文并担任班主任，你有意见没有？”

赫冬梅说：“我服从组织的决定，尽快适应二完小的工作，争取把工作做好，让校长满意。”

杨校长：“赫冬梅就是赫冬梅，什么时候都是以工作为主，还是那种工作积极、思想上进、勇挑重担、不怕吃苦的样子。很好，我就喜欢这样的教师。”

梅花楼宿舍。黄振华对冬梅说：“我的调令下来了，明天就要走马上任了。”

赫冬梅说：“让我帮你收拾一下东西吧。”

振华：“不用，我都收拾好了。”

赫冬梅说：“今天我也跟我们校长报到了，没想到我们的校长就是当年的杨书记。他对我很了解，我想以后的工作开展起来会容易得多。”

振华：“杨书记是一个很有水平的领导，在他手下工作，你也会有进步的。有什么不懂的可以问问他，他会帮助你的。”

赫冬梅说：“是的。”

振华深情地拉着冬梅的手：“冬梅，今后你要在我们家生活了，要和我母亲、妹妹朝夕相处。我不在你身边，你要照顾好我母亲、妹妹，还有你自己。我想要跟你说的是，我母亲一辈子很不容易，含辛茹苦把我和妹妹养大。这些经历炼就她刚强的性格，脾气大，刀子嘴，豆腐心。请你不要和她计较。”

冬梅点点头：“知道了，明天你一早要走，早点休息吧。”

第十章

赫冬梅在家里收拾她的房间。她把被子拆下来准备洗，发现里边的新驼绒被换成了旧驼绒被。她打开柜子，发现柜子里放的姐姐给的双面卡其布料不见了。

赫冬梅问婆母黄齐英说："妈，我们的驼绒被子怎么换了？里头的驼绒怎么成了旧驼绒了？"

黄齐英说："你四舅要结婚，女方提出要新驼绒被子，我就把你们的新驼绒被子换了过来。我觉得新旧一样盖，现在给你换的这个被子盖着也不冷吧？"

赫冬梅说："那我放在柜子里的蓝卡其布哪儿去了？"

黄齐英说："当时振华要出差。我给他做了一套衣服，你们两个还有什么分别吗？"

赫冬梅说："还有我哥哥给我买的漂亮的铁皮暖壶呢？"

黄齐英说："那个暖壶，秀华用了。"

赫冬梅心里不高兴，但是嘴里再没说什么。

赫冬梅回到母亲家就诉苦："我真是嫁到了一个革命的无产阶级家庭。黄家人两个党员，一个团员，除此以外，家里真是要啥没啥。我只知道无产阶级没房没地，哪知他家里连一件像样的东西都没有。厨房里的用具全是一些粗碗粗盆，没有一件新东西。"

母亲说："早就给你说过他家里穷，你是知道的，也应该想到。"

赫冬梅抱怨："要什么没什么，他四舅结婚，为啥换了我们的驼绒被子给他们？"

母亲劝："她没钱买新的嘛。换就换了，回头重新弹一下，驼绒被子新旧一样盖。"

赫冬梅说："还有他们家不过年不过节的时候，天天吃的粗粮。比起咱们家的茶饭，简直是一个天上、一个地下，我实在是吃不下去！”

母亲批评：“这就是我当时不同意你嫁到他家的原因，可你非要嫁。现在什么也不要说了，嫁鸡随鸡，嫁狗随狗。振华可是个好人，对你也不错。”

赫冬梅说：“振华是个好人不假，可我的婆婆是一个很怪的人。我在他们家吃饭，她一定要让我交伙食费，我每个月给她交12块钱。我才挣多少钱？”

母亲反驳：“你挣工资就应该交伙食费。”

赫冬梅说：“可我交了伙食费以后，每月只吃几天的饭。她说，她是街道的居民组长、积极分子，要去开会，让我和秀华想到哪儿吃饭就去哪儿吃。秀华说，她到她姨妈家去吃饭，我只能说我回娘家吃饭。这样，她开上一两天会，也不叫我回去吃饭了！”

母亲说：“你不可以和婆婆吵闹，没处吃饭，回妈这儿吃。就怕时间长了，你嫂子不高兴。”

赫冬梅说：“那我只好到娘家吃饭，每个月我再给你交伙食费。”

母亲：“你也不要跟婆婆家较真儿，妈会给你饭吃。你给我的10元钱，就说是你的伙食费，这样你嫂子也不会说什么。”

沙树梁乡会议室，张县长宣读了黄振华的任命书：“经县委研究决定，任命黄振华同志为沙树梁乡党委书记。”

黄振华在乡下调研了解情况。

二完小的教师办公室，赫冬梅埋头批改作业。杨校长走进来：“赫冬梅，你怎么还不回去？这么晚了，你还在批改作业吗？”

赫冬梅说：“作业已经批改完了，我正在备课。”

杨校长：“你工作还是这么努力！”

赫冬梅说：“我的基础差，我想把课堂上涉及的知识自己先学通，也好给学生讲。再说，我还得加强自己的知识储备，所以我要比别人下更多的功夫。”

杨校长：“你是一个好同志，无论到哪里，都对自己严格要求，这一点非常好，我一直欣赏你这种执着的精神和积极进取的态度。”

赫冬梅说：“我还年轻，有些事情的处理上还有些幼稚，家庭关系也是很累人的，特别是我没有经验，丈夫走了以后，要独自面对婆婆和小姑子，暂时还有点不适应。”

杨校长："黄书记到外地工作，你和婆婆、小姑子关系要处理好，你虽然年轻，也要把工作、休息和生活安排好，要劳逸结合。既要会工作，也要会生活，还要会学习。"

赫冬梅说："我从山村小学到城关小学，从教二三十个学生到五六十个学生，感觉压力还是大。所以我必须花更多的时间和精力，把这个班主任当好，把课上好。"

杨校长："你的工作水平和教学能力我是知道的，对自己的要求也不可过高，你已经做得很好了，天色已晚，早点回家吧，否则你婆婆会不高兴的。"

赫冬梅说："好，我马上就走。"

赫冬梅领了工资，打开信封，数着钱，发现涨工资了。她问旁边的老师："我发现我的工资多了。"正说着杨校长走了进来："同志们，前阶段有文件，对工作满三年，并在三年内未涨工资的教师普调一级工资，这是党和政府对我们人民教师的关怀。可能有的同志已经涨了工资，有的不够三年的教师工资没涨，给大家说明一下。另外，这里有工会发的电影票，哪位老师下午没课就去看电影。"

老师刘健："我下午没课，好像赫冬梅和许文霞老师也没课。"

赫冬梅说："给别的老师吧，我要备课。"

杨校长："看电影也是接受教育，也是学习和工作的一部分，票不要就作废了，你们是代表学校参加工会的活动。"

赫冬梅说："那好吧，我们去看。"

刘健和赫冬梅、许文霞肩并肩，有说有笑地走在大街上。大街上有人指指点点。

母亲家里，赫冬梅一进门就对母亲说："妈，我涨工资了，每月涨成36元，我可以给您交12元。"

母亲："看现在的政府多好！按时按月发工资，还涨工资！"

赫冬梅说："我不想给婆婆交钱了，每月在她家吃不了几天饭。"

母亲："那可不行！给她家的钱可一分都不能少，少了你婆婆会不高兴的。再说，她可指望这点钱呢。"

赫冬梅不高兴地说："我不到她家吃饭了。"

母亲说："胡说八道！你是她家的儿媳，你难道一辈子不进黄家门了吗？涨了工资，怎么越发小气了！你就是在她家吃一天饭，也得交那么多钱。不要忘了你是黄家的人！"

赫冬梅说："别骂我了！"

母亲说："振华不在家，你应该多照顾他的母亲和妹妹，这才是人之常情、媳妇之道。你还心疼那几个伙食费，亏你想得出！"

赫冬梅说："好了，好了，我错了，听你的还不行！那就给他家12元，给你12元，我自己留12元。"

黄振华推门回到家里。黄齐英惊喜地说："你怎么回来了？"

黄振华说："我今天回来给季校长汇报了工作。冬梅该下班了呀，咋还没回来？"

黄齐英说："嗯！指望她回来还早着呢！天不黑不回家。大概是躲着不想做饭吧，以工作忙为由，经常天黑了才回来。一个女人不想做饭做家务，也不想着生孩子的事，可她倒有时间在大街上跟着男人肩并肩、手拉手，有说有笑地看电影！女人不守妇道，不知道孝敬婆婆，不知道在家帮忙干家务活，成天钻在娘家，不尽儿媳的孝道！"

黄振华说："她刚到咱家，不适应吧，我又不在，你就多教教她。"

黄齐英说："我哪敢教一位人民教师呢？人家是大家闺秀，哪能干这些家务粗活？"

黄振华说："她工作忙，又教语文，又教数学，还当班主任，教的学生多，压力自然也大。"

黄齐英说："你倒是会心疼老婆，你妈我一大把年纪，也有工作。我是个党员，居委会多少事要做，回了家还要伺候她！"

黄振华说："我知道妈更辛苦！你们俩只能相互体谅了。"

回到家里，赫冬梅看到黄振华回来很高兴："早知道你今天回来，我可以早点回家。"

黄振华说："以后尽量早点回家，太晚了，一个人回家也不安全。回来后，尽可能帮妈干点家务活。嗯？"

赫冬梅说："怎么，妈告我的状了？"

黄振华说："不是，是我问妈你在咱家生活适应不适应，妈说你工作很努力，每天工作到很晚才回来。"

赫冬梅说："这还差不多。"

黄振华说："你以后看电影可以找上女同事或者女同学，不要和男同志单独看电影，咱们这小地方很封建，街上的人看到了会说三道四，影响不好。"

赫冬梅说："我什么时候和男同志单独去看电影了？那天工会发的票，是杨校长让我们下午没有课的老师一起去看电影，有男同志也有女同志呀，怎么就说成是单独和男同志一起看电影，这也太冤枉人了吧？是妈给你说的吧？”

黄振华说：“是街上那些好事的居民妇女看到了，添油加醋给妈说的。还说你们有说有笑，肩并肩、手拉手去看电影。我和妈都不信。”

赫冬梅说：“冤死我了，是哪个是非精说的，真应该撕烂她的嘴！”

黄振华说：“谣言不攻自破，犯不着和小人一般见识！”

赫冬梅说：“那天看电影我不想去，是杨校长说这是工会发的票，是代表学校参加工会的活动，不能让票作废了，我才同意去的。那天看电影的有刘健和许文霞好几个人，我们是在街上相跟着走到电影院的，怎么就被她们说成是肩并肩、手拉手了？”

黄振华说：“好了，别生气了，我相信你就够了，别人怎么说，我们也不能堵上他的嘴。我们有多久没在一起了？别让小人的谣言破坏了气氛，好了，别生气了。”

杨校长叫冬梅到办公室：“赫冬梅同志，你的入党申请书我已经看到了。你最近工作积极努力，大家也是有目共睹的。在学校上学的时候，我是你的团委书记，我也知道你的表现。从你表达积极要求加入中国共产党的愿望开始，你就是我们的发展对象。只是因为有个别老师反映你学习态度不端正，考试居然不及格，所以你的入党问题就搁置下来了。后来才听同学们反映，你是以这种方式拒绝某个老师的追求。”

杨校长和冬梅都笑了笑，杨校长又说：“经过这几年的考验，你首先应该在思想上入党，行动上用党员的标准要求自己。这儿有一本党章，你好好学习学习党的知识，作为一个党员，要随时准备为共产主义奋斗。作为党支部成员，我们和县委是一个支部，我也会积极推荐你加入中国共产党，你也要接受组织对你的考验。”

赫冬梅说：“我早就想入党了，因为我特别感谢共产党。自从有了共产党，我开始成为一个社会主义的劳动者，成为一名光荣的人民教师，一个对社会有用的人。入党是我的志愿，希望党组织考验我。”

杨校长：“作为一名共产党员，不光是自己表现好，工作积极，还要团结其他同志做好工作。对于学校教师的思想动态，你也要多关心多留意。有什么不好的苗头要向组织反映，让我们共同把工作做好，为党的教育事业贡献自己的力量！”

黄振华带领技术员与生产队长纪德荣到海流滩调研。黄振华说：“海流滩是驼城著名的十八道大滩之一。传说在很久以前，这里也是树木成荫、水草丛生的地方。后来因为植被长期遭到破坏，风沙侵袭，海流滩一带的三个村庄就被一望无际的大沙漠包围了。”

纪德荣：“唉，我们这儿有3000亩农田，也处在大沙丘的团团包围中。每年大风季节，沙土飞扬，白尼界原有700多亩良田，最后被风沙摧毁得只剩下十几亩。村民张有栓、李转、李白栓，都是因为房屋被沙子埋压，被逼去内蒙古逃荒了。只要一场大风过去，种子、禾苗、肥料都吹没了。有时种子刚长出来的嫩芽，也被风沙打毁。所以在旧社会，海流滩的老百姓‘吃的是糠菜野沙米，穿的是开花老羊皮’。”

黄振华问：“解放以后你们种了多少树？”

纪德荣答：“解放以后，政府号召群众向沙漠进军。从1951年开始，农民开始造林，政府也派了技术干部帮助我们。但是，有个问题我得给黄书记反映一下，群众对植树还有很多思想顾虑，有的认为造林不一定能挡住风沙，有的担心政府发的60多厘米的树苗栽不活，还有的害怕造林归公，有的说造林是远水不解近渴。因此部分群众消极观望，参加造林运动的积极性不高。”

黄振华说：“这些问题我们一定要研究解决，打消群众的顾虑，请大家放心，我们即刻出台相应的政策。一方面要大力宣传造林的意义，我们乡政府先搞试点，实行‘谁种归谁，伙种伙有’；另一方面要动员党团员、积极分子带头造林，带动大家。”

纪德荣：“如果政府能够出台这些政策，大家植树的积极性肯定会更高。”

乡文书拿着一张电话记录交给黄书记：“黄书记，这是驼城季主席给您的电话记录。”

黄振华看了一下，兴奋地说：“太好了，林业部成部长要来驼城视察。你们海流滩要被树立成典型，为我县乃至驼城整个地区做出榜样。

根据考察，你们这里具备几个有利条件：一是水位高，树苗子插栽上，地下水墒较好，树苗好活；二是群众栽树有技术，这几年现有的技术员又培养了不少技术骨干，互帮互学嘛；三是政策要好，我再次强调谁栽树归谁。你们可以考虑承包沙梁地给农民，树苗由政府提供一部分，合作社自己培育扦插一部分。要想改变落后面貌，过上好日子，必须治沙造林，种草种树，保护耕地。”

沙树梁乡党委办公室。电话铃响了，黄振华拿起电话：“这里是沙树梁乡党委办公室。”

成森说：“我是林业部成森，我找乡党委书记黄振华。”

黄振华说：“我就是，成部长，您好！”

成森说：“你好！过几天我要陪苏联专家到驼城视察治沙造林情况。”

黄振华说："欢迎成部长到我们这里检查指导工作。"

成森说："你现在到了治沙造林的第一线，工作一定很忙吧？"

黄振华说："工作是忙一点，但是很充实。阿姨身体怎样？成树和成林都好吧？"

成森说："都好着呢，成树已经到了中科院科考队，最近听说她要求到中国沙漠研究所工作。成林还在上学。别忘了我委托你找人的事啊。我们见面再聊。"

黄振华说："不会忘的。成部长，我们等着您。"

黄振华放下电话，又给季校长打电话："季校长，刚刚成部长打来电话，说他过几天就领苏联专家到驼城视察。我们还应该做些什么准备？"

季伯贤说："驼城地委和政府已经收到通知，他们也正在做准备。这次视察你和我也一起陪同。你那里有些什么治沙造林的经验和问题总结一下，特别是需要林业部出面解决的问题。"

黄振华来到县委书记办公室。他拿着一叠材料给刘书记："刘书记，这是我总结我们乡这几年来治沙造林的经验和存在的问题。同时向县委、县政府也提了几条建议，一并呈给您，请县委、县政府研究参考。"

县委刘书记："你们有什么建议说说看。"

黄振华说："我们乡存在着群众对植树造林的意义认识不到位的问题，认为远水解不了近渴，因此群众参加植树造林积极性不高；另外，在我们乡植树造林，还存在着技术方面的问题。为此，我建议县委县政府出台相关文件：一是大力宣传植树造林的意义，让群众真正认识到，要改变贫穷落后的生活面貌和恶劣的自然环境，植树造林、种草种树是一个行之有效的办法。二是建议以农业生产合作社为单位，允许个人承包黄沙，种树种草归个人所有，集体种树种草，归集体所有。这也可以提高治沙植树造林的积极性。三是建议县委县政府整合技术资源，对乡镇及村合作社进行技术培训和技术指导。"

刘书记："你的建议很好，你反映的这些问题在咱们县普遍存在。我们正在出台相关方面的政策，即刻下达。你来了，我也通知你，林业部成部长和外国专家要来视察。你们乡特别是海流滩作为视察点，你们回去要做好准备。"

驼城的家里，黄振华问黄齐英："妈，有件事我想和你证实。当年解放驼城的时候，你作为地下交通员，是否救过一个姓成的解放军？你有没有把他背到二里半我舅舅家，给他养伤？”

黄齐英说：“有过，他好像是一个解放军的参谋长。那天，我给解放军送情报的时候，发现他受了重伤，他把情报交给一个通讯员送回部队。当时他受伤很严重，不能动弹，我就给他简单地包扎了一下伤口，把他背到你舅舅家。后来你舅舅说，他伤养好了就回去了，我也再没见过他。”

黄振华说：“你是不是用了一块毛巾给他包的伤口，毛巾上面还绣个‘英’字？”

黄齐英说：“是啊，那块毛巾还是当年你爹送给我的。那个时候很着急，他身上的血直往外冒，我就拿出毛巾给他包扎了伤口。”

黄振华说：“你知道吗，你当年救的这位参谋长，现在是林业部的副部长成森同志。我在北京的时候，成部长把我叫到他家吃饭，就给我讲了这个故事。他让我回去以后，一定找这位英姐，我想可能是你，因为没有证实，我没有告诉他。他给我打电话，说过两天他要陪外国专家到驼城来，还要见您，想感谢您这位救命恩人。”

黄齐英说：“他是解放军，是我党的同志，我哪有不救的道理？”

这时门开了，赫冬梅回来了，发现黄振华已经回来，就问：“你怎么回来了？是不是又有公事才回来的？”

黄齐英说：“这是什么话？这里是他的家，他什么时候想回来就回来。”

赫冬梅与黄振华对视笑了笑。黄振华拉着赫冬梅的手：“走，帮妈盛饭去。”赫冬梅揭开锅，一看是羊肉面：“好香呀，你看，你回来妈就做好吃的！”

黄齐英说：“我儿子在农村能吃上好饭吗？他回来给他改善改善生活，你还眼红呢？”

赫冬梅说：“我的意思是他回来，妈给他做好饭吃，是让他对妈要有感恩之心。”

黄齐英说：“我倒是给你做了不少好吃的，你的感恩之心在哪里？结婚快两年了，肚子里连个动静都没有。”

赫冬梅说：“肚子里有没有动静，那也不能光怪我呀。”黄振华拉了一下赫冬梅说：“少说两句，快吃饭吧。”

赫冬梅端起碗刚吃了几口，就觉得恶心，跑到院子里哇哇地吐了。

黄齐英说：“看看你老婆，娇气得不得了，刚说几句就受不了了。”

黄振华说：“妈，你也少说两句吧。”

回到自己的房间，赫冬梅躺在炕上。黄振华关心地对她说：“下午几乎没吃饭，你现在饿不饿？”

赫冬梅说：“不饿，我现在吃饭没胃口，老觉得胸口像被什么堵了一样。”

黄振华说：“妈就这个脾气，你不要和她计较。”

赫冬梅说：“反正她给我脸色看，我就跑到东屋我妈那儿去吃饭。”

黄振华说：“这就对了，还是住在一个院子里好，反正不能让我老婆受委屈呀。”

赫冬梅说：“我受的委屈大了，你今天也听到了，你妈说我肚子不争气是什么意思？就是嫌我们现在还没有孩子，这生孩子也不是我一个人的事吧？”

黄振华笑笑：“生孩子肯定不是一个人的事啊。最主要是我的事，是我的错，是我陪你太少了，也是我们在一起的时间太短了，我给你赔不是。关灯！睡觉。”

机场，驼城的党政领导、季校长在机场迎接林业部成森部长和外国专家。

宾馆，成森房间。黄振华领着母亲敲开了成森部长住的房间。

黄振华与成部长握手：“我给您带来一个人，您看她是谁？”

成森仔细端详了黄齐英，大声叫道：“哎呀！这不是英姐吗！快请进，请进！”

大家坐下后，成部长给黄齐英倒了一杯茶，转身向驼城地区的两位领导同志介绍：“这是我的救命恩人，我的好英姐啊。你们还不知道吧，当年我在彭老总部下当副参谋长，负责和城里的地下党联系，互换情报。那天，在同地下党联系的半路上，突然碰到一队国民党的部队。我们边打边跑，牺牲了几个侦察员，我也被一颗流弹打中了。后来，我们遇见了英姐给我们送情报。我让唯一没负伤的侦察员把情报送回去。英姐给我包扎了伤口，背着我，送到城外她弟弟家养伤。我才捡回一条性命啊！”

黄齐英说：“应该的，应该的。你是我们的同志，救你是我的本分，是我的工作。”

刘书记：“英姐是共产党员，是我们的人民代表，在居民中也是积极分子。英姐和黄振华这母子俩，是我们党紧紧依靠的骨干，也是我们的好同志。”

成森吃惊地问黄振华说：“你和英姐是母子关系？在我家那天我问你的时候，你为什么不说？我托你给我找英姐的时候，你为什么不说？”

黄振华说：“那时候我只是觉得有可能，但是没有被证实，所以不敢直说。”

成森说：“英姐，我都不知道您姓黄。”

黄齐英说：“那时候是白色恐怖时期，英姐只是我的化名，我的真名叫齐英，嫁到了黄家就成了黄齐英了。”

刘书记："成部长，我们按照您的要求安排视察的行程。我们先走，你们在一起叙叙旧、叙叙旧。"

海流滩。黄振华与刘书记等领导陪同成部长和苏联专家考察海流滩治沙造林工作。刘书记："振华，这里是你抓的典型，你给成部长介绍。"

黄振华说："成部长，各位来宾，我向大家介绍一个人，他叫纪德荣，去年他带头办起了农业生产合作社，今年又成立了青年造林突击队，带领海流滩的群众开展大规模的治沙造林活动。除了用沙蒿固沙护林外，还利用沙蒿的顽强生命力，在大沙梁迎风坡的退沙畔上，大量种植沙蒿。沙蒿行间再栽上沙柳，进行混交造林，固沙力很强。沙柳和沙蒿活像孪生兄妹，性格都顽强得出奇，黄沙把它顶压住，它就会再长出茂盛的枝叶来，而且总是要比黄沙高出几厘米。栽了沙蒿沙柳，退沙畔以下的沙漠就被完全固定了，然后再在大沙梁背风面离沙柳稍远的地方栽旱柳，与风沙进行艰难的斗争。用不了几年，就能慢慢地把沙丘全部固定了。"

苏联专家："栽沙蒿的具体方法是什么？"

纪德荣："我们选择3~4年生的沙蒿连根挖下，以1.5~3米的行距，与风向垂直，成行栽在沙丘的迎风面，掘沟深浅应根据沙蒿大小而定，一般覆沙要高出原土痕的6~10厘米，栽后必须踏实。"

成森说："一个人工一天能栽多少米？"

纪德荣："每工每天可栽130~160米。"

黄振华说："海流滩的干部群众，经过几年的奋战，终于摸索出了'以风削沙，以林固沙，以草护树'的治沙思路，就是'先沙湾后沙丘，先背风坡后迎风坡，前挡后拉，四面围攻'的造林方法。"

苏联专家："请解释一下，'前挡后拉'是什么意思？"

黄振华说："先在沙丘背风坡下的低湿地上，让出1~1.5米可能被沙埋的地段，以株距1米、行距1.5米的密度，进行杨柳扦插造林。以后，年年追着退沙畔造林，四五年以后，沙丘被前挡后拉，就会逐渐变平。"

苏联专家竖起大拇指："太聪明了！"

成森说："这些办法都是劳动人民在生活实践中总结出来的，是行之有效的。小黄，你们应该认真地把它总结出来，向沙区推广。"

黄振华说："是的，这都是群众通过多年实践总结出来的经验。我想问苏联专家一个问题，像这些沙漠，苏联老大哥是怎么治理的？能不能给我们传授一些经验和技术？"

苏联专家："我们国家的办法，是在沙漠上种植沙生植物后，在它的周围用挡沙板挡住风沙。另外，我们没有你们的人口和劳力多，我们利用飞机，飞播种子，治理沙漠。"

黄振华说："要是我们也能用上飞机飞播种草种树治理沙漠的话，我们的沙漠治理速度就会更快。"

成森说："是啊，这里面要研究气候，选择适合当地的种子。种子落下来以后，在怎样的条件下才能让它生根、发芽、长大，这都是我们需要用心学习和研究的问题。"

刘书记："群众在生产当中，创造了许多治沙的办法。有植树造林治沙的，也有引水拉沙治沙的。"

苏联专家："引水拉沙是怎么治理的？"

刘书记："引水拉沙是根据水源位置，沙丘形态不同，由人工开渠引水至沙丘，用水力冲沙，刷沙下移，削平沙丘，比人力移动效率高出数倍。群众实践中总结出了许多方法。如抓沙顶、野马分鬃、羊麻肠、梅花畔、劈沙畔、麻雀战、黑虎掏心等方法。实际的方法，一般有顶部拉、腰部拉和底部拉三种基本方式，施工中多采用综合拉沙。"

成森说："毛主席早就说过，人民群众才是创造历史的英雄。真正的英雄是人民群众啊。"

宾馆房间。成森说："小黄，你们把这些水治、植治的方法总结出来，形成书面报告给我报来。你下去要多总结群众的治沙经验和存在的问题。今天的座谈会，刘书记讲了你们的做法，很好。比如，为了调动群众的植树造林积极性，用谁种树归谁所有，合作社种树归合作社所有，还有将沙丘承包给合作社或个人，种树种草归承包者所有。这些做法都是行之有效的。"

黄振华说："群众的这些经验，都是从失败当中总结出来的。我们现在急需技术方面的指导，让群众在治沙造林当中少走弯路。还有我们曾经给农民承诺的补贴没有资金兑现。"

成森说："我今天在座谈会上也讲了，继续培养一批治沙造林的技术干部，对农民进行技术指导。至于你们的特殊情况，我建议驼城地委和行署可以考虑，特批成立一个治理沙漠的研究所。当然，你们的沙漠研究和中国沙漠所研究方向不同。他们是进行土壤沙化地质方面的研究，而你们主要是在沙漠治理技术层面进行研究，用科研成果来指导群众的治沙造林。‘造林致富，种草致富。’这些理念要深入人心。我把成树的通信地址和电话给你，你们可以在治沙方面特别是在技术方面进行沟通和讨论。”

季伯贤说：“成部长在林业治沙方面也是专家，你今天给我们做了一些方向性的指导。我作为陕北林业总站的名誉主任，听了也受益匪浅呀。”

成森说：“老哥哥过谦了。我干了这一行，就要对这一行用心。共产党的江山打下来，如何保住江山，如何把新中国建设好，我们还要出力呀！你这个老教育家，不去京城做官，也不在地方弄权，守着贫穷落后的家乡，为了改变面貌，为了老百姓过上好日子，不遗余力地培养人才，还为国家建言献策，给我们树立了榜样。”

赫冬梅推门进来，直接到了里屋，没见黄振华。回过身来，见到正在纺毛线的黄齐英问：“妈，振华没回家吗？”

黄齐英说：“振华这几天陪林业部的成部长到处视察呢。忙得还能顾上回家？”

赫冬梅说：“我们学校的王老师说，他刚刚看见振华回驼城了。”

黄齐英说：“要回来，恐怕也是先去了农校季校长那里了。”赫冬梅说：“那我去农校找找看，我们不回来吃饭了。”

驼城农校季校长办公室。季校长：“这个报告你想好要怎么写？”

黄振华回答：“报告准备写三大部分。第一部分写驼城治沙造林的基本情况和群众总结的基本经验；第二部分，我想写目前存在的主要问题；第三部分，向省林业厅和林业部提出需要上级帮助解决的问题：一要政策，二要技术，三要经费支持。”

季伯贤说：“要政策可以，只要在我们国家允许的范围之内。要技术一定要有具体要求，比如说在农学院开设林学专业，增加地方的农业和林业学校。还有在驼城要建立治沙研究所。至于经费方面，国家现在也很穷啊，需要花钱的地方也很多，我们不可提得太过分。你写出初稿，我看了以后再研究。最终还是以陕北治沙造林总站的名义上报省林业厅和林业部，抄送驼城地委和行署。”

黄振华说：“好的，今晚我就动手写。”

季伯贤说：“没必要那么着急嘛。你回来这几天，也没和老婆团聚。工作的弦不要绷得太紧，有张有弛才能有效率呀。要学会工作，也要学会生活。快回去吧，门外已经有人在等你啦。”

黄振华从窗户看去，见赫冬梅在向他招手，就不好意思地冲着季校长笑了笑。

迎宾饭馆，大姐和大姐夫看见黄振华和赫冬梅一块儿走来。彩莲说："妹夫来了，你现在可是稀客呀，什么时候回来的？"

赫冬梅说："振华这几天接待北京的领导和外国专家。回来几天了，我今天才见到他。"

贺福堂："妹夫是贵客，快坐，想吃点什么？"

黄振华说："大姐、姐夫好！"

赫冬梅说："大姐、姐夫，今天我出钱。给我们来一份猪肉翘板粉，茄子熬羊肉，拼三鲜，菠菜焖肉丝，八宝甜饭，再加一份口蘑汤。"

黄振华说："太多了，吃不了浪费了。"

赫冬梅说："吃不了，打包回去。还有妈和秀华呢。"

贺福堂："好嘞！稍等片刻。"

彩莲："今天你是见了妹夫高兴，还是发了工资了？"

赫冬梅说："大姐两样都猜对了。"

彩莲："好吧，今天你出钱。难得我妹子这么高兴。"

黄振华笑着说："多谢你，还想着我妈和秀华。"

赫冬梅说："你妈就是过惯了穷日子，若要把她领到馆子来吃饭，她非但不来还要骂一顿，说我不会过日子。"

黄振华笑着摇摇头。

赫冬梅说："好了，吃过饭，晚上我们去看电影，今天你可要陪我。"

黄振华说："好的，今晚一直陪你。"

梅花楼办公室内，黄振华正在埋头写报告，不停地翻阅资料。不知不觉就到了傍晚，赫冬梅进了房间，他都没有察觉。赫冬梅开了灯："天快黑了，也不知道开灯。还没吃饭吧？快趁热吃，我给你带回来了，是你最爱吃的红烧肉、白米饭。"

黄振华接过饭盒："你一说，我倒真饿了。"

赫冬梅说："报告写得怎么样了？"

黄振华说："基本写完了，最后再修改一遍，就可以交给季校长了。"

赫冬梅说："你也太忙了吧，又是乡里的工作，又是季校长给你派的工作，你一个人干了几份工作呀？"

黄振华说："我是乡党委书记，乡镇的工作肯定是要管，要做的。季校长还兼任陕北治沙造林总站的主任，我是副校长也是他的秘书，他给我派的工作，我岂能不做？作为一个党员领导干部必须尽心尽力，鞠躬尽瘁，做好工作。你也是积极要求进步的青年，也要求入党，在工作之中可不能挑肥拣瘦，怕苦怕累，应该勇挑重担才对。"

赫冬梅玩笑地道："是啊，你说得对。我向你学习，向你致敬！"

黄振华亲热地把赫冬梅搂在怀中。

黄振华回到自己家里，黄齐英问他："成部长已经回北京了，你也该回乡里了吧？"

黄振华说："是啊。这两天，我和季校长给上面的报告已经写完了，明天我就去乡里。"

赫冬梅下班后和秀华一起回家了。黄秀华说："哥，你回来这几天，我都没见到你。你和嫂子没回家住？"

黄齐英说："你哥写材料，到农校宿舍住了，你嫂子也去陪他了。一个大男人成天黏着老婆。"

赫冬梅说："他不黏着老婆，哪儿来的孩子？我今天去医院检查了，我怀孕了。"听了这话，全家人都吃惊地看着她。

黄齐英说："你终于有孩子了，这可是我们黄家天大的喜事！"

黄秀华说："太好了，哥哥嫂子，祝贺你们，我快要当姑姑了。这下好了，免得妈成天说我嫂子，我都看不下去了。"

赫冬梅说："我去南房，把我怀孕的消息告诉我妈去。"

黄振华说："你先去，一会儿我也过去看看丈母娘。"冬梅出了房门。

黄齐英说："我有了孙子，心里就踏实了。要不你哥娶了这么一个资产阶级的大小姐，娇生惯养的，我一点都看不惯。"

黄振华说："妈，冬梅可一点都不娇气。她也在积极要求进步，已经申请入党了，是重点发展对象。我走了以后你要多担待一点，她家的生活毕竟比我们家好，她能和我们一起过日子不容易，现在她又怀上了咱们家的孩子了。看在孩子的份上，你也对她好一点，客气一点。"

黄秀华说："哥，你放心，我会对嫂子好的。"

黄齐英说："好吧，看在我儿子和孙子的面子上，你放心，我会对她好的。"

冬梅娘家，母亲和启祥大哥一家知道了冬梅怀孕，大家都欢天喜地。

母亲："谢天谢地，你终于怀孕了。否则我每天见了你婆婆就像欠了她的一样，矮了三分。"

赫冬梅说："为什么？"

玉珠嫂子："还问为什么？一个女人结婚两年不生孩子，那就是可能这个女人有问题，不会生孩子呀，对娶你的人家那可不是理亏吗？"

赫启祥说："什么也别说了。知道我小妹怀孕了，这可是件喜事，你可要增加营养，工作不能太累，不能干重活。以后回来吃饭吧，让妈经常给你做点好吃的。"

正说着话，黄振华进了门："妈，大哥大嫂，我来了。"

赫启祥说："振华来了？快请坐。我正有件事情想和你商量。"

黄振华问："大哥，你有什么事？"

赫启祥说："最近县里的工作组找我们谈话，说资产阶级的工商业和个体手工业要进行社会主义改造，我不知道要怎么改造。说是要把我们组织起来，成立互助组或者合营公司。你说这是怎么回事？"

黄振华说："大哥，进入新社会以后，农村把农民组织成互助组或者合作社，完成了社会主义改造。但是在城里，对工商业和个体手工业也要进行社会主义改造，就是组织起来，消灭私有制，消灭剥削，这就是社会主义改造。"

赫启祥问："那你说，大哥是不是也是改造对象？"

黄振华说："党对资本主义工商业的改造政策，是采取国家资本主义的形式，方法上采取和平过渡。就是不但把资本主义工商业改造成社会主义的工商业，而且要把资本家改造成为自食其力的劳动者，对资本家实行团结、教育改造。"

赫启祥说："我的商业铺子前几年就卖了。这几年，我买了两台机器，开了一个小型的针织厂，我还属于资本主义的工商业吗？"

黄振华说："大哥应该属于小手工业者。除了农业的社会主义改造，还有手工业的社会主义改造、资本主义工商业的社会主义改造。手工业从业人员，在阶级划分中被划分成劳动群众，不属于改造对象。"

赫启祥说："哎呀！这下大哥就放心了。那你看我应该怎么做？"

黄振华说："你就响应党和政府的号召，积极参加公私合营。"

金玉珠说："那咱们家的几台机器，还有毛线毛衣那些东西也要合进去吗？"

赫冬梅说："合吧，交给公家公司，自己拿工资，干干净净成为一个自食其力的劳动者。"

大嫂反驳："你说得容易，那些东西都是我们自己挣钱买来的。我们的东西多，其他人的东西少，那我们不就吃亏了吗？"

赫冬梅说："在农村把地主的土地都没收了，还把他们划成了打倒的对象，是阶级敌人。城里的社会主义改造已经够温和了。"

赫启祥对大嫂说："你不懂政策，就别说话！我听振华的，就照他说的做。"

第十一章

沙树梁乡党委办公室，黄振华正在给成树写信："成树，你好！分别两年，前日才从成部长那里得到你的消息，知道你毕业以后分配到中科院科考队，现在正准备调进中科院沙漠研究所工作，我很高兴。我们对治理沙漠有同样的兴趣，承担同样的职责。我自从到了沙漠化比较严重的乡镇当了负责人后，一直在从事沙漠化治理的研究，总结群众治理沙漠的经验。特别是成部长带领苏联专家到这里进行考察后，对我们启发很大。成部长的指示就是我们今后研究的方向。我们在具体实践当中，存在许多困难。一是群众治理沙漠的积极性很高，但是缺乏技术支撑；二是可否提供苏联在治理沙漠中的飞播技术、适宜沙漠生长的植物等资料让我们学习参考；三是邀请你们沙漠研究所对毛乌素沙地的治理问题进行实地考察，并给我们以切实指导。"

二完小会议室，杨校长带领赫冬梅等五名同志，在党旗下庄严宣誓："我志愿加入中国共产党，拥护党的纲领，遵守党的章程，履行党员义务，执行党的决定，严守党的纪律，保守党的秘密，对党忠诚，积极工作，为共产主义奋斗终生，随时准备为党和人民牺牲一切，永不叛党。"

宣誓完毕后，杨书记对赫冬梅说："赫冬梅同志，你已经光荣地加入了中国共产党，成为中国共产党的预备党员。根据县教育局决定，任命你为驼阳县二完小团支部书记，你有没有信心把工作做好？"

赫冬梅说："加入中国共产党是我多年的愿望，我心情无比激动，在党支部的领导下，我一定努力做好团支部的工作。请杨书记继续对我进行帮助和教育，甚至批评。我绝不辜负党对我的培养和教育，也绝不辜负党支部交给我的光荣任务。”

回到家里，赫冬梅对黄齐英说：“妈，我已经入党了。今天杨书记还和我谈话，让我当二完小的团支部书记。”

黄齐英说：“好啊，入党可是一个很大的进步，这是你到了我们这个家以后做的最正确的一件事情。这样，我们家三个党员、一个团员，应该是一个真正的革命家庭了。”

县检察院会审厅，赫冬梅作为教师陪审员，第一次来到这里。她怀着自豪和忐忑不安的心情，跟着工作人员走进审判厅。赫冬梅惊奇地发现黄振华也坐在那里。于是，走过去坐到他旁边。

赫冬梅说：“你什么时候回来的？你也是陪审员吗？”

黄振华：“是啊，我早就是陪审员了。刚好今天有一个案子，跟我们的工作有点关系。你怎么追到这儿来了？”

“我怎么知道你在这儿呀？告诉你，我已经入党了，是我们学校的团支部书记。今天我也是以陪审员的身份参加会议。”冬梅自豪地回答。

“你最近进步真不小！怎么也不先告诉我，让我有个思想准备啊。”黄振华高兴地说。

冬梅突然发现婆婆黄齐英也进了会审厅大门，问：“不和你开玩笑了。哎，妈怎么也来了？”

“你不知道了吧，妈人家早就是陪审员了。”

“看来是我孤陋寡闻了。”

赫冬梅回到家对母亲说：“妈，我今天参加检察院的陪审员大会，我是二完小的陪审员代表。我去了后，振华在那里开会，过了一会儿我婆婆也来开会。没想到我们三个人都是陪审员。”

母亲问：“陪审员是干什么的？”

冬梅说：“老实说，我也不知道陪审员是干什么的。就是办案子的时候，我们就坐在那里听，有的人还提些意见，我没提意见。那些人我都不认识，我还不会分析人家错在哪儿，对在哪儿。”

“你不知道的事情，应该多问问振华。别看你也入了党，你和振华比还有很大的差距。”

“不过我坐在那里，看到我们一家人都是评审员，心里还是感到无比的光荣。我嫁到了黄家，这是我感到最光荣的一件事情。”

母亲：“你比你两个姐姐嫁得好。现在是共产党的天下，你们一家都是共产党员，都是社会的积极分子，在社会上你们就是主人翁。”

冬梅笑着说：“妈也知道什么是主人翁了。嫁到老黄家，我享受了革命家庭的光荣，但是生活上还是比较艰苦的。”

母亲看着小女儿得意的样子，说：“看来，你今天是不打算回婆婆家吃饭了，是到我这儿来蹭饭的。”

“振华开完会，就回乡下了。我的婆婆嘛，人家去了居委会。我没地方吃饭嘛，就回来到你这儿蹭一顿。下午还要上课呢。”冬梅无奈地回答。

赫冬梅在大街上正走着，突然碰见了李美霞。

李美霞说：“冬梅，你好。听说你最近进步很快，加入了入党组织，又成为团支部书记，还当了陪审员，真为你高兴。我听说驼城师院要招生，我想去考试，准备在新华书店找点复习资料。”

冬梅问：“你说驼城师院要招生？我怎么不知道啊！”

“你忙着干革命工作呢，所以没操心这件事。”李美霞说。

冬梅说：“革命学习要两不误，我和你一块儿去找复习资料。如果可能，我也想和你们一起去考驼城师院。”

李美霞说：“继续学习深造，不是什么坏事，多学点知识总是有好处的。不过你和我不同啊，你还没有生孩子呢，人家黄书记让你上学吗？我已经有两个孩子了。尽管我们家那口子不让我上学，但是我还是要去考试的。”

赫冬梅问：“那你的孩子谁给你带呀？”

李美霞答：“我们家的老保姆。你也知道，她实际上是我奶妈。她现在给我带着孩子，我才敢去报名上学。”

冬梅道：“我虽然怀着孩子，但我想孩子总归是我婆婆带吧。我还不知道能不能考上，管他呢，先考了再说。”

李美霞说："对呀，先考了再说。走！咱俩一块儿到新华书店找复习资料。一块参加考试，再在一起当好同学，找回我们的青春年华。"赫冬梅挽着李美霞向书店走去。

乡镇的墙上，黄振华正指挥人往上刷大幅标语："绿化祖国，向沙漠进军！"

乡上的大喇叭播送："伟大领袖毛主席发出了绿化祖国的伟大号召。全国各地吹响了绿化祖国，营造绿色万里长城，彻底改造大自然的进军号角。"

杨校长在办公室找赫冬梅谈话："赫冬梅，你的驼城师院录取通知书已经到了学校。祝贺你考上师院了。"

"上学是值得祝贺的事，但是我更担心的是我的工作怎么办，如果工作离不开，那我这学也可以缓一步再上。"赫冬梅高兴而谦虚地说。

"工作的事你不用担心，你上大学也是为了更好地工作嘛！你知道你的同学张润美吗？他们两口子已经调回驼城了，在驼阳县教育局。我们决定你的工作由张润美接替，你就安心去上学吧。"

张润美进了校长办公室。赫冬梅惊喜："润美，我的好同学，好朋友，祝贺你们两口子都调回驼城啦。你调到我们学校，李国柱到哪儿了？"

张润美说："李国柱到了驼阳县教育局了。"

杨校长："李国柱提拔了，成了驼阳县教育局副局长了。"

赫冬梅说："太高兴了，你们两口子终于回来了。"

杨校长："张润美，赫冬梅已经考上了驼城师院，她的工作由你来接替，你们最近就把工作交接一下，赫冬梅同志到了我们学校以来，工作积极，成绩显著，进步也很快。张润美同志在沙谷县也入了党，在学校是团支部书记。刚好，到了二完小，你就接替冬梅的工作，先把工作熟悉一下。"

张润美感激地说："我们的进步都与杨校长当年对我们的教导和培养分不开。"

赫冬梅也有同感："是啊，我们都是杨校长的好学生、好徒弟。"

家里，黄齐英抱怨："你给家里不通气，也不商量，你就自己决定去考学。你挺个大肚子，怎么上学？"

赫冬梅不高兴地说："我把工作也给其他同志交接了。秋季开学，我就去上学，我的底子薄，我就想深造！”

“这可不能由着你的性子来。工作说辞就辞了。就算你挺着个大肚子上学，不怕人笑话，也不觉得不方便。那么，你生孩子，耽误不耽误上学，耽误不耽误功课？太由着性子了！我看你资产阶级娇生惯养的毛病，一点都没改！”婆婆斥责。

赫冬梅和婆婆吵起来：“不许你说我是资产阶级的大小姐，说我娇生惯养。我上学也是为了更好地工作、更好地革命！”

婆婆说：“你把工作辞了，你没有工资，吃什么喝什么？谁养活你？”

“嫁汉嫁汉，穿衣吃饭。你女儿能上大学，我为什么不能？我嫁到了你们家，自然要在你们家吃饭！”冬梅回道。

婆婆气愤地斥责：“好！你厉害！”

赫冬梅这一生气跑到母亲家，一进门就哭诉婆婆不理解她，还责备她。母亲问：“你哭什么？我觉得你婆婆的话也没错。你怀着孕怎么上学？挺个大肚子多不方便，再说你要生孩子能不耽误学习吗？”

“我考上学容易吗？这个机会多难得。不管你们说什么，反正我考上学就一定要上，再难我也要上。”母亲说：“现在还能说什么？你把工作也辞了，死心塌地要上学，我们能说什么？你最不该做的是，自个儿先把工作辞了，应先和振华商量一下再决定。”

“我把工作辞了，也不要你们养活。学校的奖学金够我上学，也够我生活。我还有点积蓄能贴补着用。”冬梅赌气说。

师院校长办公室。冬梅挺着大肚子到了校长的办公室。张校长：“赫冬梅同学，你的预产期在几月？”

赫冬梅说：“下个月我就要生产了。我保证出了月子以后，我会补上课，绝不耽误学习。”

“你到学校快一个月了，体育课、劳动课你都参加不了，怀上孩子了，上学还是有难处，你身体不灵便；生孩子的时候要请假，耽误学习。”张校长强调。

冬梅道：“我不会耽误学习，孩子一生，我就和其他同学一样，什么活动都能参加。”

张校长说：“农校季校长和我谈了，让你到农校去工作。到了农校，你就可以不用上师院了。”

赫冬梅不高兴：“我非常想上学，我的基础太差。我想要提高我的教学水平。”

张校长："是这样，赫冬梅同志，我们给你保留学籍，毕竟生孩子也是为祖国的下一代嘛！如果你的身体养不好，孩子的身体就养不好。这是你的第一个孩子，你要考虑，用你们两个人的健康作代价，我认为不可取。你可以回去考虑考虑。"

在母亲家吃中午饭时，赫冬梅说："妈，哥，今天我们张校长劝我退学，他说季校长和他谈过，让我去农校工作。不过他也答应给我保留学籍，等我生了孩子以后，如果还想上学的话，可以接着下一学年和新生一起上学。我该怎么办呢？"

母亲说："我看你还是到农校去工作吧，夫妻俩在一个单位工作，相互都能有照应。两个人在一块工作是多难得的好事。"

赫启祥说："妈说得有道理，你就是师院毕业，未必能在中专学校里工作。农校是重点学校，一般大学毕业的人未必能进那个学校当老师。"

"就我现在的文化程度，还能在那里当老师吗？"冬梅自嘲。

"既然季校长让你过去，肯定有合适你的工作。我认为做个行政工作或者图书馆的工作都很合适，又轻松又不累。你生了孩子以后，带孩子也是很累人，在那里工作和带孩子都能兼顾。这件事你再和振华商量商量。"大哥关切地说。

家里，黄振华对冬梅说："我两个月没回来，你还整出这么大的动静。居然还考上了师院？"

赫冬梅说："这件事我原本谁都没有告诉。我也不知道能不能考上，所以就偷偷复习功课，直接报名考试去了。没想到考上了。我决心上这个学。"

黄振华劝道："我知道我老婆是一个积极要求上进的好同志。但是现在情况不同，你要是没怀孩子，我一定支持你上学。但是你下个月就要生产了。这是我们的第一个孩子，你一定得让孩子顺利生产，还要给我养好，这样的话你就不能上学了。再说我们家经济也困难，你生了孩子以后没有工资，只有助学金，我一个人负担太重。我看你还是来农校工作吧，咱们两个共同抚养孩子。"

"唉！我呀，真是心比天高，命比纸薄，这就是我的命啊。我的运气可真不好。"

"什么话，共产党员还信什么命？张校长不是说了，还保留你的学籍吗？等你把孩子生了，孩子养大一些，等他上了幼儿园，那时候你再去上学不也挺好吗？"

"可我文化程度低，底子薄，农校的学生都是高中文化程度，我怎么能胜任这些工作呢？"冬梅不自信地问。

振华答："这个你不要担心，又不要你当教师。凭我老婆的努力和上进心，再加上我和同志们的帮助，你会尽快胜任工作的。"

驼城农校梅花楼小院内，赫冬梅坐在团委办公室，回想当年和李美霞到团委梅花楼办公室的情景，自言自语："我当时多么羡慕他在这么好的环境下工作，今天我也到这里工作了。"

回到母亲家，母亲问："在农校工作还好吧？"

冬梅答："让我在团委工作好是好，工作轻松，我老感觉到无所事事，不知道做什么好，整天坐在办公室里心慌得很。振华在就好了，我还可以问问他。"

"你过去在学校不是做过团支部书记吗？怎么在这儿做团支部的工作就做不了了呢？"母亲说。

"我问过我们的领导，我该做些什么，他也不给我分配工作，就让我看看档案什么的。看哪一个同学的思想状况有问题，可以找他们谈话。你说，我挺着大肚子，找那些大男生谈话多不方便，我也不好意思呀。"冬梅为难。

母亲安慰："兴许人家看着你挺个大肚子不方便，是变着法让你休息吧。振华人缘好，所以人家是照顾你。"

"我这忙忙碌碌惯了，一下子闲下来还真不适应，感觉是白拿人家工资，吃闲饭。"

"我看你也是个劳碌命，让你享福，工作环境又好，还享不了这福呢。"

赫冬梅说："妈，你猜猜我和谁在一个宿舍住？"

"我怎么能猜得着呢？振华不是在农校有宿舍吗？怎么还和别人一块儿住宿舍？"

赫冬梅说："我也是农校的职工，人家当然要给我分宿舍了，振华是领导，自然有人家自己的办公室。告诉你，我就是和振华原来的对象陈艳秋在一个宿舍。"

母亲说："那你可要和人家把关系处好啊。"

农校冬梅宿舍。赫冬梅一推开宿舍门，发现黄振华和陈艳秋谈笑风生。

赫冬梅有些吃醋："你什么时候回来的？"

陈艳秋说："人家刚进门还没吃饭呢。你给人家打的什么饭？"

黄振华道："随便吃点什么就行了。"

陈艳秋说："好不容易从大老远回来，怎么能随便吃点呢？"

赫冬梅对黄振华说："我不知道你要回来，没给你打饭。"

陈艳秋说："食堂这会儿也没有饭了。我也没吃饭，要不我们一起到外面馆子吃饭去，我请客。"

赫冬梅不高兴："我吃过了，你们去吧。"

陈艳秋强调："一起去吧，你吃了饭，陪陪我们，少吃点也好嘛。"

赫冬梅说："我挺个大肚子走路不方便，还是你们自己去吧。"

黄振华说："冬梅身子不方便，她吃过饭了，不去也罢。"

陈艳秋问冬梅："那我们走了，需要给你带点什么回来吗？"

"不需要。"两个人走后，冬梅自言自语道："这叫什么事儿？她成主人，我倒成了外人了？"

冬梅躺在床上午休，陈艳秋回来了："冬梅，我给你带了肉包子。"

"我不吃，你还是留着自己吃吧。"

"黄书记让你去他办公室。"

"我不去了。中午休息一下，下午我还要上班呢。"

"你该不是生气了吧，吃我们俩的醋了？"

赫冬梅酸酸地问："我就不明白了，你们两个既然那么好，为什么当初没结婚呢？"

陈艳秋说："你怎么知道我们俩谈过恋爱？是他告诉你的吗？"

"我亲眼看见你到他们家去，还用他告诉我？"

陈艳秋说："唉，黄书记是个好人，人品、才能、性格都没得挑。我主要是不喜欢他家人的做法。我当时去他家的时候，他妈告诉我，要让我结婚后把工资全交给她。我想，我找对象是过好日子，不是去他们家扶贫帮困的。我回去告诉我妈，我父母坚决不同意。你现在的工资都要交给他妈吗？"

"没有啊，我只给她交伙食费。"

"看来对你真是客气多了，那你现在不在家里吃饭，就不用给她交伙食费了。"

"我给她交一个月的伙食费，只在他家里吃几天饭。现在虽然在灶上吃饭，但是偶尔也要回去，免不了吃一两顿饭。唉，我妈说了，他家可能还指望我那伙食费贴补家用呢，所以我也没少给她交，还是交一个月的伙食费。"

陈艳秋感慨："你妈和你哥还真是开明的人。"

黄振华在家里等冬梅，等到天已经黑了，冬梅才回来。黄振华抱怨说：“明知道我今天回来了，你还回家这么晚？”

赫冬梅酸溜溜地说：“我想，中午你的朋友请你吃饭，晚上恐怕你要请你朋友吃饭吧。我回来那么早干嘛？当电灯泡啊？”

“你是因为中午我和陈艳秋一起吃饭不高兴了？”振华笑了笑说。

赫冬梅不高兴：“有人请你吃饭是好事啊，我有什么不高兴的？如果有人请我吃饭的话，我也乐不思蜀了。”

“看来你真的生气了。我们结婚后，我基本没和她说过话。没想到你们俩住到一个宿舍了，我不和人家说话，显得太小气。”

“我是觉得你们俩有说有笑，特别般配。我和你们在一起，倒像个第三者。”

黄振华郑重地说：“她毕竟是故人，我们俩要是般配，我怎么能和你结婚呢？实际上我和她并不合适，她是享受型的人，她认为嫁男人，就是为好吃好穿享受生活。再说她的观念也比较落后，受她们家庭封建思想影响太深。跟她比起来，我更喜欢你的积极进取，上进心强，吃苦耐劳，心地善良，还富有同情心。”

“我有那么好吗？你不会是做了亏心事，才这么夸我的吧？”

“我从不做亏心事。倒是你，心情不好，晚饭吃了没有？”

“我心情不好怎吃得下饭？气都气饱了！”

黄振华心里暗喜：“老婆吃醋说明她爱我。”于是温柔地搂着冬梅问：“你想吃什么？我现在去给你买。”

“这么晚了，有卖的吗？再说让妈知道又要挨骂。”

“不管她，我老婆还没吃饭呢，我这就去买。”

黄振华来到一家小饭馆，要买油旋和羊肉粉汤。从里间出来个小伙子，看见黄振华说：“哎呀，这不是黄校长吗？我是农校的学生，听过您讲的课。”黄振华说：“哦，这是你家开的店。”

学生：“是我家开的店。我让里边赶快去给您做。我家在这儿开了多年了，黄老师很少出来买东西呀，这么晚了没吃饭吗？”

黄振华说：“你师母没吃饭，这会儿怀孕了，想吃这一口，所以我晚上出来给她买点吃的。”

“黄老师对师母可真好啊。”

黄振华问：“你还没有毕业吧？”

“明年开春就毕业了。”

“毕业以后想干什么？”

“学习农林的还能干什么？现在还没考虑好。”

黄振华说：“学农林可是大有用处的。国家现在正需要这方面的人才，尤其是有技术的农林干部。民以食为天，农业是我们国家老百姓的基本大业。我们驼城是风沙区，也是半农半牧区，特别需要学农林方面的技术干部，如果你有植树造林、治理风沙的技术和经验，现在就是稀缺的宝贵人才。”

学生母亲端着饭从厨房出来：“黄老师可是贵人啊，麻烦你多关心一下我儿子。他学得很好，就是不知道出来干啥，毕业以后做什么工作，你多指点他着。你的饭好了。这是羊肉粉汤，我给你装到罐子里，有汤有水，怀孕的人最喜欢喝了。这是油旋，我给你用纸包着，回去趁热吃。”

“这罐子我明天给你送来。”

学生母亲：“不用你送，我的小儿子是赫老师的学生，他明天到你家里去取。”

“谢谢了。”

黄振华一进家门，就被黄齐英撞上了：“去哪儿了，黑天半夜的？”

黄振华说：“冬梅还没吃晚饭，我给她买点吃的。”

黄齐英说：“家里有饭不吃，还要买外面馆子的饭？她这种娇生惯养的毛病还是改不了。”

“她怀孕需要营养嘛。”

没想到儿子这句话可激怒了母亲：“哼！公鸡尾巴长，老婆比娘强。我含辛茹苦把你养大，也没见你给我买碗粉汤吃。”

黄振华拿了碗筷急匆匆走到里屋，给冬梅盛了一碗粉汤，拿走一个油旋，剩下的油旋和半罐子粉汤拿给了母亲。“妈，我买的多，你也有份儿的。”

黄齐英说：“我也不是不让你老婆吃，但是你是我儿子，你应该先考虑的是老人，你把第一碗给了你老婆，剩下的给你老妈吃，这就是你们的孝道吗？你老婆成天黏在娘家，从来不把我放在眼里，她没给我做过一顿饭，没给我倒过一杯水。”

“妈，她不是有工作吗？再说，现在是新社会，你不能拿旧礼教约束她、要求她。”

“好，新社会就是让婆婆伺候媳妇，媳妇不能伺候婆婆，是这个理吗？”

“我不是这个意思。”

“你是我的儿子，现在是老婆第一位，老妈扔到一边就不管了？你一个大男人就知道儿女情长，黏自己的老婆有什么出息，还能干什么大事？”

黄振华说：“好了，不说了。趁热吃，凉了就不好吃了。”

黄振华进了里屋，对母亲不满地摇了摇头。

赫冬梅低声说：“看看，这就是你妈。我不让你去，就是怕挨骂。今天让你领教了吧。”

“我妈就那个脾气，你可别往心里去。”

“以后你对我好，可别让你妈看见，让她知道了，她会把气撒到我身上的。”

黄振华说：“她过去也不是这样的，现在是怎么回事儿，怎么变得这样不讲理？”

赫冬梅道：“我可真不想和她待在一起。你妈太难缠了，对我永远是责备和不满意。”

黄振华劝道：“她是从旧社会过来的人，观念不一样。你是有文化的人，是光荣的人民教师，你可不能和她一般见识。”

赫冬梅到季校长办公室要求给自己换个工作。

季伯贤说：“团委的专干很轻松的，你挺着大肚子，干别的工作也不方便。”

赫冬梅说：“我知道组织是为了照顾我，但是我是个闲不住的人，坐在办公室看档案可以，但是找学生谈话，我还磨不开面子。觉得自己挺个大肚子，找那些大男生谈话，有点难为情。”

季伯贤笑了：“哈哈，原来是这个原因。你想搞什么工作？”

“要不，我到图书馆，帮着刘馆长整理整理图书。”

季校长说：“可以。他们的工作比较忙，正和我要人呢。你既然想去，那就去图书馆工作。不过也别太劳累了，你毕竟身子不方便。”

“谢谢校长，没关系的，同志们都很照顾我。”

赫冬梅到了图书馆。上午她在图书馆把学校买回来的好多书，分类编号，贴标签，干得很愉快。下午阅览室开放时她把门开开，把杂志报纸弄得整整齐齐。同学们到阅览室来看书看报。看完以后，她再把他们弄乱的书报杂志整理好，放到原位。

一天上午，刘主任领着花工搬了几盆菊花到图书馆。冬梅起身，准备帮忙：“这么漂亮的菊花从哪儿搬来的？”

刘主任立刻用手势制止她：“别动！你还不知道吧，今年咱学校在礼堂后边建了一个温室，里边种了好多花卉。现在正是菊花盛开的季节，我搬来几盆，装点一下咱图书馆和阅览室。”

“我还不知道咱学校还建了个温室，啥时候抽空去看看。”

刘主任：“你预产期快到了吧？”

“快了，就这几天。”

“明天开始别来上班了，在家多休息。前些天积攒的活儿都让你干完了。没想到你做事这么认真负责，很有效率。黄书记不在身边，你可要把自己照顾好啊。”

“家里有我婆母和我妈，都准备好了，她们比我细心，比我着急。”

“你也不可大意，头一胎还是小心点好。明天别来上班了，在家休息，等你生了孩子再请产假。”

“谢谢刘主任，那等我把手头工作做完了。”

吃过中午饭，赫冬梅来到了温室，看到了品种繁多、非常漂亮的菊花正在盛开，激动得又是闻、又是摸。问花工：“这么多品种的漂亮菊花，我还是第一次见到。”

花工：“你这么喜欢，送你两盆吧。你宿舍在哪儿？我给你搬过去。”

“这菊花是什么品种，太漂亮了。”

花工：“这叫大丽菊，花型大，色彩鲜艳。”

赫冬梅说：“这种也漂亮。各种颜色，各有各的美。”

花工笑了：“季校长说了，让我多培养植物和鲜花种类，让一年四季都有鲜花装点我们学校。”

赫冬梅说：“听你说话口音，不是当地人吧？”

花工：“我姓徐，是东北人，北京林学院毕业，学园艺专业的。我除了上课，就喜欢在温室里捣鼓这些植物。”

赫冬梅说：“你还是大学生，看你这打扮，我还以为你是农民工。”

花工不好意思地笑了笑：“我家在农村，我就是农民出身，又干农林专业，所以脱不了农民味了。”冬梅尴尬地说：“这样很好，我想说你很朴实。”

家里，冬梅正吃饭，嫂子进来了，拿了两条小被褥说：“妈，小被子小褥子我帮着做好了。我说冬梅，你也该学点针线活了，妈老眼昏花还得为你的孩子做针线活儿。”

赫冬梅说：“我从小就没拿过针线，我二姐要是活着，早给我做好了。”

嫂子说：“可你二姐去世了，你还能指望谁？”

“放心，我指望谁也不敢指望嫂子。”

母亲责备冬梅：“敢和你嫂子顶嘴！你嫂子不是给你把被子褥子做好送来了吗？”

“妈，启祥给我说了，我不跟冬梅计较。这是一包孩子穿小的旧衣服，我拿来看能用上不？我过去了。”

冬梅将嫂子拿的旧衣服扔到一边：“我才不要他们家孩子穿剩的衣服。”

母亲说：“你不懂，刚生下的孩子就是要穿旧衣服的，柔软，贴身。”正说着，大姐提了一个大包袱进了门：“妈，冬梅，看我拿什么来了。”边说边解开包袱，是给冬梅生孩子准备的衣物。

母亲感慨：“你那么忙，哪有时间做这么多的小孩衣服？”

“我让金满婆姨做的。”

冬梅高兴地说：“这么多漂亮的新衣服，不知道是男孩还是女孩的。金满婆姨手真巧，你看绣的这花儿多好！”

“男孩女孩的衣服都做了，你这是头一胎，当然要穿新衣服了，再说又不是只生这一个孩子，以后还要生啊，所以我就给你把男孩女孩的衣服都准备了。”

赫冬梅说：“让大姐费心了。”

黄振华回来了。一家人刚吃过晚饭。两个学生抱两盆菊花送到家里。赫冬梅挺着肚子，指挥学生把花放在院子的窗台上。

赫冬梅说：“请回去给徐老师说，谢谢他！你们俩吃饭了吗？在家里吃一点吧。”

学生：“赫老师，我们吃过了，我们走了。”

黄振华说：“是徐桢给你送的花？”

“他叫徐桢？我还不知道人家叫什么名字。那天我到他的温室去了，有好多漂亮的菊花。我就是喜欢菊花，看了看，人家就给我送来了。他是北京林学院毕业的，好像是学植物园艺的，东北人。”

“是啊，你也不能白拿人家的菊花。一个东北人到我们这贫困地区支援我们的建设，很不容易。你看你的同学、亲戚、朋友里有没有合适的姑娘给徐桢介绍个对象，希望他在我们这儿扎下根，他是我们引进的人才呀。”

“哎，你这么一说我倒想起一个人。你看三舅家的菊花，介绍给他怎么样？”

“菊花很漂亮，肯定没问题。就是看菊花看不看得上徐桢。”

赫冬梅说：“徐桢是大学毕业，有技术又有文化，人也老实本分。菊花嫁过去，那是她的福分。”

深秋的一天后半夜，赫冬梅肚子突然疼了起来，黄振华让黄齐英过来看看。

黄齐英说：“冬梅怕是要生了。振华，快去给你丈母娘说一下。”黄振华应声跑了出去。

黄齐英接着说：“冬梅，别害怕，女人生孩子都是这样的。你这是刚开始疼吗？”冬梅点了点头。“那还早着呢，一阵接一阵痛这叫宫缩，什么时候一直疼了，就快了。”这时母亲也进了门：“你婆婆说得对着呢。现在你不如下了炕，穿鞋下地到院子里走一走。”

冬梅很听话，下了炕，穿了鞋，动作缓慢地走到院子里，一边捂着肚子一边走，疼得头上沁出了细汗。

母亲说：“亲家母，我已经打发人找接生婆了。再过一两个时辰，咱们烧些水做些准备。”黄齐英说：“我这就去烧水，免得一会儿手忙脚乱。”

“不急，一两个小时以后，再烧水也不迟。”

黄齐英突然转过去，拿起一个筛子在灶台底下挖炉灰。母亲看着，问黄齐英说：“亲家母，你这是做什么？”“一会儿生孩子用得着。”

母亲说：“这炉灰不干净，还是用棉花和褥子。我家里有旧褥子旧棉花，我去取。”“那得用多少棉花呢？”“我家里刚好有正拆洗的褥子，我拿来，有的是旧棉花。”

赫冬梅肚子越来越痛，不禁喊出了声：“哎哟——哎哟——”

母亲一边搓着女儿的腰，一边说道：“忍着点，别喊叫，别让人家笑话。”

这时，接生婆到了。看了看赫冬梅，接生婆说：“你还早着呢，起码得两个小时。”对黄齐英说：“现在新社会了，提倡讲卫生，炉灰就不用了。你赶快烧点水，把这一包药熬上。家里有肥猪肉没有？”母亲说：“我家有烧好的猪肉。”

接生婆：“拿来四五片就够了。”

赫冬梅说：“熬中药，还要肥猪肉，干什么用？”

接生婆："年轻人不懂。生下娃要洗了吧？"

黄振华带着农校校医进来了，对黄齐英说："去医院生孩子的东西你们都准备好了吗？"

接生婆："女人生娃娃，都是我接生的，不用去医院。"

黄齐英说："是啊，过去女人生孩子，不都是在家里生吗？"

母亲说："就是，她嫂子生孩子，都是她接生的。"

黄振华说："妈，张大夫已经和医院联系好了，赶快去医院。季校长还派了他的车，在大门外等着呢，赶快扶冬梅去医院。"

张大夫扶着赫冬梅说："婶子们，还是到医院里生孩子比较安全。如果出现什么状况也可以及时处理。"

赫冬梅说："妈，既然医生都联系好了，我还是上医院生孩子吧。"黄振华回屋拿了几件东西，扶着冬梅走出了院子。

赫启祥回到家对母亲说："妈，我回来了。冬梅生了一个可爱的女孩，振华高兴得像捡了宝贝似的。"

母亲说："谢天谢地，你见到冬梅了？"

赫启祥说："见了，母女平安，振华在医院陪着呢。我和黄大妈回家了。"

母亲说："头一胎，生男生女都行，只怕黄大妈希望是个男孩，振华可是独子。唉！我真应该陪在冬梅身边，这会儿她最需要的是妈。振华哪会照顾产妇和孩子呢？"

赫启祥说："妈，有医生护士呢，你就放心吧。明天一早我送你去医院。"

第十二章

三天后，冬梅回到家里，头上裹着头巾，躺在炕上："医院住了三天，真想回家。还是家里方便，不用你们送吃送喝到医院。"

黄齐英说："这是猪蹄子汤，快喝了吧。你三天都没有下奶，孩子怎么办？"

母亲也说："是啊，孩子要吃母亲的奶，只吃牛奶，孩子都拉不出来。"

赫冬梅皱着眉头说："好吧，为了我的孩子，就是毒药，我也喝。"

母亲责备："你说的什么话？我们能给你喝毒药？为了孩子，你再不喜欢也得喝。"

黄齐英说："冬梅说话直爽，我不在意。"

这时三舅妈和菊花来看望冬梅和孩子，带的羊前腿、拼三鲜汤和一大堆小孩子用的东西。

三舅妈："大姐，你三兄弟打发我和菊花来看冬梅和孩子。"

菊花问："大姑，你看把这些东西放在哪儿？"

母亲说："亲家母，这是我兄弟媳妇来看冬梅的，你把这些东西收了吧。"

黄齐英说："太多了，这两天都来了五六波了。"

母亲说："我的兄弟姊妹比较多，冬梅又是第一胎，生孩子又比较晚，所以大家都关心着惦记着呢。"

赫冬梅说："谢谢三舅、三舅妈关心。菊花，你卫生学校毕业了，准备在哪儿工作？"

菊花说："我想到医院当一名医生，我妈不同意，我还在犹豫。"

赫冬梅说："三舅妈，菊花上的是卫生学校，不去医院，能去哪儿？"

三舅妈说："一个女孩家怎么给人家看病呢？我怕她看不了病，给人吃药打针，她能行吗？像你一样当个老师多好。"

赫冬梅说："三舅妈，当医生是菊花的愿望，应该支持她。菊花越长越漂亮了，你有对象了吗？"

三舅妈："你周围有合适的，给她介绍一个老师也行。"

赫冬梅说："你愿意找个老师吗？"

菊花不好意思："老师挺好的，有学问，有礼貌。"

赫冬梅说："我们农校还真有一个男老师，是东北人，北京林学院毕业的大学生，你看我窗台上的菊花，就是他栽培的。人很老实本分，不知道菊花能看上不。"

三舅妈："老实本分，好啊，还是大学生，老师的工作又好。不知道家里情况怎么样？"

赫冬梅说："具体情况我了解得不多，等我出了月子，上班了，再进一步了解。不过振华托我给他找一个对象，说他是农校引进来的人才。"

三舅妈高兴地道："只要是振华说好，那肯定就是好的，还是引进来的人才呀，那太好了！"

一望无际的沙漠。脚户拉着一头骆驼，林芝娅和姚子峻相互搀扶着，跟在后边。

脚户："起风了，我们得走快一点，大风来临之前，我们要赶到旅店。"

姚子峻看了看天："芝娅，你还是骑上骆驼吧，这样能省点体力。"

林芝娅摇摇头："我骑上骆驼，摇来摇去，让我更觉得恶心。"

姚子峻问脚户："师傅，我们还有多远才能到就近的旅店？"

"少说还有十多里呢。马上就要起大风了，昏天黑地，你们更走不动了。"

姚子峻扶着芝娅："还是骑上骆驼省力。变天了，我们得走快一点。"

脚户停下骆驼，姚子峻将一个背包背在自己身上，让林芝娅骑上骆驼赶路。这时大风卷起尘土，天开始昏暗下来。脚夫赶着骆驼："我们得赶快走了，遇上沙尘暴，会有危险的。"

家里面，黄齐英问冬梅："今天大风扬场，昏天黑地，振华还要赶到乡下去？"

冬梅说："我生孩子，振华丢下工作，已经耽误了四五天了，他那边有一堆事，所以今天一早，他说无论如何要回乡镇去。”

说着，黄齐英端了一碗鸡蛋皮饺子：“冬梅，妈今天给你包的鸡蛋饺子，你尝尝好吃不？”

“让妈费心了，我还从来没吃过鸡蛋皮饺子。”冬梅咬了一口：“真好吃，好吃，谢谢妈！”

有人敲门：“黄大妈在家吗？”

黄齐英出去把一个中年妇女领到冬梅面前。“这是我请来的月嫂，我要上班或有事出去，让她照顾你，你有什么事就找她。刘嫂！来，洗洗手，我儿媳妇是老师，爱干净，做饭之前一定要洗手。”

驿马城围墙里，沙尘暴来袭。脚户和骆驼蜷缩在围墙下，姚子峻和林芝娅蹲坐在旁边。林芝娅哭泣着，抱怨赶上了这么恶劣的天气。姚子峻用林芝娅的头巾把她的头全包起来，将自己的大衣脱下，把林芝娅拥在怀里，安慰着她。

林芝娅带气地说：“我这次回驼城就辞职，再也不来这鬼地方了。你怎么办？你可是给我发过誓，永远不离开我。”

“我会兑现我的承诺。”

大风吹着黄沙越过围墙向他们袭来。他们两人紧紧依偎在一起，好像大难临头永不分离，一起面对着沙尘暴的袭击。

沙漠上，黄振华步履艰难地走在黄沙漫漫、尘土飞扬的大风里。每向前走一步都十分艰难。不知过了多久，他抱住一棵树歇脚。

突然，听见不远处“轰隆”一声，有房子塌了。只听有人叫喊：“拴柱！拴柱！”他急忙向声音处跑去。只见风沙吹塌了一个院子里破草房的屋顶，一个中年妇女拼命地救被房顶压住的儿子。振华急忙与妇女一起，掀开一堆破烂的椽草救人。

破屋的一个角落，一个少年的声音：“妈，我在这儿。”黄振华与妇女连忙一起把孩子救了出来。孩子腿部受了伤，黄振华从挎包里取出衬衣撕开后，给孩子包扎伤腿。孩子疼得直哭。

黄振华说：“大嫂，孩子的腿骨折了，得赶快送医院。”

大嫂哭道：“这儿离乡镇医院不远，可我家没钱上医院啊。”

“没事的，救人要紧。孩子的腿不赶快接上，就残废了！”黄振华背起孩子就走，大嫂跟在后边。

乡镇医院里，医院的王院长出了急诊室，对大嫂说："你儿子没事了，腿上打了石膏，已经固定住了，伤口也处理好了。"接着又问："黄书记呢？"

大嫂问："他就是黄书记？把孩子交给你们就急匆匆走了。我都没来得及问恩人的姓名呢。"

王院长："大嫂，你今天碰到好人了，那是咱乡党委的黄书记。"

大嫂问："那接这个骨得多少钱？"

"这个你就不管了，黄书记交代过了。你不用出钱。"王院长说。

"那我得欠黄书记和你们多大的人情呢！"

"为人民服务嘛。"

大嫂跪谢王院长，被王院长扶起来。她又喃喃地说："黄书记，我连脸都没看清楚，更没好好谢谢他，这叫我心里怎么过得去？"

沙树梁乡镇会议室里，黄振华正在主持会议："各生产队合作社党支书你们已经把受灾的情况汇报了，看来这场沙尘暴让我乡的受灾范围不小。大家汇总的统计数字，我将向县委、县政府汇报。大家回去做好以下几件事：第一，以村为单位，组织劳力将受灾群众的房屋修好，防止秋冬风沙再次袭击；第二，安置好受灾群众的吃住，不能让受灾群众挨饿受冻；第三，凡这次沙尘暴中受伤群众在乡医院就诊的费用，都由乡政府和医院共同承担，不得向群众收取医药费；第四，做好防沙固沙工作和春季农耕积肥等准备工作。乡党委和政府将组织人力，下村调研检查工作。大家还有什么意见？"

刘乡长："黄书记这几条意见，是乡党委集体研究决定的，各村必须认真落实。大家还有什么困难和问题，随时向我们汇报。"

黄振华说："好，没有意见，回去尽快落实。散会！"

林芝娅和姚子峻回到驼城家里，见了自己的母亲，林芝娅抱住就哭。

大舅母："你哭什么？回了家，应该高兴啊。是不是昨天的大风让你们遇到了？我和你爹爹一夜都没睡着，想着你们路上会不会遇到麻烦。"

芝娅诉苦："路上遇到沙尘暴，快把我们埋了，差点就见不上你们了。"

“唉，让我的宝贝女儿受委屈，受罪了。姚子峻，天气不好，你们待到旅馆里不好吗？为什么要赶路呢？”大舅妈不满地责怪女婿。

姚子峻：“芝娅回家心切，想尽快赶回家，所以不愿在路上耽误。”

“你们男人心就是粗，她不是怀孕了吗？你能让她那么任性？你爹爹一早不放心，到北门口等你们去了，你们没见到吗？”“姚子峻给我找了一辆马车，我们从西门进城。那赶快让姚子峻到北门找我爹爹去。”“不用了，快吃中午饭了，看不到你们，他就回来了。”

林芝娅问：“冬梅怎么样了？”母亲说：“好着呢，刚生了孩子，生了个漂亮女儿。等你休息好了，我们去看她，昨天我才去看望过。”

冬梅家里，一家人准备着给孩子做满月。母亲给赫冬梅的女儿打了银项链、银镯子，还做了好多的衣服。大姐赫彩莲给孩子做了绸缎肚兜，还有小坎肩，把孩子打扮得非常漂亮。林芝娅挺着肚子和姚子峻也来了。姚子峻：“冬梅姐，你女儿很可爱！”“你们俩一起回来了。”“这孩子叫什么名字？”“叫黄丽莎。”“女孩叫这个名字很洋气。”

赫彩莲来了:“芝娅，这是你丈夫？”“彩莲大姐好，姚子峻，这是大姐。”姚子峻说：“大姐好！”赫彩莲说：“姚子峻，来，男人们都在那边喝酒，你也去。”“冬梅姐，我到那边去了。”

赫冬梅问林芝娅：“你也怀孕了，几个月了？”“四个多月了。”“你和姚子峻请假回来的？”“是的。我怀孕反应特别厉害，我让姚子峻请假送我回来。当初没听你的话，找了姚子峻，我根本没理由调到驼城。你和芝娇走了以后，那地方我待够了，实在太没意思了。我们决定再不回那鬼地方了，我们俩干脆辞了职。”“这么大的事情，你这么轻率就决定了？那你也连累了姚子峻的政治前途啊。”“姚子峻当年答应我，永远不和我分开，我到哪儿他到哪儿，所以他是自愿的。”

赫冬梅说：“那你们俩现在找到新工作了吗？”“我现在怀孕着呢，怎么找工作？”“那姚子峻呢？”“他因为是地主成分，一填表人家看了，哪儿都不想要他。”“可姚子峻在沙谷县政府干得特别好，领导非常看好他。”“再看好他也没有用，地主成分，他也当不了领导。不过是一个小干事，在哪儿不都是个干活的？”

赫冬梅说：“回来就回来了。至少大舅和大舅母不用整天牵挂着你。工作的事慢慢找。你和菊花、大舅母在一个桌子，先吃饭。”

产假结束，赫冬梅上班了。赫冬梅说："刘主任，产假结束了，今天我来上班。给你们带来点糖果和点心，谢谢大家对我的关心。"

刘主任："这回，你生了个漂亮可爱的女儿，已经请我们喝了满月酒，还给我们带了糖果点心。""还有些同志没有去嘛。再说我高兴着呢，给大家表达一点心意也是应该的。"

同志们都说："好啊，祝贺你得了一个宝贝女儿，那我们就收下啦。"

刘主任："你的工作大家都抢着干了，今天也没有多少事儿，你可以早点回去，还要给孩子喂奶呀。""谢谢同志们了。从今以后，我要多干点活。"

赫冬梅正在整理图书。快下班了，菊花跑来了："冬梅姐，我来了。"

"菊花，你怎么来了？"我们实习的医院就在这附近。下班啦，我早点赶过来，看你呀。"

赫冬梅说："你是来看我，还是看温室里的那个菊花？"

"当然是来看你的，顺便也看看温室里的菊花。毕竟人家叫菊花嘛。"

赫冬梅领着菊花进了温室。温室里摆满了各式各样的菊花。菊花说："太漂亮了，这么多的菊花，我从来没见过这么好看的菊花。冬梅姐，你说我叫菊花，这名字太好了，肯定是我爹爹见过漂亮的菊花，才给我取了这个名字。"

"是啊，菊花被称为四君子之一。因为寒霜傲骨，十分漂亮。"正说着，徐桢进来了。徐桢说："欢迎二位女士大驾光临。"

赫冬梅说："徐桢，这是我表妹，她叫菊花。看到你给我送的菊花，非要来学校的温室，看你栽培的菊花。"

"欢迎参观。我们这个地方土壤和气候特别适宜种菊花。我现在已经把菊花移栽在我们的校园里，有很多品种，我带你们参观吧。"徐桢一边领着她们参观，一边给她们讲解。临走的时候，还送给菊花一盆花儿。

饭馆里，赫冬梅和菊花正在吃饭。赫冬梅说："人也见了，花也得了。你觉得徐桢怎么样？""还不错。""你看上了，要不要我跟人家说一说？""再等等吧。""再等等可以，可不能时间太长，否则我们农校的女同志也多，好男人是很抢手的。被人家抢走了，你可别后悔。"

菊花："要不然你先问问他，对我的印象如何。万一人家还没看上我，倒成了我们剃头挑子一头热了。”“你还挺机灵的。鬼机灵，多吃点饭吧，我知道该怎么处理。”

沙树梁乡的党委办公室。黄振华上次救的那对母子一进了办公室，见到黄书记本人，双双跪下磕头。黄振华连忙扶他们起来：“大嫂，不可以这样，有事起来说话。”妇女：“我是来感谢黄书记的救命之恩。这孩子是你救的。那天要不是你救了俺娘俩，我们早被冻死饿死了。”“孩子的伤全好了？”“不光是孩子的伤全好了，我的胃病也给治好了。我们娘俩欠你两条人命啊。”

黄振华说：“大嫂，不可以这么说。过去我们做得不好，对你们关心不够。村上给你把房子修好了吗？”

妇女：“修好了。村委会主任说，黄书记特别交代的，要把我们的房子修好，不能让我们饿着肚子，还给我们送了粮食，所以我们要感谢你的救命之恩。”

“大嫂，要感谢就感谢党，感谢新社会，感谢乡亲们的帮助。”

妇女：“感谢党，感谢新社会。我们孤儿寡母没什么东西可感谢的，黄书记，我的儿子叫拴柱，今年13岁了。您给他起个大名吧，让他永远记住你的恩情。”

黄振华说：“那就叫纪生荣，要光荣而有尊严地生活。让孩子上学，不要做‘睁眼瞎’。以后咱们要多种树种草，我们这个地方沙漠化非常严重，不种树种草，没有植被，风沙是控制不住的。”

大年初一，赫冬梅陪着母亲到外婆家去拜年。一进院子，赫冬梅看到了许多盆菊花晒着太阳，三舅在认真打理花叶。

母亲说：“这大冬天的，还有菊花在开。这花也太漂亮了！”

三舅：“大姐，冬梅，过年好！你看，这菊花居然能反季节盛开。我都不大相信我的眼睛。可见现在的科技发展得多好呀！今天天气好，我把它搬出来晒晒太阳。”

“肯定不是三舅培育出来的，是菊花带回来的吧？”三舅开心地大笑，却不回答冬梅的话。“看来菊花和徐桢的进展挺快的！”

菊花从屋里跑出来，夺过了冬梅怀中的孩子：“丽莎，丽莎，快和我去见老婆婆。”母亲不解地问：“你们在说什么，打什么哑谜？快告诉我。”

三舅：“大姐，让冬梅告诉你吧，我可是非常喜欢那个人。今天大年初一，振华还没回来？”

赫冬梅说："他说今年正月十五驼城里有秧歌比赛，初三才能回来。"

三舅："振华是我们家族的大忙人，也是我们家族的贵人啊。"

母亲接着说："看你把他夸奖的。不过我的女婿真的不错，但愿你也能找个好女婿。"

母亲家里，菊花带着徐桢到大姑家来拜年。正巧赶上了黄振华和赫冬梅也在家里。

菊花："大姑，我来给你拜年了。这位是徐桢，是农校的，他是来见我姐夫的。"

徐桢说："大姑过年好！黄书记，过年好！赫老师，过年好！"

黄振华说："听冬梅说，你培养出了反季节的菊花，品种颇多。那我跟你提一个课题，你可否研究一下在我们当地的气候条件下，有哪些适合这里土壤的沙生植物。也就是说，我们在治理沙漠时，哪些植物最适合当地种植。过年的时候我给季校长汇报工作，我也同样提出了这个问题。我们现在治理沙漠，首要的是选好适合当地的沙生植物。"

徐桢说："这个问题季校长已经告诉过我了，我考虑过，但是还没有实践。我是东北人，我想回去一趟，在我们那里，有樟子松基地，它耐寒、枝干粗壮、抗风沙，适合在沙漠里种植，我想采些种子和树苗试种一下。"

"好的，在我们那里，我给你批一块沙地。你试种成功后，可大面积推广。"

正月十五的驼城，大街上十分热闹。人们走上街头，看着一个个单位、一支支乡镇秧歌队穿街而过。到了晚上，满大街都是人，孩子们提着灯笼，放着鞭炮，大人们看花灯。

大舅家院子里，大舅对姚子峻说："你俩双双辞职，在家有一个月了。你找不下合适的工作，就跟我学熟皮子的技术，做生意。我们家原来是做皮毛生意，在内蒙古等地买回羊皮、牛皮，熟好皮子，做成皮制品，再卖出去赚钱，养家糊口。你一个大男人，可不能待在家里吃闲饭，你要有养活妻儿的本事和责任。"

姚子峻："我一直想找份体面的工作，我也到政府机关去过，人家一了解了我的情况都拒绝了。"

大舅："熟皮子是个下力气的技术活，不像你在机关耍笔杆子那么轻松。""我年轻，有的是力气。""那好，现在就随我去工场做工。"

大舅家门外，林芝娅随母亲从街上回到家院子。林芝娅大声叫道："姚子峻！姚子峻！快帮忙拿东西。嗯，不在家？"

大舅母："一个大男人好意思成天待在家里？说不定出去找工作了。你也是糊涂！你辞了工作也就罢了，怎么能让一个男人也辞了工作？你当体面的工作那么好找吗？”

“那不是因为两地分居，麻烦嘛。”“两地分居怎么了？你看人家冬梅和黄振华不也是两地分居吗？到了你这儿，就不行了？我看人家冬梅就是比你强。人家党也入了，丈夫的官也升了，孩子也生了，可人家也没有丢工作。一个女人挣上钱才有地位，亲戚里头谁不巴结？谁都高看一眼。再说人家芝娇，当了军官太太，随了军，风风光光去了大城市。同样是念了书的女学生，看看你活成什么样了，你爹爹在亲戚里都不好意思。”

“你骂完骂够了吗？我不好，我丢了你们的人，让你们抬不起头，在亲戚面前没面子。好，我走！我和姚子峻离开你们，别让你们看见我们就难受！”

娘俩吵得不可开交，林芝娅哭了，冬梅进了门。赫冬梅说：“大妗，芝娅怎么了？我妈蒸了些糖包子，说我大舅和芝娅爱吃，让我送来。我也顺便来看看芝娅。”

大舅母：“大姐费心了。冬梅你劝劝芝娅，跟我拌了几句嘴，就闹着要离家出走。”“挺个大肚子，你往哪儿去？现在这个时候要学乖一点，别那么任性。”“我离他们远一点，省得看着我们心烦。”“胡说八道，快生孩子了，你还想跑哪儿去？乖乖地听话。把孩子顺利地生下来，这才是大事。”

林芝娅赌气：“就是因为我们辞了工作嘛，所以死活都看着我们不顺眼！”“工作可以再找嘛！人挪活，树挪死，活人还能让尿憋死？现在当务之急是生孩子。生了孩子，还愁没有工作做吗？”

大舅母：“她不着急。关键是姚子峻的工作要尽快找，大男人待在家里时间长了就废了。”“大舅母，你也别着急，姚子峻是大学生，还能找不到工作？”

“冬梅，那我就拜托你和振华给他张罗张罗，找个合适的工作。”

赫冬梅答应道：“好的。”

家里，天已经黑了，黄振华正在灯下看报纸。赫冬梅说：“今天在县委开了一天会，你还不累？早点睡吧。”

黄振华说：“毛主席发出了伟大的号召——绿化祖国。我要回去再想想，做好计划和落实工作。”“我想跟你说，今天我大舅母让我问问你，看能不能给姚子峻找一个工作。你说这两个人，说辞职就辞职。现在工作都丢了，整天待到家里，要大舅养活。唉，芝娅真是不懂事，今天还和大舅母吵了一架。马上要生孩子了，还赌气要离家出走。两个人真让大舅头疼。”

黄振华说："还不是从小惯大的？一点苦也吃不了。"

赫冬梅说："姚子峻回了驼城以后，也到处找工作，可因为他是地主成分，又是辞职回来的，所以人家一调查，几个单位都不愿意要他。""他还是个爱情至上的主儿，不要江山要美人儿。""你别说笑了，还是帮帮他吧。""你看你和你表妹一比较，就比出差距了。""什么差距？人家文化程度比我高，念的书比我多。"

黄振华说："你有理想有追求，积极上进，要求进步，所以你不怕苦，也不会轻易丢了革命工作。她就不同了，没有理想，只图自己享受，所以一遇到困难就会退缩。遇上这么一个没有原则的人，姚子峻就只能随波逐流。表面看是爱情至上，实际是没有理想、没有追求的表现。"

赫冬梅说："他们现在已经后悔了，认识到自己错了。我们还是帮一帮他们吧。""帮他们可以，但是你要做好心理准备，她不会领情的。""唉，从小一起长大的姐妹，于情于理都得帮啊。"

黄振华说："姚子峻是学什么专业的？""学中文的，汉语言文学专业。你看农校要不要老师，跟季校长说一说。"

"农校现在缺少的是林学和农业、水利、土壤植物这些专业方面的人才。看他愿不愿意到乡镇去做秘书，我们乡镇倒缺一个写材料的干事，你问他愿不愿意干。"

天快黑了，林大舅和姚子峻拖着疲惫的身子进了家门。大舅母问："你们今天去哪儿了？"大舅："我能去哪儿？去工场了。"林芝娅问："姚子峻，你去哪儿了？"姚子峻："我和爹爹一块去工场干活去了。"

林芝娅说："你找不到工作也不能去那种地方，你是一个文化人，怎么去做苦工呢？"大舅不高兴地说："你们俩都不干活，我拿什么养活你们？一个大男人，肩不能扛，手不能提，拿什么养活妻子儿女？"

大舅母："都累了，快回屋吃饭。"

家里炕上，姚子峻搂着芝娅说："爹爹说让我学熟皮子的技术活，继承家业，将来接他的班。我觉得我干不了这个活儿，那个熟皮子的味道我就受不了。"

"你当然不能干这个活。我说过，你是有文化的人，怎么能干这些粗活呢？"

"可我没有工作，挣不到钱，拿什么养家糊口？我们就这么闲着在家，肯定让爹爹烦。"

"那就慢慢地继续找工作呗。"

“我在想，等你生了孩子以后，我想领你到我们老家去。我们家乡湖北是鱼米之乡，非常富足。那里没有沙尘暴，风和日丽，景色迷人。每天吃的就是你最爱吃的大米、鱼，还有新鲜蔬菜。我们那里学校也多。嗯，你可以在学校里继续当老师。我也可以在我们县上谋一个差事，或者我也当老师。我们一家人在一起生活，永远不分离。”

“你怎么不早说呢？我觉得这主意不错，就这么办。等我把孩子生了，我们就回你老家。”

沙区，早春三月，风和日丽。乡政府的墙上刷着“绿化祖国”的大幅标语。黄振华站在台子上做植树造林的动员讲话。

黄振华说：“同志们，乡亲们，毛主席号召我们绿化祖国。我们作为沙区的人民，要把绿化祖国的任务落实好。为了改变沙区的气候条件，为了保卫我们的农田和房屋，为了我们能够过上幸福的生活，为了让我们子孙万代再不受沙尘暴之苦，今天，我们向沙漠进军！”

“县里的林场准备了上百万棵树苗。从今天开始，一直到春耕之前这一个多月时间，我们的主要任务就是植树造林，把植树造林任务落实到每个乡直属单位、每个村，落实到每个人。我们还要做评比，看谁种树种得多，看哪一个村子种树种得好。今天就是我们的植树日。我们带上铁锹，按照规划，在技术人员的指导下进行植树。我宣布：植树造林，现在开工！”

乡镇群众有的扛铁锹，有的扛着树苗，开始向沙漠进军。

在植树现场，有的农民挖坑植树，有的挑水浇树。

团中央在延安召开五省区青年造林大会，参加会议的黄振华和县相关领导、部分青年代表坐在大巴车上，欣赏着延安的宝塔山和滚滚的延河水。车到了延安宾馆门口停下。

黄振华与参会的代表来到大厅，正准备报到，意外碰到了中国科学院兰州沙漠研究所的成树。“成树！你也来开会？”“是啊，这是团中央的造林大会，我既是研究所的团委书记，又研究沙漠植树造林，我能不来吗？太好了，没想到在这儿能见到你。还没吃饭吧？”“刚报到。和我们县的代表一块儿来，过会儿再去吃饭。”

成树说：“先去吃饭，我住在3楼的16号。你吃过饭以后到我房间来，我有本书要送给你。”“3楼16号。好的，我吃过饭就上你那儿去。”

宾馆成树的房间，黄振华敲门。成树开门：“吃过饭啦，请进！”伸出手来主动和黄振华握手。“我们有几年没见了？”

成树说：“三年八个月零两天。”黄振华不好意思地笑了笑：“记得这么准确。”“有些人和事是忘不掉的。”“你成家了吗？”

成树说：“你是指结婚了吗？没有。”

黄振华说：“我记得当年到你家吃饭的时候，有一个非常标致的小伙子是军人，好像叫童军，我一直以为他就是你的对象。”

成树说：“就是因为他，让你对我失望了，没有想法了。然后回去，急切切地结了婚。是吗？”“不完全是。”“不完全是，就是还有点是。你当时感觉到我是喜欢你的，对吗？”

黄振华说：“喜欢和爱情和结婚，恐怕还有一些差距吧？”

成树说：“那就是说，你当时也是喜欢我的。”

黄振华说：“你这么优秀，恐怕好多男人都喜欢你。”

成树说：“三年多来，在你我之间一直有个问题，我想不明白。是因为你刚说的，是我太优秀了，还是因为你太自卑了？可你也不是这样的人啊，你一直是很自信的，为什么以结婚的方式来拒绝我，让我对你死心？”

黄振华深情地望着这位同学、朋友和优秀的女孩，为在感情上困扰了她三年而歉疚。但他必须关掉感情的大门，理智地开导这个可爱可敬的女孩，带她走出感情的困境。黄振华说：“成树，我在人大认识了你，从仰慕你到喜欢你，这都是真的。后来我也感觉到你对我有好感，我也觉得很幸福。一生能遇到你这么好的姑娘，那是我的福气。可是我不能那么自私。爱情的结果应该是结婚，如果不能结婚的话，那是非常不幸的，是很痛苦的。我要是自私地拥有了你，那就要放弃我的人生目标与计划。

你是你父母的掌上明珠。你和我在一起，至少你母亲是不赞成的。再说，我的理想是改变我们家乡贫穷落后的面貌。陕北你没来过，这里的老百姓太穷太苦了。我是从艰苦的地方来的青年，我不去改变家乡的面貌，谁又会去那么艰苦的地方？

你是占有天时地利的，你还有天赋和远大的志向，应该在国家这个层面上实现你的理想，我不能自私地把你拉入我的生活。我是注定要回家乡艰苦奋斗的，你没必要跟我受这个苦。

我的父亲在我8岁的时候就病逝了，我母亲含辛茹苦把我拉扯大。所以，我不能离开我母亲，因为我是她的精神支柱。人生活在天地之间，特别是我们赶上了新的社会，我们既是新中国的建设者，也是新生活的缔造者。我希望我母亲她老人家能安享晚年，所以我必须回家乡。”

成树说：“那你至少应该给我一个选择的机会和权利。”“对，这是我的错。人生有好多遗憾，但也有好多机会供我们选择。那个童军也是一个不错的选择，他现在应该还在等你吧？”

成树说：“可这么多年来，我对他没什么感觉。”

黄振华说：“你不能一叶障目，应该多看看人家的优点，这样你就会有感觉了。”

“看来，你现在过得很幸福。你娶了一个什么样的女孩？跟我说说。”

“她也是一个很不错的姑娘，是一个小学教师。吃苦耐劳，积极要求进步，去年入了党，今年又给我生了一个非常可爱的女儿。”

成树长长舒了一口气：“看来我这三年自作多情了。我真应该早点跟你说。”

黄振华说：“是啊，你看你有多傻。浪费了三年的青春，把感情专注在一个没有结果的男人身上。”

“真是够傻的。”成树自嘲。

黄振华说：“你和张华都是非常可爱可敬的姑娘，你们应该过上幸福美满的生活。”

成树说：“你知道张华最后去哪儿了？”

黄振华说：“张华是独生女，她自然留在上海，在父母身边，找一份不错的工作，过着安逸幸福的生活。”

“你错了。张华回到了上海以后，又去了新疆生产建设兵团，她还在那里找了一个男朋友，今天也要参加这个会议，晚上的汽车到这里。”

“真的吗？这太让我吃惊了。看她那么柔弱，内心却这么强大，居然去了新疆生产建设兵团。”

“我们是新中国的建设者，你太小看我们女生了！”

“是啊，新中国培养出你们这些有文化、有理想、有干劲的优秀新女性，极大地解放了生产力，我们超英赶美，建成强大的国家是必然的。那我们晚上一起去接她。”

成树说：“好的，这一定会给她惊喜。”

汽车站外，张华下了汽车，看到黄振华和成树一起来接她，高兴地拥抱了他们。黄振华接过张华的行李。张华一边同黄振华握手，一边说："太好了，没想到在这里见面，你们俩一起来接我。告诉我，你们俩怎么走到一起的？老黄，你是不是和老婆离婚了，和成树走到一起了？"

成树说："走在一起，还要人家离婚？不离婚也可以走在一起呀。""可是新社会是一夫一妻制，他不能同时找两个老婆。""他可不是那种人，家里一个老婆，外边几个情人。""老黄，你还要情人吗？也算我一个吧。"

黄振华说："美死我了。我这个坏男人，有这么优秀的女生喜欢，今生值了。"

成树说："你男朋友怎么没来？""我来都是极力争取来的，因为我是团委书记。他来算什么？""张华已经名花有主了，成树，你可要加油啊。"

张华："成树加什么油啊？她不是你的情人了吗？"

成树说："人家老黄不要我了，让我赶快找自己的另一半，所以让我加油啊。"

大会上，黄振华做治沙造林经验交流发言。

汽车站，黄振华在车站送成树和张华。

成树送给黄振华一本书："这是我这两年写的关于治沙造林的书，里边有我父亲转给我的你写给林业部的调研报告。我用了你的数据和做法，还介绍了国际和国内一些治沙的经验和技法，对指导你们植树造林、防风治沙的工作，具有一定的借鉴意义。"

黄振华郑重地接过书捧在手里，说："时间到了，你们俩该上车了。"

成树和张华拥抱了黄振华说："老黄大哥，保重！"

黄振华说："你们也要珍重，我等着你们的好消息。"

成树和张华上了汽车，依依不舍地向黄振华招手告别。

第十三章

赫启祥来到迎宾饭馆。

贺福堂说："大哥，你来啦，有事吗？"

赫启祥拿着报纸说："我刚刚开会回来，现在说要进行社会主义改造。我买了报纸，你看这里说，今年开始我国由社会主义过渡时期转变为社会主义革命和建设时期。我们国家要把一个落后的农业国家建设成工业国家，要使社会主义工业成为整个国民经济的主导力量，就必须对农业、手工业和资本主义工商业进行改造。要进行三大改造，要把个体私有制改造成社会主义的集体所有制，把资本主义私有制改造为社会主义全民所有制，发展生产力，把我国建设成社会主义工业强国。"

赫彩莲："这几天，福堂也参加了几次会议了，现在要让我们驼城所有的饭馆合并成饮食服务公司，成为集体企业，我们也被合营，成了饮食服务公司的职员。"

福堂说："我和彩莲还正在议论，把我合进去，就我一个人的工资养活这一家老小肯定有困难。如果把彩莲也合进去，这一家老小做饭穿衣谁来管？我正发愁呢！"

"我前两年办了一个针织厂，生意还不错，现在也要合并成集体企业针织厂。你们知道我这个机器都是才进的新机器，和其他针织厂机器不一样，技术也不一样，所以大家还有些想法和意见。合进去了显得我们吃亏。不合进去，恐怕人家也不让，不允许。我正发愁，不知道该怎么办。"

赫彩莲："公家的事，看来只有找公家的人来商量。不知道振华回来了没有，如果他回来了，我们不如和他商量商量，看看上面有什么政策，咱们既不能违背国家政策，成为落后分子，也不能让我们亏得太厉害。”

赫启祥说：“明天就要我们表态，时间紧啊。我看今天晚上我们去找妹夫，商量商量该怎么办。”

母亲家里，赫启祥、贺福堂坐在炕上不停地吸烟。母亲和赫彩莲在窗外张望，急切地等着赫冬梅带着黄振华回家。

赫彩莲：“来啦，来啦，冬梅和振华回来了。”黄振华和赫冬梅进了门。

黄振华说：“妈，大哥，大姐，姐夫，你们都在。”

赫启祥说：“刚开会回来也没让你休息。我们急着把你找来，是有特别急的事想和你商量。”“是公私合营的事吗？”“是啊，我们两家都涉及这个问题。”

黄振华说：“冬梅在路上也给我说了个大概。这次的社会主义改造是全国范围内的，驼城也是响应国家的号召进行的。这次对资本主义工商业的改造政策是采用国家资本主义的形式，把资本主义工商业改造成为社会主义企业。方法上采用和平过渡，不采取农村对待地主阶级的政策，因为我们党把前者划分为敌我矛盾，而把资本主义工商业划为人民内部矛盾，采取利用限制改造的政策进行双重改造。也就是说，不但要把资本主义工商业改造成为社会主义的工商业，而且要把资本家改造成自食其力的劳动者，对资本家实行团结教育改造。对工业的社会主义改造又分为工业和小手工业两种。

毛主席说过，占国民经济产值90%的分散的个体农业经济和手工业经济，要谨慎而又积极地引导他们，向着现代化和集体化的方向发展的，放任自流的观点是错误的。据我了解，驼城的个体手工业者主要从事服务业、饮食业等20多个行业，大概涉及700多户。”

赫彩莲：“你说我们现在应该怎么办？”

“响应党的号召，积极参与社会主义改造。”听了黄振华这一番话，大哥和姐夫都沉默了。

赫冬梅看见大家都不说话：“我知道大姐的餐馆生意很好，大哥的百货铺和针织厂生意也不错，因为你的机器新、技术先进，经营得好，所以生意也好。可这是党中央和毛主席的号召，是进行社会主义革命和建设的必由之路，我看你们只有响应这一条出路。我今天看报纸上说，摆在我们面前只有两条路：‘组织起来，走合作化道路，就是走社会主义的阳光大道；反对走合作化道路，就是反对社会主义。’我看没有别的出路，只有走社会主义的合作化道路，这一条光明大道。”

赫彩莲："那你说哪些东西是要合营的，哪些是不合营的？"

黄振华说："一般情况下，厂房、机器、技术人员是合营的，还有一些能带回家的东西，比如说粮食蔬菜肉类这些是你自己买的东西就可以带回家。大哥那边的毛线，还有一些商品也能带回家的，家里要用的可以带回去，不用的可以作价卖给商业公司。"

贺福堂："看来再也没有别的办法，只能参加公私合营了，将来我就成为饮食公司的职员了。"

赫冬梅说："你们不是一直羡慕我和振华是公家人吗？这下你们都成为公家人了。"

赫启祥犹豫地说："好是好，可是一个人的工资养活一家人，怕是有些困难。"

冬梅说："大哥，你可不敢有这些想法，在外面不能这么说。你要这么说，人家就说你过去是靠剥削别人的劳动果实而养活你们。你家的富裕生活，是靠剥削劳动者得来的。现在你变成一个劳动者了，就养不起家了？"

黄振华也说："我们在乡里也在推行农民建立高级农业生产合作社。我们国家走的是社会主义道路，这是今后的方向。所以我说你们不要反对，积极参加。别让人家批评了，你还得合作。"

赫启祥说："好吧，我们听你的。"

沙树梁林场，中科院水土保持综合考察队在驼城考察沙漠的治理情况。黄振华意外地发现成树也在这个考察团里。

县长："中国科学院黄河中游水土保持综合考察队莅临我县，进行治沙情况的综合考察，让我们表示热烈的欢迎和衷心的感谢。现在我们请乡党委书记黄振华同志介绍情况。"

黄振华说："非常欢迎中外专家来沙树梁、青云山、红石峡等地考察治沙情况。沙树梁建立治沙综合试验站，借考察组的东风今天成立。还有北京林学院孙教授给我们试验站送来樟子松树苗试种。希望在毛乌素沙地，能长出乔木森林带。"

参观中，黄振华走到成树面前："看到名单里有你，我非常高兴。没想到这么快我们又见面了。"

成树说："参加这个考察组，本来是我的课题，也是我的分内之事。你说我不了解陕北人民的苦难和贫穷，所以我特地来了。"

"是啊，你是应该来。我们这里是毛乌素沙地的治理沙漠试验站，你是研究治沙的，肯定要到我们这里来。”

“我这次来，除了参加考察组的行程和任务之外，我还有三个愿望，希望你能帮助我完成。”

黄振华说：“什么愿望？尽管说吧，只要我能做到的。”

成树说：“一个是我家老爷子交代的任务，让我来这里看望他的救命恩人——你的母亲；第二个愿望，让我看一下你的妻子和孩子；第三个愿望就是让我了解一下陕北农村人的生活有多苦、多穷，沙漠给他们带来多大的伤害，让我了解一下他们的愿望。”

“没问题，这三个愿望定能实现！成部长、阿姨和你妹妹都好吧？”

“都好着呢，身体健康，工作顺利。我妹妹成林今年考上了北京工业大学。”

“挺好，你们姐妹俩一个搞林业，一个搞工业。”

驼城街道上，成树对同行的黄振华说：“你领我去看望一下你母亲、妻子和孩子，不去家里，怎么跑到饭馆里来了？”

黄振华说：“人总要吃饭嘛。我给我母亲说了，说你要看她，这是她的主意。我们家太小，也怕招待不好你这位远道而来的贵客。所以我母亲和妻子让我把你领到饭馆来，我们一边吃饭，一边说话。”

“那我们可说好，今天的饭由我来请，否则我不进饭馆。”

“你是客人，我们总要尽地主之谊吧。”

“我是带着我父亲的嘱咐，带着我的感恩之心来见恩人的，哪有让他们请我吃饭的道理？你是我的朋友，这顿饭我请，如果你不同意，我再没有时间了，明天我就走了，所以这个机会还是给我吧。我也要完成老爷子的嘱托。”

饭馆里，黄振华向成树介绍母亲和妻子女儿。

成树说：“阿姨，嫂子，你们好！我带着我父亲的嘱托，前来看望您老人家，这是我父亲从北京带给您的一点小礼物。这个是我给嫂子和侄女送的小礼物。不成敬意，表达点心意而已。”

黄齐英说：“感谢你父亲的问候和牵挂，真谢谢他。”

成树说：“我们应该感谢您老人家，没有您就没有我父亲的今天，更没有我们这些儿女了。您可是他的救命恩人呢。”

“那是我应该做的。他为革命抛头颅洒热血，我们作为老百姓保护他，那可不是天经地义的？”

“让我看看你们的宝贝女儿。”

赫冬梅说：“才一岁多，刚刚说话，快让阿姨看看。”

“让阿姨抱抱，这么漂亮的宝贝呀，太可爱啦。”

黄振华说：“孩子现在只会叫妈妈、爸爸、奶奶。来，叫阿姨。”冬梅看着黄振华和成树逗着孩子，特别是他们相互对望的眼神，心里突然觉得酸酸的。

黄齐英说：“冬梅，快去催菜，让快些上菜吧。”

回到家里，冬梅问：“你和成树是怎么认识的？”“我在中国人民大学上学的时候认识她的。”“那你不是因为成部长才认识她，而是早就在上学时就认识了。”

黄振华说：“说来很巧。那是一个星期天，成树突然得了阑尾炎，其他男同学大部分都到城里逛去了，刚好让我碰见，于是我就把她送到了医院。后来他父母为了感谢我，请我到她家吃饭。我没想到他父亲就是成部长。成部长原来是彭老总部队的一名副参谋长，参加过元大滩战役，也参与过攻打驼城的战役。一次他负了伤，是一个叫英姐的人救了他。他一直想找他的救命恩人。所以，他委托我找这个英姐。后来，我才发现我母亲就是他要找的人。”

赫冬梅说：“成树结婚了吗？”“没有。”“那你们在大学是非常要好的朋友吧？”“何以见得？”“你们母子两代是人家父女俩的救命恩人呢。这么优秀的女大学生，又是部长的女儿，高干子弟，长得又漂亮，人又精干。你那个时候怎么不追求她呢？”

黄振华说：“我那时候又不打算留在北京，从来没往那方面想。”“你没往那方面想，不等于成树和她父亲没往那方面想啊。成树应该追求过你吧？”“没等她追求我，我都已经和你结婚了，她就是想追求也没有机会了。”

赫冬梅得意地说：“怪不得你母亲催着让我们结婚，她是怕你在北京城迷了眼，留在那里。”“你想象力还挺丰富的。”“你俩互看的眼神那么温柔，那么甜蜜，我就是个傻子也能看得出来。”“别醋兮兮的，都是过去的事了。你不累吗？赶快睡觉吧。”

季校长办公室，黄振华给季校长汇报工作。黄振华说：“陕西驼城治理沙漠试验站成立了。我们引进了大兴安岭的樟子松树种和适合沙漠种植的灌木树种和草种，也开始试栽试种了。可要想尽快治理沙漠特别是沙漠腹地，只靠人工还不够。我们也应考虑引进飞播治沙模式。”

季伯贤说：“我这次到北京开会，见到了成部长。自从毛主席提出‘一定要把黄河的事办好’，中共中央在《1956年到1967年全国农业发展纲要》中提出，在12年内，在自然条件许可和人力可能经营的范围内，绿化一切可能绿化的荒山荒地，在一切住宅旁、村旁、路旁、水旁以及荒山上，只要是可能的，都要有计划地种起树来。飞播造林，林业部非常重视。全国将成立四个治沙试验站，陕西、新疆、甘肃、辽宁各一个。你说到引进飞播的问题，可以向林业部汇报我们的想法，关键是我们要研究出一套飞播的方案。比如说什么种子最适合飞播，种子撒下去还涉及气象、季节、沙墒等一系列问题。”

“前些年苏联专家说他们的飞播搞得很成功，我们可以学习借鉴一下。”

“你可以和中科院沙漠研究所联系，看看能不能由他们出面和苏联方面的有关专家联系一下，给我们提供一些资料或者经验和做法。”

“那我尽快联系他们。另外这次徐桢为我们引进了樟子松的树苗和种子，我想让他负责沙生植物的引进和培育。”

季校长：“这件事我已经给他交代过。学校给他配一辆自行车，把他的课重新排一下，让他把工作重点放在你那里。听说他最近正在谈恋爱。”

“是我爱人赫冬梅给他介绍的，是她表妹。没想到两人一见钟情。”

“这样很好啊，为我们驼城留住了一个人才。”

农校的温室里，又是菊花盛开的季节。徐桢说：“菊花，你看我们已经认识一年多了。你有一个很好的家庭，还有一份称心如意的工作，长得又漂亮。你觉得我这个人怎么样？”

菊花有点害羞地说：“挺好的。你是大学生，又是学校的老师，还是引进的人才，脾气也好……”

“我最喜爱菊花，你就叫菊花，这是不是天赐良缘？你是那么美丽善良，那么坚强，你就是我心中最爱的花神。我就是护花使者，让我守护你、疼爱你，给你幸福！”徐桢端起了一盆大丽菊，跪在菊花面前：“请你嫁给我吧！”

菊花羞涩地点点头。徐桢激动地将花盆放在一旁，将菊花揽在怀中。“你答应我的求婚了？我太幸福了！”

菊花看见黄振华进了温室，一把推开徐桢。黄振华笑道：“看来我来的不是时候，打扰了你们的好事。我走，我走，你们继续。”

菊花羞得满脸通红：“姐夫，你是找徐桢的吧。我该上班去了。”

黄振华笑了笑拦住菊花："你上班还早呢。我是通知徐桢，下午上班后到我办公室来。"黄振华说完出了温室门。

徐桢进了黄振华办公室的门。黄振华说："徐桢，请坐。看来你和菊花进展很顺利，中午我看到的情形，是你向她求婚了？"

"羞死人了，让你见笑了。"

"好事啊，我祝你们幸福。"

"自从和她交往，老感觉到我是从农村来的，找这么一位纯真善良、美若天仙的女孩，我觉得自己配不上她。"

"她就是美如七仙女，最后还不是找了董永一个农民吗？看来你对她还是比较满意。"

"不是比较满意，是非常满意。我是觉得自己从遥远的东北来到这里，上了大学，经历了这么多年，好像就是为她而来的。没想到我的幸福是在这里找到的。"

"不仅是你个人的幸福，你还应该在这里找到你的理想，实现你的价值。"

徐桢说："没想到这沙漠贫瘠之地，居然有普惠泉涌出的桃花水，这桃花水能养育这么多纯情善良、侠肝义胆的美女。"

"古有貂蝉，今有菊花。美女就出在这里，那你准备什么时候结婚？"

"我得拜见老泰山，还有未来的丈母娘。我也不懂驼城的规矩，不知道需要多少彩礼？黄书记给我指条明路。"

黄振华提示说："彩礼估计不会要。不过提两瓶酒、提点礼物上门拜见未来的岳父岳母，这倒是必须的。"

"不要彩礼呀，那我不是捡了个大便宜吗？"

"新社会了，新事新办。不要搞铺张浪费。拜见未来的丈人，可以征求一下他们的意见。赫冬梅不是你们的介绍人吗？你不好说的话让她说。结婚时学校可以帮你操办。"

徐桢说："像做梦一样。"

黄振华笑了："做梦娶媳妇，你也不要想得太美。我估计季校长会找你谈话。我希望你尽快结婚。结婚以后，你的工作重点恐怕要转移到治沙试验站，主要搞沙生植物的引进、培育、试验和樟子松基地的建设。另外我还有个想法就是搞飞播，我们需要研究和解决的问题很多。这是我把你叫来要谈的主要问题，你先有个思想准备。"

"黄书记，你和季校长这么重视我，把这么重要的工作交给我，我一定不辜负你们的希望，全力以赴做好这些工作。”“好，希望你工作生活双丰收。”

三舅家。赫冬梅说：“三舅，菊花在医院的工作已经定了。我问过菊花，她对徐桢比较满意。我今天作为介绍人，受徐桢的委托，想征求一下你们的意见，看两个人的婚事什么时候办。”

三舅：“那徐桢对菊花是什么意见？”

“徐桢说，他能找到菊花是三生有幸，把菊花夸得像天仙一样。当然愿意了。”

“我们对徐桢非常满意。看看人家有什么要求。”

“振华说，新社会提倡新风尚，新事新办！三舅，你不会要人家的彩礼吧？”

“人家徐桢是革命干部，是文化人，父母亲不在身边，菊花找人家是高攀了，怎么还能要彩礼？只要菊花幸福，她对徐桢满意，我们怎么都好说。振华说得对，提倡新风尚。日子就让徐桢定，照你和振华结婚的样子办就好了。”

赫冬梅转过头：“菊花，你的意见呢？”

菊花羞涩地说：“我没意见，都听你们的安排。”

“我这表妹这么乖巧，哪个男人能不喜欢呢？”

三舅母：“我们菊花就是太善良，又听话。我只希望结婚以后徐桢对她好点。”

医院里，赫冬梅问医生：“我最近头痛恶心，吃不下饭，浑身没劲。”

医生：“你最后一次例假是什么时候来的？”

“我刚刚给孩子断奶，还没来例假呢。”

医生：“你先去做一个尿检。”

冬梅回到母亲家，母亲问：“你今天怎么了？霜打了一样。”

赫冬梅说：“我今天去医院了，做了检查，医生说我怀孕了。我就不理解，我才刚刚给孩子断奶，还想着好好去上班，怎么就又怀上了？”

“怀上就生，生孩子是女人的本分。”

“我婆婆说这次公私合营，把几个小手工业者合起来，办了一个纺毛厂，刚刚任命她为厂长。还告诉我说，孩子她看不了。你说我还正为这事发愁呢，怎么就又怀孕了？”

“唉，一个女人又要上班，又要生孩子带孩子。这可怎么办呢？我都替你发愁。不过你把怀孕的事告诉你婆婆，商量一个两全其美的办法来。”

婆婆家，黄齐英说：“冬梅，过两天工厂就开业了，你看这孩子谁带呀？”

赫冬梅说：“我也不知道该谁带，我每天上班总不能把孩子带上吧？”

黄齐英说：“你看能不能让你妈带着？”

“我妈有我哥哥家的几个孩子，还要给我哥家做饭。她哪有时间带黄家的孩子？”

“你的意思是说你生的孩子姓黄，就应该黄家人带是不是？”

“这毕竟是你的孙女，她姓黄，自然由黄家人带。”

“我也不姓黄，你给振华写信，叫他回来带孩子吧。”

“妈，你这不是抬杠吗？振华哪有时间和精力带孩子？”

“你有工作，我也有工作，别以为你生了孩子就应该我给你带。”

赫冬梅很不高兴地走开了。

农校会议室，正在举行反右派运动动员大会。姜组长：“我是地委派来的整风工作组组长。驼城农校是知识分子聚集的地方。今天，在全体教职工会议上，我们学习毛主席的《关于正确处理人民内部矛盾的问题》。毛主席在文化领域提出‘百花齐放，百家争鸣’的双百方针，我们要在干部群众当中推行四大运动，就是大鸣、大放、大字报、大辩论，帮助党和干部整顿好作风。每个人都要结合自身的工作，开展批评与自我批评，就官僚主义、宗派主义等作风问题和统购统销政策以及农业合作化等党和国家方针政策执行过程中出现的问题提出意见。”

季校长办公室，黄振华说：“季校长，中科院沙漠研究所已经和苏联的有关专家取得了联系，苏联专家介绍了他们在飞播当中的经验和做法。”

“我们根据调查，经过多次试验，在沙生植物柠条、沙蒿、籽穗槐中选择沙蒿作为飞播的试播种子。一是它耐旱好活，二是具有经济价值，种子既能当药材，也可以做食物的添加剂，老百姓比较喜欢。我们和气象局也联系过，根据沙蒿的生长特性，放在明年夏天雨季最为合适。”

季伯贤说：“很好，你们把具体方案拿出来以后，我向林业部成部长汇报。请他出面与中国民航公司联系飞机，争取在明年夏天进行首次飞播试验。”黄振华兴奋地说道：“非常期待飞播能够顺利进行，能有苏联老大哥的帮忙，我们治沙的速度和进度就会加快。”

季伯贤沉思了一下说：“嗯，最近国际形势风云变幻，你发现没有，自从苏共二十大以后，尤其是波兰、匈牙利事件之后，我们和苏联的关系也变得紧张起来了。

“国内的形势也不容乐观。在社会主义改造基本完成以后，我国转入社会主义的全面建设时期。但是当前社会矛盾趋于激化，还有一些人议论合作化究竟有没有优越性，对集体化道路产生了怀疑。你所在的乡里，有没有农民群众对村干部不满意？有没有强迫命令？有没有干部多吃多占、严重脱离群众的现象？农民有没有对农业社这种优越性表示怀疑的言论？”

黄振华说：“有。为了制止干部中出现主观主义、宗派主义和官僚主义等现象，我们发动群众进行大鸣、大放、大字报、大辩论活动。群众对统购统销政策、农业合作化问题和我们在工作中的失误提出了不少意见。”

“我们的社会主义三大改造出发点是很好的，但为什么城乡合作社还有人反对呢？”

黄振华说：“我的理解是，我们要全面进行社会主义建设，就要求所有社会主义劳动者，都要参加社会主义建设。但是我们国家现在还很穷，特别是生产资料，还不具备全员参加社会主义建设的条件。这样，就必须进行社会主义改造，让资本主义工商业和手工业的拥有者进行合作，然后吸收更多的劳动者参与其中。这里边的受益者，是更广大的劳苦大众。那些资本主义工商业和手工业生产资料的拥有者难免就要吃亏。过去他们拥有商店、手工作坊或者饭馆，他们自己享有利润。但现在把他们改造成为一个社会主义的劳动者，只靠拿工资养家糊口，必然损害他们的利益。这些人肯定对合作社不满意。农村也一样，伤害了中农的利益，中农肯定是不满意的。但我们温和地把生产资料拥有者改造成自食其力的劳动者，直接把他们的问题变为人民内部矛盾，完成社会主义改造，我认为这是社会主义建设当中的必由之路和必然过程。”

季伯贤说：“你有这样的见地，说明你的政治觉悟很高。你在抓好治沙造林业务的同时，也要站稳立场，在政治上旗帜鲜明，特别是要处理好你领导的那个乡里的社会矛盾问题，正确处理好群众和干部的关系。说一千道一万，还是改变农村的落后面貌，让老百姓过上好日子，这才是检验我们共产党人工作成效的标准。”

赫冬梅来到了印刷厂，准备印材料，发现印刷厂的李素珍正在偷偷地抹眼泪。

“素珍，你怎么了？你哪儿不舒服？为什么哭啊？”李素珍摇摇头：“没什么，没什么。”“我这个材料要印，你还能行吗？”“你什么时候要？”“下午要，能打印出来吗？”“可以，下午一上班你来取。”赫冬梅心里闷闷的，带着疑问走出了印刷厂。

图书馆里，赫冬梅问一位同事：“我刚才到印刷厂，看见李素珍正在哭鼻子。我怕她不舒服，下午的材料不知道能不能打印出来。”

女同事：“你还不知道吧，李素珍的丈夫胡老师，因为大鸣大放时提意见，说他提的意见是反党反社会主义的，所以被定为右派。一个正儿八经的老师，现在要去农场当农工，你说她能不难过吗？”

赫冬梅说：“大鸣、大放、大字报、大辩论，不是让人提意见吗？为什么提了意见以后，又把人家打成右派？”女同事：“小声一点！可能是因为他提的意见太尖锐了吧。”“那以后谁还敢提意见？”“不只是他一个人，涉及一批人呢。”

回到家里，赫冬梅说：“我今天在印刷厂看见李素珍在哭鼻子。她爱人胡老师因为有右派言论，下放到农场当农工。我很不理解，我觉得都是好好的老师，怎么又要劳动改造去了？说了两句不中听的话，就成了右派了？看样子，以后说话还得注意。他只说这样的政策不合适，那样的做法不对。怎么就成了反党分子了？我有点不太理解。”

黄振华说：“你以后说话注意点。有些人，特别是一些知识分子，利用大鸣大放提意见的机会，对共产党的领导和社会主义制度产生质疑。像这些言论如果不打压，肯定会更加猖獗。有没有右派言论，上面都有杠杠。你不可乱讲意见，说一些不适当的言论。政治运动历来如此，你是一个党员，要注意自己的言行，不要让人家抓了话柄。”

“搞政治真是太复杂。像我们这些人太单纯，真是好多事情理解不了。”

农校大门口，停了一辆大卡车，车斗侧面贴着“劳动改造，重新做人”的标语。七个被打成右派的老师，背着行李，扛着铁锹，一个个爬上了汽车。前来送行的家属一个个以泪洗面，大气不敢出。正在赶来上班的教职工在旁边目送，也有人轻声在议论。

赫冬梅说：“这些老师要到哪儿去？”旁边一个女老师说：“你没看见吗？‘劳动改造，重新做人’，都要到农村农场去劳动。”“那他们不上课了，学生的课可怎么办？”“那是领导考虑的问题，不是我们老百姓能决定的。”

赫冬梅说：“太可惜了，他们有的是从北京来的、南京来的、四川来的，知识渊博，文化程度又高，人也都挺不错的，怎么就会成右派了？”另一位老师：“小声点，你是领导家属，不敢乱说话。”

母亲家。赫冬梅抱着女儿玩：“妈，告诉你一个好消息，我和黄振华都调工资了，振华提拔成农校副校长、党委副书记了，我每月44块半，振华一个月80多元。”

母亲："你日子过得越来越好了，钱也越涨越高。你大哥和你大姐可不如以前了。你大哥每个月就那几十块钱，养一家人，幸亏有点积蓄，还能收点房钱，贴补家用。你大姐就不同了，向来大手大脚，也没攒下多少钱。你姐夫一个人，就那几十块钱工资，养了那么多孩子。昨天还愁开学后，给娃们的学费都拿不出来。"

"嗯，妈，我这个月还能节约20多块钱，给孩子们当学费吧。以后我大哥和大姐的孩子上学的学费都由我给他们出。"

"你有这心是好的。但是，你是有家有丈夫的人，这么做也得让振华同意才行。"

"振华不管我的钱，我也不管他的钱。他的工资都给他妈了，我也从来没管过。"

"那也应该让他知道，最好征得他的同意。"

"好，听你的。"

农校宿舍，冬梅打来饭，正准备和黄振华一块儿吃饭。突然有人敲门。

赫冬梅打开门，陈艳秋走了进来，"冬梅，你好。我听说振华书记回来了，我来找他有点事。"赫冬梅说："你请进吧，他正在吃饭。"

黄振华说："有什么事？你说吧。"

赫冬梅让她坐在了椅子上："你吃过饭了吗？要不要和我们一起吃一点儿？"

陈艳秋说："你们先吃饭吧，我过会儿再来。"

"我们一边吃一边听你说。"赫冬梅说："要不要我回避一下？"

陈艳秋说："不要，不要。"说着拿出手帕，哭了起来。

冬梅劝道："艳秋，怎么啦？出什么事了？你先别难过，坐下来慢慢说。"陈艳秋说："我丈夫被打成右派了。明天要到南郊农场去劳动。我想问问黄书记，右派根据什么标准定的，分什么等级？什么标准算是有右派言论？"

"你先不要难过，也不要着急。上面是有一个分级处理的意见。那要看你在什么场合，说过什么话，属于什么性质的问题，肯定是区别对待的。"黄振华道。

陈艳秋说："我也不知道他说了些什么话，属于什么性质的问题。今天上午他们单位通知我，说他已经被定为右派了，让我给他准备行李，他要到农村劳动锻炼，改造思想，重新做人。"

"你也可以问问他们的主管领导，为什么把他打成右派，他说了什么话，提了什么意见。这样你可以判断他是成了右派，还是仅仅有右派言论。"

“他不过是一个普通的教师而已，怎么就成右派了？”

黄振华说：“如果你明天用这话和语气问他们的领导，很可能对你丈夫不利，对你也不利。”

赫冬梅也说：“现在是运动期间，可不敢随便说话。”

陈艳秋说：“我们学校划了7个右派，难道你和季校长就这么听之任之？”

“季校长为保他们也做出了努力。但是，这件事是工作组直接判定上报的，季校长也没有办法。”

陈艳秋哭诉：“这是什么世道，怎么能这么欺负人啊？”

冬梅说：“可不敢这么说，你这话也是右派言论。你可一定要冷静，现在是什么时候，还敢这么乱讲话？有些人不注意，往枪口上撞，你说谁能保住他？”

图书馆里，赫冬梅正在工作。刘主任突然进来对她说：“我们农校要下放到农村劳动去，全体师生都去，只留下看门的。”

赫冬梅一脸愕然：“真的吗？这么说，我们都要去吗？”

刘主任：“都要去。年纪大的教职工在试验场劳动，其他老师和学生都要去农村。”

冬梅说：“刘主任，我倒不怕劳动。只是我挺个大肚子，到农村去，做重体力劳动怕有些不方便。”

赫冬梅生下了二女儿，躺在炕上。母亲送来了汤，让她喝。母亲问：“你婆婆怎么也不过来？连汤都不给你煮。”“这不是因为我又生了个丫头片子，人家生气着呢，连饭都不给我做。你说我还能在这个家待吗？”“小声点，别让你婆婆听见。振华还没回来？”“他现在是大忙人，又要管乡党委的事，又要管试验站的事，农校工作组还抓着他不放，弄得好像学校的右派都是他定的一样，让学校的人都对他怨气冲天。实际上他有什么权力？还不是上边那些工作组定的右派。”

母亲说：“工作上的事情，妈不懂，也不想过问。先说说你，这又生了丫头片子，婆婆不高兴，不给你吃饭怎么办？”“那就饿死我们娘俩算了。”

母亲：“别说气话了。我看，让你大姐每天给你从馆子送肉汤荤食。你婆婆每天上班，估计也顾不上你。我给你雇了一个月婆，让她每天给你熬汤，伺候你月子。我有时间就过来看看你。”

“生了黄家的孩子，黄家没人看，倒成了赫家的事儿了。”

“别生气了，什么黄家赫家，都是你的孩子。你婆婆厉害是出了名的，你可对付着点，别把自己气出个好歹来。万事要学会忍让。明天月婆就来了，你有什么事，使唤月婆就行了。妈走了，还要给你大哥家做饭呢。”

校长办公室里，季伯贤说：“振华同志，把你从乡上抽调回来参加学校的整风运动。我有几个想法。这次工作组把我们学校的7个老师定性为右派，我是有看法的。这7位老师都是我们引进的人才呀，现在给他们定成右派，送到农场参加劳动，这不是人才浪费吗？再说，他们在大鸣大放中，给我们的党和我们的社会主义改造提了一些意见，有些意见是很尖锐，但是也不至于扣上反党反社会主义的帽子吧？

你是这次整风运动的工作组成员，有些问题需要你沟通。这些知识分子可能对有些问题不理解，说了一些过头的话，但我们也不要一棒子打死吧，可以辩论嘛！他们是讲道理的人嘛，如果讲清楚，他们还不思悔改，还要坚持他们的观点，那就是另一回事了。大部分知识分子，是能够理解我党的路线方针政策的。他们认识清楚了，写份检讨，承认自己的错误，也要给人家改正错误的机会吧！”

黄振华说：“是啊，这次工作组将我们的教职工划为右派的比例太大，以至于我们的教学任务都受到影响。7个顶尖老师都是在教学第一线的，他们都下放到农村去，这学生的课都没法上，谁来带学生？”

季伯贤说：“正因为如此，我那天讲，我们的学生没有老师，没法上课。既然工作组让这些老师到农村去，到农场去。那好吧，那我们的学生，我们的学校也跟着到农村到农场去。学生都是学农林的，那就一边实践，一边学习。”

“把学校搬到农村去，学生跟着老师一同去锻炼，这还是前所未有的事情。”

“老师被划成右派了，学生留在城里干什么？难道让我老头子教这些学生吗？”

黄振华说：“短时期，老师学生一同下乡还可以，那如果长期这样下去，我们学校还有必要存在吗？学生这学怎么上？我们学校怎么办？”

季伯贤说：“我这也是权宜之计。让这些工作组的同志看看，老师都成右派了，学生谁来带！另外，你还需要给这些老师做做工作，让他们写出深刻的检查，教育他们提高认识水平，深刻检讨自己的错误。我给地委高书记做一个汇报，看可否不给这些老师定右派帽子，下去劳动锻炼锻炼，做出深刻的检查，给他们改正错误的机会嘛。”

黄振华说："季校长，让您费心了。我明白了，一定想办法和他们每一个人谈话，并让他们写出深刻的检查，看能不能挽救他们的政治生命。"

季伯贤说："就这样决定了，农校的全体师生，除了老弱病残留下来照看学校，其他所有的教职工都要下乡。你看冬梅哺乳期间，还能到农村劳动吗？我们学校现在这个状况，也不好照顾她呀！"

"我和她商量一下，要不还是到农村学校教学去？"

"为什么要到农村去教学？城里也可以嘛！"

"免得人说闲话。还是调回教育局，到农村去锻炼锻炼。"

大年三十，冬梅在家里，给二女儿喂奶，大女儿坐在炕上玩。

家里请的月婆说："赫老师，今天大年三十，你婆婆炖着肉呢，别让你姐给你送饭了，让她给你端点肉，吃点肉汤怎么样？"

冬梅说："今天都大年三十了？好吧。"

过了一会儿，月婆说："我刚跟你婆婆说，让给你端点肉，喝点肉汤，她没吭气，不知道是同意了，还是没同意。"

"我也不知道是什么意思。"

"要不我给你熬一点粥吧。"

门响了，月婆开了门："孩子爹回来了。"

黄振华进门后问赫冬梅说："你吃饭了吗？大姐今天给你送的什么饭？"

冬梅没好气地说："你们家煮了一锅肉，还要我姐从大老远给我送饭吗？"

"天都快黑了，你还没吃饭？我到外屋去问问妈。"

黄齐英说："她姐姐不是给她送饭嘛？她又没给我坐月子生活费，我为什么一定要给她送吃送喝。"

"她没给你生活费，可是我把钱都给你了呀。大年三十，坐月子的人到现在还没吃饭，你就不能给她做一顿吗？"

黄齐英生气了："哼！公鸡尾巴长，有了老婆忘了娘。说不生不生，一生还是两个丫头片子，我没心情给她做饭，她爱到哪儿吃就到哪儿吃。"

黄振华说："妈，你这就有点不讲理了。"

黄齐英边骂边放声大哭："我把你养大，我就成了没理的了。这个家我是多余的，你不用这么说，我也不活了，我早该死了，让你们利索。"

赫冬梅听见婆婆和丈夫吵架，吓得抱着女儿就跑到自个儿母亲家里。

母亲家里，母亲一见冬梅抱着孩子进来："哎呀，天这么冷，下着大雪，坐月子的人怎么敢跑过来？我这房子太凉了，快点，我给你生炉子。怎么身子抖成这样？"

赫冬梅抱着孩子浑身发抖，月婆也跟着跑了过来。

月婆说："赫老师到现在还没吃饭呢。黄书记为了这跟他妈吵了起来。他妈大哭大闹，吓得赫老师抱着孩子就跑过来了。"

母亲赶忙把铺盖铺下，让冬梅母女躺下。又赶快去给冬梅熬汤做饭。

嫂子过来了："给黄家生孩子，跑到赫家来。女儿怎么能在婆家坐月子？冲撞了我们谁负责任？炉子还烧得这么旺，小心把母女俩肚渣子给烧坏了。"

赫冬梅一听，气不打一处来，跳下炕，喊道："我是生了黄家的孩子，可我也姓赫，这是我母亲。她能给你守月子，也能给她女儿守月子。我给你们两家都交了伙食费，为什么我坐月子就这么难，你坐月子那么金贵？不是我欠你们的，是你欠我们的。我给你们交了生活费，我不是吃你们的饭，我吃的是我自己挣的。你有什么资格来辱骂我？"

嫂子自觉无理，一溜烟地跑出去了。

母亲："别哭，别闹了，月子里带下毛病怎么办？"

赫启祥回到家，一看这种情形，连忙说："冬梅，冬梅，别哭了，大哥会给你做主，你嫂子说话不过脑子，过会儿我让她来跟你道歉。别哭了，大哥给你把炉子安好，你好好待着，这个月子哪儿也不去了，就在家里坐。让妈给你做好吃的，一切有大哥给你做主，别难过。这里永远是你的家，不顺心了就回来。别哭了，为了孩子，也为了你的身体。"赫冬梅流下了眼泪。

赫启祥说："妈，别让小妹为难了。冬梅就在我们家里坐月子。这要过年了，让冬梅高高兴兴的。不管黄大妈怎么说，我们都不听，年就在这里过。"

母亲家，二女儿满月了。大哥办了两桌酒席，大姐一家都来庆贺。黄振华忙前忙后，黄齐英没来，亲戚们都在一起高兴地吃了饭。

县教育局的一名干事来到家里，通知赫冬梅说："季校长已经把你的关系转到县教育局了。局里把你分到巴拉素小学，后天新任的校长就要到巴拉素去，你要不要跟他一块儿走？如果等你产假结束以后，恐怕没有人陪你走，你得一个人去。你考虑一下。"

赫冬梅说："那我明天就收拾东西，后天跟他一起走。"

母亲："你身子虚弱不能走。等你跟振华商量以后再决定，看能不能把你留在城里。"

赫冬梅说："我坚决要走，我才不稀罕别人给我找关系，把我留在城里。"

母亲："你走了，孩子怎么办？天那么冷。"

赫冬梅说："大女儿小女儿我都带走。我就不信我们仨活不下来。我再也不想在驼城看别人的脸色了。"

赫彩莲："不行！不行！你不能带小女儿走，孩子太小，经不起大风大雪。去把振华叫来，我跟他商量。"

一会儿，黄振华来了说："大姐，你叫我商量什么事？"

赫彩莲："冬梅调到巴拉素小学，你知不知道？"

黄振华说："我刚刚知道，是季老告诉我的。"

赫彩莲："柳校长后天就要去巴拉素，冬梅决定和他一起走。小女儿太小不能走，我找到一个奶妈，把小女儿奶出去。大女儿和她一起走。你们俩一人管一个孩子，给小女儿雇奶妈的钱你出，大女儿的钱冬梅出。你看怎么样？"

黄振华说："可以，就按大姐说的办。"

赫冬梅说："那我的小女儿，全靠妈妈和大姐照顾了。"

赫彩莲："奶妈就是我们的邻居，很方便，离我们家近。你放心，我和妈会照顾的。去了巴拉素，那是农村，条件艰苦，你要好好照顾自己，还要照顾好大女儿。家里的事你就别操心了，有我和大哥，还有妈。"

第十四章

正月初十，赫冬梅又一次离开了母亲，离开了家乡，抛下幼小的二女儿。带着一岁多的大女儿，和同行的两个男教师一起奔向离城80多里的巴拉素小学。那天，正赶上大雪纷飞。一头毛驴背上架着箩筐，一边是大女儿丽莎，另一边是她们的行李。

此时的陕北，正处在一年中最寒冷的时候，赫冬梅怕冻着孩子，把自己的大衣盖在睡着女儿的箩筐上面。赫冬梅和两个男老师一起在风雪中步行。她用围巾围着头，风雪越来越大。高老师怕冬梅受冻，将自己的大衣解开，和冬梅共披一件大衣。柳志鹏校长一看年轻男女共披一件大衣不合适，他让高老师把大衣脱下来，给赫冬梅穿上。他自己和高老师共披着一件大衣，嘴里还说道："这个大皮袄宽大，没问题，我们两个男人披在一起走吧。"

高老师感慨说："今天怎么赶上这么个天？又是大风又是大雪。你说我们两个大男人也就罢了，这天气对一个女人和一个小女孩来说，太难了。赫老师，你完全可以留在城里工作，那么多的小学，还怕找不下一个职位。你跑到这么艰苦的地方受罪？黄书记也真是的，他想办法，动动嘴，这问题不就解决了？"

赫冬梅说："是我不想在城里。我们农校的人全都下乡去劳动锻炼了。到农村当个教师，这应该是对我最好的照顾了。我愿意当老师。"

柳校长："赫老师，你比我想象的更坚强。"

赫冬梅踉踉跄跄地在大风大雪中，和柳校长、高老师艰难地行走着。

他们一行几人走到了元大滩的村口。大风停了，雪也不下了。柳校长：“高老师，你去元大滩找个住的地方。赫老师太累了，我们今天晚上就在这儿休息吧。”高老师说：“这个村子未必有旅馆，我们住到老乡家可以吗？”

柳志鹏：“可以，让老乡家给咱们做一顿热乎饭，赫老师和孩子该吃饭了。赫老师，来坐在这儿歇会儿。”

赫冬梅说：“我还行，就是孩子应该吃饭了。”“你还别说，你这孩子够乖的，好像懂事了一样，一路没怎么哭闹。”“我这个女儿只要吃饱了，从来不哭不闹。今天表现也很好，饿了都不哭，真是妈妈的好宝宝。”赫冬梅把一岁多的大女儿丽莎从箩筐里抱出来：“让妈妈看看你，想不想尿尿。肚子饿了吗？妈妈口袋里还有两片饼干，吃点吧。”

柳志鹏：“真是个好孩子。”丽莎：“叔叔好！”柳志鹏：“哎呀，这姑娘都会叫叔叔啦。哎呀，多聪明伶俐。来，让叔叔抱抱。”丽莎：“不要，我要妈妈。”赫冬梅说：“孩子还有点认生，过两天就跟你熟了。”

老乡家的窑洞里，老乡给他们做了一锅土豆菜、小米粥，又给腾出了一盘大炕。柳志鹏：“冬梅，趁热你和孩子先吃。”赫冬梅抱着孩子上了炕，从自己的包里拿出了一个小勺，一边自己吃，一边给孩子喂。

吃完饭后，赫冬梅和女儿与老乡家的女人们住在一盘炕上。老乡把最热的锅头留给她们母女。她摸了一下炕，是热的，于是脱下外衣，搂着女儿和衣躺下，盖上自己的大衣。一天的劳累和疲惫，让她很快就入睡了。

第二天明媚的阳光普照大地，赫冬梅、柳校长和高老师三人来到了巴拉素小学。迎接他们的是一位中年人——这里的教导主任。主任：“欢迎你们到巴拉素小学。听说你们昨天起的身，我们明天就要开学了，哪位是柳校长？”

柳志鹏：“我就是。这位是农校的高老师，他是送我和赫老师来的，他中午吃过饭后还要去沙浪河。这位是赫冬梅老师，她带着孩子，麻烦你给安排好一点的房子。”

赫冬梅说：“终于到学校了。主任贵姓？”

主任：“我姓王，是这儿的教导主任，我叫王贵贤。”

赫冬梅说：“你是本地人吗？”

王主任：“我家就在这个乡上，我就是本地人。你有什么不清楚的可以问我，另外你带着孩子，有什么需要，你也可以来找我。”

王主任：“柳校长，这里有几间宿舍，你们先挑一挑。”

柳校长："把这个靠近灶房的宿舍让赫老师住，她带着孩子做饭也方便。我这大男人在哪儿都行。高老师，先到我房间来休息，吃了饭以后让王主任派人送你到沙浪河。"

高老师："到了柳校长的地盘，那就客随主便。"

驼城农校大门前，停了三辆大卡车。卡车上分别写着沙树梁乡、沙浪河乡、青云乡。教师和学生分别有序地上了大卡车。季校长站在门口，目送着大家。

王主任陪着赫冬梅在巴拉素乡的集市上买东西。王主任："巴拉素乡的集市是逢七集市，初七、十七、二十七，每月三次集会。缺了什么东西，可以在这三个日子到这里买。"

赫冬梅说："这里集市上的东西还挺丰富的，生活必需品都有。"

王主任："农民嘛，主要靠集市卖点东西，换点钱，也再买点自己家用的东西，这个集市对农村来讲是必不可少的。"

赫冬梅见到一个老乡蹲在路旁，面前放着一筐鸡蛋，就问："老乡，这鸡蛋怎么卖呢？"

老乡："一元钱30个。"

赫冬梅："这么便宜啊？那给我拿30个鸡蛋吧。"

王主任："这儿的东西，肯定比驼城要便宜得多。"

赫冬梅又问："这里有卖酥油的吗？我还想买点给孩子吃。"

王主任："有，这里是半农半牧区，这些东西又便宜又好。"

老乡把30个鸡蛋给了赫冬梅，王主任接过去帮冬梅拿着。赫冬梅说："王主任，我们到那边看看。这里还有卖大米的，让我买点。"王主任："这是软大米，是做八宝饭或者甜饭吃的。"

"好，我给孩子做甜饭吃，我也买一点。有这个集市可真好。在集市上买东西比在城里还方便。""柳校长还担心你在这里生活不习惯，我看你很快就习惯了。"

赫冬梅说："是的，我很喜欢这里。另外王主任，还得麻烦你，在周围能不能给我找一个看孩子的姑娘或者妇女。"

"柳校长说你产假还没结束呢，让你先把产假休完，不着急。学校周围有的是能帮着看娃娃的妇女和女孩，我给你找一个，你放心。"

"真是有劳王主任了，我想找一个女孩看孩子，也能早一点备课，准备上课呢。我有两年没当老师了，所以，得先备好课，把课上好。回到了教师岗位，我觉得自己有价值，可以发挥我的专长了。”

巴拉素小学的宿舍，赫冬梅正给孩子喂饭，黄振华从门外进来了。赫冬梅说：“你怎么来这里了？”

黄振华说：“今天把学生送到了沙浪河乡，那里离这儿不远，刚好有点空，我过来看看你和孩子。都安顿好了？”

赫冬梅说：“安顿好了，柳校长说我的产假没休完，不让我上班，所以我就每天带着孩子，给孩子做做饭。我这两年没上课了，我得备课，准备一下。”

黄振华对女儿招手：“丽莎，来让爸爸抱，叫爸爸。”

丽莎：“爸爸，饭饭。”

“是你要吃饭饭，还是把你的饭饭给爸爸吃点儿？”黄振华问女儿。

赫冬梅说：“丽莹在奶妈那儿习惯吗？不知奶妈的奶水怎么样。”

“大姐说奶水不错。”

赫冬梅说：“你回去要多操心，你妈不喜欢我们的小女儿，她不会上心的。”

“我妈是老脑筋，你别和她一般见识。毕竟是她的孙女。这几天，她每天都去看丽莹，担心孩子吃不饱。”

王主任带着一个小姑娘过来，说：“赫老师，你要的带娃娃的姑娘，我给你带来了。这个姑娘叫兰兰，今年13岁。她家就住在学校旁边。”

赫冬梅说：“我上课时间，你帮我带孩子，晚上你可以回家住。一个月给你多少钱啊？”

兰兰说：“我妈说不吃饭的话6块钱。以前我也给其他老师带过孩子，也是6块钱。”

“那好，我也给你6块钱。”“赫老师，你看我什么时候来带孩子？”

“周一来吧，我也该备备课了。”

王主任：“这姑娘带过几个孩子，有经验。她帮过忙的女老师们反映也不错。”

赫冬梅说：“挺好的，挺机灵的。光顾说话啦，没给你介绍，这是我的丈夫黄振华，在驼城农校工作。”

黄振华说：“我工作忙，没来送她，谢谢你关照她们母女。”

王主任：“这是应该的，女同志到农村来教学，已经很不容易了，况且还带着孩子。我是当地人，对这里的情况比较熟悉，帮助她是我的分内之事。”

“谢谢你。”

巴拉素小学门口，黄振华推着自行车准备去沙浪河。赫冬梅抱着丽莎送他。黄振华说：“从这里骑自行车到沙浪河，走大路也就一个多小时。”赫冬梅说：“路上有积雪，骑车慢一点。”“你回吧，照顾好你和孩子。”“回驼城后，记着把我买的酥油和软大米送到奶妈家。”

“我把学生和老师安顿好，明天就回驼城了。”“一路注意安全。”“我会常来看你们的，外边冷，回去吧。”

赫冬梅的产假结束了，学校也开学了。兰兰一早来带孩子。赫冬梅说：“兰兰，你早饭吃过了吗？”兰兰：“吃过了，我们农村人，大人早上要上工，所以吃得早。”赫冬梅说：“我刚刚给丽莎喝过羊奶，她这会儿又睡着了。我把蒸鸡蛋放在锅里捂着，她醒来以后，你给她喂着吃。”兰兰：“好的。”

赫冬梅说：“这是小尿盆，她起来后要给她把尿。另外天气寒冷，不要把她抱到外面去。”

兰兰：“嗯，这些我都会做。”赫冬梅说：“我要开会，散会以后我就回来。”

学校办公室，七八个老师开会。王主任：“快开学了，我们今天就开一个学校教职工全体会议。让我介绍一下我们新来的柳校长。他过去是二完小的主任，现在城乡教师交流，所以柳校长到了我们巴拉素小学。让我们对柳校长的到来表示热烈的欢迎！

还有赫冬梅老师。她也是从事教学工作多年，交流到我们这里来的公办教师。

下面，我再介绍一下我们原来的老师。魏笑茹老师是前年调到我们这儿的公办教师。另外这三位，王老师、宋老师和刘老师，是我们当地人，在巴拉素小学也都四五年了。我叫王贵贤，是这里的教导主任，在这里工作八年了。

下面我就老师的带课情况和大家安排一下，说得不对的地方请大家及时指出，我们再做调整。魏老师继续当五年级和六年级的班主任，带语文课和三到六年级的音乐课；赫冬梅老师当三、四年级的班主任，带语文课和三年级到六年级的图画课；我带五、六年级的数学课和三到六年级的政治课；王老师当一、二年级的班主任，带语文课、图画课；宋老师带三、四年级的数学课和一、二年级的音乐；刘老师带一、六年级的卫生体育课。各位老师，看这样分课可以吗？有没有意见？”

老师们：“没有意见。”

王主任："没有意见的话，各位老师就按今天的分工，抓紧时间备课。下面欢迎柳校长讲话。"

柳校长："学校就要开学了，作为学校的教职工，要提前做好准备。我是新来的校长，对咱们学校的情况还不太熟悉，好在大家都是有经验的老师，关于教学上我就不说什么了。我今天要说的就是大家注重团结，相互协助，把孩子们教育好，培养成德、智、体、美全面发展的接班人。"

黄振华来到赫家，对岳母说："妈，这是冬梅捎的酥油和软大米，她让给奶妈送去，给丽莹吃。"

母亲："丽莹现在还太小，还吃不了这些东西，两三个月以后再给送去。"

黄振华说："孩子还好吧？""好着呢，我也经常去看这个奶妈，她很通人情，对孩子也很好。孩子还给吃胖了。""那就好，那就好。"

母亲："冬梅那里还好吧，一个人带孩子怎么工作呢？"

黄振华说："她雇了一个当地的女孩给带孩子，上课的时候有人带，晚上自己带。学校对她也很照顾。"

母亲："柳校长是咱们院邻，人也好，又比较熟，我还放心一点。"

黄振华说："我们学校的教学点离她那儿只有30多里路，我会经常抽空去看看她们母女俩，您就放心吧。"

黄齐英家，黄齐英对刚进门的儿子说："我看着你进了大门，没想到先去了丈母娘家。又孝敬丈母娘什么东西了？"

黄振华说："冬梅给丽莹带的酥油和软大米，我让她大姐送给奶妈。"

黄齐英说："丽莹还不到两个月，还能吃酥油、软大米？那还不是孝敬她妈的？把我这个婆婆就没放在心上。"

"你大过年的都不舍得给人家吃一碗肉，喝一碗汤。你还要人家孝敬你？"

"你是说，我这个婆婆应该先给她当媳妇，然后才能换来她对我的一点点好？"

黄秀华说："别吵了，别吵了。我哥才刚回来，你们怎么就吵上了？"

黄振华说："你不是在西农上学，寒假不回来，现在应该开学了，怎么回来了？"

"上了三年学，西安好多地方我都没去过。这次在四舅家，利用寒假，我到西安的许多名胜古迹转了转。这学期开学了，我要在驼城实习，这就回来了。”

黄振华说：“自从去年在西安开会，就再没有见到你。给哥哥说说，你都学了些什么？”

秀华说：“林学专业，你说能学什么？”

“那你这次回来准备在哪儿实习？”

“去你们的治沙试验站或者林场。这次回来实习主要是为了写毕业论文。”

黄振华说：“那你毕业论文的题目想好了吗？”

黄秀华说：“还没有确定，我一边实习一边考虑吧。”

“我建议你考虑治沙造林方面的题目。你学了理论，这里既有实践经验，又有驼城党政群众的关心和重视。我还可以给你提供一些素材。”

“嗯，我会认真考虑你的建议。”

沙树梁治沙试验站，黄振华领着黄秀华参观。徐桢见了黄振华，一把拉过黄振华，神秘地说：“黄书记，我问你几句话。”

黄振华说：“秀华，你先到别处转一转，我待会儿叫你。”

徐桢一脸紧张：“听说给我们学校定了七个右派，这是不是真的啊？打死我都不相信，胡德海和王学斌老师怎么就成了右派呢？我和王学斌可是同学呀。你是这次整风领导小组的成员，这是怎么回事？”

黄振华说：“我是整风领导小组成员不假，但也是个挂名的，真正能把七位老师定为右派的，是工作组主要负责人的事。我也对这件事感到遗憾。”

“那季校长对这件事怎么说？他是老革命、老领导，他不会也这么认同吧？”

“我和季校长正在努力。但这件事你不要乱讲。你要是对这七位教师定为右派不满意的话，也会牵连到你的。”

“那我总可以为他们说句公道话吧。”

“你能躲过这一难，亏得是你的工作忙，少参加了几次会。否则，就你这些言语和所谓的公道话，恐怕也难逃其责。”

徐桢说：“我在外边叫你黄书记，私下里我叫你姐夫。我知道你是公正无私的，所以我才问你，看能不能想想办法，别把这几个老师给定成右派。这会影响他们的积极性和工作效率，也会影响学校的工作。”

“他们几个在这儿表现怎么样？”

“还能怎么样？非常悲观。我害怕他们想不开会寻短见，成天给他们开导，寸步不敢离人。”

黄振华说：“你做得很好。我这次来，准备找他们谈一谈，给他们吃颗定心丸。”

“照你这么说，这件事会有转机？”

“季校长正在努力，我们应该积极配合。”

“那好，我现在就叫他们来见你。”

“好吧，让他们到我的办公室来。刚才那位女大学生，是我妹妹，在西农上学，来这儿实习的。你安排一下。”

办公室里，胡德海和王学斌怯生生地站在办公室的角落。

黄振华说：“来，胡老师、王老师，坐下来说。听徐桢说，你们到这里来工作很认真，这很好。既然是劳动锻炼，就应该有一个好的态度。我今天来不是监督你们的，是为另一件事来的。对于这次定右派的事，我虽然是工作组成员，但没有参与决定的权力。对于你们的问题，我和季校长认为是反右扩大化了。你们七个人的右派定性，还要上级党委批准。季校长的意思是在没有确定之前，想为你们做一些努力。”

胡德海和王学斌惊奇而又感激地看着黄振华。王学斌说：“我就一直在想，季校长和黄书记不会不管我们的。”

黄振华说：“不过要做到这一点，还需要你们的配合。你们每人写一份材料，应该说是写一份深刻的检查。把你们在大鸣大放中提了些什么意见，为什么要提这些意见，你们的出发点是什么，都客观地实事求是地写出来。”

王学斌担心地问：“不会拿这个材料，作为给我们定性的证据吧？”

黄振华说：“给你们定性的依据，是你们发言的会议记录，以及工作组的证词。今天让你们写的是检查，是要让你们强调说明，你们提这些意见的出发点是好的，是为了党和社会主义事业更加顺利地展开而提的建议。角度不一样，效果也是不一样的。既要讲你们说了一些过头话是不对的，又要强调你们说的这些过头话的出发点是善意的。关键是要掌握好度。”

胡德海：“这个检查我一定好好写，配合季校长和黄书记对我们所做的努力。这个污点会影响自己的前程，影响家庭，影响下一代。”

王学斌：“是啊，否则，我们这一辈子如何面对自己，面对家人，面对党和国家多年的培养和教育？”

黄振华说：“那就尽快写吧，其他几位老师我已经谈过，有的已经交上来了。地委高书记回驼城了，很快要开地区党委扩大会议。”

地委书记办公室，高书记客气地说：“季老，您请坐，我这儿有上好的茶，请您喝一杯。”

季伯贤说：“你们的茶不好喝。这次整风运动，给我们学校定了七个右派。我们总共就十几个主力教师，一半是右派，我这学也没法办了。我们学校出了这么多的右派，我只好让全体师生、教职员工通通下乡，劳动锻炼，改造思想，重新做人！”

高书记：“我也听说了，您别激动。您是我们党的宝贵财富，是老革命，思想水平高。我们有反右扩大化的问题。这件事还得我们查证以后再做处理。你们学校的几个右派，还没有定性，查证不是还有一个过程吗？工作组的成员，还有负责人，也存在着思想水平低的问题。我们也正在纠正。”

季伯贤说：“过奖了，我这老革命思想水平高不敢当。把我们学校的老师定成右派，我作为一校之长，居然不征求我的意见，这也太不合乎组织程序了吧？我们党的一贯原则是民主集中制，民主在哪里？这么轻率就断定一个老师的政治命运，真是前所未有！”

高书记：“季老，您别生气。我刚刚从中央党校学习回来，这件事是我们的屈副书记在抓，但是我作为一把手，我绝不会推卸责任。等我查清实情以后，一定给您和那些老师一个答复。”

“这些老师，都是我从全国各地引进来的专家、学者、大学生。我们这里这么艰苦、这么穷、这么落后，他们能从大城市里到我们这里来，光这一点就很不容易。可见他们是响应党的号召，为报效祖国来到咱这最艰苦的地方，这已经很难能可贵了。现在我们把人家打成右派，让他们情何以堪？以后谁还敢来我们这艰苦的地方？这些年轻人说话是直率点，不会藏着掖着，说话不注意避锋藏芒，我们应该理解。即便是说错话，只要认识到了，就要给人家改正错误的机会吧。一棍子打成右派，断送人家的政治生命，这是我们做领导干部绝对不能犯的错误！”

高书记：“季老，您批评得对。您反映的问题给我们党的领导干部提了个醒。在我们这种贫穷落后的沙区，引进人才是多么不易。在中央党校学习期间，我认真思考了一些问题：在我们这样贫穷和艰苦的地区，如何改变面貌，让老百姓过上丰衣足食的生活？我们应该做些什么？您今天说的引进人才、培养人才、重视人才，恐怕是我们应该特别关注的问题。您过去有一句名言：‘越穷越要办教育。’这话是至理名言。我知道我们应该怎么做了。”

季伯贤说：“你知道就好。这是我们学校七位右派老师写的自我检查。请高书记认真阅读，然后再给他们定性。也好让我这老头子给他们一个合理的解释。”

菊花家，菊花对徐桢说：“学校给你配了自行车，不就是为了你来回方便吗？你怎么这次这么久没回来，星期天也顾不上回来？”

徐桢紧张地说：“这次整风运动，我们学校划了七个右派，我们试验站就有两个，其中一个还是我的同学。好好的老师突然被打成右派，他们心里都不好受。我怕他们出问题，想不开，寻了短见，所以就寸步不敢离开。”

“多亏姐夫把你送到治沙试验站。你要是在学校的话，可能也会把你打成右派。”“说不定我和他们一样说了几句过头话，也被打成右派了。我要成了右派，你会和我离婚吗？”

“你不是没有被打成右派吗？我担心你，在外面说话谨慎一些。那天我父亲告诉我，你的观点有点尖锐，说话太直，会得罪人，尤其是对待领导。这样会吃亏的。”

“就是得留点心，不能让人家抓住话柄。”

“这几天没回来，你肯定想我了吧。人家有件事情想告诉你。”

“是什么，好消息还是坏消息？”“肯定是好消息呀。”

徐桢迫不及待地说：“那我先抱抱你，再告诉我吧。我是太想你了，可惜回不来。今天我们就早点睡吧。我可要好好和你亲热亲热，以减我这么多天对你的思念。”“今天不行。你先得听我告诉你，我怀孕了。”

“你说什么？是真的吗？那让我太高兴了。”徐桢一把搂住了菊花。

“轻点轻点，别伤着孩子。”“啊，看来我以后一定要注意，说话前得先想想我可爱的老婆和孩子。”

大舅家，大舅母抱怨：“都是你这死老头子，非逼着孩子们工作，不让在家里吃闲饭，这下好了，走到湖北那么远的地方，看你还能见到女儿和外孙女吗！”

大舅："你又怪上我了。她什么时候能听我的话？都是你把孩子惯成这样，这么任性。我说的哪句话他们听进去了？"

林芝娅说："是因为我没出息吗？我不如人家芝娇，我更不如冬梅。所以我离得远一点，你也许不会骂我了。""我不光骂你没有眼光，我是说我女婿一个大男人家，把工作说丢就丢了，不去工作，不去挣钱养家糊口，让妻子孩子吃什么，喝什么？总不能都靠在我这老头子身上吧。"

"妈，您也不要怨我爹。我是肯定要回湖北的，我和姚子峻结了婚，生了孩子，还没有回过他老家。你说人家的父母也想见自己的儿媳和孙女吧。"

大舅："这句话才在理，你做了人家的儿媳妇，还没有见过公婆，这是不孝。你们生了孩子，自然应该回去认祖归宗啊。"

大舅母："可湖北那么远，得走上十几天吧，大人孩子怎么受得了。孩子还那么小，路上万一有个头疼脑热的，他们怎么办？"

"你真是头发长、见识短的女人。给孩子穿厚点，路上注意点，这么大两个人，还带不了一个孩子？"大舅关切地说："你们先去西安，到你大姐家待上两天。孩子没什么问题了再走。"

姚子峻："我们一路上不用步行。驼城到西安，也就是两三天。去湖北要先坐火车，到了武汉，再坐汽车就到家了。"

"傻老婆子，你以为现在的路途是像芝娅她们去沙谷县坐牛车吗？往南方去，交通发达，不是坐汽车，就是坐火车，还能累着他们？"

"到了那里，找到工作，给妈来封信。要是找不到工作，你们一家回来。妈可不想让我的外孙女受罪。"

林芝娅说："妈，我知道了。明天我们就出发，到了我会给你们写信的。"

第二天，赫母、赫彩莲及大舅夫妇、二舅夫妇、三舅夫妇、菊花和其他兄弟姐妹十几个人到汽车站，给芝娅一家送行。

黄齐英家，黄齐英看见女儿秀华，心里高兴，嘴上却说："你今儿怎么回来了？不说要去十来天吗？看见你妈心烦，不想见我吧？"

"谁说不想见你了，你整天凶巴巴的，老嫌我烦，我不在你眼前晃就是了。我哥没回来吗？""哼，你哥他借着机会又去看他老婆去了。"

“我哥现在哪有心情去看老婆孩子呢，恐怕是一门心思给他们学校那几个右派跑平反的事呢。”

黄齐英说：“现在正在反右，他给右派平反，他这不是找死吗？他还有没有阶级立场？”

黄秀华说：“那要是把人家错划为右派呢，让人家背一辈子黑锅，贴上右派的标签，让人下半辈子怎么活？”

“谁让他们攻击党，攻击社会主义，攻击毛主席。他们说错话，难道不是坏人吗？好人怎么能站在党的对立面说话呢？”

“我可不想和你抬杠。我哥做的事，也是季校长委托他做的，是他认为该做的事情。我想他也不会擅自作主盲目做事，这一点你放心，我哥的工作原则还是有的。”

黄齐英说：“你今天为什么回来？”

“我哥把我送去就不管我了，急着找那几个右派老师谈话。然后急急忙忙地就回来了。是徐桢姐夫用自行车把我带回来的，我找点换洗衣服嘛。”

“你可离那几个右派远一点，既然定了右派，就不是什么好人。”

“我倒觉得那两个右派文化程度高，业务能力强，还真是人才。他们老问我，‘你哥什么时候回来？’”

“能力再强，水平再高，只要思想是反动的，反党、反社会主义就不是好人，就应该打倒。所以你离他们远远的，不许和他们来往，也不要和他们说话。”

“我都大四了，我心里有是非观念，你就别操心了。”

巴拉素小学的教室外，魏老师：“赫老师，你的信，驼城来的家书。”赫冬梅说：“谢谢你。”赫冬梅把信拆开，原来是大姐来的。

“冬梅，你好。你托黄振华带的酥油和软大米，都已经收到了，我已经如数送给奶妈家，让给孩子吃。孩子一切都好，奶妈也对她挺好，像对自己的孩子一样，你放心。只是近来，振华当时答应给人家奶妈的12块钱，你们老人几次没有按时给，人家奶妈有点不高兴。我做了几次调解。原来说好给奶妈的一块肥皂和一块毛巾，都是妈从你给她的10元生活费里挤出来钱买的。”

赫冬梅一边看信，一边说：“这奶奶怎么能这样呢？难道不是她的亲孙女吗？真让人生气。”

回到教室，赫冬梅对学生说：“同学们，下一节自习课，请同学们把语文作业做好，然后由班长把作业收上来，交到我的办公室。”

回到宿舍里，赫冬梅对黄振华说：“妈这是什么意思？为什么不按时给人家奶妈钱？原来说好的一块肥皂一条毛巾，为什么不给人家？”

黄振华说：“哦，为这事生气。我听妈说过，说是给的钱太多了，别的奶妈都比这个钱少。”

“可这是跟人家说好的呀，怎么说不给就不给了？她就不担心不给人家钱，人家对咱们的孩子不好吗？还和人家吵架，不怕人家报复到咱孩子身上吗？现在跟人说好的东西让我妈给，妈就这12块钱都不能按时给人家，什么意思吗？”

“哦，别为这点小事生气了。”

赫冬梅说：“这是小事吗？人家拿不到钱，现在不想给咱奶孩子了。你说我离这么远，你让我怎么办？你说妈，就这么个事情都能拧着干，她扣下那几个钱，能干什么？”

“我妈一辈子过穷日子，省吃俭用惯了，所以看着给人家12块，心疼了呗。”

“你们母子能不能干一件让我放心的事？我一个人带着孩子，还得操心驼城家里那个孩子，我哪有时间和精力工作呢？”

“这事情也好办，你也别着急，以后我从工资里边直接拿12块钱给大姐，然后转给奶妈不就行了吗？你用得着动这么大的火，生这么大的气吗？”

“你能把这件事办好，就算支持我的工作，就是对我们母女最大的关心了。不要把工资全部给了妈，当甩手掌柜，让我们母女里外不是人。”

“我妈就是这么个人。我也跟我妈吵过几次，我是不愿意让我妈伤心。她这一辈子不容易，但为你，我已经和她老人家吵过几次架了。本来这件事情也不复杂，你也不要想得太过分了。好了，不生气了，回去这件事情我来处理。”

巴拉素小学。王主任：“赫老师，新来的主任让我们下午放学后开展除四害运动，今天放学后打麻雀。”

赫冬梅说：“老师们也要去打麻雀，在哪儿打？”

王主任：“三年级以上的学生，放学后到后山打麻雀，老师也得跟着。这是政治任务，必须去。”

“雷主任不是昨天才到吗？怎么今天就叫我们去后山打麻雀。”

“雷主任年轻，政治挂帅，我是个副主任，所以我也得听他的。从明天开始，每个同学上学都要带30只苍蝇。”

回到宿舍里，赫冬梅说：“兰兰，今天我们去后山打麻雀，晚上你可能回不去。你得照看丽莎。”兰兰不情愿地说：“我晚上回去还要照看我弟弟呢。”

赫冬梅说：“那怎么办？我走了丽莎没人看，要不我再给你加一块钱？以后晚上我们有活动，你就别回去了，你看怎么样？”“那我得给我妈说一声。”

雷主任：“所有住校的学生和老师一起到后山去打麻雀。”

赫冬梅说：“这么晚了能看见麻雀吗？在哪儿能找到麻雀呢？”

雷主任：“晚上麻雀看不到，只能在窝里找。”

王主任：“雷主任，赫老师有孩子，晚上就别去了。”

雷主任：“这是政治任务，打麻雀，谁也不能缺席，也不能代替，除非你有其他公干。”

赫冬梅说：“我去，我的孩子我自己会想办法。既然是政治任务，我不会落下的。”

雷主任：“全体都有，我们向后山出发。”

学校内的操场边上砌了个炼铁炉。雷主任：“我们也要响应国家的号召，大炼钢铁。同学们，把你们家里和村子里收集来的废旧铁器，还有我们学校的旧铁器一块儿送到这儿来。每一个老师和同学都要交一件铁器。”

赫冬梅说：“我找了半天，也没找到一个铁器，只好拿一个脸盆和这个漱口缸子，是铁的。”

王主任：“你这洗脸盆还要用啊，还有这喝水杯子，这都是有用的。我这里带了两件铁器，破铁锨和镢头，你拿一件去交任务吧。”

“谢谢王主任。脸盆要是交出去，我们娘儿俩还真没地方洗脸了。王主任，你说雷主任这是何苦来着？好好的东西，炼成个铁疙瘩有什么用？”

“雷主任的政治热情高，我们不好说什么，配合他把这任务完成了。”

地区党委扩大会议。屈副书记：“今天的地委党委扩大会议，主要议题是总结我们整风运动的相关工作。这次工作成绩斐然。通过整风运动，极大地调动了人民群众进行社会主义革命的积极性，同时，也有力打击了那些企图反党反社会主义的反动分子和右派分子。当然，这次整风运动也有不足之处，就是我们的同志由于对党的路线方针政策理解不透彻，对这次整风运动的理解不深刻、不到位，致使右派扩大化，造成了一定的社会影响。今天的地委扩大会议，就是为了统一思想，提高认识，按照有错必纠的原则，纠正我们这一次右派扩大化的错误。下面请高书记讲话。”

高书记：“党中央发出了开展整风运动的目的，是纠正我们干部中存在的各种非无产阶级思想，我们党贯彻‘惩前毖后、治病救人’的方针。但是，我们的同志呢，对一些人民内部矛盾，即对我们党和政府善意地提出意见和批评的人，全部划为右派，这就有些‘左’倾了。最典型的就是驼城农校，居然把十几个骨干教师里的一半人打成了右派。这些骨干知识分子是季老——咱们的老革命家、老教育家，从全国各地引进来的人才。我们把人家打成了右派。这么一来，请问谁还敢来我们这贫穷的地方、偏僻的山区，支援我们?

季老对我们提出了非常严厉的批评，我虚心接受。我把认定的所谓的右派分子的材料，做了认真阅读和调查研究，其中除了个别极端的阶级异己分子之外，大多数知识分子不是真心反党反社会主义。他们对我们工作提出了一些不同的意见，这是在我们党的民主所允许的范围内，是人民内部矛盾，不是敌我矛盾。特别是驼城农校的七位知识分子不能划为右派。

现在，我们在会的人员做一个表决，同意撤销这个名单上所谓有右派言论的内定右派的同志，请举手。”

绝大多数的参会者举手同意。

高书记：“通过。请党委尽快起草文件，下发各单位。”

季校长高兴地带头鼓掌。会场一片掌声。

高书记站起来握着季校长的手：“季老，您是老革命家，我们的工作以后您要多监督多批评啊。”

高书记：“下面我们进行第二个议题。请行署主管农林水的第五办公室主任李振兴同志汇报情况。”

李振兴：“高书记给我们一个任务，让我们寻找治理沙漠的办法。我们经过调查走访，重点对各种不同类型的沙漠条件和治沙经验反复研究和总结，形成了一套方案。

我们设想，在驼阳县马河乡到永安县新桥乡这长达150公里的沙漠地带，先后建起10条大型水渠；在水渠沿线建成八大农场，从西到东有新桥农场、雷慧农场、党岔农场、鱼河农场、沙树梁农场、马合农场、南郊农场和尔林兔农场。通过这10条大型水渠，引进20立方米/秒的水量，拦腰截断毛乌素沙地。这样，可有效地阻止黄沙南移，在荒漠中引水拉沙，建造出1万公顷绿洲。”

高书记：“看看这个方案有没有可行性，请大家发表意见。尤其是水利、农业、林业、治沙方面的专家有什么高见？季老，您是咱们陕北防风治沙总站的主任，您有什么高见？”

季伯贤说：“这个想法很有魄力，也很大胆。最近小黄他们正在研究引水拉沙，引进沙生植物，筹备飞机播种造林。我看可以和这个想法结合起来，举全区之力，需要更多的人参与一场治沙造林的人民战争，我看用不了多久就能实现。”

李振兴：“如果全区能上15万人，计划三年就能完成。”

高书记：“黄振华同志，请你也发表一下意见。”

黄振华说：“沙漠中修10条水渠，这本身对治理沙漠提供了有利条件。这些年，群众对引水拉沙治理沙漠有很多成功的经验。修成水渠，进行引水拉沙，大力建设农林场，这些想法非常大胆。我认为可行。季校长刚才也说，我们的治沙试验站，对沙生植物和乔木的培育栽培技术有了新的突破，可以提供更有利于成活的沙生植物，可以防风固沙。关于飞播的准备工作，我们已与中国沙漠研究所联系，借鉴苏联的相关成功经验，在此基础上，我们研究选定了适合本地的沙生植物的种子，并做一些技术处理，我们准备明年夏季进行飞播试验。如果局部试验成功，将为驼城地区治理沙漠节省更多的人力，沙漠变为绿洲的时间就会缩短。”

高书记：“你们几位党委委员的意见呢？”

梁副书记：“同意！”

其他几位委员也表示同意。

高书记：“好，既然大家都同意，我们就下发文件，组织力量，将治沙作为我们今后三年的一项重要工程，认真加以落实。”

季校长办公室。季伯贤说：“小黄，你是党委副书记，你把地委的这个文件，还有我们学校下发的回校上课的决定，带去三个教学点，分别传达。让大家回学校上课吧。”

黄振华说：“季校长，您力挽狂澜，挽救了这些被定成右派的教师。这个消息，我即刻就去口头传达。等回了学校，您要给大家讲讲话，然后正式宣读文件。”

青云教学点。“黄书记来啦！黄书记来啦！”师生们欢呼着，迎接黄书记到来。

黄振华说：“你们为什么这么高兴？还夹道欢迎我。”

曹老师：“我们盼星星盼月亮，就盼你给我们带来好消息。”

黄振华说：“你再不用为了这件事离婚了。地委决定，撤销我校所有右派人员的处分，给你们恢复名誉。”

曹老师坐在地上哭了起来：“谢谢季校长！谢谢黄书记！你们挽救了我，挽救了我的家庭。”

黄振华说：“学校决定，各教学点做好返回学校的准备。在教学点实践劳动训练的课程结束，请师生们做好善后工作，即日返回学校。”同学们一阵欢呼。

校门口，停着几辆卡车。司机：“黄书记，您上哪辆车？”

李老师：“那还用问，肯定上沙浪河那辆车。”司机：“为什么？”

李老师：“傻小子，什么都不懂，那还不顺便看看赫老师？”

黄振华不好意思地笑了笑，上了去沙浪河的车，大家都笑了起来。

黄振华大声说：“路上注意安全，出发！”

学校大礼堂。季校长在台上讲话：“今天，我们召开全校师生大会。两个月前，学校决定全校的师生全部下农村，开展劳动锻炼。今天圆满结束，回学校复课。

现在，我宣读驼城地区党委《关于撤销胡德海等七名同志右派分子的决定》。由于工作组受到‘左’倾思想影响，对整风运动理解不透彻，对我党的路线方针政策贯彻不力，造成了一些同志的右派扩大化。为了纠正错误，按照党的‘惩前毖后、治病救人’的原则，对错划为右派的同志，予以平反，恢复名誉。”

会场响起热烈的掌声。

季校长：“新春伊始，经过两个月的劳动锻炼，我们的教师和学生在思想和业务上，得到了提高和锻炼。五一劳动节快到了。预祝大家节日快乐！”

第十五章

驼城沙区的19万群众、1万民工和一个团的解放军战士，与当地干部、工人、市民组成了一支治沙大军，奔赴各处治沙的战场，修建水渠。

高书记、季老、梁副书记等领导出席治沙修渠的开工剪彩仪式。

高书记宣布："横穿毛乌素沙地10条大型水渠开工！"

会场上人声鼎沸，锣鼓喧天，鞭炮齐鸣。在沙地上修建大型水渠，是沙地变绿洲的重要举措。

巴拉素小学的宿舍里，赫冬梅正在批改作业。兰兰："赫老师，您最近很忙，现在天也暖和了，我能不能把丽莎抱到我们家里？"

"可以，你把孩子抱回家里，到了孩子吃饭或者吃奶的时候，你再把孩子抱回来。"

"好的，赫老师，我知道您什么时候有空，孩子到吃奶的时候我抱过来。"兰兰抱着丽莎出门了。

到了中午，赫冬梅向兰兰家走去。到了门口，叫道："兰兰！兰兰！"

兰兰妈——一个四十岁上下的农村妇女说："兰兰抱着孩子，到那棵大树边去了。"赫冬梅说："我想孩子该吃奶了。"兰兰妈不好意思地笑了笑："我刚给孩子喂了点我们家的稀饭，已经吃饱了，所以就领着玩儿去了。"

"我这会儿有点空，所以想看看孩子。我一会儿还要上课，那我走了。"赫冬梅走在大树下，看见兰兰正在锄地。赫冬梅说："兰兰，你把孩子放哪儿了？""孩子睡着了，在树下。”

赫冬梅跑过去，看见孩子在树荫下的地上，身上盖着一个破棉袄睡着了。孩子的眼角全是泥沙，苍蝇在孩子的身上飞来飞去。她非常生气。赫冬梅说：“兰兰，你怎么可以把孩子放到地上睡觉呢？”“她睡着了，我要锄地，我妈让我在去学校之前把这块地锄完。所以我把她哄睡着了。”

赫冬梅说：“那你为什么不放在家里让她睡觉呢？你看风沙这么大，把孩子吹感冒了怎么办？”“我不敢往家里放。放在家里，怕她醒来掉到地上。”

“你妈不是在家吗？她不能帮着看看孩子？”赫冬梅将女儿抱在怀里，心疼地拍拍身上的沙土，擦擦眼角的泥沙。“可怜我的女儿了，你看看这小手脏的，跟着妈妈受罪了。”兰兰：“丽莎会走了，所以到处跑，有时候会拔小草玩儿。”

赫冬梅说：“我先抱着孩子回学校了。你锄完地，尽快过来。”

巴拉素小学操场上，正在举行师生大会。雷主任：“暑假不放假，要大炼钢铁，继续除四害。三、四年级学生以消灭四害为主。每天捉老鼠、打麻雀、灭苍蝇和蚊子。要将每天的数字统计起来，由赫冬梅老师负责统计数字，每天一报。”

“五、六年级师生以大炼钢铁为主，找矿石，找原料，具体由魏老师负责，其他老师参与大炼钢铁运动。”

操场上，低年级学生在排队，交苍蝇、老鼠、麻雀和蚊子。赫冬梅记录着每个学生交的数量，然后加起来，报给雷主任。

雷主任：“毛主席说，麻雀不要打了。赫老师，你告诉同学们，以后不要再打麻雀了，麻雀吃虫子呢，已经被平反了。我们也不再收麻雀了。”

操场的另一边，高年级同学在搬运矿石，把矿石敲碎，然后投到炼铁炉里。

季校长办公室，季伯贤说：“小黄，飞播的准备工作进展如何？”

黄振华说：“种子经过特殊处理，已经准备好了。气象站我们已经联系过了，只要飞机确定好了，气象部门给我们随时通报。”

“对飞播的沙区，我们又进行了调查设计。初步设想，在沙树梁、小纪汗等沙区进行飞播，我们已经提前做好了准备工作，同时也得到了省林业厅、驼城林业局的支持。驼城县林业局和沙区的人民群众也能积极配合。”

季伯贤说："成部长今天跟我通话，他们已经和民航局联系了，一架'安二'型农用飞机7月初飞抵驼城飞机场。"

黄振华说："气象部门说，7月9号、10号、11号三天将有小雨。"

季伯贤说："我和成部长联系，让飞机于7月9号抵达驼城机场，10号、11号两天时间可以进行飞机试播。我给高书记把这情况汇报一下。你通知试验站，把种子准备好。两天飞播种子，这个量应该比较大。"

"我们试验站准备好了，种子经过处理，保证撒下去。有三天小雨，种子就可以生根发芽。"

"那好，就确定在7月9号、10号、11号这三天。我向上级部门汇报。你准备好种子，同气象部门联系，还需要我们飞播人员的配合。"

一架中国民航公司北京管理处专业中队"安二"型农用飞机按约定时间飞抵驼城机场。驼城上万人赶到机场，敲锣打鼓，举行盛大的欢迎仪式。

各级领导和科技人员在飞机前合影留念。

飞机场上，黄振华领着科技人员，将卡车上的一麻袋一麻袋的种子搬上了飞机。载着种子的飞机，缓缓地飞向天空。

从飞机上向地面俯视，成片的黄沙像海洋一样。

飞行员："我们即将到达指定飞播地点，请同志们做好准备。"科技人员将麻袋口打开，做好了准备。

飞行员："我要打开后仓，请你们做好播撒的准备。"

黄振华说："后舱门打开了，请播撒种子。"于是一麻袋一麻袋的种子从那个舱门撒下去。

很快，飞机播种结束。黄振华和科技人员来到飞播的区域，在沙漠中查看种子落入沙漠的情况。

王学斌："你看种子落入沙漠约两三公分深。这次飞播是成功的，达到了我们的预期目标。"

黄振华说："还要看老天爷作不作美呀，赶快下场雨吧，否则种子会被沙漠烫死，干死的。"

黄秀华说："你看这天万里无云，怎么可能会下雨？真让人着急。"

王学斌担心地说："这老天爷要不尽快下雨，我们准备种子几个月的辛苦就白费了。"

"再等等吧，要相信气象部门的预报是准确的。"

不一会儿，黄秀华惊奇地说："大家快出来看，天空出现乌云啦。"正在吃午饭的实验站的同事们都跑出来，看着天空。一阵清凉的风徐徐吹来。王学斌："风来了，雨就快来了。"

"滴雨点啦，下雨了，看这么大的雨点，下雨啦，下雨啦，老天爷你多下点吧。"王学斌把黄秀华拉到屋檐下："雨马上就会下得很大，小心淋着你。"黄振华看了一眼王学斌和黄秀华，会意地笑了笑。"希望这场雨不要太猛烈，是一场绵绵的细雨，最好连下三天就好了。"

沙地上，雨过天晴。王学斌、黄秀华跑到了沙漠上检查飞播撒出去的种子的出苗率。

黄秀华在沙漠上慢慢地刨沙："王老师，你看，飞播的种子发芽了。"

王学斌："再等两天，看看发芽率是多少。""看来我们的飞播治沙成功了。""飞播是成功的，现在就看出苗率和成活率是多少。"

试验站办公室，黄振华说："徐桢，前一阶段，我安排飞播的事让王学斌主要负责，是想让你抽出更多的精力和时间来，搞樟子松的栽培和试种。我看去年北京林学院送来的樟子松，成活率不高啊，这是什么原因？"

徐桢说："让你失望了，这个樟子松的成活率不高，我做了研究和试验。特别是去年，我回东北老家，在大兴安岭樟子松基地和护林员住了一周。据我观察，东北的樟子松之所以长得好，是因为雪被覆盖下的樟子松，有湿度和温度的保护，它很容易过冬。而我们这里是沙地，干旱、风沙大，樟子松不能适应这里的气候条件和土壤特点。"

黄振华说："那我观察你在温室种的种子，育的苗反而越冬了，长势不错，这是什么原因？"

徐桢说："这个问题你就问到点子上了。种子一发芽，就适应了这里土壤沙性和温度条件，所以成活率高。由于我种的樟子松种子是在温室里进行，有湿度有温度，所以苗子的成活率很高。相反，在自然条件下的樟子松，受到风沙干旱严寒的侵蚀，适应不了这样的气候条件，成活率就低。现在死得没剩几棵了。"

黄振华："樟子松具有耐寒、耐旱、耐瘠薄、适应性强、生长迅速的特点，在防风固沙、防治荒漠化中起着重要的作用，所以国家林业部和省林业厅以及中国沙漠研究所都力推在沙地里种樟子松。我想我们治沙不能光种草、种灌木，更重要的是种乔木，因为它生长快，长得高，长得粗壮，可以抵挡沙漠的侵蚀，控制风沙速度，能够阻挡沙漠对农田的破坏。”

徐桢：“樟子松肯定能起到这个作用。我经过一年的努力，攻克了樟子松越冬的难题和栽培技术，樟子松完全可以在我们驼城地区大面积种植。”

黄振华：“如果像你说的那样，我们可以大面积推广种植。你把樟子松栽培和种植技术以及越冬的经验总结出来，然后让驼城全区的林场都到你这儿学习。我们大量地引进樟子松的树种，让各大林场培育种苗，然后大面积推广种植。”

徐桢：“好，我做好充分的准备，这可要花钱来引进种苗和种子。”

黄振华：“经费和外联，我来想办法。你只管把栽培技术掌握好、种植经验总结好、把人才培养好、技术传授好。”

黄振华和实验站的科技人员来到了飞播现场，看到嫩绿的小芽从沙漠间冒出来，欣喜若狂。黄秀华、王学斌，都高兴得蹦了起来。

黄秀华喊着：“出苗了，出苗了。”

黄振华说：“看来我们对种子的处理是正确的，飞机播种的时间和条件也是正确的。接下来就是如何把这些苗子保护好，让它们能够长大，能够起到防风固沙的作用，这恐怕是我们面临的新课题。”王学斌：“我们会随时监控，做好记录。”

黄振华说：“你们现在了解一下沙树梁、青云、小纪汗三个飞播片区的出苗率，以后每三个月统计一下成活率，我要向季校长汇报。”“好的，站长。”

巴拉素小学，赫冬梅接到母亲的来信，一看就知是母亲口述、侄女代笔的。

冬梅：

你好，暑假也没有回来，妈很想念你。

妈的身体很好，你哥工作也顺利，只是孩子多，他一个人工作，生活有点拮据。你嫂子也比过去懂事了，有时候还帮我做饭。你大姐在饭店找了一个临时工作，挣点钱贴补家用，你姐夫的工资不高，两个人的工资勉强过日子。他们的身体都好，孩子们也都很好。

妈知道你最关心的是小女儿丽莹的情况。你婆婆把孩子领回去了，雇了一个老太太带孩子，这老太太姓聂。聂老太太每天带着孩子到别的家里要饭。她告诉人家说，孩子奶奶不给孩子喝奶，孩子受饿着呢。妈觉得特别丢人。

我把聂老太太叫来，给她说，孩子如果挨饿，你就来到我们家，我会给她吃饭的，再不要到别人家里要饭。孩子的父母都是有头有脸的人，你要饭会丢他们的人。我真不知道你婆婆是怎么想的。不过你也不要太伤心，我让聂老太太每天把孩子带来，我给她做两顿饭。

你放心，有妈呢。你好好工作，把身体养好，丽莎也会走路说话了吧？你一边工作一边带孩子，肯定困难不少，你要多保重。妈等着你回来。

看着信，赫冬梅忍不住哭了起来。在一边的女儿看着妈妈哭，拿个鸡蛋过来说："妈妈，妈妈，你别哭，你饿了吧，快吃蛋蛋。"

赫冬梅说："没有，妈妈不饿。""你吃饱了就不饿了，就不哭了。"赫冬梅抱起了女儿："妈妈不哭了，妈妈是想你的外婆和你的妹妹了。"

丽莎："那我们回去看外婆和妹妹吧。""妈走不了，领导不给准假。""领导是什么人呀？""就是管妈妈的人呀。""他为什么不给你准假？""因为要搞'大跃进'呀。""'大跃进'是什么呀？"

赫冬梅说："就是要炼多多的钢铁，生产多多的粮食。"

丽莎："炼多多的钢铁，做什么呀？"

"要造飞机、造火车、造汽车，造好多好多的东西。好了，妈妈回不去，妈妈给你爸爸写信。你自己玩吧。"

季校长办公室，季伯贤说："出苗率达到90%，很不错。我们这次飞播的初试是成功的。关键要看成活率，特别是看冬天过后，树苗越冬的成活率。这是关键。"

"我已让王学斌他们三个月汇总一次，报告一次。所以他们每周都在统计观察。"

通讯员推门进来，给季校长送报纸文件。通讯员："黄书记也在这儿，刚好有你一封信。"

季伯贤说："是老婆寄来的吧？"黄振华说："是的。"

季伯贤说："还有一件事，人事局通知我们，新来了几个学农业、林业和畜牧专业的大学生，你抽空去一趟人事局，把人领回来，看看你的试验站能用多少人，剩下的留到学校。"

"好的，我尽快去一趟人事局，把人领回来。"黄振华说完要走。

季伯贤说："先看信吧。你这阵子太忙，可能也没有顾上关心家人吧。要说赫冬梅这个同志还真不错，你说把她送到那么偏远的乡村去教学，人家撇下吃奶的小娃娃，带着大孩子就去了。一个女同志，一边工作，一边带孩子，困难很多，你要多关心多体谅人家。""好的，季校长，那我过去了。"

回到自己办公室，黄振华看赫冬梅的来信。

振华：

你好。我在报纸上看到了你们飞播成功的消息，为你们高兴！我知道你这阵子忙，我很理解，但有件事我必须告诉你，妈把丽莹从奶妈家抱回去了，这件事你知道吗？8个月的孩子不给吃奶，妈是不是做得太过分了？雇了一个姓聂的老太太，到处领着孩子去乞讨，向别人要饭吃，还说孩子的奶奶不给喝奶，也不给吃饭。这算怎么回事？妈不嫌丢人，我还觉得丢人现眼呢。你工作再忙，也得关心关心小女儿。这孩子不是我一个人生的，是我们俩共同的孩子。

我们学校不放暑假，要搞"大跃进"，大炼钢铁，除四害，估计暑假我也回不去了。孩子太小，那么早离开母亲，你这个当父亲的要尽到责任。

驼城学校奶牛场，黄振华说："姚师傅，你把咱学校的奶牛喂得可真不错。"

姚师傅："喂奶牛和喂孩子是一样的，饲料加足，搭配均衡，该吃让它吃，该喝让它喝，你看咱学校奶牛的奶产量，可比市面上的奶牛多产三分之一。"

"咱学校的畜牧班师生常到你这儿来吧。"

"经常来，这个饲料的搭配，还是咱们曹老师研究的成果。黄书记，难得你来一趟。一般到我这来的都是咱们学校老师，他们到这儿买牛奶。你今天来是？"

"我今天来也是订牛奶的。还能订得上吗？"

"现在正是产奶旺季，能订上，你订多少？"

"你说一个八个月大的孩子，应该每天喝多少奶？""至少得一斤奶。"

黄振华说："那就定二斤奶吧。有人送吗？"

"有的，我们专门有送奶员上门送，每天送到各家各户。我给你找订奶本，你把送奶的地址写到这个本子上。"

"给我的孩子送一斤，给我母亲半斤，给丈母娘送半斤。地址写好了。"

"黄书记，你可真孝顺。你给孩子和你老母亲订奶，我都能理解。给丈母娘也订半斤奶，可不多见，你可真好。”“我的丈母娘也不错，她管着我的孩子呢，也很辛苦。”

黄齐英家，黄振华进了家门，黄齐英不高兴地回了里屋。黄齐英说：“这不是你的家，你也不是我的儿，你回来干啥？”

黄振华说：“你这又是怎么了？我什么时候又得罪你啦？”

“给我订半斤奶，给你丈母娘孝敬一斤半。你还是我的儿子吗？”

黄振华说：“妈，这你就不讲理了。给你半斤奶，是我孝敬你的。给丈母娘定一斤半，是包括孩子在内呀。丽莹才八个多月，你不给她喝奶怎么行啊？她正在长身体呀。你每天上班到工厂去工作，也很辛苦。丈母娘抽空带着我的孩子，人家也辛苦啊。给人家订半斤奶也是应该的，人家还给咱照顾孩子呢。”

“孩子用她照顾？我雇聂老太太照顾着呢，是她照顾的吗？”

“聂老太太带着丽莹到处要饭，你不嫌丢人啊？”

“谁说的？是你丈母娘告的状吧？”

“你去打问打问，或者你问问聂老太太，是不是带丽莹到别人家要过饭？”

“好，我明天就问，我辞了她。”

黄振华说：“好啦，妈，你就别闹了，你上你的班，你忙你的事儿。我已经给丈母娘说好了，让她每天把丽莹吃的饭做好。孩子还小，不能不喝奶，饭要按时吃，她正在长身体。”

黄齐英生气了：“好，我以后不管你的事了，你的孩子我也不管了。你翅膀硬了，自己的日子自己过！”

黄振华：“你还是多操心操心秀华的事吧。她很快就大学毕业了，要找工作，还要找对象，你还是多操心她吧。”

地区人事局。黄振华说：“我是驼城农校的黄振华。听说有几位大学生分到我们学校。我是来这儿领人的。”

人事局干部：“你看这个名单，这是给你们分的。”

黄振华说：“这几个学林业的，能不能分到我们学校？因为我们学校还有一个治沙造林试验站。”

人事局干部：“这两个学林业的，分到林业局了。你们分的有农学的、畜牧兽医的、植物保护的、土壤分析的。”

黄振华说："我们急需学林业和规划专业的。"

人事局干部："还有两个是学林业和规划的，不过这两个人是下放基层的有右派言论的内控人员，林业局和其他单位都不想要。你们要的话，就分到你们的综合治沙试验站。"

"好吧，没人要，我们要。"

季校长办公室，黄振华说："人事局给我校分了四个大学生。专业分别是：农学、畜牧兽医、土壤学、植物保护。两个林学专业的都分到林业局了。还有两个右派言论内控人员，下放到我们这里。一个是林学专业，一个是农林规划，因为没有单位敢接受，所以我接受了。放到我的试验站，让他们发挥专业特长。这件事我没事先跟您商量，我也是求才心切。您若不同意，我就给人事局退回去。"

季伯贤说："这些知识分子能被打成右派，多半是怀才不遇，或者是心高气傲。年轻人说了一些过头话，做了些过头事，多半都还有点本事。你既然把他们要回来，就要善待他们。让他们好好发挥自己的专业长处，给国家给人民做点贡献嘛。"

"那我把他们两个分到治沙综合试验站了。"

"那个学土壤的你也可以带走。另外关于沙生植物的病虫害的防治，你也应该考虑。好了，给学校留两个学农学和畜牧兽医的，其余的你都带走。"

黄振华说："谢谢季校长的大力支持。"

季伯贤叮咛一句："别忘了，学校的老师要是拉不开了，这些人还要回来给我上课。"

"那是自然。我一直遵循校长的教导，农校办学，一直坚守把理论知识与具体实践结合起来。这些新分来的大学生，也需要到实践当中，了解实际情况，才能得到锻炼。"

试验站，黄振华领着两个大学生和两个下放的干部，来到了治沙综合试验站。黄振华说："徐桢，我领着新来的大学生——我们新生力量来报到了，你把住宿给他们安排好了吗？"

徐桢说："安排好了，打扫了两个新窑洞，两人一间。另外知道你们要来，朱师傅让当地的老乡杀了一只羊，炖了羊肉招待你们。"

黄振华说："好啊，我都闻到羊肉香味了。你们四人跟着徐桢到宿舍住下，收拾一下。四点钟，吃饭前到这里开个会，把这里的情况给你们介绍一下。你们也和大家认识认识。"

试验站苗圃，黄振华和徐桢在苗圃地里观察树苗。徐桢说："黄书记，你看这就是我用樟子松育的树苗。去年育的苗，今年已经长得这么高了。"黄振华说："去年北京送给我们的几棵樟子松，活了几棵？""仅存活的一棵也没有挽救过来。""怪了，同样的树种，有的活得很好，长得很好，怎么有的就活不下来呢？"

徐桢说："打个比方，城里的孩子，一生下来就送给农村贫苦人家，他在这个贫苦家里长大，过着贫苦人家的生活，他慢慢就适应，也就长大了。但是，城里富足家庭长大的孩子，一下到了农村去最艰苦的地方，他就不适应，就可能会夭折。"

黄振华说："看来这植物和人一样，也是要逐步适应生存环境。我妹妹黄秀华在这里实习，她还好吗？"

"好啊，她生性活泼，不怕吃苦，成天跟着王学斌，在沙漠地里顶着大太阳，统计出苗率和成活率。有个事我给你汇报一下，我感觉王学斌和你妹妹在谈恋爱。""这是真的吗？"

徐桢郑重地说："那天我问他，是不是喜欢黄秀华，他告诉我，他喜欢，而且非常喜欢，就怕黄书记他们家看不上他这个有政治污点的人。"

"你对王学斌了解多少？""王学斌这个人很有才，家在北京市，人也比较骄傲。你和季校长摘了他的右派帽子以后，对你是万分崇拜和感激。他喜欢秀华，也不是为了感激你。他喜欢秀华聪明可爱，善良淳朴。"

"秀华没告诉我这些事。他问过秀华了吗？"

"他没敢问，右派的事让他再没有过去那么自信了，主要怕你不同意，不敢问。"

"只要秀华愿意，我不反对。这是他们俩之间的事。不过我可以问问秀华，听听她的意见。"

试验站的窑洞餐厅里，中央放了一个简易的大桌，桌子旁边围放了一些木凳子。旁边的窑洞从墙中间打通了，就是试验站的厨房。这里的条件非常简陋，吃饭开会学习都在这个大餐桌上进行。黄振华和周围的老师们围坐了一圈，有的给黄振华汇报工作，有的说说笑笑拉家常。四个新人进来了。黄振华说："你们四个请坐。"徐桢让他们坐在黄振华的对面。

黄振华说："这四位是我们新分来的大学生。有土壤专业、植物保护专业、林学专业，还有一位是农林规划专业。"徐桢说："正是我们需要的专业。"

黄振华说："首先，请你们四位先做自我介绍，叫什么，多大年纪，哪儿毕业的，学什么专业，家是哪儿的，结没结婚。今后大家要在一起工作生活。没有对象的，哎，你们几个还要给他们操心成家呢。"

大家笑了起来。黄振华说："谁先介绍？"

杨志坚左右看了看："那我先介绍我自己吧。我叫杨志坚，西北农学院毕业，土壤专业。我是关中人，家在农村。我是老大，我没有结婚，也没有对象。"

胡德海："好啊，驼城是盛产美女的地方，你和徐桢一样，也找个美女，在这儿成家立业。"

李保林："我叫李保林，我是甘肃人，也是西北农学院毕业的，我学的是植物保护，我也没有结婚。"

王学斌："李保林，学植物保护的，你的名字和你的专业挺契合啊。"

薛仁贵："我叫薛仁贵，江苏人，是南京农学院毕业的，我学的林学专业。是从江苏农科院下放来的。我有女朋友，但还没有结婚。"

贾文宇："我叫贾文宇，四川人，西南农学院毕业，农林规划专业，我是从陕西省农林科学院下放来的。下放的原因是……"

黄振华打断他的话："不管是下放来的还是分配来的，你们都有自己的专业。能来到这里，我们都是要公平竞争，平等对待，共同努力。你们从条件优越的大城市，到我们这个偏僻、落后、贫穷、艰苦的地方来，已经是了不起的了。

我们这里叫中国科学院陕北治理沙漠综合试验站。从本质上来讲，我们是一个研究机构。我们需要有志于从事治沙造林的仁人志士，共同为我们国家研究出一套治理沙漠的办法。你们知道我国沙漠的面积是多少吗？

我在人民大学上学的时候，找了好多资料。全世界每年有600万公顷土地被沙漠吞噬，荒漠化被誉为地球的癌症，成为人类的大敌，已引起世界范围内的高度重视。

我们这里地处毛乌素沙地的边缘。历史上这里曾经是水草丰美、森林茂密之地，由于自然条件的变化和千百年的人为破坏，到了20世纪初已成为全国乃至全世界水土流失和荒漠化危害较严重的地区之一。新中国成立前夕，残存19万亩天然臭柏林，森林覆盖率仅为1.8%。

新中国成立后，中央非常重视治理沙漠的问题。毛主席提出绿化祖国的号召，并且指示要把黄河治理好。我们这里离黄河不到100公里。治理毛乌素沙地迫在眉睫。从国家林业部、中国科学院中国沙漠研究所以及省林业厅、地委行署，到各县各乡人民公社都把治沙造林作为我们的当务之急。今天你们来了，是新生力量。

我们这些人都在这里工作过一段时间了。徐桢对沙生植物的引进，特别是对樟子松在沙漠里的种植，已经有了新的突破，找到了规律。王学斌他们今年开启的沙区飞机播种造林，也取得了初步成功。胡老师也在深入实际总结老百姓的治沙经验，对引水拉沙等利用水资源治沙造林有了一定的总结和提高。别看我们这里条件简陋，但是，大家都怀揣为国为民、争当先进，在治沙造林事业当中有所突破的决心。

在这里工作，你们要向这几位老师学习，学习他们那种不怕艰苦、忘我工作的精神。我虽然是这里的站长，但是我是挂名的，真正扎扎实实工作的，是在座的这几位老师。

我们上边还有陕北防沙防风治沙总站。主任是我们的季校长，我是他的副手。还有，地委行署对我们的工作非常支持。所以你们在这里虽然自然条件很艰苦，但是你们身上寄托着国家的希望和人民的重托。我希望你们发挥专业特长，同时也要了解我们的工作全局。”

徐桢说：“我们这里的工作是分工协作，各有各的专业和主攻的方向。但是到了紧要关头，大家团结协作。这充分反映了我们是一个团结战斗的集体。你们是新生力量，希望你们融入这个家庭，和这几位老师并肩战斗，把我们的工作做好，完成我们的各项工作任务。”

黄振华：“徐桢是我们这里的副站长，你们几位的工作具体由徐桢负责分配。欢迎你们。谢谢各位！”

朱师傅：“肉炖好了，能开饭吗？”黄振华说：“开饭吧，你们首先尝尝我们陕北的炖羊肉，这是我们这里最好吃的东西。”

办公室，黄振华说：“秀华，你的毕业论文准备得怎么样了？”

黄秀华说：“快写完了，就差结尾了。”

黄振华说：“是你自己写的，没找人帮忙吗？”

“当然是我自己写的。不过王老师帮我找资料，提供了许多数据。他还教我怎样才能把毕业论文写好，才能赢得老师的好评。”

“别人提建议可以，但不可以叫别人代写。王老师这个人，你觉得怎么样？”

“他人挺好的，嗯，待人热情，为人诚实，特别乐于助人。他的专业能力很强，知识渊博。”

“你把他说得那么好，你是不是看上他了？”“我还没毕业呢，我还不可能考虑个人问题。”“别害怕，哥哥原来给你说过，让你大学毕业以后再考虑个人问题。现在你马上毕业了，你看上谁就跟谁好，哥哥绝不干涉你。”“哥哥，那你觉得王老师这个人怎么样？”“你问的是作为同志，还是作为妹夫？”“哥哥，你明知故问。”“他是一个好同志，能不能当一个好妹夫，这恐怕还得考验考验他。”

黄秀华不好意思地说：“还不知道人家看没看上我，就开始考验人家。”

“据我了解，他好像给一个人说过，他非常喜欢你。只要你也喜欢他，哥哥不反对你们相处。”

“他真这么说了？你从哪儿听到的？他为什么不向我表达呢？”“他可能是觉得不到火候吧。”

沙树梁飞播现场会，林业部部长张助理带领北方九省同志，在驼城召开绿化沙漠现场会。他们参观了驼阳、永安、定安，再经宁夏到兰州，在兰州开了总结会议，对驼城治沙成效给予了很高的评价，尤其是对飞播造林事业取得的初步成绩很感兴趣。

巴拉素小学，柳校长：“赫老师，文教局叫我回去开会。我过两天要回驼城。有什么要捎的东西？我可以给你带回去。”

赫冬梅说：“你步行回去还是坐车回？我知道我们这里通公路了。”“巴拉素公社的拖拉机回驼城送货，我搭便车回驼城。”“那麻烦你给我带点酥油和软大米，给我的小女儿。”“那你准备好，我后天就走。”

巴拉素的集市上，赫冬梅买了两瓶酥油，又买了软大米，还买了红枣，装了满满一口袋，高高兴兴地回了学校。一位学生看到赫老师扛着一个布口袋，连忙上前帮她。赫冬梅说：“这一口袋东西，是我要柳校长捎给驼城老家的。”

柳校长在校门口笑着说：“赫老师是想把巴拉素搬回驼城吧？你这么一大袋子东西，够你小女儿吃一年。”赫冬梅说：“你这次好不容易是坐拖拉机回去的，我还可以多带点东西给我妈。”“还是女儿好啊，老想着自己的母亲。”

赫冬梅回到宿舍，对女儿说：“快放寒假了，我的女儿，咱们可以回驼城家里了。我能看到我的妈妈、你的妹妹，还有你的爸爸、奶奶。你高兴吗？”

“妈妈，我们回去，可以带上兰兰姐姐吗？”“兰兰姐姐要和她的家人在一起啊。等我们过年以后再来学校的时候，你就又能见到兰兰姐姐了。”

“妈妈，过年是什么意思啊？”

“过年就是从一年的结尾到新一年的开始，人们打下了粮食，穿上新衣服。一家人在一起，团团圆圆地吃饺子，吃肉肉，吃好多好吃的东西。总之，是最快乐的日子。”

丽莎：“妈妈，我们为什么要回驼城？”

“因为驼城是我们的家呀，妈妈在这里要当老师，要工作，所以带你到这儿来的。放寒假了，我们就可以回我们的家过年啦。”

第十六章

母亲家，赫冬梅一进门就喊："妈，我回来了。"母亲："天天盼着你回来，今天终于回来了。"

赫冬梅说："丽莎，叫外婆。"

母亲："丽莎，都长这么大了。会说话、会走路了吧？"

赫冬梅说："丽莹在哪里？"

母亲："丽莹刚在这里吃了饭，现在在你婆婆家睡觉。"赫冬梅说："我到西房看看孩子。"母亲："她搬走了，原来的房子只剩下你结婚时候的东西。"

"那振华怎么没有告诉我？""振华到内蒙古开会还没回来。"

赫冬梅说："丽莹的奶还喝着吧？"母亲："不光是给丽莹一斤奶，振华还给我订了半斤奶。你哥说，比他这个儿子还强。他这个大儿子还没给老妈孝敬半斤牛奶，我的女婿倒孝敬我了。"

"这事办得还差不多，要不我真想跟他离婚。""净说傻话，你婆婆的事，不要牵扯到他，他可是个孝子。只是工作太忙，顾不上你娘俩，你也不要怪他。"

赫冬梅说："我心急如焚地想看看我的小女儿，一年都没见了，我都快想死了。""吃了饭，喝点水，休息一会儿。孩子现在还睡着呢。"

赫冬梅说："不行，我得先看到她。我婆婆搬到哪儿了？"母亲："不远，在尚家大院的三间南房。"

赫冬梅出了院子，进入巷口，正往尚家大院走，发现了一个老太太背着一个孩子在别人家门前讨饭。她下意识地想："但愿不是我的孩子，应该不是我的孩子。"

赫冬梅叫了一声："你是聂老太太吗？"老太太吃惊地左右看看人。赫冬梅断定这孩子就是自己的小女儿——丽莹。一股无名的怒火涌上心头，她走过去："聂老太太，你就是聂老太太吧？"聂老太太："你是谁？""我妈不说我女儿睡了吗？你为什么又带着孩子要饭？""你是丽莹的母亲？我在你妈那儿给孩子吃完饭后回来，你婆婆把门锁了，我们进不去。我抱着孩子在院子里坐了一会儿。孩子起来了，要喝水。我到哪儿去给孩子找水喝？那还不得向人家讨口水喝。"

赫冬梅一把抱过孩子，丽莹也不哭，怯生生地看着她。"丽莹，你受苦了。我是妈妈，妈妈带你回家。聂老人家，我不怪你。这是一块钱，你拿去买点吃的喝的吧。我先带孩子回我妈家了。今天你就不用管孩子了。"

赫冬梅一回到家，抱着孩子哭了起来。丽莎看到后说："妈妈，妈妈你不要哭。谁欺负你了？"一边说，一边给妈妈抹眼泪。丽莹怯生生地看着妈妈。赫冬梅更伤心，哭出声来，吓得丽莎、丽莹也哭起来了。听到母女三人的哭声，在里屋做饭的母亲不知道出了什么事儿，跑了出来。"怎么啦？出了什么事儿啊？你婆婆又给你气受了？"赫冬梅哭得更厉害了。

母亲："把孩子也抱回来了，你哭什么？惹得孩子也跟着你哭，叫人家听着好像家里出什么大事儿了。"冬梅说："我过去了，我还没进院子，就看见聂老太太带着丽莹在讨饭。""说了多少次，不要让孩子讨饭，她怎么就不听？"

赫冬梅说："聂老太太说她从这儿回去以后，我婆婆就把门锁了，她进不了房间，就抱着孩子在院子里睡了一会儿。孩子起来了要喝水，她就跟人家讨水喝。我婆婆把事做得太绝了。"

母亲："妈知道你心里不舒服，别哭了，一家人高高兴兴团聚了。妈一年了才见到你，你这一哭，让妈也很难过。我正在给你做饭呢。吃点饭喝点水，心里就会好受些。一个人活着不易，你这又要工作，又要带孩子，就更不易了，妈知道你的难了。"

赫冬梅和母亲进了西房。环顾一圈，只有自己陪嫁的柜子，婆婆搬走了她自己的东西。赫冬梅说："妈，你看，我婆婆所有的东西都搬走了，只留下了你们给我陪嫁的东西。我遇到了这么绝情的婆婆，你说我能怎么办？黄振华是个孝子，一句重话都不敢对他妈说。"

母亲："振华是个好人，你不要跟他吵架，他对他妈也没办法。自从你婆婆搬走以后，几个月了也没有收房钱。你嫂子说西房不住人了，就把它租出去，赚两个房钱贴补家用。你把东西收拾一下吧，看往哪儿搬？”

赫冬梅说：“那我还是想搬到你的屋子里。我婆婆每天要在工厂里上班，估计也不会给我带孩了，我也不想和她一起住。如果想让我住她家，就不会把我的东西留在这儿。”“好吧，那就暂时搬到我那里去。”

母亲家，丽莎和丽莹正在玩耍。赫冬梅说：“妈，你看这两姐妹玩得多好。”母亲：“是啊，孩子带孩子，比大人带孩子还省事儿。”

赫冬梅说：“我刚回来，丽莹都不会叫妈妈。你看才两天功夫，会叫我妈妈了，还会叫姐姐。”丽莎：“她还会叫婆婆了。”

赫冬梅说：“这都是丽莎的功劳。教妹妹说话，和妹妹玩耍，把妹妹照顾好。你看有个妹妹好吧？”丽莎：“好，妹妹还会跟我玩儿。”

张润美和胡俊华到家来找赫冬梅：“赫冬梅！赫冬梅在家吗？”“润美！俊华！你们咋知道我回来了？”

张润美说：“我碰见大姐了，大姐说你已经回来了，我们俩就跑来找你了。”

胡俊华说：“一年多没见你，我们可想你了。这是你的两个女儿，好可爱呀，都长得这么漂亮。”

张润美说：“孩子他妈他爸就漂亮啊，孩子自然漂亮，继承爸妈的优点。”

胡俊华说：“同学们都问你呢，有的同学都中师毕业了，准备考师院。你能出去吗？”

母亲：“去吧去吧，和同学们出去玩玩，孩子有妈看着呢，和同学们见见面，一年没见了。”

“辛苦妈了。丽莎跟妈妈再见，妈妈出去一会儿就回来。”

丽莎：“妈妈再见。”丽莹也像姐姐那样摇摇小手：“妈妈，妈妈。”

莲花池公园的亭子里，五个女生一边吃着瓜子糖果，一边在说话。

胡俊华说：“赫冬梅，我们当时都不理解，你在农校待得好好的，怎么会跑到巴拉素农村小学去当老师？”

赫冬梅说：“这就是找领导丈夫的代价，农校当时全体师生到农村去劳动，他怕人家说闲话，不愿意把我留在城里，然后就把我送到那个最偏远的巴拉素小学当老师。”

张润美说："人家黄书记是领导干部，以身作则，不愿意让自己的家属搞特殊化。人家这样做，才是真正的共产党员。你也是共产党员，你要理解人家，还要配合人家。"

赫冬梅说："我还要怎么配合？我生完孩子才35天，大年初十我冒着大风大雪，徒步走到巴拉素小学，身边还带着我的大女儿，她当时才一岁多。那一路我这一生都难忘。我当时真担心会把大女儿冻死在路上。"

胡俊华说："怎么你还找后悔了？最后悔的恐怕是李美霞了。"

赫冬梅说："哎，李美霞最近好吗？"

胡俊华说："怎么好？现在跟同学都不来往，见了面最多打个招呼，就急匆匆地走了。"

赫冬梅说："为什么？她过去不是很活跃的吗？怎么会不理同学呢？"

张润美说："你还不知道吧，她老公被打成右派了，说是隐瞒了成分。公职也撤了，送到永安林场劳动锻炼。"

赫冬梅说："他隐瞒成分？他不是中农成分吗？"

张润美说："是富农成分，可在表上填写的是中农成分，最后人家一调查，是他隐瞒了。仅这件事就可以给他处分，再加上他在整风运动中攻击党，攻击社会主义制度，说了一些不该说的反动话。地富子女说反动话，那就是阶级立场问题。可不就给他戴上了右派帽子！"

赫冬梅说："我们去看看李美霞吧。"

张润美说："去看她，那不是刺激她吗？"

胡俊华说："当时她那么追黄书记，最后可让你得手了。现在她成了右派家属，你去了可不就是刺激她吗？"

"可我是她的介绍人，我老觉得亏欠她。"

张润美说："这跟你没任何关系，她当时也得了人家的好处啊，早早跟人家结了婚，留在了城里工作，我们都到沙谷县哈镇受罪，人家在城里享福。那个时候人家也没觉得对你有愧呀，是她没有眼光。"

胡俊华说："要说我们几位同学还是你嫁得最好。黄书记年纪轻轻的，二十几岁就成了农校的副校长，副县团级。你老公领着科技人员进行飞机播种、种树治沙的事迹，我们在报纸上广播上都听到了、看到了。我们可指望着你老公把这驼城周围的沙地治理好了，变成绿洲，我们也再不受沙尘暴的袭击，能过上幸福安逸的生活。他以后前途无量。"

赫冬梅说："润美，你那口子现在怎么样？都好吧？"

胡俊华说："人家老公现在是县教育局的局长，是我们的顶头上司，也是当官的。不像我找了平民老百姓。这辈子做不上官太太了。"

张润美说："我们几个数你安逸，老公是个有名的中医大夫，回了家，把你就像神一样供着，孩子有人带，饭有人给你做，病了还有人给你看，你够幸福的了。活得那么安逸，我们可不能和你比。"

赫冬梅说："看来人生都是这样，有得就有失啊。润美，你看我带着两个女儿，多不容易，孩子那么小，丢给我妈也不行，我带走也不行，我可难了。还得麻烦你回去给你老汉说说，看能不能把我调回城里。"

张润美说："我回去说说可以，但是你的工作恐怕不是你说了算的。人家黄书记也是领导，得他同意了才可以调你。恐怕黄书记也得听季老的吧。季老可是老革命，连地委高书记都不敢得罪他。我听说给农校定了几个右派，季校长找高书记发了通火，就把右派帽子全给摘了。这次反右斗争中，农校是知识分子的聚集地，居然没有右派。"

赫冬梅说："英芳，你怎么半天不说话，你在那儿看什么东西呢？"

英芳："我在听你们说话。我和你们不一样，我这中师毕业了，想继续上师范学院。"

赫冬梅说："你有这志向多好呀。我的中师课程也函授完了，我能不能参加考试？我也想上师范学院。"

英芳："中等师范函授毕业了，当然也能考。"

赫冬梅说："那你的复习资料在哪儿买的？我也想复习考试。"

英芳："师范学院考试主要是考中师函授和学习过的课程内容。我没有复习资料，这是我做的课堂笔记。我哥说让我把要点记住就行了。"

张润美说："赫冬梅的求知欲很强。你现在两个孩子的妈了，还要当学生去？"

胡俊华说："我可不想再受那罪了，小学当个老师混混就行了，反正我家老汉挣的钱也能养活我。"

张润美说："你不工作，再去上学，黄书记会不会同意？"

赫冬梅说："我才不管他同不同意，他大学毕业了，他把他妹子也供到大学毕业了，我为什么不能上大学？"

母亲家，下午吃过饭以后，赫冬梅和女儿正在玩耍，黄振华回来了。

赫冬梅说："爸爸回来了，孩子们。会开完了？"

黄振华说："会开完了。在内蒙古开了三天会，又去周围考察了一下，大概一个多星期。"

母亲："振华，你吃过饭了没有？"

黄振华说："妈，我吃过了。我是过来接她们回去的。"

赫冬梅说："丽莎丽莹，快叫爸爸。"

丽莎："爸爸。"

丽莹："爸爸。"

黄振华说："丽莹会说话了？"

赫冬梅说："才几天功夫，丽莹都会叫爸爸、妈妈、姐姐、婆婆，都是姐姐给教的，这个姐姐当得真好。"

母亲："冬梅，收拾一下，和振华回家去。"

黄齐英家，丽莎和丽莹在炕一头睡着了，赫冬梅和黄振华在炕的另一头。

赫冬梅说："你妈为什么要搬到这边南房来？""她说这边离毛纺厂近，上班能方便一点。""借口吧，可能是不想和我妈住在一个院子里吧。""她的心思我也不知道。我周末也不来，随她吧，想住哪儿都可以。""你妹妹快毕业了吧？""快了，正在准备毕业论文。""你看你也上过大学，你妹妹也大学快毕业了，可我还是个师范学校毕业。我在巴拉素的时候，函授上了中等师范学校的课程，我有几个同学正准备考师范学院，我也想考，你到时候可要支持我，不能阻止我。""上大学是好事，我当然会支持你。"

母亲家，赫冬梅说："妈，柳校长已经调到驼城二完小当副校长了。青云山的魏老师可能过两天就要到巴拉素小学，我和他们一起走。我想考师院，所以不想带孩子了。这两个孩子你给我带吧。我每月给你20块钱，黄振华那边再给你10块，30块钱你们的生活费就够了。与其我带孩子在那边雇人，丽莹也得雇人，还不如把钱给了你，你帮我们看孩子吧。我婆婆是指望不上，人家有毛纺厂。"

"妈知道你的困难。你哥的孩子也都大了，我就是给他们做两顿饭，不过这件事你还是跟振华商量一下，我也得跟你哥说一说。"

第二天，母亲说："启祥，妈跟你商量一件事。"赫启祥说："妈，你有什么事就说吧。""冬梅马上要开学了，又得回巴拉素上班。她不想带孩子了，想把孩子留给我，让我带。妈想你的孩子都大了，也不用妈带了，就给你们做两顿饭，也没这么困难，所以妈想帮帮冬梅。她婆婆人家要忙毛纺厂的工作，当个厂长，管好多事情，所以带孩子也指望不上。妈征求一下你的意见，看行不？”

赫启祥说：“行。冬梅也确实困难，那你就顾冬梅吧。我现在让我媳妇学做饭，带孩子，慢慢地接上手。你只管帮她去，我的孩子大了，你不用管了。”

母亲：“冬梅是顾了工作，顾不上孩子，花的钱不少，事事都不顺。她要把孩子带到巴拉素，孩子受罪不说，她也没法工作。花钱雇人也带不好孩子。”

赫启祥说：“巴拉素离城那么远，再拉扯两个小孩子确实不行。万一孩子有个病啊什么的，那就更麻烦了。不要让冬梅把孩子带走，你给带吧。咱们都相互照应着点，总比她一个人带要方便。”

巴拉素小学。赫冬梅对同事魏老师说：“魏老师，我寒假回了驼城以后，见到我们许多同学。她们和我们一样，都是中师函授毕业，现在准备考师范学院。我也准备去考，你考不考？”

魏老师：“函授毕业也能考试的话，能考就考呗。不知考些什么课程？”

“我问过，就是考咱们中等师范的课程。反正我们两个函授的师范学校都已经毕业了，应该就是我们课本上的内容，我们再复习一下。”

“好的，到时候我们一起报名，一起跟学校说，请假参加考试。”

“好吧，我们也可以相互交流交流学习体会呗，还有复习重点。”

魏老师：“看来你是打定主意要考试，这学期你都没带孩子来，那谁给你看着呢？”

赫冬梅说：“是我母亲，还能有谁？我婆婆当了个毛纺厂厂长，成天忙得不着家，哪有时间给我看孩子？”

“你这个女同志可真不容易呀。又要工作，又要照顾孩子，还这么好学上进，什么都不想耽误，可真难为你了。”“你是说我太要强了不好？”

魏老师：“我是说太要强了，付出的就多。”

在驼阳县委扩大会议上，刘贤德书记讲话：“今天我们召开县委扩大会议，研究一下治沙造林的项目问题。先请咱们驼阳县农林水务局局长杨光荣同志汇报。”

杨光荣：“我们多次深入驼溪河上游东岸沙漠腹地，经过初步考察，反复谋划，我们有了一个修建沙漠运河的想法。现在我想把方案介绍一下，我们从长城外的红河梁筑坝引水向南，贯穿沙漠50公里，直到驼城。然后沿河植树造林，修土造田，变50多万亩沙漠为林地、农田。这个设想宏伟，工程浩大，沿途要有600多个沙丘、200多个人工湖泊。”

一名干部说：“沙漠里面修运河，我觉得有点像说神话呢，我看你这是儿戏。”

杨光荣：“要治沙就要治大的。小打小闹那是小脚女人走路，干不成大事。”

另一名干部：“我觉得这个困难太多，想法是好的，但是你要形成这么多的沙海子，还有这么多的人工湖，这怎么能做得到？”

杨光荣：“用水拉沙，已经是一条成功经验。既然我们已经有能力在沙地边缘修成一条15公里长的水渠，为什么沙漠深处就不能闯进去？”

刘贤德书记：“黄振华同志。你虽然是农校副校长，还是治沙试验站的站长，但也是我们沙树梁乡的党委书记，又是我们请来的专家，你对地方情况也熟悉，我想听听你的意见，你认为杨光荣同志的设想，有没有可能性？”

黄振华说：“光荣同志提出的这个方案，之前找过我。我也在我们的试验站里找了几位专家讨论过，我认为他提出的方案是可行的。但是有几个问题需要在实施中注意，一是引水开渠，要严加注意，一旦失控，就会殃及村庄、人家；二是要做好周围群众的工作，如果不能说服群众，会影响工程进度；三是沿着水渠植树造林是对的，但要科学合理，要适应当地的土壤气候及树种……”

办公室里，电话铃响了。黄振华说：“喂，你是哪位？”

杨光荣：“黄书记，我是杨光荣。刘书记已将我的沙漠运河的方案批了。我想请你来参加我们的开工仪式。到时候刘书记也要来。”

“太好了，我一定支持你，到时候我去。需要我做什么，尽管说。”放下电话，看着沙漠运河的路线图，黄振华叹道：“真是一个有魄力的实干家。”

沙漠上，引水拉沙现场。许多人看到渠水从沙漠顶端流下来把沙漠推平。

工地上，杨光荣带领民工在沙地里光着膀子大干。沙丘上竖着大铁牌：“以水补水，以沙补沙；用水开渠，引水刷沙，以树固渠，以灌固沙”。

经过7个月的开凿，闻名全国长达35公里的沙漠运河，在驼城西北部的沙漠中成功开凿。1958年6月25日的《陕西日报》称颂杨光荣是“引水治沙的硬汉”。

北京群英会。杨光荣出席了全国劳模大会，被誉为治沙的土专家，受到毛主席接见。1959年他参加全国农业建设先进代表大会。1960年他到苏联、匈牙利、捷克、斯洛伐克等国家访问。

巴拉素小学，赫冬梅翻日历：“两个月没来例假了，会不会又怀孕了？”赫冬梅在食堂正吃饭，觉得恶心想吐。主任的爱人说：“你哪儿不舒服？”赫冬梅说：“昨天感觉头有点晕，所以今天觉得胃不舒服。我把饭打回去吃。”回到宿舍，赫冬梅心想：“看来我是真的怀孕了，真是要命，我要考试去上学，就怀孕了。不管它，我就是要去上师院。”

放暑假了，赫冬梅和魏老师一块进了考场，参加了驼城师范学院的考试。

季校长办公室。黄齐英说：“季校长，我们家里有点困难，我想跟你反映点情况。我这儿媳妇成天闹着要上师范学院。她是两个孩子的母亲了，现在又怀着第三个。如果她上学就要停职，停职就不发工资。没有工资，谁供她上学？黄振华的工资要养活我，还要供他妹妹上学，还有几个孩子，我们实在没有钱让她上学。我今天就是请求您给教育局说一下，让教育局找赫冬梅谈话，劝她不要上学了。我这个婆婆在她那儿说话不管用。所以我就拜托季老，给我做做这个工作吧。”

季伯贤说：“上学深造本来是一件好事，但是鉴于你们家庭困难，我可以考虑给教育局打个招呼，不过这件事我可要问一下振华，看看他是什么意见。”

黄齐英说：“季校长，那我就拜托你了。”

黄振华办公室，季伯贤说：“小黄！”黄振华赶忙站了起来：“季校长，你有事吗？”

季伯贤说：“刚才你母亲到我办公室来，求我阻止赫冬梅同志上师范学院。说她已经怀孕了，不能丢下两个孩子，自己去上学。你是什么意见？”

黄振华说：“冬梅好学上进，这是优点。她现在怀孕了，去上学，一是对她的身体不好；二是对孩子也不好；三是上学就要停职，停职就会停发工资。我家现在这个情况，经济上还是有些困难。”

季伯贤说：“你这几条理由很充足啊。那是你给教育局说，还是我给教育局打招呼？”

“不劳季校长操心了，这点小事我给教育局打招呼就行了。”

“不过夫妻之间还是要把关系处理好，你要把你的理由讲给冬梅听，让冬梅接受了才行。”

黄振华说："谢谢季校长，我家的问题还是我自己来处理吧，我一定把它处理好。"

魏老师："快开学了，赫老师，我接到了入学通知了，你接到通知了没有？"赫冬梅说："我还没有接到通知。"魏老师："那你就再等一两天吧，说不定你的通知晚两天就到了。"赫冬梅说："但愿如此。"

县教育局办公室，张主任："冬梅老师，我今天找你是想通知你，你很快就是三个孩子的妈妈了，你上学有困难，所以你不要到师院上学了。"

赫冬梅说："我想问，我考上了还是没考上？"

张主任："即使你考上了也上不成，因为你家庭经济困难，学习也不会集中精力，你有三个孩子怎么能好好学习呢？"

赫冬梅说："张主任，我问你，是不是黄振华让你和我谈话？"

张主任："你不要瞎猜。我是听别人反映你已经怀孕了，所以我才找你谈话。""我知道了，如果没人给你说这话，你不会找我谈话的。"

家里，赫冬梅说："黄振华，是不是你给教育局说，不让我上师范学院？"

黄振华说："你今天回来咋这么凶？是谁惹你了？""魏老师都拿到了录取通知书了。我说为什么没有通知书给我？教育局的张主任找我谈话，说我不能上师范学院，理由是经济困难，带三个孩子，不能专心学习。我就纳闷，他怎么知道我怀孕了，怎么知道我家有经济困难？如果不是咱家人说的，他怎么会知道？""不管是谁说的，这也是事实嘛！""你当初是怎么向我保证要支持我，绝不阻拦的？今天就变卦了？""你要不是怀孩子，我绝对支持你，可你怀着孩子怎么上学？""这就是我嫁给革命家庭的代价。你以为你是领导就可以一手遮天，断送别人的前程？"

黄振华说："别生气了，这次万一怀了个儿子，这不也是件喜事吗？师范学院年年招生，又不是过了今年以后就上不了了，别为这难过了。我还告诉你个好消息，你调回二完小工作了。""是你做的工作吧？""教育局充分考虑到我们家的困难，还有你在偏远农村小学已经得到锻炼了，也可以回城里照顾老人和孩子了。""还应该照顾你这个领导吧！"

第十七章

赫冬梅又调回了驼城二完小。赫冬梅说："韩校长，我来报到。"韩校长："这次把你调回来了，二完小对你来说也是轻车熟路。我们考虑了一下，你依然教三年级。你当班主任有没有困难？"

赫冬梅说："没有困难，三年级的课程我也很熟悉。只是我10月可能会生孩子。"韩校长："没有关系，你生孩子我们会找老师代课，不会影响的。都是老同学，你有什么困难还有什么要求尽管说。""熟悉的学校，熟悉的课程，没什么困难，不需要组织照顾。"

韩校长："冬梅呀，还是那个性格，从不叫苦叫累。"

母亲家，赫冬梅说："妈，调回城里工作，可真好。每天能见着妈，不用担心两个孩子吃了没有，喝了没有，受没受罪。都是妈替我料理得这么好。"

丽莎："妈妈。你的肚肚里装的是小弟弟还是小妹妹？"

冬梅慈爱地笑道："外婆说是个小弟弟。你喜欢小弟弟还是小妹妹？"丽莹："弟弟。"丽莎："我也喜欢弟弟。因为我已经有妹妹了。"

赫冬梅回过头对母亲说："妈，那我就在这儿生孩子，我嫂子会不会有忌讳？"

"你猜得不错啊，女儿不能在娘家生孩子，所以妈妈正在考虑你生孩子的事情。你表哥他们都到包头做生意去了，他们的房子空下来了，你表姐准备把房子出租给别人，可要预支20块钱。"

“你和振华商量一下，妈想给你把这个房子租下来生孩子用。你婆婆又不提让你回家生孩子。所以要提前考虑这些问题。”

赫冬梅答应说：“那我跟振华商量，先把20块钱赶紧交上吧。”

家里，赫冬梅说：“振华，我跟你商量件事儿。妈也没说让我回到黄家生孩子。我想，把我表姐的房子租下来。不过我表姐说，要预支20块钱。我想我出10块，你出10块。你看行不行？”

黄振华说：“你知道的，我的工资除了我和丽莹的生活费以外，全部交给了我母亲，这个钱我要跟我母亲商量。”

“唉，看你这个当官的，外面威风凛凛，在家里连10块钱的主都做不了。”

“在家里，妈是大领导，你是二领导，我只有处处陪小心的份儿。”

“那你就尽快请示你的大领导。孩子要出生我可等不了。”

黄振华到了他母亲新搬的房子，对母亲说：“妈，跟你商量件事儿。”黄齐英说：“什么事？”“冬梅不是快生孩子了吗，她说她表姐那儿有一处房子，她想租房子在外面生，就是要预支20块钱。她出10块，让我们拿出10块。”

黄齐英说：“20块钱！她咋不在银行抢钱去？生孩子，哪儿不能生？她要到他妈那儿生，她去生吧；她要到婆家生，我也没拦着。现在花20块钱租房子，你当我是什么人？我是银行吗？她把我这个婆婆放在眼里了吗？”

“我倒真希望她租房子在外面生，我就怕你们两个人再吵起来，吵得鸡犬不宁，到那个时候你说，她坐着月子往哪儿去？”

“你是变着法地说我这婆婆当得不好，不给儿媳妇伺候月子。在月子里把儿媳妇撵出去？你这个没良心的，我把你养大了，你胳膊肘往外拐。她到外面去生孩子，你妈的脸往哪儿放？这不是变着法的让人家戳你妈的脊梁骨吗？你还是我儿子吗？我白养你了。我把你养大，你就成白眼狼了。你念了书了，当了官了，就和你媳妇一起挤对你妈！我供你念书识字，你现在知书达理了吗？你屁都不懂。没有你这么窝囊的男人，就这么惯着你的媳妇，都快上头了。总该有人管你吧，没人管你吗？好，你要钱我没有，要命就这一条。你叫你媳妇回来，我走，我走得远远的，不要污了你的眼。”说罢，黄齐英摔了门出去了。黄振华长叹一口气。

二完小，赫冬梅正在上晚自习。黄振华来找她。黄振华说：“冬梅，妈不见了。我找了几个地方都没找着。”

赫冬梅说："这么晚了，能到哪儿去？我去请个假，跟你一起去找她。"

黄振华在操场上走来走去，等着冬梅请假回来。赫冬梅说："你去二姨家找了吗？""去了，不在那里。""会不会去你舅舅家？""这么晚了，应该不会。""会不会到了农校找你去了？"黄振华说："那我们就到农校去看看。"

驼城农校，梅花楼。天已经全黑了，黄振华两口子来到了梅花楼的办公室。赫冬梅说："你看那边有个黑影，是不是坐着一个人？"黄振华说："在哪儿？"赫冬梅说："在季老办公室的门口。"黄振华说："唉，那就一定是了。"

赫冬梅和黄振华走了过去。赫冬梅扶起婆婆："妈，有什么事咱慢慢商量，你别去找季校长。咱们家里的事情咱们自己解决。走吧，我们到振华的办公室喝点水。"

到了黄振华办公室，赫冬梅倒了杯水给婆婆："你喝口水。妈，是不是振华惹你生气了，你们吵架了，为什么？"

黄齐英说："什么话也不说了，你今天不要回去了，就住在农校，明天还要上班呢。""妈，那我送你回去。""你怀着孕就别送我了，我自己知道怎么回去。"黄齐英走了以后，赫冬梅说："你为什么事跟妈吵架？"

黄振华说："还不是为那10块钱。""妈居然为10块钱跟你吵架。早知道我才不让你找她要呢。"

黄振华说："唉，我妈生活困难一辈子，穷惯了，一听要花钱，还是20块钱，就气不打一处来。我只顶了一句，她就火了。骂了人不算，还把自己给气跑了。""你也够窝囊的。好了，我不跟你要钱了，这10块钱我自己想办法。你就当妈的孝子吧。"

二完小里，赫冬梅说："杜老师，咱们学校的互利存款上我能借点钱吗？"

杜老师："可以，你填个表，让校长签个字就可以。""好吧，你把表拿来。"

杜老师："你借多少钱？""10元钱。""10元钱？那用不着校长批。""那借多少钱要校长批？""50元以上要校长批。10元钱，你填个表就可以了。"

表姐家，母亲说："这是冬梅给你预支的20块钱的房租。冬梅要生孩子，这就算正式把你这房子租下了。"表姐说："要是冬梅表妹在这里生孩子，我咋能要这租钱呢？"母亲说："大家生活都不易。冬梅不租，你还得租别人吧。你不要这钱，冬梅咋好意思在这住呢？"

"那我就收表妹10块钱吧。"母亲说："不可以，你给别人是多少钱，给冬梅也多少钱，这样冬梅才住得安心。你要帮忙，就看这还缺些什么灶具，缺什么东西，帮着到家里去拿一下，把这房子打扫干净就行了。”

“这还不是应该做的事吗？姨，你放心，我给表妹把房间收拾得干干净净，让她住得踏踏实实。”“这就对了。”

新租的房子，赫冬梅头上戴个帽子，围着被子，坐在炕上，怀里抱着孩子，左看看，右看看。月婆：“这下你生了个男娃，你婆婆肯定高兴。”

赫冬梅说：“上次骂我，不生不生，一生就生了两个丫头片子，这下生了个男娃，他们黄家有后了，至少不会骂我了。”

赫冬梅说：“妈，你说这孩子眼睛怎么这么小？感觉没有他两个姐姐生下来那么漂亮。”母亲说：“胡说，刚生下的孩子眼睛还睁不开呢，怎么就小了？别那么说孩子，孩子会生气的。孩子要多夸夸，多哄一哄，才会长得越可爱越好看。”“真的吗？你过去咋没这么说过？”“你以为刚生下来的孩子都傻吗？你试着给他板个脸训训他，他马上就哭。你哄哄他夸夸他，他肯定就对着你笑。”“哎，你说的还真是这样。”

母亲说：“快喝汤吧，奶水下来才能喂好孩子，常言道母壮才能儿肥。”

黄齐英家，赫冬梅说：“妈，我的产假休完了，我要上班呢，那两个女孩我妈带着呢。你不是喜欢男孩吗？我把跃生抱来，这个男孩你带吧。”

黄齐英说：“你放下，我也上班着呢，我试着带吧。”

赫冬梅说：“那我上班去了。”

过了几天，黄齐英对赫冬梅说：“我的毛纺厂现在要搞运动，我每天忙着管那些人，顾不上带孩子。孩子还是你自己想办法吧。”

赫冬梅说：“这个孩子是黄家的后代，你不能把孩子都推给赫家管吧。你是孩子的奶奶，你也得帮一下我吧，要不我怎么工作呢？”

黄齐英说：“你是说我养儿不要后？你把你的孩子带走，我不要。我这个婆婆里外不是人，都是你们的理，我还活什么呢？我就是养儿不要后。你走，你们都走！”说完话以后，就把孩子的被子、褥子、枕头从房子里面扔出去。

赫冬梅抱着孩子哭了起来。两个女儿看见奶奶发这么大的火，妈妈也哭，她们俩也哭了起来。赫冬梅一边哭，一边抱着儿子，领着两个女儿出了门。

马路上，赫冬梅一边哭着，一边带着孩子们往娘家走。这副窘相，刚好被路边过来的柳校长看到了。柳志鹏："赫老师，你这是怎么啦？"

赫冬梅说："我婆婆不给带孩子，把我们赶出来了。"赫冬梅抱着儿子，拖着两个女儿，一边走一边哭，回到了妈妈家。一回到母亲家，赫冬梅看见母亲就大哭起来。

母亲："你这又是怎么啦？"

丽莎："我奶奶不要我们了，把我们的东西全部从家里扔出来了。"丽莹："还有弟弟的被子、枕头都扔到院子里了。"

赫冬梅说："我就说了一句，'这是黄家的孩子，你总不能都推给赫家管吧？'她就又是哭又是闹。你说我怎么这么命苦，摊上这么不讲理的婆婆。"

母亲叹了口气："唉！"

到了晚上，一家人坐在一起商议。

母亲："启祥，你的孩子也都大了，妈也想帮帮冬梅。她已经生了三个孩子了，为难成这样，你说她不工作吧，三个孩子老黄家养活不起；让她工作吧，家里不给她带孩子，她也很困难。所以妈想跟他们一块儿过，你们就单过吧，我给你们做做饭就好了。"

赫启祥说："妈，听您的，不能让我小妹太难了，我支持妈的想法。"

赫彩莲："人家老人也有自己的事业，干着毛纺厂，女子也大了，也要准备出嫁。所以咱们自己想办法吧。我的意见妈就住在南房，跟冬梅一起过吧，也好给冬梅带带孩子。"

赫冬梅说："黄振华，我们的孩子妈不管了，你如果是孩子的父亲，你就得出抚养费。三个孩子你得给30块钱，从此以后我再也不向你们家提任何要求，也不干扰你母亲的事业了。"

黄振华说："这……"

赫彩莲："你也不要为难他了。你们把经济核算一下，振华能帮多少就帮多少。"

母亲说："冬梅44块半，养活三个孩子有困难，那你就给20块钱也行。"冬梅不满地说："妈，你都让着别人，把困难留给自己。你带三个孩子，我的奶水不够，三个孩子都小，他们还要补充营养吧，还要吃鸡蛋喝牛奶吧，他给20块钱能够吗？"

黄振华说："我每月要给我妈40块钱，是我妈和我妹子的生活费，还有我妹子的学杂费，我自己留25块钱，还剩25块钱可以都给孩子们。"

赫彩莲："行，那就这样办吧，以后妈就跟着冬梅过，就给你们看孩子。"

赫启祥说："现在五间南房，一半别人租着，另一半堂姐住着，他们也快搬走了。等你们把表姐的那20块钱的房租除完了，堂姐家也就搬走了，你们就住到妈这南房来，两间半南房给你们住，你们也算有个家了。"

二完小放学了，赫冬梅和柳校长一起回家。柳校长："赫老师，最近看你情绪很好。"

赫冬梅说："有了自己的家，因为我妈给我看着孩子，再也不用看婆婆的脸色了。你说我能不高兴吗？""不过我看着你妈很辛苦的，一边给你带着三个孩子，一边还要给你哥哥家做饭，跑来跑去，一会儿在东房，一会儿在南房，很是辛苦。""是啊，我妈就是任劳任怨，为了儿女不管自己的劳累，含辛茹苦，从来不考虑自己。"

柳校长："那这样吧，我老婆在家闲得没事干，我们虎娃也长大了，不行让我老婆帮你把那个小儿子带上，这样你妈能轻松一点。"

赫冬梅说："挺好啊，都在一个院子，走动也方便。你得看嫂子愿意不愿意。"

柳校长："我说的就是她的想法，她可喜欢你那个儿子，说你儿子表面看着不灵活，心里可亮着呢。实际上你不在的时候，她成天帮你妈抱着跃生。"

赫冬梅说："嫂子喜欢带我儿子，那我求之不得。"

回到自己新立的家，赫冬梅说："妈，自从我跟你在一起过，我真的很幸福，再不用操心孩子吃不饱受罪了，也不用看婆婆的脸色。今天柳校长说，他老婆没事干，特别喜欢跃生。我想跃生太小，还要人抱。你太辛苦了，要不就让她帮着带吧？"

母亲说："你要让人家带孩子，就不能不给人家报酬。"

赫冬梅说："我想就让她白天看孩子，我在巴拉素的时候给人家是6块，那我也就给她6块钱吧。"

母亲："你这会儿又有钱啦？"

赫冬梅说："这两个女孩也大了，牛奶也可以减一点，我少穿一件衣服都省出来了。"

母亲："那样也好，妈也能轻松一点。"

春天到了，陕西省政府在延安召开绿化黄土高原大会，参加大会的有甘肃、青海、宁夏、新疆、山西、河南等省区的代表，共184名，会后参观了驼城海流滩的治沙造林。

之后，省政府、省林业厅组织有关单位，成立专门队伍考察毛乌素沙地，对驼城地区沙漠改造和利用，制订出综合规划方案。

同年10月，内蒙古、宁夏、陕西三省区治沙协作会议在驼城召开，通过了《毛乌素沙地改造利用规划草案》，成立三省协作治沙领导机构。

二完小新任校长王秀萍的办公室里，王秀萍："赫冬梅，我刚到学校来，对工作还不熟悉，咱们是老同学，我想让你当团支部书记，你是年级组长，希望你多多支持我的工作。"

赫冬梅说："韩校长被上级调走以后，我们还想着，不知道新来的校长是谁，没想到是你。我们是老同学，这你放心，我肯定会支持你的工作，团支部书记我也干过，工作都比较熟悉。"

王校长："听说你已经是三个孩子的母亲了。孩子谁给你看着？"

赫冬梅说："我婆婆人家有毛纺厂的工作，要上班，所以我的三个孩子都让我母亲给带着。""你丈夫还在农校吗？""名义上还在农校，现在正在组建省治沙研究所，也是忙得不着家，家里的事根本靠不上他。"

王秀萍："你母亲真是个好人，也是个好母亲，在家里任劳任怨，带大你哥的孩子、你姐的孩子，现在又带你的孩子。你有这么个好母亲，这是你的福气。"

季校长办公室，季伯贤说："振华同志，我们的治沙造林工作取得了阶段性的成果，也得到了林业部、中科院和地方政府相关部门的肯定。省林业厅决定，在中科院治沙试验站的基础上，成立陕西省治沙研究所，归陕西省农林科学院和地方林业部门双重领导。"

黄振华说："主要任务还是研究沙漠治理措施？"

季伯贤说："是啊，以研究推广为主。具体的文件上讲：主要研究任务是面向沙漠化地区，开展以植物措施为主的综合治理应用研究与开发，利用沙区生物资源的产业开发研究，为防治风沙危害，改善生态环境，促进区域经济科学发展，提供科学依据、先进适用技术以及治理开发模式。组织决定让你来做筹建工作。你要尽快和省林业厅、省农科院取得联系。"

黄振华说："这可是一件大好事，也就是说，我们的研究工作单位将成为地区机构。筹建一个省级直辖研究所，这要涉及好多工作，在办公地址、人员配备、经费、设备等一系列问题需要拿出具体方案。"

季校长："是啊，工作千头万绪，这个任务也很艰巨。你最好拿一个方案，让相关的部门认可或者审批了以后，下一步的工作就有了方向，落实的工作也就好做了。这个文件你好好看看。给你们试验站的同志们也学一学，讨论一下，让他们也有个思想准备，工作会更有方向和信心。”

黄振华接过文件：“好的，这对他们来说应该是一个好消息。”

试验站，同志们都坐在一起学习文件。徐桢说：“这太好了，我们在经费、人员和工作条件上都有了保障，对今后的治沙工作是非常有好处的。”

王学斌：“我第一个报名到治沙研究所，我觉得我适合在这里搞科研，特别是我对飞播已经非常感兴趣了。以后我们要在飞播植树治沙中做出更大的成绩。”

黄振华说：“这说明党和政府对我们治沙造林的工作非常重视。特设这个机构，为的是让我们做出更多的成绩，在治沙造林中发挥更大的作用。

下一步，组织决定由我来组建治沙研究所。我想试验站的工作，暂时由徐桢负责。我和贾文宇同志，筹备这项工作。我们需要拿一个筹备方案。

贾文宇同志，你先起草一个初步方案，我们试验站的同志先讨论，集思广益，对我们以后设立的科室专业研究方向提一个初步设想。”

贾文宇：“让我起草这个方案，我觉得我担不起这个重担。”

黄振华说：“让你执笔起草，并不是你一个人做方案。有徐桢他们，不懂的就问。总之，咱们的事业要在大家共同的智慧中发展壮大。我要先和驼城行署和林业局取得联系，先商讨一下我们的办公地址，然后再讨论我们拿出的这个方案。”

地委行署大院，黄振华出了高书记的办公室，来到林业局。曹局长：“地委高书记已经给我电话通知，让我帮你们找一个办公地址。我们初步设想，在我们林业局的后院有十几孔窑洞，把它腾出来给你们，作为治沙研究所的办公地点。你看咋样？”

黄振华说：“可否领我去看一看？”

曹局长：“我领你去。把你们和我们林业局放在一起，将来联系工作也比较方便。”“那当然，我们虽然在业务上隶属于陕西省农林科学分院，但在行政上还隶属于地方，需要多合作。”“是啊，我们都属于林业厅下属的业务部门。今后合作的事还很多。”

曹局长领着黄振华来到林业局后院的十几孔窑洞，仔细查看一遍，黄振华说：“这十几孔窑洞暂时够了。但随着业务的扩大，以后恐怕还是有些紧张。”

曹局长：“这个院子很大，将来你们成立新单位，经费也是省上给你拨款，你可以在这个院子里边再盖会议室、办公楼、温室，什么都可以。”

黄振华说："大门在林业局里，好像不方便。"

曹局长："你们是省上的单位，总不能放到林业局里吧，得另立一个牌子。你看这是个出口，这个墙打通了，外面就是马路。你们的大门可以改到这里，另立门户嘛。对着大马路，出入也会很方便。"

黄振华说："好吧，暂时放在这里，我给高书记做汇报，包括我们的整个筹备方案。"

1959年以后，我国经济出现了严重的困难。"大跃进"中城市和农村开始出现了大饥荒。在大办农业口号影响下，撤销合并了一些县林业站、国有林场，驼城沙区26个国营林场和国营苗圃大部分被合并为农林牧场。使原有的规划改变了方向，沙区乱垦滥牧现象十分严重，给沙漠治理带来了灾难性的伤害，技术人才外流，专项专款不能专用，造林落实面积仅为原报面积的22%，造林成活率不足50%，林木破坏现象时有发生。当时刮起了"一平二调共产风"，各地大办公共食堂，需要烧柴就砍伐社员和集体的林木，这严重挫伤了群众护林造林的积极性。

大食堂开始了，居民组织起来，把供应的粮食都拿去，在院子里统一办食堂，每个居民组一个食堂。到了吃饭时间，人们排队打饭。

母亲拿了一个盆和一个袋子排队打饭。邻居甲对炊事员说："你看，一家人就打这点饭，怎么够吃？"

打饭女人："我给你打多一点，别人就要少吃一点，大几十号子人，我给你打多少算个够？下一个。"那人不高兴地走开。接着，给母亲打了半盆菜，三个玉米面馍。

母亲说："我们家有五个人呢，三个馍是不是给少了？"

打饭女人："你们家五个人不假，但是，只有两个大人，三个是孩子，孩子的口粮低，供应的粮少，不能按大人的算。好了，再给你半个馍吧。"

母亲把饭打回来后放到桌子上，还没等把碗筷拿上来，三个孩子一人拿一个馍，吃了起来。母亲看在眼里，舍不得把馍从孩子手里夺回来。母亲说："慢点吃，别噎着，婆婆给你们一人舀一碗菜吃，馍馍就着菜才好吃。"又说："给你们的妈妈留一碗菜。"她把剩下的半个馍和菜扣放到锅里。心里想，就让他们吃吧，孩子都在长身体。等孩子们吃完饭以后，盆子里就剩一碗底汤。母亲把那一碗底汤一喝，心想这就算对付了一顿饭了。

天色晚了，赫冬梅回来了。母亲从锅里拿出菜和半个馍，让她吃。

赫冬梅说：“饿死我了，妈，这是给我留的饭？你们都吃过了吧？”

母亲：“吃过了，你快吃吧，一个奶孩子的女人，又要工作，还要加班，这么晚才回来。”

赫冬梅狼吞虎咽地吃着饭：“新来的校长是我中师的同学，她刚来，让我支持她的工作，给我安排了学校的团支部工作。今天回来得晚，就是因为组织团的活动。”

母亲：“孩子们都睡了，你吃完饭早点睡吧。吃过的碗放下，妈来洗。”

第十八章

季校长办公室。黄振华说："校长，经过我们试验站同志们的充分酝酿、讨论，我们做了一个方案，这个方案可能不成熟。我们先送来，请您过目。"

季校长看着方案："总体上不错，但有一点我要给你指出。陕西治沙研究所尽管是省属科研事业单位，但是在行政上，还要隶属于驼城党委和政府的领导。这一点，一定要在你们方案中强调。共产党的天下，全国是一盘棋，不管你是哪个单位，我们都要体现党的领导，这是一个政治原则。建议你把这个方案完善了以后，送到陕西省农林科学院，就我们的业务设置征求一下意见，然后报林业厅。"

黄振华说："好的，我们尽快完善这个方案。"

季伯贤说："等你们这个治沙研究所成立以后，我会建议撤销陕北防沙防风治沙总站。治沙造林就靠你们这些年轻人了，我们呢，就出出主意，提提意见。"

黄振华说："老校长，你可是功臣。我们都是你培养出来的学生，不管你在哪儿，做什么工作，都是我们的指导顾问。"

晚上家里，黄振华说："明天一早我就要到西安去出差。"赫冬梅说："去多少天？""现在还说不上来，我们要筹备陕西治沙研究所。我们这个方案还要讨论研究，要经林业厅批准，恐怕还要报林业部。"

赫冬梅说："你去吧！你从来把工作排到第一位，家庭和老婆孩子排第二位。反正我们也指不上你，你就把工作做好就行了，家里都有我妈照顾，你就放心走吧。""那就辛苦你和妈了。""我帮你收拾一下东西吧，多长时间说不来，那就多给你带两件衣服。""西安比我们这里暖和，你不必给我带太厚的衣服。”“知道了，我虽然没有去过西安。但西安比我们这儿靠南，肯定比我们这暖和，这一点我是知道的。唉，我活了几十年，都没有去过西安——省城。要有时间真想跟你出去转一转，看一看外面的世界。你多好，走南闯北，去了那么多大地方。”

黄振华说：“好，等孩子们都大了，我们退休了，我领你去周游全国。”

赫冬梅说：“是啊，等着吧，你就会说好听的，哄我给你带孩子生娃。”

过了几天，冬梅回到家里，惊奇地说：“妈，你怎么回事？脸也肿了，眼皮也肿了，你生病了吗？我领你去医院看病吧。”

母亲：“妈没事儿，你别担心。”正说着，赫彩莲提了一筐子土豆进来了。

赫冬梅说：“大姐，你来了。你看妈怎么了，浑身发软，眼皮也肿了，脸也肿了。”

赫彩莲：“妈这是饿得浮肿了。这是福堂拿来的烂土豆，我给你送来些。”

“这烂土豆还能吃吗？”“这烂土豆都是硬伤，都是农民卖不出去的，刨土豆时候锄头碰烂的，能吃。妈把打回来的菜都给你和娃吃了，她自个儿不吃。”

赫冬梅说：“我太粗心了，老觉得妈好像跟过去不一样，就没想到妈已经饿浮肿了。”

赫彩莲：“我还带了点康复散，说是这个吃了以后，可以治疗浮肿。唉，也是没办法，这个食堂不知道吃到啥时候。”

王校长办公室，赫冬梅说：“你说我有多粗心，我妈从食堂里打来的饭，先给孩子们吃，剩下的给我留着。她说我奶孩子，要多吃点东西，她自个儿什么都不吃，现在饿得浮肿了。我姐今天要不说，我还什么都不知道，你说我该怎么办？让我妈这么辛苦，还让她再饿着肚子，我这做女儿的真是于心不忍。”

王校长：“前几天在教育局开会，青云山小学的教导主任调走了，我推荐你去那里。”

赫冬梅说：“我带着三个孩子，我母亲饿得都浮肿了，我怎么能走呢？”

王校长：“那里比较好，是个蔬菜区，你可以带你母亲和孩子一起去，你的母亲也不用吃食堂了，那里瓜菜土豆你完全可以买。”

赫冬梅说：“这样的话，让我回去考虑一下。”

教育局。张局长：“赫冬梅，王校长向我推荐了你，到青云山小学，提拔你为教导主任，你去了后，把那个学校管理起来，因为那是一个完小，离城里也不远，我们觉得你最合适。”

赫冬梅说："我能不能带上孩子和我母亲一块儿去？"

张局长："那里有好多窑洞，你可以在学校以外的三孔窑洞里住。三孔窑洞离学校很近，学校在坡上，那三孔窑洞在坡下，你完全可以住在那里。"

赫冬梅说："可以，那我就去。"

张局长："好，你明天去学校交接工作，安顿好了，再带家属去。"

回到家里，赫冬梅同母亲商量："妈，今天教育局张局长找我谈话，他提拔我为青云山小学的教导主任，允许我把孩子和您带过去，那里有三孔窑洞，我答应了。因为那里是蔬菜区，蔬菜土豆可以买，我不想让你们再饿肚子了，所以跟我一块走吧，我们可以不用再吃食堂了。"

母亲："不用吃食堂，还能买到蔬菜和土豆。好吧，那我们就跟你去，只要不饿肚子，你到哪儿，我们就跟着你。"

赫冬梅说："妈，青云山也不算远，十来里路，以后咱们要回来也方便。那儿如果能买到蔬菜和土豆，还能接济我哥和我姐家里呢。"

母亲："唉，这困难时期，家家日子不好过。也好，咱们在那儿农村院子里，房前屋后种点瓜呀菜呀的，你哥和你姐孩子多，咱们也能给他们接济点，别让孩子们饿肚子。"

"明天我先去青云山小学交接工作，等我把房子都准备好了，我再过来接你们。"

母亲："好的，我的小孙子们，妈妈要调工作了，我们再也不会饿肚子了。"

青云山小学，赫冬梅说："张主任，你好。我认识你，你在中师比我高一级。"

张主任："我也熟悉你，当时在学校，你是冬梅小组的组长，你当时在学校可是活跃得很。"

赫冬梅说："教育局张局长说您要调走，所以让我来接手你的工作。"

张主任："我也接到教育局的通知了，听说你要来我非常高兴。这个学校是戴帽中学，旁边还有个聋哑学校。在这里工作，你不光要跟学生和老师打交道，更重要的是，要处好生产队长、公社的人、供销社的人、粮站的人的关系，这些人都是学校的理事，你和他们搞好关系，这些人还可以帮助你，他们都很好。这是学校的财产登记表，我跟你做了交代，学校里边的总务、管财务的会计、管伙食的老师，都在这儿，你们认识一下。这个学校，我就交给你了。"

赫冬梅一一和他们握手，相互寒暄。

青云山的老师们帮赫冬梅打扫了三孔窑的卫生。赫冬梅说：“谢谢你们帮我打扫卫生。”

甲老师：“赫主任，听说你要把母亲和孩子接来住。这就对了，现在在乡下比在城里日子好过。”乙老师：“张主任和生产队里的人、公社里的人关系都处得很好，我们这里的学生也乖，老师们都很和气。”

生产队刘队长进来了：“听说张主任走了以后，来了个赫主任。我今天有点事，来得晚了，你看要我帮你做点啥？”

赫冬梅说：“你就是刘队长吧，哎呀，谢谢你，我需要你帮我把我母亲和孩子行李拉来。”

刘队长：“我给你派辆马车，你什么时候搬家？”

赫冬梅说：“明天行吗？明天一早我跟你的车回去，把我的母亲和孩子们拉来。”

刘队长：“好，明天早上我派车和人来叫你。”

大路上，赫冬梅领着母亲和三个孩子坐在马车上，马车上堆放着行李铺盖，母亲和孩子们坐在上边。

母亲：“在城里住久了，来了这乡下，天是蓝的，树是绿的。看着这广阔天地，心情也好了。”冬梅说：“学校的老师挺好的，很和气，最重要的是生产队长也挺好，今天就是他给我派的马车。生产队还给我了一些土豆蔬菜。”

母亲：“好呀，我们再不用吃食堂饿肚子了。三个孩子高兴得不停地玩耍戏闹。赫冬梅的心情也特别好，不由自主地哼起了民歌，赶车的农民也跟着唱了起来。一路欢声笑语。

一家人坐着马车来到了三孔窑洞前。赫冬梅说：“妈，这就是我们今后要住的窑洞了。”母亲：“这窑洞好厚实，冬暖夏凉。”赶大车的农民把他们的行李和铺盖搬进了窑洞里。三个孩子蹦蹦跳跳，进了窑洞。

赫冬梅说：“妈，昨天学校的老师帮我把这房间都打扫干净了，你看还行吗？”

母亲：“挺好的，很干净，我来铺炕，收拾东西。”

赫冬梅说：“妈，咱们的粮本在哪儿，你给我，我现在到粮站去买点粮食。”

刘队长：“赫主任，我给你带来些蔬菜土豆。”两个农民，一人扛了一个麻袋进了屋。

赫冬梅说：“我昨天就那么说了一下，你今天就给我送来了。”

刘队长：“老人和孩子来了，要吃饭嘛。这是一麻袋土豆，这是一麻袋莲花白。”

赫冬梅说：“我给你把钱开了。”“你再要什么跟我说，我给你办。”

赫冬梅说：“谢谢，太感谢了。”

刘队长：“不用谢。”

赫冬梅说：“妈，我去粮站买粮了。”刘队长、赫冬梅走后，母亲看着两麻袋的土豆和蔬菜，高兴之情难以言表。母亲：“这么多的土豆和蔬菜，我们一个月也吃不完。”三个孩子在炕上玩闹嬉笑。

母亲在院子里看到，窗户底下堆满了炭和柴火。母亲说：“这学校考虑得还真周到，煤炭和柴火都准备好了，这可方便多了。”说完母亲搬柴火，准备烧火做饭。正在这时，赫冬梅和一个农民走进院子。农民：“粮食放在哪儿？”

赫冬梅说：“就放在这个石桌上。你辛苦了，喝点水吧。”

农民：“不用了。赫主任，再有什么活要干的，你叫我，我就在这坡下住。”

母亲：“这一会儿工夫，你都把粮买回来啦？”“妈，你猜我买的什么粮？这是白面，这是大米，这是小米！”

母亲：“都是细粮。”

赫冬梅说：“这粮站主任聂凯，就是振华二舅的女婿。人很和善，是个转业军人，他见我去买粮就问我，‘带孩子来了吗？你的孩子有多大了？’我跟他说我最大的孩子才四岁多，最小的一岁，他听了以后，就给我卖了大米、白面和小米，还给我搭配的豌豆面。”

母亲：“这下好了，不光有的吃，还都是细粮，又有那么多的土豆和莲花白，从此以后我们再不用挨饿了。”

赫冬梅说：“妈，你看我还买了羊油和一块羊肉。今天我们也算乔迁之喜，吃点好的，庆贺庆贺。”

母亲一脸笑意，嘴上却说：“乱花钱！”

窑洞前，母亲正在家里做饭，赫冬梅与三个孩子玩。进来两个民办老师。甲：“赫主任，听说你带孩子来了，我们来看看。这是我家种的南瓜，又甜又黏，可好吃了。”乙：“你们刚来，我拿了一点黑豆钱钱，熬稀饭吃，这有营养，给孩子和老人吃。”

赫冬梅说：“谢谢你们的关心，这些东西有钱也买不到。我给你们钱。”甲：“赫主任，你太见外了。我们知道城里人吃食堂，把人饿得都浮肿了。你们刚来，肯定缺这少那的，我们送点吃的，也是表达点心意而已，可别放在心上。”乙：“赫主任，你这孩子小，又有老人，可不能让他们饿肚子呀。我们送点东西不算什么，也算是表达点心意，欢迎你们到我们这青云山小学来。”

“那就谢谢你们了，你们的恩情容我以后报答。”

甲：“这是你的三个孩子和你母亲吧？”

赫冬梅说：“是的。丽莎、丽莹叫阿姨。”丽莎：“阿姨好。”丽莹：“阿姨，你好。你送的这大南瓜好漂亮啊。”

母亲：“谢谢你们支持我女儿的工作，还关心她的生活。留下来吃饭吧。”

甲、乙：“婶子好。不吃了，以后缺什么就告诉我们。我们走了，再见。”

院子里，母亲拿着锄头在院子里锄草，三个孩子也帮外婆干活。赫冬梅放学回来了。赫冬梅说：“妈，你在院子里干什么？”母亲：“我看这个院子这么大，竟长了野草，你说人家让不让种地？”赫冬梅说：“可以呀，那你想种什么？”

母亲：“种点瓜，种点玉米、豆角什么的，我想你哥你姐他们在城里吃不饱，咱们种上些瓜菜粮食，收了还能给他们接济一点吃的。”

“好呀，妈，我利用星期天和休息的时间帮你一起种。”母亲：“你这里有工具，挺好使的。那天你们那个老师送的南瓜，我把籽留下了。这院子与其让长着野草，不如种些南瓜，这不挺好吗？”

赫冬梅说：“这么大个院子，得种多少南瓜啊？”

母亲：“种上50坑。等你有空了，给我把这地翻一下，咱们还可以种些玉米和豆角。”

赫冬梅说：“没想到我们还会种地，种庄稼。”

母亲：“唉，人都是逼出来的。看看人家农民怎么种地，咱们也就学会了。”

赫冬梅一边帮着妈妈，一边说：“毛主席说，‘自己动手，丰衣足食。’”

黄振华来到了青云山小学。赫冬梅说：“你今天怎么得空来了？”

黄振华说：“你调到这里，也不告诉我。搬了家，也不给我吱一声，害得我回了家进不了门，找不着人。还是听柳校长说，把你调到青云山小学当教导主任了，把全家人都搬走了，我这才赶过来。”

赫冬梅说：“你走了这么多天，家里发生了很多事。居民组让吃食堂，人家看着妈老实巴交，打的饭不够吃，妈又舍不得不给孩子们吃，自己就喝点菜汤，一个多星期就饿浮肿了。我把这情况给王校长说了以后，王校长推荐我到青云山来。没想到我正在考虑，教育局张局长就把我叫去了，派我到这里来，前后不到一个星期。我来了以后觉得这儿还不错，至少不用吃食堂了，我们都不用饿肚子了。这是蔬菜区，可以带家属，所以我就把家搬来了。”

黄振华进去出来看了一圈：“我看这儿还不错，这个窑洞很结实，房间也很干净。没想到你能耐这么大。”“这都是妈的功劳。妈在这儿还会种地，还想种一些南瓜，要我给她把这一片地翻了。你来了，这任务就交给你了。”冬梅说。

接着母亲说：“振华回来了，快回家吃饭。走了这十来里路，够累的，要干活也得明天干。”

第二天，黄振华、赫冬梅、母亲在院子里翻地种菜，三个孩子在院子里高兴地跑来跑去，嬉笑玩耍。一家人其乐融融。

马路边，黄振华推着自行车与赫冬梅告别。赫冬梅说：“青云山小学去年和中学合并，算是小学戴了一个中学的帽子。因为中学的领导也调走了，所以教育局让我小学连中学一起接管，都在同一个学校的编制内，登记的是原来的中学地址。”

黄振华说：“你现在做了领导，还要教学上课，担子比原来重了，工作性质也和原来不一样了，就不是单纯做老师那么简单。你既然做了学校的领导，遇事就要多冷静，要多和同志们商量着。不要感情用事，说话要经过大脑，不能随意表态。家里边孩子们都太小，妈要照顾三个孩子，还要做家务，你还要多操心，所以家里的担子基本是你扛了，我也帮不上大忙。”

赫冬梅说：“你最近不是要忙着筹备治沙研究所吗？现在进展如何？”

黄振华说：“方案已经报上去了，现在就等上级部门审批。我忙了这几个月，总算偷了个闲，过来看看你们嘛。”

赫冬梅说：“妈和秀华怎么样，都好吧？”

“妈还在毛纺厂当厂长。秀华已经回到驼城实习，也在准备毕业论文。”

赫冬梅说：“我妈带了一筐菜，让你转给亲家母。她说吃食堂困难，带点土豆和蔬菜，秀华也回来了，吃不饱就开点小灶吧。”

黄振华把那一篮子菜夹到自行车的后边：“妈真是细心周到。好，我走了，有空了我再来看你们。”

沙丘边上，母亲领着三个孙女孙子拔草。沙丘对面的沙坡上，下来一群人。丽莎：“外婆，你看，是我大姨来了。”丽莹：“还有我大舅。”

外婆向远处瞭望，站起身来招了招手，对孩子说：“好像就是你大舅和你大姨一家。”

远处的人们也看到了，纷纷向这里跑，几个孩子喊：“外婆，外婆！”“奶奶，奶奶！”

母亲和三个孩子也向对面山坡走去。一见面，赫启祥急忙问道：“妈，你在这里都还好吧？”

母亲：“好着呢！冬梅买了好多细粮，这里生产队送了好些菜和土豆，还有老师们给接济点粮食，我们起码能落个饱肚子。”

赫彩莲拉起母亲的手，用指头按了按：“看来妈的浮肿退了，好像最近是吃胖了点。我哥不放心你，今天是星期天，孩子们都放学了，所以就都跑过来看看你和冬梅。”赫启祥说：“冬梅工作还顺利吧？”母亲：“忙着呢，又要管中学，还要管小学，每天在家就是回来吃口饭。”

赫启祥说：“那冬梅的工作担子重了。”母亲对众孙子孙女们说：“走，咱们快回家。回家奶奶给你们做饭吃。”

青云山学校，下课了，冬梅走出教室，看见母亲和三舅在教室门口等着她。

赫冬梅说：“妈，三舅你怎么来了？”

母亲：“你三舅想买车煤炭，去了煤矿，买不上。过来找你，看你认不认识矿长。”赫冬梅说：“我认识矿长。三舅，你等一下，我给你写个条子，你拿着条子去找他。”

三舅：“哎呀，冬梅还认识矿长？这矿长能给我卖车炭，这就把我的问题解决了，我们那里都揭不开锅了。”

赫冬梅说：“三舅，你拿上我这个条子，找矿长去。矿长是我们这儿的股东，所以我和他很熟。”“这就好了，我已经排了两天队了，这下可给我解决问题了。”

春天来了。农历四月初八这一天，青云山赶庙会。方圆几十里的农民都赶在这一天逛集市，看热闹。城里的居民也习惯性地在这一天来赶庙会，看看戏，给孩子们买点小玩意儿。

热闹集市上，有唱戏的，有杂耍的，有唱民歌的。政府也在这一天安排文艺团体演革命戏曲。大哥、大姐两家人也在这一天到青云山来看看母亲和冬梅。

冬梅花了10块钱，买了20个煮鸡蛋，给所有的孩子一人发一个。剩下几个，给了妈妈、大哥、大姐。母亲："那么贵，给孩子们吃吧。"

赫冬梅说："每个人都有。困难时期，城里连鸡蛋都吃不上，今天集市上还真有卖鸡蛋的。大哥大姐，你们也一人吃一个吧。平日里给儿女吃，你看你们都瘦成啥样了。"

赫启祥说："这吃食堂，看着公道，实际上不公道。"

赫彩莲说："居民组那些管事的、做饭的、分饭的，好的都给他们自己留着。成分不好的，老的、幼的、老实人，饭打得少。这样的日子不知道什么时候是个头。"

赫冬梅说："今年妈又种了好多南瓜。我又整出了几块地，种了些玉米和豆角。妈还在院子里种了些茄子。我们种的菜吃不了，晒干了，也给你们接济点。孩子们都在长身体，不能让他们饿着肚子。"

赫启祥说："你别急，以后我们星期天来，把活攒着。这些年轻娃娃也大了，也能干点活。唉，咱们这一大家子人总得要活命吧。"

青云山院子，大哥、大姐家的孩子们放暑假了，都来到了青云山。母亲高兴得忙前忙后，让大点的孩子们去摘南瓜、掰玉米、摘茄子、摘豆角、刨土豆，然后给大家每天做一大锅饭。孩子们吃得香，高兴地说说笑笑、打打闹闹。母亲看在眼里，喜在心上。

红红的太阳像火炉一样烤着一望无际的沙漠。王学斌和黄秀华拿着笔记本，顶着炎炎烈日在沙漠上数着飞播的出苗率。王学斌将自己的草帽戴在黄秀华的头上。"没关系的，王老师，我不怕晒。""女孩子还是要保护好皮肤，不要被暴晒。我是个男人，晒黑点也没有关系。"

黄秀华说："王老师，你说这出来的小苗会不会被晒死啊？我们能不能给它浇些水？"

王学斌说："飞播这么大的面积，我们怎么浇水？科学实验嘛，就是要看看这些小苗的抗旱能力怎么样。"

黄秀华说："我发现我们今天的出苗数比前两天又少了好多。"

王学斌说："是啊，飞播之后我们第一次查出苗率的时候是92%。今天我算了一下，现在的成活率不到85%。最重要的是到了明年春天，还要再看看它的成活率。"

黄秀华说："我们还能有什么办法来保护这些幼苗呢？不要被季风刮走，不被田鼠或者虫子侵害。”

王学斌说：“这个问题提得很好，除了季风以外，我们还要防止田鼠，还有病虫害的破坏。我们把可能想到的问题都要想到，并且把它记录下来。你把这记录下来，这些也是你写毕业论文的有利数据。”

黄秀华说：“我记得我们上中学的时候，老师领我们来植树。我们渴的时候就跑在这沙漠低洼地，看到长草的地方，就用手刨，用铁锹挖，一会儿水就浸上来了。我们就用手搂起水来喝。”

王学斌说：“是吗？”说着，在低洼地的长草处，用手刨了起来。过了一会儿，沙坑里渗出水来了。“秀华，快来喝点水。这沙漠里的水可真甜。”

黄秀华说：“是啊，别看驼城这地方是沙漠，实际这里的水位很浅。这水被明沙过滤了以后，是又甜又清凉的。”

王学斌拿出毛巾在水里摆了摆，拧干后递给秀华。“秀华，洗洗脸吧，会凉快舒服一点。”

黄秀华犹豫了一下，接过王学斌递的毛巾擦了把脸。“谢谢！”

王学斌说：“不用跟我客气。你哥是我最崇敬的人，我非常感谢他。我不知道应该用什么来报答他，他却对我说，‘你好好工作吧’。所以我就想用工作来报答他。”“我哥哥他确实是一个好人。为了供我上学，他不惜让我嫂子那么作难，有时候我嫂子还抱怨他，可他坚持要给我生活费和学费，可以说没有我哥哥就没有我的今天。你想，我妈妈的旧脑筋，绝对不会让女孩子上学的。是我哥哥坚持要让我读书识字，并且鼓励我上大学。我哥哥从工作那天起，就把全部的工资给了我母亲，条件就是必须要让我上学。”

王学斌：“是啊，你有一个好哥哥，我有一个好领导。”黄秀华：“我哥哥告诉我，让我好好跟你们学习，他说你从条件优越的首都北京来到我们这么偏僻贫穷的小地方，是很了不起的。而且还说你们学识渊博，业务能力强。让我跟你们在一起，去学很多知识。”

王学斌说：“很惭愧，我也没有教你什么。”

傍晚，王学斌敲响了黄秀华的宿舍门：“秀华，你休息了吗？”“没呢，请进来。”“我在供销社给你买了一个马灯，你看你被煤油灯熏得鼻孔都黑了。”黄秀华下意识地用手绢擦了一下鼻孔。“嗨，我的鼻孔还真是黑的。”

王学斌点着了马灯，拧亮了灯捻：“你的论文写得怎么样了？”

黄秀华说：“才开了个头。”王学斌说：“让我看看你的论文提纲。”黄秀华说：“我写的论文提纲太简单了。”

王学斌看了一会儿说：“是太简单了，逻辑不够清楚。写论文首先要确立论点，然后找论据，通过论据论证你的论点是正确的，站得住脚的。你没有先写好论文提纲，就不好找论据，也不好推论。没关系，我们慢慢来讨论。”

试验站办公室里，黄振华说：“刚才我们已经把规划方案，还有我们这次飞播的总体报告进行了讨论，大家都提了很好的意见。请起草的同志根据大家的意见修改好。我的意见，关于飞播这个调研报告，请王学斌同志到北京送给林业部。当然也可以顺便回家看看。贾文宇随我到西安，到中国农科院陕西分院，和他们进行接洽关于成立治沙所专业设置和课题设置的问题，由徐站长组织老白和剩下的人共同讨论，形成一个初案。大家还有什么补充意见吗？”

众人：“没有啦，该提的都提了。”贾文宇：“我们什么时候交这个报告？”

黄振华说：“当然是越快越好了。”王学斌说：“那我什么时候去北京？”

黄振华说：“修改好以后，交给我。送北京的调研报告，先要让季校长过目。他批准之后，你就可以动身了。是不是有点归心似箭啦？有两年没见父母了。”

王学斌说：“两年三个月了。”

黄振华说：“是啊，本来你们在学校还有寒暑假，到了试验站寒暑假也没了，这要怨我，工作任务太重，没有让你们及时休探亲假。”

王学斌说：“我们要感谢黄校长，让我们参加飞播的试验。作为业务干部，这是我们国家第一次飞播机植树造林，这是多难得的机会。我给父亲写信说过这件大事，他引以为豪。”黄振华说：“这次你回家，可以亲自告诉他老人家。”

试验站里，徐桢说：“王学斌，回来了！你怎么这么快就回来了？”

王学斌说：“我给林业部送了个材料，在家里住了两晚上，老父亲高兴地认为我做了这么重要的工作，催着我赶快回来，所以我就回来了。”

黄秀华说：“王老师，你回来啦？我还想着我快回学校了，担心我走之前见不着你了。”

徐桢说：“老王，是你父亲催你回来的，还是担心黄秀华走了见不着，急着赶回来的？”王学斌说：“都有，都有。”黄秀华不好意思地扭头回了宿舍。

徐桢说：“给秀华带了什么好东西，还不赶快送去？”

王学斌说：“这是给大家带的一盒稻香村点心，请大家品尝。”徐桢说：“快去给秀华送去。”

王学斌说：“有大家的，也有她的。”

王学斌提了个大包，进了黄秀华的宿舍。黄秀华用自己的毛巾在脸盆里摆了摆，递给王学斌擦脸。王学斌感激地看着黄秀华，一把抓住黄秀华的手。

王学斌说：“我这次回北京离开了你，没想到我满脑子想的都是你。我想我是爱上你了。”黄秀华满脸通红，非常窘迫地抽走了自己的手：“我没有思想准备，我不知道。”

王学斌说：“这几天你想过我吗？”黄秀华点了点头。“太好了，太让我感动了。”

黄秀华说：“可是，我妈不让我找外地人。”

王学斌说：“为什么？”

黄秀华说：“她说，金窝银窝不如自家的狗窝。我要嫁给外地人，就会离开她的狗窝。”王学斌笑了起来：“你太可爱了，单纯得让人不得不爱你。”说着，从包里抽出来一条尼龙围巾，把它围在了秀华的头上：“我们这里风沙大，经常有沙尘暴，这件礼物应该是最适合你的。”

两个月后青云山学校的窑洞前。黄秀华说：“大妈，我大学已经毕业了，前两天回驼城等待分配，好长时间没见我嫂子和小侄女小侄子。这是我在西安给几个孩子买的几件小衣服。”

母亲：“你看你，上学又不挣钱，还给他们买衣服。”黄秀华说：“我上大学这几年，是我哥和嫂子供着我上学的，我给孩子买几件衣服，还不应该吗？”

母亲：“你的工作分到哪儿了？”

黄秀华说：“我学的是林学专业，把我分到驼城农校当老师了。”

母亲：“好，农校人也熟，和你哥在一个单位也能相互照顾。”“我哥调走了。他已经提拔为陕西省治沙研究所的所长兼书记了。怎么我嫂子还不知道吗？”

母亲：“这乡下闭塞得很，你哥最近也忙，没回来，她从哪儿知道呢？”

黄秀华说：“也就是这两天才任命的。”

过了一会儿，赫冬梅回来了。两个人站在大树下，黄秀华说：“嫂子，我背着我哥和我妈来找你，跟你商量件事儿。”

赫冬梅说：“你还有什么事儿背着你哥和妈？来跟我商量，是遇到什么难事儿了？”“你知道农校的王老师吗？”“哪一个王老师？”“就是差点被打成右派的那个王学斌。”“你说的是那个现在跟你哥搞飞播的王学斌。”“对，就是他。我去年实习的时候，在他们试验站，我和他一块搞飞播，两个人处着处着，就有感情了。他现在向我求婚，我怕我哥和妈不同意，所以我想先来和你商量，你觉得这个人怎么样？”

赫冬梅说：“这个人业务能力很强，人比较骄傲，但很大气，我不知道他到底对你怎么样。”

“他对我挺好的。我实习回学校以后，他还给我寄钱。我说我不要他的钱，可他说就算赞助我，说一个女孩儿应该把自己打扮得漂漂亮亮。我觉得他也很体贴人，在学术上也帮我指导论文，他对我挺好。”

“我知道他是北京林业学院毕业的，也是北京市人。大城市人嘛，难免有些高傲，生活要求也比较高。既然是他看上你了，他喜欢你，你也喜欢他，我觉得你可以和他交往。”

黄秀华说：“可他已经向我求婚了，说结了婚以后，要领我去北京见他的父母。”“既然你也爱他，喜欢他，你哥这边也不会反对的，就是妈那边我不好说。”

黄秀华说：“我知道，妈不想让我嫁给外地人。况且，他还差点就成了右派。所以，我想请你和我哥给妈做做工作。”

赫冬梅说：“好的，我先和你哥统一了口径，然后我们一块儿去找妈谈谈。这是我们秀华的终身大事，又是你喜欢的人，我们一定为你努力。”

“我就说嘛，我嫂子最好了。”

林业局后院。赫冬梅推门，进了黄振华宿舍：“找你这个大活人可真难。”

黄振华说：“哎呀，你怎么进城了？”赫冬梅说：“今天县教育局开会，所以我就来了。完了以后我到处找你，才问到你在这儿。”

黄振华说：“我们要成立治沙研究所，我最近正在筹备。所以特别忙，也没有回家看你们。这是林业局给我们的一个暂时办公兼住宿的地方。”

赫冬梅说：“我听秀华说，你已经升了官了，新任了治沙所的所长。”“怎么，你还找秀华了？”

“不是我找秀华，是秀华跑到青云山找我了。”“她工作分配不是挺满意的吗？她找你干什么？”“秀华恋爱了，你知道吗？”“和谁？不会是和那个王学斌吧？”

“就是那个王学斌老师。人家王老师都向他求婚了，她拿不定主意，又不敢给你和妈说，所以就来找我了。”“妈肯定不会同意。找你，你能怎么办？”

赫冬梅说：“秀华是你妹妹，你怎么一点都不关心啊？她就是因为妈不同意，没了办法，又不敢跟你说，所以才找我，让给你和妈做工作。”

黄振华说：“我也听徐桢曾经说过，他俩有这个苗头，我没当回事儿。我以为年轻人在一块工作，就是相互关系处得好一点而已。没想到他们还真恋爱了。”冬梅问：“那你打算怎么办？”

黄振华说：“王学斌出生在一个知识分子家庭。生长在大城市，又是首都北京，自然会有一些优越感。秀华是咱们看着长大的，我们又是个贫寒家庭，秀华生性比较胆小善良，我是怕她吃亏。再加上我母亲也不愿意接受外地人，总认为秀华嫁给当地人，在她眼皮子底下，她能保护女儿不会被人欺负。”

赫冬梅说：“别说妈了，妈是旧脑筋，我在问你的意见呢。”

黄振华说：“妈是旧脑筋，说服她很难。我是他哥，但我也不看好他们俩在一起。”

赫冬梅说：“我看呀，秀华的幸福就毁在你和你妈的手里。你们只谈你们的意见怎么样，但是你想过秀华吗？想过人家两个人是彼此热烈地相爱的吗？感情的因素，你们想过吗？”“感情因素固然要考虑，但是理性的因素就不考虑了？”“我看你是太理性了。恐怕现在你挡也挡不住了，秀华已经下决心了，要和王学斌结婚，她已经答应了王学斌的求婚。现在不是你理性不理性的问题，现在是如何解决妈的问题。”

黄振华想了一下说：“秀华既然答应了王学斌的求婚，那以后的问题，只有自己承担。”“那应该是自然的。你既然已经同意了，就一同和我回去，做妈的工作。这是秀华委托我的，不仅让我给你做好工作，还要让你给妈做工作。”

“你怎么就能保证秀华以后会幸福呢？”

“我就是凭一个女人的直觉。一个男人能对一个女人放下身段，关心她，爱护她，体贴她，我认为这个女人就可以和这个男人过一辈子。”

黄振华和赫冬梅一同回到了黄齐英家。赫冬梅说：“妈，我们回来了。”黄振华说：“妈，你吃饭了吗？”

黄齐英说：“吃过了。”赫冬梅说：“妈，我们也吃过饭了。”

黄齐英说："就是没吃过饭，我这里也没有东西给你们吃。"

黄振华和赫冬梅对视了一下。赫冬梅说："你说。"黄振华说："还是你说。"赫冬梅说："说好的让你说嘛，怎么这会儿又让我说？""妈，秀华工作了。她年龄也不小了，该出嫁了吧？"

黄齐英说："你这么着急，把她赶着嫁出去。""我是说有合适的，她就可以考虑结婚了。""那不是现在还没有合适的吗？"冬梅说："农校有个王老师，看上秀华了。"

黄齐英说："你说的就是那个右派吧？"赫冬梅说："人家王老师不是右派，是个挺有才华的人。"黄齐英说："不是右派，也差点成了右派。他又是外地人，秀华不嫁给外地人。"赫冬梅说："人家是首都北京人，多少人还羡慕呢！黄齐英说："谁羡慕就让谁嫁给他去，我的女儿不嫁右派，不嫁外地人。"

黄振华说："要是秀华也愿意嫁给人家呢？"

黄齐英说："你是哪头的？你还是我儿子吧？你怎么老跟我对着干。自从你结了婚，你就看我不顺眼，我说什么，你都要挤对我。你当哥的，不给她把关，还把她往火坑里推。"

赫冬梅说："妈，这就是你的不对了。人家俩个两情相悦、相亲相爱在一起结婚难道不好吗？什么右派呀，外地人呀，那都是老观念了。"

黄齐英说："说别人容易，你妈把你嫁给外地人了，还是把你嫁给右派了？站着说话不腰疼。我不让我的女儿嫁给右派，不让嫁给外地人，我就是老观念？"

赫冬梅说："你说的就不对嘛！第一，人家不是右派；第二，人家是外地人，可人家在驼城工作呀，又没让秀华嫁到外地去。"

黄齐英说："你们走吧。不要跟我说这话，我也听不进去。"

黄振华说："我单位还有事呢。冬梅你走不走？"赫冬梅将黄振华一甩，走出了门去。

路上，赫冬梅气鼓鼓地说："你妈真是不可理喻！还有你，窝窝囊囊的！说好了，你对妈说，怎么到妈面前，你就没话了，让我说。好啊，我把妈得罪了不算，结果怎么样？妈不但不同意，还把我们赶出来了！"

黄振华说："唉，这可怎么跟秀华说呢？"

第十九章

一个月后，赫冬梅在城里开会，来到了治沙所。

她走到宿舍前，看见黄秀华，说："秀华，你怎么在这儿？"

黄秀华说："他们的通讯员认识我，给我开的门，我在这儿等我哥呀。嫂子，你们上次跟妈谈得怎么样？"

赫冬梅说："妈太顽固了，她就认定王学斌是右派，又不愿意让你嫁给外地人。我们和她谈，最后还让她把我们赶出来了。"

"那我该怎么办呢？哥，嫂子，你们得给我出出主意。"赫冬梅："叫我说，现在婚姻自由。你俩真心相爱，就不必考虑妈的意见。你的户口在哪儿？"

"我的户口是集体户，转到农校了。""这就更简单了，让学校给你开个证明，你俩到民政局把结婚证一领，你们婚假不是要回北京看人家老人吗？等你们回来了，生米煮成熟饭，妈还能不认？""哥，嫂子说的这样可以吗？"

黄振华说："不然还能有什么好办法？"赫冬梅说："那结婚总要举行仪式吧。你举行结婚仪式还能不让妈知道？"秀华："是啊，结婚仪式上，妈要是来闹怎么办？"

黄振华说："那就别在这儿举行婚礼了，就说你们回了北京，举行过婚礼了。""也只能这样了。"

黄振华说："不过我得跟王学斌谈一谈。我代表家长，这叫婚前谈话。"秀华担心："你可别吓唬他。"

王学斌在黄秀华的带领下，来到了振华办公室。黄振华问："我听秀华说，你向她求婚了。"

王学斌:"是的，我是真心喜欢她，也是真心爱她，我很认真地向她求婚。"黄振华："她跟我说了，现在的问题是我妈不同意。因为你是外地人。"

"老人家是不是怕我把她的爱女领走，担心她见不着了？这一点请她放心，我虽然是外地人，但我确实把这里当成了我的家、我的第二故乡、我的事业所在。"

"我妹妹从小是我母亲呵护大的，比较娇气，吃不得苦，受不得气。"

"秀华一点都不娇气，非常能吃苦耐劳。再说，我是绝对不会让她受气的。我会对她好的。"

黄振华说："只要你们真心相爱，我是不会反对的，我母亲的工作我会做。我们从小就没有父亲，靠母亲一人拉扯大，我希望你对她好。当然，她有不对的地方，可以批评她，但我希望你多关心她，疼爱她，让她在今后的生活中感到幸福。"

王学斌诚恳地说："我是真心喜欢她，也很爱她，我也会很珍惜她的，我一定尽我最大的努力让她生活幸福。"

"只要你说的能做到，那么你就是我的妹夫。"

"哥，你放心吧，我一定让秀华一辈子幸福，不会后悔。"

青云山窑洞。二舅："大姐，整风运动中，把我划成了资本家。说我过去剥削过人，让我劳动改造，不让我做裁皮子的活了，让我每天去草洼沟拉煤。那里离城要有四十多里路，我今天路过这里，来看看大姐。"

母亲："你手艺好，裁一手好皮子，不让你做了。你拉煤，你受得了那罪吗？"

"受不了也得受，说我过去剥削过人，所以现在要劳动改造，吃苦受累才能改造好思想。"

"苦也吃了，累也受了，你现在也不要有什么怨言。你每天从这里经过，到我这儿来，我给你留碗饭，你干这些体力活，不吃饭哪行呢？用不了几天身体就垮了。"

赫冬梅回来了："二舅，草洼沟拉煤四十里路，来回八十里。我认识青云山煤矿的矿长，不如你以后在青云山拉煤。我跟他说一声，这样你来回只走二十里路，也不会太远。"

二舅："那敢情好啊，那就等于让二舅少了一大半的体力活。"

母亲："城里现在还吃食堂，哪能吃饱呢？你能在青云山煤矿拉煤，早上过来，中午在这儿吃一顿饭，下午再拉回去。"

"我一人吃饱没用，居民组给我们家打的饭就少，还有咱妈，孩子也多，孩子妈就不够吃。唉，这可怎么过呀？"

赫冬梅说："妈，把刘队长送来的土豆和蔬菜给我二舅和外婆带些回去吧。这里虽然是乡下，但是拿钱还能在生产队买到菜。"

治沙研究所黄振华办公室，黄秀华、王学斌进来和黄振华告别。黄秀华说："哥，我俩去北京结婚的事，你先别给妈说，就说我去北京出差。学斌票也买好了，说回去见见他父母。你恐怕还得给妈做做工作。"

黄振华说："走吧，妈的工作我来做。路上照顾好身体。到了北京给我写信报平安。""到了就给你打电报，你放心。""走吧，新婚愉快，一路平安！"

秋天到了，院子地里结满了大南瓜。母亲、赫冬梅和孩子们收南瓜。三个孩子，一人抱了一个南瓜往家里搬。赫冬梅说："跃生，你抱不动一个大南瓜。"跃生抱起了南瓜，摇摇摆摆地往家走。没想到走几步就摔倒了。母亲："快，快把孩子抱起来。"

跃生也不哭也不闹，爬起来抱着南瓜继续走。两个姐姐，比赛看谁抱着南瓜跑得快，不一会儿，也抱着南瓜摔倒了。南瓜在炕边上放了一排。三个孩子抱上抱下，玩了起来。母亲一边放瓜一边说："这瓜吃一年也吃不完。"

赫冬梅说："妈，咱们吃不完，把这瓜拿些给我哥我姐家里的孩子们吃。"

"是啊，总共100多个瓜，咱家哪能吃得了，等他们下次来了，看他们能拿多少就拿多少。"

北京，王学斌家。王学斌说："爸，妈，我们回来啦。"

王母："哎呀，我的学斌，你总算回来了，妈妈有多想你啊。"

王学斌说："秀华，这是妈，这是爸。"

黄秀华说："爸、妈，你们好！"说完给两位老人鞠躬。

王父："好，很好，欢迎你们回家！"学斌看出秀华有些拘束："秀华，到家了，你随便一点。"

王母问："吃饭了吗？""一下火车就往家赶，上哪儿吃饭呀！到了北京，肯定要回家吃饭呀。""好，你们洗洗脸，吃茶吃点心。秀华在家休息，学斌跟妈买菜去。"

秀华说："妈，我和你买菜去吧。"

王父："你在家休息吧，让学斌帮你妈提菜去。"王学斌随母亲出了门。

"秀华，过来坐，先吃点心，喝点茶。"秀华随王父坐到沙发上。"学斌来信说，你们俩已经领了结婚证了。"

黄秀华说："是的。""他说你母亲至今还不同意你们结婚，为什么？""她是老脑筋，不愿我嫁给外地人。"

来到菜市场，王母对王学斌说："你结婚这么大的事，也不事先跟我们商量，就自己做主了？找一个小城市的姑娘，你就打算一辈子在那边远的小地方生活吗？"

王学斌说："是啊。""我和你爸就生了你这么一个儿子，你去给人家当上门女婿，我们老了谁照顾我们？""你怎么说这么难听的话？怎么我就成了上门女婿了？""那你不是在小地方找了个姑娘结婚了，你离她妈近，还是离我近？"

王学斌说："离她妈近就是上门女婿吗？"

"就算我这句话说得不对，那你今后怎么办？不打算调回来了吗？"

"你们不是还没老吗？我还年轻，我还想做我该做的事。你说我没跟你商量，但是我和我爸商量了呀。是他说的，见了心仪的姑娘，喜欢的姑娘就早点向她求婚。我做到了，难道你不喜欢黄秀华吗？"

"我刚见面，还谈不上喜欢不喜欢。"学斌："你喜欢不喜欢不重要，关键是我喜欢。""你还是不是我儿子？刚回来就这么跟妈妈抬杠。"

"我大老远地回来，你不但不欢迎，还说三道四，我给你领回来儿媳妇你还不高兴。真不知道什么样的女孩你才能喜欢。"

"妈是希望你在北京找一个姑娘，以后你也能调回北京，我们老了也有人照顾。"

"原来你是让我给你找个儿媳妇伺候你，让我在外面打光棍当流浪汉。流浪不动了，再屁颠屁颠儿地调回北京，给你们养老送终。老妈，你好自私啊。"

"妈可不是这个意思，妈就是想让你在北京找个媳妇，有理由调回来。"

"你再别说了，我把媳妇已经给你带回来了。你要不喜欢她，那我们明天就走。"

"你这孩子，怎么老曲解妈的意思呢？你不是回来还要举行婚礼吗？怎么能刚回来就走了？"

“反正这媳妇是我喜欢的，我们结婚证都领了，你现在跟我说这些话都没用了。你要祝福我们，我们在家把假休完；你不祝福，我们立马就走人。”

“好啦好啦，就算妈说了废话，妈祝福你和黄秀华。这姑娘长得还挺好，什么话也不说了。哎，你看妈妈给你把菜都准备好了。”

王学斌说：“就是以买菜为借口，单独对我进行训话，是吗？”

王学斌家。王母：“学斌，叫你爸爸和秀华过来吃饭。”

王学斌说：“妈，你炒了这么多的好菜，馋死我啦！秀华，快来吃。我们四个人平均一个人两盘菜。”

黄秀华说：“谢谢妈，给我们炒了这么多的菜，这哪吃得了啊？”

王父：“你妈听说你们回来，昨天都开始做上了。今天一大早又拉学斌出去买菜。”

饭后，王学斌说：“让我来洗碗吧。”黄秀华说：“男人家，笨手笨脚的，这些家务事还是由我来做。再说我吃了那么多，我得消消食啊。”

“我洗完碗之后，带你出去散散步，消消食。等我们两个有了小家，你可不许惯着我呀。男人做饭洗碗都是应该的，做得不好可以学嘛。我可舍不得让你成天待在厨房里，为老公做饭洗碗生孩子。”

“知道啦，亲爱的。我知道你疼我、爱我。”

王父对王母说：“看你吃饭的时候情绪很高，这儿媳妇你满意啦？”

王母：“是学斌威胁我，说我看不上这儿媳妇，他们立马就走了，你说我能怎么办？不过要说这儿媳妇也不错，长得挺漂亮。”

王父：“咱儿媳妇真的不错，西北农学院毕业，学的是林学，和学斌一个专业，关键出身贫下中农。父亲去世得早，母亲是街道办主任、共产党员。哥哥是治沙所的所长，是学斌的直接领导，也是共产党员。”

王母：“妈呀，我儿子的命运可在人家手里攥着呀。”王父：“你应该庆幸你的儿子被人家照顾得很好，你应该感激人家才对。”

黄齐英家，黄振华一进门就问：“妈，你一个人吃饭了吗？这是我给你带回来的馒头。”

黄齐英说：“秀华说她出差了，我也不知道她哪天回来，这已经好些天了，怎么还没回来？跟你写过信吗？”

黄振华说："给我写过信。秀华是和王学斌回北京结婚去了。你一直不同意，所以她不敢告诉你。"

"什么？你俩现在都学会撒谎了，这么大的事哄我一个人！就是和那个右派吧？"

"妈，人家不是右派，以后不能这么说，他是你女婿了，你以后不能这么说他了。""我早就发现他俩不对劲儿。我跟她说过，不许找右派，也不许找外地人，可她最后还是找了他。"

黄振华说："妈，你也是共产党员，我们党一直反对买卖婚姻和包办婚姻，他俩是自由恋爱，你应该支持她才对。你说人家王学斌是北京人，放弃了在大城市生活，来到我们这个偏僻贫穷的小城市，又做着这么艰苦的工作。我们也应该关心人家才对。我现在是他的领导，他即便不找秀华，我也得托人在驼城给他介绍对象，这样才能把人才留住。你这样固执己见，就像个封建家长一样，这样对年轻人是不公平的。"

"我是觉得他一个差点当右派的人，他的思想能进步吗？我们是革命家庭，不能和这些'地富反坏右'联姻。"

"王学斌作为一个年轻人，提的意见比较尖锐，被工作组错划为右派，但是我觉得季校长的处理就非常好，没有把这些污点贴到这些年轻人的身上，而是让他们放下包袱，好好工作。通过上一次的事，他作为一个年轻人，应该已经吸取教训了。我们也经常提醒他，再不可犯政治上的错误。"

"你是说我反对错了？"

黄振华说："你出于关心自己的女儿，让女儿考虑婚姻大事慎重些，出发点是对的。但是既然人家已经成了夫妻，我们就不要反对他们。回来了，你也高高兴兴地接受他们，一家人其乐融融，这样才不会让秀华为难，让学斌也进入咱们的家庭。"

"另外，我还要告诉你一声，成部长让我到北京去一趟，汇报治沙研究所的相关工作。我想顺便看看秀华，拜访一下亲家。"

黄齐英说："是他们娶儿媳妇，应该他们来拜访我，这都反着了。还要我们上赶着去拜访人家，这叫什么规矩？"

黄振华说："妈，这是新社会，他们两个又是自由恋爱，我们不能用旧的礼教来约束他们。我到北京出差，顺便拜访人家，也是情理之中嘛。"

黄齐英说："好，你去看看，如果这家人不好的话，就让秀华离婚。"

青云山窑洞里，黄振华抱着儿子，旁边围坐着两个女儿，给他们讲故事。

母亲：“饭都做好了，冬梅怎么还不回来？大星期天的还跑出去工作？”

黄振华说：“她出去没说上班的事，咱们再等等她吧。”

赫冬梅急忙进门：“我回来啦。看我给你们带了什么？”丽莎：“好香，是肉肉吧？”母亲：“哪儿来的肉？还做好了的？”

赫冬梅说：“乡里供销社和那几个干部买了只羊打平伙，我也跟着分了三份。”

母亲：“敢情你上次拿回来的肉，也是打平伙分的？”“这些干部星期天回不去，要值班，就和老乡买只羊杀了，然后在灶房里做。做好了分成份，每份多少钱。我今天买了三份，犒劳犒劳你们。”

跃生：“我要吃肉肉。我要吃肉肉。”丽莎丽莹跳起来：“今天有肉肉吃啦。”

母亲：“别抢别抢，都有份儿，先让爸爸吃，爸爸吃完了剩下的给你们吃啊。”

赫冬梅说：“妈，今天我买了三份，大家都能吃上。让我来先给你盛一碗吧，你老是让大的、偏小的，就是吃不到自己嘴里。”

夜晚，黄振华和赫冬梅躺在炕上。赫冬梅说：“秀华来信了吗？他们什么时候结婚，什么时候回来？”

“秀华来信了，也给我打了个电话，说他们准备最近举办婚礼，还邀请我们俩到北京去出席他们的婚礼。我刚好要到北京去出差，可以顺便看看他们。如果没什么急事的话可以出席她的婚礼，也遂了我妹妹的心愿。”

赫冬梅说：“他们还邀请我了？我都没去过北京，我也真想去看看，一方面参加秀华的婚礼，另一方面也去看看北京，看看天安门。”

“现在提倡婚事新办，不搞那些铺张浪费的婚礼。你去，可是要自己花钱出路费的。”“我的路费我自己想办法。你只要答应让我去就行了。”

“丢下三个孩子，还有妈，你放心吗？再说你上着班呢，工作上离得开吗？”

赫冬梅说：“一来一回也就十来天嘛。家里有妈，我不操心。工作上，我让几个老师替我上几节课，我请个假。带我去北京看一看嘛。我的愿望就是能到北京去一趟，看看北京天安门，在天安门前照个相，那是我向往的地方。”

黄振华看着赫冬梅，心想：“可爱的老婆，嫁给我以后你就为家事和工作上的事操劳，没享过一天福，从来不给我提什么条件，就这么一个愿望，我怎能拒绝你呢？”想到这儿，黄振华说：“那好吧，就满足你的愿望。你把家里的事和学校的事安排好，跟我一块儿走。”

赫冬梅高兴地抱住黄振华，亲了一下他的脸颊。

黄振华也热情地搂着赫冬梅说：“关灯，睡吧。”

驼城大街上，一对十多岁的姐妹俩手拉手走着，她们是赫冬梅的表妹。妹妹捂着肚子：“姐姐，我饿了。”“我也饿了，可是家里也没有吃的。”“那怎么办呀？我饿得实在走不动了。”姐姐说：“要不我们到青云山找冬梅表姐，她那里肯定有瓜吃。”“好吧，爹爹每天拉煤回来，都能给我们带一个大瓜回来。”姐姐：“可爹爹这几天没去拉煤，所以我们也没有瓜吃了。”“那我们快去青云山吧。”

走到城边的乡村岔路边，妹妹问：“姐姐你怎么不走了？”姐姐说：“这是个岔路，我不知道哪一条路是去青云山的路。”“姐姐，我饿得走不动了。”“妹妹，我去问问人路怎么走吧。”

姐姐走到路边的一农户家：“大爷，这哪一条路是去青云山的路？”

大爷：“你们是从城里来的孩子吧？去青云山找亲戚吗？”

姐姐：“青云山小学有我表姐。我妹妹饿得走不动了。我们想去表姐家吃点东西。”

大爷：“青云山还有五里路呢。你带着妹妹天黑才能走过去。”

“可是我们家里已经没吃的了，我们想去找表姐。”

大爷给她们两个煮土豆：“吃了以后，朝北边那条路一直往前走。”

“谢谢大爷。”

青云山的窑洞里，天色已晚了，一位女老师在门外喊：“赫主任，来了两个小女孩儿，是找你的，说她们是你的表妹。”

赫冬梅连忙出门：“彩霞、小霞，这么晚了，你们怎么来了？”两个表妹见了冬梅，哭了起来。

母亲：“快进屋，家里出什么事儿了？你奶奶还好吧？”

彩霞：“家里没出事，我爸这几天病了。我俩实在太饿了，所以就想着来大姑家吃瓜。”

赫冬梅说：“那你们的爸妈知道你们到我这儿来了吗？”

彩霞：“不知道。”“天都快黑了，你们不回去，你们的父母不急死了？”

黄振华说：“还是我骑自行车回去吧，通知一下二舅，否则他们会着急的。”

“带两个瓜给他们吧。二舅这几天没来，肯定是一家人饿得揭不开锅了。”

母亲：“快过来，一人先喝一碗稀饭，吃一个馍，吃饱了再说话。今晚上你们就不回去了，让你姐夫回去跟你爸妈说一声。”

青云山学校，赫彩莲的女儿二凤来了：“外婆，我妈让你赶快去看老婆婆。她摔了一跤，现在病重，生命垂危。”

母亲：“你老婆婆怎么了？”“说是腿软，摔了一跤，现在病重，躺在床上起不来了。”

母亲：“好，我现在就准备走。去跟你小姨说一下，就说我回驼城看你老婆婆。”

二凤：“外婆，我妈说让我留下来看孩子，我已经放假了。还让我给小姨说，让给你雇个车，说你是小脚，走不了路。我去学校找小姨去了。”

路上，赫冬梅和母亲坐在毛驴拉的架子车里。赫冬梅说：“妈，你也不要着急，我外婆摔了一跤，也许不太严重，你也不要过于担心。”

农民：“赫主任，我不知道马店巷在哪儿，你母亲知道吗？”

母亲：“我知道。你不是跟振华说好了要去北京吗？什么时候走？”“他说后天就走。”“那你就放心跟他去吧。如果外婆摔得不严重，我很快就回青云山了。”

外婆家院子，赫冬梅刚扶着母亲进了院子，就发现不对劲儿。母亲瘫倒在地上哭了起来。赫冬梅使劲扶着母亲走进了院子。母亲的兄弟姊妹们哭成一片：“妈走了，等不来你了。”

母亲：“妈呀，怎么摔了一跤就起不来了？你怎么不等我就走了呢？你让我后悔呀！你也不让我看你一眼，你咋忍心撇下我们就走了……”赫启祥和赫彩莲都在场。

赫彩莲：“我让大凤去叫振华了。后天就出殡，你还准备去北京吗？”

冬梅说：“我肯定去不了北京了。妈这么个情况，让她在这儿多待两天。都是我不好，如果不把妈带到农村，妈也许能和外婆见上一面。农村消息闭塞，让妈遗憾没见到外婆最后一面。”

“唉，你不要自责了。外婆年纪大了，吃食堂，营养又不好，打回来的饭自个儿舍不得吃，紧着儿子吃，紧着孙子吃，也是营养不良，腿软，摔一跤就起不来了。”

“我原想今天还回去，家里留着二凤照顾几个孩子。如果后天出殡的话，那我也就不回去了。”

赫彩莲：“不要紧的，二凤也长大了，她知道分寸，那你参加了外婆的出殡以后再回去，北京以后再去吧。”

青云山庙里，二凤领着三个孩子蹦蹦跳跳地来到殿前看神像。

二凤带着三个孩子在院子里藏猫猫玩。

二凤领着三个孩子在河边溜沙坡。跃生掉进水里，被水冲走，三个女娃娃吓得叫了起来。正好一个过路的老乡跑过去，把孩子救起来。

二凤爬到农民的桃树上偷摘桃子，被农民发现，农民放出狗，吓得她带着三个孩子跑到了院子里，不敢出门。

三天后，赫冬梅领着母亲回到了青云山家里。

母亲悲伤地说：“我回去得太晚了，都没有跟你外婆见一面，她就走了。我妈是最疼我的，可我终究没有见她老人家最后一面。”

冬梅抱歉地说：“妈，都是我害的，让你给我看孩子，没在城里住，乡下的消息太闭塞，交通又不方便，知道得太晚了，让你和我外婆都没见上一面。妈，我知道你的难过和遗憾。”“唉，这都是没有办法的事。”“这样不行，妈，我们也考虑回城吧。再说，丽莎也该上学了。我听振华说，吃食堂大部分人都反对，可能很快会取消。”“谢天谢地呀！”

马路上，一辆大车上坐着一家人，终于回城了。母亲说：“我们在这儿住久了，还真有点舍不得，你说这地里种庄稼自己收多好，我们回城可没有这条件了。”

赫冬梅说：“回城以后不吃食堂了，我们可以买菜吃，你也不用那么辛苦还要种菜种瓜。”

丽莎：“那我回家以后，是不是要上学了？”

赫冬梅说：“你很快就是个小学生啦。”丽莹：“我也要上学。”

赫冬梅说：“你比姐姐小，还不到年龄，等到明年你也可以上学了。”跃生：“我也要上学。”母亲说：“哦，等你们都上学了，外婆也老啦。”

“妈，你不会老。老了也不怕，我给你养老送终。”“我的养老有你哥呢。这几年不给你哥带娃做饭了，倒是把你嫂子给锻炼出来了。”“是呀，我嫂子过去都依赖你，看，没有你的日子，人家的孩子不也养得好好的？”

北京成部长家，成部长：“振华，请坐，有几年没见你了。你母亲和家里人还好吧？”

黄振华说：“很好，我母亲现在是街道毛纺厂的厂长，工作还很忙，她让我代问您好，让我给您带了点红枣和小米。陕北现在也没什么好东西带给您。”

成部长：“红枣小米，这就是好东西啊。这困难时期，怎么能搞到这些东西？”

黄振华说：“红枣是我舅舅他们窑洞前的那棵枣树结的，我妈说你应该有印象。”“是的，当年你舅舅还摘了一些给我当干粮。”

“这小米是我们试验站在沙漠地上种的试验谷子，比在水浇地种的小米还香。送给您尝尝。”

成部长：“你给我带的这两样东西可太有意义了。老婆子，来，把振华带的小米给我熬点粥，给我们再加点红枣。”

成部长又说：“振华快来，跟我到书房，给我讲讲你改建治沙所的事。”进了成部长书房，成部长：“你先来看看地图。这是一张我国沙漠与林地的分布图。这就是毛乌素沙地，覆盖在我国北方黄土高原上，黄河从它的东面流过。毛主席指示：一定要把黄河的事情办好。毛乌素沙地和黄土高原，每年要向黄河输送大量泥沙。所以，我们要在毛乌素沙地和黄土高原上缚住沙龙，就必须在这些地方植树造林。你们去年进行的飞播试验是成功的，提供的数字让部里和中央很有信心。”

黄振华说：“是啊，飞播后出苗率90%以上，我们都觉得很有信心，很兴奋。但是随着季风到来，成活率就下降了40%，这对我们来说是一个不小的打击。我们想以后的飞播，能不能再提前一个月或者一个半月。树苗在季风到来之前就能长得壮实一点，抵御风沙的能力也会强一点。”

成部长：“试验嘛，总会有意外，是允许失败的，况且你们的情况只是不理想而已。你刚才这个想法很好，继续大胆试验，把你们的飞播再提前一个月或者一个半月。”

黄振华说：“我还有一个想法，就是毛乌素沙地涉及内蒙古、宁夏、甘肃、陕西四个省区，要把沙子牢牢绑在原地，四个省区必须协调配合，这样才能起到整体效果。”

成部长：“你这个想法，我们已经考虑到了。正因为如此，才把你们的试验站改成治沙研究所。你们的活动工作范围就在这四个省的毛乌素沙地之内。我们已给当地的林业部门通知了，要求积极与你们配合，拿出一个像样的、有效的方案。”

黄振华说："我们已接到通知，新成立的治沙研究所隶属于中国农科院陕西省分院。我这次回去，就直接到西安与陕西分院的同志们接洽，开展我们的调查和研究工作，尽快拿出一个整体的合理的治沙方案，报请林业部审核。"

部长夫人："小米红枣粥已经熬好了，你们是在这儿吃吗？还是到餐厅吃？"成部长说："我们到餐厅吃。"

成部长和黄振华来到了餐厅，发现成林也坐在餐桌前。

成林说："振华哥，我们有好几年没见了。听我姐说，你已经是几个孩子的父亲了。""是啊，一晃几年过去了，我已经是三个孩子的父亲。你在上工业大学，快毕业了吧？""是啊，我原来想，姐姐学农，我学工。可我现在就想到最艰苦的地方去锻炼。"

"我倒觉得你应该留在北京照顾父母。他们渐渐老了，需要子女陪伴在身边。"

"我这么年轻，还没有给国家做贡献呢，就躺到父母的安乐窝里？那不行！爸爸妈妈也会支持我到祖国最需要的地方去的。"

成部长："这个成林啊，比她姐姐还野。整天喊着要到最艰苦的地方去，要到祖国最需要的地方去。""我妹妹和她一般大，思想还比较单纯。"

成部长："我一直没有听你说过，你还有个妹妹，那为什么不让我见见呢？"

"她就在北京，明天要举行婚礼。我这次还带着我妈给我的任务。"

成部长："这就是你的不对了。你妹妹结婚，我也是长辈呀，也算舅舅吧，怎么能不去呢？刚好，明天是星期天，我们和你一块儿去。"成林说："我也想去，她应该是我的姐姐，还是妹妹？"

"她应该比你大一岁，她已经大学毕业了。"

成夫人："她是在哪儿上的大学？学的什么专业？""她在西北农学院，学的林学专业。"

成部长："那她毕业分到哪儿了？""她已分配到驼城农校，当老师。"

成夫人："女孩子当老师非常好。既能工作，还能照顾家庭，一举两得。那她怎么到北京结婚了？"

黄振华说："她爱人家在北京，小伙子是北京林学院毕业的，分到驼城农校工作后，来到我们的治沙试验站搞飞播。我妹妹实习的时候，两个人在一起工作，就处出了感情。"

成部长："女儿要结婚，那你母亲为什么不来北京？"

黄振华说："我妈一直不同意，所以他俩是领了结婚证就到北京来，过来看老人，顺便也结了婚。"

成夫人："你母亲为什么不同意？""我母亲是老脑筋，总觉得女儿应该留在母亲的身边才安全，不应该嫁得那么远。""北京也不算远，现在飞机通了，火车也通了，很方便的。快吃粥吧，都快凉了。"

第二十章

国宾饭店门口，王学斌和黄秀华穿着漂亮的新衣服，站在门口招呼客人。黄秀华不停地向远处看。

王母："秀华，你哥什么时候到？客人都快到齐了。"正在这时，一辆小轿车在他们面前停下。黄振华下来了，成部长一家也下了车。

王学斌和黄秀华立刻迎上去："哥，你怎么才来？"王父、王母惊奇地看着从小轿车上下来的贵宾。

黄振华说："这是我妹夫王学斌，这是我妹妹黄秀华。"

成部长："秀华，我们第一次见面，我是你舅舅，这是你舅妈。"黄秀华吃惊地看着，心里纳闷："从来没有听母亲说过，在北京居然有个舅舅。"

黄振华说："快叫舅舅、舅妈。"

王学斌、黄秀华说："舅舅好！舅妈好！"

王父、王母立刻迎上来："啊呀，是亲家，贵客贵客，请上座。"王父点头哈腰，领着从小汽车下来的客人入座。

王母问："秀华，北京你还有舅舅，怎么从来没听你说过？"秀华："我也是第一次见到。"

王学斌："我认得他，他就是林业部的成森副部长。"

王母："妈呀，这来头也太大了，怎么攀了这么大的官，还结了亲家？"说完立刻追了上去。

王学斌说：“你哥把成部长搬来，还认了舅舅，什么意思？”秀华回答：“我也不清楚到底怎么回事。”

饭店里，王父把成部长一家和黄振华引到了主桌前入座。王母跟随其后，热情有加。王母在王父耳边轻轻说：“你知道秀华的舅舅是谁？是林业部的成部长。”王父亲惊得目瞪口呆，无所适从。

王母：“亲家，我们真是有缘呀。我们结为亲家，这可是几辈子修来的福啊。”

成部长：“你这婚礼办得可够大、够隆重的啊。”

王母：“我就这一个儿子，学斌是独生子。你说一辈子孩子就这一次，那可不是要给孩子们办好吗？”

成部长：“你就这么一个独子，怎么舍得让孩子到陕北那么艰苦的地方去工作？”

王母：“不舍得也没办法，这孩子非要到最艰苦的地方去，到祖国最需要的地方去，我们也是没办法。”

王父接着说：“孩子年轻，就应该到最艰苦的地方锻炼锻炼。”

成部长：“对呀，我赞成你的观点，年轻人就应吃点苦，对孩子的成长是有好处的。”

王母问振华：“亲家母的身体还都好吧？女儿结婚了，她应该到北京来，我也尽尽地主之谊呀。”

黄振华说：“我母亲的身体很好，她让我代问亲家公亲家母好。”

成部长：“我这个姐姐呀，也是满腔热情，现在当了毛纺厂的厂长，忙得也脱不开身。振华回去转达我们的意思，让你母亲抽个空到北京来。女儿秀华也嫁到北京了，她来了也到我们家住一阵子，让你舅妈带她转一转，玩一玩。”

黄振华说：“好的，我一定转达。”

王父：“亲家，客人到齐了，您上台讲两句话吧。”

成部长：“今天你是男方家长代表，我是女方家长代表。好，我们一同上台，你先讲话，我后讲。”

王父：“好的，好的，请，请。”

王父领着成部长走上了主席台。王父：“各位亲朋好友。热烈欢迎你们参加我儿子和儿媳的婚礼。我这人不会讲话，还是让我的亲家——林业部的成部长代表我们家长讲话。大家欢迎！”

台下一片热烈的掌声。有人在议论：“好家伙，他们的亲家是部长。这可是和个大官结了亲呀。”

成部长：“我和亲家的心情是一样的，非常感谢各位亲朋好友来参加孩子们的婚礼。我的姐姐远在陕北，所以我就代表她来出席今天的婚礼，并代表她讲几句话。大家可能不知道我这个舅舅是从哪儿冒出来的。解放前夕，我随彭老总在陕北，攻打被国民党盘踞的驼城。我们攻打了三次，都没有打下来。当时解放军伤亡很大。我们党的地下工作者取得了城里国民党军队布防的情况，冒着生命危险将情报送给了我们。我们冒着枪林弹雨接上了头。当时，我已经身负重伤，生命垂危。我的姐姐为我包扎了伤口，把我送到她弟弟家里养伤，在地下党和解放军的共同努力下，国民党的守军与我们谈判，最终取得了驼城的和平解放。

今天我们过上了平安幸福的生活，不能忘记曾经为我们共和国的建立付出过鲜血和生命的革命先烈。我的姐姐是我的救命恩人，她不是亲人，胜似亲人。我要表扬王学斌和黄秀华这一对年轻人，他们继承了先辈们艰苦奋斗的光荣传统，毅然在祖国最需要的地方生根、开花、结果。作为家长，我祝贺两位新人白头偕老，早生贵子，幸福美满，百年好合！”

场内响起了热烈的掌声。

第二天清晨，王母对王父说：“孩子们还在睡觉呢，你动作轻点，别把他们吵醒。”

王父：“早饭给他们吃什么？”“我都准备好了，他们起床了，一热就好。”“你不是说你以后做了婆婆，要让媳妇干这些家务事吗？”“你不看看，我们找了一个什么媳妇，她家来头这么大，我哪敢让她做这些家务？”

“难不成你以后要伺候媳妇吗？”“废话！我高兴得睡都睡不着。碰上这么大的官儿做亲家，还愁儿子调不回来吗？”“人家成部长刚表扬了两个孩子，到了祖国最需要的地方去，到艰苦的地方去生根开花结果，你现在就想着让孩子调回来，合适吗？”王母说：“先在那儿干上几年，以后我们以身体不好、老了、身边无人照顾的理由，去找成部长，把孩子们调回来，这不是轻而易举的事？”“你呀，太聪明了。”“孩子们吃过饭以后，你跟我到街上买点东西。”“还买菜呀，家里那么多菜肉，吃都吃不完。”

王母：“你傻呀，孩子们很快就要走了，咱们还不得给亲家备份厚礼让他们带上？以后咱们学斌就靠人家照顾呢。”

大商场，王父大包小包挂满了全身。王母：“这人参多少钱？”

王父："够啦，够啦，这人参多贵呀！"

王母："你懂什么？娶儿媳妇，咱们没给人家一点儿彩礼，还不得给人家多带一点贵重礼品？"王母付了钱，提了人参，又走到卖衣服的区域。王母："服务员同志，请把这套衣服拿来让我试试。""给你买衣服什么时候不能买？在这儿凑热闹。"

王母："有比这款长一点吗？我是买给胖瘦跟我差不多，但是比我个子高的人穿的。""是给亲家母买吗？你又不知道她的尺寸，怎么给她买衣服啊？"

"你们男人心粗，我早问过秀华了，她妈跟我胖瘦差不多，比我高。"

"买的东西够多了，孩子们拿不了。""他们拿不了没关系，我会给他们寄过去。人常说啊，吃不上看脸，穿不上看衣。亲家母穿上咱买的衣服，这不时时可以提醒她对我们学斌好一点。噢，对了，还有她嫂子和侄子们呢。""你把北京搬过去算了。你去买东西吧，我坐这儿歇会儿。"

黄振华和贾文宇乘上了开往西安的列车。

中科院陕西分院会议室，黄振华与分院的领导和专家们座谈。黄振华说："关于前期我们试验站所做的工作和今后要成立的治沙所，我们设想的科室、研究方向、规划就汇报到这里，希望分院的领导和专家提出意见。"

分院院长："在我们开座谈会之前，林业部成部长给我打来电话，他要求我们在专业设置、人员配备和经费等方面，给予你们大力支持。治沙研究所虽然隶属于我们领导，但是要给你们更大的自主权。这一点我们可以保证。

首先，工作总要有人做嘛，搞科研就要有科技工作者嘛。我们准备先给你们调拨一些专业技术好、工作能力强、吃苦耐劳的科技工作者到你们治沙所工作。二是仪器设备这方面，你们的需要尽量满足。三是经费要根据你们的预算，我们报请林业部门核准发放。虽然我们有隶属关系，在业务上我们可以给你们大力的支持，但在行政上你们要和当地的政府主动联系，包括毛乌素沙地区域的其他兄弟省区的科研单位和林业部门，需要我们做的，我们会全力配合。你们可以大胆地开展工作。中科院陕西分院治沙研究所身处一线，工作生活条件艰苦，所以我们更应该充分考虑你们的工作需求，大力支持你们的工作。"

黄振华说："感谢领导的支持和关怀，也感谢在座的专家对我们提出的宝贵意见。"

院长："以后我们是一家人，都是搞科研的同路人，有什么困难我们共同解决。"

北京火车站，黄秀华和王学斌每人提一个大箱子上了火车。王父王母千叮咛万嘱咐，依依不舍地与他们告别。王母："你们两个要好好相处。学斌，你要多听你丈母娘的话。要把丈母娘当妈妈一样看待。"王学斌说："好的，放心，你们回去吧。"

黄秀华说："爸爸妈妈，你们要好好保重。过年的时候我们争取回来看你们。"

王父："你们要注意安全，一路顺风。"王母流着眼泪："你们到了，要给爸爸妈妈写信，报个平安。"火车开动了。

车厢里，王学斌看着黄秀华说："你在想什么呢？"

黄秀华说："我在发愁我们回去如何面对我母亲。我们可是没有经她同意偷偷溜走结婚的。我给她撒谎说我出差，你说我回去怎么办？""哥哥和嫂子不是已经跟她摊牌了吗？说我们两个去北京结婚了。或许我们回去，她就想通了。""我妈挺厉害的，我挺怕她。""没关系，她要是打你，我挡着她；要是骂你，那你就受着呗。乖乖地听她骂够了，就没事了。"

黄秀华说："小时候，我哥和我可没少挨她骂。所以我们两个都不敢惹她。""你别担心，一切都有我。我会把妈哄得高高兴兴，让她接纳我们。""真的吗？我有点怀疑。""你放心吧，回去看我的表现和能耐，踏踏实实地把心放肚子里。这几天这么累，休息会儿吧。来，靠在我的肩上睡会儿吧，我的傻老婆。"黄秀华幸福地靠在王学斌的肩上，闭上了眼睛。

王学斌和黄秀华提着大包小包，还拉着两个大箱子回到了黄齐英家。黄秀华说："妈，我们回来了。"

王学斌说："妈，我就是拐走您女儿的坏蛋，您的女婿王学斌。"

黄齐英说："你还知道不经过我的允许，拐走我女儿的是坏蛋？"

王学斌说："妈，我知道您不同意她嫁给我，可是我太爱她了，我这辈子要不跟她结婚，我吃不下，睡不着，我活不了，所以我不得不先斩后奏。现在我回来负荆请罪，您怎么罚我都行。以后我就是您的儿子，您怎么打怎么骂都可以。就是不要骂秀华，都是我的错。"

黄齐英说："花言巧语，你就是用这办法骗我女儿的？"

王学斌说："花言巧语还不是为了让您老人家高兴吗？我妈说了，从今以后，我就是您的儿子。您看您，不是少了个女儿，而是多了一个儿子，挺划算吧？”

黄齐英说：“我有儿子。收你做我儿子，我不敢当。”学斌说：“常言道，一个女婿半个儿。我就是一个儿，加上我哥，您有两个儿子不好吗？多了一个儿子孝顺您，您赚了。”

黄秀华打开箱子：“妈，这两大箱子东西，都是学斌他父母给您买的。有吃的用的，给您买的衣服，还有给您的补品人参。”

黄齐英说：“我老太婆穷惯了，受不起这么多贵重的东西。”“妈，您就别再生气了。只可惜，您没有参加我们的婚礼。成部长——我的舅舅那天讲的话可真精彩。”

黄齐英惊奇地问：“成部长去参加你们的婚礼了？”

王学斌说：“是呀，我哥哥和成部长坐着小汽车‘唰’地一下，停到了国宾饭店门前。哎呦，可把我们家的人和亲戚都唬住了。成部长一下车，就跟我父母和我们俩握手，他还让我们俩叫他舅舅。突然来了这么一位首长，成为我们的舅舅。你说唬不唬人呢？”

黄齐英脸上一下展开了笑容：“成部长是以娘舅的身份，参加了你们的婚礼？”“不仅以娘舅的身份，还是代表家长，代表他亲爱的姐姐——您，参加的婚礼，还讲了话。”

黄齐英说：“他还代表我讲话了？”

王学斌接着说：“他说，我代表我亲爱的姐姐，以家长的身份欢迎在座的亲朋好友，他说他和姐姐——您，不是亲人，胜似亲人，说您是他的救命恩人，讲您怎么救他，这故事讲得好啊，在座的人都感动得哭了。最后他代表家长祝贺我们两位新人，白头偕老，早生贵子，幸福美满，百年好合。他讲完话，全场爆发出热烈的掌声。”

黄齐英高兴得扑哧一笑：“好，看在成部长的面子上，也看在你父母和你哥的面子上，我就原谅你们了。我给你们做饭去。”

黄秀华高兴地给王学斌翘了个大拇指，搀扶着妈妈说：“妈，我帮您做饭。”

赫冬梅问母亲：“妈，谁来过咱们家，怎么送了这么多的东西，还有点心呀？”

母亲：“秀华和王学斌回来了。他们在北京结婚回来以后，给孩子们带了点心、衣服什么的，还给你带了礼物，说是北京最流行的。”

“没听秀华说，第一次见公婆怎么样？”母亲：“秀华说公公婆婆对她非常好，这些东西都是她婆婆给买的，还给你婆婆带了人参呀、衣服呀，穿的、用的、滋补品，一大堆东西。”

赫冬梅说："这是给我买的？哎哟，这条纱巾好漂亮。"

母亲说："他们的婚礼在国宾饭店里举办的，办得很红火。还有那个成部长，以舅舅的名义代表家长讲了话，可风光了。说把北京人都震住了，嘿嘿。"

"那可不是吗？一个部长，以舅舅和家长的身份，可不把北京人也唬住了？"

母亲说："秀华女婿也来了，我看这个小伙子是个好女婿，人精干，又有眼色，又会说话，秀华跟了他也不会吃亏的，处处护着老婆，是个好男人。"

赫冬梅说："这也是造化，我还说秀华命苦，从小受罪，我的婆婆也不会关心孩子，没想到人家能找个好女婿疼她。"

母亲说："秀华善良乖巧，有个好归宿，也是她的造化。但愿好人一生平安。"

赫冬梅说："孩子们都到哪儿去了？"

母亲说："秀华和王学斌领着到你婆婆家去了，几个孩子看见好吃的、好玩的，跟着跑了。"

赫冬梅说："这几个没良心的小东西，有奶便是娘。"

母亲说："终究是人家老黄家的子孙，你还不让跟人家亲热？只要你婆婆对孙子好，对你的孩子疼爱，这也是你的福。"

来到大哥家，赫冬梅问："嫂子，我哥回来了吗？"嫂子："下班时间到了，应该快回来了。""娃娃们都快开学了。我给他们送学费来了。""你姐姐家的孩子们都给学费了？""孩子们都快开学了，我姐姐也困难，每年到开学就发愁孩子们的学费凑不齐。所以我说了，以后孩子们的学费我来付。我刚从姐姐家来，今天我也领工资了，你家的孩子的学费我也给。"

嫂子："那让你破费了。"赫冬梅说："嫂子，我回去了，我不等我哥了，家里还一堆事儿呢。""你的三个孩子还小，那就赶快回家吧。"

正说着，赫启祥回来了，发现冬梅也在。

赫启祥说："冬梅吃饭了没？吃了饭再走。"冬梅答："不了，我回去吃，妈已经做好了。"

嫂子："冬梅来给孩子们送学费，说孩子们快开学了。"

赫启祥说："嘿嘿嘿，我妹子刚领了工资吧，想得周到。好，大哥和嫂子谢谢你的好意。慢走啊。"

赫冬梅出了门以后，嫂子跟哥哥说："冬梅把妈和孩子都接回城里了，那咱们南房也讨不上房钱了。"

赫启祥说："这话你可不敢再讲了。南房本身就是妈的房子，妈在南房，谁跟她住，都是妈说了算。因为这三年到青云山，妈是怕咱们生活过不去，所以才把房子租出去，把房钱给了我们。以后可不敢再说这话了。冬梅还养活着妈，不用咱们再给妈生活费。"

赫冬梅回了家，对母亲说："妈，我最近吃不下饭，老觉得身子懒得很，身上也没来，我想是不是又怀孕了？"

母亲说："唉，女人嘛，有了孩子就生呗，现在也没那么难了，有妈给你看着，怀上了就生。"

赫冬梅说："我是说过想生两个女儿，两个儿子。没想到这么快又有了。"

母亲说："跟振华说一说，看能不能把你调回城里工作。这样妈照顾你也方便。"

赫冬梅说："不用跟他说，我找我们同学，他现在是县教育局局长，看他能不能把我调回城里。"

会议室，黄振华主持会议。黄振华说："我们治沙研究所自成立到今天，已经两年了。我们的科研队伍不断扩大，课题又增加了几个，经费和设备都得到了国家、省上的大力支持。成立这个研究所两年来，我们白手起家，从无到有，现在农科分院又给我们分来了中坚力量。

目前，我们的工作条件还比较差，但任务艰巨，使命光荣。今天新来的几位同志都是调配到这里能打硬仗的同志。所以，我代表治沙所的全体职工，对你们的到来表示热烈的欢迎和衷心的感谢！以后我们要在一起工作，希望大家团结协作，攻克难关，为国家的治沙绿化事业贡献出自己的力量。下面，请新来的同志做一下自我介绍。"

……

会议室，黄振华说："我们安排一下两个多月的调研任务：一是关于沙漠起源的考察；二是汇总群众治沙经验；三是关于治沙造林规划和治理的调研；四是关于沙区植物病虫害的防治问题。最后形成调研报告。"

黄振华带领科技人员，在毛乌素沙地风沙区搞调研，搞试验，总结人民群众与风沙做斗争的经验。

大家在毛乌素沙区，每天步行50~60里考察，对毛乌素沙地的沙子特性进行了调研，对沙源是外来沙的说法提出了质疑。同时，总结了群众防沙治沙的经验。

一天，窑洞办公室，通讯员："黄所长，有一个北京来的女大学生找您，她说她叫成林。"

黄振华说："成林？从北京来的？哦，赶快让她进来。"

成林说："黄所长，我是来找你报到的。"黄振华吃惊地问："成林，你大学毕业了？我想你应该留在北京，怎么会来向我报到？""一年多以前，我就想改专业了，但是改不了。我上的是工业大学，没有相关的林学专业。后来我就申请到农场最艰苦的地方劳动，可是学校说没有相关的政策，不让我走。学校要求我必须毕业了以后，可以改学其他专业，但是我等不了。我担心他们把我分配到工厂去。"

"你学的是工业，应该到工厂去发挥你的作用。在哪儿都是参加社会主义建设，为什么要执意搞林学呢？"

成林说："因为我想离开大城市，到最艰苦的乡下或者农场去。"黄振华问："你这是胡闹。你来这里，家里人知道吗？"成林说："我已经给家里留了一封信。"

"到了这里，还没给家里写信吧？""还没有来得及。"

黄振华说："通讯员，你先给她安排住下。"

通讯员："安排她住到哪里？"

黄振华说："我们不是准备了几间给新分来的大学生和调来的同志的房间吗？先给她安排一间，住下来。"

成林说："黄所长，这是我的派遣证，我好不容易来到这里，你千万不能把我打发回去，这是我的愿望。即便是我的父母，也不能违背我的愿望。"黄振华说："你先随通讯员住下来，休息一下，立马给家里写信。"

通讯员领着成林出去了。黄振华拿起电话，打给了成树。

兰州，中国沙漠研究所成树的办公室，响起了电话铃声。甲男："这里是中国沙漠研究所，你是哪里？"

黄振华说："我是驼城治沙研究所的，我找成树。"

甲男："成树！找你的电话，是驼城治沙研究所的。"

成树接过电话："喂！我是成树！"黄振华说："我是黄振华。成林刚才来我这儿报到，这件事你知道不知道？""我不知道，她怎么跑到你那儿去报到了？"

"是啊，她是工业大学毕业的，与我们所的专业不对口。问题在于她现在还拿着派遣证，说她费了好大的劲，才争取到最艰苦的地方、最需要她的地方，所以就到我这儿来了。我想这件事也不好打扰部长，这个时间是上班时间，阿姨也不一定在家里，所以我跟你商量，看这事情该怎么解决。"

成树说："成林在你那里吗？""在。刚才我让通讯员把她安排住下。"

成树说："那你把她叫到你办公室来，我10分钟后再给你打电话。"

窑洞办公室，电话铃响了。黄振华拿起电话，听到对方是成树，就把电话给了成林说："是成树，她要跟你说话。"

成林说："我已经历经千难万险，终于到了我想要来的最艰苦的地方了。"

成树说："你这孩子，太任性，太草率。这么大的事也应该跟父母和我商量了以后再决定。"

"我跟你们商量，你们能同意吗？这是根本不可能的事儿。所以……""所以你就先斩后奏，生米煮成熟饭。我就不明白你这学工科的，你在农学和林学上能有什么建树？""有没有建树那是我的事，我年轻，有的是时间，至于我以后成为一个什么人，就是我以后一辈子当一个农场的工人，我也心甘情愿。这是我选择的道路，我对自己负责任，这样总可以吧？"成树说："你把电话交给黄所长。"

成林把电话递给黄振华说："她要跟你讲话，我走了。"

黄振华接过电话："成林怎么现在变得这么任性，过去可不是这样啊？"

成树说："过去也任性，这都是我妈惯的，你是不知道。"

黄振华说："她的派遣证到了，估计档案及户口也已经迁过来了。我建议你和成部长、阿姨商量一下，看看还有没有挽回的余地。"

成树说："让你费心了。多给她派点苦活累活，让她吃点苦，知道任性是要付出代价的。"黄振华说："那还是一棵小树苗。我也不能摧残她呀。"

北京，成部长家。电话铃响了。

成林母："喂，成树，什么，你说成林到了陕北，在黄振华治沙研究所报到了？我正为这件事着急呢。你爸爸出差在外，我也不知道怎么跟他联系。成林留了一封信，说她毕业了，到祖国最需要她的地方去了，让我放心，你说我怎么能放心？我当初让她学工科，就是想把她留在北京，谁想到这孩子这么任性，跑到那么远的地方，又不是她所学的专业。她去了能做什么？你总说我宠着她，那不是因为她最小吗？放在黄振华身边，我倒也不担心。你给黄所长说，让给她派最苦最累的活。你还是她姐姐，你也多劝劝她，她从小到大就没吃过苦受过罪，都是英雄主义的书看得太多了，总想当英雄，所以就要到最艰苦的地方去。”

饭堂里，成林正和同志们谈笑风生。成林说：“我叫成林，成功的成，树林的林。北京工业大学毕业。为了要到陕北来，我可真是费了老劲了。我爸爸是工厂的一名工人。他非要让我学工，毕业时我找到校长，我说我一定要到陕北去，我要到陕北的林场，我没见过大沙漠，我就是要到有沙漠的地方去种树。”

治沙所同事刘忠说：“我是从西安来的，是为支援治沙研究所工作调来的。你真了不起，北京工业大学毕业，居然跑到这儿来，要在沙漠里种树？”

治沙所同事杨志坚说：“我是学土壤学的，西北大学毕业。我们已经对毛乌素沙地调研两个多月了。过一个阶段我们还要去沙漠里调研。我们想把毛乌素沙地走一圈，看看这个沙漠有多大。”

成林说：“那你们调研，就是为了走一圈，看看它有多大吗？”

刘忠：“我们是想了解这沙漠是不是由从西伯利亚吹过来的沙子堆积而成的。”

成林说：“毛乌素沙地的沙子真的是从西伯利亚吹来吗？”

刘忠：“我和杨志坚初步断定是自然形成的，不是吹过来的。吹过来的沙子不会形成这么厚的沙层，最高的沙丘有100多米。”

杨志坚：“我们这个推论，推翻了过去这个沙漠的沙子是从西伯利亚吹过来的错误认识。”

成林说：“如果你们的推论合理，论据充分，那你们这是重要发现啊。你们下一个阶段还去沙漠调研的话，我一定要参加。”

刘忠：“太艰苦了，你这个从大城市来的女孩子吃不了这苦。”

成林说：“别小看人啊，我就是为吃苦来的。”

杨志坚：“太阳晒，风沙吹，还时常会遇到沙尘暴，每天要走50~60里路。弄不好就迷路了，找不到吃的，找不到喝的，找不到住人的村庄。这可不是喊喊口号就可以了。”

成林说：“那我也不怕，你们不要吓唬我。我一定要跟你们去，你们能做到的，我也能做到。”

黄振华办公室，成林说：“黄所长，这是我的申请书。”黄振华说：“什么申请书？”成林说：“申请和刘忠、杨志坚他们一同去调研沙漠沙区。”黄振华说：“女同志不合适到沙区进行调研。过去没有先例。”“先例是人创造的。我去了就有先例了。”

黄振华说：“你的工作我另有安排。你到这里来，要服从组织分配，不能任性地想干什么就干什么。沙地调查你不能去。”“可我来这里就是为了治沙种树的，我想到沙漠里进行调研，了解沙漠习性，才能更好地治理沙漠呀。”

“你既然想了解沙漠的习性，了解怎么样治理沙漠，有一个更好的去处，就是我们的治沙试验站。那里不仅有沙漠，还有飞播试验基地，有沙生植物园，你在那里才能进一步了解沙漠是怎么治理的。你可以在那儿实习一个阶段，回来之后，到图书资料室上班。这个工作同样也很重要。”

成林说：“那里艰不艰苦？我问的是治沙试验站。”“那里远离城市，周围一片荒漠，你去了好好工作，好好劳动，会很辛苦的。”“好，我就去那里劳动锻炼，我来这里就是要吃苦的，我不怕苦不怕累。”

试验站，黄振华说：“徐站长，这是成林，从北京来的大学生。她暂时就在你的领导下工作。”

徐桢说：“欢迎欢迎。北京来的大学生，你学什么专业的？”

成林说：“我是北京工业大学毕业的。”

徐桢说：“哎呀，那你到我们这儿来，可没有用武之地，可惜了。”

“我是为沙漠种树而来的。种树不需要什么专业吧？”在场的人都笑了。成林说：“大不了从头学呗，有什么了不起？”

贾文宇：“精神可嘉，精神可嘉！”

黄振华说：“成林同志是抱着满腔热情，来到这个最艰苦的地方，为改造沙漠绿化祖国，贡献自己的青春和力量，这种精神是值得赞扬的。我希望能有更多的同志，更多的人，加入治沙造林绿化祖国的行列，多一个人就多一份力量，多一份力量就会加快我们改造沙漠的步伐。成林的到来，为我们战胜沙漠增加了一个战友。所以对她的到来，让我们表示热烈的欢迎。”

成林说：“在座的各位从今以后就是我的老师。我虽然是个女同志，年龄小，但是我不需要你们照顾我。我到这儿，就是做好了吃苦受累的准备。我想和你们一道大干一场，为让这个沙漠早日变成绿洲，做出我们的贡献！”

大家鼓掌，发自内心地为这个小姑娘的精神而感动。

食堂，徐桢说：“今天朱师傅为了迎接你们，特地做了大米饭和土豆炖羊肉。”

成林说：“太香了，我们这儿还能吃上大米饭。”

徐桢说：“驼城老百姓的供应，粗粮占80%，细粮只有20%。这是黄所长找到地委高书记为我们争取到的特供大米，也就每人每月多供应几斤大米，因为我们这里有南方来的同志。我们这里是贫困地区，所以平时吃的粗粮多，细粮少，就怕你以后吃不消。”成林说：“放心吧，徐站长，我肯定能吃得消，你们能做到的，我都能做到。”

黄振华说：“这孩子满腔热情，满脑子都是英雄主义，好好在这儿吃点苦受点累，知道干什么事都不容易就行了。实习一个阶段，给我回机关。”

“黄所长，你不要对我没有信心好不好？我压根就不想和你回机关，你就打消那个念头吧，我就准备在这扎根了。”黄振华严肃地说：“你现在是一名国家干部，必须服从分配，听从组织安排，懂吗？”成林说：“知道了。”

徐桢说：“来，来，再加点菜。羊肉好吃吗？”

成林说：“好吃，真好吃，不过这里的土豆更好吃。”黄振华和大家都笑了。

第二十一章

青云山小学的师生和当地的干部群众络绎不绝地来为赫冬梅送行。因为她调回了驼城，被任命为驼阳县第四完小的教导主任。她在青云山工作、生活和学习，与这里的人们结下了深厚的友谊，这一年是青云山小学的学生考上中学最多的一年。

赫冬梅感动地说：“这几年我在这里工作，得到了刘队长，还有公社各部门领导和各位老师对我生活上的关照、工作上的支持。这是我人生中永远难以忘记的宝贵经历。我调到城里工作，是工作的需要，也是家庭的需要，祝愿我们的友谊长存。以后我们经常联系，只要我能帮得上忙，我一定会尽力。感谢大家对我的支持和关照。再见了。”

赫冬梅坐上刘队长派的马车，和青云山的同志们告别。

回到家里，母亲高兴地说：“你终于又调回城里了，把你调在哪一个学校了？”“在新楼下巷的四完小。”“怎么把你调到四完小了？那可离家远了。”“二完小的领导配备齐了，四完小正好缺一个教导主任，领导考虑我在青云山是当主任的，所以把我分到了四完小，任命我为教导主任。”“那还给你升了官儿了。”

赫冬梅说：“妈，我在哪儿，都是干活的命，做不了官。苦活累活抢着干，别人不愿做的工作我先做，别人不干的活我先干。做官不做官对我来说都一样。”

母亲：“凭自己的能力吃饭，吃的是干净饭，你们说要大公无私，也好，不会被人家戳脊梁骨！”

赫冬梅说：“这下又回到妈的身边了，三个孩子让您一个人带，我心里挺过意不去的，总想早点调回来，帮您一把。振华工作忙得不亦乐乎，家里的事一点儿也靠不上他。”

母亲："男人嘛，就是要在外面干事业，你还能把他拴在裤腰带上？况且他现在做了那么大的官儿，管了那么多的事，哪有精力管家里的事情？只要他把孩子们的生活费按时给上，就行了。你别要求太多。"

黄齐英家，黄秀华问："学斌，你们这次到永安县调研飞播选址和植种定了吗？"

王学斌说："我们初步选定了，但得在会上研究确定后，上报省林业厅和林业部批准。"

黄齐英说："快吃饭吧，在家还忘不了谈工作上的事情。妈今天做的都是你们俩爱吃的，有秀华爱吃的韭菜包子，还有学斌爱吃的红烧肉。"

黄秀华说："妈，今天的韭菜包子咋闻起来这么恶心？"

王学斌拿起来韭菜包子，吃了一口："这包子很好啊，和你平时吃的韭菜包子一个味儿，你怎么会觉得恶心？"黄秀华拿个包子咬了一口，马上反胃呕吐。

黄齐英笑着说："你是不是有喜了？一会儿，学斌陪着秀华到医院检查一下，看是不是怀孕了。"王学斌惊奇地问道："妈，你是说秀华可能怀孕了？哎呀！要是真的，那可是一件大喜事。那你可就是我们老王家的功臣。"

黄秀华说："你先别高兴太早，还没检查确定，兴许是我的胃不舒服，或者是别的问题。""下午我就陪你去医院检查，咱们听医生怎么说。哎，夫人要吃什么啊？我去给你办。"

黄齐英说："不吃包子，吃点米饭吧。总还是要吃饭的，要是怀了孩子，你一个人可要吃两个人的饭呢。"

医院里，黄秀华和王学斌在医院的凳子上坐下来，不安地等待着医生的诊断。

护士："黄秀华！"黄秀华说："是我。"护士："请进来。"

医生："你的化验报告出来了。化验报告显示，你已经怀孕了。"

黄秀华说："真的吗？哦，是怀孕了，我还以为我病了。"黄秀华拿着报告单出了门。早在门口等待的王学斌急切地问："结果出来了吗？怎么样？"黄秀华把手里的化验单交给王学斌说："自己看吧。""这是什么意思？""认识字吧！王老师，看最后的结果。""受孕，那就是怀孕了呗。是男孩还是女孩？"

黄秀华说："这是化验单。怎么能知道是男孩还是女孩？"

王学斌说："我倒希望是个女孩。第一胎生女孩好，第二胎生儿子，第三胎再生个女孩，第四胎再生儿子。女孩男孩，咱们换着生多好。"

"女孩男孩，四胎？你当我是生孩子机器呀。"

王学斌情不自禁地抱住了黄秀华说："我太高兴了！"秀华不好意思地推开了他。

北京王家，王父："老婆子，你儿子来信了。"王母："我就说这小子这么长时间了也不写个信。儿媳给我们写信也是上个月的事了。信上说什么？""自个儿看吧，好消息。"

王母从凳子上跳起来，一把夺过信："是不是秀华怀孕了？"王父："聪明，猜得不错。""太好了。要是生个男孩就更好了。""这可由不了你。"

王母："哎，你说我们要不要找找秀华的那个舅舅，把他们两个调回北京来？"

"这才结婚还没有多长时间，怎么好意思开口呢？""就说他们要生孩子了，没人照顾，我们要给他们带孩子嘛。""这个理由不充分，还是换个理由吧。"

试验站，成林说："朱师傅，咱们这里的供销社怎么走？"朱师傅："走大路得七八里路，走小路近，翻过几个沙梁就到了。不过你最好找一个人跟你一块儿去吧。""没关系，我一边走一边问。""那你最好还是走大路吧。"

沙地上，成林像个自由自在的小鸟，一边跑，一边看，跑着跑着，停下来摘朵野花戴在头上。她沿着公路转了一个弯，突然发现一汪清澈见底的水池，激动地叫起来。四周都是沙漠，中间有这么清澈的水池。"这是泉水吗？"她来到水池边上，拿出口袋里的毛巾在水里洗洗，擦把脸。然后用双手捧水喝了几口，好甜呀。

来到供销社，成林看见供销社摆的农具、布匹、煤油灯和为数不多的小商品。供销社的服务员看着这位外地来的姑娘："姑娘，你想买什么东西？"

成林说："我想看看这里有没有牙膏和牙刷。""你说的牙刷牙膏我见过，那是城里人用的。我们这供销社主要服务的是农民，所以没有牙刷牙膏，进了货也没人买。"

成林说："难道农民不刷牙吗？"服务员笑了笑说："农民一般漱漱口，很少刷牙。"

"你这里有卫生纸吗？""什么叫卫生纸？我们都没听说过。"

"那你们这里的女同志用什么纸？""我知道了，是女同志身上来了以后，用什么纸，对吧？我们这儿一般都用麻纸。"服务员将麻纸拿出来给成林看。

“这么黑，这么硬，怎么用啊？”“一看你就是大城市来的。我们这里有钱的干部才用这种麻纸。”

成林说：“那就给我买一点吧。”

服务员：“你是从外地来的吧，是不是治沙试验站的？”成林点点头。

服务员：“那个治沙试验站啊，来了许多外地人，都是有学问的大学生。我们祖祖辈辈就在这沙漠里转悠。你说那么有学问的大学生放在那沙漠地里搞试验，真是可惜了。不过我听说他们搞飞机播种，种草、种树，这可是老百姓都喜欢的一件大事。我们祖祖辈辈的人从来没想过能把这沙漠种上草，种上树，不知沙漠变成草原和森林会是什么样子。”

成林说：“等着吧，应该有那么一天。”正在这时，一阵黄风从门外掀起。

服务员：“起风了，你得赶快回试验站了。我们这儿的黄风刮起来昏天黑地。”成林问：“这黄风一年能刮几次？”“每年从10月开始到第二年4月。一年有多半年都是刮风天，而且每天太阳一落开始刮风，一直到第二天清晨。你赶快走吧，最好在太阳落山前回家。”

成林出了供销社，想着：“如果从大路走太远，赶太阳落山回不去，朱师傅说从小路走，翻几个沙梁就到了。那我试试从小路走。”成林看见对面来个老乡：“老大爷，我想回治沙试验站，是从这里翻几个沙梁就到了吗？”

老大爷：“对，翻沙梁比较近。但是你认识路吗？”成林摇了摇头。老大爷：“那你还是走大路吧，走大路远一点，但不会迷路的。”成林有点不服气地朝小路的方向走去。

黄风越刮越大，遮天蔽日，让人睁不开眼睛。成林在沙漠里艰难地走着。她抬头看看天空，已经看不到太阳了。她心里有点恐惧，太阳落山前要是回不去的话，她今天真的会在沙漠里迷路。她翻过一个沙梁，又是一个沙梁，心里纳闷：“怎么还不到呢？朱师傅不是说翻过两个沙梁就到了吗？怎么我翻过几个沙梁，还是看不到试验站呢？”

试验站，徐桢问：“成林呢？快叫她来吃饭。”

朱师傅：“成林去供销社了，她和我问过路。”

“今天有沙尘暴，她不知道吗？”贾文宇：“没人告诉过她吗？”

朱师傅：“我不知道今天有沙尘暴。”

贾文宇：“我都写在黑板上了。她没看见，你也没看见？”

朱师傅：“我没注意看，我估计她也没注意。”

徐桢说："大家赶快吃饭，吃过饭分头去找！朱师傅，你告诉她的是哪一条路？""我大路小路都告诉她了。"

徐桢说："那我们兵分两路。一路从大路走。胡老师留守试验站，小张和小刘你们顺着大路找人。小贾、小朱，我们三个人从小路走。大家把手电筒带上，另外带点水和干粮。估计成林还没吃饭。已经起黄风了，大家尽快行动。"

沙漠上，黄风越刮越猛，天空越来越黑。成林怎么也走不出沙漠。她现在后悔了，"早知道我应该从大路回去，可现在已经晚了。我既不知道前面的路，也不知道回去的路。"她气自己太任性，索性一屁股坐到沙梁上，任狂风吹打着她，不一会儿，她被沙埋了半截身子。成林想："我不能让沙子把我埋了吧。"她勉强站起身来，没想到狂风把她吹倒，顺着沙坡滚了下去。

黑夜已经降临了，风沙不但没有停下，反而更加猛烈。成林又饿又渴又冷，双手抱着膀子，仰望着天空，不知道如何是好。她决定不走了，走也走不出去："只要沙子不把我埋了，坚持到明天清早，我一定会走到试验站。"

村口，徐桢说："我们已经问了供销社的服务员。她肯定买完东西，就应该回试验站。那个给她指路的老大爷我们也找到了，说她从大路走了。她会不会已经回去了？"

贾文宇："但愿是这种可能。如果再往坏处着想，她会不会走小路迷路，走不出沙漠呢？如果这个设想成立，那就太危险了。""小贾说得对，我们往最坏处着想，往最好处努力。我们还是顺着小路继续寻找。"

沙漠的夜，显得格外黑。徐桢说："天已经彻底黑了。黄风吹得她的痕迹一点都没有。"

贾文宇："我建议咱们三个分头行动。徐站长，你往试验站走，看看她会不会已经回去了。我和小朱一个向南，一个向北，分头寻找。"徐桢说："你们两个分开了，不安全吧？"贾文宇："我们穿着棉大衣，带着水和干粮。既不会把我们冻死，也不会饿死。明天天一亮，我们自然就回去了。"

小朱："是个好办法。"徐桢说："那就这样，你们分头行动，但是明天早上，不论找到没找到，必须回试验站汇合。"

沙漠上，夜黑沉沉，贾文宇顶着大风，拿着手电筒，在黑暗的沙漠中晃动着："成林！成林！"他翻过了一个沙梁，又翻过了一个沙梁："成林！成林！"不知翻了几个沙梁，他的手电也没电了。他只好扯着沙哑的嗓子继续喊着：“成林！成林！”

成林倒在沙湾里，被沙土埋了半截。突然听见有人叫“成林”，她想站起来，可是怎么也起不来，只好使劲喊着：“我在这里！我在这儿！”

伸手不见五指的黑夜，成林隐隐约约地感觉到有一个黑乎乎的东西向她滚过来。她下意识地喊了一声。

贾文宇：“成林！你是成林吗？”“是我，我是成林。”然后她扑到贾文宇的怀里，哭了起来。

贾文宇：“我是贾文宇。太好了，总算找到你了。试验站的全体人员都出动了，都在找你。”

成林委屈地说：“我迷路了，怎么也走不出沙漠。”

贾文宇脱下自己的军大衣，穿在成林的身上。又从包里拿出烧饼和水，递给了成林说：“饿了吧？这里有烧饼，赶快吃点。小心噎着，喝口水。”

成林狼吞虎咽地吃着烧饼，喝着水。成林说：“怎么找到我的？”

“我、徐站长和小朱分头去找，我的运气好。刚才在沙梁那边，我听见有一个微弱的声音，我就料定是你。”成林说：“对不起，给你们添麻烦了。”

贾文宇：“夜已经深了，风也小了，再过几小时天就亮了。等天亮了我们再回去。你靠在我身上，睡一会儿吧。”

天刚蒙蒙亮，贾文宇推了推成林。贾文宇：“成林！成林！醒醒，我们该走了，再过一会儿要下霜。”

成林说：“这是什么天？一会儿刮风，一会儿下霜。”

贾文宇：“沙漠气候就是这样，早穿棉衣午穿纱，围着火炉吃西瓜。”

成林站起身来，发现贾文宇的头发眉毛都是白霜。“你把大衣给我穿，自己冻了一夜？我太不懂事了。”成林急忙要脱大衣，被贾文宇拦住。

贾文宇：“我一个大男人，耐冻。倒是你，这会儿暖和过来了吗？”成林感动地点了点头。“好，我们现在向南走。”成林说：“哪边是南方？”他们爬上了高高的沙梁，东方已露出鱼肚白，喷薄欲出的阳光，照亮了一望无际的金黄色沙漠。

贾文宇：“太壮观了！从美学的角度看，这景色美得让人陶醉！”

成林看看贾文宇，又看着壮丽的景色：“可惜没有照相机，否则可以留下这宝贵的时刻。”贾文宇：“我们比别人幸运，守着这片沙漠，天天能看到这种景色。”

“你来到这里，后悔过吗？”“你后悔了吗？特别是经过昨天晚上的沙尘暴。”

成林说：“没有。我想或许我这一生和沙漠有缘。我只担心，昨天要是我死了，被沙埋了，会增加你们找我的难度。”

贾文宇：“你真是一个了不起的女性。我刚来的时候也徘徊过。当有一次我看到了这壮美的夕阳西下的沙海景色，就坚定了在这儿扎根的决心和信心。”

成林说：“那我们是同路人！”成林挽起贾文宇的胳膊，向前走去。

天已经亮了，试验站徐站长组织人员，准备继续寻找成林和贾文宇。朱师傅远远看到沙漠下来两个人：“徐站长！成林和贾文宇！他们回来了！”大家看到了对面沙梁上走下来两个人，纷纷跑过去迎接。

沙梁下，徐站长：“成林，你还好吗？”

成林说：“对不起大家！给你们添麻烦了！”朱师傅：“都怨我没有讲清楚路线，我跟着你去就好了。”

贾文宇：“成林遇到了沙尘暴，在沙漠里迷路了。”

徐站长：“什么也别问了！赶快扶成林和小贾回去，喝点姜汤，吃点热乎的东西，休息！”

赫冬梅又生了一个男孩。这孩子有福，恰逢黄振华涨了工资。

赫冬梅对母亲说：“妈，振华说他提的工资全部给家里，另外我婆婆那里少收10元，也给我们家作为生活费。”母亲高兴道：“这孩子有福，是带着口粮来到这世上的。”

赫冬梅说：“妈，我说过我要生两个女儿，两个儿子，现在我的目标任务已完成。剩下就是好好工作，把这四个孩子培养成人。”

母亲：“你总是计划赶不上变化。不过，四个孩子养大是很不容易的。”

“不光要养大，我还要他们都上大学。我最大的遗憾是这辈子没上大学，我的孩子们将来都要培养成大学生，成为有用的人才。”

黄秀华对黄齐英说：“妈，学斌他父母来信，让我回北京生娃。”

黄齐英说：“那你可要提前走，那么远的路，旅途劳顿，安全最重要。”“学斌说让我到时候坐飞机回北京。”“那可要花一大笔钱呢。”“他说去的时候我们买机票，回来时让他妈出机票钱。”“你摊上了个好婆家，没想到我的女儿还有这福气。学斌送你回去吗？”“他没说，不知道到时候他能不能走。听说我哥要求飞播要提前到5月，就怕那时候他走不了。”

黄齐英说：“他不送你，那么远你一个人怎么走？”“妈，要不您送我去北京？我婆婆也说过，让您到北京来玩，还有舅舅成部长也邀请您到北京。”

“到北京去？我这辈子都没想过能去那么远的地方。我也不一定能走得开。”“妈，北京是首都，您也难得去看看，请个假嘛！”“还有几个月，到时候再说。”

北京王家，王母：“秀华来信了，同意到北京来生孩子，我太高兴了！”

王父：“来了你就忙吧，还有精力高兴？累了可别抱怨。”王母：“我要回信，明确邀请亲家母来北京，学斌工作忙，就别回来了。”“为什么？”

王母：“亲家母来了，咱们把人家招呼得好好的。你想想，亲家母来了，她那个部长弟弟能不见她吗？让亲家母给部长提出，调学斌和秀华回北京，他能有不应允之理？”

王父：“哎呀，我这个老婆呀，太聪明了。让你待在我家，太大材小用了，你应该去外交部，说不定能把苏联和美国说和了。”

试验站外，成林和几个年轻人一起走到水池边。成林说：“这里有这么大一池水，我们为什么不利用呢？”试验站的张仲问：“怎么利用？”

成林说：“可以养鱼，还能改善我们的生活。”

张仲：“如果养鱼，拿什么喂它呢？这里连养鱼的草都没有。”

贾文宇：“其实成林说得很对，我们完全可以利用这一池水。这池水是库耶河的蓄水池，如果我们把它建成一个水库，提高水位，通过引水拉沙的办法，将这一片沙漠拉成平地，盖上土，种上沙打旺或紫穗槐，两年就可能变成水浇地，种上庄稼，沙树梁公社也就变成了一个粮食生产基地了。”

成林说：“如果建成水库，我们还可以建一个小水电站，我们试验站和农民家里也就有了电了。”“对呀，我们把农田建设和防护林带结合起来，既可以推沙造田，向沙漠要粮食，又可以加防护林带，防风固沙。再用水电站发电，让当地群众用上电，那该有多好啊！我们可以先做成样板，成为沙区防风治沙的一个典型，再进行推广。”

张仲：“好啊，我们这里不是试验站吗？说不定我们拿这个规划，可以申请科技发明奖呢，成为农村水利防风治沙和沙地农田建设立体式发展的实验成果。”

成林说：“那我们还等什么呢？赶快去设计。贾文宇，你不是搞规划的吗？农田林网防风治沙建设要设计在先。张仲，你去找设计水库的资料和方案。我是学工的，谁说我没有用武之地？我来设计小型发电站和水电资源的综合利用。”

贾文宇：“好的，我们把各自的方案拿出来放在一起，再讨论它们的可行性。”

治沙所会议室，黄振华说：“今天我们召开一个所务工作会议。重点讨论成林、贾文宇、张仲三位同志设计的沙树梁试验站水农林治沙综合利用设计方案。这些图纸都是他们绘制的。今天请我们全所的工作人员，尤其是技术人员对这个方案的可行性发表意见。现在请你们三位，就这一方案做说明。”

成林说：“我先讲水的利用：无定河的支流——库耶河，从沙树梁经过，在我们试验站的旁边有一个蓄水池，叫牛饮池。经我们调查，常年有水，没有干涸过。我们设想在这个蓄水池的下游打一个拦河大坝，将水位提高了以后，就可以对旁边的沙漠进行引水拉沙，平地盖土，种紫穗槐或者沙打旺肥田，将坝地改为水浇田。水库除了引水拉沙灌溉农田之外，还可以防洪蓄水。同时可以建立小型水电站，解决沙树梁试验站的用电和沙树梁公社的用电。我查了有关资料，在国外好些地方，搞滴水灌溉和喷洒灌溉。只要有了电，我们下一步就可以对植物进行滴灌和喷灌，既可以省水，又可以改变环境。”

张仲：“有了水又有了电，我们可以将水库的水抽到沙梁上，通过引水拉沙，推平更多的沙漠，种适合沙漠生长的植物。适合长农田的，我们种庄稼；不适合种庄稼的，我们种沙生植物。这样，也可以扩大我们植物的供水系统。”

贾文宇：“防风固沙是我们的出发点，也是我们的落脚点。通过引水拉沙，平整土地以后，我们将沙地网格化。我们建出来的农田要防止风沙的侵袭，就要种树，用乔木和灌木网格化种植，防止风沙对农田的侵害。我们将农田网格化之后，既保护了农田，也固定了风沙，所以这就是我们的水农林综合利用的设计方案。”

黄振华说：“好，他们三个已经将方案说明了。现在我们讨论一下他们这个方案的可行性，请大家讲讲意见。”

徐站长：“这个方案不错，我认为有可行性，特别是将水利、农业、林业综合治理、综合利用，这一点非常可贵。这是一种新的发展思路，是农村立体化发展的新尝试，打破了传统农业的固有模式，也是我们新农村的一个发展方向。但问题有几个：一是资金从哪儿来？二是项目实施靠人，人工从哪儿来？三是技术从哪儿找？”

地区林业局李副局长：“年轻人思想新，勇于创造。听了这个项目汇报以后感觉耳目一新。我凭多年的工作经验，认为这个项目是可行的。当然，在技术上要求从严论证。徐站长提的意见很好，我补充一点意见，这个方案缺少预算，到底需多少资金，需多少人工，需多长时间？既要立这个项目，就得把各项指标落到实处。我建议这个项目拿出预算后到沙树梁乡和县委讨论如何落实。”

黄振华说：“大家还有什么不同的意见？今天的会开得很好，请你们三位年轻人根据大家的意见，再做进一步的修改完善。”

成林、贾文宇、张仲、小朱，几个年轻人正在测量水库。

宿舍里，成林、贾文宇、张仲正在翻资料，修改规划图。

黄振华领着三位年轻人来到县委书记的办公室。县委刘书记看着图纸，黄振华和三位年轻人在给他讲解。

刘书记：“杨光荣，你是水利局局长，你表个态，你能给予什么样的支持？”

杨光荣：“在水利的技术上，我们全力支持。但发电机——小型发电厂的设备，我们没有经费。”

刘书记：“沙树梁乡，你们表个态。”

沙树梁乡书记：“这个方案，我们是最大的受益者。这次水库修建，人力上我们全力以赴，技术上要由杨局长给予支持。至于经费和设备，黄书记也了解我们乡的情况，他是我们的老书记，乡里太穷了，拿不出经费。”

刘书记：“黄所长，你们这个方案可行，也是支援我们地方建设社会主义新农村的好方案。我们沙区应该做好治沙、防风、固沙，保护农田，增加农民收入的工作。现在看来，民工、技术都有保障。至于经费嘛，你也知道我们县是个穷县，要拿出全部资金不大可能，我建议咱们从省上和国家有关部门争取经费。”

成林说：“看来这个方案现在主要就是钱的问题，我也能想想办法。”

黄振华说：“好的，刘书记，我们争取国家和省上的经费支持，我们县上给点配套资金就可以了。”

县委大门口，成林说：“黄所长，我回北京找林业部和中科院要资金。”

黄振华说：“很好，自告奋勇，勇挑重担。我给你开介绍信，你把这个方案带上。你们去几个人？”

成林说：“我一个人去就够了。”黄振华道：“你能争取来这个项目经费，就是头功一件。”

治沙所窑洞办公室里，电话铃响了。黄振华说：“喂，是成树吗？你想了解你妹妹成林的表现。我原想把她留到治沙所资料室，可她非要到试验站进行锻炼。那么锻炼结束，应该回来了吧？谁知人家和其他几位大学生科技人员一同设计了个水利农田林业综合防风治沙方案。这个方案我们经过多方面的研究论证，初步可行。她要回北京，准备再找一些权威专家论证，我已经批准了。今天她已经在回北京的路上了。”

成树说：“这孩子太任性，你不能由着她。”

黄振华说：“不，我对她有另外的看法。她果断，有主见，还有股子年轻人的闯劲，不是个等闲之辈。”

成树说：“让你操心了。你也不要对她搞特殊化。”

“这孩子吃苦耐劳，不会让我给她搞特殊化的。再说你要给一点照顾，她也不接受。”

北京，成部长家。成部长来回踱步，不时地看看手表。“夫人，这孩子怎么还不回来？饭都该凉了。”

一阵开门声，进来的就是成林。成林说：“爸爸妈妈还好吗？你们都在家里，有饭吗？饿死我了。”

成夫人：“我的宝贝女儿，你怎么晒得这么黑呀？快洗洗，吃饭。”

成林说：“爸爸今天在家，太好了！我这次可是出差回来的。”

成部长：“我知道你是为什么回来，你姐姐已经给我们打过电话，我们都知道了。”

成林说：“你说我姐她就像个间谍一样，成天盯着我，动不动就给我们所长打电话问我的情况，弄得我在所长面前一点面子都没有。爸爸，您看看我们这个方案。”

成夫人：“快吃饭吧，妈妈把饭都热好了，你不是饿了吗？怎么又和你爸爸谈工作了？快来先吃饭。”

成部长拿起成林给的方案，看了一会儿，说：“我看你这个方案主要问题是缺钱。修这个大坝水库，还要在水库建一个小型发电站。林业部只能在你的农田网格化栽种防护林这儿给你点经费。建水库和小型水电站，得向水利部申请。我给你李伯伯打个电话，明天你去水利部。”

水利部，成林背着一个挎包，手里拿着一卷图纸，进了水利部李部长的办公室。

第二十二章

驼城地委扩大会议上，地委高书记传达省委工作会议有关精神。他说："大家知道1952年10月，毛主席指示一定要把黄河的事情办好。十年后的今天，在苏联专家的帮助下，我们建起了三门峡水库——万里黄河第一大水利枢纽工程。这一工程在蓄水、防洪、发电等方面做出了重要贡献。然而运行一年多来，三门峡的黄河淤泥达15万吨。渭河是黄河的中游支流，黄河河床的抬升对我省渭河流域造成了巨大的灾害，周围老百姓受灾严重。省委将此意见向中央反映。中央认为，要解决黄河的含泥沙量问题，就要解决黄土高原的水土流失问题。

我们驼城地区地处黄土高原，又在毛乌素沙地边缘，是黄土高原水土流失较严重的地区之一。黄河流经我们地区5个县。而这5个县有4个县是毛乌素沙地的沙区。要解决黄河的含沙量问题，就要解决沙漠区域的防风治沙、植树造林问题，从而解决黄土高原的水土流失问题。中央和省委已决定对我们驼城地区的治沙造林和水土流失问题给予资金、人才、技术上的大力支持。

我们驼城人民要借着这股东风，打好治沙造林和黄土高原防止水土流失的人民战争。向沙漠进军，向沙漠要农田，要树林，要草原，要粮食！各县、各公社、各村镇都要在地区治沙造林的总体规划下，完成各自的任务。"

试验站，小朱喊："黄所长和成林回来了！"试验站的人纷纷聚拢在一起，远远地看到黄振华骑个自行车驮着成林，进了试验站的大门。

贾文宇："成林这么快回来，肯定没有要来经费。"张仲："成林走的时候那么自信，说不定还真要来了。”徐站长：“要来也好，要不来也好，见了黄所长就都知道了。”

黄振华进了试验站，大家都围了过来。黄振华说：“我把咱的大功臣送来了。”贾文宇：“成林，你把经费要来了？”张仲：“黄所长说你是功臣，那经费肯定是要来了。”

黄振华说：“不仅要来了，比你们预算的还要多，你们可以大展宏图了。不过，新任务也来了。”小朱：“黄所长，成林，喝点水吧。”

黄振华说：“徐站长，我发现你这儿又多了几个女娃娃。”徐站长说：“成林来之前，我们这试验站是清一色的男人，成林来了以后，我觉得还是应该多要几个女同志。人常说，男女搭配，干活不累，还是有点道理。”

黄振华说：“为了提高工作效率，找几个女娃娃，好像有点道理。”

徐站长：“小朱这小伙子心灵手巧，我让他跟我去搞植物栽培引进。又让他在他们村找了两个女娃娃，我们这儿队伍在不断扩大，需要服务人员，另外跟成林也是个伴。”

黄振华说：“还是徐站长想得周到。”

贾文宇：“我们报上去的项目批了？你说还有新的任务是什么？”

黄振华说：“成林这次到北京，给林业部和水利部汇报了我们的工作。中央两部委和省政府取得了联系，不仅支持你们的项目，而且将陕北的防风治沙造林和黄土高原水土流失的规划，交由我们治沙研究所承担。不仅要做当年规划，还要做五年规划，乃至十年规划，要让我们驼城的治沙造林和黄土高原的水土流失治理作为全国典范，将来要带动内蒙古、宁夏、甘肃、辽宁和新疆的试验基地。驼城地委也明确表示，中央和省上给予资金和技术支持，驼城地委调动全区人力，大打一场治沙造林、防治水土流失的人民战争。”

张仲：“成林，我真佩服你的勇气和精神，给我们争取了这么大的机会。”

黄振华说：“是啊，你们都来自祖国各地，到了祖国最需要你们的地方，这里虽然艰苦，但也是你们这些热血青年报效祖国的地方。这下你们可有用武之地了，可以充分发挥你们的想象力和创造力，大展宏图，当然要切合实际。”

贾文宇急切地问：“那我们这个项目怎么实施？”

成林说：“用不了几天，沙树梁乡党委书记就会上门要这个项目。他们将出劳力，全力以赴落实这个项目规划，我们要做的是技术指导。”

黄振华说：“地委高书记让各县和各乡都要拿出自己的方案。沙树梁乡党委有这么现成的方案，他还能不来吗？”

贾文宇："太好了。那我们就可以思考更大范围的规划。"

黄振华说："王学斌和刘忠他们对驼城地区沙区的调研已告一段落，调研报告已经初步形成。在他们调研的基础上，拿出我们切合实际的规划。再过几天，我们要回所里开会讨论整个驼城的治沙造林规划，完成中央、省委和地委交给我们的光荣而艰巨的任务。"

沙树梁乡，成林、贾文宇、张仲给沙树梁乡的书记、干部和生产队长介绍规划，带领书记和生产队长观看水库和小型发电站规划图纸。

沙树梁乡党委书记带领各生产队修建水库。千军万马、男女老少都投入到水库的建设中。

驼城治沙所，永安县委周书记来到黄振华办公室："黄所长，听说你们给沙树梁弄了一个设计方案。能不能请你的人到永安县来，给永安县杨桥畔也做一个设计规划？我听说你们这里的年轻技术员，对水利、农业、林业和牧业有一个整体的规划，我很感兴趣。所以特邀请你们这儿的技术员到我们县里先走一走，给我们拿出一个可行的规划方案。"

黄振华说："你周书记亲自出马来我这里请人，我们理当全力以赴支持。这样吧，这几个科技人员现在不在所里，正在现场。我们尽快抽人到你们县里去做规划。"

"实在是时间不等人呀，我是想快一点。现在好了，地区同意各县抽调民工搞工程，成效显著，时不我待，我想利用冬天农闲时间，多完成一些工程进度。"

"三天以后可以吧？""可以可以，三天以后我来接人。"

沙区，周书记等干部领成林和贾文宇现场考察。成林、贾文宇等人测量，与当地干部查资料、绘图。

杨桥畔水库，成林、贾文宇、张仲调研走进沙坡，下边是水库。突然，成林不小心顺着沙坡溜了下去，一下子从悬崖掉进了水库。

随行人惊呼："成林掉进水库了！救人啊！"只见贾文宇奋不顾身跳下悬崖，游进水库去救人。

贾文宇在水里，抓住正向深水里下沉的成林。成林从惊恐中反应过来。

清澈的水库里，贾文宇扶着她，向岸边游去。成林会游泳，但游得不好。在贾文宇的救助下，两个人逐渐靠近岸边。贾文宇把成林拉上岸。成林咳嗽了几声，吐了一口水。

贾文宇："吓到你了吧？没事吧？"

成林说："是吓了我一跳，脑袋'嗡'了一下，掉进水里才反应过来。要不是你拉了我一把，我都不知道自己在哪儿了。"

"你可真让人操心啊，一不留神你就会出状况。""不好意思，又让你救了一次。""是啊，又给了我一次英雄救美的机会。"

这时，从悬崖上跑下来的同事，急切地过来安慰。

张仲："成林，当你从悬崖上掉下去的那一刻，我才发现贾文宇对你有多上心，他毫不犹豫地随你跳下悬崖。我想如果他不会游泳的话，是不是也会和你跳下去同生共死啊。"

"我从小在江边长大，水性很好。我相信我能救成林。"

"又看了一出英雄救美的表演。什么叫奋不顾身？成林，你记住，这个人救你是不顾性命的，你可以让他成为你的保镖。我看到这一幕，现在想起来都惊心动魄。我这人不会游泳，我想今天，我要是失去你们这两个战友，我会难过死的。"张仲说着，脱下自己的外衣披在成林的身上。

当地干部："我们今天不去考察了，赶快回去休息。"

办公室，黄振华说："成林，自从你到本单位来，做出了很多成绩，表现非常优秀，这一点大家都看在眼里，记在心里。但是我今天叫你来，是要严厉地批评你。你几次把自己置于危险之中，差点丢掉性命。你这么做是对自己严重不负责任，对父母不负责任，对单位也不负责任！"

成林说："我不是故意的。"

黄振华说："我知道你不是故意的，但是你要有安全意识呀。你的生命是属于你的，但也属于你的父母和单位，不能置自己的安危于不顾。你要出一点问题，你让我如何对你的父母交代？"

"我即使出问题，那责任也在于我，跟单位有什么关系？"

"因为我们都关心你，不想失去你呀。你正值青春年华，学了那么多的知识，本该报效国家，致力于你的事业。将来，你还要有自己的家庭和孩子，这才是你完整的人生。"

成林说："黄所长，我知道了，我以后一定注意，提高自己的安全意识。"

黄振华说："好吧，下不为例！通知所有的干部和科技人员下午在会议室开会。"

会议室，黄振华说："今天我们开一个所有干部和科技人员的大会，总结我们一年来的工作，欢迎我们新来的同志。我们治沙所的队伍在逐渐壮大，又接收了一批学校分配来的毕业生和上级单位调配来的科技人员。

王学斌说："我们飞播研究室，今年下半年主要开展对驼城地区沙区的分布和水位的测量。同事们几乎跑遍了整个沙漠区。同时我们调研了沙生植物最适合飞播的植物种子，测算和规划了来年飞播的区域。明年我们打算，飞播提前一个半月，大约在5月进行。我们在总结过去飞播经验的基础上，确定明年飞播的种子是花棒。花棒种子的颗粒大，抵御季风的能力比较强。落沙后它的根系比较发达，容易存活。今年我们已经为各县沙区购买了几万斤花棒种子。接下来我们的工作任务很重要，对这几万斤种子进行防虫与营养等方面的处理。并且与中国民用航空局和气象局紧密联系，确保我们明年的飞播试验能够做出新的成绩。"

黄振华说："飞播治沙造林，我们是国内首例。它以造林面积大、能够深入沙漠腹地的优势，深受国家领导人和林业部、中科院，以及各级地方政府和人民的关注。即便是试验，我们也不允许有失误！只许成功，不许失败。"

徐站长："我们试验站的主要任务，是引进栽培沙生植物，为防风治沙提供植物品种。在我们引进试种的100多种沙生植物中樟子松的培植和推广效果比较理想。今年我们培育了4期技术人员。樟子松、油松等植物的栽培依然是重中之重。明年我们想再增加一倍，培育8期技术人员。同时推广我们引进的技术和植物的扦插栽培技术。我们还编写了相关的培训材料，作为我们的教材。一方面我们手把手地教，另一方面我们把教材分发下去，让更多的人通过学习掌握这门技术，推广最适合沙漠种植的植物和栽培技术。"

黄振华说："很好，沙生植物种子确实是供不应求。我们要利用各县的积极性，和当地的林场共同培育种苗、推广栽培技术。"

胡老师："我们治沙林业规划室承担了地方的规划方案。今年我们在各研究室和各县各部门的配合下，拿出了今年至明年的治沙造林规划方案，现已经交付地区行署进行审核。做好今后五年规划和十年规划，就是我们明年的主要任务。我们一定要协调各方面的关系，认真调查研究，做出符合实际的、可行性较强的规划方案。"

黄振华说："高书记已经给我打来电话，表扬了你们的这个方案。你们要再接再厉，把五年和十年的规划做好。除了完成规划任务以外，你们还应该总结引水拉沙、农田林网化设计等防风固沙措施。

我们治沙所，要致力于荒漠化防治领域的研究，在沙地大面积植树造林、沙地飞播造林种草及利用、沙地生态环境改善、沙地小流域综合治理、沙地分类和适合树种、优良固沙植物种子选育、沙区生态经济型防护林体系与示范区建设、荒漠化土地治理技术研究与示范、沙漠绿洲建设、林木病虫害防治等方面开展深入研究。

另外，我们治沙研究要与国内外科研院所和大专院校沟通，开展合作研究课题。我们不能只紧盯着自己，还要看看人家有什么研究成果我们可以借鉴。我们的科技人员不能只是埋头研究，还要对我们的科研成果进行总结上报，争取拿到科技成果奖。对科技成果的推广和利用，就是对我们治沙造林工作做出的贡献，也是对国家和全人类做出的贡献。”

办公室里，成林说：“黄所长，你刚才在会上谈了那么多治沙所的任务，非常令人鼓舞。我不想到资料室工作，请把我调到科研第一线去。”

黄振华说：“把你放到资料室有几个原因。第一，你的外语好，我们将来免不了要和国外的一些科研院所打交道，一些外文资料需要你翻译整理，给我们的科研提供一些最新的科研成果资料。这不是很好吗？这工作不重要吗？第二，因为你的专业不是搞治沙造林的，而是搞工业的。你就可以站在更高的角度或者跳出这个圈来看问题，这样你就能发现更广阔的研究领域。第三，你是女同志，在室外工作毕竟辛苦、危险。你又是一个不安分的女孩，不注意保护自己，所以你在这儿收收心，学习学习专业知识，等你成熟了、稳重了，有了安全意识了，再去搞研究。”

成林说：“你不能以我是女同志为理由，把我留在资料室。”

黄振华说：“同意也罢，不同意也罢，你是个革命干部，应该服从组织分配。现在你必须做好本职工作，把资料档案室建立起来。”

资料档案室，有人敲门。成林说：“你找谁？”

进来一位女青年：“我叫刘兰，我找成主任。”

成林说：“成主任？这里没有个姓成的主任。”

过了片刻，又有人敲门。成林站起身来开门：“怎么又是你？”

刘兰：“我刚才问了，人家说成林主任就在这儿。”

成林说：“成林主任？我叫成林，但我不是主任。”

刘兰：“我是农校毕业新分来的，所长让我到资料档案室，向成主任报到。”

“等等，你先坐，我去问问所长。”

成林来到黄振华办公室，问：“黄所长，刚才来了一个农校毕业的女生向我报到，是怎么回事？”

黄振华说：“资料档案室暂时给你配备两个人，明天还要来一个。这两个都是农校毕业的学生。”

成林说：“她刚才叫我主任，我不明白是什么意思。”

黄振华说：“一个科室总要有人负责，所里昨天开会决定，让你负责管理资料档案室。你要给新来的人做表率，分配好他们的工作。你们要好好发挥资料和档案对科研工作的作用。”

“让我当了主任，怎么没人事先通知我？”

“我们所里新成立了几个研究室，分别任命了几个干部，文件很快就下发了。你很快也就知道了。好好工作吧，提高服务意识是你当前要做的工作。”

一天上午，黄振华急切地来到资料室：“成林，你们两位带上笔记本，随我一同去医院看一位病人。”说完转身出了门。

刘兰：“到医院看病人，为什么还让我们带笔记本？”成林说：“拿上笔记本，我们随他去，所长肯定有他的用意。”

医院病房，杨光荣躺在病床上，打着吊瓶，有气无力地说：“黄所长，我今天把你请到这儿来，你也看到了，我的日子不多了。我有几个笔记本，是我多年来治沙工作的点滴体会，还有引水拉沙、植树造林的一些经验和教训。我想来想去还是交给你，你们搞治沙研究说不定能用得上。”

黄振华说：“你这是积劳成疾啊。这是我们资料档案室的成林主任和她的助手。我让她们一起来，就是想了解一下你关于治沙造林的想法和做法。你有什么话尽管说，你的笔记本我们一定会妥善保管。你是一个治沙英雄，是我们治沙历程中永远不能忘记的典型人物。”

杨光荣有气无力：“人活这一辈子不易，你知道我也是贫苦出身，解放后我入了党，成为党的一名干部，又负责水利局这一项工作。这些年来，沙漠风沙给我们驼城老百姓带来了太多的痛苦。党培养了我这些年，我只想做好一件事，就是为治沙造林搞好水利建设，能够为治沙造林做出一点贡献，造福老百姓。”

黄振华说：“你已经做得很多了，在沙漠修渠、引水拉沙、背冰润沙等方面富有创造性的做法，到现在已经造福百姓了。”杨光荣说：“在地委扩大会上，有的人反对我的意见，是你站出来支持我的。你以专家身份提的意见，最终起了决定性的作用。领导还是听从了你的意见。”黄振华说：“是因为你的魄力和胆识感动了我。而且我也认为你做的这件事，尽管前人没敢想，也没敢做，但是是有可行性的，是能做到的。你也为我们在沙漠中利用水来治沙提供了宝贵的经验。”

杨光荣从床头柜里拿出了几个笔记本，交给了黄振华。

成林说：“等一下，让我拍下这历史性的一刻。”成林迅速从包里拿出自己的照相机，拍下了他们交接笔记本的珍贵瞬间。

回去的路上，黄振华问：“你哪儿来的照相机？”成林说：“上次回北京的时候，爸爸送给我的。”

黄振华说：“你们资料室刚刚建立，还需要一些设备，比如说照相机，有些图片资料也需要留存，需要的设备该买的就要买。”

成林认真地阅读着杨光荣的笔记本，也不停地摘录、做笔记。

成林说：“黄所长，我把杨光荣局长的笔记认真翻阅了几遍，他记录的许多内容值得我们借鉴，同时他提出了许多问题，我把它们摘录出来，对我们研究治沙造林提供有益的经验。

另外，我想编辑一份不定期内部参考资料，名字叫《沙漠与绿洲》，汇集国内外的研究动态，准备设‘研究成果’‘经验交流’‘技术普及’等栏目。”

黄振华说：“你这想法太好了。还可以加上一个‘治沙人物’栏目，介绍治沙先进人物和先进事迹，杨局长就是一个典型，还有你见过的永安县的周书记，还有许多先进的治沙人物，你们都可以采访，作为表彰先进、促进交流的阵地。”

“我被杨光荣局长的事迹和笔记本里写的东西深深感动了。我意识到治沙造林是一种合力，而不能靠单打独斗，要发挥群体的力量，更多人的力量才能改变。”

黄振华：“看来你是真的想通了。你是一个很聪明也很能干的姑娘。我同意你把他的笔记整理成学习参考资料，这才是我们对它最好的运用。”

家里，赫冬梅说：“今天孩子满月。我请了大哥一家和大姐一家，妈和秀华我也请了。今天星期天，你还要去上班吗？”

黄振华说："一个同事，就是水利局的杨局长去世了。今天刚好是他的追悼会，我要去参加。送老战友最后一程吧。"

"那你去吧。今天的满月饭，姐夫一会儿来做，我只需要把食材准备好就行了。"赫冬梅说。黄振华出了门。

赫冬梅说："妈，今天我到菜市场买肉和菜吧。"

母亲："你哪会买菜嘛，你知道哪块肉是炒菜用的，哪块肉是炖着吃的？你姐夫来做菜，讲究着呢！还是我去吧。"

菜市场里，母亲碰见赫彩莲。

赫彩莲："妈，冬梅上次把钱都给我了，让我给她孩子办满月席。今天刚好星期天，她姐夫也不用上班。所以你看，给我列了个单子，我照着单子来采买的，二凤也来帮我拿东西。"

二凤抢过东西："外婆，我的力气比你大，这些东西都让我来拿。"

赫彩莲："还请些什么人？"

母亲说："冬梅也没请外人，都是咱们家的人。你们一家，你大哥一家，还有她婆婆和小姑子。"

彩莲和母亲回来后，赫冬梅说："大姐，又要辛苦你和我姐夫了。"赫彩莲："一家人不说两家话。"

"二凤生性泼辣，这么一大筐菜，自个儿就扛来了。""嗯，我的二凤可是我的大管家，一天到晚帮我干不少的活。"

赫冬梅问："大凤呢？高中毕业了，在家干什么呢？"

"我也正发愁呢，大学也没考上，待在家里也无事可做。我还正寻思着看振华能不能给她找个工作。"

赫冬梅说："大凤学习挺好的，就是太偏科，死活不爱学数理化，就爱文学。"

赫彩莲："说的是啊，人家考大学，不光考语文，还要考数理化。你总分上不去，那肯定录不了呀。"

"那大凤愿不愿意当老师？我给王校长说一下，先当个民办教师，以后有机会再转公办教师。"大姐高兴地说："那敢情好啊，我听她说过，喜欢当教师。她一会儿来了，你再问问她。"

赫冬梅说："好的。这坐月子就像坐牢一样，我也该出去上班了。"

厨房里，贺福堂对彩莲说："掌柜的，你出去跟妈和冬梅说说话吧，把洗好的菜放在那儿，三桌席，我一个人就搞定了。"

赫彩莲："要不我叫二凤过来帮你？"贺福堂："不用。"

赫彩莲："剥个葱，捣个蒜，打个下手，我还是叫二凤来吧。"

家里的炕桌上，摆满了各种炒菜。黄齐英、母亲、大嫂、赫彩莲、赫冬梅、黄秀华、大凤围着炕桌坐着。

贺福堂说："我给大哥、振华、学斌他们留了一桌，娃娃们那边一桌已吃上了。你们就动筷子吃饭吧。"

黄秀华说："大姐夫做的菜就是好吃，太香了。"

黄齐英说："她大姐夫现在是政协委员，可是咱们驼城的宝贝人才。"

赫冬梅说："妈，你也是政协委员，也是咱们家的光荣啊。"

黄齐英说："我比不了你大姐夫，做得一手好菜。徒弟都给国家领导人做饭了，那才叫光荣。"

黄秀华说："大姐夫可真了不起。"

赫彩莲："吃过他做的饭的这些领导，回去就邀请他去给他们做饭。他离不开家，只好把他的徒弟派去了。你们还记着解放前咱们驼城的胡老五吗？"

黄齐英说："记得。"

赫彩莲："人家起义后，现在当了省政协的副主席。上次到驼城来，点名让他给做饭，吃完饭叫他到省上的人民大厦做主厨，他也谢绝了。我们这一大家子人，他能走得了吗？"

黄秀华说："可惜了，要不然大姐一家现在都是西安人了。"

赫彩莲接着说："前一阵子说是中央军委来了个领导，军分区就请他去给首长做饭。首长吃完饭以后，就跑到后厨要见他，问他愿不愿意去北京，在中央军委专门给大领导做饭。他也谢绝了。"

黄秀华说："大姐夫可真是国宝级的人物。"

赫彩莲："唉，什么宝贝不宝贝，说到底也就是个出力干活的，一个做饭的厨子。秀华，你的预产期在几月？准备在哪儿生呀？"

黄秀华说："预产期在明年五月呢。我婆婆来信说，让我到北京去生孩子。我也不知道，到时候再说吧。"

“有黄大妈给你看孩子，你只管在这儿生好了。”

“我妈连我嫂子的娃都看不了，都麻烦亲家帮忙，还能给我看孩子？”

黄齐英说：“她有公有婆，他们王家的孩子，让他们王家看，我哪有时间给她看孩子？”

家里，黄振华和赫冬梅睡在炕上。赫冬梅说：“你在想什么呢？”

黄振华说：“我在想，杨局长是积劳成疾，累死的。他走了，家里留下三个孩子，这可怎么办呢？今天追悼会上，他老婆哭得死去活来，看了真让人揪心。”

赫冬梅说：“地委的领导都去了吗？”

黄振华说：“书记、专员都去了。杨局长的老婆和孩子真是可怜。”

冬梅问：“那他老婆有工作吗？”“一个家庭妇女，又没有文化。”“那他们的生活怎么办呢？”“行署梁专员说了，让水利局给他老婆安排一个服务性的工作。一家四口人就是四张嘴，总要吃饭吧。”“那杨局长是工作累死的。难道不能给他追认为烈士吗？如果成了烈士，他们家就可以领抚恤金了。”“按说应该可以，那就看该怎么认定了。因为他毕竟死在病床上，没有像那些英雄人物一样死在战场上。”

“你可要好好的，我可离不开你。”“你和她不能比，你有文化有工作。”“我们有四个孩子了，让我一个人养，你情何以堪？”“不会的，我哪能丢下你和孩子？还有老娘呢！”

赫冬梅走进学校，她深深感到教学工作已是她生命的一部分。她热爱这份工作，热爱学校里的老师和学生。赫冬梅热情地和老师们打招呼。

赫冬梅领着大凤进了二完小大门，赫冬梅对大凤说：“我给王校长说了，王校长说正好四年级缺一个语文老师。”

大凤问：“不会让我当班主任吧？”

赫冬梅说：“你刚当老师，不会让你当班主任的，只带四年级的语文课。你听年级组长的安排，虚心一点，不知道的多问问。”

第二十三章

资料室里，成林和两个女同志正在编稿子。成林说：“咱们一定要把这期稿子编好，这是我们的创刊号。”

刘兰:“成林见多识广，我们俩从来没编过杂志和学习资料。”另一位同志张玉芬:“我们编好了，到哪儿印刷呢？总不能我们刻蜡版吧？”

成林问：“驼城难道没有印刷厂吗？”

刘兰：“我知道驼城日报社有一个印刷厂，我舅舅就是那个厂的厂长。”

成林说：“我们编好了资料，送到你舅舅那里，让他给我们印刷出来，不就好了吗？”张玉芬：“对呀，就在驼城日报印刷厂印，让你舅舅给我们帮个忙，我们先印出来个清样，让领导看看。”

成林说：“是啊，我们的创刊号还得配上我们的图片。”

刘兰疑惑地问道：“我们弄的创刊号，你说所里的同志们会满意吗？”

张玉芬：“你舅舅不是厂长吗？让印刷厂先出一个清样，你舅舅给我们多提提改进意见。只要黄所长满意，其他人应该不会有意见了吧？”

成林说：“是啊，让他给我们出谋划策。我们的创刊号绝对要办好，只许成功，不许失败。”

驼城日报印刷厂，刘兰说：“舅舅，这是我们资料室的成主任，我们这次来，是想让你们印刷厂帮我们印一份学习资料。”

成林说："厂长，这是我们的稿件，这是农大的学报，我们想以这种方式印刷。"

厂长："我们这是报社的印刷厂，我们隶属于报社，所以我们的主要任务是为每天的报纸印刷。你们在我们这儿印刷，不是不可以，只是要付印刷费。因为纸张、排版、用工，这些都有成本，是要付费的。"

成林："当然是要付费。那请你给我们做个预算，我们好报领导审批。"

厂长："好的，请把你们的要求，还有印刷的数量报给我，我给你们做个预算。"

资料室里，刘兰："成主任，你说我们应该印多少份呢？"

张玉芬："那要看我们这个资料发放的范围有多大了。"

成林说："凡是和我们业务上有来往的单位都应该发放。比如上级部门，有林业部、省林业厅、中科院、中科院兰州沙漠研究所、陕西农林科学分院，还有国内的农业和林业大专院校。"

刘兰："你说我们的资料能送到林业部、中科院？这都是国家单位呀。"

成林说："那当然，我们所的全称是什么？是中国农林科学院陕西分院驼城治沙研究所。别忘了我们还带'国'字头呢。"

张玉芬："就我们三个人的水平，能把这资料送到带'国'字头的单位和大专院校，是不是有点自不量力？"

成林批评道："你们两个有点信心好不好？我们就是要高标准、严要求地把这件事情办好。只要我们编排的资料有价值，人物够先进和典型，就是在国家这个层面上也会独树一帜的。"

刘兰说："成主任，我真佩服你的勇气和魄力。我只是担心我们的能力不够。"

成林说："那就学习呗，我们高标准、严要求，向全国一流期刊看齐，我就不信我们办不出一个独树一帜的学习资料！"

"成主任，你毕竟是大城市来的，见多识广，说话办事都很大气。你怎么说我们就怎么做。我们对你是服了，而且你的自信和魄力，值得我们好好学习。"刘兰佩服地说道。

成林说："所以我们好好查阅一下，看看我们都要向哪些单位发送，需要印多少份，统计好数字，把印刷厂给我们的预算附到后边，然后让所长审批。"

成林来到黄振华办公室，说："黄所长，关于那个学习资料的印刷和分发，我们提了一个意见。把凡是跟我们有业务往来的，还有同行的上级部门以及下级部门都包括在内，我们统计了一个数字。另外，我们和印刷厂也联系过，他们给我们做了一个预算，一并给你报来。”

黄振华说：“我听听你们的发送范围。”

成林说：“已经和我们有联系的和将有联系的相关业务单位，以及我们的上级、下级单位和兄弟单位。”

黄振华说：“先试行吧，不过你这个学习资料《沙漠与绿洲》要办起来，你还要发展许多通讯员，给你提供稿件。把你们计划办这个刊物的目的、准备设立的栏目、每年的经费预算，以及发送单位，完整做一个计划或实施方案，报上来，我们在所务会上研究一下。”

成林说：“好的。”

资料室的三位女士在开会。成林说：“所长让我们拿一个可行性方案，要上所务会议讨论研究。”

刘兰：“要花一笔钱，肯定要上所务会研究。”

张玉芬：“要办一个杂志呢，就靠我们三个人肯定不行。我们每天要整理资料，还要整理图书档案，再要办杂志，人手肯定不够。”

成林说：“事情总要有人干。我觉得这个事情更重要。在干好做好本职工作的同时，再加上这项工作，我们三个人应该绰绰有余。”

刘兰说：“我们可以约稿呀，请我们所里的那些专家、工作人员、科技人员给我们提供稿件。”

成林说：“我们三个人分工协作。张玉芬，你的重点工作是整理档案，我们是新建的所，档案并不多。至于投给我们的稿件，我们三人分别先看，拿出初步意见，再集中讨论确定。刘兰，你的重点工作，是从现有的杂志找到我们需要交流的文章。我重点做外访，组织稿件。如果有必要，我们三个人还要动手写稿。现在我们就研究一下这个实施方案。”

会议室里，治沙所召开了各科室负责人会议。黄振华说：“从本周开始，每周一召开我们的例会。所里负责的同志、各科室的负责人参加，汇报近期的工作，遇到什么问题可以在会上研究讨论。对于出差在外的科室负责人可以例外。今天重点讨论一下成林她们资料室准备办一个内部学习刊物。她们拿出了一个方案，请大家提提意见。”

成林说："我们计划办的这个学习与参考资料期刊，名叫《沙漠与绿洲》，目的是给科研人员提供服务，报道我们的工作动态，了解国内外同行资讯，开展业务交流。同时，也宣传我们的科技人员在治沙造林方面做出的成绩和干部群众在治沙造林当中的先进事迹。这是印刷厂给我们提供的资金预算，请同志们再做进一步的论证。同时，我们希望各个科室给我们提供一名通讯员，每期提供一篇稿子。"

黄振华说："成林同志谈了她们的实施方案，我个人是支持她们的。我们治沙研究所的科研人员都在第一线，大家都做出了辛勤的努力，工作中做出了一些成绩，研究中遇到了一些问题，也涌现出了一些先进的个人和治沙造林中感人的事迹。驼城人民群众和干部在治沙造林中，也做出了很大的努力，工作中也积累了丰富的经验，需要把它总结出来传播出去，让更多的人来了解我们、支持我们，互相学习借鉴。所以，我们需要有一个喉舌，需要有一块宣传阵地。成林她们这个想法非常好，工作积极性很高，主动请缨要办好这个刊物。所以希望大家支持她们的工作。对这个方案，大家可以发表意见。"

徐站长："成林同志工作热情高，工作能力也强，主动请缨，这项工作一定能做好，我们坚决支持，希望你多宣传我们的工作。至于通讯员嘛，我看就让我们的贾文宇同志担任。"

王学斌说："希望这个刊物能办好，过去我们做了大量的工作，但是知道的人太少了。这样，对我们的工作的支持力度就不够。这个刊物不但会提高我们工作的知名度，也能提高各方面的支持度；而且为我们提供更多的工作交流机会，也让我们学习借鉴外面的经验。我支持。我们的通讯员是杨志坚。"

胡老师："治沙造林不是我们科研人员一家的事，是整个驼城乃至沙漠地区干部群众共同努力的工作。在工作当中，我们遇到了许多先进的人和事，比如刚刚为治沙造林牺牲的杨光荣局长，还有带病工作、忘我劳动的干部，还有不顾家里边困难、奋战工作在第一线的群众。这些先进人物，是我们治沙工作的主力军，应该大力宣传他们，鼓励先进，为我们治沙造林树立先进的榜样，我们坚决支持。我们的通讯员是张仲。"

田保林："我是学植物保护的。我刚来，所长让我负责虫病害的防治研究。虽然这个科室现在还是我一个科技人员，外加两个工人，但是我愿意做通讯员，承担关于病虫害防治的一些稿件。"

黄振华说："大家的意见都谈得很好，对成林办的这个学习参考资料比较赞成。我的意见，你们先做事情，作为内部学习资料，先试办一年。大家都很支持你们的工作，希望成林同志把这项工作做好。”

印刷厂，刘兰：“舅舅，我们来了，我和我们成主任是来看清样的。”

厂长：“我们印得很漂亮。我们日报没有彩页，专门去采购了这种有色的纸给你们做封面。你们来看看吧。”厂长把一份清样交给了成林。

“封面的效果不错。”成林一边看着清样一边说。

厂长：“你看，沙漠与绿洲是黄色与绿色的交响乐，特别醒目，看着很舒服。”

“这是我们的创刊号，成败在此一举。要印好，不能出现一个错别字，包括标点符号。”成林说。

厂长道：“你说对了，我们的报纸也是不能出错的。我们让最好的校对给你们校。”

办公室，成林说：“黄所长，我们的杂志《沙漠与绿洲》清样出来了，您是我们的编委会主任，所以请您审核。”

黄振华说：“这么快，清样都出来了！好，拿来让我看看。”成林把清样递给黄振华。

黄振华说：“视觉效果很好。黄沙绿树这个照片不错。”

成林说：“内容也很好。我们在《沙漠与绿洲》当中登载了飞机播种的数字，介绍了我们的做法。因为我们的飞播是国内首创，所以我觉得应引起大家的关注。

‘工作动态’，我选择刊登了驼城地区高书记的讲话，以及我们的实际行动，特别是五年规划和十年规划的实施；

‘先进人物’，我们主要写了杨光荣局长的先进事迹，还有他治沙笔记的摘录；

‘技术普及’，我们刊登了樟子松的栽培技术，这是徐主任提供的。他们即将普及扦插栽培的技术，有关教材可以在我们的资料中找到。”

黄振华说：“很好，你们的栏目和我们的工作结合得很紧密！这就对了，杂志要为工作服务。在文字上你们再做修改，不能出错。原则上我同意了，你们校对后可以印刷出刊。”

办公室，电话铃响了。黄振华说：“喂！是成树啊。”

成树说：“成林最近表现怎么样？没给你闯祸吧？”

黄振华说：“我把她放到图书资料室，管理资料和档案。开头她不愿意干，后来我跟她讲了一些利害关系，她现在不光是愿意干了，而且利用图书资料室，给我们所办了一个学习与参考的杂志，名字叫《沙漠与绿洲》，我估计很快就会寄到你们那里了。大家对她反映很好。这孩子有热情，也有能力，你放心吧。她和同事们相处得也很好。你最近都好吧，工作顺利吗？你的个人问题有进展吗？”

成树说：“找了一个我们单位的，年龄比我小。再不找，我父亲和母亲快不认我这个女儿了。”

黄振华说：“是该找一个生活伴侣。作为父母，孩子不结婚当然是很着急的。”

成树说：“我打算过年前结婚，然后一同去北京看看我父母，不知道成林会不会回去。”

黄振华说：“她有探亲假，当然可以回去。你要不要跟成林通话？”

成树说：“如果方便的话，我想跟她说说话。”

黄振华说：“我们这里条件比较差，还没有做到每个办公室都有一部电话。那你等一下，我把她叫来，就在我的办公室给你打电话。”

成树说：“我一会儿给你拨过去。”

黄振华说：“通讯员，你把成林叫到我办公室来。”

成林来到所长办公室。黄振华说：“你姐姐要跟你通话，你就在我这儿给你姐姐打个电话，我现在出去办点事儿。”

新华书店里，黄振华碰见了李美霞。

李美霞说：“黄书记？好些年没见了，没想到今天在新华书店碰到你。”

黄振华说：“你也到新华书店来买书？”

“我是给孩子买几本参考书。”“几个孩子了？”“三个孩子了。”“都是你们自己带还是老人给你们带？”

“我父母身体不好，所以我的孩子都是我一个人带的。”

“那你丈夫呢？他不帮你带孩子吗？”

“唉，一言难尽。我丈夫两年前被打成右派，现在还在永安县林场劳动改造。所以，我的三个孩子都是我自己带大的。大女儿本来去年就该上学，因为两个小的没人看，所以我让大孩子在家看着小的，我给她买书，回去以后再给她补课，”李美霞说着，流下了眼泪，“还是冬梅命好，找了个革命家庭和当领导的丈夫。”

黄振华说：“那你丈夫在外县林场劳动，不能经常回家吗？”

“他是右派，因为表现好，没有去坐牢，在林场里劳动改造。”

“既然到林场劳动改造，那到外县和本县都可以吧？离得近一点，还能帮你照看一下孩子。”

“要是能在驼城附近的农场或者林场，起码一月半月我能和他见个面。现在这种情况我都不敢说，也不敢提。也不知道什么时候是个头，有时候我倒希望他真判刑坐牢，那还有个期限，还有个回家的盼头。唉，不说了，一言难尽。代问冬梅和孩子们好。”

黄振华回到家里，把李美霞的情况告诉了赫冬梅。

赫冬梅说：“我好久没见她了，有一次看见她，她老躲着我。我听同学们说她老公被打成右派了，我还想到她家里看看，她们都不让我去，说我去了会刺激她。”

黄振华说：“她过得不好。你们是同学，关系也不错，你应该抽时间去看看人家。”

冬梅有些醋意：“她过得不好，你是不是心疼了？过去人家可是追求过你呀。”

“那最后还不是让你得手了。所以你比她厉害。”振华开玩笑地说。

冬梅得意道：“不是我比她厉害，是我比她命好。谁让我老公看上我了，没有看上她呀。”

黄振华说：“你知道就好。”

李美霞家。赫冬梅提了些点心，还提了一篮子鸡蛋到李美霞家。进了屋看见了三个孩子。

大一点的女孩怯怯地看着她：“我妈妈还没回家。”赫冬梅看着这女孩背上背着小弟弟，因为个子矮，正站在一个凳子上切土豆。炕上还坐着一个小女孩儿，大约5岁。

赫冬梅看了后一阵心酸：“你是在做饭吗？”

大女孩：“我妈妈快回来了，我正在给妈妈做饭。”“你给妈妈做什么饭？”“妈妈爱吃菜和饭。”“你会烧饭吗？”“我每天等妈妈下班，都给她做好菜和饭，她说挺好吃的。”

赫冬梅流下了眼泪：“今天阿姨帮你做饭好不好？阿姨给你们带来了点心，你们饿了吗？”炕上的小女孩：“阿姨我饿了，我要吃点心。”

赫冬梅说：“你叫什么名字呀？”

小女孩：“我叫小华，姐姐叫小红，弟弟叫小伦。”赫冬梅说：“哦，快来吃点心，和弟弟妹妹一起吃。”

大女孩：“妈妈不让我们吃别人的东西。”

“阿姨不是别人，阿姨是自己人，阿姨带的东西，你们可以吃。快来给弟弟也吃一点，今天的晚饭我来做。阿姨还带了鸡蛋，阿姨给你们炒鸡蛋，好不好？”

冬梅回到家里闷闷不乐。母亲问：“今儿怎么回来这么晚？后锅里给你留着饭呢。”

冬梅问：“振华回来了吗？”“回来了，吃完饭以后带着孩子们去看他妈了。”

赫冬梅说：“我今天去李美霞家了。”

母亲：“李美霞？啊，就是李学士下巷住的同学。她怎么了？”

赫冬梅说：“她丈夫是右派，送到外县林场劳动改造，两年了，也没回过家。家里三个孩子，大女儿该上学了，因为弟弟妹妹没人看，李美霞就把大女儿留到家里看孩子。我今天去了以后，看见三个孩子真可怜。大孩子才7岁，背着小弟弟给她妈做饭。我没想到李美霞日子过得这么惨！”

母亲感叹：“唉，都是同学，人比人活不成。你现在一天在振华面前吆五喝六的，成天挑人家的不是。振华多好的一个人，你就是身在福中不知福。”

晚上黄振华回到家里，问冬梅：“你今天怎么回来得那么晚？我们等你吃饭，也不见你回来。”

赫冬梅说：“下班以后，我到李美霞家去了。李美霞母子太可怜了。振华，你能不能想想办法，把刘冰调到咱们驼城附近的林场或者农场劳动改造？”

黄振华说：“他是戴了帽的右派，不好调动。一般单位都不会接收的。”

“反正是劳动改造，在外地和在本地都一样。要不，放到你们治沙试验站行不行？干什么活都行。把他调得离家近一点，也能帮美霞照看家里。美霞也不至于那么辛苦。她家大女儿7岁了，早该上学了。”

会议室里，刚刚开完会，大家都走了。徐站长走到黄所长面前：“黄所长，我想编辑明年教材，实在没有人手，你看能不能在农校或者哪个单位，给我借调个人。我们要在技术上培训人，想要编一套教材，人手实在不够。”

黄振华说：“农校最近正在考试，这个时候农校也抽不出来人。我们要大面积推广樟子松，还有农田林网化，需要的乔木苗和灌木用量很大，要编教材，你那儿的人手确实不够。”

徐桢附和：“随着我们工作业务范围的扩大，人手越来越紧张，我们得想想办法解决这燃眉之急。”

黄振华打电话给永安县周书记：“周书记吗？我和你打听一个人，是驼城中学的右派，下放到你们县的一个林场劳动改造，名字叫刘冰。”

周书记：“是有这么个人，在沙湾林场劳动改造。”

黄振华说：“我想见见这个人。”

周书记：“你黄所长要见一个人还不容易，你什么时候来？我陪你。”“周书记是个大忙人，就不劳你大驾了。你跟他们林场打个招呼，我想下周去沙湾林场看看飞播种子准备的情况，顺便见见这个人。”

“没问题，我现在就给他们林场打电话。”

黄振华到了永安县沙湾林场门口，县委书记早已安排场长和县办公室主任在那里等候。

县办主任：“黄所长，周书记今天主持会议走不了，他让我来接待你。这是沙湾林场的刘场长。”

刘场长：“早就听说了黄所长，一直没有见过面，去年我们到治沙试验站，徐站长给我们介绍过你。”

黄振华说：“我今天到你们林场来，主要看看你们樟子松的育种和花棒的种子收购工作做得怎么样。”

县办主任：“书记对这项工作非常重视。不仅让林场收购，现在让各乡把收集花棒种子的任务落实下去，2万斤种子必须在年底完成。”

黄振华说：“是啊，明年5月，要在我们这一片进行花棒种子飞播，所以我们必须把准备工作提前做好。”

县办主任：“哎呀，老百姓一听要给我们这儿飞机播种治沙，都非常高兴，积极配合，收购种子不成问题。”

“你们沙湾林场收购任务重不重？”

刘场长：“给我们林场的任务是2000斤，我们已经超额完成了。”

黄振华说：“很好，多多益善，我们原来计划几万斤，但是如果种子收购多的话，也可以将原计划飞播一天，延长为两天。”

刘场长：“黄所长，您先到办公室里休息一下，喝点水。”

黄振华说：“刘场长，我向你打问一个人，你们这儿有一个劳动改造的右派，叫刘冰？”

刘场长："有，来了两年了，是驼城中学的老师。因为改写了他的富农成分，又对社会主义制度不满，戴着右派帽子，下放到我们林场劳动改造。"

黄振华问："这人在这儿表现怎么样？"刘场长："劳动表现还好，不偷懒，话不多，反正你叫干啥就干啥。今天办公室主任也在这儿，我们真不想接收这些右派来改造。操心得很，既怕他们逃跑，又怕他们想不开寻死。还得了解他们的思想动态，做他们的思想工作。王主任，你给周书记说说吧，给他换个地方，在我们这儿也改造两年了。"

黄振华说："我想见见这个人。"

刘场长："没问题，周书记亲自给我打电话，让我安排好，我现在就去叫人。"

王主任："黄所长，喝点水吧，我去伙房看看他们把饭做上了没有。"

刘场长把刘冰带到办公室。黄振华说："刘冰？我听说过你，但没见过你。"

刘冰："黄所长，你肯定不认识我，但我知道你是赫冬梅的丈夫。农校大名鼎鼎的团委书记、副校长，现在是驼城治沙研究所的所长。"

黄振华说："你来这儿两年了，回过家吗？"

刘冰怯生生地回答："我是右派，不能回家。刘场长怕我跑了，也不敢放我回家。"

"刘场长对你的表现还是肯定的。既然已经这样了，还是应该虚心接受改造。"

"生不逢时，如果我在农校，有季校长和您的保护，我也不会被戴上右派帽子的。"

"此一时，彼一时，现在你可不能这么想。你的思想要转变，要虚心接受改造，好好反思。你的妻子和三个孩子都很想念你，盼着你早点回家。"

刘冰哭了起来："我最对不起的就是美霞和我的三个孩子。每当想起他们，我就觉得有愧。"

黄振华说："别难过了，事已至此，还是往好处想。赫冬梅去过你家。我今天来也是代你的家人来看望你。希望你能打起精神，终有一天你会和家人团聚的。"

刘冰感激涕零："谢谢黄所长，也谢谢赫冬梅对我家人的关心！"

黄振华说："好好劳动，虚心接受再教育，要给林场留一个好印象。我明天回家，需要给家人捎什么话吗？"

刘冰："我一定虚心接受改造。麻烦你告诉美霞，我希望她跟我离婚，她应该过更好的生活。"

林场仓库，刘场长："黄所长你看，给我们2000斤的任务，我们完成了5000多斤。下一步，治沙所的王学斌老师，教我们审验全县的2万多斤花棒种子，还要教我们进行防病虫害处理。”

黄振华说：“很好。这次我们飞播准备提前一个多月，初步定在明年5月进行。为了花棒在季风到来之前多生长一个半月，更好地抵御11月的季风。”

刘场长赞同：“黄所长，选择花棒种子是对的。花棒种子根系发达，不仅有观赏价值，种子还能榨油，群众喜欢，而且固沙防风，绝对是先锋。”“我再看看你们樟子松种苗的培育效果。”

来到林场育苗地，刘场长：“周书记要求我们实施农田林网化，栽种樟子松，可我们培育的种苗远远赶不上需求。我们希望黄所长回去，调运更多的种子和苗子。在技术上，徐站长已经给我们培训过了，希望有更多的苗子满足我们的需求。”

黄振华说：“徐站长明年要举行8期培训，整个驼城地区需求量非常大，我们现在想办法从东北调用樟子松种子，还有油松、臭柏等绿植。我们要积极培育试验，现在急需有文化懂技术的人才！”

永安县委周书记在办公室迎接黄振华。

黄振华说：“我去了趟沙湾林场，看到他们收的花棒种子。”

“你跟我们规定的2万多斤，你知道我们收了多少？收了5万多斤花棒种子，超额完成了任务。这儿的老百姓听说飞机播种治沙，高兴着呢。男女老少到处收花棒种子。各公社都已经把种子收好了，就看你们什么时候来验收。”

“刚才我给刘场长也说了，把种子保存好，千万不敢发霉。种子还需要一系列处理。我回去就安排王学斌他们尽快行动。”

“这一点你放心，我们各公社仓库经常处理这些问题。回头我们再强调一下，把种子保存好。你今天到沙湾林场见了要见的那个人了吗？”

黄振华说：“我已经见过了。我现在很缺人，想借调这个人到我们的治沙试验站，给我们编教材。就看你这儿愿不愿意放人？”

周书记：“这人是个右派，是戴了帽子的，也就是挂了号的，你要借调可以，借多长时间都可以。但你真想调走，我说了就不算了，那得地委高书记批准。”

“那我就知道了。他家里人挺可怜的，希望他能离家近一点，也能照顾家人。”

“黄所长你是个好心人。说句老实话，这些人都是有文化的。听说他还是一个很不错的老师，就是讲了错话，认识上有点问题。给他戴了右派帽子，受害的也有他的家人。”

“那我们就说定了。我回去即刻给你发借调函。”

周书记：“好，收到你的借调函，我即刻就把他给你送过去。”

办公室孙主任：“黄所长，这是我们起草的关于借调刘冰的函，请您审批。”

黄振华看后：“可以，尽快发。”

回到家里，黄振华对冬梅说：“我已经把李美霞的爱人刘冰暂时借调到试验站了，今天借调函已经发了。”

赫冬梅说：“前两天到永安出差，就办了这么大一件事？”

“估计过不了几天，就把刘冰送来了。”

“他是戴了帽子的右派，你把他借调过来，万一有个什么闪失，你会不会担风险？”

“话都叫你说了，要求把他调过来的人是你，怕担风险的人还是你。”

“我是怕给你带来风险。因为他是个右派。”

“那你当初就不该要求我把他调来。”

“那把他调来，有没有麻烦？会不会牵连你？”

“当然会，如果他逃跑了或者想不开出事了，我和周书记肯定受牵连。”

“早知道是这样，我就不该要求你调他过来。”

“开弓没有回头箭。你要告诉李美霞，好好给他做工作，他的情绪还是比较大。”

李美霞家，赫冬梅说：“美霞，我事先没有告诉你，那天我到你们家来，看着三个孩子太可怜了，我回去就给黄振华说了，我让他把你丈夫刘冰借调到他们治沙试验站。”

李美霞说：“你真傻，你这不是给自己丈夫找事儿吗？像我们这种人，别人躲都来不及，你还往上贴。”

“老黄去了趟永安，和县委周书记和林场的场长都进行了沟通。现在借调函都已经发过去了，过不了几天你们家刘冰就回来了。”

“你这动作也太大了吧。你让我们这辈子都还不了你的情。”

“谁让你还情了，我是看着三个孩子可怜。小红都到了上学年龄了，你不让她上学，给你在家看孩子，你真做得出来！我告诉你，刘冰回来，你告诉他：第一，他不能逃跑；第二，他不能自杀。如果他出了什么问题，肯定要牵连到黄振华和周书记。到那个时候，你们两口子可就真欠我一辈子的情了。”

治沙所黄振华办公室。刘场长："黄所长，我们把人给你送来了。没伤也没大病。我可要谢谢你啊。"黄振华说："为什么要谢我？"刘场长："可给我卸了个包袱，一个大包袱，我还不感谢你呀！借调一年两年、三年五年，只要上边不要，你只管借着吧。"

"刘冰人呢？""没经你的允许，我哪能让他进你的办公室呢？""好吧，你把人叫进来，这就算把人交给我了。"

刘场长在外面招呼了一声："让刘冰进来。"刘冰进了黄所长的办公室。刘场长："黄所长，我把人交了，我现在到王学斌主任那里去一趟。我们就回去了。"

黄振华说："刘冰，你请坐。"

刘冰怯生生地说："我还是站着吧。"

"今天正式把你借调过来，我跟你提三点要求。第一，放下思想包袱；第二，认真工作，服从领导；第三，要保证你和家人的安全。你先休假三天，然后到沙树梁治沙试验站徐桢站长那里报到，你的工作由他给你安排。"

"放假三天，是什么意思？让我做什么？"

"回家呀。回家的路你还找得着吧？"

刘冰哭了起来。

"大男人，哭什么？快回家吧，两年多没见家人了。"

刘冰深深地鞠了个躬："谢谢！谢谢！谢谢！"

刘冰进了家门儿，抱着孩子痛哭起来。李美霞也哭了起来："你终于回家了。"刘冰在李美霞面前跪下来："是我害了你和孩子们！……"

三天后，刘冰来到沙树梁治沙试验站，找徐桢报到。

徐站长："黄所长已经跟我打招呼了。你来了就好，我们这里注重的是表现、能力和贡献。"

刘冰："我一定放下包袱，洗心革面。服从领导安排，争取做出成绩。"

徐站长："好，你先熟悉一下情况。听说你在林场工作了两年。我们准备培训林业栽培人员，你来了先参与编写教材。"徐站长把刘冰交给了牛松柏。

牛松柏："刘老师，你是徐站长请来的人才，我们这儿缺的就是有文化的人，栽培的技术活儿，我都能学会，就是文化程度太低，写不了东西。徐站长已经给黄所长要求了好长时间了，今天终于把你这个文化人请来了。"

刘冰觉得好久没有人这么尊敬他，他反而有点不习惯了："我一定竭尽全力，做好徐站长交给我的工作。"

赫冬梅出了校门，发现李美霞在向她招手。赫冬梅说："你怎么不进学校去？到校门口等我，有事吗？"

李美霞说："学校里都是曾经认识的教师，兴师动众的，还不如我在这儿等你呢。我们家刘冰回来了。"

赫冬梅说："噢！"

李美霞说："谢谢你啊。"

赫冬梅说："又不是我调你家刘冰回来的。要谢，就谢黄振华和人家周书记去。"

李美霞说："还生我的气呢？我那天是喜从天降，高兴蒙了，语无伦次了。别和我一般见识了。""我没生你的气，是你太把我当外人了。"

"人家黄所长，居然给刘冰放了三天假，还给他提了三个条件。"

"做了好事，还要给人提条件？"

"你猜提的三个条件是什么？""是什么？"

李美霞说："第一，放下思想包袱；第二，好好工作，服从领导；第三，要保证你和家人的安全。刘冰高兴地说，'我们家遇上贵人了。'"

第二十四章

治沙所的资料室，贾文宇很激动：“成林，《沙漠与绿洲》创刊号社会反响很好。我的同学在南京农林学院和北京林学院，还有省农科院工作的同志，都看到了我们所的杂志，纷纷来信称赞并表示祝贺。他们说最让他们感动的是杨光荣局长的光辉事迹。”

成林说：“黄所长说得对，刊物要有可读性，治沙人物的感人故事，才最能打动人心。黄所长说永安县的周书记的事迹也很感人，我想利用周末的时间去永安县采访他。”

“那好，我和你一块儿去。反正周末也没有别的事。”

“好的，今天下午估计没班车了，明天一早我们赶最早的班车。”

周日大清早，成林和贾文宇坐在长途汽车上。成林说：“今天我们采访完了能回来吗？”

贾文宇：“应该能回来吧。”

成林有点担心：“明天要开例会，我们如果回不来，应该提前请假的。”

贾文宇安慰她：“没关系，万一回不来，我们见了周书记请他给所里打个电话。”

成林后悔：“应该写个请假条，给值班室转一下就好了，免得黄所长又要批评我没有组织性、纪律性。事已至此，也只能这样子了。”

永安县委大门口，成林说：“我们是治沙所的，我叫成林，他叫贾文宇，我们是来找周书记的。”

值班室大爷："我见过你们两个，是周书记请来给我们县做规划的。当时你俩掉进水库，亏得会游泳，否则，周书记都会背处分的。"

成林说："真不好意思，是我冒失，给你们造成这么大的麻烦。"

值班室大爷："你们也是为了工作嘛。"

"今天我们来这里，是为了采访周书记。""周书记今天不在，下乡去了。"

贾文宇："他去哪儿了？什么时候能回来？""那可说不准，可能一两天，也可能两三天。"

"这可怎么办呢？我们可等不了几天。""大爷，你能给我说说你们周书记的故事吗？他的先进事迹，尤其是治沙造林方面的故事。"

"我说不好。我只能说周书记是个好人，从小父母双亡，到处要饭。后来跟了共产党，解放后闹土改，当了乡党委书记，因为工作好，一步步当了我们的县委书记。我们县是沙区，周书记就领着全县人民植树造林。城西那一片几万亩的树林，就是周书记领着我们种的树，老百姓都把那片树林叫'兴旺林'。"

正说着，一辆汽车停在了门口。周兴旺书记和干部下了车。

值班室大爷："周书记回来了。这是治沙所的两个干部，要采访你呢。"

周书记："这是成林和贾文宇技术员嘛。走，到我办公室坐一坐。"

周书记："你们是从驼城来的？"成林和贾文宇递上了《沙漠与绿洲》的创刊号杂志。成林说："周书记，这是我们研究所办的一个杂志，叫《沙漠与绿洲》，这是我们的创刊号。我记得给你们发了，你看了没有？"

周书记："我看了，而且你们报道了杨光荣的先进事迹，写得太好了，这个杂志办得好。这里面还有技术资料，有植树造林的先进经验和典型事例，对我们下面的工作很有指导意义。"

成林说："我们今天来。就是想采访一下您在治沙造林方面的先进事迹。"

周书记："你要采访我们县里的治沙情况，我可以告诉你。但是要采访我个人，没什么好说的。我可以给你推荐一个治沙造林的典型人物。你们采访一下他，很有典型意义，事迹也生动感人。这个人就是我们县的治沙典型，叫刘增林。"

贾文宇："好像听王主任说过这个人。"

周书记："下午我刚好到他们小滩子村，我带上你们去找他，他是治沙造林的模范。解放初，这个村穷得只有几亩'跑沙地'，每年返种两三次，还捉不住苗。当地群众说

‘一年一场风，从春刮到冬，种了一摞子，收了一抱子，打了一帽子’，过着‘早上菜，晌午糠，晚上清汤照月亮’的生活。刘增林是个共产党员，他立志治理黄沙、改善恶劣的自然条件，联合了28户农民，组织起一个造林互助组。他们节衣缩食，不辞辛苦，往返40公里，换回树苗，栽在沙滩上。不料全没成活。面对挫折，刘增林鼓励大家学习柳桂湾的治沙经验，用柴草把黄沙一筐一筐地分开，以愚公移山的精神，花了几年时间，一点点地将沙丘变成平川。为了保住平沙的成果，就在上面造林。”

周书记的吉普车停在了公路上。周书记：“我只能捎你们到这里了。我们办公室王主任领你们去小滩子村，找刘增林队长。”成林说：“看来我们今天得住在这个村子里了。”周书记：“王主任会给你们安排住到农民家，你们也体验一下我们这里的农民怎么生活。”

“周书记再见。”他们进了小滩子村，推开了一扇门。王主任问：“刘队长在不在？”

出来了一个小男孩：“我大不在，到沙里栽树去了。”

“你妈呢？”小男孩：“我妈到地里干活去了。”成林说：“你叫什么？”小男孩：“我叫狗剩。”成林说：“狗剩，怎么叫这么个名字？”王主任：“农村人都是这么叫。孩子的名字起得贱，为的是好养活。”成林说：“狗剩，你能领我们去找你大吗？”“我大栽树的地方可远了，你能走动吗？”成林说：“你能领我们去，我就能走动。”

沙漠里，远远地看到了一群人，背着树苗子，往沙漠深处走去。

狗剩：“那群人就是我们村子的人，我大领着他们背树苗去了。”成林和贾文宇已经累得上气不接下气。王主任：“狗剩，过去把你爹喊住，就说有人来找他。”狗剩一边跑，一边喊着：“大！大！”

刘增林听见了：“大伙就地休息一下吧。”狗剩：“大，县委来了几个人，找你呢。”

群众：“这些树苗今天还得栽到地里，否则明天就活不了了。我们先去栽树，你陪县上的领导吧。”刘增林：“王主任，你怎么跑到这儿找我？”“不是我要找你，这是治沙所的两个技术员找你了解情况，采访你。”

刘增林：“哎呀，专家来了好啊，我们正有些问题想请教一下专家。”

成林和贾文宇气喘吁吁地赶到。

刘增林：“两位技术员，你们辛苦了。到我们这穷地方来，这沙路又不好走。赶快休息一下。”

成林说：“你就是刘增林队长吧？”

“对，我就是刘增林。正好你们两位专家也来了，我有个问题想问问。我们把树苗上的树枝剪剪，然后把它栽到沙土里，但是我们栽了好多，成活的不多啊，这是为甚？”

贾文宇：“从树上截下来的枝条，是可以栽，但是因为没根，所以成活率很低。像这种沙漠地带，应该种灌木，比如说沙柳，成活率要高一些。”

刘增林：“你说得太对了，我们几年栽下来，就数沙柳成活得多，而且对沙丘的固定作用比较明显。在造林范围大、开发林耕地大一些的地方，我想问问技术员，如何既能防沙固沙，又能保护开辟的耕地呢？”

贾文宇：“其实，在人们不断的实践中逐渐摸索出了一条最有效的模式，就是农田林网化，也就是造网框林。”

刘增林：“是的，前几年治沙是遍地栽林，现在是造成网框状，四周密植几排沙柳，中间辟为耕地，起到防风固沙、保持水土的作用。造网框林这一办法被证明是有效的，不仅治沙效果显著，而且中间的耕地易于开垦，产量喜人。今天被你这专家肯定了，我们就更有信心了。”

贾文宇：“造网框林，你们是如何解决沙漠缺水、干旱问题的？”

刘增林：“几年以前，我们就组织起了一支30多人的打井突击队。在冰天雪地里一口气打了27眼井，可以灌溉农田100多亩。全村男女老少齐出动，推平了100多个沙丘，开出水地93亩。为了改造沙地土质，我们还奋战了两个月，从五里地外运黄土1万多车，改造了70多亩沙地。我们当年玉米的亩产由过去的85公斤增加到206公斤。”

王主任：“滩地有了水，粮食总产量成倍增长，他们全村不仅实现了自给有余粮，还给国家做了贡献，彻底解决了村民中‘见沙怕，见沙愁’的畏难情绪，促进了治沙工作的逐步推广。”

早晨的玉米地，曙光初照。成林给刘增林、妇女队长和小滩子村的农民社员合影留念。

星期一的晚上，成林和贾文宇赶上了永安县到驼城的末班汽车，回到了驼城。星期二上午，成林和贾文宇拿着请假条到黄振华办公室来补假。成林说：“黄所长，对不起，这是我们两个的补假条。”

黄振华说：“你们无组织无纪律，事先不请假，事后补个假条就可以了吗？贾文宇，你给你的主任请假了吗？”

贾文宇：“没有，是我们临时决定的，所以没来得及事先请假。”

黄振华说：“本来你们利用休息时间，星期天去工作，去采访，这应该是好事，应该表扬你们才对。可你们没有事先请假，这就是无组织无纪律的表现。你们去了哪儿？采访了谁？”

“我们去了永安县，找了周书记，通过周书记又给我们介绍了小滩子村的刘增林队长。周书记和王主任可以作证。”

“这不是作证不作证的问题，而是一个干部应该有组织纪律观念，特别是贾文宇，你是在试验站第一线工作的干部，你随成林去调研或者是采访，作为通讯员是可以的，但是你要给你们站长打招呼。”

成林、贾文宇：“所长，我们错了，以后绝不再犯这种错误。”

黄振华说：“既然你们认识到错了，那就一人写一份检讨。成林作为部门负责人，在下次例会上做检讨。”

资料室，刘兰：“成主任，你关于小滩子村刘增林的这篇通讯文章我看了，写得真好。牺牲了休息时间，进行了采访，还写了一篇文章，黄所长应该表扬你才对，还批评你，让你写检讨。真不应该。”

张玉芬：“你就别说了，哪壶不开提哪壶。”

成林说：“没关系的。我们这次去采访成效显著，我很高兴。挨批也是我们没把事情安排好。这要怨我，心血来潮要去采访，还牵连了贾文宇。”

张玉芬说：“贾文宇是‘曹操打黄盖，一个愿打一个愿挨’。”刘兰反驳道：“你这话说得我不爱听。怎么是一个愿打，一个愿挨？”

“这不是和尚头上的虱子，明摆着吗？贾文宇是‘醉翁之意不在酒’。”

“你们俩好好干活，别争了。我给黄所长交检讨书去。”

成林出门后，刘兰：“你说贾文宇‘醉翁之意不在酒’，是什么意思？”“昨天的例会，成林没有参加，你听大家怎么议论他们的。有的说他俩谈恋爱去了，有的说得更难听，说是不是私奔了。”刘兰生气地说：“这个我不信！他们是胡说八道。你也不要听信谣言！”

张玉芬说：“我也不信，可是，你说孤男寡女的，出去也不请假，难免叫人家瞎猜、瞎议论！”

成林怯生生地来到了黄振华的办公室，把自己的检讨书放到他的面前。

黄振华正看着新出版的《沙漠与绿洲》：“你的这篇采访稿写得不错，尤其是从实践中证实了我们提出的农田林网化的建议是正确的。同时也让人了解当地的老百姓，特别是住在沙区的群众的贡献，植树造林成为他们追求幸福生活的唯一手段和渠道，也宣传了刘增林这个好带头人的先进事迹，反映了沙区人民的精神面貌。你们利用星期天休息时间进行采访，这种工作精神和态度还是值得表扬的。”

成林说：“可是我没有请假，没有打招呼，这一点是无组织无纪律，确实应该深刻检讨。”

“你是一个女孩子，我们咋能不着急呢？亏得刘兰说了一句，说你可能到永安县去采访周书记去了。我才给周书记打了个电话，落实了，你确实去永安县了，这下我们才放心，否则所里可能就要报警寻人了。”

“给所里造成这么大的影响，我确实没有想到。”

“你现在是一个革命干部，又是资料室的负责人。如果在战场上一个指挥员擅离职守，那他不就是逃兵吗？”

成林说：“我们走得太急，以为当天能回来。留个条子就好了。”

黄振华说：“是啊，以后到哪儿去，打个招呼，来不及在桌子上写个条子，让刘兰和小张送给我或者副所长、办公室主任都行。”

成林说：“以后绝不犯这种低级错误。”

黄振华说：“那好，态度端正。那就在周一的例会上，你给大家做个检讨吧。把情况说清楚，把认识说明白。”“好的。”

试验站，张仲：“贾文宇，你小子去哪儿了？我们差点就准备报警找人，要去贴寻人启事。”

贾文宇：“我去永安县了。”

张仲：“是不是和成林一块儿去的？你小子假公济私，是和成林幽会去了吧？”“别胡说八道好不好？”“你喜欢成林，大家都知道的事儿，何必藏着掖着？”“别胡说，会给人家成林造成不好的影响。”

“两次舍身救美，这是大家都知道的。那水库我都不敢往下看，你眼都不眨跳下去救人，那场面触目惊心，现在想起来真让我感动。我就不相信成林还没有感动？”

牛松柏：“贾文宇，站长让你到他办公室去。”

徐站长：“贾文宇，这两天你去哪儿了？”“我陪成林到永安县采访去了。”

“是公事吗？为什么不请假不打招呼？”

“我们以为当天就能回来，没想到去了以后，又耽误了一天半。”

“你小子总算回来了，如果黄所长不给周书记打电话，证实你们去永安县了，你这次事闹大了！”

贾文宇惊讶地望着徐站长。

徐站长：“你不要以为黄所长对你们一视同仁，你就没有问题了。你档案上明明白白写着是右派内控人员。你如果不回来，所里报了警，那就是性质问题。说你是畏罪潜逃，或者拐带妇女，拉革命子女下水！你想想，只要有一条成立，你下半辈子坐牢吧！”

贾文宇吓得头上冒汗，脸色煞白。

“是黄所长硬压着不让所里的人报警，否则你回来就要面对另外一个性质的问题了。你不光害了你自己，还害了成林。”

贾文宇紧张地问：“那我现在该怎么办？”

徐站长：“写一份深刻检查！无组织性，无纪律性！”

贾文宇挑灯夜战，写检讨书。

张仲：“按说你们两个利用休息时间自个去采访，应该是件好事啊，领导应该表扬你们才对，怎么会叫你写检讨呢？”

贾文宇：“我们没有来得及请假。原来以为当天就回来了，没想到出去后，就由事不由人了。”

张仲：“你们两个人一块儿出去，难免会让别人说三道四的。”

贾文宇：“你知道成林工作热情很高，冲劲大，有时又很冒失。你说一个女孩子家，跑到一个外县，我是怕她不安全，才陪她一块儿去的，没想到造成了这么不好的影响。”

张仲笑了笑：“还是你小子最在乎成林。你是不是爱上她了？”

贾文宇苦笑了一下：“我哪有那个资格？”

会议室，黄振华说：“今天的会议主要研究一下飞播问题，总结他们最新研究的成果，以及明年飞播的准备情况。”

王学斌说：“全国首次飞播是在我们这里进行试验的。1958年我们进行飞播的初次试验，由于受到流沙、季风等各种自然因素的影响，出苗率和保存率没有达到预期的效果，飞机播种后，第一年长苗率74%~92%，一年后，有苗面积降为6.2%，第三年保存率降为5.5%，第四年变成了4.3%。较后来飞播的内蒙古、青海、甘肃等省区还低了2.7%。

流沙地造林难度大，这是世界性的难题。1931年，塔吉克苏维埃社会主义共和国在沙地上曾飞播过梭梭和巨野麦。飞播后，种子被风吹走，种子发生移位，位移最终成为难题。其后，国外沙区一直在试验飞播，均没有成功。1960年，我们在沙区又进行了两次试验，飞播了白沙蒿、黑沙蒿、柠条、苜蓿、草木樨、牛荆子、扫钱这7种植物，一共98万亩，共用草种44.5万公斤，没有成功。究其原因，一是风逐沙埋导致的；二是飞播小粒种子，播期不同，出苗保存率不同；三是播种时间选择也是一个关键，格状沙丘保存率为7.7%。后来全国遇自然灾害，所以我们的飞播试验也停了下来。

今年在省林业厅的主持下，我们治沙所承担，上面全力配合，给我们派来了20多位科技工作者，形成了一支技术过硬的科研队伍。为了吸取之前飞播阶段的教训，这些专家都顶着烈日，每天徒步30多公里，进行了沙量、沙子特性等项目调查，结合过去群众防沙治沙做法，总结飞播经验，突破小粒种子，准备于明年首次采用豆科灌木环保方式，计划飞播2.8万亩。实际上，我们准备的种子已经能够播5万多亩。目前我们的浸种已经结束，正在进行选种，还要对播期、播量和沙地条件等进行进一步的研究和处理。”

黄振华说：“你们几位还有补充吗？”

刘忠：“我提一点补充意见。花棒是豆科植物，很有可能会遇到虫鼠害的侵蚀。在种子的处理上，我们必须考虑防止病害虫害，还有鼠害这些侵害。”

黄振华说：“省林业厅对这件事非常重视，所以我们将准备的情况写一份报告呈报给林业厅。飞播是一项非常重要的工作，各级党委和政府非常重视，我们要在总结过去经验教训的基础上，争取这次实验能够成功，为全国的飞播工作提供经验教训。”

成林说：“我在会上做个检讨……”

黄振华说：“成林的检讨我看了，咱们的《沙漠与绿洲》杂志有一个‘先进人物’的栏目，他们准备采访永安县的周书记，打算当天回来。但由于周书记给他们又推荐了一个先进人物，所以没有按时回来。他们利用节假日积极工作的态度很好，值得表扬。但是因为没有提前请假，应该受到严厉的批评。他们两个都写了深刻的检查。

我再强调一下，我们虽然是科研单位，我给大家充分的自由支配时间。但是，每一个科研人员要出差到外地，或者要离开工作岗位，必须要给分管领导请假打招呼。成林和贾文宇写的检讨认识到位，这件事不予追究。毛主席说过，加强纪律性，革命无不胜。以后，大家都要加强组织性和纪律性。好，今天的会就到此结束，大家回去好好工作。”

试验站办公室。刘冰：“徐站长，关于《乔木的栽培与种植技术》的书稿，我已初步编辑完成，请您过目。”

徐站长：“这么快？原来就打算今年把书出版，明年我们培训的时候就有教材了。看来你进入状态很快。”

刘冰：“我在沙湾林场的时候，也接触过乔木的栽培技术，所以写起来还不陌生。我把您这些天讲的，和牛松柏在技术上给我讲的东西，基本汇总下来了。我不知道写得对不对，您看了以后提出意见，我再作修改。”

“黄所长说你是学历史的，我原来还担心你不懂专业。看来你这两年在沙湾林场还没闲着，确实学了好多专业方面的知识，否则你不会这么快上手的。”

“您说的对。科学总还是有共性的。我本来也是农民出身，知道点地里的技术活儿。”

“根据你编写的进度，今年年底我们就能把书印刷出来，明年的工作就有了基础。很好，我先看看，看完以后，我们再讨论。”

刘冰：“好的，我等您的指示。”

徐站长：“听说你星期天也不回家，为了赶稿子，我也不说什么了。现在工作已告一段落了，你也和大家一样，到了星期六就回家吧，星期一照常上班。”

刘冰：“谢谢徐站长。”

刘冰在菜市场买了二斤肉和一些菜，高兴地往家走。回到家里，小红说：“妈妈，爸爸回来了，还买的肉！”

李美霞说：“哎，你今天怎么回来了？你不是说两个月以后才能回来吗？”

刘冰：“我为了赶写书稿，才说两个月以后回来。”

李美霞说：“那你的书稿写完了没有，不会耽误事儿吧？”

刘冰：“不到一个月，我已经把书稿写完了，今天交给了徐站长。连徐站长都不相信我这么快就写完了。”“看来你宝刀不老，还没把学的东西都忘了。”“不但过去的没忘，这两年在沙湾林场，也学了一些植物栽培种植技术。所以当时不经意学的东西现在都用上了。徐站长说，让我以后和大家一样，星期天休息，星期一照常上班。”“看来徐站长这个人也很不错。”

刘冰："要说人家黄所长真是个好人。他让徐站长给我按农工标准每月发放工资。""这么说你还领上工资了？""是呀，你看我今天买了肉和菜，星期天给孩子们改善一下伙食。"

李美霞说："黄所长才是我们的大恩人。下周开始，小红插到二年级上学，其他两个孩子咱们送到幼儿园，再难不要难在孩子的教育上。"

百货商店里，李美霞、刘冰领着三个孩子在商店里挑选书包，买了东西。三个孩子高高兴兴、蹦蹦跳跳地在大街上走，正好碰见张润美。

张润美惊讶地看着李美霞和刘冰："刘老师，你回来了？美霞，有一阵子不见你了。看你一家人高高兴兴的，上哪儿去？"

李美霞说："我们两口子领着孩子买书包。孩子上学了。刘冰也已经上班了，在省上一个研究单位的试验站上班，给人家编教材，当老师。"

张润美说："那太好了，真为你高兴！"

莲花池公园，三个孩子在池边嬉闹玩要。

刘冰："我就是在这里和你第一次见面，也是在这里向你求婚的。还记得吗？"

李美霞说："往事历历在目，就像昨天发生的事情一样。现在我们已经有了三个孩子了。"

"都是因为我的错误和鲁莽，让你为我受牵连，吃了那么多苦。"

"不知道为什么，今天我特别高兴。也可能是因为我心理压力太大，今天总算能够长舒一口气了。"

"对不起，如果有一天我能出头的话，我一定用我的下半生，好好地补偿你。"

"但愿你能有出头的那一天。"

这年驼城的冬天来得有些早，已经下过两场雪了，大地上铺了一层厚厚的雪。试验站里，牛松柏正在给树苗盖草垫子，其他人都出来扫雪，几个年轻人打起了雪仗。徐站长出来了，大家停了下来。

徐站长："真是一场好雪。今天是腊月初八，大家把雪扫到地里，灶房里熬了腊八粥。"这时，成林骑着自行车来了试验站。张仲："成林来了！成林来了！"院子里的人都跑了过来。

成林说："张仲，快帮忙拿东西！"

张仲："是这个盒子吗？装的什么好东西？"

成林说："好吃的。拿到灶房热一下。今天腊八节，给大家添个菜。"

餐厅里，腊八饭热气腾腾，放在了桌子中间。大家围坐在桌子旁。一人舀一碗腊八粥。成林端着一个大盆子，里面装满了猪头肉夹馍："来啦，好吃的来啦！"

张仲："什么好吃的？"大家喊道："猪头肉夹馍。"

成林说："你们先别急着抢，等我说两句话。感谢大家一年多来对我的关心帮助和支持。今天我请客，请大家吃肉夹馍。"

张仲："你最应该感谢的人是贾文宇。"

成林说："贾文宇哪儿去了？"

张仲："贾文宇今天不舒服，好像是感冒了吧。"徐站长："你们先吃，我去房间看看。"成林说："我也去看看。"

宿舍里，徐站长摸了摸贾文宇的头："贾文宇，昨天还没看出你病了，今天怎么了？好像有点发烧。吃药了没有？"

贾文宇："睡一会儿就好了。"

徐站长："成林，给他倒杯水，我去房间拿点药。"

成林说："那么壮的人怎么会感冒了？""昨天下雪可能是被风吹了吧。""那么大的沙尘暴都没把你吹感冒，昨天的凉风居然把你吹感冒了！你什么时候突然变得这么弱不禁风？不是还要给我当保镖吗？那个壮实的贾文宇哪儿去了？""是啊，只怕我连当你保镖的资格都没有。""为什么？"

"因为我是地主成分，右派内控分子。而你出生于革命家庭，是干部子弟。我们连做战友和朋友的份儿都没有。"

"你扯远了，贾文宇，看来你不仅是感冒了，在思想上也有情绪了。"

徐站长进来了，一手端了一碗腊八粥，一手拿着药："这是祛风寒的感冒药。这一碗是腊八粥。先吃饭，饭后再吃药。"

餐厅里，徐站长："今天的饭吃了以后，大家可以收拾一下东西。现在这儿只留值班的，其他人员全部回城里治沙所，我们试验站就不开大灶了。准备回家探亲的同志，提前请好假。一年了没见家人了，可以给家里人带点特产。驼城的特产就是小米、红枣、油糕。有力气的同志可以给家里扛上半只羊。这里的羊肉是无与伦比的。"

大家欢声笑语，庆祝一年的成就。每个人脸上都洋溢着即将回家的喜悦。

办公室，黄振华说："成林，你准备什么时候回去探亲？"

成林说："我今年出差已经回过家了，还是让其他同志们回家，我来值班。"

"你还是回去吧，你有探亲假。成树带着你的姐夫回去了，你不想认识他？你母亲早就想你了，还是回去吧。回的时候，把这点红枣小米给你的父亲带回去。"

成林说："好吧。那我去订票。"

中午，机关食堂里，家在驼城的几个人在吃饭。黄振华看见贾文宇也在食堂吃饭，就问："贾文宇，你为什么不休探亲假？应该和大家一样回家，看看父母啊。"

贾文宇："我已经三年没有回家了。""为什么不回去？你父母还健在吗？""应该还健在。"

黄振华说："应该还健在是什么意思？难道你这几年没有跟家里通信联系吗？"

贾文宇："他们是地主，已经被专政了。我要和他们划清界限，所以这几年我没有和他们联系，也没回去。""你父母高寿？""七十多了。""平时都是由谁照顾他们？""是我姐姐和我哥哥。"

黄振华说："你三年没回家，70多岁的父母该有多想你呀。难道你不想他们吗？"贾文宇流下了眼泪。

黄振华说："父母恩比海深。尽管他们是地主成分，你在思想上跟他们划清界限就够了，在情感上，你还是应该尽尽孝道。孝道是中华民族的美德。人首先不能忘了父母的恩情。你还是回去吧，放下思想包袱，尽尽孝吧！。"

贾文宇："我听所长的，下午就去买票。"

黄振华说："这就对了，回去给父母带点土特产，孝敬孝敬他们，并代我向他们问好。"

贾文宇："一定的，谢谢黄所长。"

贾文宇高兴地登上了汽车，满怀希望地踏上了回家的路途。

第二十五章

驼城农校办公室，黄秀华正在上班，通讯员送了一个包裹单和一封信。

黄秀华问："从哪儿寄来的？"通讯员："是从北京寄来的，又是你婆婆给你寄来的吧？""是的，我婆婆已经来信，三番五次让我到北京生孩子。估计又是来信催这件事儿。"老师乙："黄老师，你可真有福气。公公婆婆对你这么好，还有个能干的、对你体贴入微的丈夫。你的命可真好。"老师甲："就是啊，咱们当地的男人都是大男子主义，回了家都要女人伺候，老婆不仅要给他们生孩子，还要伺候他们。黄老师的丈夫可不一样，对黄老师那可真是体贴关心，无微不至地照顾。"

黄秀华谦虚地说："唉，王学斌就是嘴好，会甜言蜜语给人灌洋米汤，把人哄得团团转。"

老师乙："男人会甜言蜜语，会哄你，那是优点。我的男人只要一天把我哄得高高兴兴，我干活儿带孩子再累也高兴，也愿意。"

老师甲："你婆婆又给你寄什么好东西了？"

黄秀华说："不是衣服就是吃的呗，点心补品什么的。我下午没课了，我回去取包裹去。如果是好吃的，我带来给你们品尝。"

家里，黄秀华和一个学生模样的人，把一大包东西搬到家里。黄齐英说："你这搬来的是什么东西？"

黄秀华说："我婆婆给我来信，还给我寄了这么多东西，打开看看。三盒稻香村点心！这么多啊！我上次给她说，我母亲特别喜欢吃稻香村点心，她都记住了，这下又寄了三盒。嗯，还有一件大衣。过年了，这是给我寄的大衣呀。”

“唉，看着你婆婆对你这么好，我倒是对你放心了。相比之下，这让我心里觉得愧对你嫂子了。”

“那你以后对我嫂子好一点嘛。我嫂子那人不错，尤其是她们家的人也好，她也有一个好妈妈。把这三盒点心给我嫂子拿一盒。他们家人多，要不拿两盒？”“点心嘛，就是尝尝鲜，你拿到学校一盒，我这里放一盒，孩子们来了也能吃。给亲家母送一盒！”

“妈，你看我这大衣穿上怎么样？好看吗？”

“你这个婆婆还真细心，怎么就知道你的尺寸？大小长短正好。穿着好看，挺洋气的。”

“妈，我婆婆来信，让我到北京生孩子，还坚持让你也去北京。你就去看看吧，你从来没去过北京，那可是首都，我领你到处转转，走一走多好。”

黄齐英说：“也好，妈也想通了，现在赶上了这个好时代。妈去看看你嫁了一个什么样的人家。如果真像你们说的那样，我死了也能瞑目了。”

“日子越过越好了，你可别死呀活呀的吓唬人。”

裁缝铺。赫冬梅说：“刘师傅，我的衣服和孩子们的衣服都做好了吗？”

刘师傅答应着：“都做好了，你来看。”

大凤：“三姨，这件衣服是给你做的？让我试试。”赫冬梅说：“哟，你看我们大凤都能穿我的衣服了。好看。”

刘师傅：“还是年轻人穿上新衣服好看，上身效果好。”

大凤得意地笑着：“我也觉得我穿上比三姨你穿上更好看。”“大凤，你喜欢的话你穿好了。我再做一件。”“那就谢谢三姨了。我今天就把衣服穿回去了。”

母亲家里，赫冬梅说：“我把过年穿的新衣服取回来了。这是给你做的一件衣服。”

母亲：“给我做什么新衣服，我一个在家做饭的老太太穿什么新衣服？”

赫冬梅说：“孩子们过来，试新衣服啦。”

丽莎：“哪件是我的新衣服？”

赫冬梅说：“你的是红花的，丽莹是紫花的，跃生是棕色的。”

母亲说：“还都是条绒面料。这面料又暖和又结实。你舍得给孩子们花钱，怎么不给自己和振华做件新衣服呢？”“我给自己做了件衣服，大凤穿着好看，她喜欢，我就给她了。振华不让我给他做新衣服，他说他的衣服够穿。”

“你和振华都是人面前走动的人，要穿得体面些。别叫人家看不起。”

黄齐英家，黄秀华说：“妈，您看我买了一块花布，给我嫂子做件衣服，好看不？还有这个，是一块蓝颜色的华达呢，快过年了，是我孝敬您的，给您做一身衣服吧。”

黄齐英说：“好，你哥和你嫂子拉扯四个孩子，经济也不宽裕。这个蓝色华达呢，你就给你哥做身衣服吧。我一个老太婆有穿的衣服就行了。我把我孙子们的鞋都做好了，一会儿我一块儿送去。”

母亲家，黄振华正在给孩子们用红纸糊灯笼呢，孩子们高兴地围着他帮忙。

母亲：“哎哟，亲家，你来啦，快到家里坐。”

黄齐英说：“亲家你好。过年了，我给孩子们做的鞋，拿过来叫孩子们试穿一下。”

黄振华说：“妈，你来了。孩子们，快叫奶奶。”丽莎、丽莹、跃生：“奶奶！奶奶给我们带什么好东西了？”

黄齐英说：“这是秀华她婆婆从北京寄来的点心，我给你们带了一盒。亲家母，你也尝尝鲜。这是我给孩子们做的鞋。这块花布给冬梅做件新衣服。这块蓝色华达呢给你做件衣服，给振华做条裤子。”

母亲：“亲家，谢谢你，还惦记着给我做衣服呢。我的衣服有呢，我儿子给我做了新衣服了，这个蓝色华达呢就给振华做一身衣服吧。”

北京成部长家，成树提着行李包回到了家里。成林给她开门：“妈，我姐回来啦！”成树将行李交给成林：“你还是比我先回来了啊。”

成夫人：“我的大女儿，你可回来了啊。就等你吃饭呢。”

成林说：“哎，怎么就你一个人，我姐夫呢？”

成夫人：“还没结婚呢，就姐夫姐夫的！”

成树说：“没被批准，所以不敢回来。”

成夫人：“你饿不饿？快到卫生间洗手。成林，帮姐姐把东西放到房间。叫你爸过来，我们就开饭了。”

晚上，家里的餐厅，一家人围坐在餐桌旁。成森说：“今天我两个女儿都回来了！老婆子，把酒拿来，今天我高兴。”

成夫人："好，我们大家都来一点儿，喝点葡萄酒。"

成树说："妈，你的厨艺大增啊，做了这么多好吃的。"成林说："这都是童军哥做的。"童军围着围裙，端着菜出来了。童军："成树，你回来啦？辛苦了。还有一个汤，马上就好了。"

成森说："童军，你也坐，咱们家今天难得团聚。"

成夫人："你们两个都走了，平时就我和你爸爸出来进去，我们太孤单了。多亏童军经常来，给我们做些重活，还给我们改善伙食。"

成树说："童军，你怎么过年也没回去探亲？"

童军："军人嘛，要服从命令。今年我已经回去过了。"

成夫人："童军现在已经是团职干部，有探亲假了。"

成森说："成林，你给我们寄回来的杂志，我每期必看。办得不错，你现在是主编？"

成林说："黄所长让我管档案资料室。整理资料档案，多无聊啊。我就创办了一个叫《沙漠与绿洲》的刊物。反响还不错，黄所长多次表扬了我。"

成森说："你这么任性的孩子，没给你们所长找麻烦吧？"

成林说："小麻烦有过，但是总体上来讲，他还是表扬我多呀。"

卧室，姐妹俩躺在床上。成林说："姐姐，我看童军对你很痴情，等了你快十年了吧。你怎么又在那边找了个小姐夫？"

成树说："我给妈说了这件事以后，老太太坚决反对。原打算把他带回北京来，让爸妈过目。妈不同意，我也只好作罢，免得刺激她。"

"妈给你选的对象是童军。你要让她满意，你就嫁给童军吧。"

"不知为什么，我对童军就是没有感觉。他走不到我的心里去。"

"我知道你的心里原来住着黄振华。后来不知道为什么，你们两个也没结果。"

"直到现在，他也是唯一走进我心里的人。他就像在你心里长的一棵树，时间越长，扎根越深，你要把它移除出去，就要连根清除，你的心里就变成了一片荒漠。你要让另一棵树取代它，就像在荒漠上栽树一样，那得改善土壤，重新培育，让它长大生根。这是一件很困难的事。"

"黄振华确实是一个优秀的男人。我过去不明白姐姐为什么那么迷恋他。跟他相处后我才发现，他让你不会迷失方向，正直而又善良，坚强而有能力，是一个值得女人相信和依靠的好男人。"

成树说："噢，用了这么多的形容词啊？"

成林说："你知道那年反右，应该说是对知识分子的一次打击。驼城农校被工作组内定了七个右派，他和他的老师季校长到地委书记那儿，硬是把这七个人救下了，农校是个知识分子集中的地方，最后居然没有一个被打成右派。他还把正在改造的右派知识分子借调到我们试验站，发着工资，不批斗，不歧视。对那些有右派言论的内控人员与职工一视同仁。你说我们是科研单位，他对知识分子这么好，那些人能不一心一意工作吗？他鼓励知识分子们大胆创新，锐意进取。即使是在落后的科研条件下，我们的科研成果也是一项接一项。"

成树说："你不会是为了了解他，才跑到驼城的吧？"

成林说："反正我要到最艰苦的地方去，到祖国最需要的地方去。那里需要我，我又认识他，这不是一举两得嘛。"

"希望你是为了前一个目的去的。不过你去了不到一年的时间，居然对人生有了这么深刻的认识。这是我没有想到的。"

成林深情地说："只有当你对生离死别都无所畏惧的时候，你才能体会到人生的真正价值和意义。爸爸他们那一代人，对死无所畏惧。他们的理想就是拯救中国，把一个旧中国变成一个新的中国，让积弱积贫的国家和人民活得有尊严，有饭吃，有衣穿。而我们这一代人就是要把我们国家建设成为一个强大的、再不被人欺负的国家，使人民过上平安富裕的生活。我就要把有限的生命投入到无限的为人民服务当中。"

成树说："我问你，你谈恋爱了吗？""是的，我恋爱了。他和我一样也是个把生命置之度外的人。他曾冒着生命危险，两次救我。""两次救你？生死置之度外？快告诉我，你出现什么状况，让他救你？"

成林说："我刚去了不久，就遇上沙尘暴，我在沙漠里迷了路。那天晚上我以为我会冻死、困死，或者被沙子埋了。这时候他找到了我，带了吃的喝的，陪我到天亮，返回了试验站。还有一次，我掉到水库里，他奋不顾身地跳下去，又救了我。这些事情你可不敢给妈说，他们会担心的。"

"你怎么会把自己置于危险之地呢？"

"这怨不得别人，是我自己大意了。黄所长就是怕我太冒失，所以把我锁到档案资料室，让我搞图书资料，他以为这里最安全。可我不是个循规蹈矩的人。"

"你太让人操心了。那两次救你的是个什么人？"

“是个四川人，西南农大毕业的，学的林业规划设计。他爱我，但他不敢表达。也是因为他是右派内控人员，又是地主成分。但我不像你，我不会错过他的。我会让他打消这些顾虑，让他放下包袱，和我一块儿往前走。”

成树惊奇地看着妹妹：“短短一年多没见你，你的长进，你的人生观、价值观和恋爱观，让我刮目相看！”

第二天早晨，成部长家。成夫人拿了几张电影票：“今天有一场新电影。我们一家都去看电影。”

成林说：“什么电影？”

成夫人说：“《阿诗玛》，下午七点。”

成森说：“好，我们一家难得团聚，你妈让我们看电影，我们都去。”

成树说：“下午我约了同学，我去不了。”

成夫人：“我们一家人难得在一起看场电影。给同学打个电话，明天见面吧。”

“这样不好吧？已经约好了。”

成森说：“看电影嘛，明天看也一样。她已经和同学约好了，让她去吧。”成树说：“就是，电影明天看也一样。”

成夫人：“那好，我把你的票改到明天下午，记着啊，不能让票作废了！”

成树说：“好的，明天下午我一定如期接受妈妈的好意，去看电影。”

成林说：“姐姐一个人看多没劲啊，明天我陪姐姐去看。今天妈妈和爸爸一块去看吧。”成夫人：“你就不能陪爸爸妈妈看场电影？”

成林说：“也好，也好，我今天陪爸爸妈妈看，明天陪姐姐看，可以吗？”

第二天下午电影院里，成林对姐姐说：“这个电影可好看了。演员漂亮，里面的歌也好听。”

成树说：“《阿诗玛》是个什么题材的影片？”

“是爱情主题影片。不过挺有意思的。”

童军走进了电影院，坐在了成树的旁边。“童军哥，你也来看电影啦？”

“阿姨说今天有个好电影，还给我送了票。”“童军哥，你陪我姐姐看电影吧，我已经看过了。我不想当电灯泡，我走了。”

成树说："成林，你去哪儿？""我也约了同学。""晚上早点回家！"

童军笑了笑："看来阿姨是给我们俩安排的电影局。那今天我就大胆地向你表达我的意见。成树，你别多心，你想爱谁，你就去爱；你想和谁结婚，你就大胆去结婚，不要顾及你母亲和我的想法。"

成树说："你真是这么想的吗？我爱谁或者我和谁结婚，你都无所谓吗？"

"我不是无所谓，而是尊重你的选择。你对我来说是唯一的，我会一直等下去。"

"千万别这样。你这么说，我会有负担的。""你不要有负担。你和成林不在叔叔阿姨身边，只要我在北京，我会尽力照顾他们的。"

成树说："你也有父母，你应该照顾他们。"

"我的父母，有我姐姐和弟弟照顾。忠孝不能两全，从我当兵那天起，我的生命就交给了国家。"

"听说你参加过对印度的自卫反击战，还立了功。"

"是啊，这一仗我们打赢了。可是，我的战友牺牲了。我虽然负了伤，但我活下来了，而他们死了。所以我是幸运者。"

电影开始了。

成树说："我们还是看电影吧。"

童军："是啊，看电影吧。今天这个氛围，不适合谈那么严肃的话题。"

成树看得很投入，不由得流下了眼泪。童军体贴地递给她手帕擦泪。

电影结束了。成树说："这个电影还真让人感动。"童军："纯真的爱情总是让人感动的。"

成树说："谢谢你，陪我看电影。""这是我的荣幸。我送你回家吧。""我自己可以回。送我你再回去就太晚了。""保护人民安全是我的职责，你也是人民的一分子呀。"

成部长家，成林说："姐姐，我回来了，你怎么还没睡呢？""在等你呀，今天咋回来这么晚？""同学们好久没见了，在一块儿有说不完的话。怎么样，你今天和童军一起看电影，没有把人家丢下，自个儿先回来吧？"

"不就是一起看场电影嘛，至于吗？""一起看电影，还是他把你送回来的吧？""是啊，这能说明什么问题？""这说明你不反感他，而且你在慢慢地接受他。""不会吧？你好像快成爱情专家了？""因为过去你的心对他是关着的。现在你心里住的人已经移去了，这样就有空可以让他进来了。看来我的那个小姐夫是没戏了。真为他难过。"

成树说："你这个小家伙，怎么可以乱叫姐夫！不过我心里也挺乱的，老是理不出个头绪。"

成林说："叫我说，还是和你那个小男朋友拜拜了吧，和童军哥好吧，他等了你十年。反正我是不回北京了。咱爸咱妈就交给你和童军哥了。"

"我的终身大事，你都给我定了？""童军哥的条件很不错。你和他成了，爸妈高兴，童军哥高兴，我也高兴。你说这个男人对你这么痴情，他能对你不好吗？能不珍惜你吗？我觉得你跟了他会幸福的。"

母亲住的院子，天已经黑了，孩子们打着灯笼，在院子里玩儿。黄振华说："孩子们，爸爸给你们买来鞭炮了。我们一起来放炮好不好？"孩子们欢天喜地，连声叫好。

丽莹："我害怕放炮。我要回家。"

黄振华说："好吧，你害怕，就躲到家里从窗户看。"

跃生："二姐是胆小鬼，我不害怕放炮，我要放炮。"

丽莎："爸爸拿什么点炮呢？我给你点支香吧。我看人家的孩子放炮，都是用香点炮捻子。"

黄振华说："爸爸已经拿来点炮捻的香了。"然后带着几个孩子在院子放炮，噼里啪啦的炮声响了，年也开始了。

母亲家，赫冬梅试穿婆婆给她用一块花布做成的新衣服。母亲："好看，这裁缝做得也很合身。"

赫冬梅说："你说，我婆婆是不是发慈悲了，怎么今年想着给我买块花布做新衣服？还给振华也买了一块布。"

母亲："做母亲的，哪有不疼自己儿女的？"冬梅感慨："我过去吧，就觉得我婆婆特别厉害，好像我们老欠她的，光和我们要钱，哪舍得给我们买件衣服穿呢？"

"过去日子穷，老害怕没钱花，现在女儿也工作了，她也上班着呢，要钱干什么？自然也舍得给你们花了。"母亲宽慰地讲。

冬梅拿起新衣服："等振华放炮回来，也让他试试这衣服。我婆婆要给你做新衣服，你倒好，让给你女婿了。"

母亲解释："你傻呀，我有儿有女，我穿我儿子女儿的衣服，心安理得。我穿上你婆婆的一件衣服，我不得给她还这份情吗？"

“还是我妈心细，想得多。你说的有道理。妈，你用红纸包什么呢？”

母亲说：“我给我的外孙一人包一个小红包，今天是大年三十，都要在孩子们枕头底下放个压岁小红包，辟邪！”

黄齐英家。黄振华说：“妈，我带孩子给您拜年来了。这是冬梅给您拿来的，她姐夫做的蛋糕，还有家里做的甜饭，过年吃的东西。”

黄齐英说：“我一个人吃不了多少东西。给我拿了这么多，那中午你们别走了，就在这儿吃吧。”

黄振华说：“孩子们，给奶奶磕个头吧。”三个孩子趴在炕上，对着奶奶磕头。

“新社会了，怎么还兴磕头呢？你也是个领导干部，破四旧，立四新，还让孩子们趴着磕头。”黄振华说：“再破四旧，孝道还是要讲的。”

“奶奶给你们一人发一个红包，这是压岁钱，还有小弟弟的压岁钱。”

丽莎：“谢谢奶奶。”拆开后，发现红包里包了一张一块钱的大票子。喊道：“奶奶的压岁钱是一张大票子。”

“妈，你怎么给他们这么多钱？小孩子给上一两毛钱就行了。”

黄齐英说：“平常也忙，也不怎么给孩子钱。这不是过年了，为了高兴嘛。妈也有钱，所以多给孩子点压岁钱。这是老四的压岁钱，你给孩子保管。”

成部长家，童军提了大包小包一大堆东西进了门。成夫人：“童军？今天是大年三十，你怎么不休息？一大早就跑来了，还买了这么多东西？”

“成林和成树好不容易回来了，我买了些东西，给她们也调剂调剂生活。”“难得你这么有心。昨天看电影，我看见是你送成树回来的，我心里挺高兴。”“阿姨，我进厨房了。都还没吃早饭吧？”“还没有呢。”

童军：“我还买了些现成的早点。让她们多睡会儿，起来以后，一热就好了。”成夫人：“谢谢你了。”

卧室里，成林从卫生间出来跑到姐姐的床上。成林说：“姐姐，童军哥已经把菜买回来了，还有早点。多好的姐夫呀！”“小妮子，别胡说八道。”“成树同志，去看看吧，童军同志正在厨房操练呢，正在给大家准备一顿丰盛的午餐。你不感动吗？反正我是很感动。你说咱们家老太太该有多喜欢呀！”

“他是军人，早上不操练吗？”“今天可是大年三十，法定休息日。再说，童军哥现在是军官了。你嫁给他，你就偷着乐吧，他既会做饭，又会干家务，长得又帅，还会保护你。这样的好男人你千万别再错过了。”

“小妮子，你站在哪边呀？”“我当然是站在你这边呀。”“我怎么觉得你处处在帮他说话，长他人志气。”“我不和你说了，我肚子饿了，找童军哥去吃早点。”

厨房里，成林说：“童军哥，你买了什么好吃的？”童军：“起来了？我买了豆豉汤，还有油果子。”“你怎么知道我爱吃豆豉汤和油果子呢？”“我还买了你姐姐爱吃的醪糟蛋汤和煎饼果子。”“你又不是我们肚子里的蛔虫，你怎么知道我们爱吃这些东西？”“因为我是个有心人啊。”

成林问：“昨天跟成树进展如何？”“她很矜持，我看不出来。你可要帮我呀。”“要我帮你可以，但我不能白帮你。你要答应我三个条件。”

“才三个条件，三十个条件都行，你说吧。”“没想好呢，等我想好了再告诉你。”

“好吧，只要你能提出来，我能做到的，我一定满足你。”

成林说：“我能告诉你的就是，成树开始接受你了。她要打开心房，你一定要想办法走进去。”

童军：“多谢指导。今天要多做几个你喜欢吃的菜。”

成树说：“成林，你不是要吃早饭吗，怎么还在厨房嚼舌头？”成林给童军做了个鬼脸。童军：“早饭马上就好。”

吃完早饭，成夫人：“成林，今天上午跟爸爸妈妈出去买东西吧。”成林说：“一定要我跟你们去吗？”成夫人：“是啊，我们老了，你年轻，帮爸爸妈妈提东西呀。”成林说：“那好吧。”成林和爸爸妈妈出了门。

厨房里，童军熟练地切肉做饭。成树说：“要我给你帮厨吗？”童军：“当然，如果你愿意。”“那我做什么？”“你择菜吧。”

成树坐在桌子前择菜：“看你做饭这么熟练，你是跟谁学的？”

童军：“我刚到部队的时候，领导看我是从扬州来的，说扬州是出大厨的地方，就把我分到了炊事班。炊事班干了两年，领导又觉得我文章写得好，就把我调到了连队当文书。后来特种兵要一个通讯员，我就又当了特种兵。因为我表现出色，又是高中毕业，在部队里文化程度比较高，就选拔我上了国防科技大学。毕业以后就分到了军事科学院。”

成树说："你们军事科学院应该是搞科研的，怎么会跑到印度自卫反击战前线呢？"

"作为一个军人，不上火线亲自体验，很难掌握第一手资料。不论是搞战略研究，还是搞军事技术研究，只有在第一线，才能了解战场上更需要的是什么。"

"你在战争中负伤了，严重吗？""子弹再偏一公分，我现在也是烈士了。"

成树心动了一下，说："我能看看你的伤吗？"童军犹豫了一下："可以。"

童军解开自己的上衣，露出了伤疤。成树站起来，走到了童军的身边，双手在衣服上擦了擦，摸了一下他的伤口："还疼吗？"

童军抓住了她的手："疼……我当时想到我要是死了，我心中的女神，我最爱的人都不会看我一眼的时候，我的心真的很疼。"

"对不起！我不值得你爱，不值得你为我付出那么多。""值得！你今天能关心我，我觉得一切都是值得的。""我想去你们军事科学院看看，当然除了军事机密不能看。""你确定你想去？"成树点点头，童军会心地笑了："那我太高兴了。"

成森家里，一桌子菜摆在了餐桌上。成林和爸爸妈妈拎着大包小包回到了家。

成夫人："好香啊，一进门就闻到了饭香味。"成树说："你们该饿了吧？赶快洗洗手坐下来吃饭。"成树忙着给大家盛饭，童军高兴地把最后的一道汤端上了桌子。

成林问："爸爸妈妈，你们仔细闻闻是什么味道？"成森说："是肉香味，是炒菜的香味。这一桌子饭菜多香啊。"成林调皮地说："还有一种味道，你没闻出来吗？"成夫人："你肚子饿了，快吃饭吧。"成林说："我可闻到了一种独特的味道。"成树说："什么味道？"成林说："好像还有一种甜蜜爱情的味道。"

童军甜蜜地笑了笑。成树不好意思地说："这孩子被饿得说胡话呢。"成森夫妇会意地笑了。

军事科学院，童军领着成树下了公交车，来到了军事科学院大门口。门卫的士兵立正敬礼，这让成树感觉很自豪。他们走进了科学院的大门。正面来了两个军人，笑眯眯地向童军敬了礼，转身看着他们俩。

军人甲："童政委终于把他的女神请来了。"

军人乙："我还以为童政委不近女色呢。"

童军对成树解释道："我们这里女同志少，看见一个不是军人的女同志，很好奇。尤其是他们认为这个不近女色的童政委今天带了个女同志，会感到更好奇的。他们要开一些过分的玩笑，你不要介意。”“不会的，这些军人都很可爱。”“也包括我吗？”成树笑而不答。

成森家里，成夫人：“谢天谢地，成树终于开始接受童军了。”成森说：“现在说还为时过早。只能说有一个良好的开头。”成林说：“他们俩要是好了，我可是头功。”

成夫人：“他们俩要好了，可去掉了妈的一块心病。”

成林说：“童军等了我姐姐10年。这份痴情，我姐姐就是铁石心肠也该融化了。”

成夫人：“我也纳闷儿是什么让你姐姐的心融化了。”成林自信地回答：“我知道。是童军在生与死之间，还想着他心中的女神，这一点最能打动我姐姐的心。”

童军领着成树来到了军事科学院展览馆。童军介绍：“这是中华人民共和国成立后，抗美援朝保家卫国的历史简介。”成树说：“过去，我们通过读魏巍的《谁是最可爱的人》，了解抗美援朝战争。只有经过战争的人，才能体会到和平的珍贵。”童军说：“是啊。这是对印自卫反击战的经过。”

成树说：“这是你的照片，你们集体立了二等功啊。你个人是一等功？”“应该是我和我的战友立了一等功。他们在这次战争中牺牲了。”

成树说：“所以说，我们的和平年代，是用革命先烈的鲜血和生命换来的。”

童军：“这是我们原子弹试爆成功的场面。有了原子弹，其他国家就不敢对我们轻易发动战争。”

成树说：“大国重器。帝国主义亡我之心不死。有了原子弹，我们的腰杆就硬了，这让我们中国人民太提气了。”

参观完，他们来到童军的宿舍。童军关切地说：“参观了一下午，走累了吧？喝点水，休息一下。”“你这团政委的宿舍这么干净整洁。”“军人嘛，从第一天开始就养成了这个习惯。到了吃晚饭的时间了。你尝尝我们军队的伙食。你是到食堂去吃，还是我把饭打回来？”

成树说：“我还是在宿舍等你把饭打回来吃吧。”“那你先洗洗手休息一下。我出去打饭了。”

成树用童军的毛巾洗了一下脸，洗了洗手，又到他的书桌旁，看了看他的书。

这时童军和一个战士端着饭菜走进宿舍。童军解释：“今天吃饭的人比较少，菜也比平常少，凑合着吃吧。”

成树说："四个菜已经不少了，我们两个人恐怕吃不了。"

童军送成树回家，走到大门口，说道："我就送你到这儿吧，太晚了，不方便打扰叔叔阿姨。""谢谢你送我回来，还陪了一整天。"

童军从大衣口袋里掏出了一个日记本，交给了成树："我还有一样东西要送给你。这是你当年送给我的笔记本，还记得吧？"

成树说："记得，那是我们分别的时候，我送给你的礼物。"

童军："我当年要上战场的时候就想，这个日记本一定会还到你手里的。今天是该还给你了。""这是我送给你的，为什么今天要还我？"

童军："这个笔记本里记录的事都和你有关。"成树接过笔记本，告别童军回家了。

卧室里，成树躺在床上，翻开了童军给她的笔记本。扉页上写着："献给我心中的女神——成树。"成树的心怦怦乱跳，她迫切地看了下去。

第二天一早，童军来到花店，对老板问道："我想给女朋友送花，是不是应该送玫瑰？"花店老板："是求婚吗？"童军不好意思："是吧。"

"那一定是红玫瑰了。你买几枝？""买10枝。"

花店老板："要浪漫一点，就是99枝，加上女朋友就是百里挑一；送9枝花加女朋友，就是十全十美。这数字是有寓意的。"

童军："我买10枝，是因为我们恋爱十年，也是有寓意的。"

花店老板："那当然可以。""给我再选一盆松柏盆景。""这个寓意也好，松柏常青。"

成森家里。成林说："童军哥，给我姐送的花？你们进展够快的。"

童军笑了笑："这里有你的功劳。"

成林说："去她的房间吧，她应该起来了。"童军被成林领进了成树的房间。

童军将玫瑰花插进花瓶里。看了一眼成树，只见成树直愣愣地看着他。

童军："怎么了？你不舒服吗？"

成树拿起了日记本："你为什么现在才给我这个日记本？"

"我认为它应该是你的。"

"如果你在战场上牺牲了，这个日记本才送到我手里，你让我这一辈子怎么办？我应该怎么还你这份情？"

“可我不是没有牺牲吗，我还有资格追求这份感情吗？”

成树扑进童军怀里，泣不成声：“你让我想起来都后怕。”

童军感动得流下了眼泪。

第二十六章

成森家里，成夫人：“都三十好几了，今天还不赶快领证？”成树和童军含情脉脉、懵懵懂懂地对视了一下，似乎听不明白。

成森说：“你妈的意思是同意你们俩结婚。过两天就收年假了，希望你们在收假之前把结婚证领了。”

成夫人：“这是成树的户口本。童军是军人，要在你们部队开结婚证明。两个人一起到民政局领结婚证。”

成树说：“你让我们现在就去领结婚证吗？”

成夫人：“三十好几了，还等啊？快去办呀！这两个傻孩子。趁着成树休探亲假就把婚也结了。”

成林说：“童军哥，你是幸福来得太快了，反应不过来吧？还不快点拉着我姐去办手续。”童军拉着成树出了门。

部队办公室，童军：“我要结婚，请问是在这里开结婚证明吗？”

军人办工作人员：“对，结婚证明在我们这开。但首先你要写个结婚申请书，院领导审批同意后，还要对女方进行外调。批准了以后，才可以开结婚证明。”成树说：“这得多少天啊？”军人办工作人员：“少说也有个把月吧。”童军：“还有什么快捷途径可走吗？”“要快嘛，那就只有你找院领导批示，同意后我们尽快向地方上女方单位发函，估计半个月到二十天能批下来。”

成树和童军疲惫地进了家门。成夫人：“结婚证领上了？”

成树说：“涉及军婚，哪有那么容易？部队上还要对我进行政治审查和外调。”

成森说：“那是自然的。童军的岗位比较重要。对他的结婚对象肯定要进行政治审查和外调。”成林说：“那这婚看来是结不成了。”成夫人：“政治审查外调得多少天？”童军：“最快也得半个月到二十天，慢则一两个月。”

成夫人：“看来成树探亲假期间，你们是结不了婚了。”

成森说：“这么些年都过来了，还等不了这几个月？”

成夫人：“她要能听我的话，孩子也生了几个了。”

成树说：“妈，你有完没完了？我回房间了。”成夫人示意童军也跟着去。

卧室里，童军：“让你失望了。”“没有，那你又得等几个月了。”“十年都等了，还在乎这几个月吗？”“我只是觉得我们浪费的时间太多了。”

“是啊，我是一刻都不想等了。只要政审一通过，我拿到结婚证明立刻去找你。”“你是说我们在兰州结婚吗？”“在哪儿结婚都一样，我听你的。”“我想让爸爸妈妈高兴，还是在北京结婚吧。”

童军：“那我一旦拿上结婚证明，我立刻给你发电报。我们就在北京结婚。”成树温柔地点点头。

火车站，童军和成夫人送成树和成林返回各自工作单位。成夫人：“你爸爸今天有重要的会议，不能为你们送行。他让我转告你们，好好工作，注意身体。”

成林说：“妈妈抱抱。我和姐姐不在，你和爸爸要多保重。你要照顾好爸爸和你自己。”童军：“再见，成林。”成林推了一把童军：“快去抱抱我姐。拥抱告别也不会吗？”童军不好意思地拥抱了成树，深情地说：“真舍不得让你走，珍重！”

成树和成林告别了亲人，上了火车，火车徐徐开动。成林把头探出窗口大声喊道：“妈妈再见！姐夫再见！”

驼城汽车站，成林提着大包小包准备下车。在车上她一眼就看见了贾文宇。成林喊：“贾文宇！贾文宇！”

贾文宇：“成林！成林！你别动，我上车来接你！”等旅客都下了车，贾文宇上车接成林。

成林说：“你怎么知道我今天回来？”“大家都回来了，我估摸着你这一两天应该就到了。所以我每天这个点儿就到这里来，看看能不能碰到你。”“那你的运气真好，今天就碰到我了。”“你的运气也不赖啊，刚好遇上我。”

成林说：“所里的人都好吧？”“大家都刚刚过了年，休了探亲假，情绪都很好。”

成林说：“是啊，家里的事情安排妥当了，我们就又能在一起战斗了。你怎么样？回去探亲了吗？”

贾文宇：“我三年都没有探亲，黄所长批评了我，让我回去看看父母。还好，我要再不回去，我母亲的眼睛都要哭瞎了。”“这就要怨你，太不孝了。”“是啊，背着沉重的思想包袱，给自己造成痛苦，也给家人带来痛苦。所以我非常感谢黄所长。”

黄振华办公室，成林说：“黄所长，我回来了。这是我爸和我妈给他们的英姐带的礼物，请你转交一下。”黄振华说：“成部长和阿姨身体还好吧？”“他们的身体都很好。”

黄振华说：“你见到你姐夫了吗？”

成林说：“我没见到小姐夫，倒是见了个大姐夫。”

黄振华说：“什么大姐夫小姐夫的？”

成林说：“我妈不同意，所以我姐没有把那小姐夫带回来。倒是童军把她给俘虏了。”“你是说你姐姐成树接受了童军的求婚？”“很戏剧化吧？你见过童军，你当初不敢向我姐姐求爱，是不是因为童军在你们中间？”

黄振华说：“都是过去的事了。我知道童军是阿姨心中的女婿。如果是这个结果的话，阿姨应该很高兴。”

成林说：“可好事多磨啊，我妈一直想让他们两个早点结婚，还是结不成。”“为什么？”“我姐找的是军人，那还要政审呀，外调呀，一大堆手续要办呢。”“这很正常，不过童军等了你姐十年，也该修成正果了。”

“童军等了我姐十年。他在对印自卫反击战中立了功，还差点牺牲，这才让我姐动了恻隐之心。”“成树那么善良。她一定在想，为了国家把生命置之度外的人，理应得到爱情。”“还是你了解我姐。只是不知道我姐这会儿怎么给那个小姐夫解释呢？”

黄振华说：“这也不难，直截了当地告诉人家自己的选择就好了。”

会议室，黄振华说：“今天我们召开春节后的第一次会议。春节期间大家都与亲人团聚了，有的看父母，有的看爱人和孩子。看着大家的情绪，就知道你们回去，亲人们都很高兴。我代表本单位，向你们的亲人表达问候。祝你们及家人在新的一年里工作顺利、身体健康、阖家幸福。”

大家鼓掌，表示感谢。

黄振华说：“今年的工作任务很艰巨，特别是我们将飞播从7月提前到5月，要做的事情还很多。现在已经是2月，我们还有两个多月的准备时间。时间紧，任务重。今天的会议，我们主要研究近期的工作及飞播的准备情况，还有各研究室围绕飞播如何做好配合工作。”

王学斌说：“今年飞播我们播花棒种子。去年下半年开始，我们就大力收购花棒种子，目前超额完成了任务。原定2万斤，结果我们收到了5万多斤种子。参加飞播的乡镇非常重视。年前，我们进行了认真选种。经过了解，我们发现了一个问题，就是花棒种子颗粒大，沙鼠和虫子非常喜欢吃，这就会影响我们飞播的效果。所以需要对种子进行药物处理。目前我们正在研究如何防虫、防鼠。”

徐桢说：“害虫和田鼠的防治，我们可以通过对种子的药物处理来解决。为了从根源上解决这个问题，我们研究室正在研究引进新品种。我们发现紫穗槐这种灌木，可以防止沙生植物的病虫害。我们正在试验将紫穗槐和其他沙生植物混种，测试防治病虫害的效果。”

黄振华说：“用一种植物和其他植物混种，可以起到防病虫害的作用，这可是一个了不起的发现。”

徐桢说：“田保林同志是研究植物病虫害保护的。他提出了这个问题以后，我们也觉得是一个很有价值的发现，所以我们就进行了试种。根据我们在温室里试种的结果，紫穗槐确实有防治沙生植物病虫害的作用。但目前还没有在大田中试种，效果如何还不得而知。还需要进一步在大田中试验才能证实。”

王学斌说：“如果这一植物能够证实有这样的作用，那对我们飞播来讲就太有价值了。我们完全可以将飞播的花棒种子和紫穗槐种子同时撒下去，这样就可以防治花棒在生长过程中遇到的病虫害侵蚀问题，紫穗槐对花棒的生长起到很好的保护作用。”

黄振华说：“科学试验嘛，既有可能成功，也有可能失败。如果条件成熟，不妨多试一试，说不定会试验出一个好结果来。”

王学斌说：“我们可以分片试验。”

徐桢说：“好的，我回去准备一下。可以考虑用一部分紫穗槐种子与花棒种子一块儿参与飞播，看看效果如何。”

四完小教师办公室，赫冬梅问两个小男孩：“快说，你们两个为什么打架？”

学生甲：“是他先动手打我的。”杨硕：“是他先骂我的，所以我才打他。”

赫冬梅说：“你先骂他，骂什么了？”学生甲：“死了爹的孩子，有人养没人管。”杨硕：“你敢骂我爹，我还要打你。”

赫冬梅说：“你先骂人就不对了，你犯错误在先。”学生甲：“那他打人就对吗？”“打人当然不对。”又对杨硕说，“他先骂你，你可以告诉老师，让老师来解决，你不该出手自己解决。打人肯定是不对的。你们家几个小孩？”

杨硕：“我们家三个小孩，我还有一个弟弟和一个妹妹。”“都在上学吗？”

“我弟弟在上学，我妹妹因为我妈没钱供我们三个上学，所以退学在家。”

赫冬梅说：“你妈妈在哪儿上班？”“在县水利局。”“你爸爸叫什么名字？”“他叫杨光荣。”赫冬梅说：“哦，你是杨局长的孩子。”

杨硕：“赫老师，你认识我爸爸吗？”

赫冬梅说：“你爸爸是烈士，他是为了治沙造林修渠劳累成疾的。放学后，你带我回家见见你妈妈。”

杨硕：“赫老师，千万别把我打架的事告诉我妈妈，我以后绝不打架了。”

学生甲：“赫老师，我也错了，我再不骂杨硕了。”

赫冬梅说：“很好，你们两个都认识到了自己的错误，这就对了，以后绝不许打架骂人了。”

杨硕家，一家人挤在一孔窑洞里。赫冬梅说：“你是杨硕的母亲吗？我是他的老师，我今天来家访。”

杨硕母：“哦，你是赫老师。我们杨硕回来经常说起你，我还没见过你呢。杨硕没给你惹祸吧？”赫冬梅说：“没有，他很听话，很聪明，学习也很努力。”

杨母：“杨硕过去学习很好的，自从他父亲去世以后，他就不想念书了，总想着要出去挣钱养家。我说你好好学习，学好了本事你才有工作的资本。这孩子脾气太犟，听不进好话。”

赫冬梅说：“你说得很对，孩子都很小，一定要好好读书，学好了本领才能更好地工作。你的三个孩子都上学了吗？”“男娃娃上学，将来还能在社会上做点事，女娃娃上学也没多大用，所以我就不让女儿上学了。”

“你女儿原来上几年级？什么时候不让她上学的？”

“他爸去世了以后，女儿原来是二年级，她弟弟上一年级，她哥哥上四年级。今年我不让女儿上学了，孩子成天哭，好像我把她委屈了一样。”

赫冬梅说：“怎么能不让女儿上学？如果是经济上的问题，我们学校来解决。可以免除她的学杂费，还是让女儿上学吧。”

杨母：“杨光荣当局长那会儿，一心为公，没给我们留下什么。我一个女人家，也没有文化，因为水利局照顾我，才给我找了一份勤杂工的工作。你说我挣那点工资，怎么能养得起三个孩子？还要供他们上学念书。”

赫冬梅说：“政府不是给杨局长定为烈士了吗？烈士子女是可以申请免学费的。”

杨母：“我一个女人家什么也不懂，我也不知道有什么优待政策。”

赫冬梅说：“我是学校的教导主任，我向校长申请免除三个孩子的学杂费，所以你还是让孩子们都上学吧。我想，杨局长要活着的话，也绝不会让孩子辍学，一定支持三个孩子上学的。”

杨母感激地说：“谢谢赫老师。我听你的话，明天我就让女儿去找你，让她继续上学吧。”

校长办公室，赫冬梅说：“王校长，我们班里的杨硕，是县水利局局长杨光荣烈士的儿子。昨天我去家访，发现他老婆因为付不起学杂费，让自己的女儿辍学了。我记得烈士的子女上学，可以申请免学杂费的。如果可以的话，给杨光荣局长的三个孩子免去学杂费吧。”

王校长：“是有这个政策的。这孩子家长没有申请，我们也不知道。你让他们以家长的名义写一份申请给我们学校，我们可以免除这三个孩子的学杂费，让孩子继续在我们学校上学。”

“这太好了，我很快回去转达王校长的意见。这也是我们学校关心烈士子女成长及教育问题的一个实例。”

教师办公室，赫冬梅说：“杨硕，你妈识字吗？”

杨硕：“她只认得几个字。”赫冬梅说：“你已经是四年级的学生了，代你母亲写一份烈士子女免除学杂费的申请书，交给我。”

杨硕："我不知道怎么写。""好，你拿着纸和笔，我来说，你来写。"

赫冬梅说："申请书。尊敬的四完小领导，我是驼阳县水利局杨光荣烈士的妻子。我有三个孩子在贵校上学，分别是四年级一班的杨硕、一年级二班的杨磊、二年级四班的杨婷。因我生活困难无力供孩子上学，根据优待烈士子女的有关政策，特申请为以上三个孩子免除学杂费。此致，敬礼！写上你母亲的名字，然后按上你母亲的手指印。"

杨硕写完："谢谢赫老师，您为我们家所做的一切，我会永远记在心里。"

"我做这些，不是为了让你感谢我，而是希望你们也能像你父亲那样，做一个人人都尊敬、人人都爱戴的模范，做一个对社会有用的人。"

学校，杨母拉着女儿杨婷来到了教师办公室。杨母："赫老师，我把我的女儿杨婷带来了。"赫冬梅说："杨婷，你原来的班主任是谁？""是二年级四班的高老师。"杨婷说。

"杨婷妈妈，孩子交给我，你回去上班吧。"赫冬梅拉着杨婷，走到了二年级的教师办公室。赫冬梅说："高老师，这是你的学生吧？"

高老师："杨婷？是的，这是我们班的杨婷，上学期就没有来。"赫冬梅说："杨婷，你上学期没有来，你上学期的成绩就没有。"高老师："这孩子学习非常好。""老师，上学期的课我自己学习了，我都会了。"

高老师："这就好办了，让她参加补考。我们上学期有几个没考及格的学生，和他们一起参加补考，这不就有成绩了吗？考试及格就继续升学，不合格可要留级的。"

赫冬梅说："那就太好了。高老师，我就交给你了，你让她参加补考，把上学期的成绩补上。"

母亲家，赫冬梅说："听说秀华要到北京生孩子，你说我这当嫂子的该给送点什么呢？"

母亲："吃的用的，人家北京的公公婆婆会准备。你嘛，还是给孩子带点穿的戴的，这比较合适也贴心。"

"我生丽莎的时候，大姐给孩子做了几件小衣服，都没有穿过，绣工也特别好。把它们送给秀华，让他们北京的公婆也见识见识我们这里的绣工。"

母亲："人家大城市人什么没见过。"

冬梅从柜子里拿出了一个包袱，把它打开了："你看，这马甲上绣的犀牛望月，这斗篷上绣的金鸡牡丹，小衣服上绣的猴抱桃李，还有这件背心上绣的仙鹿回首。这衣服我都没舍得让我的孩子们穿。”

“这些绣花功夫，恐怕以后你大姐也绣不出来了。”

“妈，像这绣工，你还能绣出来吗？”

“我们年轻的时候，比的就是这个活儿。现在妈的眼神不好，也干不了这种活了。再说也不需要了。”冬梅感慨：“唉！许多好东西都让‘破四旧’给影响了。现在绣这些，被说成是‘封资修’的东西。那你说这些东西敢给秀华吗？”

“你婆婆家成分是城市贫民，不会有事的。如果要放到你大哥家，说不定又成了你刚才说的什么‘封资修’的东西。送了吧，不要舍不得。她要是不喜欢，会给你还回来；她要是喜欢，不正合你意吗？”

“你说这些孩子们穿过的衣服都挺新的，要不要也送些给她。”“你先问问她要不要，要了你再给她。”

黄齐英家，赫冬梅说：“秀华，听说你要去北京生孩子，准备什么时候走？”

黄秀华说：“嫂子，我刚接到我婆婆的来信，让我即刻就去。我正发愁，我离预产期还有一个多月呢，这会儿怎么跟学校请假呢？”

赫冬梅说：“路途遥远，你还是早点起程比较好。谁陪你去呢？王学斌那么忙，能走得开吗？”“我婆婆坚持让妈跟我一块儿去。我正在给妈做工作。”

黄齐英说：“他们就是婆婆妈妈的，生个孩子，非要提前一两个月过去。我这里也有一大摊子事儿，怎么能说走就走呢？”

赫冬梅说：“我觉得路途较远，还是早点走好。你把她送去了，你要是实在工作忙，可以早点返回来。”

黄齐英说：“还是你嫂子说得对。早点把你送去了，我可以早点回来。我还非要守到那儿，给你伺候月子吗？”

赫冬梅说：“秀华，嫂子也想不出来给你带点啥。我这有几件孩子们的衣服，也没穿过，都是新衣服，算嫂子送你孩子的礼物。”

黄秀华说：“妈呀，这么漂亮的小衣服。嫂子，你是不是把压箱底的东西都拿出来了？你看看这绣工，我从来都没见过。”

黄齐英说：“这些东西，也只有你嫂子大家闺秀家里才有。你妈我都是劳动人民，干活的粗手，连丝线都拿不住，哪能绣出这些好东西来？”

秀华问："这些绣品恐怕都有些名堂，有些讲究吧？"

赫冬梅说："这个图案叫犀牛望月，这叫金鸡牡丹，你应该知道。这叫猴抱桃李，这个叫仙鹿回首。"

"嫂子，还有侄子侄女穿剩的衣服吗，也给我拣一些吧，我又不会做针线活，妈又没时间，我还是带点比较方便。""那好，我本来想给你带点来，又觉得是旧衣服，带到北京不好看。你要愿意，就到家里来挑拣一些。"

黄齐英说："穿旧衣服好。穿谁的衣服长大就随谁。看你哥那几个孩子，活蹦乱跳的，个顶个的漂亮、可爱。你的孩子要随他们几个那多好。"

飞机场，黄齐英说："你妈我这辈子汽车都没坐过几回，这回让我坐飞机。你说那飞到天上，如果掉下来，你可真是给我送终了。"

黄振华说："妈，你先别害怕。迄今为止，乘坐飞机是最安全的。比火车快，比汽车稳。"

黄齐英还是不放心："这王学斌是有钱没地方花了，让我受这洋罪。"

赫冬梅说："你就享清福吧。坐飞机又快又好，我想坐还坐不上呢。"

黄齐英说："早知道你那么想坐，不如让你把秀华送去。让我担惊受怕的，坐到飞机上，指不定不省人事了。"

王学斌说："妈，人总要有第一次嘛，你权当坐溜冰车呢，眼睛一闭就上天了，睁开眼就看到太阳了，脚底下一片片云彩，就跟孙悟空腾云驾雾一样。当一回神仙也是人生的一种体验呀。"

黄齐英越发感到神秘与害怕："还腾云驾雾当神仙！把你妈送到天上，你们就省心了。"

黄秀华也是第一次坐飞机，心里也不踏实："妈，没那么可怕，说得这么玄乎，让我都紧张了。"

黄振华说："王学斌，把行李都托运好了？你们也该登机了。"

黄齐英说："唉，这真是赶鸭子上架，大姑娘上轿——头一回！"送行的亲人们都笑了。等母女俩要登机了，大家才挥手告别。

飞机上，乘务员将黄齐英安排在靠窗的位置上。黄齐英说："靠窗户的位置我不敢坐。”黄秀华说：“王学斌专门给你买的靠窗户的位置，怕你晕飞机，你看外边也方便。”“靠窗户的位置好，你去坐，我不坐。”

黄秀华挺个大肚子，很困难地走到靠窗户的位置坐下。乘务员帮她系上了安全带。黄齐英说：“这个带子怎么绑呀？你也帮我绑一下。”乘务员帮她系上，又教她怎么解开。黄齐英好奇：“这安全带一插就绑上了，一掰就解开了，这也太容易了吧。有带子绑着，人也就飞不出去了。”

飞机上播音：“各位旅客，本次航班即将起飞，请系好安全带。”

黄齐英大声答道：“我们绑好了！”

黄秀华说：“妈，你别那么大声，那是广播通知。”

飞机上广播：“请各位旅客认真观看乘务员安全示范。旅客坐到座位上，要系好安全带。在座位的底下，有救生衣。”

黄齐英说：“我们还要穿救生衣？”

黄秀华说：“那是说万一我们掉到水里，就要穿救生衣。”

“在旅客头顶上方有氧气面罩。”黄齐英说：“为什么要戴氧气面罩？”

黄秀华说：“高空的氧气稀薄，如果缺氧就可以戴氧气面罩。”黄齐英说：“这么多的危险，我们为什么还要坐飞机？这不是找死吗？我们还是下去吧。不坐飞机了，也不受这洋罪！”

黄秀华着急地拉住母亲。“妈，飞机就要起飞了，现在是不允许下去的。”“那就坐到这儿等死？”“妈，你少安毋躁。难道这么多的人都是来找死的？”

飞机开始向跑道滑动。黄齐英把眼睛紧紧闭上，双手抓住扶手，嘴里念念有词。黄秀华看到她妈的样子，扑哧一笑：“我哥说过。乘坐飞机是最安全的，你就放心吧。”黄齐英说：“飞上去了没有？”

黄秀华说：“你把眼睛睁开看看，不就知道了？”飞机在跑道上加足了马力，加速滑行，准备起飞。黄齐英说：“妈呀！就开始飞了。”飞机起飞了，离开了大地，飞向天空。黄齐英闭上眼睛，紧紧抓着扶手，嘴里还在问：“这不会把人摔出去吧？”

黄秀华说：“升空了，地上的人和房子好小。”“你还能看到房子和人？”

“这会儿连房子和人都看不到了，只能看见一片黄色的沙海。妈，快睁开眼睛看看你这一辈子生活的地方。”

黄齐英睁开了眼，向窗外望去，下面是一片茫茫沙海。秀华指着下面：“那是我们的驼城！”黄齐英好奇地问：“那就是我一辈子都没有离开过的驼城？”秀华说：“你看，就在那一望无际、茫茫的沙海中间，那小片有树的地方就是驼城。”“驼城就那么小一点？可怜你哥和王学斌，不知几辈子才能把这一大片沙漠治理好啊！”

“用愚公移山的精神，我哥和学斌他们搞飞播造林，就是在飞机上撒种子，一次能撒上万亩，只要这么搞下去，这片沙海迟早会变成绿洲的。”

黄齐英说：“我这辈子怕是看不见了。”

黄秀华说：“妈，你往下看，那就是无定河。”

黄齐英说：“让我看……”

过了一会儿，飞机上又广播：“各位旅客，飞机马上进入我们的目的地西安。飞机正在下降。”

黄齐英说：“刚刚坐上飞机，这就到西安了？”

黄秀华说：“我哥过去到西安开会，路上就得走四五天。我们坐上飞机一两个小时就到了。”黄齐英说：“还是钱花到了好啊。你四舅说他来飞机场接我们。我这次跟你来，也就是想看看你四舅他们。”黄秀华调侃母亲：“我们在西安待两天，再坐火车到北京。老太太，你这次出来，坐了飞机，也坐了火车，逛了西安，再逛北京，你够有福了。”黄齐英高兴地说：“我这老太太受了一辈子苦，现在托你们的福，我也该享清福了。”

四舅领着黄齐英逛大雁塔，又逛了钟楼和兴庆公园。几天后，四舅送黄齐英、黄秀华乘上开往北京的火车。

北京火车站，王家公婆两口子到火车站接黄齐英母女。

黄齐英说：“这北京站比西安站可大多了。”黄秀华说：“那自然了，北京是首都嘛，是我们国家的心脏。火车马上就到北京站了。”

乘务员：“您是黄齐英吗？”黄齐英说：“是我，我就是黄齐英。”

乘务员：“请您不要下车，有人上车厢来接您。”

黄齐英说：“你这公婆是何许人，还要这个派头，上车厢接我们？”黄秀华说：“不会吧。”

车厢里，人都走空了。上来一个小伙子，“您是黄齐英老人家吗？我是成森部长的司机。他今天有一个重要会议，不能亲自来接您。委托我来接您，请跟我下车。”

黄齐英说：“他怎么知道我今天要到北京来？怎么知道我坐的是这趟火车？”司机：

“这个我也不清楚，我只是奉命行事。”

黄秀华说：“那我婆婆公公也来接，我得先找到他们。”

站台上，王家公公婆婆在站台上，看到了黄秀华母女。一通寒暄之后，跟着司机出了车站，上了车。

小车里，司机：“成部长让我把你们送到目的地。晚上他设宴邀请你们吃晚饭。我会提前来接你们的。”黄齐英说：“这也太麻烦成部长了。”王母：“这都是托我们亲家母的福。”

小车在一个胡同院子大门前停了下来。王父：“到了到了，到家了。亲家母，你慢点下车，秀华，你也慢点行动。”

黄齐英说：“你们家也是住四合院。这跟我们驼城的四合院也没啥区别。”司机也下了车，从后备厢拿出了行李，提进院内。

王母：“我听学斌说，驼城也像个小北京。我说那敢情好啊，亲家母到我们这里来，也是住四合院，这就不会觉得别扭了。到了这儿，就像到了自己家一样。”黄齐英说：“还真是觉得顺眼，不别扭。我到了西安我弟弟家，他们住的是楼房。我总觉得就像被关到鸟笼子里一样，还是四合院住着舒坦。”

司机：“我先走了。下午，我会提前来接你们。”

王父：“谢谢你了，司机同志，要不要进屋喝点水呀？”

司机：“不用了，谢谢。”

北京国际大饭店。司机说：“到了，这是北京国际大饭店。”

黄齐英说：“妈呀，这么豪华的饭店，这一桌饭得多少钱啊？”黄秀华说：“一会儿，桌子上别乱说话。”王父：“亲家母，这是成部长款待你，我们也跟着沾光。”王母：“是啊，成部长是个有良心的领导，老记着你是他的救命恩人这档子事儿。”

黄齐英说：“那是我的工作，我不能看着我们的解放军战士一个个倒下，那都是鲜活的生命。今天我们的日子过好了，可不能忘了为我们抛头颅洒热血的革命者。”

贵宾间，成部长坐中间，右边是黄齐英、成夫人、黄秀华、童军。左边是王父、王母。

成部长：“今天略备薄酒，欢迎我远道而来的亲人，也是我的救命恩人英姐，到北京来做客。十几年过去了，我这才有机会，第一次感谢我的英姐。如果没有您的出手相救，就没有我的今天。让我们举起杯来，祝愿我的英姐身体健康、心情愉快、万事如意。干杯！”

黄齐英说：“您太客气了。那些事都是我应该做的，您不必记在心里。”

成部长：“一解放，我就想找您。您的儿子黄振华就坐在我家里，我告诉他，他的家乡有我的救命恩人。他居然没有告诉我，他的母亲就是我苦苦要找的英姐。如果他在场，我今天要罚他几杯酒。”

黄齐英说：“这件事您不能怨他。我救您是我应该做的。我都忘了这件事了，可您总还念念不忘。”

成部长：“救命之恩怎么能忘呢！姐姐，我是个孤儿。我的父母和兄弟姐妹都被日本人杀光了，除了家人，您就是我唯一的亲人。”

黄齐英说：“唉！兄弟，日本鬼子太坏了，他们虽然没有越过黄河进入我们驼城。但是他们的飞机成天在我们头上狂轰滥炸，炸死了我们多少同胞兄弟。好兄弟别难过，今天我们翻身得了解放，过上了幸福的生活。这都是共产党和毛主席领导得好，也是你们流血牺牲换来的。秀华，端起杯子，代表我们一家给你舅舅、舅妈敬一杯！”

成夫人：“秀华怀孕了，不敢喝酒。”

黄秀华说：“没有关系，我以茶代酒。舅舅、舅妈，其实我早想去拜访你们了。今天借这个机会，我感谢舅舅、舅妈，在北京你们家就是我的娘舅家，我会尽一个外甥女儿应尽的责任和义务。”

童军：“今天借这个机会，我也敬一杯酒。”

成夫人：“这是成树的爱人，他叫童军。给姑姑敬杯酒。”

童军：“姑姑，祝您老人家身体健康。”

黄齐英说：“多么标致帅气的后生，成树真有福气。你已经是部队的干部了吧？”成夫人：“你怎么知道的？”黄齐英说：“部队上，两个兜是战士，四个兜就是干部了。”

成部长举杯，给王家公婆敬酒：“感谢你们老两口对我外甥女的照顾和关照。”

王父：“自家的儿媳妇也就是自家的女儿，这都是我们应该做的。”

黄齐英说：“我兄弟的两个女儿我都见过。成树到驼城调研的时候，还请我们全家吃了饭，真是个好孩子。成林活泼可爱。我去看她，她偷偷给我说，不想让别人知道我们的关系，不让我再去了。”

成夫人：“这孩子从小被惯坏了，做事比较任性，还自以为是。”

黄齐英夸奖道："孩子能干着呢。"

饭店门口，成部长："大姐，上我的车，到我们家住两天，让你弟妹领你在北京转一转。"

黄齐英说："改天吧，改天我一定去您府上认个门儿。"

成夫人："明天刚好是星期天，我领大姐在北京玩一玩，转一转。"

黄齐英说："这两天车马劳顿，我得歇两天，缓缓劲儿。"

成部长："那也好，让大姐休息两天，到时候来接你。"

王父："谢谢成部长、成夫人的邀请。你们放心，我们会把亲家母当贵客招待的。"

黄秀华说："谢谢舅舅舅妈，还有童军哥。再见！"黄齐英母女和亲家上了成部长的车。成部长和成夫人目送他们离开后，坐上童军开的车回家了。

卧室，黄齐英说："这四合院我还看着顺眼。你说他们睡着床，这冬天怎么取暖呢？"

黄秀华说："这儿的冬天跟我们一样，要烧炉子。只是床不像我们的炕，不是热的。"

黄齐英说："你说这房子到了冬天肯定会冷吧？""妈，现在不是快到夏天了，你还操心冬天的事，你不累吗？""唉，妈换了个地方，睡不着啊，不由得胡思乱想。""快睡吧，我都困死了。""睡吧，我把灯熄了。"

第二天早上，王家公婆买来了豆浆、油条、油糕、煎饼果子。

黄齐英说："亲家母，你买了这么多东西，这一大早能吃得下吗？"

黄秀华说："妈，这里是北京，一天三顿饭。我们驼城是吃两顿饭，所以作息时间也不一样。"

王父："上次没有听你们这么说。那你们几点吃早饭？"

黄齐英说："我们早饭是11点，下午饭是5点。你们这三顿饭是什么时间吃？"

王母："早饭是上午7点，午饭是中午12点，晚饭是下午6点。"

黄齐英说："大城市就是不一样。我们那地方穷，所以少吃一顿饭，能节约不少粮食。"

王母客气地说："没关系，那就按你们的习惯吃饭。"

黄秀华说："不用变，入乡随俗，到了北京，就应该尊重北京的习惯。"

王母："我是怕秀华饿肚子，她不是怀孕了吗，一个人要吃两个人的饭呢，少吃一顿，把我媳妇和孙子饿着怎么办？孩子要多吃有营养的东西。你说呢，亲家母？”

黄齐英说：“秀华说得对，入乡随俗，就按你们的时间安排吃饭吧。”

王母说：“好的。亲家母，你尝尝我们这早饭，都是我们北京的小吃。”

第二十七章

成部长家，成夫人问："童军，你的结婚证明已经开好了，应该考虑你们办结婚证的事了吧？"

童军："成树一直忙工作，她没时间请假回来。我最近也有些事情，请不了假。"

成夫人："那你们两个人就这么耗着？婚姻大事，一点都不上心，你们两个都三十多岁了，工作再忙，婚也不结了？我再给成树打电话，你也做点努力。不能再拖了，再拖就影响我抱孙子了。"童军说："好的，我听您的。我去厨房做饭了。"

成夫人拿起电话，给成树拨电话……成森走出书房："你给谁拨电话呢？"成夫人："成树呀，我让她赶快回来结婚。"成森说："今天是星期天，她不在办公室。"成夫人没好气地说："那我就给他们的值班室打电话，让她把电话打回来。"成森摇摇头："她工作忙回不来，你急也没用。"成夫人道："那就让童军请假，过去结婚。"

成森反驳："童军是个军人，他能随便请假吗？"

"那你说怎么办？两个人都不能请假，都是因为工作忙，这婚什么时候结？都三十好几的人了，还要不要孩子了？""年龄不小了，是该结婚了，但是也不是你这么个急法，还是让他们自己协调时间吧。""指望他们两个协调时间，猴年马月了。两个人都这么矜持，到这个年龄，谁也不着急！"

杨硕家，赫冬梅说："杨硕母亲在吗？"杨母："赫老师，您来了，家里太乱，请进来。""孩子们都上学了？""都走了，刚刚出门，您可帮我们家解决大问题了，女儿高兴地说，她又能上学了，每天有说有笑的。”

赫冬梅说：“孩子们我都了解了，学习很努力。杨婷这次补考成绩，语文数学都是100分，这孩子半年没上学，仅靠自学都考了第一名。所以你一定记着，他们的父亲虽然走了，但是孩子的父亲一定希望他们上学读书。你不要再让孩子们辍学，让他们成为对社会有用的人。”“赫老师，您放心，我虽然没文化，但是我知道要让孩子们有出息，就必须上学读书。只要他们学习努力，我就是再苦再累，也一定要让他们读书认字，把他们培养成才。”

赫冬梅说：“这就对了。这个包袱里有我们家孩子穿小的衣服，你也别嫌弃，给孩子添补穿。生活上真有困难了，我们一块儿想办法解决。”

“谢谢赫老师，您真是一个好心人。”

家里，赫冬梅说：“妈和秀华走了这么多天了，应该到北京了吧？”

黄振华说：“今天中午秀华给我打来电话说，她们已经到北京了。昨天刚到北京火车站，就被成部长的司机接上了，把她们送到王学斌家。晚上，成部长一家又在国际大饭店宴请妈、秀华和王学斌的父母。”

“成部长可真是咱们家的贵人。你说妈那个时候怎么就那么巧，救了成部长？”

“那个年代，见到革命战友负了伤，哪有不救的道理？”

“也真是无巧不成书，你说妈救了这个人，怎么让你在北京就又遇上他了，而且后来还是你的上级领导？你说这是不是天意？”“也可能这就是天意吧。”

“所以说，人还是要多做善事，多做好事，说不定哪一天你的福报就来了。”

黄振华说：“人之初，性本善，性相近，习相远。从本质上来讲，人生下来应该都是善良的。”

“照你这么推理的话，那些作恶多端、干尽坏事的人，都是后天学坏的。”

“是这个理，所以你们搞教育的老师，一定要让孩子们学好向善，上进努力。道德教育比知识教育更重要。首先要学会做人，然后再学会做事。”

成家，电话铃响了，成夫人拿起电话，是大女儿成树打来的。

成树说：“妈，我出差在外地，没有顾上给你写信和打电话。我去了新疆和内蒙古进行调研考察。”

“童军的结婚证明已经开出来两个月了，你什么时候能回来完婚啊？”“忙得很，哪有时间结婚呢？”“男大当婚，女大当嫁，你多大了？三十好几的人了，还把结婚不当回事。”成树说：“那结婚也需要时间。我们正忙着调研，抽不出时间呀。”

成夫人生气道：“好，你抽不出时间，我让童军找你去，你俩就在你那里结婚。”

“你这是逼婚啊。童军也未必有时间到我这里来。”“好，我不和你说，我和你们的领导给你请假，婚假总是可以请的吧。”成夫人生气地挂断了电话。然后拨通了成树的领导刘院长的电话。

成夫人：“刘院长，我是成树的母亲，我有一件事麻烦您。您知道成树三十好几了，年龄已经不小了，她的对象在部队里，开好结婚证明已经两个月了。但是成树一直因为工作忙，不肯请假。我求您，劝一劝成树，准她几天假，让她回北京结婚。”

刘院长：“您说得很对，过去我对她关心得不够。我一定劝她，尽快让她回北京结婚。”“谢谢刘院长，请您理解一个做母亲的心情。”“理解，理解。”

王母和黄齐英领着黄秀华到医院进行产检。黄齐英说：“这北京的医院真够大的，还要排队。”亲家母：“驼城看病不用排队吗？”黄齐英说：“我们那里人少，医院的医生都认识，你想找谁看病，就去谁的诊室。买药的时候才排队。”王母说：“是啊，大城市看病也未必方便。”

黄齐英说：“你们大城市的人也娇贵，怀了孩子，自然就会生下来，还要每个月做产检。能查出什么问题来？”

“每个月都来做一次产检，就是想听一听孩子心跳声呀，检查胎位正不正呀。如果有了什么问题，也能及时处理。你们那里生孩子不做产检吗？”

黄齐英说：“一般情况下不做。没什么问题，好好的，就不会上医院来。”

“那你从来也没有带自家媳妇去医院做过检查？”

“我是个粗心的婆婆，也是个厉害的婆婆。你是个细心的婆婆，也是个好婆婆。”

王母：“亲家，你谦虚了，你又在夸奖我了。我权当是鼓励我，鼓励我对秀华好呗。”俩亲家你一言我一语地正在议论，突然看见秀华出来了，急忙跑了过去。王母：“秀华，检查的结果怎么样？大夫是怎么说的？”

“妈，都好着呢，大夫说胎位正常，孩子的心跳也正常。还给我讲了每天要做的正位操，还有临盆前应该注意的一些问题。”

黄齐英说："好，一切正常，我们就放心了。"

王家里，司机："今天是周六，成部长让我来接黄阿姨到他家去。"黄齐英说："什么也没准备，那好，等我拿点东西就跟你走。""妈，那我就不去了，我挺个大肚子也不方便。"

王母："秀华不去也好，在家有我们照顾她。"黄齐英说："好，我一个人去。你就在家好好休息吧。"

黄齐英拿了一个包袱，跟着司机上了车。

成家，成夫人："大姐，欢迎你到我们家来做客。"成森说："大姐，这几天旅途劳累，休息好了吗？"黄齐英说："休息好了。我这一辈子劳累的命，到了这北京没什么事干，反而不习惯了。"

成夫人说："成森早就给我说了，说把大姐接过来住几天。我把成林的房子打扫干净，大姐你就住在这里。"成森说："你把晚饭准备好了吗？"

成夫人："迎客的饺子，送客的面，我早给大姐把饺子包好了，就等大姐来了再下锅。"

黄齐英说："我们是小地方来的人，也不知道给你们带什么。我给成森兄弟做了一双布鞋，给弟媳带了点毛线。本想找人给你织件毛衣，又怕不懂得新款式。这是正儿八经的纯毛毛线，给你织件毛衣吧。"

成夫人："谢谢大姐，让您费心了。"

成森说："大姐，不知你记不记得，这是我穿的第二双你做的鞋。当年我伤养好了以后，你送给了我一双布鞋，我一直穿到解放。"

"记得！当时想着你不知道还要走多少里路才能赶上部队，怕你没鞋穿，就给你赶做了一双鞋。所以，你穿多大的鞋，都在我心里装着呢。"

"我那时候养伤，在齐大哥家住。窑洞上边的崖畔上，全是枣树。我就是吃红枣小米粥养好了我的伤。临走的时候，齐大哥给我摘了一袋子红枣，让我当干粮吃，也能解渴。那时候老百姓的日子很苦，他们吃的是糠，给我吃的是红枣小米粥。这份恩情我永远都不会忘记。齐大哥他们家过得怎么样？"

"解放以后，政府给他们分了土地，日子过得也不错。他现在也是生产队队长了。"

成夫人招呼道："快来让大姐吃饺子吧。"

成森说："好，大姐，我们边吃边聊。"

几天后的下午，成树回到了家，一进门就抱怨母亲："部长夫人，你的能耐越来越大了。敢跟我们刘院长打电话，逼着院长给我下命令回来结婚！"

成夫人说："我是被逼得没法子了，我不给院长打电话，你能回来结婚吗？快来见见你姑姑。"

黄齐英说："成树回来了。你妈为你的婚事都操碎了心。"

成树不好意思："姑姑，你来了，让你也操心了。"成夫人说："你快来看看，这是我和姑姑给你布置的新房。"成树说："我不是应该在童军那里结婚吗？怎么把新房放到家里了。""童军那里是营房，不是新房。咱家这里才是你的新房。"成树反驳母亲："你这么做，童军知道吗？你征求过他的意见了？""我给他说过，他没有反对。"黄齐英怕母女俩吵架："新房放在哪儿都是一样的。你爸、你妈就你们两个女儿，还不把女婿当儿子看？你是家里的老大，童军又在部队上，那肯定就把新房放到家里比较方便。"

"我的婚假只有三天，刘院长还给我派了一个公差，最多只能在北京待一周。""你说孩子们该有多忙，连个婚都没时间结。""你跟童军通话了没有？""我给他打过电话了，他现在还在外地出差没回来。"

成夫人："大姐，你说说，两个孩子连一块儿领个结婚证的时间都没有。你说我能不着急吗？那你也等他在北京的时候再回来，你现在回来他又不在，你们怎么领结婚证，怎么结婚呢，我的宝贝女儿？"黄齐英说："那童军什么时候回来？"成树说："过两天吧。"

第二天早晨成树说："妈，我有公差，出去了。中午回不来，晚上我回来。"

成夫人拨通了军事科学院的电话，问童军出差什么时候能回来，得知还得两天，生气地说："总共才三天婚假，这又耽误两天。"

黄齐英说："唉！可怜天下父母心。让我说不管他们能待几天，我们先把准备工作做好。布置好新房，等他们回来，咱们就办。"

成夫人着急："结婚可是要结婚证呀，没有结婚证怎么结婚？"

黄齐英道："你也是死脑筋，没结婚证，就不能同房了？先把婚事办了，以后有时间再去领结婚证。"成夫人顿悟："对呀，让他们先结婚，后领证，我怎么就想不出这一招呢。""过去的人，谁知道领结婚证，还不是举行个婚礼，就算结婚了。现在是特殊情况，我们就要特殊办理。”

“大姐说得对，那我们现在就给他们布置新房，回来就让他们直接入洞房。”

成夫人和黄齐英在北京的大商场买结婚用的被面、床单、枕套等。

黄齐英说：“大城市真方便，只要有钱，还真是要什么有什么。你给新娘和新郎穿什么衣服？”

成夫人：“对呀。新娘的衣服我有尺寸，可以买。新郎穿的是军装，还需要买衣服吗？”“当然要买啦，你让他穿着军服去结婚啊？作为丈母娘，肯定要给女婿买新衣服，这叫装新。还要买稳跟鞋。你这嫁女儿，等于娶了个女婿回来，女婿将来也就是儿子。”

“童军这孩子，自从当兵就到了我们家，他和我同乡。这十多年了，和成树若即若离，我是看着他长大的，能和成树结婚，我也就了了一桩心事。”

“你这女婿是个好小伙子，长得是一表人才，和咱们成树也般配。女儿都出去了，身边有个女婿，也能照顾你们。等成树生了孩子，把成树也调回来，这一家人在一起，相互也有个照应。你们老了，身边一定要有儿女关照才行。”“我也一直就是这么想的。”

成夫人和黄齐英忙着缝被子、铺床单、布置新房。

成树晚上回到卧室，见布置成了新房就问：“妈，你这是干什么呀？你把我的房子布置成这样，你让我睡在哪儿呀？”

成夫人：“这房子也是你的新房。你想睡这儿也可以，你不想睡这儿，到书房去休息。”“你也太操之过急了吧。结婚本来是我和童军两个人的事，你忙活半天，算怎么回事儿呢？”黄齐英说：“你们俩不温不火，都以工作为借口，没有一点实际行动，你妈是看见你们两个着急。我都替你们着急。”

北京的街道上，童军从挂着军牌的吉普车上跳下来，给司机交代了件事，就向花店走去。

花店小姐：“解放军同志，你是来买花的吗？是给女朋友送花吧？”

童军：“是的，给未婚妻买。”

花店小姐：“那一定是买红玫瑰了。你看我们新推出了一款花篮，很漂亮。里边还有一个漂亮的小公主。这个小公主实际上是一个跳芭蕾的音乐盒。”

童军：“这个好，那我就买这个。”

成夫人看见童军进了门，高兴地说：“童军回来了！你再不回来成树的假期就结束了。”

成树跑出来迎接童军："这么晚了，不回营房休息就跑过来？"

童军温柔地说："你好不容易回来，我只能马不停蹄赶回来见你。"成夫人："赶回来就对了。吃晚饭了没？""吃过了。""那就到成树的房间休息吧。"

成树领着童军进了自己的新房："妈和姑姑已经给我们布置好了新房。你今天就在这里休息吧！"童军深情地看着成树："亲爱的树，对不起！我回来晚了，让你白白在家等我。"

成树说："军令如山，我不怨你。你不是说很可能我的婚假空休了吗？怎么突然回来了？""任务提前完成，我就赶回来了。不舍得让你等我。"

"看你这么疲惫，你是不是几天都没休息？""是，我得把时间抢回来。"

"你这个傻子，怎么可以不休息呢？赶快睡吧！我去书房睡。"

童军一把拉住成树说："哪也别想去，就在这儿躺下，一步都不要离开我。"

"可我们还没结婚呢。"童军："我们在思想上和行动上已经结婚了。"

第二天早晨，成家的厨房。黄齐英蹑手蹑脚地进了厨房，对成夫人说："这小两口还没起床吧？"

成夫人："没有呢。昨天童军回来，我看他很疲惫的样子，肯定是急着赶回来的。"黄齐英说："不要叫他们起床。什么时候起来，什么时候吃饭。""嗯，好的。大姐，你说这婚宴还办不办？"黄齐英说："婚礼还是要办的。不过可以简单一点，请一些熟悉的人，就是宣布和证明一下，这两个孩子已经是夫妻了。"

成夫人："今天是星期六，也领不了结婚证。"

黄齐英说："你怎么就过不了这坎啊，你办你的婚礼，他们领他们的结婚证，这又不矛盾。只要他们尽快领了结婚证就行了，没必要在婚礼之前就非把结婚证拿到吧。"

"也是，我这死脑筋，就是转不过来这个弯，老觉得领了结婚证才是合法的婚姻，不领结婚证就不合法似的。"黄齐英强调："孩子们分别在两地，特殊情况嘛，只有特殊处理了。"

餐厅里，成树说："早上吃什么饭？"

成夫人："现在是中午了，你应该问中午吃什么饭！"

黄齐英说："哈哈，你起来了，童军还睡着呢？"

"这个疯子连轴转了几天，硬是把任务提前完成了，昨晚赶回来。一晚上睡得像昏死过去一样。"

黄齐英感慨："唉，可怜的孩子。为了赶这个婚礼，真是拼上命了。树儿，你以后要好好对待人家。"成夫人："是啊，童军是一个有情有义的好孩子。为了树儿，硬是等了十年。"

黄齐英说："弟妹，快给孩子们弄饭吃。吃完了，把童军的饭送到房间，让他吃完了饭接着睡。树儿，我和你妈正在商量，明天就给你们举行婚礼。把你们要好的朋友同事，能请的都请来。吃顿饭，就是给大家宣布，你们已经成夫妻了。"

成树说："可我们结婚证还没领呢。""你和你妈一样死脑筋。婚礼举办了，给大家宣布了，你们是夫妻了，再去领结婚证就晚了？"

成夫人端着饭出来，在餐厅把饭摆好。

成夫人："你姑姑说得对，你们的时间太紧，情况又比较特殊，还是特殊问题特殊处理，先把婚礼办了，向大家宣布了，然后抽空再去办结婚证。"

"这样可以吗？"黄齐英说："怎么不可以？我们那个时候，哪有结婚证一说？还不都是媒人介绍，举办婚礼，通知左邻右舍亲戚朋友参加，吃了喜酒，拜了天地。这就成夫妻了。"

"我还以为这次回来又结不了婚了，还是姑姑有办法。"

成夫人："你姑姑的办法就是多。要是我，光知道着急，啥也做不了。"黄齐英说："你妈急着让你们结婚，也是为了让你早点要孩子。你是女人，年龄大了，生孩子有危险。你看，都是同龄人，振华已经生了四个孩子。可你耽误到现在还没有结婚。"

卧室，成树将午饭端进了屋子里，看见童军还在睡觉，就把饭放到桌子上。从书架抽了一本书，然后坐到童军旁边看书，等他醒来。

童军："等等我，等等！"成树推了他一把："童军，童军！"

童军眼睛一睁，看见旁边的成树，说了句："我不是在做梦吧？"

"你做什么梦了？""我梦见我在拚命地追呀追呀。我让你等等我，等等我，可是你头也不回就走了。""傻子，我不是坐在你旁边等你醒来吗？""答应我，永远不要离开我。"童军说着，把成树的手一把攥住。"我答应三天不离开你。三天后我要回兰州上班。""我是指你的心。永远不要离开我。""你放心，结了婚，我就是你的人了。外面的两个老太太正在策划我们明天举行婚礼。先结婚后领证。"

"可以这样吗？这就是说我可以先行使丈夫的权利，然后再签约？""你想什么呢？尽想美事。"

全家人围坐在客厅沙发前。成夫人说："鉴于成树只有三天假，也就是说，从明天星期天开始到周二，只有三天有效时间。我了解了一下，民政局发结婚证是在周二和周五，一周只有两天时间办结婚证。明天是周日，我和你姑姑已经把饭店订好了，明天就举行婚礼。周二你们俩一块去领结婚证。时间紧，情况特殊。作为母亲，我们也就把事情办到这儿了。新房就在成树屋里，在家里也方便。这样安排，童军有什么意见？"

童军感激："阿姨和姑姑为我们俩的事这么操心，我打心眼里感激。按说娶成树，应该是我家的事情。但是我父母离得太远，现在也讲究新事新办，我们俩都是共产党员，也应该带这个头。本来，我想不一定举行婚礼了，但是我又怕委屈了成树。所以我没意见，一切听从阿姨和姑姑的安排。"

黄齐英说："这就好办了，就按你妈刚才说的办，明天举行婚礼，后天去领结婚证。然后我们再包些瓜子喜糖的小喜袋，你们各自带一些回去给你们单位的人，散发一点喜糖，让大家沾沾喜气，也等于给单位的人宣布你俩结婚了。"

成树说："唉，我活到三十多岁了，还让妈妈和姑姑操心我们的婚事，谢谢你们！"

黄齐英说："你们没意见，下午还有半天，去给你们的同学、同事、朋友打电话，告诉人家饭店的地址和时间，邀请他们参加，能来多少算多少。"

成夫人说："好了，就这么办吧，大家分头行动，各干各的事儿。我和你姑姑还要出去再置办一些明天婚礼需要的东西。"

饭店门口，童军和成树穿着新装迎接前来参加婚礼的客人。

成夫人和黄齐英在饭店里面招呼客人就座。黄秀华和王家公婆都来了。

黄秀华说："我舅舅怎么没来？"成夫人："你舅舅出差了。他没有福气参加女儿的婚礼。"黄齐英说："你姐姐只有三天婚假，等不了你舅舅了。"

新房内，成树说："看来我妈把新房放在家里是对的，至少你们部队的人不会那么肆无忌惮地闹洞房。""明天就要回部队，他们也会补上这一课的。""那可怎么办呀？我觉得好难应付。""今天已经生米做成熟饭了，明天还怕他们闹腾？今天我想要你……"

民政局，童军和成树领结婚证。办证的大叔五十岁左右，看着他们俩的户口本和结婚证明："你们俩一个36岁，一个34岁。你们不是二婚吧？"

成树说："什么是二婚？"童军："我们是头婚，不是二婚。"

大叔："像你们这么大年龄是头婚的还不多见。你们是自由恋爱、自愿结婚的吧？"

童军："当然是自由恋爱、自愿结婚的。"

成树说："我们年龄是大了点儿，但我们俩结婚不违法吧？"

大叔："当然不违法，你们的手续齐全，本人自愿结婚，只可惜你们结婚太晚，否则应该是几个孩子的父母了。"

童军："大叔，你怎么哪壶不开提哪壶呢？你知道我是当兵的，部队上找个媳妇多难，我好不容易找了一个我心仪的爱人，你话说得不好听，我爱人跑了，我可找你要媳妇了。"

大叔："你们误会了。首先，我要审查你们是不是自由恋爱、自愿结婚的。其次，我是提醒你们结了婚，赶快要孩子，再拖对女同志不好啊。"

童军："谢谢大叔，我们一定听你的建议，尽快要小孩。"

成树对童军嗔道："讨厌，给大叔保证有什么用？"

大叔笑着说："是啊，你给我保证没有用，关键要让你爱人配合你呀。"

童军看着成树笑眯眯地说："大叔说得对，那我们就一起努力。"成树害羞地低下了头。

大叔笑着说："祝你们婚姻幸福，白头偕老！"然后盖上了章子，把结婚证书递到了他们俩的手里。

在新房里，成树和童军躺在床上。成树说："又一天开始了。"

童军温柔地看着自己的新娘："亲爱的，你醒了。"

成树说："啊，结婚可真好。"

童军道："是啊，我们浪费了多少时间，十年呢！"

成树说："你是不是想说，早知最终还是嫁给你，不如十年前就嫁给你？"

"我是说，十年前，我还入不了你的法眼，锤炼了十年，才修成正果。""你不会秋后算账，怨我吧？""我是感谢命运太眷顾我了。让我心目中崇拜的女神，终于下嫁给我。""男人是不是天生都会甜言蜜语地迷惑女人？""男人心中有爱，自然会用甜言蜜语赞美女人。""可悲的是天下女人会把男人的甜言蜜语当真。""可喜的是女人更喜欢用甜言蜜语赞美她的男人。""什么时候学得油腔滑调，我都快不认识你了。"

童军幸福地说："我的幸福是满满的，都是甜蜜的爱，像掉进蜜罐子里一样。你说我甜言蜜语也好，油腔滑调也好，我在十年前就发誓，非你不娶，今天我的愿望实现了。从今往后你走到哪儿，我的心就跟随你到哪儿。等我转业了，如果你还在沙漠研究所，我就随你到那边去种树。我用下半辈子来保护你，追随你，陪伴你，共同养育我们的儿女。当你老了，干不动了，你就回家让我来服侍你，陪护你。让我们一起慢慢变老。”

成树感动得流下了眼泪，转身拥抱了童军，并给了他一个深深的吻。

火车站，成树要回兰州，童军提着她要带的行李。到了站台上，成树和童军对视一眼，童军紧紧地拥抱住成树。

成树说：“真不舍得离开你。”童军答：“我会尽快休探亲假，到兰州找你。”

成树说：“你得答应我，不许你为了见我，牺牲休息时间，不顾身体提前完成任务。你一定要保护好你的身体。”

“你也一样，不能为了工作，透支身体。因为我们的身体乃至生命都属于彼此。”“我该上车了。”童军把行李送上车放好。

列车员：“列车马上就要开了，各位送旅客的亲友，请下车。”童军和成树握了手，依依告别下车了。童军站在站台上与成树挥手告别，直到列车远去。

天安门广场上，成夫人：“大姐，我现在心就跟天安门广场一样开阔。”

黄齐英说：“成树和童军结婚，去了你的一块心病，你心里能不畅快吗？”

“为了他俩，我操了整整十年的心。”“人都是为了儿女。你这十年的心也没白操。”“是啊，看着他们两个恩恩爱爱的，我心里别提有多高兴了。”

黄齐英说：“等到明年给你抱个孙子回来，你会更高兴的。”“大姐，这次可真要感谢您，帮了我大忙！”“我看着两个好孩子走在一起，心里也高兴。你看这天安门广场真大呀。我活了五十多岁，第一次出远门，来到大城市，来到了首都北京天安门。”

成夫人：“大姐，那边有照相的，给我们两个来个合影，也给你单独来一张天安门前的留影。”“好的，来北京不在天安门前留个影，就等于没到北京来。”

成夫人领着黄齐英来到了故宫。黄齐英问：“这是什么地方？”

成夫人：“大姐，这是故宫，是明清两朝皇帝生活和执政的地方。”

黄齐英说：“这些都是‘封资修’的东西，我们进来看啥？”

“我们来看看过去的皇帝过着怎样奢侈糜烂腐朽的生活，是怎样剥削欺压老百姓的。

然后我们可以上天安门观礼台，让你从另一个角度看看天安门广场，体验毛主席当年在天安门上是怎样宣布我们新中国成立的，是怎样检阅军队的。”

“那太好了，我可以回去给我那些老姐妹们显摆显摆。”

小汽车里，成夫人：“大姐，这长城你能爬上去吗？”

黄齐英说：“比起你们城里人，我们就是乡下人，走路爬坡，都是从小锻炼出来的。你怎么样，能行吗？”

成夫人：“大姐能行，我就能行。我们一边走，一边观赏风景。”

司机小王：“阿姨，我把车停到这里，我跟着你们一块儿上去，给你们带上水和干粮。”

成夫人：“好的，有小王就更没问题了。小王，你的重点是保护好大姐。我们出发，不到长城非好汉！”

黄齐英说：“这好像是毛主席的话。”“大姐记得不错，就是毛主席的诗词。不到长城非好汉，屈指行程二万。六盘山上高峰，红旗漫卷西风。今日长缨在手，何时缚住苍龙？就是那首词里的句子。”

长城上，成夫人讲解：“大姐，长城是古代中原政权为了抵御外族入侵而修筑的，一直到明代还在修建。我们站在长城上，您在想什么？”

黄齐英说：“你说这长城延绵万里，一直通到我们的家乡驼城。我们那里好像是秦代的长城。过去传说孟姜女哭长城。这个故事在我们陕西流传甚广。”“大姐，是不是想家了？”“是啊，那是生我养我的地方，我的儿子孙子，我的根在那儿。我也不准备等秀华生孩子了，我想先回去。还有我的毛纺厂，请假时间也不能太长。”

北京颐和园，成森陪着黄齐英、成夫人和童军坐在昆明湖的小船上。童军和成森摇着船。

黄齐英说：“童军，今天你怎么有时间来陪我们这些老家伙？”

童军：“今天是星期天，我休息。就是专门陪爸爸、妈妈和姑姑来颐和园昆明湖玩的。”

黄齐英说：“好孩子，难得你这么孝顺。过去有句老话，不孝有三，无后为大。你知道我说的意思吗？”

童军：“我知道。我准备近期休探亲假，去兰州。我和成树会努力的。”

成森和成夫人都笑了。成森说：“大姐，你把我们想说的话都说出来了。”

黄齐英也笑了："我是一个直性子人，有话不会藏着掖着。我儿子批评我没涵养。这都怪旧社会没机会念书，没文化。"

成森称赞道："大姐，你可是一个有见识、有胆量的女能人啊。"

黄齐英说："这次到北京来，见到你们我太高兴了。我也想尽快回去了。"

成夫人也说："大姐想他的儿子、孙子，想她的毛纺厂了。"

成森诚恳地说："大姐，不管你走到哪里，弟弟我这儿就是你的家。什么时候想来，你就随时来。"

成夫人说："大姐你要回，也得跟个人走。你再等等，童军不是要去兰州休假吗？让他把你送回老家。"

黄齐英说："孩子们的时间那么珍贵，我哪敢耽误他们？顺路把我捎到西安就行了。我弟弟在西安。到了西安，让他把我送到汽车上回驼城。"

成森说："大姐，坐汽车太辛苦了，还是坐飞机吧。"

黄齐英摇摇头说："我可不坐飞机了，那洋罪我受够了。我和秀华来的时候坐飞机，没把我吓死。"

童军说："姑姑，那您就等我，和我一起走。路上还能听您讲故事。我会把您送到叔叔家的。"

第二十八章

成家，成夫人对黄齐英说：“大姐，这是我给你买的一身衣服，你试试看，合适不？”“我有衣服穿，到北京之前，我儿媳妇和秀华给我做了两身新衣服呢。”“她们给你做，是她们的心意；我给你的，是我的心意呀。”“衣服够穿就行了，多了都是浪费。”

“大姐，我给你买的衣服，你回去可一定要穿。否则人家会说你去了弟弟家，弟媳没给你做衣服，那我不是太没面子了吗？”“好的，那我就穿，我换着穿。谢谢你们了。”“这是成森让给你带的东北老人参，让你补身体用的。”

黄齐英推辞道：“使不得，这可使不得。我这一辈子穷苦命，吃人参会上火的，留着给你们，我用不着。”

“大姐，我听成林说，驼城的中医药很受老百姓欢迎，你让中医大夫用人参再配上几味药，给你好好补补身子。现在解放了，日子也好过了，我们就盼着身体好，把日子过好嘛。你要不带走，成森会不高兴的。”

电话铃突然响了。成夫人接起电话：“喂，是王亲家！你说秀华要生产了，正准备去医院？好的好的。我们马上赶过去。”

黄齐英听了，着急地说：“秀华要生孩子了？那我得尽快赶过去。”

成夫人立即又拨电话：“值班室吗？我是成森家，请你转小王司机。……小王吗？你这会儿方便吗？你到我家来，把我们送到医院。”

黄齐英收拾好了东西：“弟妹，那我先走了。”“大姐，你又不知道是哪家医院，你一个人怎么走？小王马上就到，他送我们过去。”“唉，这又得麻烦小王了。”

医院，黄秀华已经进了产房。黄齐英和亲家在医院外面焦急地等候。王父着急地在走廊上来回踱步。

黄齐英说："亲家公，你少安毋躁。女人生孩子就是这样，不到时间生不出来，你急也没用。"

王父不好意思地说："我是既高兴，又担心，不由自主。"

王母说："你快坐下吧，当公公的也摆不出个谱，你在那儿着急，人家会笑话的。"王父感叹："学斌这小子要是在，还轮得上我着急。"

黄齐英说："女人生孩子的事，就是学斌在现场，也帮不上什么忙。您快坐下吧。"

护士出来了："黄秀华家属在吗？"亲家母连忙答应："在的，在的。生了吗？"护士："生了，顺产，男孩，七斤重。"

黄齐英高兴地说："哎呀，这可了亲家的心意了。"亲家母："是呀是呀，是个孙子呀，太合我心意了。"护士将黄秀华和宝宝推出产房，送进了病房。王父高兴得合不上嘴，一会儿看看这儿，一会儿看看那儿。

邮局内，王父："我要给驼城我的儿子发电报，'秀华于昨晚11点顺利生产一男孩，现在母子平安，一切顺利，请放心'。"

营业员："大叔，打电报，你这个字太多了，这要多花不少冤枉钱。"

王父："那好，再简练一点吧。"营业员："叫我说你就发'母子平安'四个字就够了。"王父："能说得清吧？"营业员："你儿子一见'母子平安'四个字，就什么都明白了。"亲家公："好，那就发'母子平安'四个字。"

营业员："你电报的地址，也可以再减两个字。"

王父："减了字保证能收到吗？""肯定能收到。""那就谢谢你了。"

医院病房，王母："我给秀华带了点鸡汤。亲家，这是你的早餐，赶快趁热吃吧。"

黄齐英给孩子喂奶粉："秀华的奶还没下来。喝鸡汤、肉汤、米汤，这些都有利于下奶。秀华，你要多喝一点，否则我的外孙没吃的喽。"

王母："你妈说得对，你就得多喝点汤才能下奶。"

黄秀华说："妈，你说这孩子像谁？"

黄齐英说："像他爹呗，你看这嘴巴这眼睛多像。"

王母："照我看，养儿像外舅，像他舅舅，你看这鼻子，这前额，将来一定是一个帅小伙。"王父："你们都是瞎猜，才出生的孩子哪能看出来像谁。"

驼城飞机场，通讯员："黄所长，是王学斌主任的电报。"

黄振华说："今天要进行飞播试验，王学斌已经上飞机了，待会儿我转给他。"黄振华打开电报，一看写的"母子平安"，便说："秀华生了个儿子，王学斌当爸爸了，好消息！"

工作人员："黄所长，飞播试验的一切工作准备就绪。"黄振华说："起飞！"机场工作人员挥动小旗，传达起飞命令。

飞机徐徐滑向机场跑道，然后加大马力从跑道飞向天空。

插着红旗的标识在沙漠上一路展开，正在等待飞播的工作人员已经做好了准备。刘忠："飞机来了。工作人员赶快就位。"

安二飞机降到飞播高度，沿着插红旗的方向将种子撒播下来。躲在掩体下的工作人员只听种子撒落在掩体上的敲打声。

刘忠："你们看！种子已经深深地扎进了沙漠里。"工作人员纷纷从掩体中跑出来，测量种子砸到沙地里有多深。刘忠："大家仔细测量，把数据记录下来。天阴了，快下雨了。"一工作人员："种子撒下，天公作美，这雨就来了。"

天空阴云密布，雨滴开始敲打沙漠。就像商量好的一样，种子正需要水浇灌，才能发芽！

刘忠："哦，大家都躲到车里吧。"他躲在掩体下面看着天空中的雨滴，露出了满意的笑容。

机场候机厅，黄振华、成林、贾文宇和几个工作人员看着机场的雨，高兴地议论着。成林说："真是及时雨。我们飞播的种子刚落地，这雨就下来了。天公作美。飞播试验看来要成功了。"

黄振华说："成功不成功要拿数据说话。看看刘忠他们统计的数字，再做判断。"飞机在机场跑道上降落。

成林说："我们的飞播飞机落地了。几十万斤种子撒进沙漠，天空还下着及时雨。然后种子发芽，长成了，长大了，这是多么浪漫的一件事。不行，黄所长，明天的飞播，我想上飞机看看怎样播种。"

“好啊，这个你请示我没用，你还是找王学斌，只要他同意你上飞机，我没意见。”

成林说：“王学斌主任下来了？好的，黄所长你同意了，我去找他。”

黄振华说：“他马上就过来了。”王学斌冒着大雨，不紧不慢地向这边走来，好像他正在享受着下雨的快乐。进了候机厅，他已经浑身湿透了，说：“这雨下得太好了。”

黄振华说：“这事像和天公约好的。还好，天公守信，没有负约。”

成林给王学斌递上毛巾，还端了杯水：“王主任，祝贺你飞播试验成功。明天还有一天飞播吧？”“是啊，你这么献殷勤，想干啥？”“我要编一期飞播试验的专刊。但是没有照片和深入现场了解的第一手材料，写不出东西呀。我明天想和你一起上飞机。黄所长已经同意了，就看你的意见了。”

“黄所长都同意了，我还能有什么意见？不过你上去可乖乖的，不能捣乱，只能在旁边看着。”“我保证遵守你的规定。”

黄振华从口袋里掏出电报给了学斌：“好消息。”

王学斌说：“我的电报？母子平安。我当爸爸了，我有儿子了！”在场的人都高兴起来，祝贺王学斌双喜临门。

王家，秀华卧室，黄秀华正在给孩子喂奶。黄齐英说：“你也出院了，奶也下来了，你公公婆婆关照你尽心尽力，我也就没什么牵挂了。童军这两天准备到兰州休探亲假，我想和他一起走。到了西安，让你四舅接我，再送我坐汽车回驼城。”

黄秀华说：“妈，你是不是想我哥和孩子们了？”“是啊，出来这么久，还有我的毛纺厂，也不知道现在怎么样了。”

王母进来给秀华端来了鸡汤和饭菜。王母：“亲家，饭好了，我今天给秀华炖了鸡。孩子吃饱了，这会儿睡着了，让他睡到床上。秀华，你吃饭吧。亲家，我们到外面吃饭去。”

餐厅里，餐桌上摆了一桌子好菜。王母：“这几天大家在医院也没吃上什么好饭。今天选这个餐厅，我们也好好谢谢您呀。”

王父：“喝瓶香槟酒吧。外国人有了喜事，就喝香槟酒。这瓶香槟酒还是我的一个学生送我的，今天拿出来，一是为了感谢您，二是庆祝我有了孙子。”

黄齐英说：“我从来也不喝酒。这辣酒我就更喝不了了。”

王父："这洋酒不辣，香槟酒带着一点甜甜的香味。我给您倒上一杯您尝尝，也给我老伴倒上一杯。老伴，你来陪亲家母喝杯酒。"

"亲家母，把杯子举起来，我第一杯酒要敬您，谢谢您生了个好女儿。您千里迢迢把女儿送到我们身边，我真的很感谢您。以后女儿家也是您的家，驼城住烦了，就到北京来住。到女儿家里，我们就是一家人了。"

黄齐英说："我把女儿养这么大，除了上大学在西安，从来也没想过她要嫁得这么远。当时两个孩子谈恋爱，我不大愿意把女儿嫁给外地人。可我管不了呀，两个孩子自由恋爱，人家偷偷领了结婚证，就跑到北京来了，我还能怎么办？那只有认了呗。好在学斌是个好孩子，对我也很孝顺，所以我就知足了。"

王母："亲家，我今天还想跟你商量个事儿。您也都看到了，我们老两口，就王学斌一个儿子。现在我也退休了，没事干，我就想把孩子留到身边，让我们照顾他。您那边不是还有毛纺厂，要上班吗？也没有时间管孩子，不是吗？"

黄齐英说："哦，你是想把孙子留在身边。可黄秀华要上班，孩子那么小，要吃奶呀。留在你们身边，难不成你们再雇个奶妈？"

王母："雇个奶妈也不是不可以，但是毕竟不如亲妈在孩子身边好。我寻思着北京毕竟是个大城市，是首都。我想您能不能求求成部长，把秀华调到北京来。这样，我们不是一举两得吗？既能照顾孩子，也不影响秀华的工作和事业呀。"

"噢？你原来的意思是想把秀华调到你们身边，给你们老王家生儿育女，孝敬老人。那学斌怎么办？我怎么办？"黄齐英不高兴地说。

王父打圆场说："老伴，你今天说这些话干吗？亲家母，你不要往心里去。我这个老伴心直口快，口无遮拦，有时候想一出是一出。您别听她的。来，拿起筷子咱们吃饭。"

"亲家，我刚才也是跟你商量，你要不同意就算我这话没说。快吃饭吧，这个菜好，我给您夹点儿。你这次到北京来，赶上秀华生孩子我们都没有好好招待您。"

卧室里，黄齐英对女儿说："你这个婆婆，心眼可真多，你以后和她相处要小心点。"

黄秀华说："妈，你为什么这样说？"

"刚才叫我在外面吃饭，这两口子唱双簧，让我找成部长，把你调到北京来。""那你答应他们的要求了？""我说你打的如意算盘，是不是让我的女儿给你们王家生儿育女，孝敬老人？""我嫁给了王学斌，现在不正是给人家生儿育女吗？""我和你哥供你读书，培养你长大，还没孝敬我一天，就给人家当媳妇生孩子，孝敬人家老人？""妈，你别生气了，你不同意，他们也没办法。就算他们想把我调到北京来，学斌也未必同意。”

“学斌还不是最终听他妈他爸的？”“王学斌现在搞飞播试验，这是个大课题。他不会为儿女情长的事轻易离开他的课题。我呢，嫁给了王学斌，我就要跟他生活在一起。他不离开驼城，我也不会单独调到北京来。”

“他们老人想给你带孩子，还不想让孩子和你离开北京。”

“那肯定不行，我的孩子，我要亲自带。我会在学校雇个人，帮我看孩子，我绝对不会把孩子留给他们带。”“好，妈支持你！你的产假休完，也该放暑假了。我回去给学斌说，到时候让学斌回来，接你们母子俩回驼城。”

成森家里，童军说：“爸，妈，院里已经给我批准了探亲假，我想本周五启程。”

成夫人：“你不是答应姑姑要一起走吗？”“是啊，我想征求姑姑的意见，如果她同意，我就买票了。”

成森说：“你姑姑的票我来买。”成夫人：“那我给他们打个电话，先问问她。”成夫人拨通了电话：“麻烦你请王学斌的丈母娘黄齐英接个电话。我是他弟妹。……喂！是大姐吗？我是你弟妹，童军探亲假批准了，想星期五或者星期六走，你能和他一起走吗？”

黄齐英说：“周五、周六都行，我就是想家了，待不住了。”

成森说：“大姐，想家啦？好，那你就和童军一块走，由他照顾你，我也放心。你收拾好东西在家等着，我到时候来接你，送你到车站。”“又要麻烦你们了。”

王家老两口对话。王父：“你的如意算盘落空了吧？”王母：“你说亲家有这么好的关系，为什么不同意呢？”

王父：“将心比，同一理，你设身处地地想一想，如果你是她，你能同意吗？”

“亲家的工作我做不通，我给秀华说。让秀华给她舅舅提出来，我就不相信她舅舅不买账。”“这不是买账不买账的问题。秀华这次回来生孩子，就已经给你面子了。你让秀华调回来，学斌那边能同意吗？”

“我当然希望把他们两口子一块儿调回来，这不是彻底解决问题了？我们俩也不至于老了没人管。”“时候不到。我认为问题在学斌身上。你还是先给你儿子把工作做通了，再说调动媳妇吧。”

王家大门口，成部长的小车来接黄齐英。成夫人领着黄齐英，和王父、王母一同出来，送人上车。黄齐英说："亲家，我女儿就麻烦你们照顾了。""亲家，你放心，秀华是我的儿媳妇，也是我的女儿。你得空了再到北京来，你喜欢住我们的四合院，我们随时欢迎。"

到了火车站，成森说："大姐，记住我的话，我们家就是你的家，什么时候想来，就随时来。"

"这次到北京来，多亏弟弟弟妹的照顾。现在我们两家人都有牵挂的人在对方身边。你们有时间，也到驼城看看我，看看你们的宝贝女儿——成林。"

成森说："我们一定抽时间去驼城看看我们当年战斗的地方，还要拜访齐大哥。"火车徐徐开动，列车上的人和站台上的人相互挥手告别。

火车上，黄齐英说："童军，你妈说，你和成树恋爱了十年，为什么不早点结婚，要等到十年以后才结婚？"童军："十年前，我考上了北京国防军政大学。我姑姑和我妈是同学，她到北京来的时候，要我陪她找同学，于是，我和我姑姑就来到了我妈家。当时成树在人大上学。我妈知道我在军政大学上学以后，就经常打电话，让我星期天到家里来做客。我从看见成树的第一眼，就认定了她就是我这一生要追求的伴侣，我妈也有意撮合我俩。不过成树当时没有看上我，他好像看上了他们的一个同学。"

黄齐英问："那后来是怎么跟那个同学分手的？"童军："姑姑，你不知道成树，她曾经恋爱过。""你们年轻人的事我怎么能知道呢，她又不告诉我。我能听谁说呢。"

童军笑了一笑："具体怎么分手的我也不知道。姑姑，我不能问，也不想问。"

"那你怎么知道成树当时正在谈恋爱？"童军："我也不知道成树是不是在谈恋爱，但是当时她对我很冷淡，有意回避，不愿见我。我这也是瞎猜的。"

"那她既然不理你，你还要等她？像你这么标致的小伙子，肯定也有不少人给你介绍女朋友吧？""可我那个时候已经发誓非成树不娶了。""宁可一辈子打光棍？""只要成树没有结婚，我就一直等下去。"

黄齐英有些感动："你也真是个死心眼的孩子，一根筋，宁可一棵树上吊死，也不另娶他人。那成树后来是不是被你感动了？""也许是的。十年的等待，她也一样浪费了十年的青春。"

“你后悔吗？”“我从来没有后悔过。十年的等待，十年的考验，经历了这十年，让我们更加珍惜今后的时光。风雨过后是彩虹。现在我们彼此都感到无比幸福。”“唉！皇天不负有心人，你们这两个小冤家，让姑姑感动得都想哭了。”

列车上，列车广播：“旅客同志们，我们即将要到的是陕西省省会——西安。西安是十三朝古都，是周秦汉唐的发源地，著名的西安事变就是在这里发生的。请在西安下车的旅客做好准备。”

黄齐英说：“西安到了。我弟弟一会儿到站台上来接我，你就不要送我回他们家了。你也不要下车，成树还等着你呢。听姑姑的话，你们早点要个孩子，让你妈安心。”童军：“火车进站还有一段时间，我把您的东西都拿下来放好。”

火车徐徐进站。黄齐英从窗户上瞅着找人。黄齐英说：“我看见了，我弟弟就在车站站台上。”童军帮着黄齐英拿行李，黄齐英急切地下了车。黄齐英喊道：“四弟！四弟！我在这儿。”

四舅：“大姐，我来接你。”

童军把行李放在了四舅的身边：“叔叔，您好！”

“这是成部长的大女婿，一路上照顾我。我都不知道该咋样感谢他。”

童军：“姑姑客气了。叔叔，我把姑姑交给您，我的任务就完成了。”

黄齐英说：“童军！快上车吧，火车马上就要开了。”童军跳上列车，和他们挥手告别。

兰州火车站站台上，成树看了看手表，等着从北京开往兰州的列车。突然有人从她后边拍了一下：“同志，你在等人吗？”成树一转身，原来是童军。“你这家伙，装神弄鬼。打个电报也不知道告诉我你在哪一个车厢。害得我找来找去，看不到你。”“我可是火车一进站就看到你了。”

成树说：“你为什么不叫我啊？”

童军：“我不想让别人听到你的名字。”“总是有说辞，道理一套一套的。”“我跟你说过我们会很快见面的。没让你失望吧？”

成树说：“肚子饿了没有？兰州的牛肉面可是一绝。”

童军：“我可真饿了，好，我们先去填饱肚子。”

治沙所的宿舍里，王学斌趴在桌子上给秀华写信。

“亲爱的秀华，获悉母子平安后，我高兴万分。你生下了我们的宝贝儿子后，让我更加感激你，你辛苦了。我给儿子取名叫‘沙宝’，你不会反对吧？妈已经回到家里，告诉我你生孩子的经过，我感到万分欣慰。收到电报的那天，正是我们进行飞播试验的第一天。送你一个好消息，我们的飞播取得了圆满成功……”

黄齐英在家和孙子玩。黄齐英对振华说：“王学斌的妈可是个精明过头的人，她让我去找成部长，把王学斌和秀华调到北京去，我没有同意。我含辛茹苦养大的女儿，白白送给他们，给他们养儿育女，伺候他们俩，我心里都不服气。”

黄振华说：“女儿嫁过去，那就是人家的人。生儿育女，孝敬公婆，不是女人的本分吗？”“虽然说嫁出去的女儿，泼出去的水。可我的秀华是我一手带大，读书上学，也是我们把她养大供出来的。他们王家出过一分钱彩礼吗？凭什么就白白地送他一个女儿？”“那你是抱怨王学斌没有给你彩礼？这不是又落入卖女儿的俗套吗？”“反正听了她这话，我心里就不得劲儿。”

黄振华说：“妈，你设身处地想想，人家北京两个老人，就王学斌一个儿子。想把儿子和儿媳妇调到身边，也是人之常情。如果是你遇到这样的问题，是不是也想着把自己的儿子和儿媳妇调到身边？”

“反正他们想调回学斌和秀华，我可以理解，但我就是不同意。”

“调不调走，咱们同意不同意都没用，关键是看王学斌和秀华。如果人家决定要调走，你也不能挡着。目前王学斌不会走，他的事业在这儿。如果他不走，那秀华也不会走。所以你就放心，用不着考虑那么多。”

黄齐英说：“这是我在北京给冬梅买的衣服，你给她捎回去。这块纱巾是成部长的夫人给冬梅的。还有这盒点心，捎给你丈母娘。她把我孙子们带得这么好，我也应该感谢她。”

资料室，成林与贾文宇在编辑杂志。贾文宇：“成林，你的照相技术越来越好了，你看这几张照片照得多好。飞播的整个准备过程都有照片。”

成林说：“照片是最好的证明，比文字说明更直接。这是农民收集种子的照片，这是王学斌指导农民挑选种子的照片，这是我们的科技人员指导林场工人在处理种子，这是把种子装上飞机的照片。这张最精彩，是在飞机上播撒种子的照片。”

贾文宇：“我也觉得这张照片最好，这是在飞机播撒种子时抓拍的。”

“我们在介绍飞播的时候，照片才更能说明问题。”“这张照片你是什么时候照的？

这是黄所长和王学斌主任。”“这张照片是在他们规划飞播的时候照的。这张照片是我从一个记者那里讨来的。我想这次的先进人物，就写‘黄振华与王学斌的飞播梦’。”“稿子你写好了吗？”“我想明天再去采访一下他们。”

沙漠飞播地，王学斌说：“飞播出苗率怎么样？”

刘忠：“王主任，经过我们这几天的测算，这次飞播出苗率已达到了92.1%，超出了我们原来飞播的最高纪录。”

王学斌说：“花棒种子的出芽率高，生长快。只要在季风到来之前，能够保持并超过过去的成活率，这次飞播试验就是成功的。我们还要密切观察。”

刘忠答应：“我让各个观察点每周一报。一是报出苗率，二是报死亡率。”

王学斌说：“如果我们这次飞播试验在季风之后，还能保持40%的成活率，我们就创造了历史，可以说在当今世界上都是独占鳌头的。”

会议室，黄振华说：“为时几个月的飞播造林工作，在我们各研究室的协调配合下，取得了阶段性的胜利。特别是王学斌同志，从去年到飞播前，以及飞播后，积极工作，部署合理，一步一个脚印推动飞播试验走向成功。我们其他研究室的同志们团结一致，在飞播试验当中都发挥了各自的作用，例如在飞播的种子选择方面，在防治病虫害、宣传报道方面，都发挥了重要的作用。我很欣慰，大家团结一致，都为了共同的目标，发挥自己的作用，使我们这次的飞播初见成效。王学斌同志刚才的一组数字，让我们感到非常欣慰。林业部和省林业厅也在等着我们的好消息。希望我们各研究室继续发扬团结互助的精神，在自己的科学研究领域中再创佳绩。”

所有的人都鼓了掌。

黄振华办公室，成林说：“黄所长，我们这一期的《沙漠与绿洲》，是一个飞播专刊。这一期的先进人物，我们选定了你和王学斌。我今天想跟你约个时间，采访采访你。”

黄振华说：“你们做飞播专刊我同意。你不用采访我，应该采访一下王学斌和他的团队。他们做了大量的工作。你应该把镜头对准他们。”

“这么说，你不接受采访？”“我不是不接受采访，我是不接受你宣传我，别写我的什么先进事迹。你多鼓励大家，一线工作的科技人员和人民群众，他们才应该是你的采访对象。”

沙漠试验地，成林给王学斌和他的团队拍在沙漠测量出苗率的照片。

成林说："王主任，我想问你几个问题。"王学斌说："来，成林，到房子里边，外边太晒了。"成林和王学斌来到了掩体棚，在凳子上坐下来。

王学斌说："成林，你要问我什么问题？""驼城治沙造林，是谁最早提出飞播造林？""是黄所长最早提出来的。那是在林业部部长陪着苏联专家来视察毛乌素沙地的时候，苏联专家说他们搞飞播造林。黄所长就想到我们这儿，这一大片像沙海一样的沙漠，如果也通过飞播造林的话，那能节约不少人力、物力、时间。尽早让沙漠变成绿洲，飞播就是最好的途径。

农校的季校长是陕北防风治沙总站的主任，飞播造林提出之后，他与林业部联系，由林业部出面调动中国航空公司的农用飞机。于1958年第一次试飞，而且飞播造林取得了成功。第一次飞播我们还没有经验，在飞播种子的处理，还有对待季风等特殊的自然环境方面还认识不足。第一次飞播以后，我们的成活率比较低。但是，有了第一次的经验和教训，我们就有了第二次、第三次。尤其是我们这次飞播选择了治沙先锋——花棒种子，就是在原来经验教训的基础上，选出来的品种。从目前来看，是非常成功的，当然还要等季风过后，再测试一次它的成活率，如果能够达到40%以上，那就是飞播造林上的一个创举。"

成林说："我问一下，您是什么时候介入飞机播种造林的？"

王学斌说："1958年的飞机播种治沙造林，我就是参与者之一。我只是把黄所长的想法落到实处的执行人。当时我们的人手少，试验经费也少，但是我们的工作做得很扎实。领导把这个重要任务交给了我们，这些年我们为了实现这个梦想共同努力，才有今天这样的效果。没有领导的科学预见和决定，没有上级领导的支持，单靠我们科技人员的实践，是很难完成这个任务的。"

资料室，成林和贾文宇领着一帮年轻人，将《沙漠与绿洲》的飞播专刊印出来以后，装进袋子准备寄往各地。

黄振华办公室，黄振华说："成林，我不是跟你说过，宣传先进个人，不要报道我。你怎么不听我的话呢？"

成林说："我听了你的话，没有采访你，但我采访了王学斌主任，他讲述的是实现飞播梦想的经历。那最早的飞播是不是你提出来的？我们写的这些有没有失真？这都是符合事实的，而且这一期，因为涉及你，我们没有让你审签，而是编委会一致同意决定的。"

黄振华说："我是让你将主要精力放在宣传科研工作第一线的同志们。"

成林说："那你难道不是在科研第一线吗？你是我们的带头人，如果你不好，怎么能带领为飞播治沙造林梦想而奋斗的科研一线工作人员呢？对不起，这是编委会的决定，我们是执行而已。现在已经把杂志邮寄到各地了。"

林业部办公室，成森部长正在阅读《沙漠与绿洲》飞播特刊号。

成森与黄振华通电话。成森说："振华同志啊。我是林业部成森。"

黄振华说："成部长您好，有什么指示吗？"

成森说："你们办的那个杂志，《沙漠与绿洲》送到我桌子上了。首先，我祝贺你们这次飞播取得了成功。其次，我们林业部要成立沙漠飞播造林推广室，我考虑再三，想和你借调一个人。"

黄振华说："成部长，您请指示，我们一定照办。"

成森说："我看了《沙漠与绿洲》的采访录，把你和王学斌的事迹都看过了。我想把王学斌调到林业部，他在飞播造林方面有经验，而且做了这么多年的工作，比没有实践经验的干部要内行得多。目前，全国沙漠化很严重，西北、东北、华北还有不少的沙漠需要治理，我和你要这个人，也是希望你们地方支援一下中央。我先征求你的意见，看你能不能放人，影不影响你们的工作。"

黄振华说："王学斌同志为培养年轻人做了不少努力和工作。他现在有一个团队，正在搞飞播这个大课题，如果林业部需要这个人，那你们就调走吧，我们后继有人，不会影响这项工作的深入开展。"

成森说："好啊，你们已经培养了新人了，我多虑了。我以为你会不舍得放人，想先和你借调，既然你同意，那我就把人调来了。你可不要后悔啊。"

黄振华说："我不会后悔，还会给他做工作，让他在更大的舞台发挥作用，我想他也会愿意的。"

成森说："好的，那我就直接发调令了。"

黄振华办公室，黄振华说："学斌同志，你这下可出名了。成林把你这么一宣传，我这小庙也留不住你了。"

王学斌说："黄所长，你就直接告诉我是什么事。"

黄振华说：“成森部长征求我的意见，林业部要成立一个沙漠飞播造林推广室，要调你过去到林业部工作。我同意了。一是因为上级部门的要求我必须服从；二是考虑你是北京人，父母就你一个儿子，他们逐渐老了，也需要人在身边照顾。”

王学斌说：“黄所长，我这工作正在进行，一下丢开我的课题，我真的有点舍不得。”

黄振华说：“你是革命干部，服从分配，这是必须要做到的，思想转不过来弯可以理解。你还是做好准备，把你的工作交代给你培养的这些年轻人，好在你这儿后继有人。再说了，我们都在一个系统，做一个行业的工作，你的课题也可以接着做。你现在要去的工作单位，也是飞播造林工作，我倒认为你到了一个更大的平台，可以发挥更好的作用。”

王学斌说：“我选择这个专业就是想离开北京这座大城市，到最艰苦的地方和祖国最需要的地方，真没想到，没干几年又回北京了。”

“你做到了，到艰苦的地方去，到祖国最需要的地方去，现在要你回林业部，也不是让你享福的，你的工作单位虽然在北京，可是你的工作性质，恐怕以后还要到更艰苦的地方去，到更需要你的地方去，这也没有违背你的初衷。”

“那秀华怎么办？妈那里也未必能一下想得通。”

黄振华说：“妈的工作我来做。秀华的工作嘛，你在哪儿，她肯定也随你到哪儿。你到了北京以后，如果有合适的工作，秀华也可以调过去。”

黄家，黄振华说：“妈，吃过饭了吗？这两天毛纺厂工作还顺利吧？”

黄齐英说：“我这两天上班，发现我们库房的毛线少了好多，我这几天正在查。”

“今天成部长给我打了个电话。”黄齐英说：“他给你打电话说什么了，他们还好吧？”

“他说林业部成立了一个飞播造林工作推广室，商量要把王学斌调到北京林业部去。”“这一定是王学斌他父母干的好事。”黄齐英不假思索生气地说。

黄振华拿出了一本《沙漠与绿洲》杂志：“这还真不是王学斌父母要求的，是成林的这本杂志，宣传了王学斌飞播事迹，林业部发现王学斌是个合适的人选，提出要调动的。”“那你就不要答应他调走。”“妈，您也是共产党员，上级部门要调动一个干部，下级部门可以反对吗？下级服从上级，这可是党的组织原则。这个道理你应该清楚。”

“我当初不让秀华嫁给外地人，她不听，你还给我做工作，我就怕会有这么一天，我给他们王家白白养了个女儿。”

“妈，你想通一点，学斌到了林业部，将来的发展余地会更大的，你不希望你女儿女婿有出息吗？再说，秀华是个女儿家，相夫教子也是她的职责所在。王学斌是你女儿爱上的人，他们俩肯定不能长期两地分居。再者，我觉得挺好的，女儿到了北京，你也经常能到北京去玩一玩，转一转，驼城有我和冬梅照顾你。”

“怎么这两天不顺心的事这么多？”“妈，有些事情你换个角度想一想，其实也都挺好的。”“除了这件事，毛纺厂的事也让我操心。”“你的毛纺厂出了什么事儿？”

黄齐英说：“不说了，不说了，是鸡毛蒜皮的小事，你一天考虑的是国家大事，这些小事我会处理，不烦你了。”

第二十九章

黄振华办公室，通讯员：“黄所长，您的信件。”黄振华说：“你把王学斌给我叫到办公室来。”过了一会儿，王学斌来了：“黄所长，你找我？”

“学斌，林业部的调令来了。一个月以后你到林业部报到。”“这么快，调令都来了？”

黄振华说：“我想和你商量一下，谁接替你的工作比较合适。”

王学斌说：“我建议让刘忠接替我。这个同志吃苦耐劳，工作认真踏实，有培养前途。他本人也热爱这项工作。”“那好，一会儿开会，我把你调动的事情宣布一下，你把工作给他交代一下，这个研究室就暂时让刘忠负责。”

会议室，黄振华说：“随着我们业务工作广泛深入的开展，我们的机构设置也需要扩充。一是我们增设了所办公室，负责协调内务接待、行政方面的事务；二是我们增设了沙生植物保护研究室。田保林同志来了以后，为我们这次飞播提出了科学的建议，产生了良好的效果。所以沙生植物保护研究室由田保林同志负责组织课题研究。下面请你们各研究室主任汇报一下近期的工作。”

王学斌说：“我们飞播治沙研究室，近期主要观察飞播之后花棒种子的出苗率和成活率。根据观察，我们这次飞播的种子是选对了。花棒灌木的特点是发芽率高，根系发达，加上我们这儿的沙漠水位比较低，所以在出苗一个月以后，它的根系就可以长到一米，能吸收到沙漠的地下水，同时它的经济价值高。种子可以榨油，也可以做药用，农民非常喜欢。花棒的花期时间长，花形漂亮，成为沙漠中一道美丽的风景，红艳艳的花朵开在黄色沙漠上，非常漂亮。根据上周的测试，在沙湾的出苗率达到90%，在迎风坡的花棒种子成活率大约在70%。在背风坡和沙漠顶部，由于风沙吹打和水位比较高，出苗率和成活率比较低。我们将继续观察，发现问题及时研究解决。今年飞播提前了一个半月，现在长势喜人，我们力争在季风之后保持到40%以上的成活率。我们的飞播应该是非常成功的，比国外的20%～30%的成活率要高出不少。这就是说，我们的飞播在世界治沙领域取得了突出成果，处于领先水平。”

徐站长：“我们植物引种培育研究室，最近又从国外和兄弟省市引进了几种固沙效果好的植物品种，目前我们正在试种。今年上半年的培训任务完成得不错。各地林场和农场我们都培养了大量的技术员，这些技术员都是各县来的，都带着任务来，他们回去以后大面积推广樟子松、油松，还有灌木、沙柳，试种和推广工作也取得了可喜的成效。”

黄振华说：“我听兰州中国沙漠研究所的同志们讲，他们在非洲发现了一种树叫臭柏。这种柏树在沙漠里爬行成长，根系发达，只要遇见水它就扎下根，就像我们的爬墙树一样，它在沙漠里，具有攀爬的扩散效果，对固定沙漠效果非常显著。我建议徐桢，你可以带着你们的科技人员去看看。你们资料室也去一趟，了解一下有没有文字和图片资料，也可以给我们收集起来。”

徐桢说：“如果有这种植物的话，那真是太好了。我们近期安排去一趟。”

黄振华说：“田保林，你们这个研究室刚刚成立，我在农校又要了两个学生，跟着你干。你们近期的工作安排和工作进展怎么样？”

田保林：“我们主要是搞植物保护的，尤其是沙生植物保护。目前，还缺少一些经验。在这次飞播当中，我们的建议得到了采纳，目前看效果很明显。在飞播撒种的过程中，目前还没有发现花棒的虫害。在我们试验基地，还正在试验研究使植物减少病虫害的方法，我们会持续跟踪研究的，还有其他植物保护的病虫害研究。”

黄振华说：“规划设计研究室，今天给地委汇报今后规划的工作。成林，你们那还有什么说的？”

成林说：“我们想多要点经费，扩大《沙漠与绿洲》的印刷量。因为现在好多科技人员都想要买我们的杂志。另外，我们想申请正式刊号，面向全国征订。这样也能缓解我们经费短缺的问题。”

黄振华说：“申请正式刊号我支持，按照有关部门的要求，做好申请准备工作。申请下来以后，你们这个《沙漠与绿洲》就成定期刊物，要公开发行，工作量会大大增加。”

“最近成林办的这个杂志影响很好，社会反响强烈。由于杂志对我们工作的宣传，最近王学斌同志被调到林业部工作。林业部成立了一个飞播治沙造林推广室，王学斌同志被人家选中。我已经收到了林业部的调令，要求王学斌一个月以后到林业部上班。今后飞播研究室的工作由刘忠同志负责。”

黄齐英家，黄振华坐在炕上，给围了一圈的孩子们讲故事。赫冬梅帮着黄齐英在厨房里做饭。

黄齐英说：“你过去从来不会做饭，现在也能帮厨了。”“都是这些年逼出来的。”“唉，你看你们一家过好了。秀华家又出现这么多状况。”

“秀华家过得也挺好，生了个儿子，又有婆婆给她看孩子，老公又调到林业部高升了，多好啊，你还用操他们的心吗？”

“唉，从小跟我在一起，习惯了。这把学斌调到林业部，秀华还不是迟早要走？”

“那是好事，调到首都北京了，你还不满意呀，总比我们这贫困地区好吧？”“这王学斌还不回来？一家人都等他回来吃饭，给他送行，他还端起架子了。”

“他马上要走了，要办的事很多，我们又不急。今天是星期天，再等等他吧。”冬梅理解地说。

王学斌进了家门：“哥，嫂子，妈，我让馆子给咱们做了一桌菜，今天这顿饭，应该我请。妈不愿意在外边吃饭，所以我让把饭送到家里来了。”冬梅说：“我们给你准备饭了。”黄齐英说：“既然学斌把饭都送到家里来了，那我们就吃馆子的饭吧，叫孩子们过来吃饭。”

等大家都坐好后，王学斌说：“妈，第一杯酒我敬您。感谢妈，把秀华嫁给了我。这次调到北京去是我没有想到的，我服从组织分配。原来担心妈不会同意，所以嘛，我们调到北京，等于你在北京又多了一个家。常言道‘一个女婿半个儿’，我就是您的一个儿。想我们了，就到北京来住。”

黄齐英说：“我当初不是不想让秀华嫁给你，就是担心有朝一日你把她从我身边带走，让我们天各一方。现在我的担心变成了现实。当然了，这件事也不由你，我把你留在这儿，也等于把你从你父母身边抢过来，仔细想想你父母也不容易，就你一个儿子，还离家这么远。”

“妈，我去了北京，尽快给秀华联系工作。我们在北京安了家，就把您老接过去和我们一起住。”

“我有我的儿子，我去你们家住，算怎么回事？那你把你妈你爸往哪儿放？”

“您这是老观念，我们去了北京，也不会跟我妈我爸住一起。他们老两口住习惯了四合院。我们家住哪儿，要看秀华在哪儿上班。我想，还是离她工作单位近一点比较好。

“第二杯酒，我要敬我哥。没有我哥就没有我的今天。你是我王学斌的大恩人。”

黄振华说：“自家人，说那么多客气话就见外了。”

王学斌说：“好，自家兄弟不说客气话。第三杯酒，我要感谢我的嫂子。我从认识秀华的第一天起，你就是她的榜样，她最崇拜你，也最喜欢你。我和秀华走了以后，妈就托付给你们照顾，你们辛苦了。嫂子还没有去过北京，希望你早日成行，我们在北京等着你。”

赫冬梅说：“我没那么多的话要说，但是我认为，你调到北京，是值得庆贺的事情，别人羡慕都来不及。你回到了父母身边，责任更大了，特别是现在，为人夫，为人父，林业部又交给你那么重的工作任务，所以你肩上的担子很重。”

治沙所食堂，王学斌说：“今天我让食堂的师傅多炒几个菜，我想借这个机会，感谢我们治沙所的同志们对我工作的支持，生活上的关照。”

徐站长：“我认为你最应该感谢的是成林。没有成林那篇报道，林业部也不认识你这个人啊。”

王学斌说：“成林当然是我应该感谢的人之一，但是你老徐，也是我应当感谢的人。如果没有你的花棒这种植物品种，就没有今年飞播的成功。”

胡老师：“王学斌，你要感谢的人太多，但是我们真正要感谢的是驼城这块土地，养育了淳朴善良敦厚的人们。没有毛乌素沙地，我们不会走在一起，我们的科研也不会这么顺利，我们也不会做出这样的成绩，得到社会和上级领导的认可。我提议，我们共同举杯，感谢党，感谢社会，感谢领导和同志们，干杯！”

北京王家，王母正在院子里洗衣服晾衣服。王学斌说：“妈！你儿子回来了！”

王母惊喜：“学斌，你回来啦，你太让妈吃惊了，你怎么不写个信来？秀华，学斌回来啦。他爸，儿子回来了，你赶快出来！”

王父：“学斌，爸爸预感到你应该快回来了。”

“爸爸，看你身体挺好的。我的儿子呢？快让我看看儿子！”

王母："秀华和孩子在东屋呢。"王学斌径直走进了东屋。

王母对王父说："这些衣服你去晾吧，我赶快给学斌做饭去。"

东厢房，王学斌说："秀华，我回来了！"黄秀华说："我听见了，你怎么也不事先写封信回来？"王学斌说："我们的孩子呢，快让我抱抱。""孩子刚喂完奶，才睡着。你去洗洗脸，洗洗手，吃过饭再抱孩子。"

王学斌说："你也不问问我为什么回来？""还用问吗？肯定是飞播结束了，请假回来看儿子呗。""就这点想象力？再猜一猜为什么回来。""是出公差，顺便回来看看？""我已经彻底回了北京了。""什么意思啊？不会是我哥把你开除了吧？""我被调到林业部工作了。""为什么你会调到林业部工作？"

王学斌说："林业部成立了一个飞播造林研究推广室。黄所长就答应林业部的要求，把我选调到了北京。""好啊，调到林业部，高高在上了，可别翘尾巴呀。""我都不想来，这是实话，我的事业正在上升阶段。还是哥给我做的工作，说下级必须要服从上级，个人必须要服从组织安排，我这才答应办的手续。""这可好，爸妈是最高兴的，遂了他们的愿望。"

王学斌说："我爸我妈给你提起过要让我回北京？""不是给我提起过，是给我妈提起过，让我妈找成部长把我和你调到北京来。""你妈没答应吧？"

"我妈问我的意见。我说王学斌搞飞播是他的心愿和梦想，现在事业正在上升阶段，学斌可能不会要求调到北京来。""还是我的老婆最了解我。"

王母："学斌！秀华！快出来吃饭。"

院子石桌上，王母："今天妈妈刚好给秀华做了一只鸡，你有口福，赶上了。""爸妈辛苦了。把我媳妇都吃胖了。"王父："你这次回来住几天？""这次回来不走了。""啥？不要工作了？"黄秀华说："王学斌犯错误了，被我哥开除了。"王父："你犯什么错误了？以至于把工作都丢了！"王母："人家小夫妻开玩笑呢，你还当真了。""学斌这次回来真的不走了，他调到林业部工作了。"

王母："你说啥？哎呀，这可是天大的喜事呀。学斌，快给妈说说，这是怎么回事？""秀华不是已经说了吗，就是调到林业部了。"王父："林业部为什么单单调你不调别人？"

黄秀华说："学斌这次搞飞播试验成功了，林业部成立了飞播造林推广站，需要学斌推广飞播经验。所以他就被调回林业部了。"王父："学斌，是这样的吗？""你向来不相信我说的话，怎么连秀华的话也不信了？”王母：“儿子是光彩地调回来的，你别在那儿瞎猜。”

王母心里高兴，美滋滋地走到菜市场。邻居：“王大妈，你也买菜。”

王母：“买菜，儿子调回来了，我买点菜，给儿子、儿媳妇庆祝。”邻居：“你儿子不是去了陕北吗？这么容易就调回来了。”

王母：“我儿子研究飞播造林，做出成绩了。惊动了林业部，领导看上了，就把我儿子给调回来了。”邻居：“你儿子争气呀。咱胡同里出了个人才，也光荣啊。”王母：“谢谢啦。”

王学斌抱着儿子玩。黄秀华说：“你调到北京来工作，我妈肯定不乐意吧？”

王学斌说：“哥给做的工作，你想咱妈也是共产党员，她知道组织原则。不过你得给妈多写信，再给她开导开导。”

黄秀华说：“这不是开导能解决的问题。你在这儿工作，我迟早也得调过来。留下妈在驼城，是有点孤单了。”“驼城不是还有哥和嫂子吗？”“你不知道我们家的事儿，我妈和我嫂子不对付，她没有给我嫂子看孩子，两个人因为带孩子的问题，过去也发生过矛盾，弄得很不愉快。现在我走了，我妈也不好意思住到我嫂子家。你调回来，我迟早也得调过来的。唉，我想妈肯定有她的难处。”

“那就让妈辞掉那个毛纺厂厂长职务，到北京来跟我们一起过。”“我妈那么要强的一个人，怎么可能住到亲家家呢？”“我们迟早也会有自己的家。到那时候，把她接过来，我们给她养老送终。”“好，你有这个心意就好。只怕我也说服不了我妈。”

王学斌说：“哎，对了，我想明天就到林业部报到去。你这两天想想你的工作调动问题。”“离报到的日子还有十来天呢，你不想再在家里多休息两天？”“我这野惯了，闲待在家里，心里发慌。”

王家院子，王母：“妈今天做的这个菜好吃吧？我儿子这些年在外边，听说那边很艰苦。”王学斌说：“那里是艰苦，但也不至于吃不上饭。只要有钱，那里的馆子的饭可真是很棒。”秀华问：“妈，我爸哪儿去了？一上午都没看见他。”

王母亲：“说他出去走走，这都到了饭点了还不回来吃饭，不管他了，咱们先吃吧，我儿子饿了，我儿媳妇吃了还要喂奶呢，快吃饭吧。不等他了。”王父高高兴兴地从门口进来：“我回来啦。”王母：“你去哪儿了？这么一上午。”

“去了我们学校。”“都退休两年了，还跑到人家学校干吗？”王父：“我找了我们的刘校长。这学斌调到北京了。你总不能让秀华还在陕北待着吧？我把秀华的情况给刘校长一说，刘校长说他们正缺一个数学老师，如果秀华能教初中数学的话，他们同意把秀华调到我原来工作的中学。”

王母：“这是好事啊，这离家多近的。”

王学斌说：“爸，你不和我们商量，瞎跑啥呢？秀华如果当中学老师，她的专业就丢了。国家培养一个大学生多不容易。”王父：“在驼城不也是教学的吗？在这儿也是老师，都是教书育人，有什么不同？”“我们的事你就别管了。”王母也说：“孩子让你别管了，你就别瞎操心。快吃饭吧。”

王家小厨房，王家父母收拾碗筷，父亲不高兴地抱怨着儿子：“臭小子，不让我管，那他倒是管呀。回家两天了，大门也不出。秀华的工作不早点定下来，还能让她再回陕北吗？”

“你急我也急。但不是这么个急法。你想想，成部长能把学斌调到林业部，他能不为他外甥女考虑这个问题吗？”“你是说他也会把秀华也调到林业部？”

“我说老头子你傻呀。儿子不让你管，你就别管。秀华有那么大的靠山，还用咱们操心这些事？我儿子娶秀华是娶对了，有成部长那么大的背景，学斌将来的前程还用你操心？”“那不是没出息吃软饭吗？”“你一辈子没出息，当个穷教师，那是因为没有吃上软饭？没有靠上大背景的老婆？”“你看你又扯到哪儿了，咱俩杠上有什么意思？”

王母：“你呀，就帮助我好好看孙子，给我儿子、儿媳妇做好后勤服务，他们的前程事业让人家自己去努力，我们俩就别再瞎操心了。”

王学斌进了林业部人事处办公室，拿出了他的手续：“我叫王学斌，是调到咱们这儿飞播造林研究推广室。我今天来报到。”

工作人员：“你提前来报到了。看来我们基层同志的工作积极性都很高。等一下，我打个电话。喂，赵主任，你好，我是人事处的小张。从陕北驼城调来的王学斌同志，现在已经到了。我让他到您办公室去报到。”工作人员：“王学斌同志，拿着这个介绍信，请你上8楼16号，找赵主任报到。”

王学斌说：“好的，那我去了。”

成森办公室，成森对秘书说：“你找一下王学斌同志，请他到我办公室来一趟。”

成森正在批阅文件。秘书领着王学斌进了办公室。秘书："成部长，王学斌同志到了。"然后带上门出去了。成森说："王学斌同志，请坐。"王学斌说："成部长，您好。"成森说："工作都接上了。"王学斌说："是啊，工作上赵主任都已经跟我谈过了。"

成森说："秀华和孩子都好吧？""都挺好，秀华都吃胖了。"

成森说："找你来，就是想和你商量一下秀华的工作问题。我想把你调来了，也应该考虑着把秀华调到北京来。"

"秀华能调到北京来当然是好事。但她是学林学专业的，她本人不愿意放弃自己专业。"

"你回去和她商量一下，把她调到北京林学院林学系工作怎么样？这样她既可以继续搞她的专业，也是教学育人的工作。"

"北京林学院是我的母校。我比较了解，如果她能在那儿工作，那是最理想的。"

"那也要她同意才行，你回去问问秀华。如果她愿意的话，尽快给我回话。别忘了给你丈母娘也要做好工作。她就这么一个宝贝女儿，离开她，老人家心里怕不会乐意。""好的，谢谢成部长。"

成森说："你去工作吧。"

菜市场，王母提着篮子美滋滋地买菜。邻居："王大妈，今天又有什么高兴的事儿？"

王母："我儿媳喜欢吃猪肉炖粉条。割二斤猪肉，要五花肉。"邻居："今天又有什么好事了？"王母："当然，家里遇到高兴的事，藏都藏不住啊。"邻居："儿子升官啦。"王母："哪件事情都没有这件事情让我高兴！我的儿媳当了大学的老师！"

邻居："哪个大学？"王母："北京林学院。你说我高兴不？"邻居："儿子在林业部工作，儿媳在北京林学院教学。王大妈，你是哪辈子修来的福啊？"

王母："是啊，我也不知道是哪辈子修来的福。好事一件接一件，让我都高兴不过来啦。"

邻居："那你就没事偷着乐吧。还是你们教育孩子有方，把儿子教育好了，你后半辈子的福报就来了。"王母："是呀，你说的是呀。只有儿子好了，就能娶个好媳妇，有了好媳妇好儿子，再生个好孙子，这不都是福报吗？"

王家，王母："秀华，今天妈给你做了你最爱吃的猪肉炖粉条。"

黄秀华说："谢谢妈。我都吃得这么胖了，同事们见了我，都认不出了。"

王母："母壮才能儿肥呀，你一个人要吃两个人的饭呢。"

王父："你将来要到林学院教学。你觉得这工作能胜任吗？"

黄秀华说："爸，我也正发愁这件事儿呢。您说我也是大学毕业生，现在教大学的学生，我怕会有点吃力。"

王学斌说："别说那么没出息的话。大学教授也是人干的。你只要努力，做好你自己的工作，多学习，多向老教授请教，就没有做不好的事。"

王母："没关系的，秀华，等你上了班，孩子交给我和你爸，你就全力以赴工作吧。""看看我妈多有觉悟。不像我爸，光给秀华泼凉水。""秀华调到北京林学院，你爸也是很高兴的。只是他觉得秀华要吃点苦了，工作要更加努力。"

王父："还是你妈懂我。"

王学斌说："嘿嘿，你们俩倒成了'统一战线'了，在我们面前秀恩爱。"

黄秀华说："别跟爸妈开这种玩笑。你正经一点好不好？""好，我正经一点，黄秀华同志，明天就是周一，请给我明确答复，北京林学院，你去还是不去？""去！我去还不行吗？既然爸妈都支持我。那我也得争点气吧。""哎，这才是我的好老婆，我当初没看错你，能吃苦，有勇气，好样的！"

季校长办公室，黄振华说："校长，我们的治沙研究所，原属中科院陕西农林科学分院管辖，现在正式下发文件，归驼城地区管辖。我被重新任命为驼城地区林业局副局长、驼城治沙研究所所长兼党委书记。"

季伯贤说："这些年政治风云变幻，不管怎么变，我们把工作做好便是。"

黄振华道："对我来说无所谓，哪儿管辖都一样，都在共产党的领导下，我是共产党员，把党交给我的工作做好，任务保质保量完成了，把这支队伍带好，把革命事业向前推进一步，我就心安了。"

季校长："王学斌和秀华调到北京，你母亲肯定不舍吧？""是啊，原来就不想嫁给外地人，就怕秀华要离开她。现在他俩双双调到北京，是有点不舍得，但是她还能从大局考虑。"这时，黄秀华敲门。

季校长："请进！秀华，你调到北京林学院以后，可要为咱们的林学事业培养更多的人才呀！”

黄秀华说：“真是有点赶着鸭子上架的感觉，所以我去了以后，还要努力学习，刻苦钻研，尽快胜任工作。”

季伯贤说：“成森部长还好吧？上次我在北京见过他。他把王学斌调到林业部，说明他对我们这里的治沙工作是肯定的，特别是想把我们这里的治沙经验和飞机播种造林推广到全国。你要告诉王学斌，不可张扬，多做点实事，少说话。北京是首都，是政治文化中心，也是敏感地区，目前政治风云变幻，轻率表态，难免会牵连到自己。”

家里黄秀华对黄齐英说：“妈，我这次回来办手续。我知道您不舍得让我走，我也舍不得离开您呀。”

黄齐英说：“从王学斌调走的那天，妈就预计你也会离开我的，可妈没有想到，这么快你也调到北京了。”“妈，您别难过，您要真舍不得让我走，我就不走了，我就在驼城陪着您。”“妈是舍不得让你走。人常说，女儿是父母的小棉袄。你走了，妈能不难过吗？但是妈也不能拆散你们小两口呀。好不容易调在一起，一家人团聚了，你过好了，也是妈的愿望。”

黄秀华说：“王学斌说了，等我们有了自己的家，就接您老人家到北京，他说我们给您养老送终。”“说得好，人家的父母放到哪儿？我有我的儿子，自然会给我养老送终的。”“妈，您还是封建思想在作祟，新社会了，儿子女子都一样，都有责任为自己的父母养老送终，赡养自己的老人。”“话是那么说，但是中国的传统思想，哪有老人叫女儿养老送终的，自己的儿子面子往哪儿搁？”“老妈也不要顾虑，在我们俩自己的家里，我也有工资，又不靠男人养活我，赡养我的母亲也是情理之中的事。我哥和我嫂子也不错，你在驼城住腻了，去北京住住不也挺好的吗？”

黄齐英说：“唉，我也没给你嫂子看过孩子，你嫂子的孩子都是人家母亲看大的，我怎么好意思住在你嫂子那儿。我也不好意思让你嫂子伺候我。原指望我还有个女儿，老了可以伺候我，现在也指望不上了。”

莲花池亭子里，赫冬梅说：“秀华，你的手续都办齐了，准备什么时候走？”

黄秀华说：“手续都办齐了，过两天就走。”

“听说北京很冷，嫂子也不会做针线，叫人给你织了一条红围巾送给你，说不定会用上的。”“谢谢嫂子。我也没有想到这么快会调到北京。说走就要走了。”“调到北京是好事，况且你们的老人高兴，王学斌也高兴。你调到大学工作，对你将来的发展也有利，应该高兴才对。”“我走了，妈不高兴。她那天都哭了，我还从来没见妈掉过眼泪。她哭了以后，我真不想走了。”“从母亲的角度来讲，妈肯定不想让你离开她，这是人之常情。没关系，这儿有我们呢。我会时常照顾她，如果她觉得孤单，我把她接到我们家和我们一起过。”

黄秀华说：“妈那天说了，说她没有给你看过孩子。在你最困难的时候，她也没有帮上你，所以也不好意思和你一起住。”

赫冬梅说：“妈多虑了，我毕竟是黄家的儿媳妇，该尽的义务我一定会尽到。”“我就知道我嫂子是一个善解人意的好嫂子。妈过去对你的不公，还请你原谅。”

赫冬梅说：“那时候我也不懂事，好在这些事都过去了。你告诉妈，让她放心，我不会计较那些事的，让她也大人不记小人过。你到了北京，要照顾孩子和老人，你也要多照顾自己和王学斌。家里的事情你就放心吧，我会尽力照顾好的。你在学校都有假期，寒假暑假就回来看看。”

“是啊，在学校工作就有这个好处，嫂子还没去过北京，我在那儿好歹也有了家，嫂子放了假带上孩子到北京来玩儿。”“好的，北京也有了亲戚，可以投奔了。”

飞机场，全家送秀华。黄齐英始终拉着黄秀华的手不放。黄振华、赫冬梅，还有黄秀华的同事和朋友都来机场送行。

驼城的街道上，秋意渐浓，秋风吹得树叶满地乱跑。黄沙在风的裹挟下，吹得人睁不开眼睛。街上的人都行色匆匆。街上横挂着标语，四清运动开始了。

赫冬梅下班后，正往家走。一个邻居拉住她，说：“冬梅，你还不知道吧，你婆婆让人家告了，说她偷了毛纺厂的毛线。你婆婆不服，和告状的人打起来了。你快去毛纺厂看看吧。”

毛纺厂内，赫冬梅看到婆婆被人打得口鼻流血，披头散发。再看对方，门牙被打掉了，头发也被揪下来一撮。显然是打架的时候被群众拉开了，双方还在对骂。

街道办居委会主任：“黄齐英，你身为毛纺厂的厂长，还是个共产党员，你怎么可以动手打人，这是什么性质的问题？”

黄齐英说：“我只是问她了几个问题，她张嘴就骂，是她先动的手。”

居委会主任：“谁先动手不重要，重要的是你打了群众，就要处分你。”

赫冬梅说："你也是个领导，怎么能拉偏架呢？不分青红皂白，不论是非曲直，就要人骂不还嘴、打不还手？"

居委会主任："你是什么人？关你什么事？"

赫冬梅说："我是黄齐英的儿媳妇。她是我婆婆，怎么能不关我的事？你作为领导，你知道她们为什么打架？"

居委会主任："我刚进来，我听说她们打架，她是毛纺厂厂长，我当然要批评她。我们几天前就接到举报，说黄齐英偷毛纺厂的毛线。她现在打告状人，就是发泄私愤，打击报复。"

赫冬梅说："你们偏听偏信，说她偷了毛纺厂毛线，有证人吗？有证据吗？没有证据就是栽赃陷害！现在不是你批评谁的问题，现在是我要你还她一个清白，给她一个说法。否则你这个居委会主任就是渎职，就是不负责任。我也会向你的主管部门反映你的不负责任行为！妈，我们走！上医院看病！"

黄齐英家，赫冬梅说："妈，医生说你是轻微的脑震荡，开了一个周的假期，休病假吧。""唉，我就是不服气，她们是合起伙来栽赃我。""我看，那个居委会主任拉偏架，我对他有点怀疑。""告状的人是他亲戚，他能不拉偏架吗？"

"这问题就复杂了，弄不好就是居委会主任唆使他的亲戚诬陷你的。""他就是要把我弄下来，让他亲戚当这个毛纺厂厂长。""你看看，问题来了吧，他是利用四清运动给你穿小鞋，诬陷你来达到他个人的目的。"

"我也不稀罕当那个厂长。只是诬陷我偷毛线，这招也太损了。""是啊，这也太恶心人了，我非要让他把这情况落实清楚，不能这么不清不白地让他们诬陷。我会给他们上级领导写信。这些天你先休息吧。"

家里，黄振华说："今天晚上开了个会，回来得晚，怎么你今天比我回来得还晚？"

赫冬梅说："我到妈那儿去了，我领着妈去了医院，刚把妈安顿好睡下了。"

黄振华说："妈病了吗？那让我现在看看去。""妈睡下了，你今天别去了，明天白天抽空去看看妈。""妈得了什么病？""毛纺厂的人太欺负人了，居委会主任和他在毛纺厂的亲戚，合起伙说库房的毛线被妈偷走了。妈气不过，和他们讲理，结果告状的人先动手打妈，妈还了手。居委会主任拉偏架，被我撞见了，我准备写信给他们上级领导告他。妈被人打了，也不严重，医生也给开了药，说轻微的脑震荡，休息几天就好了。"

黄振华说：“快让妈别干毛纺厂的事儿了。在家颐养天年，如果没事干，看看孙子多好。”

针织厂里，厂长对赫启祥说：“你是本地人，我过两天要把老婆孩子接过来，你们家周围还有空出来的房子吗？我想租两间。”

赫启祥说：“厂长你接家属来，不用到外面租房子，我们家就有三间西房，正好没人住，你和家人就住到那三间西房里。”

厂长：“那我就先谢谢你了。”

赫家，金玉珠：“妈，咱们三间空出来的西房，我让我弟媳妇的娘家兄弟住了。他们也给咱们出房钱，明天就搬来了。”

母亲：“房子是你们的，你和启祥商量着愿意租给谁就租给谁，租来的租金也贴补你们家用。”“我们现在日子不好过，启祥挣的是那点死工资，再没有多余一分钱，勉勉强强够我们一家人过日子。多亏冬梅每年开学给孩子们出学费，否则我们连孩子上学念书也供不起。”“哦，你说得对，我在冬梅这儿给他们看孩子，冬梅养活我，也给你们少了一张嘴。你再苦再累，磨儿磨女都是自己的。”

赫启祥回家后听说把西房租出去生气地说：“你怎么不跟我商量，就把三间西房租给了别人？”

金玉珠：“这事我跟妈说过。也不是别人，是我兄弟媳妇的弟弟。人家已经搬进去了。”

赫启祥说：“我答应把这三间西房租给我们厂的厂长，人家要把家属搬来，你让我给人家怎么回话？”

金玉珠说：“那我兄弟媳妇的弟弟，人家已经搬进去了，还能把人家撵出去？”

启祥也急了：“那你说，我怎么给人家厂长说呢？而且厂长会怎么看我呢？”

针织厂，赫启祥说：“厂长，实在不好意思，我前两天答应租我家的三间西房，可没想到我媳妇已先租出去了，事先没跟我商量，这人已经住进去了，现在我也不能把人家撵走。实在对不起！”

厂长：“我家属明天就到了，你让他们住哪儿去？你这不是要我吗？你给我拍了胸脯保证，住你家的三间西房里。你现在跟我说不行了，那你说，我老婆孩子来了以后咋办？”

赫启祥说：“实在不好意思，要不我再给你找找房？”

厂长：“算了吧，要找，也不靠你。阶级不同，思想不同，你们这些资本家的话，是不能相信的。”

母亲家，赫启祥坐在炕上，呆呆望着西房新搬来的妻子弟媳妇的娘家兄弟一家，进进出出。

母亲问：“启祥，你发什么呆呢？在这儿看啥呢？”

赫启祥长出一口气：“唉，我这个老婆成事不足，败事有余。为这房子，我把我们厂长都得罪了。”

母亲说：“不至于吧。”

赫启祥摇了摇头，无奈地笑了笑。

第三十章

驼城连着几天大风大雨，街道上的大树被连根拔起，庄稼地、菜地被洪水冲了。菜市场空空如也。母亲在菜场旁茫然地自言自语：“菜也买不到了，吃啥呀？”过来几个也是买菜的妇女：“我跑遍了大街，都没有一个卖菜的。这场大雨把城门外的菜地都冲了。早上还有几个农民从洪水中捞上来菜，都被买菜的人抢光了，我们都没抢上，你老人家更抢不上了。”

母亲说：“哎！今年可要跌大年成了，说不准会有多少人逃荒要饭。”几个妇女：“是啊，这逃荒要饭也找不到地方啊。”

家里，母亲要做饭，从装米的黑罐子里舀出一勺米。看了看罐子里的米也不多了，可今天没有菜，只好又从罐子里舀出来一勺米，自言自语地说：“就剩这点粮食，这个月怎么过？”

黄齐英走进家来：“亲家，我弟弟送来一些土豆，你们这里人多，我给你拿过来，现在跑遍全城也买不着菜。”

母亲：“亲家来了，菜送得正是时候。我今天上午买菜，满大街没有一个卖菜的，我正发愁没菜吃，就这点粮食这日子怎么过呀！”

黄齐英说：“这点土豆也吃不了几天，孩子们正在长身体。再想办法吧。”

地委办公室，高书记正在打电话：“你们县里的情况怎么样？能不能调一些蔬菜、水果、鸡蛋、肉到驼城来，驼城的老百姓已经买不到蔬菜和副食品了。”

周书记："好，我们紧急调运一些蔬菜、水果、肉食等到驼城。"

治沙试验站，徐桢打电话："黄所长，附近林场给我们送来的土豆和蔬菜，我们这里还有储存。我想城里没菜，我们给所里送一些来。"

黄振华说："送来吧，咱们食堂灶也买不到菜，如果有富余，分些给职工家属，以解燃眉之急。""我明白了，那我就多送一些到所里。"

家里，黄振华带回来土豆、肉、白菜、水果，一家大小都高兴得跳起来。母亲高兴地说："带回来这么多啊，我们一下也吃不完。"

黄振华说："我们吃不完，给大哥和大姐家分一些，他们孩子多。"

母亲："那我给咱们留够，剩下的分三份，给你母亲一份，给大哥、大姐家各一份。""我妈一个人吃不了多少，你多给大哥和大姐家分点。"

县教育局办公室，张局长："赫冬梅同志，鉴于你政治表现好，工作积极努力，且多次被评为教育系统优秀工作者，经教育局会议研究决定，任命你为沙树梁乡头道河子小学的校长，参与当地的四清运动。又要去农村学校教学了，对你来说，有没有什么生活上的困难？"

赫冬梅说："困难是肯定有的，因为我的孩子们还小。但是，局长，你也知道我是个共产党员，一向服从组织分配。"

张局长："你的困难我们也是了解的。马上要开展全国性的四清运动，清政治、清组织、清思想、清经济。我县开展四清运动，沙树梁是试点，还规定整个运动脱离当地党委领导，改由社教工作队直接领导。我们要选拔政治性强、有组织观念、思想进步、经济清廉的干部，选来选去选到你。这既是政治任务，也是对你的考验。"

"既然是政治任务，那我作为一个共产党员服从组织，克服困难，努力完成任务。"

家里，赫冬梅说："今天教育局张局长找我谈话，让我到沙树梁乡参与四清运动，并将我调到头道河子的小学当校长。"黄振华说："那你答应了吗？"

赫冬梅说："我是党员，组织上决定的事儿，我能不服从吗？我有一点不清楚。四清运动不是清账目、清仓库、清财物、清工分的四清运动吗？今天张局长跟我说，四清运动是清政治、清经济、清思想、清组织？"

黄振华说："中央为了在农村进行社会主义教育运动，挖掉修正主义根子，在农村部署了清账目、清仓库、清财物、清工分的四清运动；在城市开展反贪污盗窃、反偷机倒把、反铺张浪费、反分散主义、反官僚主义的五反运动，重点整顿干部作风问题。去年中央作出了关于农村社会主义教育运动中一些具体政策的规定，认为全国有三分之一的领导权不在无产阶级手里，前期社教运动基本上走了过场，决定把以前在农村开展社会主义教育运动和城市开展反黑风运动一律改叫四清运动。'四清'内容也改为清政治、清经济、清思想、清组织。"

"四清运动的内容改了，那为什么还规定整个运动脱离当地党委领导，改由社教工作队直接领导，并部署开展以'打尖子'为主的社教补课工作？"

"中央下达的'二十三条'提出，走资本主义道路的当权派是这次运动的重点，把斗争的矛头指向各级领导。"

"把矛头指向各单位的领导？那你可要小心点儿！""你不用担心，我身正不怕影子斜，没做亏心事，不怕鬼敲门。""那我就糊涂了，各单位当领导的也都是党多年培养选拔的干部，怎么就成了资本主义的当权派了？"

"我曾经和季校长探讨过，季老说他也看不懂当前的政治形势。我想政治运动嘛，无非是教育大家，整顿干部队伍，提高思想认识。"

家里，母亲说："好不容易调到城里工作，给你个校长当，你就答应到农村去工作了？"

赫冬梅说："我是党员，组织上决定的，我能不遵守执行吗？"

母亲："一个女人家，又要工作，又要带孩子，多不容易！你还要再扛上一个学校的校长职务。""妈，你别说了，我已经答应了就得去。我准备把小儿子带走，三个大孩子留给你。"母亲："进生才两岁半，你带上他怎么工作，怎么上课？"

赫冬梅说："我在当地雇一个女娃娃照顾他，晚上我带着他。当年丽莎不就是我这么带大的，怎么就不能工作了？""妈是觉得你太难了。""我把这三个大的给你丢下，你也不容易。""我再难也是在家里，给孩子们吃饱穿暖，学习上的事有振华管。倒是你出门在外，人生地不熟，还当着学校的领导，什么都得让你想办法，那才叫难呢。""没事的，妈，我这些年都有经验了。"

沙梁上，赫冬梅背着个行李卷，抱着两岁半的孩子，艰难地在沙漠上行走。进生：

“妈妈，你累得都出汗了，我想自己下来走。”

赫冬梅说：“好吧，我们歇会儿再走。”进生：“妈妈，我们离你去的学校还远吗？”

赫冬梅说：“我们抄了近路，走了多一半了，还有三四里路。”

进生：“妈妈，是不是翻过这个沙梁就到了？”赫冬梅说：“翻过这个沙梁，就能看到妈妈要工作的学校了。”“妈妈，我想要翻过这个沙梁。”“好吧，那我们俩比赛，看谁先爬到那个沙梁顶上。”进生拔腿就跑，赫冬梅在后边气喘吁吁地追。

爬上沙梁，进生坐下来，喊道：“妈妈你落后了，你输了，你输了！”然后把他的小鞋、小袜子脱下来，通通扔到沙梁坡下面。赫冬梅说：“小坏蛋，你作弊。”便跑过去捡起进生的小鞋子和袜子。进生爬上了高高的沙梁：“妈妈你输了。我赢了，我赢了！”

赫冬梅气喘吁吁地也爬上了这个沙梁顶：“你怎么会把鞋和袜子都脱了？”

进生：“上次我和哥哥姐姐到沙梁上玩，就是脱了鞋和袜子爬沙梁的。”

“这个办法好，在沙漠上光着脚丫子走路真舒服。”“妈妈也把鞋和袜子脱了走路。”“好的，妈妈也把鞋和袜子脱了。”

走了一会儿，进生指着前方：“妈妈，妈妈，前面那一座山梁顶上的房子是不是你要工作的学校？”

赫冬梅说：“好儿子，你可真聪明！看，就是那座山顶上有几间房子，那儿就是妈妈要工作的地方，也是我们要去的地方。”

进生：“妈妈，那我们赶快走吧，马上就到了。”“妈妈累了，我们在这儿歇会儿再走。”“妈妈，让我背着你的行李吧。”“等你长大了再替妈妈背行李，现在你还小，背不动。”

驼城北门外，母亲领着三个孩子在等待迎接赫冬梅。丽莎：“外婆，今天是星期六，我妈妈回来会从这里经过吗？”

母亲：“她说这个星期她一定回来。我们就坐在这里等她。”

丽莹：“外婆，我们为什么要坐在这里等呢？我们不如到她学校去接她回来。”母亲：“外婆走不了那么远的路。”跃生：“外婆是裹了脚的，她不能走好长好长的路。”“外婆，要不我和丽莹再往前走走，去接我妈？她又要抱孩子，又要背东西，我们俩还能帮她抱弟弟。”母亲说：“不敢走远，就在这里等着，万一你们迷路了，外婆上哪儿找你们呢？”

丽莹："外婆你看，远远的那个沙梁上下来的人，是不是我妈妈抱着弟弟？"母亲："看样子好像是。"丽莎："我们去接妈妈吧。"三个孩子奔跑过去了。母亲："慢点跑，别摔着了。"

赫冬梅看见三个孩子跑过来，也加快了脚步。丽莎、丽莹、跃生："妈妈！妈妈！妈妈！"

赫冬梅放下进生，把三个孩子拥在怀里。赫冬梅说："你们三个怎么跑这么远来接我？"丽莎："外婆带我们来的。"跃生："外婆是小脚，跑不动，她在那里坐着等你们。"丽莎抢过了妈妈的行李，丽莹拉着进生的手，跃生拉着妈妈的手，高高兴兴地朝外婆的方向走去。

家里，黄振华说："这个星期到新单位工作还顺利吗？"赫冬梅说："学校那些事我也熟了，就是我们的教师太少，教育局说可以给我们增加一个民办教师。"

黄振华说："你们的牛老师那天在街上碰见我，说他儿子高中毕业没工作，你可以问问他儿子愿意不愿意去当民办教师。""好，我明天抽空到他家去问问他。你最近怎么样？"

黄振华说："现在全地区都在学习中央'二十三条'，要挖出走资本主义道路的当权派，是这次运动的重点。"冬梅说："连我们那里的农村都提出，要踢开党委闹革命。这个社会不是乱了套了吗？"振华说："你一人在外边，要注意自己的言行，说话不能太随意，做事也要三思而行。你现在成了学校的校长，教师和学生难免会给你提意见，你要沉得住气。""我知道了，看来形势还比较严峻。""你要有思想准备。政治运动人家提意见是正常的，人家提不同意见，你不要跟人家辩解闹情绪。"

大街上，赫冬梅碰见了牛老师。赫冬梅说："牛老师，我正准备到你家去。我听振华说，你大儿子高中毕业没工作，你问问他愿不愿意和我到头道河子小学当民办教师，如果愿意的话，午饭后就到我家来，和我一起走。"

牛老师："愿意，愿意，哪有不愿意的道理？我这就回去叫他准备，跟你一起走，谢谢你们！"

1965年，社教运动开始了，满大街贴着大字报，人们在街上游行，呼喊着口号。

北京，林业部。墙上和楼道里贴着大幅标语"成森是反革命集团的残渣余孽""打倒反党集团的漏网分子成森！"，大字报贴满了楼道。

王家，王学斌说："今天批斗成部长了，我心里很不是滋味。"黄秀华说："我就是想不通，成部长当年为了革命出生入死，怎么就成了反党分子了？当年，他们是为中国革命冲锋陷阵、出生入死的战士。他们跟着党，参与了新中国的革命和建设。现在说他们是反党集团，打死我都不会相信。"学斌说："我也绝不相信。但是在当前的形势下，你可不要乱说话、乱表态，吸取我当年的教训。当年，要不是季校长和哥哥的保护，我现在就是右派，结局不知道有多惨。"

"成部长是对我们有恩的，我们一定要想办法帮他。"

"我们首先把自己保护好，才能有条件保护帮助其他人。"

"成部长不是其他人，他是我舅舅。我明天要去他家，看看他和阿姨。"

"我让妈做一点好吃的，你去的时候带过去。让他们保重身体，告诉他我会暗地帮助他。"

成森家，天色已经黑了，大字报贴满了墙，大门上也贴了大字报，几乎把门都封了。黄秀华生气地把大字报撕下来，她敲了门，成夫人出来开门，看见她手里撕下来的大字报，非常慌张。黄秀华气愤地走进来，黄秀华说："这也太欺负人了，大字报把门封了，让人怎么出入？""这大字报可不能撕，会给成部长加罪的。""已经撕了，怎么办？"

"家里有糨糊，赶快再给粘上去。"黄秀华一边帮成夫人贴大字报，一边问："我舅舅呢？""在书房写交代材料呢。""我舅舅是老革命、老共产党员，他的历史是清白的，有什么要交代的？"

成森的书房。黄秀华说："舅舅，你受苦了。"成森："秀华来了。""我听王学斌回来说，他们批斗你了。"

成森："群众运动嘛，这次运动的对象，就是各单位的领导，我成森也免不了要过群众这一关。"

"这是谁要求把矛盾指向各单位的领导？"

成森："中央发出的二十三条规定，每一个单位的领导都要过这一关呀。"

"舅舅，你不会有问题的。战争年代，为革命胜利，你出生入死；新中国成立以后，为了建设国家，你殚精竭虑，鞠躬尽瘁。这样的好领导、好干部，他们能把你怎么样？"

"你把我说得那么好，我还能有什么问题？别担心，我会过关的。"

“舅舅，那你还给他们写什么交代材料？”

“交代材料是必须要写的，不过我会实事求是，不会捏造事实诬陷一个好人。”“有一说一，有二说二。但是，舅舅，写交代材料也有技巧，不能给他们留下口实。”

成部长：“秀华，你可真是一个机灵的闺女啊。我知道怎么写。”

黄秀华说：“学斌让我转告你，好好保重自己，他会在暗中帮助你。”

救护车到了林业部的楼下，王学斌背着成部长上了救护车。

红卫兵头头：“成森不能走，他的问题还没有交代清楚呢！”

王学斌：“他有生命危险！他出了事，你担待得起吗？闪开！开车！”救护车疾驶而去。

医院急救室，成夫人来了，黄秀华迎上去。成夫人：“怎么回事，严重吗？”

王学斌说：“今天成部长被批斗的时候，突然昏过去了。”

成夫人：“为什么送到这么偏远的医院？”黄秀华说：“舅舅有高血压，你知道吗？”成夫人：“我知道的。”黄秀华说：“这个医院的主任是王学斌的姑姑，他想让舅舅在这个医院多休息调理一段时间。”王学斌说：“这医院离我们单位远，省得他们来骚扰舅舅。”

成夫人:“这主意好，也亏得学斌能想得出来。”黄秀华说:“大夫以为舅舅是脑溢血，后来检查不是。可能是血压高，在那种气氛下，气血供不上来，就晕过去了。”

成夫人：“这么说，人不要紧，那他现在清醒了吗？”黄秀华说：“清醒了，医生正在给他做各项检查，总算有惊无险。”王学斌说：“舅妈，有件事还需要你跟我们一块儿配合。医生要给成部长做一个病情诊断证明，我要把这个证明送到单位给社教工作组。诊断证明会写得严重一些，这件事你还不能给成部长说，劝他和医生要配合治疗。”

“谢天谢地！这点我明白，真应该感谢你们两口子。”

黄秀华：“舅妈见外了，舅舅和您是我们的亲人。”成夫人感动地将黄秀华拥抱在怀中。

黄齐英家，黄齐英问振华说：“秀华最近没给你打电话或者写信来，北京的情况怎么样？”

黄振华说："全国一盘棋，都在搞运动，这次运动的重点是各单位的领导，成部长也被批斗了。一次批斗中，成部长因高血压病犯了昏倒了，秀华和学斌就借机把成部长送到医院，藏起来了。""这办法也只有王学斌能想得出来。他们俩没事吧？""他们俩是群众，不是这次运动的重点，所以没事儿。他俩的孩子也长大了，会说话了。公公婆婆把孙子带得很好。"

黄齐英说："那就好！"

黄振华说："那你还在毛纺厂上班吗？我和秀华给你的生活费够你花了，你就别上班了。"

黄齐英说："我为什么不上？他们诬陷我偷了毛线，说我是四不清干部，把我的厂长职务撤了，把他们的亲戚扶上来。我倒要看看他们怎么收场。"

"那你上班就别跟人家再吵架了。""这次四清运动的重点不是各单位的领导吗？好，她当上厂长，就是领导，我看她怎么说得清楚。""这个时候，她抢班夺权未必是好事。"

办公室，社教工作组组长："赫启祥，有人举报你加入过国民党。"

赫启祥说："我十八岁那年在双山乡当文书，其间加入过国民党，为了一年能挣三斗六升米养活家人。后来我离开那里就经商了。"

社教组组长："你在国民党里担任什么职务？"

赫启祥说："就是国民党乡党部的文书。"

社教组组长："乡党部肯定有书记吧。"

赫启祥说："有书记和副书记，我只是文书。"

社教组组长："乡党部的文书做些什么工作？"

赫启祥说："就是替乡党部处理一些文件材料，有时候乡党部书记不在，我就帮他们处理一些事务。"

社教组组长："这么说你代理过国民党乡党部书记，处理过一些事务和文件，对吗？"

赫启祥说："书记有时候回家探亲，外出办事，出去开会，他们不在的情况下，我帮他处理一些事情。"

社教组组长："好，我们明白了，就是说你代理过乡党委书记处理过事务，批转过文件。"

居委会办公室，工作组：“你们家有多少间房？”母亲：“十八间房。”

工作组：“可据我们了解，你们有二十间房。”

母亲：“把厨房和碾房也算上是二十间。”工作组：“这些房子在谁名下？”

母亲：“在我和我儿子赫启祥名下。”

工作组：“你们现在住几间房？”

母亲：“我住两间半南房，我儿子占三间东房和三间铺面。”

工作组：“老太太很聪明，二十间房在一人名下，就构成了房产资本家，在两人名下，还定不了这个成分。群众反映你们家是贩卖皮货，做商业的？”

母亲：“我丈夫贩卖皮货，八骆驼货被黑店偷走，赔个精光，我把房子和首饰都典当出去还账。后来我儿子经商，才把这房子慢慢赎回来。”

工作组：“我们定成分，主要看你解放前三年和后三年的经济状况。”

母亲说：“我说的就是前三年和后三年的事。”

黄齐英家，黄齐英正在家里纺毛线。大孙女丽莎跑进来问：“奶奶，居委会工作组给咱们家定成分了？”黄齐英说：“刚放学，还没吃饭吧？”

丽莎着急问：“奶奶，快告诉我给咱们家定的什么成分？”黄齐英说：“地主。”“我们家又没地，又没有剥削过人，为什么给我们定地主成分？”黄齐英说：“奶奶在后锅里给你留好吃的。”丽莎：“是给我爸爸留的吧？”黄齐英说：“你爸吃不了那么多，给他留一半，给你吃一半。”丽莎：“是什么好吃的？”黄齐英揭开后锅，端了一盆饺子出来。

丽莎：“是扁食啊，我最爱吃了。”黄齐英说：“是羊肉黄萝卜馅的，快吃！”丽莎：“奶奶，你还没告诉我咱们家定的是什么成分？”“地主。”“你骗我，你要说是地主成分，我就吃不下扁食了。”

黄齐英说：“我们家的成分是城市贫民，在农村就叫贫下中农，是革命依靠的对象。”

丽莎：“是真的吗？那我太高兴了。我舅舅家定的商业资本家成分，表姐都哭了。”

黄齐英说：“成分不好，将来会影响她们的前途。她们能不哭吗？”

一群穿黄军装戴红袖章的红卫兵进了院子。一个挑头的说：“这就是赫启祥家，把他们家的人都叫出来，靠边站。”这时，一个红卫兵领着赫启祥回家了。

母亲慌慌张张地跑出来：“这是要干啥？”

赫启祥说："妈，这不关你的事，你回家吧。红卫兵要在家里找东西，你回去吧。"红卫兵："不相干的人都回家去。"赫启祥说："孩子们吃完饭，该上学了，让他们到学校去吧。"

"上学的人赶快走！"红卫兵把母亲和孩子们撵走了。

这时，居委会的积极分子也来到院子里。红卫兵："赫启祥夫妇，你们在院子里靠边站。"

红卫兵把家里翻得乱七八糟，柜子被翻得底朝天。留声机、金银首饰、玉器、瓷器，还有旗袍等旧式衣服和旧海报、旧银票等全部堆到院子的一边。

杨元宝："赫启祥，这些都是'四旧'，要全部没收，我会让他们登记造册的。"

赫启祥说："没收吧，没收吧，早知道这些'四旧'不能留，我早就处理了。"

院子的南房里，母亲坐在靠窗户的炕上，眼巴巴地看着院子里发生的事。她担心儿子会受到训斥和精神上的折磨。她用手帕抹着眼泪，心里有无限的伤感。

居委会开会，批斗揭发原居委会主任魏明秀。

一女工："我揭发一件事情，这件事情我做得很亏心。魏明秀这个居委会主任，是披着人皮的狼。他利用我对黄齐英有意见，指使我指控黄齐英偷了毛纺厂的毛线，把她赶下台，然后扶持他的亲戚刘明明当毛纺厂的厂长。实际上我怀疑这些毛线是他和刘明明偷的，然后栽赃黄齐英。请工作组调查。"

"魏明秀，刘明明，老实交代！那些毛线你们偷到哪儿了？怎么处理的？"

众女工："坦白从宽，抗拒从严！说，你们把毛线偷到哪儿去了？是不是卖了，把钱装到自己腰包了？"

刘明明："我交代，我不满意黄齐英的工作作风。有一次，我给魏明秀汇报工作，反映情况。他说，你对她不满意，不想让她当这个厂长，但撤销她要有充分的理由。马上要开展四清运动，如果她在账目上、库房管理或者经济上有问题，这个厂长她就不能当了。我为了把她拉下来，在她去北京给女儿守月子的时候，配了库房的钥匙，每天从库房里偷出一些毛线，等她回来清点库房时，毛线少了许多，就把她说成'四不清'干部，我就取代了她，坐上了厂长的位置。"

众女工："你偷的毛线，现在在哪儿？"

刘明明："我也没敢卖，就放在我们家的衣柜里。"

工作组办公室，几个女工抬了从刘明明家搜出的三麻袋毛线，进了工作组的办公室。女工：“这两麻袋毛线，把刘明明家的衣柜都塞满了，还有一袋在她家厨房地下放着，一共是三麻袋毛线。”

工作组：“魏明秀，这就是你提拔的毛纺厂厂长做的事！你严重犯了官僚主义、主观主义的错误。任人唯亲，为了自己亲戚的利益，冤枉了原厂长黄齐英。这是什么性质的问题？”

魏明秀：“工作组批评得对，是我错了，我犯了严重的错误，我不配当这个居委会主任。”

工作组：“你这个亲戚还配做毛纺厂的厂长吗？”

魏明秀：“当然不配做，她必须撤下来。”

工作组：“那你认为谁适合做毛纺厂的厂长？”

魏明秀：“还是黄齐英做厂长，她是被冤枉的，应该给她平反。”

黄齐英家，黄振华说：“妈，今天不过年不过节的，你做了这么多好吃的？”

黄齐英说：“今天不过节，但比过节还高兴。我做了这么多，你带回去给孩子们吃。”

“今天有什么好事吗？”“毛纺厂的事水落石出。今天居委会开会了，工作组当场宣布，我是被冤枉的，为我平反，恢复名誉，恢复我毛纺厂厂长的职务。”

“假的真不了，真的假不了，任何欺骗都会等到真相大白的时候。这是个好消息，值得庆贺。”

第三十一章

暑假了，驼城各地的教师全部集中，召开教师集训会。驼阳县的教师被分配住在县一中，教师们排队住进了教师和学生宿舍。赫冬梅和几个女教师看着用三种颜色的大纸写的住宿安排和分组名单。

赫冬梅说："这个名单分了三个组。我在第一组。"

男教师："分这三个组是有名堂的。你看，第一组是用红色纸写的，是红卫兵，工作积极的，贫下中农成分，党团员；第二组是用黄色纸写的名单，应该是中间分子；第三组是用白纸写的，是成分不好的，有历史问题的，有说错话的，有作风问题的，被打成牛鬼蛇神的'黑五类'。"

教师们看了这个名单以后，有趾高气扬的，有灰溜溜走开的，也有毫无表情的。

工作组办公室，赫冬梅说："组长，您叫我谈话？"

组长："我把你叫来，是想和你落实一点问题。你是在第一组，积极分子那一组吧？"

赫冬梅说："我是党员，所以分到了第一组。"

组长："有人反映你们家是资本家成分。"

赫冬梅说："我哥哥才定的成分是商业资本家。可我自从解放以后，一直和我的母亲在一起住。"

组长："那你母亲是什么成分？"

赫冬梅说："没有给我母亲定成分。"

组长："那说明你母亲没有和你哥哥分家，那你的成分还是资本家成分。鉴于这种情况，你的组要调整一下，你不能参加积极分子的会议了。你就参加第二组吧。”

赫冬梅感到非常屈辱，说：“知道了。”

操场周围的墙上贴满了大字报。大家无事可做，也不开会，就在周围看大字报。突然，赫冬梅看到一份“贺大凤的反革命文章”的大字报。

看完后，赫冬梅说：“这全是写的诗，没有一句反动话，也没有一句反社会主义的话，只不过是写一些花花草草的文章，只是革命性不强嘛，怎么能说成是反革命文章？”

胡俊华说：“你小声点，小心人家把这话反映给工作组。”

赫冬梅说：“工作组也得讲道理吧。你看看，这张大字报有一句反党反社会主义的话吗？怎么就成了反革命文章呢？”

赫冬梅被叫到工作组办公室：“有人反映，你看了贺大凤的大字报后说不是反革命文章，你为什么要这么说？”

赫冬梅说：“我说的是实话，真的没有一句反动言论，不信你去看。”

组长大发雷霆：“你这是对抗人民，应该组织群众批判你，打掉你的嚣张气焰，再要胡说，你就是反革命。”

赫冬梅说：“你用不着发脾气，也用不着给我扣帽子。毛主席说：‘实事求是，一切从实际出发。’给人定罪也要以事实为依据！”

宿舍外，胡俊华说：“赫冬梅，你出来。”赫冬梅说：“你叫我什么事儿？”

胡俊华说：“我叫你不要乱说话，你看，有人都给你写大字报了。”赫冬梅说：“昨天都有人告到工作组那里了，组长都跟我谈话了，没想到大字报也出来了。”

胡俊华说：“你听我的劝。少说话，多思考，不要把什么都写在脸上，挂在嘴上。”冬梅气愤地说：“我知道有些老师想当官，想借这个机会，给我出大字报。我走得端，行得正，身正不怕影子斜。”“你还是那个直筒子脾气，这在运动中会吃亏的。”“我倒要看看给我写的什么大字报，画的什么漫画。”“看了以后别生气。”

办公室，赫冬梅非常生气地跑到总部，找到了团地委的高书记。赫冬梅说：“高书记，我看了给我写的大字报以后，我想不通。”

高书记笑着说：“哈哈，有什么想不通的？我去看看给你写了些啥。”赫冬梅说：“还给我画了漫画。”

高书记：“给你画了漫画？好，那让我瞧瞧是怎么画你的。”

操场上，高书记和赫冬梅看着大字报。高书记笑着说：“赫冬梅，你别害怕，没有上纲上线的问题，那是在表扬你呢。”赫冬梅说：“你看这，还有给我画的漫画。”

高书记看着看着笑了：“一个女同志背着孩子，带着行李，一步跨一个沙梁，眼巴巴地看着城墙，家里丢下三个孩子和一个老母亲，心里想快点到家，这谁都能理解，多辛苦啊！为了革命事业，为了工作，丢下在家的孩子和老母，这还不够先进吗？这是在变相地表扬你。放心，没有原则问题。”冬梅说：“你这么一说，我心里就踏实了。”“好同志应该是经得起风雨考验的。”

教师们排着队走在大街上，准备到大礼堂听报告，赫冬梅在队伍中走着，突然看见了母亲。母亲如疯子一般，眼神慌乱，脚步匆匆。

赫冬梅出了队伍，拉着母亲问：“妈，你这是怎么了？慌慌张张地到哪儿去？”母亲难过地说：“你哥又被批斗了，要轰到农村去，说他是反革命。明天一早，就去红石桥乡耳林湾村，现在正装着车呢。”“我知道了。妈，你先去吧。我开完会过去看看。”

工作组成员喊道：“赫冬梅！赶快入队！”赫冬梅迅速地回到队伍里。

礼堂内，赫冬梅试图溜出会场。她看见四周的门口都有工作组成员把着门，出不去。会上讲了些什么，她一句也没听进去。她走到门口，对门卫说：“我要上厕所。”可她出去后，最后一道门还有人看着。冬梅只好进了厕所。好在会议时间并不长，她从厕所出来，看见人们已经散场了。

赫冬梅一路小跑到哥哥家去了。

大哥家住的院子，一家人正在收拾行李。赫冬梅问：“大哥，这是怎么回事？”

赫启祥说：“说我是历史反革命分子，把我轰到农村去，明天一早，全家人一块儿出发。”冬梅问：“你怎么成反革命了？历史不是已经做了结论，是人民内部矛盾吗？这是为什么？”赫启祥摆了摆手：“现在什么都不能说了。大哥一贯遵纪守法，人家说走，那就走吧。只是让你嫂子和孩子们也跟上我一块儿受罪，大哥心里难受。”

金大妈：“启祥，你要跟玉珠离婚，我能理解，你是为了她们好，可她是我的女儿，我不同意。常言道，女人嫁鸡随鸡，嫁狗随狗，她活着是你的人，死了是你的鬼。你好着的时候她跟你享福，你落难的时候，她也要跟你一块儿分担。你们两个到农村去要相互照顾，她能照顾孩子，也能照顾你。”

赫启祥说：“谢谢妈！我是不忍心让她跟我到农村受罪。”

赫彩莲也来了：“我也来送送大哥。”

赫启祥说：“我走了，妈就交给你们俩了。”

赫彩莲："你放心，妈有我和冬梅照顾。你大女儿上了高中，也能留在城里。这个运动过后，又不知是什么情形。暂且过去，和人家生产队的人搞好关系，免得吃眼前亏。"

母亲一把鼻涕一把泪。赫冬梅说："妈，你别哭了。"母亲："你哥落难了，他啥时候受过这个罪？"

居委会，居委会主任："赫彩莲，有人揭发说，解放前三年，你们家的迎宾饭馆是最红火的，雇了好多伙计，应该定资本家成分。这是真的吗？"

赫彩莲："我们家的迎宾饭馆，红火是因为我们老贺手艺好。我们家从来没雇过伙计，都是慕名来学习的徒弟。我们老贺也是苦出身，从小是要饭的。八岁那年到了迎宾饭馆要饭，老板说，'你要饭可以，你给我把这葱和蒜剥了'。我们老贺从小心灵手巧，不仅给他剥葱捣蒜，还给他择菜切菜，干正经活。老板看上了，就把他留下来，做了跑堂的伙计。有一天老板病了，饭店要开张，没人做饭，我们老贺套上围裙就给客人做饭，没想到客人们都说饭菜味道不一样，做得好，给老板把台子撑下来了，所以老板才把他收为徒弟。这个老板，没儿没女，就把这个手艺和饭店交给他经营。"

主任："你们老贺还是个苦出身啊。"

赫彩莲："是啊，是个要饭的苦出身。他勤快善良，心灵手巧，得到了师傅的真传。"

主任："你们老贺的手艺是驼城第一。""他也就是个手艺人，要不原来的两个徒弟，一个跟着中央领导走了，一个在省委当伙管员，就是因为做得一手好饭。"

主任："我儿子要结婚，我亲家说如果我能把老贺师傅请来，是最有面子的。"彩莲说："这还不容易，你儿子哪天结婚？就让他给你做，把你儿子的酒席办得风风光光，让你的客人吃得高高兴兴。""那费用是多少？"

赫彩莲："说费用可是见外了。你们辛辛苦苦为人民服务，为我们工作，我们给过你一分钱吗？都是为人民服务，可不能提报酬的事。"主任："那我就提前谢谢你和贺福堂师傅了。"

赫彩莲："不要说谢字，应当应分的。"

母亲家，母亲默默地哭着，两眼发直，望着远方。赫冬梅说："妈，你再别哭了，都哭了几天了。"正在这时，赫彩莲进了家门："福堂做了点糕点，让我给妈送来。"

母亲："我儿子在农村受苦受难，我还能在这儿吃点心，我哪吃得下呢？"

赫冬梅说："我托我们同事打听了一下，我哥的历史问题是做过结论的，按人民内部矛盾处理。谁知道他们针织厂，说我哥是代理党部书记，是敌我矛盾，所以才把我哥轰到农村去的。"

母亲："我想来想去，就是你嫂子把房子租给了她弟媳妇的弟弟家，才让你哥的领导不高兴，所以人家要报复你哥。"冬梅说："虽说我哥没有把房子租给他们厂长，那厂长也不至于因为这件事，把我哥打成历史反革命吧？"

赫彩莲："我哥就是耳根子软，惯着他的老婆。既然答应把房子租给人家厂长，即便是我嫂子让她弟媳妇的兄弟住进来，也应该让他们搬出去，让给人家厂长住。他倒好，惯着老婆，得罪了厂长，这才让他吃了苦头。"

赫冬梅说："人家说国民党乡党部书记就是敌我矛盾。他是个文书，替人家乡党部书记做点工作，跟代理乡党部书记是两个概念。"

赫彩莲："怎么能把人民内部矛盾化成敌我矛盾？他为什么要承认他代理过国民党乡党部书记的工作？"

赫冬梅说："也不知哥是怎么说的，他就没有在代理乡党部书记岗位上工作过。"

赫彩莲："还不是他自己说话不注意分寸，人家做文书的什么事也没有，他做文书就成了国民党代理乡党部书记，还给扣上历史反革命分子，划成敌我矛盾？"

母亲："你哥在受苦受难，你们还在怨他，你们还是不是他的亲人？""我们当然是他的亲人，我们也是为他难过，为他着急。""冬梅再别说了，说什么也晚了。你看什么时候振华得空，或者他下乡的时候，你们俩去看看大哥，看看他们过得怎么样。"

母亲："你大姐这句话才说到我心里去了。"赫冬梅不高兴地瞅了一眼说："知道了。"

母亲家，黄振华说："过两天，我要到巴拉素林场去调研，你去不去？巴拉素离红石桥不远，我们可以顺路去看看大哥一家，看看他们过得怎么样。"

母亲："巴拉素要路过红石桥吗？冬梅，那你就请上两天假吧，跟上振华，去看看你大哥。"

黄振华说："巴拉素离红石桥不远，我去过那里。我这次是小车去的，妈要带什么东西，我们可以捎上。"

母亲："好，把你大姐前两天给我送的点心带上。"黄振华说："我是说给他们多带点粮食、蔬菜，还有穿的用的。"母亲："那让我准备准备。"

赫冬梅说："我看我们的集训会也开不下去了，自从学了中央'十六条'以后，要打击走资本主义道路的当权派，我们已经不是重点了。"振华说："那你该请假还是要请假的。""那好，我给他们打个招呼。"

偏僻的一个小村子，竖着一块石头，上面写着"红石桥公社耳林湾"。小车开进村子里。一群小孩在玩耍。赫冬梅从吉普车的窗户探出头问："赫启祥在哪儿住，他是刚来落户的。"

一个男孩答："说的是赫耀国家吧，他们刚来，住在我们家隔壁的院子里。"赫冬梅说："那你可以带我们去他们家吗？"一群孩子："走了，我们到赫耀国家去哦！"孩子们在前面跑，小车跟在他们的后面。

一个破落的小院，北房是房东家，赫启祥一家住在靠东边的三间破房子里。

男孩喊："耀国，你们家来人啦，是开着小汽车来的！"正在碾米的嫂子看见冬梅，激动地说："冬梅、振华，你们怎么来了？"

赫冬梅上下打量嫂子，她穿一身旧衣服，头上戴一块旧手巾，满脸的灰土，一点也不像过去光鲜亮丽一身丝绒旗袍的漂亮嫂子。大哥从破屋子里出来。

赫冬梅说："大哥，嫂子，你们受苦了！"赫启祥说："振华，冬梅，看到你们太高兴了！""我到巴拉素出差，离这儿不远，顺便带冬梅来看看你们。"

嫂子："快回家坐，刚熬好的稀饭，一人吃一碗吧，暖和一点。"

进到屋里，有一盘大炕。大哥让他们在炕上坐，嫂子给他们一人盛一碗稀饭，从后锅拿出糠窝头。

赫冬梅说："孩子们去哪儿了？"

赫启祥说："两个大的劳动还没放工，耀国上学去了。五里地有个小学。""大哥，这里的人对你好吗？你还劳动吗？""改造对象还能不劳动？我今天拉粪，回来得早。晚上要批斗我，所以你嫂子做饭早。"这时司机将土豆、点心、粮食都拿到房子里来。

黄振华对司机说："你把我们在巴拉素买的羊肉也拿来。"

赫冬梅说："妈很牵挂你。我们带了点粮食、土豆，孩子们还要劳动，整天吃稀饭、糠窝窝，怎么能撑下来呢？"启祥说："大哥落难了，把你嫂子和娃娃们害苦了。""一家人同甘苦、共患难，这也是人之常情。大哥不必自责。"

赫冬梅说："大嫂，把这个点心给生产队队长家送一点，让人家对我哥好一点。"

赫启祥说："这里的人厚道，人家跟我没冤没仇，批斗我也是例行公事，应付上面来检查。""那就好，那就好。"冬梅欣慰地说。

赫启祥说："你们都好吧？""我们都好着呢。马上开学了，我要到荒忽兔小学工作。妈想念牵挂你，天天以泪洗面。今天让我捎话给你们，叫你们好好保重身体，和生产队的人搞好关系。"

"你回去给妈说，我们都好着呢，这里民风淳朴，对我们也不错。"冬梅说："大哥，嫂子，这点钱你们留着，买点灯油柴火。我们今天还要赶回去，知道你在这儿住，我们下次再来，看你还需要点什么。"

"大哥到了这份儿上，把全家人都拖累了。如果你们下次来，给我带点日常用药。这个地方偏僻，缺医少药。"冬梅说："大哥，我知道了，下次一定给你带些药来。"

坐在吉普车里，赫冬梅抹眼泪："大哥家这日子什么时候是个头啊？"

黄振华说："政治运动，人人过关，谁家也难免出现问题。""可大哥是被冤枉的。他的历史问题已作了结论，是人民内部矛盾。""你要相信党，相信真理。划错了的冤假错案，终究会有澄清和纠正的一天。""这个日子还要等多久？"

母亲家，赫冬梅说："大哥那里的生活还是很艰苦的，吞糠咽菜，也吃不饱，还要经常挨批斗。两个大孩子都干着体力活，我看着非常难过。姐，我打算每月将妈的25斤粮全部给哥捎去。每月再给十块钱，买点灯油或柴米油盐，当零用钱。"

赫彩莲："你给10元，我给5元，每月15块，零花勉强够了。"冬梅："姐，你们一大家子，都靠我姐夫一个人的工资维持生活，你不用给了。"彩莲说："没有多，也有个少。我们日子过得紧一点，大哥那边的日子能好过点。"

母亲："妈替你大哥谢谢你们俩了。你们姊妹情深，你大哥也是落了难，从来没受过这样的罪，你们能帮助他，妈也就安心了。"

1966年8月，中央发布了《中共中央关于无产阶级文化大革命的决定》即"十六条"，规定'文化大革命'的斗争方向，矛头指向那些党内走资本主义道路的当权派。

冬梅参加的教师集训会草率结束。各中学的校长也回到原单位，接受批判斗争去了。"文化大革命"进入造反派夺权的更加混乱的阶段。

县教育局重新调整了赫冬梅的工作，把她同三个家庭出身不好的教师分配到最偏僻最困难的学校。这个学校，离驼城六十里路。赫冬梅的第四个孩子还不到三周岁，只好把孩子留在家里。她和两个民办教师一起到了这个学校——荒忽兔小学。

这个学校确实很偏僻，很简陋。四间宿舍，三间教室。赫冬梅和刘竹云一间房，高秀英和刘玉珍住一间房，两个民办教师在一个宿舍住宿。还有一个宿舍很大，有一盘大炕，是给路远的学生住的。总共有七八十个学生，分两个复式班，一、三年级一个班，二、四年级一个班，五年级一个班。”

这个学校由赫冬梅领导，她就给大家分工。刘竹云带五年级，刘玉珍带二、四年级，高秀英带一、三年级；两个民办教师，一个担任会计助理兼上政治课，另一个教体育、音乐等。

赫冬梅没有带课，因为她每周要去学区开会，一去就是两天，大家都没意见。教师没灶，在乡政府吃饭。供销社、卫生所都和乡政府在一个大院，这个乡的住户很分散，有的村只有两三户人家，最大的村也就十几户。为了学生安全回家，每天下午三四点钟放学。

赫冬梅去沙树梁小学开会，接受革命任务。下午2点从学校出发，6点才能到荒忽兔小学。路全是沙路，经常被大风吹得看不清。她独自走在路上，也碰不见一个人。

沙树梁学区的领导白静海:“赫冬梅同志，汇报一下你们学校革命情况。”赫冬梅说：“我们那个地方很穷，没有‘地富反坏右’，也没有革命组织。”

白静海：“轰轰烈烈的‘文化大革命’，你们那里连个组织也没有，这样不好。”

赫冬梅说：“那我们学校就加入到你们的革命队伍里吧。”

白静海：“也行，那我就给你们布置任务了。你回去就组织教师学生学习中央文件，到生产队去宣传。”

荒忽兔小学，赫冬梅组织教师学习。赫冬梅说：“刚才，我向你们传达了开会的情况。我们参加学区的那一派。”

高秀英：“他们是造反派还是保皇派？”赫冬梅说：“我也不知道，反正他布置什么，咱照办就行了。”

刘竹云：“反正我们在学区领导下，他们是造反派，我们也是造反派；他们是保皇派，我们就是保皇派。”刘玉珍：“我们也没得选择，跟着他们就行了。”

到了寒假，赫冬梅等四个女教师相跟着，有说有笑在沙土路上步行回驼城家。半路上起风了，四个女教师艰难地走在马路上，一辆卡车在马路边停下。

司机："你们是当地的老师吧？"

赫冬梅说："我们是荒忽兔小学的老师，放寒假了，我们回驼城家。你能捎我们一段路吗？"

司机："看来我猜对了，可你们四个人，司机室坐不下。"

赫冬梅说："没关系，我们坐在车厢里。"

司机："司机室能坐两个，上边坐两个。"

赫冬梅说："我和刘竹云坐上边。她们俩坐驾驶室。"

司机："我只能拉你们到沙树梁，我要在试验站拉树苗。"

赫冬梅说："那你把我们送到试验站吧。"

到了试验站，四个教师跳下汽车。赫冬梅说："你们徐站长呢？"

牛松柏："站长开会去了。"

赫冬梅说："今天我们搭了个顺车，刚好这个车到你们试验站林场拉树苗，把我们捎到这里了。我们中午还没吃饭，你们能给我们弄点饭吗？"

牛松柏："你认识我们徐站长？"

刘竹云："她不光认识你们徐站长，还认识你们的黄所长，她是你们黄所长的夫人。"

牛松柏："哎呀！你看我，自己人不认识自己人。嫂子，快回屋里暖和暖和，马上给你们下面吃。"

窑洞餐厅，牛松柏招呼赫冬梅一行，又是送热水喝，又是打洗脸水。他把洋炉子火加旺，让大家烤火。一会儿，小朱端了一个大盆："来了，羊肉臊子面好了。嫂子，你第一次到我们这儿来，也没什么好招待的。臊子面管饱。"

"早听说你们这个试验站立下了不少功劳，一直没来过。今天来了一看，你们把这里打理得真不错。我看到外面还有好多种植地。"

牛松柏说："打从这试验站建立，我就在这里，我是看着这里发展变化的。我们现在除了引进沙生植物试种以外，还种了一些蔬菜水果，只要是能在沙漠上种的东西，我们都得试验。以后我们还要推广经济作物，这样树也种了，还能从经济作物中得到收入。嫂子，你如果感兴趣，我还可以领你参观参观。"

赫冬梅说："以后吧。我们吃了饭，还得步行三十里路，才能回驼城。这好心的师傅只能把我们捎到这里。"

牛松柏跟司机商量："师傅，你是来拉苗子的，我现在还要给你起苗子，反正你也是在这儿等着，不如把她们送回驼城。晚上你回来，我把苗子给你起好，晚饭给你准备好，不会让你吃亏的。"

司机："好吧，既然牛师傅说了，我就好人做到底，你们吃了饭，准备好了，咱们就起身去驼城。"几位女教师高兴地直叫："太好了！谢谢！"

赫冬梅正要上汽车的卡车车厢，被几位老师拉下来。高秀英："你还坐上边？你还是坐到底下吧，我们今天都沾你光了，该我们俩坐卡车车厢里，你和刘竹云坐驾驶室里。"

牛松柏把赫冬梅拉到一边："嫂子，黄所长现在情况不妙，他们现在把矛头对准了黄所长，你回去再问问详细情况。"赫冬梅说："我知道了，谢谢你。"

家里，母亲做了一大锅烩三鲜。孩子们跳上跳下，要吃丸子肉。赫冬梅说："妈，别等振华了，孩子们都饿了，叫他们先吃吧。"

母亲："今天可能被什么事绊住了，平常这会儿已经回来了。再等等吧。"

跃生："妈妈，我都饿了，前胸贴后背了。我要吃饭！"

赫冬梅说："你们吃吧，别等他了。"

母亲："那让我先给他盛出来一盆，坐在锅里，再让孩子们吃。"

赫冬梅说："妈，你把丸子肉都留到盆里，锅里还剩多少？孩子们都在长身体呢。"

母亲说："那也得先让挣钱的人吃好，大家再吃。"跃生不高兴地说："外婆偏心眼儿，光给爸爸留好吃的，爸爸吃剩下的才给我们分。"冬梅说："妈，你看他们都有意见了。"

第三十二章

天色已经很晚了，黄振华才回到家里。赫冬梅关切地问道："你今天为什么回来得这么晚？"黄振华说："政治运动，越搞越深入。现在把斗争矛头指向了各单位的负责人，我不可能独善其身。"

"你成分好，又是1949年10月以前参加工作，还加入了共产党，根红苗正，他们能找出你什么历史问题？"振华说："现在对季老和高书记都动手了，别说是我了。"冬梅吃惊地问："季老是老革命，他和高书记可是驼城革命和建设的功臣啊，他们能有什么问题？""有人写了一部小说，凡是为这部小说开绿灯的人都受到了牵连，包括国家有关领导人，说是利用小说反党，从中央到地方打击了一大片。"冬梅反问道："这运动再这么搞下去，把好人都打倒了，把党委都踢开了，我们国家和社会不就乱了？这社会还能有公道和公理吗？现在的形势我真是看不懂了，难道上面不担心乱吗？资本主义在哪儿？修正主义又在哪儿？我怎么就看不到呢？然后把各单位的领导和一些好人，作为资本主义和修正主义当权派批斗，成森部长也被批斗了。这个国家和社会遇到难处了。"振华说："国家大事我们也无能为力，睡吧。"

黄振华办公室，成林说："黄所长，我想问你件事，你知道我父母出什么事了？我写了几封信，他们都没有给我回信。我打电话也打不通了，无法和他们联系，我担心他们出什么问题了。"

黄振华说：“政治运动，成部长作为林业部的负责人，肯定会受到影响。”

“请你告诉我父母的详细情况。我姐姐也和他们失联了，我们很担心。”“你父母目前有黄秀华和王学斌照顾。前两天红卫兵批斗的时候，你父亲当场昏倒了，被王学斌送到了医院。目前在医院住院，据王学斌说不严重，是因血压高突然昏厥的。及时送到医院抢救，现在已没什么大问题了，他们把你父母亲放到医院休养，是保护他们，暂时躲避一下红卫兵的冲击。”

成林问：“我父亲有什么政治上的问题吗？红卫兵为什么要批斗他？”

黄振华说：“红卫兵说他是反党集团的漏网分子，但这件事是要经过调查取证落实的，红卫兵的口号是不能作为证据的。”

成林说：“如果把我父亲打成反党集团的漏网分子，那情况就很严重了。”

“你也不要过于悲观，没有事实依据是不能给人定罪的。”

“黄所长，到了这个时候，我父亲又怎能独善其身呢？”

振华说：“这个问题你要正确对待。第一，要相信自己的父亲是好人，是忠于党、忠于人民、忠于毛主席的革命干部；第二，要相信真理，相信党。被诬陷的人，迟早有一天党和人民会还他一个公道，冤假错案是要平反的；第三，你不要参加红卫兵的任何打砸抢活动，做了坏事的人，终究是要被追究责任的。快过年了，我希望你休探亲假，回去探望父母，要安慰安慰他们，打打气，鼓鼓劲。让他们坚持真理，真相总有水落石出的时候。陪他们好好过个年。”

“好吧，我想尽快回去。”

“好，我给你准假，你把请假手续办了，随时可以走。”成林说：“驼城目前的形势，你也要小心一点。”“该来的暴风雨我也躲不过。只要问心无愧，不用怕什么。”

成林回了北京的家，看到大幅标语“打倒反党集团分子成森”。房门已被封锁，她进不了家门，家被贴了封条。

成林来到林业部传达室。门卫：“你找谁？”成林说：“我找王学斌。”门卫：“你知道他的电话吗？”

成林说：“他原来在飞播造林试验推广总站。”

门卫：“我给你查一查，有这个人啊，我打个电话让他出来。”门卫打电话：“请转告王学斌，门口有人找他。”

成林看见林业部的专栏上贴的都是大字报，上面写着“成森是混进党内的异己分子”“打倒走资本主义道路的当权派成森”。

成林说：“成森还在林业部上班吗？”

门卫：“他是原来林业部的部长，这会儿正在隔离审查，交代问题。”

成林说：“在哪儿？在哪儿隔离审查？”

门卫：“这个我们就不知道，这都是机密。”

王学斌出来了，他看见成林，急忙走了过来，把成林拉到一个僻静的地方。王学斌说：“你怎么回北京了？”

成林说：“是啊，我回北京探亲，可我进不了家门。”

王学斌说：“你家被红卫兵封了。成部长隔离审查，进了牛棚，阿姨在离我们家不远的地方租的房子住着呢。我现在开会脱不了身，我给你个地址，你现在就去找她。”王学斌从口袋里拿出一张纸，用钢笔顺手写了一个纸条交给成林。

北京一座普通的四合院。成林进了四合院，恰巧看见母亲正在提水。她跑了过去：“妈妈，我回来了。”

成夫人：“成林，你怎么回来了？也没事先给我写封信，这都几个月了，也不给妈回信。”

成林说：“妈，咱们回屋再说吧。”

平房内，成林说：“妈，几个月我都没有收到家里的来信。我给你们写的信，想必你们也没收到，估计都被扣了。”“这些人连起码的道德都没有了。”“告诉我，我爸是怎么被打成走资本主义道路的当权派的？”“这还用问吗？原来的老同志大都被打成反党分子，你爸爸也被牵连进去。”

“他现在被关在哪里？”“王学斌已经打问到了，是在一个偏僻的地方，被红卫兵看管，任何人都不让见，连家人都不能见面。你怎么知道你爸被打成走资派的？”

“我几个月没收到你们的来信，我就发觉有问题。我找黄所长，他从王学斌和黄秀华那里知道我爸被打成走资派了。是他告诉我，给我批的探亲假，让我回来看看你们。”

“你那里有黄所长照应和关照，我还能放点心。他不会有问题吧？”成林说：“全国一盘棋。中央和地方上一样，都要批斗各单位走资本主义道路的当权派。他现在已经靠边站了，不知道下一步会怎样。”

“你姐姐怀孕了，明年开春就要生产。你姐夫到湖南，抽调到军宣队了。就你姐姐怀孕的事，还让我能高兴一点。我是天天盼，天天祈祷，你爸能平安无事。”

成林说：“临走的时候，黄所长告诉我说，让我们相信党，相信真理。我爸是个好人，是个好干部。即便现在被冤枉了，将来也会平反的。我觉得他说得对，我爸是个好人，他不会有问题的。”

“谢谢他，但愿你爸能好好的。”

王家，成林说：“还是北京的四合院住着舒服自在。妈妈，你住的地方离王家这么近，是不是为了方便让王学斌打探我爸的消息？”“你知道了还问？我租的房子也是学斌他妈妈给找的。最近，多亏他们一家人照顾。”

王母：“亲家你来了。学斌和秀华还没回家呢。快来坐！这是你女儿成林吧？”成林说：“阿姨，你好，我是成林。”王母：“刚从陕北回来？”“是啊，刚从陕北回来。”

王父抱着孩子出了门：“亲家来了，沙宝，快叫奶奶。”

两岁的沙宝：“奶奶好，阿姨好。”

成夫人：“沙宝，让奶奶抱抱。”成林说：“这是王学斌和黄秀华的孩子？这孩子倒不认生，谁都让抱。让阿姨抱抱。”

沙宝：“阿姨，我还不认识你，我不能让你抱。”

成林说：“为什么？”

沙宝：“爷爷说不能让陌生人抱。让陌生人把我抱走，他就活不了了。”一家人被沙宝逗乐了。

黄秀华从门外进来。黄秀华说：“都在院子里待着怪冷的，快回屋里坐吧。阿姨，这是成树姐的信。”

秀华卧室，成夫人看成树的信。成林接过信，看了后说：“我姐过年不回来了。她腿脚都肿了，她不敢轻举妄动，让我们都到兰州去过年。”

成夫人：“你爸还不知道是什么情况，我怎么能放心走？她也不问问你爸是什么情况。”

秀华说：“昨晚我听学斌说，舅舅的问题落实不下去，既没有反党言论，也没有参与反党集团的事实依据。如果这个事情落实不下去的话，舅舅在牛棚里待不了多久，很快就出来了。”“那就谢天谢地。只要老成出来，我就让他退休回家。我们可以到成林或者成树那里种树去，再也不做这个官了。”

成家租住的平房里，黄秀华匆匆忙忙闯进门来说：“阿姨！成林！王学斌打电话来说，舅舅乘今天下午的火车，到五七干校劳动。让我们赶快到火车站，还能跟他见一面。”

成夫人：“那我们快点走，成林，快点。说没说是几点的火车，去哪个省的五七干校？”

黄秀华说：“不清楚，王学斌没说。我们去见了他，不就知道了？”

成林说：“那我们快走吧。”

火车站里，成夫人：“火车站这么多人，我们上哪儿去找他呢？”

成林说：“姐夫没说让我们在哪儿等他，或者在哪儿会合。”

黄秀华说：“他只说让我们在候车室等，也没说坐哪一次火车呀！”

三个人正急得团团转，四处寻找时，王学斌突然跑过来说：“秀华！”秀华听到有人叫她，匆匆跑到王学斌面前问：“人呢？”

王学斌说：“你们跟我走。”王学斌把他们领到了火车站的一个小候车室门口，对成夫人说：“阿姨，你和成林进去，他就在对面的凳子上坐着，我是偷偷溜出来的，我不能和你们一起去，押送的人有一个认识我。”

成夫人：“好的，我明白了，那我们进去了。”成夫人和成林进了候车室，一眼就看到成森。她们急匆匆地迎了过去，立刻有一个红卫兵挡在前面。成森说：“这是我的老婆和女儿。”红卫兵看了看：“那好吧，只给你们10分钟。”

成夫人：“老成，你还好吧？”成森说：“你们怎么知道我在这儿？”成林说：“是秀华姐他们两口子帮的忙。”

成森说：“成林，你怎么回来了？你还好吧？”成林抱着爸爸哭了起来：“我休探亲假，是专门来看你们的。”

成森说：“好女儿，坚强一点。爸爸什么问题都没有，你要相信爸爸。政治运动每个人都要过关，爸爸要到江西的五七干校劳动锻炼。”“爸，你去了那儿要给我消息，给我们写信。”

成森说：“目前写信可能还要审查，去了总会有办法的。成树的情况怎么样？”成夫人：“成树刚刚来信。明年开春就要生产，她想让我去她那里。”

成森说：“你去吧，一个人待在北京干啥？不如去成树那里，帮帮她，她马上要生产，还需要你帮忙带孩子，你去了我也能放心一点。童军怎么样？”

成夫人：“童军被部队抽去到湖南军宣队，一时半会儿回不来。”

成森说：“部队上身不由己，但在政治上不会有大的冲击。成林，爸爸告诉你，面对政治运动，你要有好的心态。千万不要参加打砸抢活动，做好自己。如果可能，多学习毛主席著作，学习业务知识，为老百姓办点实事。爸爸不在你身边，你要多听黄振华哥哥的话，他是一个政治上比较成熟的青年。”

“爸爸，你放心吧，你去了以后好好保重，我会听你的话。如果可能的话我会去看你的。”

红卫兵：“马上要上火车了，我们该走了。”

成夫人：“去了那儿，你自己要多保重。”成林说：“爸爸，再见！”

成森说：“再见，多保重！”

送走成森，成夫人边哭边说：“现在都腊月二十几，快过年了，就不能年后再去五七干校吗？”

成林说：“妈妈，爸爸也走了，要不我们去兰州，到姐姐那儿过年吧？”

成夫人：“那我们这就买票，回去收拾东西，明天就走。”

小候车室外，黄秀华说：“我也想进去见见舅舅。”王学斌说：“红卫兵里有一个是我们单位的人，他要是认出来，会有麻烦的。”“林业部有人知道你和舅舅的关系吗？”“正因为还没有人知道，我才能给舅舅帮忙。忍一忍吧，不知将来事态会怎么发展，我们还需要在暗中帮助舅舅。”黄秀华说：“那好吧。”

成林母女出来了。黄秀华说：“舅舅走了吗？”成夫人：“走了，谢谢你们。”

黄秀华说：“去哪个五七干校了？”成林说：“去江西的五七干校。”

黄秀华说：“去江西了？我们北京林学院在那里有个试验基地，那以后联系起来就方便了。成林，我们可以到那里去看望舅舅。”成林说：“刚才怎么没拉上秀华和我们一起见爸爸。”

王学斌说："护送的人里有林业部的人。现在这个情况，还是谨慎点为好。""学斌说得对，还是要慎重行事为好。快过年了，我和成林打算去兰州，到你成树姐姐那里去。她快生产了，你舅舅刚才给我下的命令。"

黄秀华说："我婆婆还让我把你们领回去，今年就在我们家过年呢。"成夫人："已经够麻烦你们家了，真的非常感谢。"

北京火车站，黄秀华两口子送成夫人和成林到车站。

兰州火车站，成树和男同事在站台接成林母女。成林下了车拉住成树，耳语："这个人是不是那个小姐夫？"成树说："你别再胡说八道，人家已经有女朋友了。"成林说："那这人是谁？""他是我徒弟，又在一个课题组。我看你电报上说，爸爸去了江西。"

驼城北门口，赫冬梅背着进生，对送她的母亲说："妈，领着孩子们快回去吧，这下我调回头道河子小学，离城不远，只有十里路，我每周都能回家了。"

跃生："哦，妈妈每个星期都能回来了！"丽莎："妈，我也想和你一块儿去带弟弟。"

赫冬梅说："你已经上高年级了，要好好学习。你和妹妹一人看一个弟弟。"

赫母："是啊，你明天要领着弟弟去上学呢，与妈妈和弟弟妹妹告别吧。"

头道河子小学，来了五个新老师，赫冬梅说："我是头道河子小学的校长。这个学校不大，但是有一个好传统，就是和当地生产队的群众建立了很好的关系。我们作为学校的老师，不仅要教好学生上好课，还要参加当地生产队和附近驻军的政治活动。"

赫冬梅参加生产队活动回来得很晚。在学校的宿舍里，进生早早等在门口。赫冬梅回来看到儿子问："儿子，妈妈这么晚回来，你一个人待到宿舍里不害怕吗？"

进生："我自个儿画画，等妈妈回来。""我儿子真懂事，会替妈妈着想。过来让妈妈抱抱，亲亲我的宝贝儿子。"

赫冬梅对进生说："妈跟你商量一件事，这次回了家，你和外婆哥哥姐姐在一起，妈下个星期要到很远的地方开会，好几天才能回来。"

进生："那你回去要给我买好多好吃的东西，我才能让你走。""你要什么？妈妈一定给你买。""我要十个糖棋子。""好的。"

驼城的家里，丽莎说："爸爸，我们班里的同学说我们家的成分是资本家，还说爸爸是走资派，他们不让我参加红小兵。"

黄振华说："他们胡说。咱们家的成分是城市贫民，怎么是资本家呢？再说你爸爸是靠边站的领导干部，又不是走资派。"丽莎说："我就是这么说的，可他们不信。有一个同学他爸爸过去和我大舅在一个单位，硬说舅舅就是资本家。"母亲说："红小兵不让参加，就不参加了。"丽莎说："那我们学校也不让上课了，不参加红小兵，我干什么？""爸爸教你写毛笔字。你不是喜欢画画吗？你也可以画画呀。"

母亲："丽莎，你们今天怎么这么早就回来了？"

"外婆，我们学校的门都关着，说停课了。学生都不去学校了。""学校不上课，干部也不上班，这以后可怎么办呀？"

黄振华说："学生不上课，老师不教学，干部不上班，工人不生产，大家都去干革命。如果农民不种地了，吃什么呀？"

治沙所，墙上贴着大字报："黄振华靠边站，权力属于工人阶级。"

家里，黄振华说："丽莎，爸爸给你带回来了字帖，你不是喜欢画画，还喜欢写毛笔字吗？"丽莎："爸爸哪来的字帖？""这些字帖是爸爸早年买的，你先学楷书，楷书写得好的有欧阳询、颜真卿、柳公权、赵孟頫，我认为你首先要学柳体。"丽莎："你拿回来的字帖，我最喜欢王羲之的字。"

"书法又分楷书、草书、隶书、篆书。我最喜欢的是柳公权的楷书，把楷书学好了，再学王羲之的行书。"丽莎："隶书也很好看。""隶书要掌握它的特点，蚕头凤尾。先学楷书吧，楷书才是基础。"丽莎："好吧。"

院子里，黄振华在给大家讲故事。他在讲三国，一群大大小小的孩子围着他。

街上，黄振华说："牛县长，你这是到哪儿去？"牛县长："我正准备找你去，想找你谈一谈。"黄振华说："我现在已经靠边站了。"

牛县长："我知道你靠边站了，所以我来找你。我们都是老干部，现在革命形势一片大好，我们为什么不出来站在革命小将一边呢？"黄振华说："整个驼城的革命者都分成两派。一边是造反派，一边是保皇派。你站在哪边？""当然要站在革命的造反派一边。

毛主席说造反有理，我们要支持革命小将的造反精神。”

黄振华说：“从历史的角度看，这种乱局不会持续太久，大乱肯定要得到大治。况且现在站出来，不管在哪一派，面对的也是革命群众，站在这么多群众的对立面，我不能这么做。我劝你也不要站出来。现在究竟哪一派正确，哪一派错误，我们现在也看不清，以后怎么发展，也是未知数，我们现在出来，是会冒风险的。”

牛县长：“没想到你的革命意志如此衰退。我还是要站在革命小将一边，将来你不要后悔。”

黄振华：“牛县长，你还是听我一句劝，最好不要站出来，目前的形势还不太明朗。”

牛县长：“人各有志，我不勉强你，你也别劝我，我做我自己的选择。”

第三十三章

家里，赫冬梅说：“你靠边站了，整天闲到家里，人家牛县长反而在驼城地区革命组织里，现在是革委会副主任。人家不但没有受到红卫兵的冲击，反而升官了。”

黄振华说：“牛县长征求过我的意见，让我站出去，和革命小将站在一边。我拒绝了。”“你这是为什么？难道老干部站在革命小将一边不好吗？”冬梅问。

“驼城革命群众现在分两派，一边是造反派，一边是保皇派。他们都高喊着毛主席的语录，都打着‘把无产阶级文化大革命进行到底’的口号。你说这些群众组织哪一个是对的，哪一个是错的？”

冬梅说：“你说的也是啊，谁也不知道将来哪一边是对的，哪一边是错的。那牛县长现在站出来是有风险的。”

“牛县长现在站出来，就等于站在一部分群众的对立面，是不够理智的。我也劝过他，但是他没有听进去，还是站出来了。”“有没有风险，现在很难说，但是眼下人家升官了。”

振华说：“没有组织部门认可、考查审批或群众评议选举，能算数吗？那个革委会主任还是造反派的头头，这都是群众组织自认的，是有悖于党的组织原则的事情。我肯定不能站出去，我不愿意自己站在那么多人的对立面。”

大姐家，赫冬梅说：“大姐，妈今天过生日，我买了一块羊肉，给你们送来，让我姐夫给孩子们做一顿羊肉饺子。”

赫彩莲："冬梅呀，我正在着急，现在造反派和保皇派已经打起来了。建国是造反派，二凤是保皇派，俩人一见面就吵架。现在建国就在钟楼上静坐绝食，谁也叫不回来。我都快急死了。"赫冬梅说："那我去找他。"

赫彩莲："你就说他爹爹快死了，要见他最后一面，看他还回不回来。"赫冬梅说："这么说不是咒我姐夫吗？"贺福堂："你就这么说，说我已经病得奄奄一息了。你不这么说，他不回来呀！听说他们都是真枪实弹在武斗呢，建国万一有个好歹，我还怎么活呀？"

赫冬梅来到钟楼楼道。一个戴红袖章的年轻人把她拉到一边："赫老师，我是你的学生。"赫冬梅说："我想起来了，你叫刘继昌。""没错，我现在叫刘继红。你来这干什么？"

赫冬梅说："我来找贺建国，我是他三姨，他爸病危，想要见他最后一面。他现在不赶快回去，只怕再也见不上他爹了。你给我把他找出来。"

刘继红："赫老师，你等着，我认识他。"说罢转身上了钟楼。建国出来后，问道："三姨，你说我爸病危，是真的吗？"

"快跟我回去，再不回去你连你爹都见不着了。"

建国对刘继红说："我回去看看我爹，马上就回来了。"

赫冬梅说："刘继红，听赫老师的话，你也快回家去，这里太危险了。"

赫冬梅拉着贺建国一路小跑往家走。石头像雨点一样从他们身边飞过。不巧，一块石头打中了建国的头，鲜血直流。赫冬梅把他拉进街边的医疗站。

医疗站里，医生对建国说："坐好，我给你包扎，把伤口处理一下。"赫冬梅说："这伤口严重吗？"

医生："这是用弹弓打过来的石头，问题不大，我给他把伤口消毒处理，包扎好，过几天就没事了。"正说着，又来了几个被打伤的人。

赫冬梅说："这保皇派和造反派武斗开始了，你这个诊所刚好在旁边，今天你要忙了。"

医生："你说，这两派都是干革命，好好地辩论不行吗？非要打得你死我活？"冬梅问："好了，还要吃点什么药吗？""伤口不深，不要紧。每天换一次药，再过两天就不用包扎了。"

教室里，赫冬梅正准备上课，她手里拿着报纸，情绪激动地说："同学们，请原谅，我刚刚看到了咱们的《驼城日报》。就在昨天，我们驼城的造反派和保皇派在钟楼附近武斗，死了十几个人，伤了几百人。在这份死亡名单里，我看到了我的一个学生，他叫刘继红，才十几岁。他本可以有更好的人生，更好的作为，然而年纪轻轻的就离开了人世。我作为他的老师，心里非常难过，因为我把我的学生看作是自己的孩子。我悔恨当初没有把他劝回去，挽救他的生命。他在这种无谓的斗争中，牺牲了。你们也是我的学生，没有什么比生命更可贵的。父母把你们生养长大，祖国把你们培养成才，你们本可以长大以后报效祖国，孝敬父母，生养儿女。我今天看到刘继红的名字，我哭了，我难过，我后悔。我希望你们珍惜生命，不要做无谓的牺牲。好，你们现在把书本拿出来，我们上课。"

驼城外的一个小煤矿，黄振华拉了一架子车的炭，丽莎和丽莹在后边推，正在街上走着。林业局通讯员："黄所长，我正准备到你家去，通知你今天下午要开紧急会议。刚好在这儿碰见你，省了到家里找你。"黄振华说："什么紧急会议？"

通讯员："工宣队已经进驻我们局，让我必须通知全体人员和几位局长开会。"

黄振华说："那让我把车拉回去，再去局里开会。"通讯员："会马上就要开始了，来不及了。"丽莎："爸爸，你去开会吧，我和妹妹会把车拉回去的。"

黄振华："拉不动，就把车子放到路边歇一会儿，或者回家去让别人帮忙拉回去。"

丽莹："爸爸，你放心，我和姐姐会把它拉回去的。"丽莎接过爸爸的车辕，在前边拉，妹妹在后面推。黄振华看着两个十岁出头的女儿拉着一车煤，心里不是滋味，但又没有办法。通讯员催着，只好随他去开会。

地区林业局的会议室，工宣队队长大声宣布："在我们驼城，挖出了一个'季高刘'反党集团，阶级斗争又上升到了一个新阶段。我们今天召开一次动员大会，希望大家揭发'季高刘'反党集团的同伙和他们的目标、计划、人员名单。凡是涉及'季高刘'反党集团的成员，我们必须进行无产阶级专政，绝不能让一个漏网，必须全面深挖，彻底消灭这个反党集团。所有人员，特别是林业局原来的当权派，必须经过严格审查。我们要把这项斗争进行到底。"

办公室里，工宣队队长说："黄振华，根据我们从群众中得到的反映，你和'季高刘'反党集团的成员主谋经常有来往。你要老实交代，把'季高刘'反党集团的人员名单、组织程序、纲领目标交代出来。你知道我们党的政策是坦白从宽、抗拒从严。从今天开始，你要认真回忆，老实交代。”

黄振华说：“我不知道什么‘季高刘’反党集团，也与之素无来往，我不知道这空穴来风是从哪儿刮起来的，不知道的事我怎么交代？”

工宣队队长：“据我们了解，你是季伯贤的秘书，并且是他跟前的红人，也是他的得意门生。季伯贤是‘季高刘’反党集团的重要成员，也是‘季高刘’反党集团的重要指挥者。你是他的秘书，你怎么能不知道‘季高刘’反党集团的名单？”

黄振华说：“季校长是老革命，我是季校长的秘书和学生，这都是事实。但在我和季校长一起工作当中，从来没有发现季校长与所谓‘季高刘’集团有什么瓜葛。我也不知道什么‘季高刘’集团的名单，至于说季校长与上面的领导有没有什么瓜葛，我不知道。”

工宣队队长：“据我们了解，解放后，全国最大反党集团头子曾经委托季伯贤给过一笔活动经费，这是反党集团的活动经费。”

黄振华回答：“新中国成立初期，组织曾经委托季校长给了西北局一笔经费，我是经手人。但这笔钱到了西安，就交给了当时的西北局。我们只是履行了押送和接收的手续。”

工宣队队长：“看来你经手的事还不少。你下去认真反省，深刻检查，老实交代，争取从宽处理，帮助我们把‘季高刘’反革命集团挖出来，实行无产阶级革命专政。如果顽抗到底，你没有好下场。”

黄齐英家，丽莎：“奶奶，我外婆说，我爸爸已经两天没有回家了。他到这里来了没有？”

黄齐英说：“你爸爸去哪儿了？”

丽莎：“我爸爸那天和我们一块儿拉煤，突然单位的通讯员把他叫去，让他去单位了。但是两天了，他也没回来，外婆不放心，让我告诉你。”

“奶奶知道了，奶奶这就到他们单位去问问，看你爸为什么没回家。”

治沙所办公室，黄齐英找到成林打问：“黄振华几天没回家，你知道他去哪儿了？”

成林说：“前天我们林业局和治沙所在一起开了动员大会，工宣队说有一个‘季高刘’反党集团，动员大家检举揭发，再立新功。之后几位局长，还有我们的黄所长，都被隔离审查。我听人说，黄所长当过季校长的秘书，季校长是反党集团的成员，‘季高刘’集团是上一级反党集团的下属部门。有人说黄所长知道他们的目标任务，说他是反党集团的秘书。”

黄齐英说：“这么说黄振华是被他们关押起来了，也就是说进了牛棚了？”

成林说：“是的。”

“这不是胡说八道吗？黄振华为什么要反党？他为什么要参加反党集团？季老还有这些人都是老革命，过去提着脑袋跟着党干革命，现在说他们在反党，这可能吗？”“姑姑，你小声说话，隔墙有耳。我这几天，也看了大字报和揭发材料，都没有什么实质性的内容。”

“你爸爸现在怎么样了？”成林：“我爸爸被他们打成走资派，说是反党集团的漏网分子。因为没有反党言论和事实依据，现在在江西五七干校劳动锻炼。我爸爸说，政治运动每一个领导都要过关，只要没有事实依据是不能定罪的。黄所长也告诉我，让我相信党，相信真理。”黄齐英说：“这叫什么事儿？我相信我儿子是好人，他不会反党。你可帮我留心着，有什么情况，告诉我一声。”

成林说：“好的，姑姑，我这里不敢久留你。你放心，黄所长人缘好，没人会为难他的。”

家里，母亲：“冬梅，你总算回来了。怎么这一走就是两个星期？”

赫冬梅说：“上个星期天，要在沙树梁总部开会，所以我没有回来。怎么啦？”母亲：“出大事了，振华出事儿了。”“啊，你说什么，他能出什么大事儿？”“一个多星期没回来了。我听丽莎回来说，她奶奶到单位问了，说是振华进了牛棚了。”“妈，那我赶快到我婆婆那儿去问问清楚。”

黄齐英家。赫冬梅说：“妈，你睡了吗？我是冬梅。”黄齐英说：“冬梅，你进来吧。”

“我刚回来，就听我妈和孩子们说振华出事了。”

黄齐英说：“我听说了以后，就去了他们单位，找到了成林。成林说，驼城又挖出了一个什么‘季高刘’反党集团，季校长是‘季高刘’反党集团的指挥者，振华是季老的秘书，造反派和工宣队找他，要振华说出‘季高刘’反党集团的名单和他们的目标任务、政治纲领。”

“这不是胡说八道吗？他哪来的反党集团的名单和政治纲领？”

黄齐英说：“你有个思想准备吧！他们今天已经来找我，问我黄振华是不是把名单藏到我这儿了。被我骂了一顿走了，我估摸着这两天可能会找你要这个所谓的名单。”

“我知道了。妈，黄振华一向跟着党走，他怎么会反党呢？他哪儿来的这个反党名单呢？”

黄齐英坚定地说：“没有就是没有，刀架到脖子上也没有。我们不能胡说，你就把我家里翻个底朝天也是没有，不信你们搜呗。”冬梅：“妈，我知道怎么回答了。实事求是，没有就是没有。”

牛棚里，造反派余某：“黄振华，你现在是顽抗到底，如果你再不交出名单，我们就要采取行动。”

黄振华说：“你们说的反党集团名单，我从来没见过，我也从来没有听说过‘季高刘’反党集团。”

余某：“把他拉出去，在雪地里冷静冷静。”

白雪皑皑寒风凛凛的院子里，黄振华被几个红卫兵推推搡搡地拉到雪地里体罚。黄振华环顾了周围这冰雪皑皑的世界，深深地吸了一口气。

余某：“零下二十几度，够你‘冷静’的。”

黄振华说：“我就是冻成‘一班长’，我还是那句话，不知道的事情我不能造谣胡说。这是对组织和个人不负责任。”

“你就嘴硬吧，你还想当《冰山上的来客》里的一班长，你太高看自己了吧。曹局长昨天跳井死了，死得轻如鸿毛。你想向他学习，恐怕没有这个机会了。”

黄振华说：“你们逼死了曹局长，你们还有良心吗？将来总有一天，会有人跟你们清算的。”

“是你那个反党集团反攻清算吗？还是死了那份心吧，无产阶级的革命铁拳，会把你们反党集团打得稀巴烂。对你们这些顽固分子，想秋后算账，是痴心妄想。你还想做‘一班长’，当冰雕啊？拉回去，把炉子烧热，我‘热情’帮助你，我让你当不成冰雕，让你成为烤鸭！”

通讯员在余某耳边说了一句话。余某：“带他到办公室去，工宣队张组长要问话。”

专案组张组长办公室，张组长：“黄振华，我们希望你和我们合作，做一个识时务的人。不要像曹怀德一样，自绝于人民，自绝于无产阶级专政。他那是畏罪自杀，是为了保护某些人吧？我们对你采取的可是热情帮助的态度。”

黄振华说：“我为曹局长的死而惋惜。”组长：“一个畏罪自杀的人，有什么可惋惜的？”

黄振华说：“这是一条生命。曹局长是个兢兢业业为党为人民工作的好干部。一个干部牺牲了，你们不惋惜，你们这是草菅人命，是搞逼供。毛主席教导我们‘惩前毖后，治病救人’。即便是对一个犯了错误的干部，也应该进行教育，不应该搞逼供吧？”

张组长拍了桌子喊道：“黄振华！你这是阶级立场问题，他是敌我矛盾，是你死我活的斗争。我们对你太好了，到现在我们依然对你做说服教育工作，你不要不识抬举！今天把你叫来，是因为你爱人来了，她也是共产党员，我们让她给你做做思想工作。好了，你们把他带过去。”

小会议室，赫冬梅说：“振华，你还好吧，两个星期没有你的消息，把家里人都急坏了。你在这里怎么样嘛？”

黄振华：“没什么，就是有些情况要让我说清楚。”“你瘦了，憔悴了。这里伙食怎么样？”

黄振华苦笑了一下：“妈和孩子们都好吧？”

赫冬梅说：“他们都很好，就是牵挂你，不知道你在这里边过得怎么样。这大冬天的，今年又特别冷，你这衣服太单薄了吧。”赫冬梅把黄振华的裤腿拉起来，被黄振华阻止了。

赫冬梅说：“你这腿上怎么有伤？是他们打的吧？我刚听说曹局长跳井死了，你可千万不敢走这条路。你上有老，下有小，我们还有好多的路没走完呢。大不了解甲归田，跟我到头道河子生产队种地当农民，人怎么都能活。我们有事说事，没有的事总不能无中生有吧？他们把我叫来，让我做你的工作。我对你说的只有一句话，实事求是，有就有，没有就是没有，要坚持真理，要看到希望。”

黄振华：“放心吧，你的话我都听到了。谢谢你来看我，家里老的小的都要你管。放心，我不会走老曹那条路的。”“我相信我的丈夫是清白的，是听毛主席的话，跟党走的好干部、好党员。我和孩子们，还有老妈，等着你回家。”黄振华感动地点了点头，紧紧握着赫冬梅的手。

办公室，张组长：“赫冬梅，我让你来，是让你给黄振华做工作的。你倒好，是来支持他的。我再问你一遍，‘季高刘’反党集团的名单在哪里？”

“你们想把‘季高刘’反党集团挖出来邀功请赏？你们逼死了曹局长，毒打逼供黄振华。我倒要问问你，他身上的伤是哪来的？”组长：“你也是个死硬分子，你把他的反党集团的名单交出来，一切问题不就解决了吗？”

冬梅：“问题是，他从来就没有这个反党集团名单，我也从来没有听他说过这个名单，我们不能为了迎合你们捏造事实吧？”组长：“你走吧，你让我们很失望。”

赫冬梅一边走一边流着眼泪，从林业局的大门出来。

黄齐英家，赫冬梅进了家门就痛哭起来，吓得两位母亲呆住了。母亲：“有话你说呀，你哭什么！你这让我们很着急。”

黄齐英：“你见到振华了？你快说呀。”冬梅：“我见到了。他们逼他，还打他，腿上青一块紫一块的。”黄齐英：“这些不是人养的东西，居然要屈打成招啊。”

“还有更恐怖的，曹局长已经让他们逼得跳了井了。我劝振华千万别想不开，大不了不当这个干部了，我们解甲归田，到农村当农民去。家里老的小的还都等着他回家呢。”

黄齐英说：“冬梅，你说得对，有你这些话，振华不会走上绝路的。”

回到家里，赫冬梅说：“孩子们过来，妈妈要跟你们说几句话。”四个孩子围着她。

赫冬梅说：“爸爸被坏人关起来了。我要说的是爸爸是好人，他是被冤枉的。从今以后你们要做听话的好孩子，我们要做好到农村去生活的准备。”

跃生：“妈妈，我们为什么要到农村去？”

赫冬梅说：“如果爸爸被人冤枉了，被打成反革命了，我们就要和大舅家一样，到农村去安家落户。你们从今天起要做好这个思想准备。”

母亲：“现在就给孩子们说这些话，太早了。”

赫冬梅说：“我已经和头道河子的生产队队长说好了，队长说他们队有几孔窑给我们住。振华如果被打成反革命，我们就去当农民。”丽莎：“那好啊，我们再也不要和爸爸妈妈分开了。”“是呀，我们可以在妈妈的学校上学，我们一家人再也不分开了。”

冬梅：“从今天起，你们要学会劳动，学会吃苦耐劳、勤俭持家，要有不怕苦、不怕累的精神。”

丽莹：“妈妈，从今天开始，我们去劳动，去捡柴、拾麦穗、刨土豆。”

丽莎：“妈妈，我们不怕吃苦，那天爸爸被人家叫走的时候，是我和妹妹把炭拉回来的，我们都爱劳动。”进生：“妈妈，我会养兔，我要养好多好多兔子。我们买不起猪肉羊肉，就吃兔肉。”冬梅感动地流下了眼泪：“你们都是爸爸妈妈的好孩子，再苦、再难我们都能克服。”

家里，黄振华二舅来了："冬梅，你看振华在牛棚里关了这么久，他把那个反党名单交给组织，就能出来了。"

赫冬梅说："二舅，你还不知道你外甥吗？你还怀疑他会参加反党集团吗？哪有什么反党名单？这是莫须有的罪名。我就不明白了，从组织上，从他们单位到你，都和他要这个名单，凭什么？""我女婿说了，这个反党名单多半就在振华手里，因为他是季校长的秘书，他肯定知道这个名单的下落。"

"二舅，你可以不相信我，但是你不能不相信你的外甥。我再说一遍，我从来没有听过这个反党集团名单，也从来没见过他拿回来这个东西。"

正在这时，黄齐英闯进了门，拿起一个扫把，追着二舅就打："你这个混账东西，听上你那个混账女婿的话，他当了工宣队的头头，就敢来讹我儿子，还要讹我儿媳妇。你看我不打断你的腿！你这个吃里爬外的东西，告诉你的混账女婿，我见他一次，骂他一次；见你一次，打你一次！"

二舅一边跑出院子，一边说："好了，大姐，我走了，你别打我了。你不听我的话，你会后悔的。"

黄齐英说："放你的臭狗屁！你的混账女婿当了工宣队的头头，就了不起了，你革命革到老娘头上了，你再敢进我家门一步，看我怎么打断你的腿！混账东西。"

家里，母亲做了好吃的。母亲："丽莎，你和跃生今天去给你爸爸送饭，顺便看看你爸。""我也想爸爸了，这么久都没见到他。""爸爸看到你们，他会高兴的。""外婆，那我和跃生给爸爸送饭去。"

丽莎和跃生进了林业局大门。通讯员："嗨，你们俩干什么去？"跃生："我们想爸爸了，来给他送点吃的。"通讯员："快回去吧，你们不能见爸爸。"丽莎："为什么不让我们见爸爸？"

通讯员："你爸爸隔离审查期间，任何人都不能见他。"

丽莎："我们就想看爸爸一眼。"

通讯员："你们就别为难我了，我这也是执行命令，赶快回去吧。"

跃生哭着喊："我要见我爸爸，我要见爸爸！"丽莎一边哄着弟弟，一边转身领着弟弟回家了。

回到家里，丽莎哭着说：“通讯员不让我们进去见爸爸。跃生都哭了，可他还是不让进。”外婆说：“你爸爸是落难了，不知道什么时候才能回来，关牛棚有几个月了，我们一点消息也没有。”丽莹：“外婆，我和进生再去看爸爸，给爸爸送饭去。”

母亲：“他们进不去，还能让你们进去？”

丽莹：“外婆，你就让我们再去试试嘛。”母亲：“你们再去试试，想个办法，趁看门的不在的时候，你们偷偷溜进去。爸爸看到你们，就会看到希望，他就不会胡思乱想了。”

丽莹：“我们想个计策，让爸爸吃到外婆做的饭。”

第三十四章

林业局门口，丽莹："进生，我把通讯员引开，你提着饭盒和点心悄悄地从侧面溜进去找爸爸，把饭送到，再问爸爸好不好，就说我们都很想他。"

"二姐，我知道了。你就像小兵张嘎一样把他们引开，我去偷袭他们。"

"进生，你真聪明。现在，我就把他引开，你做好准备，偷偷地溜进去，别让他看到。""二姐，我知道了，保证完成任务。"

丽莹突然向小门里边跑进去，通讯员看见了，一边喊一边追。丽莹跑得快，通讯员赶紧追。进生趁别人不注意，提着饭盒从大字报栏的空隙钻进去找爸爸去了。

牛棚里，黄振华吃惊地发现他的二儿子站在他面前，叫着爸爸。"爸爸，这是我外婆给你做的饭和点心，家里人都问你好，我们都很想念你。哥哥会担水了，我姐姐拉炭拾柴，我还会喂兔子，会给兔子拔草了。我们全家等你回来。妈妈说我们全家人到头道河子，再也不分开。爸爸，等我的兔子长大了，就能给你吃肉肉了。"

黄振华紧紧地将儿子抱在怀里："你才五岁，就这么机智勇敢。告诉妈妈和奶奶、外婆，就说我这里很好。你们都是听话懂事的好孩子，爸爸非常高兴。"

进生："爸爸，我二姐把人引开了，她掩护我，我才能进来找你。以后你想吃什么，我们用这种办法再给你送来。"

黄振华："好的，尽量不要让'敌人'发现。把吃的给爸爸送到了，你就可以撤离了。"

进生："趁他们还没发现，我们赶紧撤离。爸爸再见！"

毛纺厂，工宣队："黄齐英，有人检举你殴打工宣队领导的父亲，阻止说服教育你的儿媳，为反党集团成员儿子辩护。这是你对待无产阶级文化大革命的态度和立场问题。还有人揭发你，曾经救过一个反党集团的成员——成森。他已经被定成走资派，并且是反党集团的漏网分子，这是你的历史问题。介于这两项严重的情况，工宣队决定让让你停职反省，问题落实之后等待处理。"

黄齐英说："我打的是我弟弟，不是什么工宣队队长的父亲。"

工宣队："你虽然打的是你弟弟，但是你打他的原因和真正目的是什么？"

黄齐英说："他骚扰我儿媳妇，我能不打他吗？"

"可据你弟弟说，他是为了说服你儿媳妇交出'季高刘'反党集团的名单。""现在话都由你们说，反党反革命都由你们定，我们有辩解的权利吗？今天你想撤我的职，不也就你们一句话吗？我黄齐英对党忠诚，为人民服务，天地为证！"

治沙所图书资料室，贾文宇："成林，今天图书资料室怎么就你一个人？"

成林说："一个被工宣队抽走了，一个在整理档案。""你这次从北京回来情绪不高啊，家里人还好吧？""不好，家里人很不好。""是谁病了吗？"

成林说："不是我家里人病了，而是这个社会病了。现在的政治形势不是病态吗？"贾文宇慌忙捂住成林的嘴："现在这个政治形势，你还敢乱说话？应该说革命形势一派大好。"

成林说："你让我说违心的话？我问你，黄所长是不是好人？"贾文宇："好人，是我们难得遇见的好领导。""那他怎么就成走资派，还是什么'季高刘'反党集团成员？他什么时候有过反党言论，有过反党的事实依据？"贾文宇："没有，也不可能！可当下这种情况，说真话会把我们牵连进去的，还会害了黄所长，我们不能做这种无谓的牺牲。我相信这个形势会变的。真理就是真理，谎言终会被戳穿，真相一定会水落石出。我们要相信党，相信真理。"

"你这话怎么跟黄所长和我爸爸说得一模一样？"贾文宇："英雄所见略同嘛。这次回北京，是不是你爸爸受冲击了？"

"扣上了反党集团漏网分子的帽子。因为没有事实依据，落实不下去了，只好把我爸爸送到五七干校劳动改造去了。""所以你要有信心，要学会等待。一定会有真相大白的那一天。”

成林说：“好了，不说这些了，挺烦心的。我现在真想结婚了。”

贾文宇：“结婚？结婚可是终身大事，不能草率行事。随随便便找一个人嫁了，这可不是逃避现实的好办法。”成林说：“你怎么对我这么没信心啊？”“我这是对你负责任的忠告。”成林说：“你也不问问我想嫁给谁。”贾文宇：“是谁？北京的同学，还是发小？”成林说：“贾文宇，我看你就是根木头！”

治沙所会议室，徐桢副所长：“今天的政治学习就到这里。有两件事，做一下安排。一是开春了，我们试验站的树苗，要做好安排和打理工作，准备植树；二是清河乡开春要引水拉沙，想请我们几个专家进行指导。试验站的春季植树安排，贾文宇你去一下，和我们驻地的牛松柏商量一下，把栽培、培训等工作安排好。清河乡要引水拉沙专家，让杨仲找两个人一块儿去。散会。”

徐副所长办公室，贾文宇：“徐所长，工作上的事我都听清楚了，我一定保证完成任务。还有一件事，我想听听您的意见。”

徐副所长：“你说吧。”

贾文宇说：“成林昨天说她想结婚，我问她跟谁结婚，她说我是根木头。我不明白，这是什么意思？”

徐桢笑了起来：“哈哈哈哈，贾文宇，你就是一根木头。谁都看得出来，你们俩在谈恋爱。过去我不赞成，是因为你的家庭出身不好和一些政治原因。人家成林是高干子弟，现在她父亲也被打成‘黑五类’，你也是‘黑五类’的子女，你们俩情况差不多。只要你们俩真心相爱，也都到了成家立业的年龄了，我赞同你们结婚。”

贾文宇：“你是说成林要结婚的对象是我吗？我都不敢相信我自己的耳朵。”

徐副所长：“傻小子，不是你还是谁呀？但是，你要跟成林结婚，就一定要真心的爱她。不管她父亲将来会有什么结果，你都要承担得起，对她要有负责到底的决心和勇气。爱情是美好的，婚姻要靠两个人精心浇灌和维护。”

“我爱她胜过爱我的生命。过去我一直不敢相信她会爱上我，我会用我的一生去守护她，爱护她，保护她。”徐桢说：“小伙子，别对我说，这些话你留着对成林去说。”“等我把你交代的工作任务完成了，我会向她表白，向她求婚。”“好，到时候我给你们操办，去跟成林告个别！”贾文宇：“她今天一大早已经和杨仲到清河乡，去指导人家引水拉沙了。”“图书资料室的人，怎么跑去指导引水拉沙了？”“是她自己要求去的。她说资料室应该掌握第一手资料，然后才能总结经验，推广经验。”

徐桢：“自从《沙漠与绿洲》停办了以后，她就闷闷不乐，现在看来她还是没有忘记这个刊物编辑的职责。她是一个难得的用心工作的好干部。”

毛纺厂，工宣队：“为了把无产阶级文化大革命进行到底，更好地实行无产阶级专政，清除我们毛纺厂的阶级异己分子。经查证，黄齐英解放前搭救过反党集团成员成森，此人已去干校劳动改造；黄齐英与‘季高刘’反党集团成员季伯贤来往甚密，曾做过他的交通员；解放后，她的儿子做过季伯贤的秘书，与驼城‘季高刘’反党集团勾结，现在她的儿子已被隔离审查；这期间，她多次阻止她儿子交代问题，打击报复革命委员会领导。鉴于她的阶级立场和态度，我们工宣队决定：撤销黄齐英的毛纺厂厂长职务，开除党籍，开除出毛纺厂。”

队长：“黄齐英，当着毛纺厂工人的面，你还有什么要说的吗？”

黄齐英说：“这个毛纺厂是我一手建立和组织起来的，你今天开除我，我不服！我入党是经党组织批准的，开除我的党籍，也不是你工宣队就能决定的，我更不服！我相信党，相信真理，总有一天会为我平反的。”黄齐英说完，愤愤不平地离开了会场。

林业局大门口，通讯员：“阿姨，你来了。”黄齐英说：“小王，我知道你认识我，我想见见我儿子。”

通讯员：“阿姨，不行。现在不让亲属见黄所长。”

“为什么？关进监狱的犯人，也让亲属探视，况且我儿子又没有定罪。”小王：“黄所长是隔离审查，所以谁也不能见。”“我说小王，你有没有立场？你还有没有良心？”黄齐英斥责道。

通讯员：“阿姨，我也是没办法，我得执行工宣队的命令，如果我把你放进去，他们认为我和黄所长是攻守同盟，不光我犯了政治错误，还会牵连黄所长。”

正在这时，治沙所值班室的老梁，慌慌张张地跑过来拉住通讯员：“出事了！出事了！治沙所有人牺牲了！小王，你赶快通知治沙所的领导。”

通讯员：“治沙所谁牺牲了？”

老梁：“清河乡来电话，说在引水拉沙的现场，成林为了救一个孤儿，被沙埋了，等被人刨出来，已经窒息身亡。”

黄齐英拉着老梁就问：“你说的是治沙所的成林？不会是北京来的那个女娃娃吧？”

老梁：“就是她，就是那个活蹦乱跳、生龙活虎的北京女娃娃，成林啊。”

“天啊！这是怎么了……”黄齐英感觉天旋地转，昏倒在地。

老梁急忙扶起黄齐英说：“我送她到医院，你赶快到会议室通知开会的领导。”

清河乡引水拉沙现场，一个小男孩正在沙坡下面铲沙土。“危险！快闪开！”小男孩似乎没听见，还在继续铲沙。站在不远处的成林，一边喊叫，一边快速奔过去，将小男孩推到一边去。没想到沙坡坍塌，将成林埋在下边。

在场的人惊呼：“把人埋到下面了，快救人啊！”

人们有的用铁锹铲，有的用手刨沙。等把成林刨出来，她人已经没有呼吸了。杨仲不相信，又给成林做人工呼吸，做了几次也没有反应。杨仲捶胸顿足地大哭起来，哭喊：“成——林——！”

徐副所长办公室，徐副所长悲伤地拿起了电话：“我找贾文宇。”

贾文宇在电话那头说：“我就是，徐所长吗？有什么指示？”

徐副所长：“放下手头的工作，立刻回所里。”

贾文宇：“所长，有什么急事吗？”

“成林出事了。”“成林出什么事了？受伤了吗？”

徐副所长不忍心告诉他成林牺牲的消息，含着眼泪，放下了电话。

公路边，人们把成林放在担架上，抬上了救护车。杨仲、生产队长和那个被救的小男孩上了救护车。

治沙所，贾文宇气喘吁吁骑着自行车赶到院子里，直奔徐副所长的办公室：“徐所长，你告诉我实话，成林怎么了？”

徐副所长：“贾文宇，你要挺住。成林为了救一个小男孩，光荣牺牲了。”

贾文宇脑子一片空白，他惊呆了，他不相信自己深爱的成林会这样突然地离开。他悲痛到了极点，这是他能想象出的最坏的结果。他从牙缝里挤出几个字：“成林现在在哪儿？”“县医院的救护车已经去接了，回来以后应该在县医院的太平间。”“我绝不容许把成林放在阴冷的太平间里！”贾文宇说完，跑出了门，骑上自行车从大门飞奔而去。

县医院，贾文宇像疯子一样拉住一个医生就问：“你们的太平间在哪儿？”

医生打量了他一下，看他不像个神经病："你找太平间干什么？"

贾文宇："我爱人在那里！"医生急忙给他指了路。太平间门口，贾文宇拉了一下太平间的门，锁着呢。他正想要使劲拽，这时来了一个老头："哎，小伙子，你干什么？""我爱人在里边。""太平间现在没有人，昨天有一个老人，已经被家属拉走了。""是救护车今天中午送来的。""救护车上午出去，到现在还没回来呢。""我知道了，那我就在门口等救护车。"

县医院大门，一辆救护车开进来，被贾文宇拦在门口。坐在司机旁边的杨仲说："这是我们治沙所的人，我下去看看。"贾文宇："把成林拉到治沙所！"

杨仲："徐所长电话里不是说拉到太平间待处理吗？"

贾文宇："现在变了，拉回所里！"说完，跳上了救护车。杨仲对司机说："到治沙所。"

救护车开进了治沙所的大门。贾文宇跳下了车，直奔徐所长的办公室。"贾文宇："徐所长，我把成林接回来了，我要和她结婚。"徐桢："文宇，我理解你的感情，但是请你理智一点，冷静一下，成林已经牺牲了，你不能和一个没有了生命的人结婚吧。"贾文宇："不，你不明白是的，不管成林活着还是牺牲，在我心里，她就是我的爱人。她想结婚，这是她生前的愿望，也是我的愿望。请你理解并成全我们。""贾文宇，我再告诉你一遍，成林已经牺牲了，你冷静一点儿。我理解和同情你们，可是……"贾文宇边哭边说："没有可是，你答应过我，给我们操办婚礼的，你应该兑现你的承诺。我也要……兑现……我的承诺。……她没有来得及……接受我的求婚，可我知道她想结婚的人是我。你的同意是对我们俩最好的祝福……也是对她最好的纪念。"

徐副所长："现在你把她请回来了，你准备怎么举行婚礼？""我要和她办结婚证。""民政局办结婚证是要双方都同意，并要在场的。而且成林已经牺牲了，我们还要给她办死亡通报的。""我知道刘兰她父亲是民政局的，请她父亲通融一下，我们先办结婚证，然后再申报成林牺牲。"

徐桢："可没有成林明确表示要和你结婚，民政局怎么能给你办结婚证呢？"

刘兰破门而入："徐所长，我有证据，证明成林愿意和贾文宇结婚。我在收拾成林的遗物时看到了成林的日记，在最后一页她写着：'我要和贾文宇结婚。'这是她日记的最后一页。"

贾文宇抢过成林的日记，悲痛与惊喜的情感在心间奔涌，泣不成声。

杨仲和几个年轻人也进了徐所长办公室："我们都可以作证，成林愿意嫁给贾文宇。"杨仲："贾文宇曾经两次救过成林，他们是生死之交，感天动地，日月可鉴！我这次去没有保护好成林，我悔恨万分。我们愿意为他们俩举办婚礼做见证人。"

刘兰："我现在就找我爸爸，让他们民政局开方便之门。"

徐副所长："好，我就给你们俩开证明，贾文宇随刘兰去领结婚证，其他人操办婚事，布置婚房，通知灶房晚上多加几个菜！"

治沙所食堂，徐副所长："今天我们要举办一场特殊的婚礼。这种悲喜交集的感情，让我们痛苦不已。喜的是贾文宇成林这一对年轻人，今天终于修成正果，有情人终成眷属。悲的是，我们最可爱的同志，最亲密的战友，贾文宇的爱人——成林，为了救一个更年轻的生命而英勇牺牲，离开了我们。

成林是个有志的青年，她从北京一个高级干部家庭，来到了我们偏僻的、艰苦的小城市。她吃苦耐劳，勇于担当，开拓进取，办起了沙漠乡村第一座水电站；她跋山涉水，助人为乐，为了做好治沙规划，不畏艰险，圆满完成了沙漠治理规划任务。在调查研究中掉入水库，差点失去了自己宝贵的生命。为了扩大影响，宣传治沙造林的成果，促进技术交流，她创办的《沙漠与绿洲》杂志，发行到全国以及海外，引起了国内外专家的重视和关注。她为我国的治沙造林事业做出了自己的贡献，甚至献出了她年轻而宝贵的生命。

毛主席说，人终有一死，或轻于鸿毛，或重于泰山，为人民利益而死就是重于泰山。成林是为了人民的利益而死，为了救更年轻的生命而死。她的死重于泰山！在今天这个特殊的日子里，我为成林和贾文宇举行婚礼。千言万语无法表达我此时此刻的心情……愿逝者安息，她永远活在我们的心中！愿生者安康，继承逝者的遗志，做好自己的本职工作，摆脱伤心和痛苦。"

贾文宇的新房内，贾文宇："成林，这是我们的新房，是同志们帮我们布置的，你还喜欢吗？那天你说我是个木头，你真想结婚了。对不起，我当时没有理解你的意思，今天我们把结婚证领了，徐所长还为我们举行了婚礼，所里的同志们都参加了，他们都是我们结婚的见证人。

我让你成为我的新娘。你应该高兴吧？当然，你嫁给我，是我毕生的愿望，你也遂了我的意了。你知道我是什么时候爱上你的吗？就是你第一天到我们试验站来报到那天，在你身上和脸上散发着青春和踌躇满志的热情。我羡慕你。你像一束阳光照亮了我的心田。当时我就想，如果和你在一起，我就看到了希望，看到了幸福，看到了青春的美好。当我在你的日记里读到你要和我结婚，你不知道我有多么高兴，我们俩的心终于走到一起了。无论你生还是死，今天都是我们最幸福的日子，是我毕生要纪念的日子。”

贾文宇揭开了成林的面纱。贾文宇：“亲爱的成林，我的新娘，是刘兰给你化的妆吗？没想到你化了妆以后是这么漂亮，你不知道你今天看起来有多美，让我给你拍一张照片吧。我把你的照相机拿出来了，我要记录下你最漂亮的一天，最美丽的瞬间。”

医院里，赫冬梅来到黄齐英病床前。丽莎：“妈妈，你终于回来了。”

赫冬梅说：“昨天我去大区开会，我晚上回来，学校才告诉我说你奶奶住院了。”

黄齐英已经醒了：“冬梅你可回来了。”“妈，你是怎么了？”

黄齐英说：“妈是着急的，急火攻心了。你回来就好，快去看看治沙所的成林吧，她已经牺牲了，你去问问情况，究竟是怎么回事儿。我是昨天去林业局看振华，人家不让我进，听老梁说成林牺牲了，我一下着急就昏过去了，不省人事。你赶快去问问是怎么回事！妈实在是心疼这个孩子，活蹦乱跳的姑娘，说没就没了。”

“你是说成部长的女儿成林吗？”“是啊，还能有谁呢？”“振华知道不知道？”“他隔离审查，牛棚里待着，谁也不让见，他怎么能知道呢？你快去治沙所问问情况。”冬梅：“好，我现在就去，你也不要着急，等我问了情况，我立刻告诉你。”

徐桢办公室，赫冬梅说：“徐所长，我来问问成林的情况。”

徐桢说：“姐，你来得正好，我刚刚听说，昨天中午你婆婆到林业局探望黄所长，听了成林的事以后，一着急就昏了过去，是我们值班室的老梁把她送到医院的。她现在怎么样了？”

“我刚从医院过来，她已经脱离危险了，让我过来问问成林的情况。”

徐桢：“成林这孩子，就是不知道保护自己，她已经两次把自己置于生死线上，两次都是我们所的贾文宇救了她。黄所长为了保护她，把她放到资料室，不让她出去，应该是安全的吧。可这孩子说资料室要掌握第一手资料，就和我们派到清河乡的杨仲一块儿去指导人家引水拉沙。没想到为了救一个小男孩，沙梁子塌陷，把她埋了进去，窒息而亡。唉，还是没有躲过这一劫呀。可惜啊，这么年轻。”

“她现在在哪儿停放？我妈还让我给她烧点纸。”

徐桢："我这故事还没讲完呢。成林和贾文宇，也就是救他的年轻人恋爱了，成林走之前给贾文宇说，她想结婚。贾文宇来问我，说不知道成林要和谁结婚。我说，'你这傻小子，所里谁都知道，你们俩在谈恋爱，你还不知道成林要和谁结婚？'这孩子痴情得很，成林已经牺牲了，还非要实现成林的愿望，要和成林办结婚证。昨天我忙了一天，给他们举行婚礼，实际是变相的追悼会，让年轻人也借此寄托哀思。"

冬梅问："还有这么离奇的故事？那成林在哪儿停放着呢？我们在哪儿祭奠她呢？"

徐桢："我给贾文宇两天的时间。第三天我就要把婚礼变成葬礼，贾文宇答应了。明天就可以悼念她了。"

"这么说你给这两个年轻人放了婚假？你怎么能让年轻人这么胡闹呢？"

"我实在看不下去，这个年轻人太悲伤了。成林已经牺牲了，我不忍心看到这些年轻人那么难过，总得让他们寄托一下哀思吧。"

赫冬梅说："成林是为了救人而牺牲的，那她应该埋在烈士陵园。"

徐副所长："我昨天就起草文件，报给了工宣队和民政局。可刚刚工宣队给我回复，说成林的父亲有问题，成林是'黑五类'的后代，不能定为烈士。"

赫冬梅说："岂有此理！作为烈士，还要审查她的出身吗？"

徐副所长："我想明天成林必须下葬，我准备把她暂时埋到我们的林业试验站，那里的事情我还说了算。"

赫冬梅说："也好，总有拨乱反正的那一天。成林的家里人是什么意见？"

徐副所长："没法通知家里人，她母亲在她姐姐那里，她姐正在坐月子，这消息一旦让她姐知道，还不把家里人急死了。坐月子的人，吓出个毛病怎么办？她父亲没法联系。我想也没给成林定个烈士，就这么白白牺牲了，我们也没法给成林家人交代呀。"

赫冬梅说："不过这件事还是应该尽快通知家人。可现在通知家人也来不及呀，还是入土为安。黄振华有消息吗？他知道这件事吗？"

徐副所长："昨天我在林业局开会，就想打问一下黄所长。听说把他转移了，人已经不在林业局了，说是把他们关在了审查'季高刘'反党集团的管理中心。驼城这么大的地方，不知道具体地点，还真不好找。不过，姐你也不要太担心。听说'季高刘'反党集团没有事实依据，落实不下去，真是这样，黄所长就快解放出来了。"

医院里，黄齐英说："成林怎么样啦？"赫冬梅说："她昨天结婚了。"黄齐英说："啊？

结婚了？这到底是怎么回事呀？”

赫冬梅说：“妈，说来话长。治沙所有一个年轻人，一直喜欢成林。成林曾跟他说想结婚了。她牺牲以后，这个年轻人一定要坚持和成林结婚。所以昨天，徐所长给他们举行了婚礼，实际上是追悼会。”

黄齐英说：“你说是这个后生和成林举行了阴阳婚礼？”

赫冬梅说：“是的。本来成林是救人牺牲的，可是现在这个形势下，工宣队不给她定烈士。徐所长准备把她暂时安葬在林业试验站，等给她定为烈士以后，再移入烈士陵园。”

黄齐英说：“唉，只能这样了。可怜的孩子，有一个人思念她、挂念她，总算没有白来到这个世上。”

赫冬梅说：“妈，我还听到一个好消息。‘季高刘’反党集团没有事实依据，他们落实不下去，可能会是一个冤假错案。真是这样的话，振华应该快解放了。”

黄齐英说：“这倒是个好消息。”

试验站，成林墓前。试验站的人们围在墓前，鞠躬悼念。

贾文宇：“成林，这里天是蓝的，树是绿的，我和同志们的心是红的。你并不孤独，我们在这里相遇、相知、相爱，我们也终将在这里相守、相伴。你安息吧！”

试验站，成林拉着那个被她救的小男孩，一蹦一跳地在试验站的地里抓蝴蝶。她见了贾文宇说：“文宇，这是我给咱们领养的小孩，咱们就做他的爸爸妈妈吧，把他抚养长大，培养成才。好不好？”

宿舍，贾文宇正在睡觉，突然醒来。贾文宇喊：“成林！成林！”

清河乡，贾文宇找到那个生产队队长。贾文宇：“刘队长，我想见见那个被成林救的小男孩。”

刘队长：“孩子心思重得很。自从成林牺牲后，他说自己有罪，把自己封闭起来了，饭也不好好吃，他要找成林的家人抵罪。”贾文宇：“这孩子家里还有什么人？”

刘队长：“孩子可怜得很，三岁的时候父母双双病死了，这孩子就是孤儿，是吃着百家饭长大的。”贾文宇：“让我看看孩子，别让孩子饿出个好歹来。”

一间破草屋内，只有一个小男孩。贾文宇进了门问：“你叫什么名字？”小男孩：“我只有小名，叫狗娃，我没有大名。”贾文宇：“我是你成林阿姨的爱人，我叫贾文宇。”

小男孩跪倒在地说："成林阿姨是个好人，我不值得让她救，我想给她抵命。"贾文宇一把抱住小男孩："孩子，你千万不可自责。成林救你，是为了让你活着，她做了应该做的事。刘队长说你是一个孤儿，你愿不愿意跟我走？做我和成林的儿子，我会供你上学读书，把你培养成才。"

小男孩："我的命是成林阿姨救的，我愿意做你们的孩子，我长大以后报答你们的救命之恩。"

贾文宇："刘队长，你看我可以收养他吗？"

刘队长："当然可以了，这孩子掉到福窝里了，因祸得福。"

民政局，贾文宇牵着小男孩的手说："我已经办好了领养你的手续。从今以后你不再是孤儿了，你叫成才。你的妈妈叫成林，你的爸爸叫贾文宇。你可以叫我爸爸了。"

小男孩高兴地笑了笑，喊了声："爸爸。"贾文宇也笑了。

第三十五章

兰州成树家，成树说："妈，成林有两个多月没给我们来信了。我给她写信，让她来参加小外甥的满月，她也没回信。"

成夫人："你现在也出月子了，回头你到单位，给她打个电话问问情况。这孩子打小心就野。大大咧咧的，贪玩儿，是不是忘了？"

"咚咚咚"，传来敲门声。成树说："妈，有人敲门。"

成夫人打开门："小魏是你呀。快请进来。"

小魏："孩子满月了，我给孩子带点东西。另外，我们院长说，成主任孩子满月了，如果方便的话，想请她到单位去一下，有些业务上的事情，想问问她，了解情况。"

成树说："方便，方便，我收拾一下就去所里。"小魏："好，那我先走了。"

院长办公室，刘所长："成树，我给你介绍一下。这是驼城治沙研究所的副所长徐桢。这位是他们所的干部，叫贾文宇。"

成树说："驼城治沙研究所和我们所一直有业务往来。我和你们的黄振华所长还是同学呢。他还好吗？"

刘院长："成树，他们是来找你的，你可以领他们到你的办公室，他们有些事情想和你反映，我还有一个会要开。"

成树说："那好，我们不要耽误刘所长的工作，请你们到我办公室来。"

到了成树办公室，成树说："徐所长，贾同志。"贾文宇："我叫贾文宇。"

"噢，贾文宇，你们都是远道而来，在哪儿住？""沙漠所的招待所。""徐所长、小贾，你们喝水。”

成树说：“哦，刚说到哪儿了？你们黄所长最近怎么样？”

徐桢说：“黄振华所长现在还在隔离审查，我们和他还见不上面。不过听说他的那个所谓的反党集团可能是冤假错案，说不定，很快就会放出来了。成主任，我们今天来是因为另外一件事情。”

成树说：“成林在你们单位表现得怎么样？”徐桢说：“成林在我们那儿表现非常好，我们今天就是为成林的事而来的。成林是我们单位涌现出来的英雄人物。一个月前，她在指导清河乡引水拉沙建设当中，为了救一个小男孩，光荣牺牲了。”

成树惊呆了。她不敢相信自己的耳朵。这个不幸的消息，令她脑子一片空白：“这怎么可能？一个月以前她就牺牲了，你们为什么现在才告诉我们？”

徐桢说：“她牺牲以后的当天，我就给你打过电话，你们单位的一个姓魏的男同志接的电话。魏同志说，你生孩子了，正在坐月子，休产假。我左思右想，觉得生孩子也是人生的大事，这个不幸的消息告诉你，会对你和家人造成伤害。所以我们等你坐完月子，才敢过来，告诉你这个不幸的消息。”

“这个我能理解，可是我妹妹是怎么去世的？她怎么会牺牲？”成树哭着问。

徐桢说：“成林是一个积极要求进步、不顾个人安危、活泼快乐的姑娘。从到我们所里以来，她为了建设乡村水电站，规划乡村林田网络化建设，也为引水拉沙、治沙造林飞播技术引进交流与宣传，做出过重要的贡献。这次，成林是为了救一个孩子而英勇牺牲的。我们正在积极争取将成林定为烈士。”

贾文宇：“这是成林的日记和部分遗物。”成树接过成林的日记和遗物，眼泪唰唰地流了下来。徐桢说：“我们不敢到家里去，就怕阿姨知道会受不了，所以希望你节哀顺变，慢慢地给母亲讲成林的事。”“你们做得对。现在还不能告诉我母亲。”

回到招待所房间，徐桢说：“文宇，你和成林结婚的事，你为什么不告诉她？”贾文宇：“我和成林结婚是我们自己的事情，我不想乘人之危，强加给她接受不了的事。”

“成林的结婚证你给她了吗？”“我纠结了很长时间，毕竟我们俩结婚，没有经过她们家人的同意，所以我没有给她。”“我觉得你应该给，因为这是事实，这是成林最重要的一件遗物。成林的最后一本日记你也给她了？”“成林的全部日记我都给她了。我想她的家人有权力知道成林的真实想法和她的重要活动。”“你应该给你留一半，至少把你们谈恋爱，她写的日记给你留下。”“你给我的两天假，我把成林的日记都读完，已经刻骨铭心了。成林已经占满我的心，扎根在我的心里了，会伴随我一辈子的。”

徐桢说：“唉，我也恋爱过，我也非常爱我的老婆。如果我是你，我也会这么做的。”贾文宇流下了眼泪。

徐桢说：“文宇，别再难过了，逝者已矣，生者还得鼓起勇气。现在你有儿子了，你更有责任活下去，还要活得好。走，我们出去吃饭，听说兰州拉面不错。”

街上的拉面馆，徐所长和贾文宇坐在馆子吃拉面。徐桢说：“我这北方人特别喜欢吃面，你是南方人，更喜欢吃大米饭吧？”

贾文宇：“我也喜欢吃面，不过我更喜欢吃驼城的水萝卜猪肉拌面。”“那你这个南方人还很特别。”“其实刚来驼城时吃不上大米饭，我也不习惯。有一次我和成林玩扑克，我输了要请客，成林领我到八狮巷口一家馆子吃水萝卜猪肉拌面。”

“成林是想罚你吗？”“是的，但是吃了后就忘不了，我们俩都喜欢吃。所以经常到那家店吃，店家都认识我俩了。”

徐桢说：“你嫂子知道我喜欢吃面食。回家就给我做水萝卜猪肉拌面、羊肉臊子揪面片、羊肉饸饹、羊肉臊子抿节。变着花样给我吃各种面食。你嫂子是典型的驼城女人，温柔、善良、漂亮、贤惠，那真是没的说。我这辈子找到这样的媳妇太知足了，也太幸福了。”

贾文宇：“自从跟成林结婚，我也很幸福。过去我很自卑，我对成林的感情总是飘忽不定，患得患失。我看了成林的日记，我觉得我们两个是必然会走到一起。她对我来说，是一个谜，那么稳健、理性，又是那么阳光、自信、活泼、可爱。特别是在她身上焕发着青春的气息，就像太阳照耀着我，让我感觉到温暖和幸福。是她让我找到了人生的方向。”徐桢：“你打算就这样在对她的回忆中度过一生吗？”“是啊，我现在还有成才，我们俩共同的孩子，我的任务就是把他培养成才、抚养长大，完成我和成林共同的事业和生活的目标。”

回到招待所，徐所长和贾文宇发现成树在他们的房间门口等着他们。成树拉着贾文宇说：“你就是成林想要结婚的对象贾文宇吗？”

贾文宇：“是的，成树姐，你好！”徐桢说：“我们回房间，慢慢说吧。”

成树说：“贾文宇，我得感谢你两次救了我妹妹。你还给了她生活的希望，让她得到了爱情。”贾文宇说：“成林说我是一根木头。我的确有点自卑，不敢向她求婚，如果我能早点向她求婚的话，也许能躲开这一劫。”

成树说："我看了我妹妹的最后一本日记，她是很爱你的，她很感激你给她带来生活的乐趣，也非常感激，你两次在她生命遇到危险的时候，奋不顾身地救了她。其实她曾经告诉我，她爱上了一个人，只是因为这个人自卑而不敢追求她。我也告诉过她，爱情不夹杂其他的东西，出身、地位都是次要的，只要两个人相爱。"

贾文宇："或许是因为你的这些话给了她勇气，所以她才对我说，她真想结婚。因为家庭出身和我个人的历史，我老觉得配不上她，但是我非常爱她。在这种纠结当中，我没有勇气向她求婚。我怕影响她的进步。"

成树说："我了解我妹妹，她不是那么势利的人，她是认准一条路会走到黑的主儿。她真爱你，就不会考虑这些。"

徐桢说："这一对年轻人可都是认准一条路一定要走到底的人。你还不知道他们两个生死相爱的故事吧？这傻孩子为了兑现承诺，满足成林想结婚的愿望，居然求我给他举行了他和成林的阴阳婚礼，而且还领了结婚证，打算为成林守一辈子。他还把成林救的那个孤儿领养了，成了他和成林的儿子。"

成树："贾文宇，你这么痴情于我妹妹，我非常感动，但是你不能这样做。你有你的未来，你也应该追求自己的幸福。我想我妹妹也希望她爱的人过得更好。"

贾文宇："成树姐姐，我和成林结婚了，我们领过结婚证，我就是她的丈夫，我有义务完成成林想要做的事情，还有她的遗愿。"徐桢："成主任已经知道了，你把结婚证拿出来，让姐姐看看。"

贾文宇拿出了他和成林的结婚证给成树。成树看到这个结婚证以后，泪流满面。成树说："可怜我的妹妹，没有享受婚姻的幸福，就撇下我们走了。你走得好洒脱呀，给我们留下了无尽的思念。"成树站起来拥抱了贾文宇。成树说："文宇，我的妹夫，我的好弟弟，从今以后，你就是我们家的人了。"

成树家，成夫人："今天上午你走了那么长时间，也不回来给孩子喂奶，我给孩子兑了点奶粉，你看这小家伙吃得多好。"

成树说："妈，我要告诉你一件事情，今天驼城治沙研究所来人了，他们的副所长来了，还带了成林的男朋友。"成夫人："成林的男朋友来了，那你怎么不让他到家里来呢？让我也看看。""我把他们约到晚上在家吃饭，行吗？""怎么不行啊？赶快请来。一个是成林的男朋友，一个是成林的领导，怎么能不请到家里吃饭呢？快请人家来，一会儿妈妈去买菜做饭。"

小餐厅，餐桌上摆了好几样菜，还有一瓶红葡萄酒。成夫人打量着贾文宇。

成夫人："成林还真有眼光，找了这么标致的男朋友。"

徐桢说："贾文宇可是我们所里的业务骨干，和成林在一块做了几次调研和设计，受到领导的多次表扬。"

成夫人："贾文宇，这个名字也很文气呀，你是哪儿的人？"

贾文宇回答道："我是四川人。"

成夫人："四川是天府之国，人杰地灵。你怎么不说服成林一起来，看我和她姐姐？她姐姐刚生孩子，她也不来看看小外甥啊？"

成树说："妈，我忘了告诉你了，成林在一次引水拉沙中受伤了，所以不能来。贾文宇代表她来看你，还不好吗？"成夫人关切地问道："成林伤得重不重？"

徐桢说："不重，小腿骨折了，目前动不了。不过你别担心，现在她的两个好朋友，正照顾她呢。你放心。"

"我这个小女儿性格开朗，爱交朋友，我想她在驼城朋友不会少。你回去告诉她，让她好好工作，好好生活，把伤养好了，赶快结婚吧，老大不小了。这个女婿我看上了。"

徐桢说："你看上这女婿了？那好，我回去一定转告她，让他们尽快结婚。"成夫人说："人常说，在家靠父母，出门靠朋友，成林现在是你手下的干部，你就是她的父母。麻烦你多操点心，孩子不懂事，你多管着她一点。我代表家长也谢谢你，谢谢领导对她的培养和照顾。"

黄振华走出了学习班的大门。蓝蓝的天，一缕阳光照耀着他，他仰天长叹，深深地吸了一口自由的空气，离开了学习班……他解放了。

黄齐英家，黄振华从玻璃窗向里边望去。母亲躺在炕上，丽莎给母亲递了一碗水，让她吃药。他推开门走了进去。黄振华说："妈，我回来了。"

黄齐英说："振华！你出来了？你总算'解放'了？"丽莎跑过去抱住爸爸："爸爸，爸爸，你终于回来了。"

黄振华说："爸爸半年没见你，你又长高了。"黄振华抱着女儿，把她放在了炕栏上，转向黄齐英说："妈，你怎么病了？"

黄齐英说："妈没事，住了两天医院，已经出院了。都是冬梅和丽莎、二凤照顾我。你回来，妈的病就全好了。"

“爸爸，我妈妈今天晚上也回来。妈妈说等你回来以后，我们一块儿到头道河子劳动去，我和弟弟妹妹在妈妈的学校上学。我们还带上奶奶和外婆。生产队把房子都给我们准备好了，我们一家人在一起，再也不分开了。妈妈要我们从小学会劳动，还要爱劳动。爸爸，我还给你做了两双鞋垫儿。你看我身上这件衣服也是我缝的。”

黄齐英说：“这孩子心灵手巧，什么事一教就会。她不但会做针线活，还会干家务活。”

“爸爸刚才看见你伺候奶奶吃药。你们都是懂事的孩子。爸爸不在的时候你写书法了吗？”

丽莎：“爸爸你看，那是我的书法练习。我临摹字帖，每天一张，后来奶奶说太浪费纸了，让我一个星期写一张。其实我偷偷在练习，我沾上水在桌子上写。”

黄振华说：“让爸爸看看你写的字。”

丽莎把一篮子书法练习的纸提过来让爸爸看。黄振华拿起来看，吃惊地问：“这都是你写的吗？你不仅写了楷书，还练了隶书。爸爸都不敢相信，半年来你的字练得这么好。你这都是临帖写的？”

“妈妈说拓帖写大字不是本事，要把毛笔字写好，就要临帖，写得和字帖一模一样才算学成了。”“妈妈说得对，没想到半年没见，我女儿的毛笔字真学成了。”

家里，赫冬梅说：“关了半年的牛棚，你受苦了。”

黄振华说：“让一家人为我担心，还牵连到你们，让我觉得很内疚。”冬梅问：“那驼城这个‘季高刘’反革命集团算怎么回事儿？”“那些都是子虚乌有的事情，怎么落实得下去？”冬梅问：“打击面这么宽，总要有人承担责任吧。”“群众运动嘛，那些所谓的革委会主任，都是没有政治经验的群众。他们凭着一时的冲动，杜撰出一个反党集团，而让那些别有用心的人捞取政治资本。”冬梅问：“那把你们这些人放出来以后，怎么安置？是去单位工作，还是听候调遣？”“让我们在家等候通知。”“那这个反党集团落实不下去，就应该宣布这是错误的吧？”黄振华说：“听说中央出文件了，对于落实不了的不能定性，应予取消。”

赫冬梅说：“成林牺牲的事，你知道了吗？”

黄振华说：“我知道了，前后的事情有人给我通报了。如果要上任，我做的第一件事就是要追认成林为烈士。这么壮烈的英雄事迹，不能就这么埋没了。党组织恢复以后，我还要征求大家的同意，追认成林为中共党员，因为她的入党申请书，几年前就交给组织了。”

“太好了，树立正气，扫除歪风邪气，是这个时候我们这些党员应该做的事情。”

1971年1月，中共中央下发文件，驼城开展了“一打三反，两化建设”运动。

林业局的造反派头头余某和通讯员小王来到黄振华家，给黄振华赔礼道歉。跃生：“看门狗，滚出去，别到我家来。”丽莹：“你们这两个坏蛋，不许进我们家来。”进生：“你们还不快走？小心我拿笤帚把你们扫出去。”

黄振华说：“不可以这样对待上门的客人。”丽莹：“可他们都是整过你的坏蛋。”

余某和通讯员小王见到黄振华，立刻鞠躬。余某：“黄所长，您大人不记小人过，我是鬼迷心窍，错把好人整了。我今天来，就是向您道歉赔罪，希望能得到您的原谅。我对您做了许多错事，一定在林业局的会上深刻检讨。今天上门向您赔礼道歉，希望能原谅我，给我一个改正错误、重新做人的机会。”

丽莹：“爸爸不能原谅他，他太坏了，他还打过人。”

黄振华说：“希望你能深刻反省自己的错误，在大会上做出深刻检讨。你要认真反思。我可以给你重新做人、改正错误的机会。”

余某：“谢谢，谢谢！我一定深刻反省，改过自新，诚实做人。”

通讯员小王：“黄所长，我是在错误的领导指挥下，做了一些伤害您和孩子们的事儿，在这里我也向您和孩子们道歉。希望能原谅我。”

黄振华说：“希望你以后做事动动脑筋，不要做一个机械人，应该做一个正直有原则的好人。”

母亲家，黄齐英说：“亲家，这是我给孩子们做的鞋。”

母亲：“孩子们长大了，尤其是跃生特别费鞋。让你辛苦了。”

“亲家，你辛苦了。我的孙子本来是应该我带。前阵子我在毛纺厂上班，现在人家不让我去了。这闲下来，就给娃娃们做点针线活。”赫母亲说：“我听冬梅说，政治运动中被冤枉了的人，将来是要平反的。”

“我这一辈子穷惯了，有了共产党，为穷人闹革命打天下，我信了，我也跟着共产党干革命。好不容易解放了，大家的日子都好过了。所以我死心塌地地跟着共产党，把群众组织起来搞生产。谁知遇上了政治运动，我也在劫难逃。”

“亲家，你想开点。孙子们身体好，学习好，又懂事，这就是你们老黄家的希望。现在振华也回来了，解放了，你的平反也离得不远了。”

林业局会议室，横幅标语上写着——驼城林业局革命委员会成立大会。

黄振华坐在了主席台上。工宣队队长：“我们召开林业局革命委员会成立大会。……黄振华同志经得起考验，他原则性强，学习毛泽东思想理论水平高，在隔离审查期间，不说假话，坚持原则，认真学习毛主席著作。经研究决定，任命他为林业局革命委员会副主任，并继续担任治沙所所长，大家鼓掌。”

林业局和治沙所的人们发自内心地热烈鼓掌。

驼城烈士陵园，鲜花簇拥着成林的骨灰盒。旁边是泣不成声的成夫人，成树、贾文宇、成才作为亲属站在一旁，林业局与治沙所的干部和清河乡的群众都来参加葬礼。

黄振华说：“首先，我宣读驼城人民政府和中共驼城治沙研究所党委对成林同志所做的决定：成林，女，27岁，大学文化程度，北京市人。1969年，在指导清河乡引水拉沙工程中为救一个小男孩成才不幸英勇牺牲。驼城人民政府追认成林同志为革命烈士，并将遗骨安葬于烈士陵园。根据成林生前的入党志愿和本人的积极表现，中共驼城治沙研究所党委认为，成林同志符合中国共产党员的条件，决定追认成林为中国共产党党员。下边请徐桢同志致悼词。”

……

黄振华说：“向成林同志三鞠躬：一鞠躬，二鞠躬，三鞠躬。奏哀乐。请向成林同志的骨灰告别，并向家人致意。”

黄齐英家，成夫人和成树看望黄齐英。成夫人：“大姐，听说你病了，现在怎么样？我和成树来看看你。”

黄齐英说：“我没脸见你们。成林是多好的孩子，我和振华没有把孩子看好，让孩子就这么走了，我对不住你们。我们没有把成林保护好。”

“大姐，你千万不要自责。黄振华关牛棚，你又不在她跟前守着，你怎么看着她、保护她？”黄齐英哭道：“我实在是不忍心看白发人送黑发人，要是我能替成林就好了。我们这个年龄的人活够了，孩子的人生才刚刚开始。我跟振华说，成林这孩子活泼，初生牛犊不怕虎，我们这个地方太艰苦，孩子在这里处处都有危险，你把她保护好。振华说，把她放到图书资料室，把她关到所里边，行不行？我还高兴地跟他开玩笑说，好，这下把她关到图书资料室，不让她到处乱跑。谁能知道这孩子还是关不住。”

成夫人：“大姐，我这个孩子我清楚，从小就像个男孩子一样，心比较野。个人英雄主义思想比较重，从小就想当英雄。这下她也真当英雄了，也算实现了她的愿望。只是年龄太小，人生才刚刚开始，确实让人觉得太可惜。我们这次来，组织上也给成林定为烈士，追认为共产党员，我们也没什么遗憾了。大姐，你也不要再自责了。你要振作起来，把精神养好了，我们到北京一起养老。”

黄齐英说：“金窝银窝不如自家的土窝。我在这穷地方待惯了，北京我也去过了，我这一辈子也就能交代了。唯一的愿望，就是让孩子们过上好日子，平平安安、快快乐乐过一辈子，不要像我们这一代人吃苦受罪，就心满意足了。”

成树说：“姑姑你说得对。以后的日子会越来越好的。吃苦受累的是你们这一代人。所以你一定要好好保重，这样将来才能看到我们过的好日子。”

黄齐英说：“成树，你是个好孩子，童军是个好女婿。你们也有了孩子，以后孝敬父母的责任，就落到你身上了。他们这一辈子过得不容易，你要想办法调回北京，照顾你的父母。他们也老了，身边需要子女照顾，我也给秀华说了，让他们在北京多替成林尽尽孝。”

成树说：“姑姑，我知道我以后的工作重点是什么了。成林走了，孝敬父母的责任自然落到我身上了。你放心，等你身体养好了到北京，我和秀华会孝敬你，你们三个老人一块儿高高兴兴地过日子。”

机场，黄振华送成夫人和成树到机场。成夫人：“振华，谢谢你为成林做的一切。”

黄振华说：“阿姨，你不应该谢我，你应该骂我才对。我没有把您的宝贝女儿保护好。”“这个特殊的年代，谁又能保护得了谁呢？总算这一切快结束了。”振华说：“听说成部长快回北京了。”

成夫人：“是啊，我也赶快回北京，等着他快点回来。”成才：“奶奶，祝您一路平安！”

成夫人：“哎！孩子，听爸爸的话，好好学习。放了假和爸爸一起到北京来看爷爷和奶奶。”

贾文宇：“妈，爸爸回来代问他好，我们有时间一定会到北京来看你们。”

成树抱了一下孩子，又和贾文宇拥抱告别：“兄弟，多保重！带好孩子，让他好好学习。下次北京再见。”

成树说："老同学，谢谢你。我把我妈护送到北京，再回兰州。再见！"成夫人："照顾好你母亲！"

黄振华与成夫人、成树握手告别。

北京火车站站台上，成夫人、成树还有童军抱着女儿童成成，等待着火车进站。透过徐徐进站的火车车厢窗口，成森看见了家人，向他们招手。童军进了车厢，把行李提上，跟随成森下了火车。两年没见家人的成森，和每一位接他的亲人拥抱了。又把小外孙女——童成成抱在怀里。

黄振华和赫冬梅扶着母亲，到医院看病，做检查。医生将片子放在照明板上，给黄振华讲："黄所长，经过钡餐透视，我们初步判断你母亲是胃癌晚期。"

"胃癌？这个病还有什么办法能治？""我们这里的医疗条件一般，国内外对这种病，还没有好的办法治疗。而你母亲的病情已经发展到晚期，手术和药物都很难治愈。为了慎重起见，我建议你到西安或者北京再检查确诊一下。"

医院病房内，赫冬梅说："振华，医生的诊断结果出来了吗？妈的病严重不严重？"

黄振华看了看母亲说："妈得了胃炎，不算严重。"

黄齐英说："我就说不来医院，你们非要让我来，花钱买罪受。"

赫冬梅说："妈，检查了以后，我们才知道是什么病，医生才好给你治疗呀。""妈都这个年龄了，还看什么病。只要你们都平安无事，妈就放心走了。"冬梅："您可不能这么说，现在生活越来越好了，您老要活一百岁呢。"

黄齐英说："人生七十古来稀。我都六十多的人了。谁能活到一百岁？我没见过。"

家里，黄振华为母亲得了绝症而伤感流泪。赫冬梅说："你怎么啦？怎么还流泪了？"黄振华说："妈得的不是胃炎，是胃癌晚期。我妈这一辈子吃了多少苦，受了多少罪啊！解放了，本想日子应该过得好一点。可遇上这个政治运动，妈辛辛苦苦经营起来的毛纺厂，结果被撤职了；一心一意为党工作，最后把党籍也给开除了。他的儿子关了牛棚，而且成林的牺牲对她打击太大了，她心里不知道有多痛苦，多想不开，才会得了这个病。"冬梅关切地说："你也不要太难过，说不定是他们诊断错了。要不然听医生的，带着妈到西安或者北京，再检查一次。应该给秀华写封信，这么大的事，我们也不能瞒着她。看秀华能不能劝劝妈，到北京去检查一下。”

“也只好这样了。妈最近经常吃不下饭，你抽空多去看看。”冬梅：“你放心吧，我会去的。”

驼城黄家，黄秀华带孩子回来看望母亲。黄秀华说：“妈，我们放暑假了。我带着孩子回来看看你。听我哥说你病了，我不放心，回来想领你到北京去看病。”黄齐英：“妈的病不严重，还跑到北京看什么病，在家里吃吃药就行了。”“妈，你这个病，做手术才能好得快。”“可别在我身上动刀子插管子。我和你哥和嫂子说过了，我可不做手术。我死也得留个全尸。”“你这都是旧思想。现在做个手术是多平常的事呀！”

黄齐英说：“行了，别跟我扯这些了，我看看我外孙子沙宝，让姥姥抱抱。”黄秀华对儿子说：“叫姥姥，说姥姥身体早日康复。”沙宝：“姥姥好，祝姥姥身体早日康复。”黄齐英说：“哎！”

母亲家。母亲：“你们把秀华叫回来，这就对了。让女儿在身边伺候她，开导她。你们老人得这个病，多半都是气出来的。”赫冬梅说：“可不是嘛？一心一意地创建了毛纺厂，叫人家把毛纺厂厂长撤了，还被开除公职；一心一意为党工作，还被开除党籍。这恐怕是我们家老太太最难以接受的。还有最亲的儿子，被打成反革命。她怎么能想得通呢？共产党里她接触过的最大的两个领导，一个是季老，一个是成部长，也都被打成反革命反党分子。”

母亲：“说起成部长，更让你们老人受刺激的是他那个小女儿突然离世，这是她最难受的。好端端的一个年轻姑娘，一下子走了，没法向人家的父母交代啊。白发人送黑发人，这是人世间最痛苦的事。”

医院里，黄秀华说：“哥，妈说她绝对不跟我到北京去看病，也绝对不让动手术。这可咋办呀？学斌在北京，给她把医院和医生都联系好了。”黄振华问：“那边的医生怎么说？”

秀华：“那边医生说这种病只有2%的治愈率，而且做完手术以后，也不一定就能延长寿命。很多人选择做手术，有的在手术台上就下不来了；有的手术成功了，也维持不了多长时间。”振华说：“我问过刘大夫了，他说中医也没什么特别有效的办法，只能说延长寿命是可以做到的。癌症是世界难题，得了这个病就等于得了绝症。”秀华：“要不把真实病情告诉妈，让她来决定。北京不是说还有2%的治愈率吗？我们要不试试，看看我们的运气。”振华说：“如果妈在手术台上下不来呢，那我们不是变相地缩短了她的寿命？这跟杀了她有什么区别？”

黄秀华说：“那刘大夫有什么建议没有？”黄振华说：“刘大夫建议保守治疗，延长寿命，提高病人的生活质量。你这次回来就多陪陪妈吧。”黄秀华一听这话，抱着哥哥，俩人痛哭起来。

黄齐英家，黄秀华说：“妈，快起来喝药吧。”黄齐英说：“你先放那儿吧。”黄振华说：“药要趁热喝，凉了喝对胃不好。”黄齐英说：“冬梅呢？”“冬梅那天听见你说喜欢吃她姐夫做的烩鸡丁，今天一大早找她姐夫给你做，应该快回来了。”

赫冬梅说：“来啦！妈，我姐夫做的烩鸡丁。”黄齐英：“我就那么一说，你还真让你姐夫做了，太麻烦了。”“妈，我先给你盛一碗吧。”黄齐英：“你先坐下歇歇，跑了一身汗。妈有话要对你们说。”冬梅：“好的。我怕饭凉了，所以赶得急了。”

黄齐英说：“秀华，你把柜子底下那个黄包袱拿出来。”黄秀华找出那个黄包袱，放在黄齐英面前打开。黄齐英说：“这件丝绒上衣和这条裤子，是我到北京去的时候成树妈给我买的，我也没穿几天，送给亲家母，让你妈穿。我病了这些天，她没少给我操心做饭，想着法做好吃的，让孩子们给我送来，我谢谢她。”

赫冬梅说：“妈，这好好的衣服，你留着穿多好？而且这是成部长给你买的。”

黄齐英：“妈一辈子穷惯了，让你妈别嫌弃。这是好衣服，我穿不了啦。你们哄我，实际妈心里像明镜一样，妈得了这病，是看不好的。你们现在叫癌症，按驼城的老话说，就是‘咽罄’病，治不了的。我一辈子没有房子，没有地，一共攒了80元钱。这20元钱，冬梅给你姐姐，我死后把我的亲戚请到一起，麻烦你姐夫给做上两桌饭。另外40元钱给振华，振华孩子多，拖累重。这20元给秀华。我死后，丧事从简。振华，妈知道你没钱，你俩不要在妈身上多花钱了。秀华，妈知道你生活好，你有多少力量就帮你哥出一点，也算我养了你一场。成森的小女儿在我们这里没了，你在北京也举目无亲，就做成森两口子的干女儿。把孝敬我的那份心思，用在他们两口子身上吧。冬梅，妈过去有对不住你的地方，请你原谅。麻烦你照顾好我的儿子和孙子。要是有下辈子，妈会给你做个好婆婆。”

黄振华说：“妈，你还是要积极配合治疗。别说这些丧气话，听了让人难过。”

黄齐英说：“冬梅，给妈盛一碗你姐夫做的烩鸡丁。妈从小就喜欢吃烩鸡丁，过去日子穷吃不起，也做不了。你们闻闻多香啊。”

黄齐英家设了黄齐英的灵堂，家人和亲戚都戴着黑袖章进进出出。

齐二舅跪在灵前，哭着说："大姐呀，我后悔呀，我不该听信那王八羔子的话，怀疑我的外甥是反革命，也不该怀疑你和反革命串通一气。是我不好，被坏人利用了。让他们撤了你的职，开除了你的党籍。大姐，我后悔呀。是你含辛茹苦拉扯我们长大，我却恩将仇报，气死了你呀。大姐呀，我向你忏悔，你原谅我这不懂事的二弟。我现在真想抽我两个耳光子，只要能换回你，你想怎么打我都行。大姐呀，你走得太冤了。你一辈子刚强，临了却受了这么大的冤枉。大姐呀，你像母亲一样对我们，我却恩将仇报。我后悔呀，大姐……"

赫冬梅拉二舅起来："二舅，别哭坏了身子。"

齐二舅："你让我哭吧。要是能把我大姐哭回来，让我死都愿意。我对不住我大姐呀，对不住你和振华……"

机场，黄秀华说："大哥大嫂，妈的话我已经记住了，我会经常去看看舅舅，有时间我也会常来看看哥嫂的。哥，以后到北京出差，一定记着带上我嫂子和侄子、侄女们。你记住，我嫂子还没去过北京呢。"

赫冬梅拥抱了黄秀华说："你在北京要多保重，带好孩子，孝敬好公婆和舅舅，更要保护好自己。代问学斌好！"

黄振华说："保重！路上注意安全，把孩子带好。"黄秀华与黄振华拥抱告别："哥哥，你也要多保重。"

第三十六章

家里，赫冬梅说："妈，振华明天要到红石桥送树苗，我想跟着去看看我哥。我买了一些药品，给我哥带过去。你看还给我哥带些什么，提前准备好，明天一早就走。"

母亲："我想给你哥带点粮食，可咱们家已经没有多余的了。"

赫冬梅说："那我到粮站去买。"

母亲："你把下个月粮买了，娃娃们吃啥呢？"

赫冬梅说："唉，我想起来了，我婆婆给了我50斤粮票，我拿粮票去买。"

母亲："不行！你婆婆给你的粮票，是让你给她孙子贴补吃的，你拿粮票给你哥买粮？人在做，天在看，她知道了会不高兴的。""那怎么办呢？好不容易有车去，还不给多带点粮食？""你不用管了，我会借点粮食，让你捎过去。""借了人家的，那还不是要还吗？"母亲："那是我的事，你不用管。"

小汽车上，赫冬梅说："小王，不做通讯员了，重新开车当司机，你什么感觉？"

小王："我本来就是司机，是黄所长把我招进来的。没想到赶上了个政治运动，就因为我年轻，把我放到门房当通讯员，我做梦都想当司机。黄所长说开车是我的专长，有这个专长，要发挥我的作用，所以我就重操旧业，终于又开上车了。"

黄振华说："这条公路原来挺好走的。这几年搞运动，农民都不植树了，所以你看，有的道路都被沙埋了。"

赫冬梅说："是啊，这条路我们过去走过，这两边种的树呢？"

小王："这几年没人管。有些农民就把种的树砍了，当柴火烧了。"

黄振华说："搞政治运动，都没人植树造林了。我两年没到下面走了，今天我就是要借着这个送树苗的机会，到下面走走看看，调研一下，看看我们这几年对植树造林的破坏有多大。看，这一片，原来是飞播造林效果最好的一段，现在也没剩几棵草木了。唉，前功尽弃！"

大哥家，赫冬梅说："大哥，你最近还好吗？"小王将带的粮食、药品和羊肉，提到了大哥家。

赫启祥说："大哥这几年养了几只鸡，振华来了，我也没什么招待的，让你嫂子杀了一只鸡，把羊肉也做上了，也算大哥把妹夫招待了。"

赫冬梅说："给你买的肉，让你补补身子。你倒好，给我们吃。"

赫启祥说："大哥这里穷乡僻壤，没什么好东西招待我妹夫。你们能来我这儿，这是我最大的光荣。"黄振华问："这几年生产队还批斗你吗？"

赫启祥说："刚来的时候批斗了我几次。后来农民也觉得实在没啥意思，就不批斗了，现在生产队都跟我们处得很好。生产队队长那天要给他女子提亲，嫁到我们家，跟盛国结婚，问我愿意不愿意。你说我能不愿意吗？人家愿意把女儿嫁到我们这个'黑五类'家里，我都怕把人家女娃娃给耽误了。像我们现在这个样子，人家愿意嫁过来，我能不高兴吗？"

赫冬梅说："大哥，那你就心甘情愿让盛国在这里待一辈子吗？"

赫启祥说："盛国也到了谈婚论嫁的年龄了。他也没上过学，不待在这里劳动，还能干啥？生产队队长的女子愿意嫁过来也好嘛，至少生产队的人不会再歧视我们。"

"大哥，你的身体怎么样？咳嗽的老毛病好点了吗？""大哥的老毛病好不了啦。夏天还好一点，一到冬天哮喘就发作了。你给我拿来的药，够我吃一年。吃上药，就能好过一些。""快入冬了，大哥你记着把药吃上。"冬梅回过头，"哎，这司机哪儿去了？"

生产队的采石场。赫盛国和赫耀国坐在了小王的驾驶室里，来到了采石场，下了车。小王："拉这些石头吗？"赫盛国："这些石头是我们这一冬天要拉完的任务。"

小王："这些石头，我一次就拉过去了，装车！"赫盛国和赫耀国："太好了，还是有这个大汽车好。"众人一起把石头搬上了大汽车。

纪队长："哪儿来的大汽车？"同村的妇女："还能是哪儿来的？肯定是老赫家里做大官的妹夫来了。"同村的社员："这一汽车石头拉过去，老赫家一冬天就不用受苦了。"

妇女："队长，你快和老赫家成亲家了，你也借这机会，让司机给你也拉一车，把你家的任务也完成了。"

队长："人家妹夫在城里是大官，给人家大哥帮忙是理所当然的。给咱们帮什么忙？人家又不认识咱。"正说着，汽车又来了。赫盛国到了队长家的石堆旁，搬起了石头往汽车上装。

队长："盛国！这是给我家拉石头吗？"盛国："司机跑一趟，咱们得拉一冬。"

"哎呀，谢谢司机啦，赶快装车，大家都来帮帮忙。"

大哥家，丽媛说："小王司机开车拉石头去了，全村的人都在采石场帮忙呢。"

赫启祥说："饭都做好了，你去采石场把小王司机请回来吃饭。"

赫冬梅说："这小王半天不见面，原来是给人家生产队拉石头去了。""我们生产队要在今年冬天建大坝，搞农田基建，队长给我们派活，一家要拉一堆石头到大坝上，每家每户都有任务，我估计是盛国撺掇小王去给生产队拉石头了。"赫冬梅："这样合适吗？"

黄振华说："支援农村搞农田建设，也没什么不好的。小王愿意，就叫他拉吧。大哥，这一两年你们生产队组织大家植树造林了吗？"

赫启祥说："前两年有过植树造林的任务。我们这地方没有煤炭，老百姓烧柴火做饭，前两年种的树长起来，也都被老百姓砍得差不多了。"

驼城大街上，赫冬梅坐在去沙树梁开会的大汽车上，正在街上抬水的孩子们看见了喊："妈妈，妈妈！"进生："妈妈，妈妈，我要跟你一起走，把我也带上。"孩子一边追着大卡车，一边喊妈妈。司机不忍心，停下了车。司机说："赫老师，孩子追着汽车跑，不安全，把孩子带上吧。"

赫冬梅下车，把进生抱在了汽车上。

沙树梁小学的食堂内，赫冬梅和其他老师一起排队买饭。进生拉着妈妈的衣角，看着妈妈微微隆起的肚子："妈妈，外婆说你又怀上娃娃了。你有哥哥姐姐和我这么多孩子，你还要生娃娃？你不要生娃娃了。"

食堂里的老师们听了，哄堂大笑。男老师："你爸爸解放了，回来了不生孩子干啥？"食堂的老师又是哄堂大笑，羞得进生把头钻到母亲的上衣里不出来。

家里，赫冬梅说："振华，我又怀孕了，我想打掉这个孩子。"

黄振华说："孩子是老天送给我们的礼物。怎么能不要呢？再说，打掉孩子是有危险的。”“我嫁给你这肚子就没闲过，一窝一窝地给你生孩子，我还工作不工作了？”

母亲：“别胡说，打掉孩子哪儿那么容易？老天给你的孩子，是你的福气，多少人想要孩子还要不着呢，你有了孩子还要打掉？你就生吧，妈给你看孩子。”

几个月后，赫冬梅生了一个可爱的小男孩。

母亲：“这孩子长了一对又黑又亮的眼睛，又漂亮又机灵。冬梅你看看吧。”

赫冬梅说：“我不看。你快通知我大姐，她不是说把这个孩子送给谁吗？让人家把他抱走吧。”

母亲：“看看，只怕你看了以后，舍不得送人了。”丽莎、丽莹、跃生都过来看弟弟。“妈妈，这个小弟弟长得可漂亮了。咱们别送人了吧。”

赫冬梅说：“我有了俩儿子、俩女儿，我的任务完成了，再生下就是多余的。你俩到你大姨家去，给你大姨说，让要孩子的人赶快来抱走。”

丽莎：“妈，弟弟别送人了，我们帮你带。”赫冬梅说：“你马上就要上中学了，你得好好学习。”丽莹：“姐姐上中学了，妈妈，我帮你带吧。”跃生：“妈妈，不能让他们把弟弟带走。”进生：“给我十篓糖棋子，才能让弟弟走。”

正说着，大姐来了：“不用通知我，我来了。”

赫冬梅说：“姐，你来了。赶紧让要孩子的人把他抱走。”

赫彩莲：“抱孩子的人家，是财政局吕局长的弟弟。两口子一直没有孩子，就想要个小男孩。孩子过去不会受罪。”

一个陌生的中年妇女来到院子里问：“这是赫冬梅家吗？”

丽莹：“你是来干啥的？”中年妇女：“我是来抱孩子的。”丽莎：“我们家孩子不送人了，你走吧。”“你们两个小娃娃，还能做得了大人的主。”进生：“我就能做了大人的主。想要我们家的孩子不行，得拿糖棋子换。”

中年妇女：“你要多少个糖棋子换？”进生：“我要一百个。不行，我要一千个、一万个。”中年妇女：“你看你妈生了这么多的孩子，她都养不起了。”

丽莎：“谁说我们家养不起？我爸我妈都工作，两个人的工资怎么养不起？”“就算你妈你爸养得起，可也没人带呀。”“他有四个哥哥姐姐，还有爸爸妈妈。我们家这么多人，怎么会没人带呢？”

中年妇女：“哎哟，你们这些孩子是成心不让我抱孩子呀。”

丽莎、丽莹、跃生、进生四个孩子，硬是把这个中年妇女从院子里轰出去了。外婆从窗户上高兴地看着。

家里，母亲对冬梅说："快给孩子喂奶吧，孩子饿了。"

赫冬梅说："这抱孩子的来之前，妈妈把你喂饱了再走。"母亲说："只怕你把这个孩子送不走了。这孩子的哥哥姐姐已经把抱孩子的人赶走了。"赫冬梅说："赶走啦？看来这个小家伙离不开我们家了？"母亲："你看这小家伙又明又亮的眼睛一直看着你，你忍心把他送走吗？"

赫冬梅说："妈，你说这孩子怎么也不哭不闹，老是盯着我看。"母亲："他在告诉你，别这么狠心把我送给别人。孩子们都不忍心把弟弟送走，你这个当妈的就能下了狠心把他送走？"

赫冬梅说："送不走了，就把你留下吧。那就得给你起个名儿，给你叫个什么名儿呢？你是第三个儿子，就叫你俊生吧。"

林业局会议室，黄振华说："毛主席教导我们说，抓革命，促生产。我们要在抓革命的同时，还要抓生产建设。在我们这样一个沙漠包围的城市，沙漠面积占到了40%。仅有20%的土地是农田，且这些农田也逐渐被沙化。特别是这几年，我们注重了政治运动，植树造林几乎为零。我最近在12个县进行了调研，绝大部分县区农田被沙化，我们过去建的水利设施，有的也被沙漠侵蚀了。还有，我们这几年种的树、种的草，大部分被农民砍伐，当柴火用了。为了更好地落实毛主席'抓革命，促生产'的指示和'农业学大寨'的指示，我们必须要把农田保护好，向沙漠要土地，向沙漠要粮食。因此我建议，第一，必须健全我们原有的林场，恢复培育树苗，必须全民动员植树造林。我们作为林业部门和治沙研究单位，要积极参与规划设计指导，宣传推广技术，下乡指导农民做好植树造林工作。第二，我建议为曹局长平反昭雪。'季高刘'反革命集团是虚假的、不存在的。那么，曹局长的反革命分子帽子也要摘掉，把为他平反昭雪提到议事日程上来。"

家里，赫冬梅说："妈，我的产假休完了。这周一我要到学校去。"

母亲："孩子还吃着奶呢，你在农村学校带也不方便，不带孩子又太小。现在又不敢雇奶妈了。怎么办呢？""孩子太小，我还是带走吧。""要不妈跟你到农村去？孩子们上学，都转到你们学校。""妈，那不行，我们那儿的条件太差了。丽莎马上要上初中了，我还是把丽莹带走吧。”

丽莹：“妈，我跟你去农村小学带孩子。”

赫冬梅说：“好吧，妈也是这个意思，我的丽莹是最懂事的孩子，又听话，又细心。你和妈妈一块儿带小弟弟，妈妈上课的时候，你带弟弟。你上课的时候妈妈带弟弟，好不好？”“好的，妈妈，我11岁了，我的力气可大了，我能把弟弟背到头道河子小学。”

“是啊，你带弟弟，妈妈是最放心的。”

家里，赫彩莲：“妈，我才一个多星期没见你，你怎么瘦得像变了一个人一样。”

母亲：“妈最近吃东西老是不顺利，老觉得喉咙上像有个刺儿一样顶着。”“妈，那我领你到医院去看看，检查检查。”“孩子们快放学了，妈还得给他们做饭呢。等冬梅回来，我再到医院看看。”“也好。等星期天冬梅回来，我和冬梅跟你到医院看病。不管怎么说，让医生看看，咱也就放心了。有病早点治疗，早治早好。”

母亲：“知道了。建国工作分哪儿了？”“建国分到县广播站当技术员了。”

母亲：“大凤去了西安工作，二凤当了老师，建国当了技术员，你的日子也一天比一天好过了。”“累水坡的日子快到头了。星期天一早我和冬梅领您去看病。我也回去做饭去了。”

医院，赫彩莲和冬梅领着母亲在医院去做各项检查。

赫彩莲家，赫冬梅一边哭一边说：“姐，我到医生那儿去了，医生告诉我，妈得了食管癌，而且是晚期。医生说咱们这儿的张大夫，对癌症患者治疗有研究，我又去了张大夫那里，他说不能保证治好，但是可以保证延长寿命，提高生活质量。你说，妈咋这么苦命啊？现在日子刚好过一点，她就得了这么个绝症。”

赫彩莲听了发呆，继而流泪：“妈这一辈子享过福，吃过苦，受过累，也受过委屈，没想到得了这个恶病。”

赫冬梅说：“我就是倾家荡产，也想把妈的病治好。张大夫说，有种药叫藏红花，有治疗癌症的作用，但是现在这种东西缺货买不到。你给大凤写封信，看在西安能不能买到。我给黄秀华写信，让她在北京也找一找。”彩莲：“这种药能治好这种病？我们现在也只能是尽人事听天命了。妈的病已经是食管癌晚期了，治好的希望可能不大。”冬梅说：“那我们也不能眼睁睁地看着病情恶化，不给妈看病吧？”彩莲：“病还是要看的，张大夫不是说了吗，他能保证给咱妈延长寿命，提高生活质量吗？那我们就尽力吧。”

医院，赫冬梅说：“张大夫，我已经把你说的药从北京买回来了。你可以给我母亲配药了。”

张大夫：“癌症这种病是世界性难题。我想以中医攻克，现在还在试验阶段。”

赫冬梅说：“你是驼城著名的大夫，万一你这个治疗在我母亲身上成功了，那可是人类医学的一大贡献。”

张大夫：“我也就是一个小城的医生，不能和大城市的专家相比。但在中医方面，我自认为功夫是比较扎实的。”

冬梅：“只要能治好我母亲的病，你不用考虑钱的问题。费用是我考虑的，治病是你考虑的。”张大夫：“有你这句话，我就可以大胆用药了。”

家里，赫冬梅说：“振华，妈去医院查出了食管癌。我找张大夫，中医上有些治疗方法，但是药品比较贵。”振华：“没关系。只要我们现在的工资能够承受，你尽管让他用药。我每月的工资留个生活费，其余的全给你。你把孩子们最基本的吃穿用度留够，其余的尽管拿去买药吧。不过我也要提醒你，癌症是世界难题，目前还没有一个很好的治疗办法。我母亲后来自己放弃治疗了。据我了解，治愈这种病的希望不大。”

冬梅：“可我就是不死心。如果不给妈治疗，她就这么走了，我肯定要后悔死。”“你的心情我完全能理解，你想怎么做就去做吧。”“谢谢你能理解我。”赫冬梅不由得哭了起来。

黄振华说：“我的傻老婆。别哭，你要坚强一点。母亲这一代人，他们吃了太多的苦，经历了太多的难。到老了，身体弱了，儿女的不顺利也影响他们的心情和生活质量。”

家里，赫冬梅说：“大姐呀，这是张大夫那儿给妈专门配的药。这是7天的药，你给妈熬着喝。我每个星期回来一趟，在张大夫那里拿药。”

赫彩莲：“冬梅，你放心走吧，我每天过来把孩子们的饭做好，给妈把药吃了，我再回去。”

赫冬梅说：“妈，我大姐两头跑，也太辛苦了吧。要不妈你到我姐家去住？”

母亲：“净胡说八道，我好人一个，也没到你大姐家去，现在我病了，到你大姐家去？我这七十来岁了，死也要死在我的房子里。妈知道，我得的不是好病，你们要尽心就尽吧。妈哪儿也不去了。”

赫彩莲："妈，我小姨回来了。要不白天我在这儿，晚上叫小姨陪你和孩子们。"

母亲："你小姨回来，她女儿家就一孔窑洞，住她女儿家也不方便，你就让她来和我住吧。她照顾我，也省得你们来回跑。"

医院，赫冬梅说："张大夫，我是来给我妈取药的。"张大夫："你妈上个星期吃了这药，有什么反应？""吃了药以后，能吃一点流食。但是包子呀、馒头呀、菜呀，吃进去就吐了。"

张大夫："唉，食管癌把食道堵住了，那只能进流食啊。我给她的药是扶正祛邪、提高免疫力和抵抗力的。这样，人活着至少有点精神。如果身体太弱了，还是把老人家送到医院，给打一些营养液。"

赫冬梅回到家里看见小姨把家里打扫得整齐干净，说："小姨，辛苦你了，让你伺候我妈，真是心里过意不去。"

小姨："别说傻话，你妈是我大姐，我伺候她是理所当然的。"

赫冬梅说："妈，张大夫说了，让你住院治疗一个阶段，他给你打一些营养液。"

母亲："冬梅，你尽心了，这种病看不好，再不要花冤枉钱了。妈快走了，你就拍个电报让你大哥回来，抬埋我。哪怕是一张席卷了，把我埋了，他也是我儿子。"赫冬梅哭着说："妈，你不要说走的话。张大夫说你还是有希望的。""妈知道你的一片孝心，希望能把妈的病治好。妈有你这样一个女儿养老，妈知足了。"

大门口，赫冬梅碰见赫彩莲，给母亲提了一罐饭过来。"你这急急慌慌去哪儿？"

赫冬梅说："妈让我给大哥拍电报，说她快走了，让大哥回来。"

赫彩莲："你去把张大夫请来，让他给妈看看日子，看妈还有多少天。怎么也得等大嫂满月子了，才能办妈的丧事。"

赫冬梅说："那我去请大夫，暂时不给大哥拍电报。"

家里，张大夫给母亲号脉："老太太，你有两个好女儿。你这女儿真孝顺，为了治好你的病，在我那儿没少哭鼻子。"

母亲无力地点头。

"最好让我妈能延长些日子。"张大夫："没问题，吃了我的药，老太太马上就有精神了。""大夫，你是在这儿开方子，还是到你诊所开方子？""跟我到诊所吧，方子一开，你顺便把药就拿回来了。"

医院诊所，赫冬梅说："张大夫，你看我妈的病还能熬多少日子？"

张大夫："老太太身体太弱了，已经不行了，最多能坚持十来天。"

赫冬梅说："十来天可不行，我嫂子正在坐月子，我哥必须得等我嫂子满月子了以后才能回来。"

张大夫："在驼城有这个讲究啊，老太太不能在儿媳妇月子里走，那是不吉利啊。好的，我给你开点营养液，维持半个月到二十天，没问题。"

赫冬梅说："能维持到二十天，我嫂子就满月子了，我哥就能来了。"

张大夫："老太太身体太弱，已经到不了医院了。因为她已经吃不下东西了，我给她开些营养液。液体我们这儿有，护士每天给她输几瓶。""谢谢你了，张大夫。"

家里，母亲："冬梅呀，给你哥拍电报了吗？你哥啥时候能回来？妈不想受这罪了，叫你哥赶快回来，让我和我儿子说两句话吧。"

赫冬梅说："妈，我没给我哥拍电报，我大姐说我嫂子生了个儿子，正在坐月子着呢，我哥走不了。"

母亲笑了笑："你哥又添了个儿子，太好了。妈知道了，妈会配合你，等你哥回来。"

过了几日，母亲说："冬梅，给你哥拍电报吧，妈坚持不住了。"

赫冬梅说："妈，你是不是担心我和我姐抬埋不了你？你非要等我哥回来。"

母亲："自古以来，儿子为父母养老送终。我的儿子是个孝顺儿子，可是他离开我去了乡下，那也是我儿子呀。哪怕是一张席子埋了我，我也不怨。"

"妈，我哥也没钱，我和我大姐商量了，我给我哥100块，我大姐给60块，我们把钱交给我大哥，让他抬埋你。""冬梅，你这件事做到妈心上了，否则妈还得给你个说法。我就剩这几间房了，你哥迟早要回来的，我把房子给了你们俩，你哥回来往哪儿住？你和你大姐这么做，就做到妈的心上了，妈就能闭上眼了。"

乡村路上，正在往驼城赶的赫启祥，坐在马车上焦急地看着天色。

母亲终于坚持不住了，她没有看到儿子一眼，就闭上了眼，永远地离开了这个世界。赫启祥进了门，看到的是母亲安详地躺在炕上。赫启祥哭道："妈，我来晚了，你怎么不睁开眼看看儿子呢？儿子多么想念你呀，你睁开眼看看我呀！妈呀，儿子不孝，没与你见上最后一面……"

赫彩莲："大哥你也不要难过，是我不让冬梅早点告诉你的。因为嫂子坐月子，你走不开呀！"

院子里，黄振华差人拉来一车菜，还有豆腐和半扇猪肉。大哥给母亲买了水桐木棺材，办了丧事。

小姨正在缝棉衣：“这是你母亲的大衣，我给你改了件棉袄。看你身上穿的那件棉袄太薄太旧了。”赫启祥说：“谢谢小姨为我着想。你是因为我姨夫的地主成分，被送回山西农村老家。你应该不会再回去了吧？”

小姨说：“你姨夫死了，我不能把两个孩子也送到那个穷地方遭罪。我暂时回来了，在大女儿家住。你妈刚好有病，冬梅又要在农村教学，所以我就来伺候你妈最后这几天，为我大姐尽了点心，也让我心安了。”

赫启祥说：“让小姨辛苦受累了。我是我妈唯一的儿子，居然没有和我妈见上最后一面，这是我一辈子的遗憾。”

小姨：“我们都是落难的人，由不得自己做主。你妈把什么话都跟我说了，她最心疼的就是你。你妈就是不放心你们一家人，她没见到你，死不瞑目，就眼巴巴盼着你回来。”

赫启祥难过地流下了眼泪。小姨说：“别再难过了，日子总还得过嘛。熬着呗，看什么时候老天睁眼，我们就能看到希望了。”

家里，赫启祥对两个妹妹说：“你们两个一共给我了160块钱，给妈买过棺材，办过丧事，现在还剩25块钱，大哥交给你们。大哥没本事，让你们破费了。”

赫彩莲：“大哥，什么话也别说了，剩余25元，我和冬梅也不会要，你拿回去给我嫂子买点东西，我和冬梅还一人凑了10斤细粮，你也带上。我嫂子坐月子，农村生活艰苦，你和嫂子要把身体调养好。”

赫启祥说：“大哥亏得有你们两位好妹妹，才有这个结果，要是靠我，我只有卖房了。”

赫冬梅说：“大哥，什么话也别说了。听振华说，中央要拨乱反正，对过去的冤假错案要平反。”赫启祥说：“这是好消息，我们也有希望了。”赫冬梅说：“我们再等等看吧。”

第三十七章

驼城赫家院子里，生产队队长叫着："赫启祥，在家吗？"赫启祥从家里跑出来："在家，在家，纪队长来了？你怎么找到家的？"队长："盛国给我画了一张图，我一路问过来的。"启祥："快进家里说话。"

小姨："队长，你好。请坐！"赫启祥说："这是我小姨。我妈病的时候她来伺候。"

小姨："我去给你们做饭，你先喝点热茶吧。"队长问："你母亲已经走了，安葬了？"

赫启祥说："我回来都没赶上见最后一面，我妈的丧事已经办过了。"队长："唉，我想着咱们都快成亲家了，我今天进城来，也是想看看老人家。"

赫启祥说："谢谢你来看望，我也准备今天回去了。"队长："那就下午坐我们队里的大车一起回去。""那好，我搭个顺风车。"

小姨："来，一人吃两碗热面条。"队长："一来就吃饭。"

小姨："庄户人家，大老远出门，来了家里，还能不吃饭就走吗？我们也过意不去呀。"队长："那好，咱们吃了饭，就一起走。"小姨说："启祥，你也一起吃吧。"

家里，小姨："冬梅，你妈这事也办完了，小姨也该回去了。"赫冬梅说："小姨，你回哪儿去呀？你好好在这儿待着吧。"赫彩莲："冬梅说让你待着，你就待着吧。你住到你大女儿那儿，她又不工作，就靠女婿一个人的工资，你们去了三口人，他们也未必能养得起。你又没有口粮。"小姨："她生活再难，也是我女儿，我现在赖也得赖到她家里。我不能再把那两个小的留到山西了。"赫冬梅说："你还是给我把孩子看上，我家两个人挣工资，总比他们生活宽裕一点。”赫彩莲：“小姨，你也不要推辞了。冬梅工作调动报告已经交了。等把冬梅调回城里了，你再走。现在你就把你的两个孩子带到家来，顺便给冬梅把孩子看上。等冬梅调回来了，你再走。”

小姨：“这不是给冬梅增加负担吗？我也不忍心。”“就照我姐姐说的办，小姨你先别走，帮我看看孩子。我也挺难的，没人照顾我的孩子，你说我怎么上班呢？”在冬梅和彩莲的一再挽留下，小姨答应暂时留下来。

县教育局局长来到头道河子小学视察工作，发现赫冬梅因母亲去世回城里了，学校没人管。张局长问：“你们校长赫冬梅呢？”

常老师：“赫冬梅她母亲去世了，她请假回去给母亲办丧事。张局长，你看，赫冬梅已经回来了。”正说着，赫冬梅背着小儿子，手里拿着行李，身后还跟着二女儿丽莹。

赫冬梅说：“张局长，今天视察到我们学校来了？还好，我今天赶到了。”

张局长：“刚听常老师说，你母亲去世了？”“是的，我母亲一直给我看着孩子，支持我工作。现在她去世了，家里5个孩子没人给我看。把我小姨叫来，临时给我看着孩子，我才能到学校来上班。我给教育局打了个报告，希望能把我调回城里。”张局长说：“我真没想到，冬梅同志家庭困难这么大，还坚持在工作岗位上。我回去一定认真研究考虑，把你调回城里。”

赫冬梅说：“那就太感谢组织的照顾了。张局长体恤下属，我们一定好好工作。”

赫冬梅回家看见小姨把家打理得井井有条。赫冬梅说：“小姨，你把家收拾得这么干净整洁。这还是我家吗？”小姨说：“我在家没事儿，孩子们上学以后，我就做做针线，打扫一下家里，再给孩子们买菜做饭。”

“你和我妈太像了，都那么勤劳、善良、善解人意。有小姨在，真好。”“让你养活我们家三个人，我心里老过意不去。”“小姨，再不要说这样的话。每个人都会遇到一些难事。你就把这儿当作自己的家，千万不敢见外。我和振华的工资高，养活你们一家人绰绰有余。你千万不可多心。”

小姨：“我把你妈的旧衣服给孩子改一下，天快凉了，孩子们的夹衣、棉衣我早点帮你做好。家里的被褥我也都给你拆洗了。”

“谢谢小姨。我妈过去说我不会做家务，不做针线活，等有了孩子日子怎么过。我还不服气，原指望我大姐、二姐和我妈给我做。现在我妈走了，我才知道一个女人家，不会做针线活和家务活，可真不方便。”“就是因为你不会做家务，你妈从小就让你两个女儿，一个学做针线，一个学着做饭。我看将来这两个女儿能帮你做。”

赫冬梅调到了二完小当教导主任。赫冬梅说：“韩校长，我来报到了。”

韩校长：“赫冬梅，你已经对二完小非常熟悉了，我也不给你介绍了。你现在是教导主任，该做什么你也知道，欢迎你再次回到二完小。家里都安顿好了吗？”

赫冬梅说：“我今天刚拿到教育局的调令，就来这儿报到。今天星期五，星期一我来上班。我得先回头道河子学校，把工作给人家交代一下。”

韩校长：“赫冬梅同志什么时候都有这么高的工作热情。你尽管把家里的事安排好，把原来学校的事交代好再来上班，不着急。”

赫冬梅回到家里，看见小姨将她的东西都收拾好了。赫冬梅说：“小姨，你这是干什么？东西都收拾好了，你去哪儿呀？”小姨：“我就等你回来，把钥匙给你一交，家里的事跟你交代了，我到大女儿那儿去。”“小姨，别因为我工作调回来了你就走，你就在我这儿好好待着。我孩子们穿什么衣服，就让你的孩子穿什么衣服，我吃什么，你们就吃什么。”

小姨：“我知道你对我很好。但是咱们原来说好的，你调回来我就走。饭我已经做好了，孩子们回来一热就能吃。”小姨还是坚持辞行了。

赫冬梅来到大姐家，说：“大姐，小姨走了，我留都留不住。你帮我劝劝她，让她回我们家。”

赫彩莲：“你就让小姨走吧，小姨已经揽了个活儿，给人家看孩子，一个月挣30块钱，有这30块钱就能养活她们三个人了，在你们家干活，又挣不了钱。”

赫冬梅说：“要挣钱，我给她30块，让她到我家看孩子做饭。”“到你家干活，咋好意思挣你的钱呢？你就让小姨走吧。你调回来了，以后自己的日子自己过，再不能依靠别人了。”

放学回到家里，赫冬梅不会做家务，吃不上饭的儿子们直喊饿。跃生：“妈妈，我饿了，你还没把饭做好？”进生也喊道：“妈妈，我们也饿了。”

赫冬梅说：“你们别喊了。你们放学，妈妈也才回来，这个火怎么半天生不着呢？”

跃生："妈妈连火都不会生，今天的饭是吃不上了。"进生："妈妈笨蛋，不会生火做饭。"

丽莹回来了，放下书包，过来帮妈妈生火。赫冬梅难过地坐在炕边哭了起来。

丽莹很熟练地生了火，把锅子放灶上，然后把米下了锅，把头一天的玉米面馍放在屉子上，装进锅里。接着刮土豆、切土豆。不一会儿，给弟弟们一人盛了一碗菜饭，把热的玉米面馍放到炕桌上，弟弟们狼吞虎咽地吃了起来。然后她给妈妈盛了一碗菜饭，递到妈妈手里。

丽莹："妈，你也吃吧，你也饿了吧。"这时大女儿丽莎也回了家，看见母亲在那儿哭。"妈，你哭啥呢？是不是又想外婆了？"

赫冬梅说："我觉得你外婆走了以后，我连饭都不会做，今天给孩子们做不了顿饭。"丽莹说："妈，你别难过了，以后我来做饭。""妈，我回来得晚，我来洗碗，给弟弟妹妹们做针线活。我现在会做衣服，针线活儿可好了，我会裁剪衣服，还会缝衣服，你将来给我买个缝纫机，我还可以开缝纫铺。"

赫冬梅破涕为笑："你还能当裁缝啊，把你说得能的。"丽莎："什么事都是人干的，只要我想学，就没有学不会的东西。妈妈，我上次不会写作文，你指导我写的作文，今天被老师当作范文了，还在班里边读了，我都不好意思。""你已经上了初中，可要好好学习。妈妈跟你说，我第一次写作文，被老师当范文读的时候，我也不好意思。但是从那以后，我就知道写作文一定要写让你最感动的事情，这样你的作文才有感染力，就是一篇好作文。"

赫彩莲家，赫冬梅说："大姐，我把俊生送到你这儿了，我下了班过来接。""刚开始过日子，会做饭吗？""不好意思，我不光不会做饭，现在还不会生火，我得从生火开始学。""那你们昨天晚上是谁做的饭？""丽莹回来做的饭。"彩莲："做得了饭就做，做不了饭，就过来到我这儿吃。"

赫冬梅说："活人不能叫尿憋死。两个女儿还能帮忙，我总要学会过日子吧，什么本领都是逼出来的。"

学校里，赫冬梅只顾着给孩子们补课，一看表已经6点多了。

赫冬梅说："好了，同学们，今天的课就上到这，下课。"下了课，赫冬梅急忙赶往大姐家。

赫彩莲家，赫冬梅说："我今天给学生们补课，忘了时间，我来接小三子。""丽莹已经把小三子接回去了，你赶快回去做饭吧。”“那我回去了。”

赫彩莲摇着头：“唉，你说我这妹子日子过得，连给娃们做饭都不会。”

家里，赫冬梅回到家里看见俩女儿，一个生火烧水，一个和面擀面条，已经做好了一顿饭。赫冬梅抹眼泪。丽莎：“妈，你又咋啦？哭啥呢？”“我不是个好妈妈。”丽莹：“妈，你别难过，我和姐姐会帮你的。”赫冬梅一把搂住女儿们：“妈知道了，你们两个真是好孩子。”

学校，何老师：“赫主任，我给你反映点情况，而且我要给你提意见。”“什么事，这么严肃？”“我是黄丽莹的班主任，你知道吧？”“你说了我不就知道了，怎么啦？我女儿闯祸了？”

何老师：“你要多关心关心孩子。她从来不做家庭作业，你知道吗？我今天跟她谈话，她说要帮她妈妈干活，没有时间做家庭作业。你是怎么回事儿，怎么做母亲的？这么小的孩子叫她干家务，那学习怎么办？”

赫冬梅说：“我女儿说她每次都考九十几分、一百分，难道这是假的吗？”

何老师：“这孩子确实很聪明，从来不做家庭作业，居然每次考试都考全班第一。”

“这不就对了嘛。我女儿聪明，还做家庭作业干啥？我老公下乡了，我一个人带5个孩子，我女儿愿意分担我的家务，又不耽误学习，这不挺好吗？”何老师：“让这么小的孩子做家务，你也适可而止吧。”

赫冬梅说：“我知道了，虽然我不会做饭，但我现在不正在学吗？”何老师：“你这个大小姐，你妈真把你惯坏了。”

家里。黄振华从乡下回来了。赫冬梅说：“你这个甩手掌柜，啥也不做，回家光吃现成的。我家务活啥也不会做，每天回来，还要跟女儿们学着做饭。我们还有个做父母的样子吗？”

黄振华说：“哈哈哈！两个女儿会做家务，这不是很好的事吗？没想到一向要强的你，现在居然跟女儿学做饭。这很好嘛，说明你有进步。哈哈哈……”冬梅：“你还笑？笑话我不会做饭。那你会吗？明天星期天，你给我做顿饭，让我看看。”“明天我请客，咱们到外面馆子吃。”

赫冬梅说：“丽莹的班主任给我提了一堆意见，说女儿从来不做家庭作业，要替她妈妈做饭，做家务。她的班主任，把我一顿批评。”振华：“女儿们会做饭，这不是把孩子们锻炼出来了吗？这是好事啊。”

星期天上午，赫冬梅说："振华，今天大姐让我们在她家吃饭。你把孩子们带过去，我先顺道买一块羊肉，给大姐拿过去，让姐夫给我们做。"

黄振华说："好，你早点过去，跟姐夫学两手。我们以后要自己过日子了，不会做饭怎么行？"

赫冬梅说："我知道了，我今天过去跟姐夫先学习炖羊肉。""好。你先过去，我等孩子们把作业做完了，再一起过去。"

赫冬梅提着羊肉到赫彩莲家说："姐夫，我去买羊肉，人家问我说，你要吃啥，我说我要吃清炖羊肉。他说吃清炖肉要买前夹子。我一看，前夹子全是骨头，没有肉，我说你还是给我买后腿吧。"

贺福堂："吃手扒羊肉，要买羊前腿；煮羊肉，要买羊后腿。另外，肉有山羊肉和绵羊肉之分，吃羊肉饺子那肯定是绵羊肉好，绵羊肉肥，吃起来香。如果吃手抓羊肉，那还是山羊肉好，肉嫩，骨头汤水好。""姐夫，我今天就想跟你学做清炖羊肉。"

贺福堂："清炖羊肉，最好是山羊后腿肉。先用清水洗净，然后切成小方块，凉水下锅。""为什么要凉水下锅呢？""因为肉里有血水，只有凉水才能把血水逼出来，结成血沫。如果你用热水煮肉，血水出不来就变成红肉了，味道腥，羊膻味大。"

"那炖羊肉要放什么调料？""地椒、花椒、辣椒、生姜、盐。""等等，我要拿笔和纸记一下。""嘿嘿……文化人学做饭，还是离不了纸和笔。"

赫彩莲："你得好好给我妹妹教。再不学做饭，娃娃们的饭都吃不到嘴里。"冬梅："姐，你放心，我肯定会是我姐夫的好徒弟。"贺福堂说："那么难念的书都能念下来，学做饭还能学不会，没问题！"

赫彩莲："以后星期天你们一家过来，你就和你姐夫学做饭。""那我肯定是我姐夫的高徒。嘻嘻嘻……"

过了一会儿，黄振华带着孩子们来到了赫彩莲家。黄振华说："大姐你好。我姐夫呢？"赫彩莲："嘿嘿嘿……你姐夫在厨房正在教冬梅做饭呢。"

黄振华走到了厨房，看见冬梅正在学着切肉。黄振华说："姐夫，你好，有一阵子没见你了，身体还好吧？"

贺福堂抬头看见妹夫："哎呀，妹夫来了！刚才你大姐说，以后你们星期天就到我们家来吃饭，冬梅正好跟我学做菜。"振华："那敢情好呀，只是太麻烦大姐、姐夫了。""唉，自从公私合营了以后，我就到饮食公司上班，下了班回来，星期天也没事干，正好也练练手艺。这才收了一个徒弟，我得好好教她。”“看冬梅学得这么上劲，以后我们就有口福了。”“姐夫，他可坏了，他自己不会做饭，还成天嘲笑我不会做饭。”贺福堂说：“振华是男人，你是女人，哪有男人一天围着锅台转的道理？”“姐夫，你不是男人吗？你不也围着锅台转吗？”“我是个厨子，不围着锅台转就失业了。振华那么大的官儿，一天围着锅台转，人家不笑话你呀？”

“冬梅，有件事我跟你说一下，我可能吃不了姐夫的饭了。今天是季老的生日，我得过去给老爷子祝寿。”“那你就空着手过去祝寿吗？”“季老不在乎这些。过去看看老爷子，说说话。”

贺福堂：“等等，我给他烧几个菜，你顺便给他送过去。”

赫冬梅说：“对呀，季老最爱吃姐夫做的菜了，老说姐夫不开馆子了，他也吃不上姐夫做的招牌菜了。姐夫还需要什么？你开单子我出去买。”

黄振华给季老祝寿后回到了家。赫冬梅问：“季老最近身体还好吗？”黄振华说：“老爷子硬朗着呢。这几年不管农校的事了，专管政协的事。老爷子一天打打太极拳，看看书，养生休闲，所以身体好着呢。”冬梅：“毕竟是老革命，经过风雨的人，思想放得开。”

黄振华说：“季老的弟弟也回来了，就是中央党校当副校长的弟弟。他谈了好多内部情况，只是没想到发展经济是有规律的，不以人的意志为转移，不是喊几句口号就能解决的问题。中央对以前那些冤假错案要拨乱反正。他还说要发展经济，提高人民生活水平。”

赫冬梅说：“拨乱反正！提高人民生活水平，这太好了。特别是冤枉了那么多的人，不给人家平反，怎么去抓经济、促生产？人也没有那么高的革命和生产的积极性啊。这是最现实的问题，就拿咱们家来说。妈一辈子为党工作，最后被开除党籍、撤销职务。这些事对妈的打击太大了，老太太想不通啊，心里觉得冤枉。再说我哥，他不过就是国民党时期当了一个乡里的文书，按政策他也不是反革命啊。最后却被扣了反革命的帽子，被轰到农村去。只有把类似这些人平了反，才能调动群众的积极性啊。”

黄振华说：“你的政治觉悟越来越高了。经过了这场‘文化大革命’，你的政治思想也成熟多了。”

赫冬梅说：“今天你带过去的几个菜，正好赶上季老招待他弟弟了。”振华说：“你这主意出得太好了，你不知道季老有多高兴，一直夸你，说这主意肯定是你出的，绝对不是我的。”

家里，丽莎：“爸爸，我们老师说我写的字好，让我办黑板报，还推荐我到县文化馆美术学习班学习画画。”振华说：“很好啊，到特长班学习，多参加点社会活动和公益活动，挺锻炼人的。”“可是文化馆的老师让我们买书，还要买铅笔，买素描纸，买画画用的东西呢。”“你买这些学习用具，爸爸支持你，你说要多少钱？我给你。”“差不多得五毛钱。”

黄振华说：“好的，爸爸给你一块钱。”丽莹：“爸爸，我也要钱买菜。”“五角钱够不够？”跃生：“爸爸，我也要钱。”进生：“爸爸，爸爸，我也要钱，我要买糖糖吃。”

黄振华说：“你们三个要钱都要买糖吃吗？”跃生：“我要钱买糖棋子吃。”“你大姐要钱，是为了学习。二姐要钱，是为了给咱家买菜。你们三个要钱，是要给自己买糖和糖棋子吃，不给！”跃生：“爸爸偏心眼儿。”俊生：“爸爸，我要吃糖糖，我要吃糖糖嘛。”

黄振华说：“好吧，我给你们三个人一毛钱，去买糖吃。”

学校里，赫冬梅说：“你们谁认识幼儿园的主任？我那小儿子上学还差一岁，家里实在没人带，所以我想把他送到幼儿园。”

郭老师：“你这小儿子特别聪明，一年级的加减法考不住他，而且认识不少字呢。你那天上课，他在我办公室，拿报纸都能念下来，你不如放到我们一年级班里，他能跟上，让他继续上，如果跟不上，重新再上一年，不好吗？”冬梅：“郭老师你说得对呀，我怎么没想到。那就有劳你了，下学期就到你班里跟着上。”

几年过去了。

家里，赫冬梅对大女儿说：“丽莎，没想到这些年，我女儿的字写得好，画也画得这么好。”“我从初中到高中一直上着文化馆的美术学习班，从初级班、中级班、高级班到创作班学习，现在是创作班。这幅画是我的毕业创作。”丽莎自豪地说。

黄振华说：“你画的这是陕北沙漠里的植树造林场景，意境很好。”赫冬梅：“看来我女儿将来能上美术学院，能当画家。”丽莎答道：“能上美术学院更好，上不了也没关系，作为一个爱好也很好。”

黄振华说：“有一技之长，工作也好找，将来也不会没饭吃。”

跃生骑个自行车回来了。赫冬梅说："儿子，你把粮买回来了？"

跃生："哎呀，我把10斤玉米面丢了。就在我自行车后面夹着呢，现在不见了。我赶紧出去找找，看看掉到哪儿了。""快回来吧，现在都是缺吃少喝的年代，粮食丢了还能找回来？"黄振华说："掌柜，给咱们做饭吧，孩子们都饿了。"

赫冬梅正在厨房做饭，看见跃生推着自行车垂头丧气地回来了。赫冬梅说："看来你没找回那10斤玉米面。"

跃生："我又原路骑回去找了一路，还是没找到，太可惜了。"赫冬梅说："算了吧，玉米面丢了，咱们就少吃几顿饱饭。如果让穷人拾走了，那还能救命。"跃生无奈地说："那也只能这么想了。"

暑假结束了，新学期就要开学了。黄振华拿了一堆牛皮纸，准备给孩子们包书皮。又买了一大堆白纸，裁开了，给孩子们装订作业本。

跃生："妈，今天是星期天，我们不去大姨家了？""马上要开学了，你昨天才从大姨家回来，今天还去大姨家蹭饭？今天妈妈给你们做饭，我跟你姨夫学了几样菜，我要给你们露一手。"

黄振华说："好啊，你妈当了一假期学徒，现在准备出师了。那今天是你的毕业考试，我们都是评委。"丽莎："妈妈，我帮你，给你打下手。"

赫冬梅说："你别帮忙了，你给跃生把裤子缝补了，裤子开了两个大洞。明天就要开学了。"

丽莎："那好，我把弟弟们上学要穿的衣服和鞋袜都检查一遍，需要补的我都给补上。"

这时丽莹买了菜回来，跃生也担水回来了。丽莹："妈，你要的菜我都买回来了。我来帮你做饭吧。"赫冬梅说："你给妈妈打下手。"

跃生又担起空桶打算担水。赫冬梅说："跃生，歇会儿再去担水吧。"跃生："再担一担水，水缸就满了。"进生："爸爸，爸爸，你给我们讲故事吧。"俊生坐在爸爸的怀里说："爸爸，我也要听故事。"

黄振华说："好吧，我们三个人帮不上忙，我就讲故事给你们听。"

"从前有座山，山里有个庙，庙里有个老和尚。他收了一个小和尚做他的徒弟，这小和尚呢，非常勤快，他每天到山下担水，老和尚看着很高兴，每天水缸里的水都是满的。他很满意。过了几天他又招了一个小和尚做徒弟，山上现在有几个小和尚？"

进生和俊生说："有两个。"

黄振华说："回答对了，是两个小和尚。于是呢，这两个小和尚就每天去山下抬水，老和尚看着水缸里也是满的，他也很高兴。又过了几天，老和尚又收了一个小和尚做徒弟。这三个小和尚呢，谁也不到山下去打水。那老和尚有没有水吃呀？"

进生和俊生："谁也不到山下打水，老和尚就没有水喝了呀。"

黄振华说："对呀，老和尚一看水缸里一滴水都没有了，他生气了，就说，唉，一个和尚担水吃，两个和尚抬水吃，三个和尚没水吃。为什么有了三个小和尚，居然没水吃了？"

俊生："因为他们偷懒。"进生："我要是老和尚，我让他们每人一天担两担水。"

俊生："我要是老和尚，我让他们一人担三担水，看他们还懒不懒。"

学校里，丽莎正在学校的黑板报上画报头。同学程远莉："黄丽莎，咱们高中班的同学都在填报志愿，你还办什么黑板报呢？"

黄丽莎："陈老师说最后一期黑板报要办好。我想咱们高中几年，我一直在写黑板报。最后一次黑板报，我要画得漂亮一点，喜庆一点。我们高中毕业后走上工作岗位，是值得纪念的时刻。"程远莉："高中毕业了，你准备到哪儿去呢？"

黄丽莎："我已经报名了，到沙浪河长城女子治沙队插队。你呢？准备去哪儿？""我准备回我们老家沙谷县。""那我们俩都去沙窝窝里了。"

家里，赫冬梅问："丽莎，你毕业了，准备怎么办？""响应毛主席的号召，到农村插队落户，当知识青年。""到哪个公社插队落户，你想过吗？""我们同学说要成立长城女子治沙队，我想到那里去。"

赫冬梅说："我想让你到清河公社插队，离家又近，条件也好。我给你爸说过了，让他给知青办说一声。"丽莎："你怎么能不和我商量就决定我的事情啊？你咋不把我放到城关镇呢？那每天住在家里，不更方便，条件更好？""城关镇安置回乡知青，插队知青的名额全在城外的其他公社。"丽莎："毛主席号召我们知识青年不能在家里吃闲饭，我们也有两只手，我们要到农村去，到祖国最需要的地方去，到农村插队落户干革命。你倒好，走后门，让我留到条件好的地方，我不去。""你是女孩子，妈妈怕你离家太远吃苦。""放心吧，妈妈，别人能吃的苦，我也能吃。"

家里，黄振华说："我已经给知青办说好了，让丽莎到清河公社清河大队插队，这样离家更近，不到十里路就到家了。"丽莎："爸爸，你别听我妈妈的话。我从小看着你、我姑姑和姑父都为治沙造林出力。你曾经在一篇文章里写道，驼城的沙漠不治理，任其按照现在的速度发展下去，再过几百年，沙漠会把西安城埋了。所以我想，你们前一辈为治沙造林出力，我们后一辈也要接着把治沙造林工作进行到底。所以我要到长城女子治沙队。”

黄振华说：“看看，我女儿的觉悟，比你妈高。不过女儿，爸爸要告诉你，长城女子治沙队在沙浪河，那里非常艰苦，军事化管理，而且你要做好吃苦受累的准备。”冬梅说：“原来想让你离家近一点，一是我们也好照顾你，二是你也能帮家里做点事儿。你爸爸治了一辈子沙，难道你也要治一辈子沙吗？”丽莎：“爸爸，我已经决定了，你给知青办的主任说，让他把我调整到长城女子治沙队，我不去清河公社。”

黄振华说：“好的，我女儿有志气，敢和风沙见高低。好，爸爸支持你。”

大街上，一辆辆汽车载着知识青年，他们胸佩大红花。人们敲锣打鼓，欢送他们。横幅标语写着：“响应毛主席号召，接受贫下中农的再教育。”丽莎站在一辆卡车上，和许多知识青年一样，胸佩大红花，背着背包。卡车上写着“长城女子治沙队”。赫冬梅和弟弟妹妹欢送她。

家里，赫冬梅说：“女儿大了，不听话了，让她吃点苦头。我跟你爸说得好好的，让她在清河公社插队，还可以当民办教师，她偏不去，非要到治沙队吃苦受罪。”

丽莹：“妈妈，你别生气，我将来就听你的话，我要插队，我就当民办教师。姐姐继承了爸爸的事业，我将来继承你的事业。”冬梅：“还是我的二女儿乖巧，听妈妈的话。不听老人言，吃亏在眼前，你姐姐会有后悔的时候。”

第三十八章

沙浪河公社知青誓师大会。知识青年纷纷上台表决心，个个表示要扎根农村干一辈子革命。

知青田专干："姑娘们，今天的誓师大会上，公社党委书记已经任命我为你们长城女子治沙队的指导员，王俊莲为连长。

我们沙浪河长城女子治沙队里要成立临时团支部。王俊莲，你在知青誓师大会上明确表示，要扎根农村干一辈子革命，你的革命热情感染了好多人。鉴于你原来在驼城中学当过团支部书记，我们任命你为临时团支部书记。黄丽莎，我们了解到你能写会画，能歌善舞，任命你为临时团支部学习宣传委员。陆永翠，你是'赤脚医生'，学过医，那么你就当组织生活委员，也是我们这个治沙队的卫生员。你的主要任务是管理好生活，保证姑娘们的饮食和医疗卫生。

治沙队的姑娘们明天就要开赴到大水湾——沙浪河长城女子治沙队的驻地。你们团支部要起到战斗堡垒的作用。那里很艰苦，刚去了生活会有很多困难，你们要充分做好准备。领导相信你们女子治沙队会是一支能攻坚克难、在治沙造林做出成绩的队伍。"

黑风口。赫县长对54名平均只有18岁的女青年讲话。

赫县长："今天，我们沙浪河女子治沙队正式成立了。你们54个民兵，就是54个战士，我们组建这支女子治沙队，就是以治理沙害为己任，在艰苦恶劣的条件下，发扬民兵劳武结合的光荣传统和特别能战斗、特别能吃苦的优良作风，艰苦奋斗，顽强拼搏，锲而不舍，无私奉献。在沙漠中为改变当地生态环境、促进经济发展做出你们特有的贡献。你们要始终按照‘三落实’的标准，全面建设连队、坚持治沙与育人、用兵与练兵相结合，组织民兵学政治、学军事、学文化，使连队的整体素质不断得到提高。毛主席有一首诗是这样写的，‘飒爽英姿五尺枪，曙光初照演兵场。中华儿女多奇志，不爱红装爱武装。’这是毛主席为女民兵写的一首诗，我相信你们每个人都会背诵。我们今天站在这个地方，名字叫黑风口。这是黄风沙尘暴最严重的地方，也是风沙灾害最严重的地区。我们长城女子治沙队的第一站，就是要在这黑风口，与风沙做斗争，并且要战胜它。姑娘们，女民兵战士们，当你们种上第一棵沙柳苗时，就迈开了治沙造林的第一步。我相信，你们每一个人都会在新的岗位上做出自己特殊的贡献！”

黑风口的沙丘上，女子治沙队的姑娘们正在种沙柳。她们有的运送沙柳树苗，有的挖坑，有的栽苗，有的浇水，干得热火朝天。

王俊莲：“姑娘们，休息一下吧，我们一块儿喝点水。黄丽莎，你是学习宣传委员，给大家唱一首歌吧。”

黄丽莎：“那我就给大家教一首用毛主席诗词谱写的歌曲。我先唱一遍，会唱的人跟我一起唱。飒爽英姿五尺枪，曙光初照演兵场。中华儿女多奇志，不爱红装爱武装。”

姑娘们也跟着黄丽莎一起高声唱了起来。

会议室。田指导员：“今天我们开一个会议，总结一下我们现在存在的问题。连队的战士，大多是从每个乡村抽调来的姑娘，吃苦耐劳的精神是有的。刚来时，热情也比较高。但是我们目前的情况比较艰苦，治沙种树的地方没有驻地，每天要走几十里路才能到黑风口。我们首先要解决吃住行的问题。”

王俊莲：“是啊，我们每天一大早起来，走上二十多里路，到了黑风口就已经快中午了，种完树再返回。我们把许多精力和时间都浪费在来回的路上。”

黄丽莎：“如果我们在当地搭帐篷，住在那里，就会节约更多时间和精力。”

陆永翠：“搭帐篷只能解决住的问题，但是人要喝水、要吃饭，这些问题怎么解决？”

指导员：“当地老百姓用柳条编织的柳笆庵子，能解决夏季住宿问题。水的问题只能在当地挖马槽井，这样，既可以饮用，又可以浇树。但是，住在沙漠上，干的又是累活，姑娘们可要吃苦了。”

王俊莲：“我们不怕吃苦受累。这样做，我们能节约多少时间，能多干多少活呀！工作进度也能加快。明天开始，我们就先解决吃住的问题。”

指导员："我明天找一些会扎柳笆庵子的农民，带过来教姑娘们做。"

沙漠里，在姑娘们植树的工地上，黄丽莎正和姑娘们一块儿植树。王俊莲："黄丽莎，指导员让你协助公社肖专干参与勘测，我们要向公社提出治沙设想和规划。你不是会画画吗？指导员让你和他一起参与这次规划。"

黄丽莎："他在哪儿？"王俊莲指着："沙梁上站着那个拿图纸的人，就是肖专干。"

指导员和肖专干正在沙梁上指出图纸对应位置。黄丽莎："指导员、肖专干，王连长说您叫我。"

指导员："公社的肖专干专门是来给我们做规划的，你不是会画画吗？你协助他，为我们的生活区、生产区、植树区、育苗区做规划设计。"黄丽莎："好的。"

公社办公室，肖专干："根据田指导员那天说的意思，我们要进行女子治沙队的规划，还绘了几个功能区域的设计草图。你父亲是治沙研究所的所长，又任林业局副局长。你可否将我们的设计图拿到治沙研究所？请专家给我们指导一下。"

黄丽莎："可以。那咱们一块儿回驼城。我找我爸，让他给我们派人。"

肖专干："你给指导员和王连长打个招呼，我们明天坐班车回驼城。"

治沙所里，黄振华带着黄丽莎和肖专干找到了贾文宇。黄振华说："小贾，你是搞林业规划的，这是我女儿和沙浪河公社的肖专干。他们搞了一个规划设计，你给他们指导一下，看看哪儿还需要改进。"

贾文宇："我来看看。"肖专干和黄丽莎把图纸展开，放在贾文宇面前。

贾文宇看后说："你们这个规划图太过简单，只能叫规划草图，没有计算的数据。规划图需要数据支撑。比如说，要平整沙漠多少立方米；生活区需要占多大面积，容纳多少人；育苗区根据每年的植树造林量，育多少苗；还有，造林区这个规划不够精确。要搞一个规划，恐怕还得认真测量一下，掌握确切的各项数据。"

贾文宇对黄振华说："黄所长，我要求到沙浪河女子治沙队现场去看一看，要搞好这个规划，还需要测量计算，我需要一些时间。"

黄振华说："可以，既然是帮助他们做这个规划，也算我们支持他们的工作，你就去吧。治沙队和我们的工作目标是一致的，我们应该大力支持。先要做好规划，然后才能为了实施这个目标，按照规划去开展工作。"

沙梁上，贾文宇和指导员、肖专干、黄丽莎在测量沙漠的各种数据。

办公室，贾文宇和黄丽莎、肖专干绘图。黄丽莎根据规划画了一张实景图。

宿舍里，黄丽莎把规划图、实景图和进度表铺在床上。对姑娘们大声说："治沙队的战士们，大家都过来看！"大家都围上来，一边看，一边议论。

黄丽莎指着图，给大家介绍着："这是我们的生活区，这是宿舍，宿舍前面有自来水，有食堂，有我们的会议室和文化娱乐室；这是我们的苗圃，我们可以在这儿育苗；这就是我们的植树造林区，我们可以在这里实现我们的梦想，特别是这一大片沙漠的治理，都是我们以后要完成的任务。"

王俊莲："这是什么？"黄丽莎："是我们的展览室，我们要将我们的柳笆庵子房，还有我们的土毛毡子进行对比，还有我们创业时候用过的工具作为一个展览，让世世代代把我们这种精神传承下去，这一片沙漠治理不好，我们治沙队永远不撤离。"

一姑娘问："展览室旁边是什么？"

黄丽莎："我们的学校，我们将来有人要结婚、生孩子，这里有我们的学校，有我们的老师；这里是我们的医院、卫生所，看病就在这里。"

姑娘们说："太好了，我们哪儿都不去了，就在这里成家立业，把我们的一辈子贡献给这里。"

治沙所食堂，刘兰："贾文宇下乡了，没看见成才，他怎么没有来吃饭？"

炊事员："没见成才来打饭。平时这孩子吃饭很积极，今天是怎么回事儿？"

刘兰："我到贾文宇宿舍看看，这小子连饭也不吃了。"

贾文宇宿舍，刘兰进了宿舍，发现成才在炕上躺着。"成才！成才！"刘兰用手摸了摸他的前额，感觉烫手："这孩子病了。成才，快起来，阿姨领你去医院看病。"

医院里，医生给成才做检查："这孩子得了急性肺炎。谁是他的家长？"

刘兰、杨仲、张玉芬："他爸爸出差了。我们就是他的家长。"

医生："这孩子送来得还算及时，再晚就有生命危险了。"

张玉芬："算这小子命大，幸亏刘兰发现得早。""已经安排输液了。你们不需要留这么多人看护，你们该上班的上班去吧。刘兰，你回去吧，你还没吃饭呢。"

刘兰："也好，我吃完饭回来顶替你。"杨仲："也好，你们两个白天看护，晚上我来看护。"

刘兰走后，杨仲问张玉芬："你说刘兰也不小了，也不找对象，是不是对贾文宇有意思？”

张玉芬：“你别胡说八道。刘兰是看着贾文宇可怜，带着孩子不容易，所以才帮他的。就算刘兰愿意，她的父母也不会同意的，找个二婚，还带着个孩子。”

杨仲：“也许刘兰不这么想。贾文宇跟成林这么些年过去了，他也应该考虑个人问题了。”“你别哪壶不开提哪壶，小心让这小家伙听见。”

黑风口，贾文宇：“黄丽莎，我没想到你爸爸这么狠心，让你到女子治沙队。你看看这些姑娘们，干的活比小伙子还累。你爸爸和妈妈怎么忍心让你受这苦？”

黄丽莎：“是我坚持要到这儿来的，我妈妈不同意，但是我爸爸支持我的选择。”

贾文宇：“你爸爸满脑子都是治沙造林，这是他的理想和工作嘛。可你就不一样了，你有这么好的艺术天分，你完全可以从事别的职业。”

“叔叔，你的意思是我不该到这儿来吗？可我这是为了响应毛主席的号召，到农村接受贫下中农的再教育，也为我们驼城的治沙造林出点力。”

“响应毛主席的号召这是对的。但你和这里大部分的姑娘不同，她们都是从各村里选调出来的农村姑娘，没有文化，好多人都不识字。可是你不一样，你有那么好的艺术天分，又有文化，你将来应该上大学，我们祖国的建设离不开有知识有文化的人才。”

“叔叔，那我问你，你为什么大学毕业要来到我们驼城呢？”“因为我学的是林业规划，这里就是我的战场，我可以在这里发挥更好的作用。祖国建设需要方方面面的专业人才。只有科技强，国家才能强。你想上大学吗？”

“我当然想上大学。可是现在又不招大学生，都是推荐工农兵大学生上大学。”“以后很可能要恢复高考，选拔人才。所以你不能放弃学习文化知识。即便是劳动很辛苦，也应该抽出时间学习文化知识。今天我们把这测量完，就把我们的造林区规划图绘制出来了，我的任务也完成了。我的话你好好琢磨琢磨。”“叔叔，你的话我听明白了。”

女子治沙队驻地，黄丽莎在黑板上写了10个字：“绿化祖国，植树造林治沙。”

黄丽莎对田指导员和王连长说：“我参与规划设计的工作已经告一段落，从今天开始，我要履行我学习宣传委员的职责。我们姑娘治沙队50多人，其中有30多个人是文盲或半文盲，有的姑娘连自己的名字都不会写。我们治沙队要学军事、学文化，不识字怎么行？我的想法是，从今天开始，要求这30多个人，每两天学习10个字。头一天我教，第二天我考试。凡是通不过的人，晚上加班继续学习，直到会认会写为止。”指导员和连长都表示同意。

姑娘们说："那就是说，我们平均一天学5个字，那10天50个字，一年下来能学1000多个字呀。"

黄丽莎："对，两年以后，你们就基本脱盲了。我们都是成年人，所以我们认字不能像小孩一样，要先从我们生活中接触到的事物和日常的字词开始。今天我要求大家会认会写'绿化祖国，植树造林治沙'这10个字，这不仅是我们的目标，也是我们来这里的任务。现在我教大家认字，我读，你们跟着我读；然后我再教笔画顺序，教你们怎么写。"

沙尘暴来了，整整刮了一夜。育苗地里的树苗全部被4寸厚的沙子埋了。

王连长："姑娘们，治沙队的女战士们，昨天遇到了沙尘暴，整整刮了一夜。沙子把我们苗圃里刚露头的小树苗全部淹没，埋了有4寸厚。抢救这些树苗，不能用铁锨挖，只能用手刨。现在姑娘们，一定要挽救我们辛辛苦苦育的苗。"姑娘们："那我们快去地里刨沙子吧。"

姑娘们在地里刨沙子，抢救树苗。有的姑娘手磨破了，把树苗染上了鲜红的血迹。

黑风口，王俊莲："姑娘们，今天天公不作美，有大风。但是我们今天的任务，是把这个沙梁削平，我们有没有信心？"姑娘们说："有！"黄丽莎说："王连长，我有一个建议，我们可以利用大风，借风平沙。我们现在沙梁的顶端扬沙，大风的风力将沙吹到沙底，这样我们就达到了借风平沙的目的。""这个办法好。姑娘们，我们全部到沙梁顶端，然后拿起铁锨借风力平沙梁。"

黄丽莎用姑姑给她的尼龙纱巾，将整个头包住，也站在了沙梁上扬沙。陆永翠："丽莎，你这个丝巾可真好，在这大风天，这可太实用了。这风沙吹起来，我们的眼睛都睁不开了。""这尼龙纱巾可真好，既能过滤沙子，不让沙子打眼睛，还不影响视线。咱们的姑娘整天和大风搏斗。尼龙纱巾是最实用的。"

陆永翠："不知道贵不贵，如果不贵的话，倒是给咱们的姑娘们一人买一条。"黄丽莎说："我写信告诉姑姑，让她在北京买，给我们寄过来。"

沙丘上，沙地如蒸笼。姑娘们在沙地上挖坑种树苗。她们掏干马槽井里的水，给树苗浇水。

清晨，灶房里。王俊莲："永翠，我看你一大早就起来了，在灶房干什么呢？"

陆永翠："我一大早起来给大家熬了藿香水，昨天有个别同志中暑了。今天我给大家一人灌一壶水，防止中暑。"王俊莲："你这个组织生活委员真是尽职尽责。"

陆永翠："连长，我还有个想法。我们这附近不是有育苗地吗？我想在育苗地种一些中草药，一方面我们这里缺医少药，谁病了就能直接用药；另一方面，这些药材还可以卖钱。这样种了药材卖钱后，我们还可以买一些必要的工具和生活必需品。"黄丽莎："你这个想法可真好，既保障了大家的卫生需求，又给我们带来了经济收入。"

王俊莲："丽莎说得对，这是个好办法。那你就找一些种子来，我们今年种上，明年就能有收获了。"

工地上，天已经黑了。一个姑娘喊道："陆永翠、陆永翠，快，我们有个女战士在劳动现场晕倒了。"陆永翠撂下铁锹，拿起药包跑过去。

黄丽莎："王连长，我们这里缺医少药，劳动强度大，大家营养也不够，这样以后劳动时昏倒的现象可能还会发生，这样下去可不行。我建议我们除了采购日常需要的药品以外，还要改善大家的生活条件。有些滋补的药品我们也可以种一些，给大家补一补。""你的建议很好，回头我们跟陆永翠商量一下，也可以找找中医大夫，给我们建议种一些药材。"丽莎说："除了种药材，我们还应该种一些蔬菜和水果，改善大家的生活。我们有这么大一片土地，又有我们的双手，我们完全可以通过劳动改善生活，收获更多的果实。""你不是参与过规划吗？你可以给我们规划一些蔬菜地、果树地。这样，我们不仅能完成植树造林任务，还能改善我们的生活条件。""好的，我可以给我爸爸写信，让他们林场给我们支援一些果树苗。"

王俊莲："有你爸的支持，那就太好了。"

宿舍里，大家已经睡下了，黄丽莎听到了一种奇怪的呼吸声。黄丽莎："陆永翠！永翠！"陆永翠："还不睡呀？叫我干吗？""听，这是什么声音？好像是隔壁宿舍传出来的。""不好了，是不是一氧化碳中毒？"黄丽莎和陆永翠急忙爬起来冲出门，向隔壁的宿舍跑去。

陆永翠和黄丽莎踹开了隔壁的房间门，看到烟从门里跑出来。她俩冲进门去，把宿舍的人一个个拉出来。黄丽莎喊道："救人啦！快救人啦！"

隔壁宿舍的女战士都跑出来，将这个宿舍的人拖到外边。有的还在昏迷，有的已经清醒。陆永翠喊："快！给她们灌一点白糖水或者酸菜水！"王俊莲："陆永翠，是谁先发现的煤气中毒？""是黄丽莎先发现的。好在她们都没有生命危险，没有造成人员伤亡。""黄丽莎、陆永翠，你们两个今天立功了。如果这些姑娘有一个人发生生命危险，我们都无法向组织和她们的父母交代。"

阳春四月，姑娘们背着沙柳，扛着铁锨，在沙漠上栽树。王俊莲：“姑娘们，刚才接到气象预报，说今天有寒流。”陆永翠说：“寒流要来，那要给我们的药材育苗地防冻。”黄丽莎：“这苗地怎么防冻啊？”陆永翠：“给药材苗地盖棉被。”王俊莲：“陆永翠，那你带上几个人去，给咱们的药材地育苗地架支架，盖棉被。”

连队驻地，王俊莲：“这场大雨连续下了半个多月了，陆永翠，你和我去看看我们刚修的水池。”黄丽莎：“要不要我跟你们一块去？”“你继续上你的课，给大家教字，我和陆永翠看了以后再说。”

黄丽莎：“这十几天的大雨，让我们这些姑娘们在学习上可长进不小。”

姑娘说：“黄丽莎，你不光给我们教认字，还教我们历史地理和文化科学小知识，我们这些大字不识的人，现在都能读报纸了。”丽莎高兴地说：“过去有人说，‘我宁可劳动都不愿意学习’，现在我看你们都改变看法了，都愿意学习了，都从学习当中尝到甜头了。”

甲姑娘：“我现在都会给我们家写信了。我妈高兴地说，过去穷，没让我去念书，现在把我送到连队，把学费都省了。”

乙姑娘：“学会写字可真好，再也不当‘睁眼瞎’了。我有一次到城里去，不知道哪个是男厕所哪个是女厕所，问了一个小孩，小孩说，‘你不认字吗？男女都不分吗？’你说我这么大姑娘，叫人家小孩说我，心里真难过。”

这时，陆永翠突然跑进来说：“不好啦，同志们，大水冲开了一个豁口，流进了我们的水池里，水池的水将我们的麦苗树苗全部冲开了。连长让我们赶快行动，大家把工具带上，把雨具也带上，我们要疏通退水渠。”

水池边上，大水从以前冲开的豁口流出，冲进刚修好的水池里。水池下面的小麦、树苗眼看就要被淹了。所有的姑娘冒着大雨背柴草，晚上疏通排水渠。打桩，囤草，全力排水。在团支部的引导和带动下，姑娘们忘了寒冷、饥饿和劳累，一晚上浸泡在雨水里。

清晨，王俊莲：“姑娘们，我们奋战一夜，终于保住了我们的麦苗和树苗，大家辛苦了。”大家疲惫的脸上露出了笑容。

第三十九章

家里，黄丽莹：“妈，我高中毕业了，我们老师让报下乡志愿。”

赫冬梅说：“你要听妈的话，别像你姐姐一样那么任性。你看你姐姐吃了多少苦，每次回来我都心疼，过去是画画绣花的手，现在粗糙得只能扛铁锨锄头了。你听妈的话，我已经跟知青办的李主任说过了，让你到农村插队当民办老师。”“妈，我听你的话，我也喜欢当老师。”“你和你姐姐不一样，你有日光性皮炎，皮肤晒不了太阳。我那天已经给李主任说过了，他说这种情况是可以照顾你当老师的。地方有点远，偏僻一点，不过总比你每天劳动强吧？”

黄丽莹说：“妈，我早就说过我就喜欢当老师，我将来要继承你的事业，做一个人民教师。”“好，我的二女儿就是比你姐姐乖巧。”

学校办公室，郭老师：“赫老师，快看报纸，有你女儿写的文章。《来自长城女子治沙队的报道》，署名是黄丽莎，这不就是你大女儿吗？”

赫冬梅说：“快让我看看，我女儿叫黄丽莎，她是那里的团支部学习宣传委员，还是民兵排长。”

郭老师：“这些姑娘们可真吃苦了。你和你们家老黄也真下得了狠心，把孩子送到那么艰苦的地方，你快看看吧，看娃娃们吃了多少苦，受了多少罪。”

赫冬梅说：“是她自个儿要去，我拦都拦不住。我们家老黄还支持他女儿受这罪，还说吃点苦、受点罪有好处。每次回来看着我女儿晒黑的脸、粗糙的手，他也心疼了。”

郭老师："你大女儿长得漂亮，我说将来也可能当演员，或者搞文化艺术工作。你的二女儿不是也高中毕业了吗？"

赫冬梅说："我二女儿比她姐姐聪明务实。她本身也晒不了太阳，有日光性皮炎，她主动要求到农村插队，当小学老师。"

赫冬梅正在大街上走着，听见后边有人叫："赫老师，赫老师！"

赫冬梅转身发现了驼城组织部部长的老婆王秀英。

王秀英："赫老师，祝贺你呀，应该说祝贺你们家老黄。""我们家老黄有什么可值得祝贺的？""你是真不知道，还是装作不知道？"冬梅："真不知道。""我听我们老头回来说，今天组织上和你家老黄谈话，任命黄振华为驼城地区林业局局长。"

冬梅："我从来没有听见黄振华回来说他要升官，看来他跟我卖关子。""人家黄振华是组织原则性强，没有定的事，不会轻易告诉人的，跟我们家老头一样，今天我不问他，他也不会跟我说。好事嘛，我想告诉了你，你肯定会高兴的。""好事好事，高兴。谢谢，谢谢。"

赫冬梅放学后早早回家，大包小包买回了一堆菜，进厨房做饭去了。黄丽莹放学回来了，听见厨房有妈妈的歌声，哼着小曲。黄丽莹走进厨房："妈，你今天有什么高兴的事吗？还哼着小曲。""真有一件高兴的事，快帮妈妈洗菜，你爸爸快回来了，咱们给爸爸做一顿好饭，庆祝庆祝。对了，我忘了买酒了，你出去买瓶葡萄酒，或者白酒也行。""妈妈，今天我爸爸有什么好事吗？我爸爸又不喝酒。""你爸爸虽然不喝白酒，我们也学学喝点酒庆祝。庆祝你爸爸升官了，升成了林业局的一把手，当了局长。""妈妈，我没想到我爸爸升了官，你这么高兴。"

赫冬梅说："前几年你爸爸在牛棚的时候，他告诉我要相信党，相信组织。现在看来他说的没错，你爸爸终于得到组织的重用和提拔，难道这还不值得高兴吗？"

三个儿子在院子里等爸爸。黄振华从大门一进来，就被三个儿子团团围住。俊生："爸爸，爸爸，你终于回来啦。"黄振华说："你们三个不进屋，围在院子里干啥？"

跃生："我们在院子里等你回来。"进生："我妈和我二姐做了一桌好菜，等你回来吃，我妈说要庆祝你升职了。"黄振华说："好，我们回家吃饭。"

家里，小餐桌上摆了一桌子炒菜。黄振华说："哎呀，你妈今天是下功夫了，做了这么一桌子好饭好菜。"

黄丽莹说："你们几个别动。等我把酒倒好了，摆到桌子上。今天爸爸要第一个动筷子，爸爸没动筷子之前，你们几个都不能动。”

赫冬梅说：“这是最后一个菜，现在大家可以坐到桌子前了。老黄，今天我特别高兴。让我们都举起酒杯，庆祝爸爸得到组织的重用。”

孩子们都举起了酒和爸爸碰杯，高高兴兴地吃了一顿丰盛的晚餐。

饭后厨房里，黄振华围着围裙正在洗碗，赫冬梅给他打下手。黄振华说：“你怎么知道我升职了？”

赫冬梅说：“看见王秀英了，她丈夫不是组织部部长吗？她说她爱人今天要找你谈话，把你升成了林业局局长了。我听了以后真的很高兴。”

黄振华说：“现在革命形势已经走上正轨，拨乱反正已经进行了一个段落，曹局长也给平反了。曹局长去世后，局长的位子一直空缺，组织上经过考察，让我当这个局长。”“你本来就是林业局的副局长，而且你又没有离开过林业战线，你熟悉业务，这个局长非你莫属。”

黄振华说：“毛主席在接见非洲友人的时候，点了驼城的名。他说非洲有撒哈拉大沙漠向南移，我们驼城的毛乌素沙漠也向南移。看来治沙还是要靠植树。所以全国为了贯彻毛主席的指示，重视绿化祖国和植树造林了。再给你说一个好消息，成森部长也恢复职务了。”

赫冬梅说：“太好了！拨乱反正，平反冤假错案，看来大哥的冤假错案也有希望平反了。”

清河公社，黄丽莹坐上知识青年的大卡车，来到了清河公社插队。早在那里等着的沙河大队的人把她的行李放在马车上，她跟着生产队队长坐上了马车，去她的插队地点——沙河大队。

到了沙河大队小学，生产队队长对黄丽莹说：“你和知青刘招娣住在一起，女娃娃，一个人住不安全。”黄丽莹：“好吧，我听队长的安排。”

队长：“我们这个小学只有二十来个学生，由你和另一个男知青一块儿教学。你休息一两天，明天就到学校报到。刘招娣，来，给你搭了个伴，把黄丽莹的行李搬到你的宿舍里。”

进了房间，黄丽莹问：“你来几年了？”刘招娣：“我来这儿插队两年了。”“这里有几个知青？”“加上你是六个。今年招工走了两个，还有两个男生，一个当老师，一个在林场劳动。”“那你为什么不当老师？”“我是初中毕业，我不想当老师，我那点文化也教不了学生。你也别当老师了，咱们一块儿劳动去。”

黄丽莹说：“我有日光性皮炎，不能晒太阳，所以我只能当老师。我妈妈就是老师，我把妈妈备课的教案都拿来了，到这儿就打算当老师。”

女子治沙队，天色已经黑了，姑娘们聚在宿舍里。黄丽莎：“见证激动人心的时刻到了，开灯！”房间电灯突然亮了，姑娘们高兴地跳了起来。“来电啦，灯亮了，太好啦。”“电灯亮了以后，我们晚上可以在这亮亮堂堂的房间里读书写字了。”

王俊莲：“公社为了照顾我们女子治沙队的发展，改善我们的生活条件，首先给我们通上了电，还给我们送了一台拖拉机、几台抽水机。”陆永翠：“让我们先实现了电气化了。”

黄振华来到清河乡蟒坑大队，参观林网、渠道、园田三结合及田、渠、路、树四配套工程。大儿子随他到蟒坑大队插队劳动。

黄跃生从插队的土窑劳动完，回来做饭。他生了火，把锅放在火上，准备等水开了下米，结果躺在炕上睡过了头。上工的哨子响了。他醒了，一看火也灭了，锅里的水也干了，饭也没吃成，只好爬起来拿起铁锹上工去了。

赫冬梅正在大街上走着，迎面来了一个人，看着面熟。田树林：“赫老师，你还认识我吗？这几年没见，你的气色很好。”赫冬梅说：“嗯……你是农校林学班的团支部书记田树林吧？”“赫老师，你好眼力，你还能叫上我的名字。我就是田树林。”“你的名字好记，我那个时候做团委工作，挺个大肚子，你给我汇报工作，我还觉得挺不好意思。你现在在哪儿工作？”

田树林：“我现在在清河公社工作。”赫冬梅说：“清河公社，我的儿子和女儿都在清河公社插队。这么巧赶上了。”“他们叫什么名字？”

赫冬梅说：“女儿叫黄丽莹，儿子叫黄跃生。女儿现在当民办教师，不用管。就是我的儿子不会做饭，下乡劳动，连饭也吃不到嘴里。我是想让你帮他找个代教工作，好歹学校还有个灶，娃娃也能吃上饭。”田树林：“那今天我们俩碰见，可真是太巧了。我们公社成立了一个马家堡中学，现在正到处找老师。我正准备在知青里边选拔几个老师，先把学校撑起来。你儿子在哪一个大队插队？”“我儿子在清河公社蟒坑大队插队，名字叫黄跃生。”

田树林从上衣口袋里拿出了笔和小笔记本记了下来：“蟒坑大队，黄跃生。我记下来了。”

赫冬梅说：“太感谢你了，今天碰到你可真是巧了，要不我整天发愁，我儿子吃不上饭可怎么办呀！”

马家堡中学，黄跃生在田树林的带领下走进了学校。

地委会议室，地委召开扩大会议。刘书记主持会议，黄振华也参加了会议。

刘书记：“今天的地委扩大会议，主要议题就是治沙造林。我当了地委书记，每天站在办公室向西向北望，看着驼溪河西岸荒凉的沙漠，一到冬春季，季风将大量的黄沙吹到驼溪河，顺着河水流到无定河和黄河，我就心慌，着急呀。

尽管这些年，我们搞政治运动，治沙造林的脚步慢了，但是这几年通过农业学大寨，我们还是做了一些工作。一是我们建成了一条长44公里的西沙渠。二是会战了8个月，在驼溪河上建了一座通往西沙的水泥桥。驼阳已经利用西沙渠的水，引水拉沙推平了几十万亩的农田，在西沙的综合治理方面做出了重要的成绩。永安县也在造林治沙植树方面经过几年不懈的努力，建成了一条长7公里、宽200米的长城林带。在永安县会战沙漠口号的带动下，毛乌素沙地南缘的定安、横山、沙柳、沙谷以及嘉县的北部沙区，全民动员，形成了千军万马齐上阵、百万农民进沙窝的局面，打了一场大会战。

当然，看到成绩的同时，也要看到我们的不足。目前我们在治沙造林方面存在的问题：植树造林，没有足够的树苗，不能加快绿化的速度。没有良种壮苗，就不会有较高的造林成活率和保存率；没有对路的树苗品种，就不会形成林带，就不会有较好的防护效益和经济效益。因此加强苗圃建设，是搞好林业建设的前提和基础。只有抓好苗圃建设，才能适应驼城地区开展更大规模植树造林运动的需要。我和林业局黄振华局长就如何加快治沙造林和绿化交换过意见。他有一些很好的想法。下面请黄振华同志发言。”

黄振华说：“我们驼城林业局是承担植树造林防风治沙的重要工作部门和研究部门。根据地委的决定，我有几条建议。

第一条建议：苗木是造林的基础，种子（包括种条）又是育苗的基础。由地委发文给各县区，加快林业苗圃建设。对树种的引进、技术人员的培训和树种质量的把关，由我们林业局系统负责。我们将组织技术力量下区县，对育苗人员进行技术培训，加快苗圃建设和技术人员的培训。

第二条建议：尽快恢复飞机播种造林工作。在这方面，我们有飞播工作经验和成效，开创了全国的先河，走在了世界的前列。

第三条建议：驼城既是一个半农半牧区，又是一个沙漠区，治沙造林是我们一切工作的基础。所以我们建议把农业和林业分开。单独成立治沙研究所和驼城林业学校，专门研究治沙造林，培养专业人才。

第四条建议：改善我们治沙研究的工作条件。我和刘书记说，我们的治沙研究所可以第一个上西沙，在沙漠中建设第一座办公楼。我们愿意蹚出一条治沙造林的路，这样才有资格指导我们驼城的治沙造林工作。

第五条建议：我们要积极争取中央、省上对治沙造林的项目扶持和经费支持，特别是对科研经费的支持，使治沙造林工作成为指导我们地区植树造林、防风固沙的先锋力量。"

刘书记："黄振华同志的这五条建议，我们应该认真研究，结合我们驼城的实际情况，出台一个《进一步加强治沙造林绿化祖国的实施意见》。用这个文件来指导、推动驼城下一步治沙造林工作。"

西沙沙漠之中，驼城治沙研究所办公大楼奠基仪式。刘书记："我宣布驼城治沙研究所办公大楼建设开工。"

刘书记、杨专员、黄振华等领导向奠基石填土。

办公室，黄振华对徐桢和刘忠说："今天找你们俩来，就是宣布驼城地委决定，恢复飞播治沙造林的工作。飞播造林工作一直是我们的强项，王学斌走了以后，把这项工作移交给咱们所里。他推荐刘忠同志担任这项课题的组长。我今天找你们俩来，就是让你们再考虑一下，把这项工作尽快布置下去。选什么种，什么时间播种，你们拿出一个具体方案，我向刘书记汇报。"

徐桢："这几年我们把这项工作停止了。过去的数字不能代表现在，我们尽快拿出一个实施方案，提供给黄局长。"

黄振华说："刘忠，你是上次参与飞播的经历者，现在又是这个课题组的负责人。这项工作具体由你来落实。"

刘忠："我们课题组先拿出一个方案交给徐所长，大家提意见建议，徐所长最后把关。我们一定把飞播工作做好，争取保持我们全国第一的位置。实际上我在这几年也做了一些功课。今天听到这个课题恢复了，我非常高兴。"

办公室广播了毛主席去世的消息，举国哀悼。

黄振华听到这个噩耗以后，遥望蓝天。

办公室，黄秀华给黄振华打来了电话。黄秀华说："哥哥，告诉你一个大好消息。"

黄振华说："什么好消息？快跟我说，别卖关子。"

黄秀华说："恢复高考了。"

新华书店里，赫冬梅问营业员："新华书店卖高考复习资料吗？"店员："一大早都卖完了，有的人昨天晚上就排队，排了一夜队还没抢上呢。""那怎样才能买到这复习资料呢？"

店员："打问一下，看谁买到了，借来抄一抄吧。"

在大姐家，赫冬梅说："大姐，二凤什么时候回来呢？"

赫彩莲："二凤昨天已经回来了，抽调到高考办公室了。估计中午吃饭就回来了，你找她有事？"

赫冬梅说："我到新华书店买高考复习资料，没买上，所以我想问问二凤看她能不能搞到一份。我是想让三个插队的孩子参加考试。"

赫彩莲："嘿嘿，我就知道你是为这事来找她的。二凤给你弄了一份，让我今天给你送去。"冬梅感动道："你看看我这贴心的外甥女，想得多周到。""二凤说，这个复习资料非常难买，她也只买到一份，你想办法给他们一人抄一份吧。还说让你早点写信给孩子们，动员他们参加高考。"

赫冬梅高兴地说："好，我回去就给他们写信。"

家里，赫冬梅说："振华，你这个当爹的也不关心孩子们。二凤给我了一份高考复习资料，三个孩子怎么办？你字写得好，给他们抄吧。这是我买的复写纸。”

黄振华说：“鼓励孩子们参加高考，我支持。你分给我的任务，恐怕让我今天晚上睡不了觉了。”赫冬梅说：“为了响应党的号召，为了你的三个在农村受苦的孩子，你就别睡觉了。我现在给孩子们写信，让他们参加高考。”

第四十章

治沙队宿舍的晚上，黄丽莎接到了母亲的来信。陆永翠：“丽莎，你妈妈来信了？给你送来什么好消息了？”“我妈来信说已经恢复高考了，让我报名参加考试，还给我寄来了复习资料。”“你出生在知识分子家庭，书香门第，你父母自然是要让你考大学。我出生在工人阶级家庭，我父母只催着我，让我赶快找工作回城，成家立业。”“脚在你腿上长，想法在你脑子里，你想做什么就做好了，父母的意见只是个参考。”“我当年表态要扎根连队干革命，哪怕一辈子不结婚。我现在要求走，那给连队的姑娘带的是什么头？”黄丽莎：“考大学也是响应党的号召呀，我们国家缺大学生，缺有知识有文化的人才。把自己锤炼成才，不是可以把更多的知识和文化贡献给祖国建设吗？”

陆永翠说：“那我和王连长商量一下，看王连长考不考。”

黄丽莎说：“王俊莲才被选成省人大代表，她未必会参加高考。”“丽莎，要不我们两个一块儿报名？我就想当医生，我当赤脚医生，老觉得知识不够。”

黄丽莎说：“好吧，我们两个一起复习功课，一起报名，一起参加考试。”

宿舍里，夜已经很深了，黄丽莎在台灯下认真复习功课。陆永翠睡了一觉起来问：“黄丽莎，这都几点了，你不困吗？”黄丽莎道：“我也困了，我用凉水洗了脸，好一点了，我再学一会儿就睡。”陆永翠说：“像你学习这么用功的人，肯定能考上大学。”黄丽莎说：“报名参加考试的人那么多，我要不用功就会被淘汰的。”

黄丽莎和陆永翠站在马路边，等公共汽车回驼城。连队的战士们围着，送她们参加大学考试。陆永翠说："姑娘们，都回去吧，你们要出工了，车马上就来了。"

公共汽车在她们面前停了下来。黄丽莎和陆永翠跟姑娘们告别，坐上了汽车。

汽车上，陆永翠说："这次考试，我心里一点谱都没有。你学习基础好，和你一比，我觉得我还差得很远。"

黄丽莎说："没有关系，如果不参加考试，你怎么证明你合不合格？也不清楚自己是否能考上。我们两个今年权当试验，能考上就上，考不上我们明年再考。""就是因为你给我鼓励打气，我才敢参加考试。这话要给我父母说，他们肯定让我打退堂鼓，不会支持我高考的。""没关系，我支持你。""其实好多复习资料是你帮我找到的，许多过去我不懂的，也是你教我的。这次如果能考上大学，那也是你的功劳。我要好好谢谢你。"

黄丽莎说："我们是战友，相互帮助是应该的。别说谢的话。"

家里，赫冬梅说："三个孩子都回家了，两天以后就要参加高考。三个中间让我最不放心的是你大姐。她白天要劳动，晚上才能抽出时间复习功课。你们两个本身就是教师，你们的复习时间也要比你大姐多得多。现在你们要填报志愿。"

黄丽莎："我考虑问题比较实际，我报考的是西北大学中文系。"

黄丽莹："我早就说过，我要当老师，所以我报的是陕西师范大学。"

黄跃生："我跟姑姑通过话了，我报的是姑姑的学校——北京林业学院，继承我爸爸和姑姑的事业。"

赫冬梅说："你们三个孩子都有志气，都有自己的想法。那就按照你们自己的想法去填报志愿吧。明天，这个志愿表就要交给招生办。后天就要参加考试，妈妈希望你们都能如愿以偿。"

大姐家，赫冬梅带着三个参加高考的孩子，买了羊肉、猪肉、鸡肉。赫彩莲："你带了这么多东西？"冬梅说："孩子们已经参加完高考了，我想犒劳犒劳他们，又想请大姐一家。想来想去还是买肉到大姐家来，做好了一起吃。二凤呢？"

赫彩莲："二凤是高考办公室政治组的组长，现在已经封闭在宾馆里改卷子了。"

"我还想今天把二凤也犒劳犒劳，谢谢她给孩子们找复习资料。"

驼城机场，成森来到驼城调研。刘书记和黄振华在机场迎接了他。

刘书记："成部长，听说您要来，我特别高兴，我看您还是那么神采奕奕。"

成森说："我们这些人经过战争年代的洗礼，生死都不怕，还怕'四人帮'整我们吗？好在我们都熬过来了。"

刘书记："是啊，我们都经过了'文化大革命'的洗礼。现在老想把失去的时间补上，感觉有干不完的工作。"

成森说："是啊，十年啊！我们还能有几个十年？所以要只争朝夕。我在北京坐不住了，我得出来看看。驼城的治沙造林是我们的典型，这几年破坏严重吗？"

黄振华说："单从治沙造林方面来说，破坏还是比较严重的。我们过去搞飞机播种的草和灌木，这些年没人管，老百姓都砍了当柴烧了饭了。刘书记复职以后发了一条禁令，不允许老百姓在树林里砍伐树木，效果不错。"

刘书记："我们这里煤多，我要求各个县、公社能开煤矿的，尽量开采煤矿，让老百姓烧煤。老百姓做饭有了煤炭，就不砍树了。这几年我们利用农业学大寨的东风，在西沙开辟了一个西沙区。各个生产队引水拉沙，造了许多良田和水浇地，农业生产是上去了，为了保护农田也种了不少树。振华他们搞了一个农田林网化、牧场网络宽林带，把几百个昔日是'春季白茫茫（盐碱地），夏季一片黄（黄沙梁），秋季光溜光（没收成），冬季走他娘（逃荒要饭）'的穷地方，现在变成了盐碱走、沙丘平、田成方、林成网，家家有存款、户户有余粮的新农村。"

成森说："看来你们搞的治沙造林，还是给老百姓带来了许多实惠。"

汽车里，刘书记："成部长，你看，现在走的这个大桥是我们用了八个月奋战建好的，通往西沙的水泥大桥。过去你也来过，驼溪河把西沙和驼城分开了，西沙就是一片荒凉的沙漠。这几年我们把重点放在西沙，修了一条西沙渠，全长50多公里。我们听了振华的建议，把治沙研究所搬到了西沙。这是第一个进西沙的单位，振华说他们还要在沙漠上建第一座楼房。"

成森说："沙漠上建楼房？听上去好像是海市蜃楼。你们做过可行性研究和试验了吗？"

黄振华说："做过了。沙漠上建楼房，过去都认为不可思议。但是我们经过论证试验证明沙漠用水渗的方法，基础比土夯还结实。一会儿我们就可以到治沙所的工地上，请成部长视察。”

成森说：“好，我要看一看沙漠上的楼房是怎么建立起来的。”

宾馆房间，成森说：“振华，明天是星期天，我想休息一天，想到我英姐坟前祭拜一下，到烈士陵园看看成林。下午你把贾文宇、成才叫来，我们一起吃个饭。”

黄振华说：“好的，这些事情都由我来安排。”

成森说：“成树将成林和贾文宇的故事给我讲了，让我很感动。贾文宇还收养了那个被成林救起的孩子，我想见见他们。”“阿姨和成树他们还好吧？”

“都还好，成树正准备调到国家科委，她也是为了照顾我们。就是你阿姨一提起成林，就以泪洗面。”

黄齐英的墓地，成森捧着鲜花，流着泪在碑前鞠躬：“英姐，我和振华来看看你。没想到十年前我们在北京一别，竟成了永别。”

烈士陵园，成林的墓前摆放着花篮。成森、黄振华、贾文宇和成才站在她的墓前。

成才：“妈妈，我和爸爸、爷爷、舅舅来看你。今年我参加了高考，现在已经高中毕业了。爸爸说我要对得起我的名字，要对得起你用生命换回我的生命的这份情义。”

成森摸了摸成林的墓碑，亲切地说：“女儿啊，爸爸来看你，你知道爸爸有多么想念你。你妈妈也很想念你，成天为你流泪。爸爸认为你做得对，你用你的生命选择了你的道路，无愧于短暂而辉煌的一生。如果真有来世，你再做爸爸的女儿，让爸爸弥补今生的遗憾！”

宾馆饭店餐厅里，成森说：“成才，来，坐到爷爷旁边。今天我们是家宴。振华、冬梅怎么还没来？”黄振华看了手表：“她应该马上就到了。”

赫冬梅说：“舅舅，对不起，我们来晚了，等这两个孩子放学耽误了。”

成森说：“冬梅呀，常说你，可我今天还是第一次见你。快坐我旁边来。”

赫冬梅说：“不好意思，工作忙，总想去看看您，老抽不出时间。”黄振华让服务员上菜。

成森说：“这几年搞政治运动，我们都被打成‘黑五类’了，亲戚也没机会多走动。”

赫冬梅说：“舅母和成树身体还好吧？”

成森说：“好着呢，她们也常说你是一个坚强的女人、贤惠的女人，为振华生了5个孩子，让你受累了。你这两个小的孩子念几年级啦？”

赫冬梅说：“一个在初中，一个在小学。你们俩快叫舅爷爷。”黄进生、黄俊生：“舅爷爷，您好。”

成森说：“成树现在也有两个孩子了，一个十岁，一个七岁，都上小学了。”“孩子在兰州还是在北京？”“他们都在北京上学了。成树也调回北京了。”

“是啊，有孙子在身边，你们也不会感觉孤单。”

成森说：“是啊，我这个孙子也快上大学了，听说你报了西北农学院？”

成才：“是的，我报了西北农学院。爸爸说让我学好了本领，回来改变家乡的贫穷落后面貌。”

成森夸奖：“千里之行，始于足下。少年立志。好样的！”

赫冬梅说：“贾文宇，成才走了，你可就成孤身一人了。”

成森说：“你冬梅嫂子说得对，赶快成家。你为成林已经守了十年，不能再这样了。我们都是共产党人，是唯物主义者。成才走了，就剩你孤身一人，你年纪大了也该再成家了。冬梅，这个任务我就交给你了。”“我记着舅舅的话，这个任务交给我，我得保质保量地完成。”

黄振华说：“菜来了，酒也热好了，服务员请倒上酒。”

成森说：“今天我们在驼城，摆的是家宴。我们一家人团聚，尽管我们最亲爱的英姐和我的小女儿，她们到了另一个世界，但是我们这些和她们至亲至爱的人相聚在驼城。第一杯酒，我们敬她们。”

黄振华说：“愿她们在天之灵安息。”

成森说：“这第二杯酒，我敬你们几个晚辈，你们是我们的后代，也继承了我们的衣钵，在各自的岗位上干出了自己的成绩，走出了自己的人生道路，所以我祝你们工作顺利、家庭幸福、生活愉快。”

黄振华说：“祝舅舅、舅母身体健康，生活愉快，万事如意。”

家里，黄进生：“爸爸、妈妈，这是我大姐和我二姐的大学录取通知书。”赫冬梅说：“我看看是哪个学校。”黄进生：“是西北大学，还有陕西师范大学。”“你大哥的录取通知书还没来吗？”黄俊生：“或许我大哥就没考上。”

黄跃生突然进了门：“谁说我没考上？”黄俊生：“通知书呢？你的录取通知书呢？”

黄跃生："北京的大学，当然要多走几天了。""怎么知道你考上大学了？"黄振华说："恐怕秀华早都给他通气了。"

黄跃生说："爸爸猜得没错，姑姑都告诉我了，我已经被录取了。我今天回来，是等我的录取通知书，应该一两天就拿到了。"

黄振华说："太高兴了，我的三个大孩子一起考上了大学。掌柜的，你是最大的功臣。"

黄丽莎、黄丽莹、黄跃生都回到家了。一家人忙着缝被子、做衣服、做饭，其乐融融。黄振华看着一家人，心里特别高兴。黄振华说："要是我妈和岳母还活着，看到几个孩子考上大学，那该有多高兴啊。"

汽车站，黄丽莎、黄丽莹、黄跃生三个人和妈妈爸爸分别拥抱后，登上了去西安的长途汽车。

赫冬梅依依不舍地说："你们三个从来没有出过远门。今天一下都离开了爸爸妈妈，你们要照顾好自己。"

黄丽莎安慰："妈妈，你别担心，我和妹妹都在西安，我们两个会相互照顾。弟弟你也不用担心，他有姑姑照顾呢，在姑姑那里，还不和家里一样吗？"

黄振华说："丽莎说得对，小鸟长大了，总要往更高更远处飞呢。成天被你护在你的翅膀底下，他们能长大吗？"

赫冬梅被叫到街道办，街道办主任说："赫冬梅，你是黄齐英的儿媳妇吧？今天请你来是通知黄齐英平反问题。"

赫冬梅说："是的，我婆母是被冤枉的，对她撤销职务、开除公职、开除党籍的处理是错误的。"

街道办主任："我们在纠正过程中，对你母亲的冤假错案进行平反。所以街道办党组织决定：恢复黄齐英同志的中国共产党党员的党籍。鉴于本人已经去世，就不再作恢复公职厂长职务的决定。这是对她的处理决定。我们已经在档案里留了一份，这份你可以带回家。"

赫冬梅说："我感谢组织公正客观，坚持真理。我也代表我婆母，对党组织表示衷心的感谢！"

黄齐英的墓地，黄振华和赫冬梅站在母亲的坟前。

赫冬梅说："妈，我们来给你烧点纸，告诉您几个好消息，您的三个大孙子、孙女全部考上了大学，都到北京和西安上学去了。您最关心您的党籍，党组织已经给您平反恢复了。如果您地下有知的话，会欣慰的。"

黄振华说："妈，这是党组织给您的平反恢复党籍的决定。这个决定已经存到档案里了，这一份是给您的。您看了以后会安心的。"

地委刘书记办公室，刘书记："振华，今天找你来，是想和你商量一下，你当林业局局长以后，再兼任治沙所的所长和书记，担子太重了。所以我考虑，你能不能推荐一位治沙所所长人选，你就兼书记，再带一阶段，等治沙所的工作走向正轨后，再卸任书记一职。"

黄振华说："刘书记，你考虑得很周全，你常说培养干部也是我们做领导的职责。就当前治沙研究所的工作性质来讲，主要是组织领导知识分子搞科学研究、技术推广、技术指导与培训等工作。目前能胜任研究所所长一职的，我认为还是我们现任的副所长徐桢比较合适。他大学毕业要求到我们这里来工作，一直从事沙生植物的引进、培植和技术推广培训。他在沙树梁（前身是中国科学院治沙试验站）工作期间，当过站长，既有知识、有技术、业务能力强，也有管理经验；同时在历次政治运动中立场坚定，旗帜鲜明，为人也正直，处事也公道，群众关系也比较好。"

刘书记："对，我们绝不用那些在政治运动中见风使舵的墙头草。我们就是要用那些又红又专、踏实肯干、道德品质高尚的好干部。"

治沙所会议室，黄振华带着驼城组织部部长到治沙研究所会议室开会。

黄振华说："在开会之前，我向大家介绍一位领导。这位是我们驼城地委组织部部长，他到场是要宣布一项重要的人事任免。首先我们欢迎组织部部长到我们治沙研究所指导工作。请驼城地委组织部部长宣布人事任免决定。"

组织部部长："经驼城地委研究决定：'任命徐桢为治沙研究所所长。免去黄振华同志治沙所所长职务，保留治沙所书记职务。'任命决定宣读完毕。黄书记，那你们继续开会，我先走一步。"

黄振华和徐桢起身握手，送走了组织部部长。

回到会议室，黄振华说："我们继续开会。对徐桢升任治沙研究所所长职务，大家鼓掌祝贺！徐桢同志升任治沙研究所所长，这既是一份荣誉，更是一份责任。去年春天林业部召开了全国林业会议，我们的驼阳被评为全国林业先进县，我们的沙树梁治沙试验站林场也被评为全国先进林场，这对我们驼城人，特别是我们治沙所的人来讲，是巨大的荣誉，也说明国家对我们的治沙造林工作是肯定的，对我们的工作是满意的。刚召开的全国科学大会，中国的科技事业开始全面复苏，我们终于迎来了科学的春天。所以我们大家要再接再厉，继续创造更大的成绩，以此来报答党、国家和人民对我们的信任。大家也听说了吧，我们党即将召开党的十一届三中全会。这是一次重要的会议，这次会议将是新中国历史的重大转折，成为实现改革开放和开辟中国特色社会主义道路的起点。我们要以实际行动来迎接这次会议。十年'文化大革命'，我们在座的都从朝气蓬勃的年轻人变成了中年人。我相信党的十一届三中全会以后，我们党将会有大动作，我们国家将会迎来新的生机。所以我们在座的科技人员要脚踏实地，努力工作，发挥更大的作用。

下面请徐所长，就我们治沙研究所近期的业务工作和人事调整作出安排。"

徐桢说："今天把我提拔为所长，我有点受宠若惊，还有点不适应，说得不对的地方，请黄书记和在座的各位同志提出宝贵意见。"大家善意地笑起来。

徐桢说："黄书记已经讲了，目前我国的建设形势一片大好。我知道我们所里好些知识分子、科技人员都憋足了一股劲儿，想为社会主义建设出一把力。驼城地委、行署对我们的工作非常重视，将黄书记关于加强治沙造林科技创新工作的六条建议全部采纳，并发文到地区各县。我和黄书记商量过。第一项重要的工作就是我们要恢复飞播造林。飞播造林这个研究室，工作瘫痪了几年。但是研究室的人，可都在暗地里用功，比如说刘忠同志这几年研究了不少飞播造林中存在的问题，收集了大量的资料，比如种子的特性、飞播的病虫害管理等一系列技术问题。刘忠同志已被任命为飞播造林的研究室主任，请尽快拿出今年的飞播方案。据黄书记讲，林业部将在我们这里召开全国飞播现场会。所以各个研究室都要做好飞播配合工作。

第二项重要的工作，就是恢复《沙漠与绿洲》杂志的刊发。这项工作原来是成林同志负责，她牺牲以后，这项工作就停止了，也是因为'文化大革命'中所有的杂志都停办了。这是一个难得的、为数不多的专业性比较强的全国性杂志，我们不仅要恢复，还要办好。这项工作由贾文宇同志负责。

第三项工作就是我们治沙研究所新地址的建设工作。我们的建设速度很快，这项工作由胡德海负责规划和搬迁准备。还有其他的几个研究室，请过去任命的室主任继续把责任负起来。现在离林业部在这里召开全国治沙造林现场会的时间不多了，时不我待，会议结束后就立刻行动，做好自己的工作。同时我也要宣布，我们研究所的业务工作会议每周一召开，这是黄书记留给我们的好传统。我们要继续保持，在会上沟通情况、汇报工作、商讨和解决问题。”

黄振华说：“徐所长刚才讲得很好。我们在实践中的一些好做法是要继续发扬和保持的。以后的业务工作会议由徐所长主持。我负责大的方向和党的建设相关工作。业务工作，你们就向徐所长汇报请示。其他同志还有什么意见？没有意见，散会！”

黄振华和赫冬梅搬到了林业局家属院。两孔窑洞，一个小厨房。

赫冬梅说：“嫁给你二十几年了，终于有了我们自己的房子，自己的家了。”黄振华对冬梅说：“到了林业局家属院，你要注意影响，不要多议论林业局的工作和人的事情。”“这一点我知道，你现在当了一把手，我也不敢轻易跟别人议论你们局里的工作，否则你又要怨我干政了。”“这就对了，这才是我的好老婆。”

赫冬梅说：“其实我根本不想住到你们林业局家属院。主要是我哥哥来信说，把他的历史反革命分子帽子摘了，说他是冤假错案，给他平了反，他们可以返城了。我哥回城以后到哪儿住呢？只能住到我妈原来的房子里。”“看来看去，你还是为了你哥哥考虑，才跟我住家属院。这样也好，否则，大哥回来没地方住，也是个问题。”

赫冬梅说：“我明天过去，还得把妈的房子收拾一下，打扫干净了，大哥回来住也方便。我问你个政策性的问题。”

黄振华说：“你说是什么问题？”冬梅问：“你说大哥的历史反革命帽子摘了，他们改造了的房子还能要回来吗？”“这个我不清楚，你可以问一下纠错办。平反的问题，他们掌握政策，有些具体问题他们可以解释。”

“纠错办的负责人是谁？你认识吗？”“我们在地委开过一次会，是原来的组织部副部长，还有统战部的副部长。纠错办是他俩共同负责组建的临时机构。你去了也不一定找部长，一般工作人员也能回答。”

纠错办。赫冬梅说：“我来是想问问，对错划了反革命平反的相关政策。”

工作人员：“你想问哪方面的问题？”

赫冬梅说：“我哥是平反对象，但是他被下放到农村之前，在城里有房子、有铺产，现在能不能退还？”工作人员：“如果他是摘了帽的历史反革命，房产和铺产加起来不超过十间，恢复他到农村之前的房产和财产。”“这么说，像我哥这种情况，他的房产、铺产还能归还给他？”“是的，应该可以的。你让他本人写个申请和情况说明，我们要经过调查取证，然后才能返还他的房产。”“好的，我回去告诉他。”

大哥从农村返回城里，住在了母亲原来的房子里。冬梅买了羊肉到大姐家，三家人给大哥一家接风洗尘。赫启祥说：“我的历史反革命是划错了，人家给我平了反，所以才让我们返回城里。就是原来的房产和铺产，会不会还给我？”

赫冬梅说：“我已到纠错办给你问过了。只要你的房产和铺产没有超过十间，没超面积，就可以还给你。”赫启祥说：“那我的房产和铺产加起来，超过面积了没有？”

赫彩莲：“南房、东房和西房所有的房产证都写的是妈的名字。东房和铺产写的是你的名字。按这个面积计算，你不够商业房产资本家的标准，可以返还给你。”

赫冬梅说：“我大姐说得没错，你的房产都可以要回来。前提条件是，妈名下的房产不能由你一个人继承。如果妈的房产都改到你的名下，你的房产铺产就要不回来。”

赫彩莲：“妈已经去世了，她的财产从法律角度来讲，应该属于我们三个人的。五间南房是正房，给哥。东房给冬梅，西房给我。这样哥的房产就都能要回来了。”

冬梅：“大哥，你想要回来房产，只有这个办法。我们也不是想要继承妈妈的财产，主要是先把这房子要回来。”启祥：“你大姐这个办法好，就采取这个办法。只要房产和铺产都能要回来，怎么分财产都行。”

纠错办公室。赫启祥说：“这是我要回房产和铺产的申请。”将自己的申请交给了工作人员。

工作人员看了他的申请，特别是看了母亲的财产分割遗书。工作人员：“你们家这老太太也太聪明，太有预见性了。如果没有你母亲这个遗书，你的财产是拿不到的。因为我们这有规定，房子超过十间就没收了，不返还了。”

赫启祥说："我妈只有我这一个儿子，因为我被下放到农村去了，我母亲养老和送终都是我两个妹妹尽孝的，所以我妈为了感谢她们，写了这个遗嘱。"

工作人员："你母亲将这十几间房子分给你们三个儿女，这样就没超过十间房。被改造的房子核查无误后应该都可以返还。当然，我现在不能给你答复，因为我们还要取证，还要调查。"

彩莲家，赫启祥说："彩莲，纠错办已经通知我了，今天我去了，人家把房产按照妈的遗嘱分了，三处房产本都给我了。这是冬梅的三间东房、你的三间西房的房产证。给我了五间南房和我铺子的房产证。我真高兴，有了房子，我才真感觉到自己回了城了。"

赫彩莲："今天真是个高兴的日子。我打发人把冬梅一家也叫来。"

赫启祥说："今天我来请客。"彩莲："你哪有钱请客？一家人回来没有正式工作，没有收入，你就别乱花钱了。"

第四十一章

赫冬梅家里，李美霞和刘冰来找赫冬梅。李美霞说："冬梅，我们两口子来看你，衷心感谢你和黄书记对我们一家的关照。"

赫冬梅说："难得你们两口子上门来，快请坐。刘冰第一次到我们家来，我给你们沏茶去。"刘冰："就别忙活了，我们刚从家来，喝过水了。""你们两口子今天到我家来，是不是有好消息要告诉我？"

李美霞说："你说对了，我们家刘冰已经落实政策，摘掉了右派帽子，回驼城中学上课了。"

"你说这拨乱反正的政策多好，让多少人和家庭看到了新的希望。"

刘冰："是啊，在我们最艰苦和困难的时期，你们两口子伸出援手，让我们少受了多少罪。所以我们今天专程登门表示感谢。"

李美霞说："我还要告诉你个好消息，我两个女儿都考上学了，一个上了师范学院，一个上了卫生学校。孩子们上了学，刘冰也去上班了，你看我们这一家人又活过来了。""太好了，祝贺你们！"

李美霞说："我们刘冰这次回永安县落实政策，回来带了一点绿豆和荞麦，我们没什么好带的礼品，带点土特产，让我们也表达点谢意。""这个我不能收，你太见外了，我收你们的东西，老黄回来是要批评我的。"冬梅婉拒。

李美霞："就这一点绿豆和荞麦，又不是送礼，只是我们表达一点心意而已，你要不收，我们的谢意如何表达呢？"

驼城林业局会议室。黄振华说："根据省林业厅的要求、驼城地委行署的规划，我们今后的治沙工作，先要搞一个整体规划。我们和省上将成立三个规划队，按照'四带一网'的要求，做出整体和局部的规划。徐所长，你们研究所负责小网格窄林带农田防护林技术推广项目。这是驼城沙区沙漠绿洲农田建设的最初模型，即栽种护田林，将农田分割成网络状，以阻挡风沙的侵入。永安和定安两县组成第二规划队，就长城一带和蒙驼一带防风固沙情况进行考察规划和调研。省林业勘察设计院规划队，主要在我省北缘和环山一带进行考察和规划。大家的分工都清楚了吧？"

徐桢说："都清楚了。这是一项长期而艰巨的工作，也是驼城一带防风固沙最具体、最有效的工作任务。"

省林业厅勘察设计院规划队的张队长："这些规划设计关系毛乌素沙地整体防风固沙的有效实施。'四带一网'这项工作，涵盖了长城一带内蒙古、陕西毛乌素沙地防风固沙的所有问题。如果完成了这项规划任务，将会大大地推进毛乌素沙地的治理。"

定安县委周书记："长城一带和蒙山一带的风沙区主要在我们定安和永安两县。长期以来风沙危害着我们的农田和人民群众的生活。这些年我们也没少植树造林治沙，但要彻底改变这种面貌，确实应该有一个整体规划。通过规划的制订和实施，彻底改善定安和永安两县的生态环境。我认为这是林业厅和驼城地委行署做出的最正确的决定，我们一定积极配合做好这项工作。"

黄振华说："好，大家都表态了。我想我们现在做这一项工作，是功在千秋的大事业。这项工作不是一年两年能完成，是一个长期的过程。我们只有坚持不懈地努力，有计划地植树造林来改变沙区人民的生活，才能改善土地的沙化，阻断沙漠的流动。"

沙漠公路，两辆三套胶轮马车上，坐着7个科研人员。他们坐在马车上一边讨论着，一边指着周围沙漠，做着绿化规划。胡德海和贾文宇也在其中。

沙浪河公社。公社书记："我们已接到文件，专门组织了50个人的造林专业队，以民兵连建制，配合你们的规划、设计和施工。"

胡德海："我们这次主要是对你们公社小网格窄林带农田防护林技术进行规划和推广，就是将大面积的农田分割成小面积的网格状，以阻止风沙的侵入。""我们人员和树苗已经准备好了，一切听从专家的指挥。"

在大面积推平的农田上，胡德海指挥着民兵和农民挖坑栽树。技术人员有的在丈量，有的在记录测算数据。

长城一带，永安县委书记周兴旺与民兵一起挖坑种树。

植树沙地，黄振华来到现场。周兴旺：“黄书记亲自来督战？”

黄振华说：“我来看一看，顺便给你带两个技术员，帮助你们规划、绘图。”

周兴旺：“欢迎欢迎，我认识他们。这不是贾技术员吗？在我们县下过好几次乡了，也给我们搞过规划和设计。”

黄振华说：“周书记，你这脸色不对。你老用一根棍顶着自己的胃，是胃不舒服吗？”“没事，我这是老胃病了。”

黄振华说：“那可不行，身体是革命的本钱，任务再重，也得把病治好。走，我们立刻到医院去，让你的办公室主任跟着。这里的规划和设计，有我们的技术人员负责。”

黄振华和办公室主任连拉带拽，将周书记拖到了黄振华的吉普车上。

小汽车上，黄振华说：“周书记有这么严重的胃病，你这个办公室主任是怎么当的，也不提醒书记去看病？”办公室主任说：“周书记是严重的老胃病，医院大夫建议他做手术，每次都是因为工作忙走不开。我们这里的医院条件比较差，他就拖着不去医院。”

黄振华说：“县医院条件不好，可以到地区的医院，地区的医院治不了，我们可以到西安去省里最好的医院。”

周兴旺：“老胃病了，没有那么严重，哪有时间跑到西安的医院做手术？”黄振华说：“那就跟我回到地区医院去看病，然后再决定到哪儿做手术。”

吉普车在颠簸中奔驰着。小王司机：“黄书记，我们到地区哪个医院给周书记看病？”

黄振华说：“听说第二人民医院是解放军援建的医院，偶尔会有国内的专家到这里会诊。我们现在就去那儿。”

到了第二人民医院，周书记：“黄书记，你把我送到医院就行了，我这里有办公室主任陪着。你还有许多工作任务，先去忙吧，不要在这等我。”

黄振华说：“你先看医生，看看你这病严重不严重，需不需要做手术。等了解了情况，把你安顿好了以后我再走。”周兴旺：“太麻烦你了！”

院长办公室，黄振华说：“您是第二人民医院的院长吧？我是驼城林业局局长黄振华。我刚刚把永安县委书记周兴旺同志送到你们医院。他患有严重的胃病，我是在工作现场把他拉来的。希望你们能够尽快安排给他检查，做最好的治疗。”

院长："黄书记，周书记是胃病。你今天真来巧了，我们昨天来了一个北京的胃病专家，我现在带他找周书记，让他给诊断。"

急诊室里，黄振华带着院长和专家，来到周书记的身边。专家询问了周书记的病情后，决定让他立即住院检查准备做手术。

病房里，周书记："黄书记，你走吧，我这里都已经安排妥当。等各项检查结果出来以后，医生就给我做手术。这可是北京的专家，你就放心吧。""好的，你还是要听专家的建议，把该做的手术做了吧。身体好了，还可以更好地工作嘛！""黄书记，谢谢你了。""好，那你就安心看病，有什么事再给我打电话，我走了。"

永安县沙地，贾文宇："黄书记，我们已经将永安和定安的沿长城绿化带的规划方案制订出来了。他们两个县正在按照我们的规划植树造林。"

黄振华说："沿长城绿化带规划，要适应这两个县的实际情况，也要适应驼阳县。虽然这次规划考察是定安、永安两个县，其他长城沿线的地方也要参照这个规划。"贾文宇："这里的任务我们已经告一段落，我们将规划图绘制出来，然后分送给长城沿线的绿化带地区，让他们制订规划时，依此做参考。""那好。上车，顺便看看周书记的手术做得怎么样。"

吉普车上，黄振华问："贾文宇，你的个人问题进展如何？我们家的赫老师可是要给你介绍对象呢。""谢谢黄书记和赫老师。我的个人问题，我已经有考虑了。""这么说，已经有对象了？""算是吧！"黄振华问："是我们单位的，还是外边的？"

贾文宇："是我们单位的，只是我还没有向人家正式表达，不知道人家愿意不愿意。""你这个人就是太磨叽，看上哪个女孩子，大胆地追求，这才是男人的做派。既然看上了人家，就主动追求，别让好女人再从你身边溜走。"

"我会记住黄书记的话的，这次绝不会让人再从我身边溜走了。"

医院病房，周书记在病房躺着。看到了黄振华进来，立刻从床上坐了起来。周书记："黄书记，你工作这么忙，又跑来看我，真让我心里过意不去。""我不放心，手术做得怎么样？""手术做得很成功。就是胃切除了三分之二。以后要少食多餐了。""以后可要注意身体了。你是工作累的，身体透支了。"

"我是一个孤儿，遇上了我们这么好的社会，党和人民又给我这么重要的岗位，总想为党为人民多干点工作。"

“你已经做得很好了，以后多注意身体，注意休息。毛主席说身体是革命的本钱，只有好的身体，才能更好地为人民服务嘛。”

黄振华办公室，贾文宇和刘兰走了进来。黄振华说:“你们俩来了，看来是有好事了。”

刘兰：“黄书记，我们给您送喜糖来了。”

黄振华说：“你们俩结婚了？”

刘兰：“我们也老大不小了。我妈说我再不嫁，就嫁不出去了。”“是贾文宇向你求的婚吧？”“是的。我很感谢黄局长。”

黄振华说：“这就对了嘛！作为一个男人，你不主动追求女人，难道还让人家倒追你啊？你让人家一个女孩子怎么开口嘛？”“黄局长，你批评得对。我这个人太不善于表达感情了。”

“刘兰可是个好姑娘，你以后要好好对待人家。男人要知道疼老婆、疼孩子。这样才称得上是一个好男人，才是一个有担当的男人。”

地委刘书记办公室，黄振华说：“刘书记，我们经过这几个月的考察调研，就‘四带一网’工作的进展情况向你作汇报。”

刘书记：“你们辛苦了。这项工作关乎我们这么多年来治沙、植树造林工作的总结和提高，关乎我们能不能尽快将毛乌素沙地的流沙固定住。通过绿化和农田网格保护人民生命财产安全，通过治沙造林改善沙区的自然环境，老百姓能得到真正的实惠，这些都在你们的工作当中体现出来。”

黄振华说：“目前我们的工作人员，经过对以往治沙经验的总结和新的调查研究，绘制了40多幅规划图。这些规划图对指导我们‘四带一网’的建设起着重要的作用。我们想把这个作为科研成果报上去，参加评奖。”

“这个想法很好。这样既总结了我们前一段的工作，又调动了科研人员的积极性。我支持你们。”

林业局会议室，黄振华说：“今天我们召开会议，庆祝和总结我们‘四带一网’规划和初期实施项目获得了省上科技成果一等奖。”大家热烈鼓掌庆祝。

黄振华说：“这个成绩是科研人员和广大干部用多年心血和汗水换来的，也说明大家的努力得到了上级和业务部门的充分肯定。”

第四十二章

刘书记办公室。刘书记："振华，来，国家林业部将在驼城举办全国治沙造林训练班。参加学习的有来自青海、辽宁、吉林等9个省87个市县的领导干部和技术人员。需要我们做的，就是配合国家林业局做好现场参观的治沙示范点和项目。这是国家林业局的函件，你看看，你们林业局先做一个方案，我们再上会讨论决定。"

黄振华说："好的，我们尽快拿出方案报地委审定。"

林业局会议室。黄振华说："今天我们召开一个会议，国家林业局将在我们地区举办全国治沙造林训练班，刘书记让我们林业局和治沙所拿出一个现场参观地点和项目的方案。今天我请各位来，就是商量研究一下，让外省来的同志们到我们这儿来看什么、交流什么，同时能让人家指出我们的不足。"

林副局长："这几年，我们治沙是从修渠打坝到引水拉沙，从飞播造林到义务植树，从林网建设到小流域治理，也逐渐走出了一条治沙造林的道路。"

徐桢说："对着呢，我建议到我们的千亩樟子松基地看看，这十来年已经有了相当的规模，树长大了，有三层楼高，成为一片沙漠中的森林了，很壮观。还有城东渠和西沙渠这些人工渠，也是绿化沙漠建设的基础性工程。再就是飞播造林，对人不能到达的荒漠地区实施飞播造林。还可以看看我们在沙漠上建的第一座楼房——西沙的治沙研究所，还有新建的沙生植物园……其实可看的地方很多。"

樟子松林地。黄振华说："我们现在参观的是千亩樟子松林基地，是沙漠森林。从50

年代开始，从东北引进樟子松，通过人工义务植树，经过二十多年的坚持不懈，目前已经成为沙漠中的一片绿色森林。”

报告厅，驼城地委行署的同志们认真听取刘书记传达党的十一届三中全会精神。

油松林地，省委书记视察驼城。省委李书记：“驼城是一个风沙区，植树造林、治理沙漠是改变驼城自然条件与环境，巩固农业和牧业生产，提高人民生活水平必须要做的基础性工作。你们坚持了二十多年，对治沙造林工作的坚持不懈，已经使自然环境得到了有效的改善，人民也从治沙造林当中得到了经济实惠。党的十一届三中全会之后，我们要把提高人民的物质文化生活水平，作为我们党改革开放和各项工作的标准。坚持四项基本原则，坚持改革开放，实行社会主义市场经济，这是我们十一届三中全会的主要精神。贫穷不是社会主义。社会主义应该解放生产力。所以在领导干部选拔任用时，尤其要选拔那些德才兼备的干部，要使干部革命化、年轻化、知识化、专业化，把懂管理、会管理的干部提拔到领导岗位上来。”

地委刘书记办公室，省委组织部副部长：“刘书记，根据驼城地委领导班子成员的组织构成，你们行署缺一位副专员。我们组织部想听听刘书记您的意见。”

刘书记：“我们驼城是一个风沙区，也是个半农半牧的区域。我们现在的主要工作就是想选拔一个德才兼备、符合十一届三中全会以后的标准的‘四化’干部。我准备推荐黄振华同志。这是个老牌大学生，又在农校当过副校长、治沙所当过所长兼书记，现在是我们地区林业局的局长。这个同志政治素质好，又有专业知识、管理经验。这么多年从事治沙造林工作，取得了全国瞩目的成就。当然这些成绩，也与我们地区的干部群众和科技人员的共同努力分不开。”

省委组织部副部长：“刘书记，你的意见我们会认真考虑的。我们确定人选以后，再到他的所在单位，听听群众的意见。”

地委办公室主任将黄振华请到常委会议室。

刘书记：“黄振华同志，请坐！我们现在召开地委常委会议。我先宣布一下中共陕西省委的任免通知。经中共陕西省委常委会研究决定，任命黄振华同志为驼城地委常委、行署副专员。”

在座的地委常委鼓掌表示祝贺。

刘书记：“黄振华同志大家都比较熟悉，该同志政治素质高，立场坚定。在各个领导岗位上尽职尽责、兢兢业业、任劳任怨，群众关系好，在工作中做出了显著的成绩。该同志德才兼备，符合领导干部知识化、专业化、年轻化的要求。经省委组织部的考察，任命该同志为驼城地委常委和行署副专员。希望振华同志在新的工作岗位上再接再厉，再创佳绩。”

驼城政协，黄振华说：“季校长，我来啦！我给您带了点您最爱吃的——我姐夫做的小点心。”

季伯贤说：“好啊，人老了，就是喜欢吃这小点心。你今天来，恐怕不只是给我送点心吧。是给我报喜的吧？”“季老，您怎么知道的？”“省委组织部副部长都到我家里来了解你的情况了，我还能不知道？”“还是老校长最了解我。”

季伯贤说：“在驼城分管林业、农业、牧业、水利，数来数去没几个人，你就是最合适的人选。”

黄振华说：“其实我今天来，是想请教您老人家，我下一步的工作应该怎么做。”

季伯贤说：“不用征求我的意见，你心里早有数了。在我们这个沙区，核心的任务就是缚住沙龙。驼城的治沙造林，都给全国做出典范了，这就是你的工作重点。党的十一届三中全会明确指出要解放生产力，发展生产力。尽快把这里的沙漠变成绿洲，变为良田，这才是功在当代、利在千秋的事业。”“季老，我知道该怎么做了。”

地委家属院新家，赫冬梅说：“振华，回来啦，快吃饭吧。”

黄振华说：“孩子们呢？”“他们要上晚自习，回来得晚。”“这几天工作忙，都顾不上搬家的事。”

赫冬梅说：“这搬家你也帮不上忙，我那些侄子侄女外甥，很快就给咱搬过来了。我从来没有住过这么宽敞的房子。我还给你布置了一间书房。三孔窑洞，一间小房，一间厨房，带着餐厅，还有一个小院，真的挺好，我对这儿很满意。”

“这房子原来是牛专员的房子，他调到西安了。”“你说，牛专员当时要听了你的话，不站队出去，这会儿也不会犯错误，也不会降职。”“牛专员是对‘文化大革命’认识不足，他认为站出去才是革命的，不站出去就是不革命。可惜了，他是个好人。”

“我还要告诉你一个好消息。我已经被提拔为驼城师范附小的校长。”“那我应该祝贺你。离家近了，照顾家更方便了。”“可是我的工作也忙了。”“没关系，地委有灶，以后来不及做饭，就在灶上买着吃吧。”

行署会议室。杨专员：“国务院批转国家林业局‘三北’（东北、华北、西北）防护林大型工程，涉及十三个省区五百多个县，驼城是其中之一。今天我们请振华同志给我们讲一下‘三北’防护林大型工程的基本知识。”

刘书记：“今天我们都当小学生，你就大胆地讲。”

黄振华说：“为了讲得更清楚一些，我带了一张地图，请工作人员把地图挂起来。”

黄振华站在讲台上开始讲解：“‘三北’防护林是一项在中国北方实行的生态建设工程，是中国林业发展史上的一大壮举，可以说开创了中国林业生态工程建设的先河。工程地跨东北西部、华北北部和西北大部分地区，包括中国北方十三个省的五百多个县。建设范围东起黑龙江省的宾县，西至新疆维吾尔自治区乌孜别里山口。东西长4480公里，南北宽560~1460公里，总面积406.9万平方公里，大家知道我们中国的国土面积是960万平方公里，这三北防护林就占国土面积的42.4%。”

刘书记：“相当于我们国土面积的近一半了。”

黄振华说：“是的。在历史上，‘三北’地区曾是森林茂密、草原肥美之地。后来由于种种人为和自然力的作用，这里的植被遭到破坏。土地沙漠化，水土流失十分严重。区域内分布着八大沙漠、四大沙地。沙漠、戈壁滩和沙漠化土地总面积达到了149万平方公里。从新疆一直延伸到黑龙江，形成了一条万里风沙线。”

杨专员：“这条风沙线要不堵住，任其发展的话，不仅我们这些北方城市及农田会受到破坏，连我们的首都北京也会受到严重的威胁。”

黄振华说：“在黄土高原，水土流失面积占这一地区总面积的90%。在黄河下游，有些地段河床高出堤外地面3~5米，形成了地上悬河。黄土高原的大部分地区，年均降水量在400毫米以下，形成了十年九旱、不旱则涝的气候特点。风沙危害水土流失和干旱所带来的生态危害，严重制约着‘三北’地区的经济和社会发展，使这个地区的各族人民长期处于贫困落后的境地，同时也对中华民族生存发展构成严峻挑战。

‘三北’防护林工程按照工程建设总体规划，从1978年开始到2050年结束，分三个阶段，工程建设期限73年，共需造林5.34亿亩。在保护现有森林植被的基础上，采取人工造林、封山封沙育林和飞机播种造林等措施，实行乔灌草结合、带片网结合、多树种结合，建设一个功能完备、结构合理、系统稳定的大型防护林体系。最终使‘三北’地区的森林覆盖率由现在的5%提高到15%，使沙漠土地得到有效治理，水土流失得到基本控制，生态环境和人民群众的生产生活条件从根本上得到改善。

这是全国层面的三北防护林工程。其实这个三北防护林的规划早在‘文化大革命’以前就形成了，由于十年动乱被搁置了。党的十一届三中全会以后，国家林业部又拿出了这一个方案。三北防护林体系建设中，驼城的重点工程是建设驼城防沙林带、陕蒙边缘林带和长城林带。”

杨专员：“看规划，是要在我国的北方建设一道绿色长城。通过振华的讲解，我们对三北防护林工程建设有了进一步的了解，对工程规划的重要性有了重新的认识。我们在座的各位受益匪浅，这就是我们国家和驼城的大战略、大方向。”

刘书记：“这次三北防护林的讲座非常好。以后这种活动应该多组织，让我们的领导同志了解政策，掌握知识，懂技术，避免瞎指挥。就驼城如何做好三北防护林工程的建设，我们要专门开会研究，出台相应的政策，切实把这项工作落实好。振华同志分管这项工作，你可以安排林业部门做一些调查研究，拿出方案和规划意见，供地委和行署研究。”

黄振华陪同林业部杨副部长和于省长视察林地。

黄振华说：“我们现在看到的叫红山，这里原来叫十里沙，是不毛之地。去年我们通过引水拉沙将这一片沙漠推平，种上了油松。我们采取义务植树的办法，动员全城的干部职工、学生到这里来植树。同时，我们对林管员进行了技术培训，一棵树未成活，再补栽三棵树，并且罚5元钱。各单位的林管员都非常重视。我们在西沙还有一块义务植树基地，叫黑山。红山、黑山东西夹着驼城，黑山后来被沙漠掩盖。这一东一西两座山作为我们常年义务植树人工造林的基地。再过几年，红山和黑山就成为一片油松林，成为阻挡风沙侵入农田、侵害人民生活生产的重要屏障，有效改善驼城的自然环境和生态面貌。”

于省长：“你们的义务植树的时间和任务是怎么保证的？”

黄振华说：“我们选择义务植树的品种是油松。其实油松这种植物很娇气，要求很高，但是一旦长成，它防风固沙的能力很强，尤其在季风季节。油松最大的特点是从春季到夏季都可以栽种。我们给各单位划定任务，由各单位按规划时间植树。我们的管护员和他们各单位相互沟通，我们提供树苗，他们确定时间和人力。”

杨部长："有时间、有规划，技术有保障、责任有落实，任务有目标、赏罚有尺度。好！难怪你们陕西驼城的经验可以走在全国乃至世界的前面。"

会议室里，地委召开常委会议，就个人开垦荒地，谁种谁受益、谁种树属于谁等问题，展开讨论。

家里。赫冬梅说："你这次下乡，为什么要拿这么多行李，还带上了毛衣和棉袄，你打算在那儿长住啊？孩子们快放暑假了，都要回来，你这个当爹的也不想跟孩子们见见面？"

黄振华说："我要参加永安营造绿色长城大会战，可能时间要长一些。这是我们行署抓的典型。地委刚刚发了文件，我要推动文件的落实，同时想总结一些经验和做法，推广到整个驼城地区。"

赫冬梅说："孩子们好不容易从北京、西安回来，如果你有时间也回来看看。"

黄振华说："好的，暑假那么长，我会抽时间回来和他们见见面。"

永安县沙地上。周书记："黄专员，我们进行了测算，这次绿色长城大会战，在我县境内共造林11620亩。"

黄振华说："这么大的任务量，在短时间内能完成吗？你的身体才刚刚恢复。"

周书记："你上次把我送到医院，帮我捡回了一条命。怕什么？共产党人，活着干，死了算！"黄振华说："你太拼命了！"

周书记："共产党人就是要发扬一不怕苦二不怕死的精神。当年共产党领导的八路军、解放军，就是不怕苦不怕死。现在我们同样要不怕苦不怕死，才能打出一片新天地。绿色长城大会战也要发扬这种精神！"

黄振华说："你说得很对，但是我们要避免不必要的牺牲。不行，我得找人监督着你。你县委办公室主任呢？"办公室王主任："黄专员，我在这儿。"

黄振华说："你随时跟着周书记，注意他的饮食和休息。他要是不听话，你就告诉我。"

周书记："你是我的顶头上司，又有救命之恩，我一定听你的。"

后来永安县被国家评为植树造林先进县，百姓称这片林地为"兴旺林"。

汽车站。黄进生骑个自行车，来接哥哥姐姐。从西安来的旅客中，看到大姐和二姐下了车，急忙迎了上去。

黄丽莎和黄丽莹看到了弟弟，高兴地向他招手，然后提上了自己的行李，放在自行车上，出了汽车站。黄丽莹："二弟，你怎么知道我们今天就能回来？"黄丽莎："二弟接我们，怕是来了好几次了吧？"黄进生："大姐来信说，你们这几天就能回来。我放学以后就来这里转一转，看能不能碰到你们。""多有心的弟弟。""姐姐给你们带好吃的东西了，回去就给你们吃。"

黄进生："咱们家搬到地委家属院了。我担心姐姐们找不到家，所以放学以后，顺便过来接你们，回我们的新家。"丽莹："为什么要搬到地委家属院？""爸爸的工作变了，提拔成地区副专员了，所以我们住到了地委家属院。""看来爸爸干得不错。你哥什么时候回来？""估计明后天从北京回来。"

家里，赫冬梅说："西安的高校放暑假都好几天了，你们俩怎么这么晚才回来？"

黄丽莎："都是我耽误的。我本来暑假还想再晚回来半个月。我和我一个上美院的同学合作，开了一个美术培训班。"冬梅："为什么要在假期开美术培训班？""勤工俭学，挣点钱呗。""怎么？你的生活费和学费不够吗？"

黄丽莹："我姐姐挣钱，是想给她们治沙队的姐妹们一人送一块尼龙纱巾。"黄丽莎："要不是妹妹给我赞助了，我还真是要晚回来半个月呢。"冬梅："你还在上学期间，又没有参加工作，有必要给你那些姐妹送礼物吗？"

黄丽莎："想想我那些受苦受累的姐妹，每年冬春季节，漫天遍野的黄沙钻进头发、鼻孔和嘴巴里，我就想送她们一块尼龙纱巾挡一下风沙。""你有这个想法应该告诉妈妈，妈妈给你赞助一点钱嘛。""我自己勤工俭学挣到的钱，买这些东西才有意义。"

长城女子民兵治沙队。黄丽莎："姐妹们，我放暑假回来看你们来了。你们辛苦啦！我没啥贵东西送给你们，但是绝对给你们带了一件非常实用的礼物。"

姑娘们："黄丽莎，你到了大城市，还没有忘记我们。不用给我们送礼物，来看我们，我们就非常高兴了。给我们说说西安大城市有什么好玩的新鲜事。"

丽莎说："看你们说的，我是一定要来的。其实我在学校上学，也常常想念你们。想念我们那些吃苦受累、战天斗地的日子，正是这些日子锤炼了我们的性格，磨炼了我们的意志。每当我遇到难事，想想我们那些日子，我就觉得什么事都不难了。我非常高兴，也非常荣幸能和你们成为战友。这种友谊，我们所吃的苦、受的累，我们所做的事，都是我一生最重要的财富。好啦，这是我带的点心，一人一块水晶饼，这是西安的特色点心。还有就是，一人一条——尼龙纱巾。”

姑娘们：“这太好了。自从你上次说尼龙纱巾，我们就一直想弄一块给自己戴上。可惜驼城没有地方买呀，再说我们也买不起。黄丽莎，你没有挣工资，哪来的钱给我们买的？”黄丽莎：“不是偷的，也不是抢的，是我办美术培训班挣来的。”陆永翠：“谢谢你！上大学了，还想着我们大家。”

黄丽莎：“我在报纸上已经看到了。共青团中央授予我们长城女子治沙队‘全国新长征突击手’称号，你们还被国家领导人接见了。我看到这一则消息非常高兴。我告诉大学的同学们说，我原来也是长城女子治沙队的一名女战士，他们都非常羡慕。”

家里小院。黄振华一进家门就喊：“孩子们都回来了吗？”

赫冬梅正在院子晾衣服：“跑出去十几天，再不回来，孩子们就该走了。”“我是抽时间回来，看看我的三个大学生。”

黄丽莹：“爸爸回来了！”孩子们纷纷跑出来迎接爸爸。“我姑姑给你带的稻香村点心，我们都快吃完了。”“你姑姑一家过得还好吧？”

黄跃生：“姑姑现在都是副教授了。明年准备招硕士研究生了，当硕士研究生导师。”“好啊，都快当教授了。”赫冬梅说：“快回家说，饭马上就好了。”

家里，赫冬梅和两个女儿忙活着，把饭菜摆上桌子。

黄振华说：“你们三个大学生，毕业以后怎么办？要早作打算。”

黄跃生：“我姑姑让我考研究生，继续深造。我也有此打算。”

黄丽莎：“我毕业以后服从组织分配。我们团委书记说，估计我们都要充实到党政部门工作，因为现在党政部门急缺干部。”

赫冬梅说：“你们都出去不回来，我和你爸老了，靠谁呀？还有这两个小的，明年进生就要考大学了，也要考到外地。”

黄丽莹：“妈妈，我回来。我师大毕业以后，回到驼城当老师。你们老了，我伺候你们，给你们当小棉袄。”

“还是我的丽莹贴心，有孝心，比你们几个强。”

黄振华说：“咱们五个儿女呢，你不能都拴在你的裤腰带上吧？”

黄进生：“我考大学一定要考到外地，离父母远一点，才能锻炼人。”

黄振华说：“爸爸支持你，一个男子汉一定要有独立性。离开父母才能锻炼你的性格，懂得为人处世的道理。男子汉钻到父母的翅膀底下，有啥出息？”“这次回来，能和孩子们多住几天吧？”“不行，明天我给专员书记汇报完工作以后，还要举办一个全区的林业工作会议。”

黄丽莎：“爸爸当了副专员，看起来工作更忙了。”

黄振华说：“爸爸管着几百万农民的生计，管着驼城地区防风治沙、绿化造林，改变一穷二白面貌的事。我一刻都不敢掉以轻心。看看我们驼城这地方，老百姓太穷太落后。他们也想过上好日子，可自然环境太恶劣。防风固沙、植树造林，就是为了让他们走出贫困，保护他们的农田和房屋，改变环境，让他们早日过上好生活。所以，爸爸一刻都不敢懈怠。”

驼城行署会议室，召开驼城地区林业工作会议。

黄振华主持，地委的刘书记致辞。杨专员就驼城地区林业工作进行报告。

周书记介绍永安县治沙造林的做法和经验：“我们永安县是一个沙区县。不治沙，不种树，农田也保不住，老百姓留不住。要说治沙的经验和做法，就两条：一是解放思想，放宽政策；二是谁种树，谁受益，谁继承。现在我们县几十万老百姓已经进了沙窝，包沙地到户。谁治理、谁种树，地就归谁，所有权允许继承。在规划的指导下，落实大项目，大片实施植树造林任务。我们采取的方式是大会战。干部、职工、学生，男女老少，全面动员齐上阵，打人民战争，同时攻克项目难关，效果非常好。目前群众的积极性很高，治沙的效果也好。”

黄振华说：“永安县周书记的经验做法值得我们各县学习。同时按照刘书记和杨专员的讲话精神，我们要认真领会，积极贯彻执行。要求各地大办社队林场。没有办起来的，年底必须全部办起来。各县、各公社都要大搞造林大会战，每人每年造林15天。下面请定安县县长介绍经验和做法。”

王县长：“我县十万农民进沙窝植树造林，农民在酷暑下，头顶烈日，脚踩热沙，搭建纱罩，种草种树。群众天不亮，带着干粮离开家，背着树苗、铁锨进沙窝植树，晚上才收工，两头不见太阳。为筹集资金，老人卖掉了自己的棺材，姑娘卖掉了自己的嫁妆，年轻人推迟了婚期。筑沙的材料不足，群众把破旧衣裳、麻草绳子、瓶瓶罐罐运到沙窝，搭设沙障。”

“你们县有没有典型人物，推荐我采访一下？”

“你采访一下汪勤奋。我给你地址。”

贾文宇在沙地上采访：“你就是汪勤奋吗？”汪勤奋：“我就是。”“汪勤奋同志，我听你们县政府办公室主任说过推荐你的事迹，所以我来这里想采访一下你。”

贾文宇：“你丈夫身患绝症，依然奋战在治沙第一线，事迹太感人。特别是你在失去亲人的悲痛当中依然继续奋战，和风沙作斗争，让人更加感动。”

“我们沙区人想过上好日子。不去植树造林，就没有出路。治沙造林，既是响应党的号召，政府还给予支持，我们老百姓又能得到实惠，还能改变我们这里的自然环境面貌。这是利国利民的事业，我们当然要积极参与，要奋斗一生。我丈夫身患骨癌，依然奋战在沙窝，将自己的生命贡献给了治沙事业。我是他的妻子，再悲痛，也要同儿女一起继续与风沙斗争。”

治沙所编辑室。刘兰：“《千军万马齐上阵，百万农民进沙窝——驼城地区全民治沙造林的人民战争悄然打响》，作者贾文宇。这篇文章我看了很感动。”

“我是在被汪勤奋感动后写的。我在思考，驼城这个地方，人民群众这么支持和拥护治沙，用生命参与这场治沙造林的人民战争。咱驼城治沙造林，有国家的规划和号召，有干部的推动，有政策的落实，有技术人员的配合和指导，不出成绩都难！”“这就叫万众齐心，梦想成真！”

沙地植树造林的工地上，横幅标语上写着“尽快实现荒山荒沙和四旁绿化，向大地园林化进军”“千军万马，植树造林”。这里正在举行誓师会……

地委会议室，刘书记：“总书记第二次来驼城视察，在镇北台观看了古长城脚下的‘绿色长城’，他在地区党员负责干部会上的讲话中，提出驼城地区‘一、九、八、五’的奋斗目标，即一户一头大牲畜，一人九亩林草、八百斤粮、五只羊。按此要求，地委设想两年布局起步，五年大有发展，十年大见成效。”

第四十三章

定安县沙海村党支部书记召开队干部会议，纪栓林说："今天我和乡政府签了一份合同，承包了2254亩沙地。"生产队队长："你疯了，你咋敢签这号合同？狼窝沙那块沙地没人敢签。"

"我没有疯，精明着呢，咋不敢签？难道沙漠人治理不了？""前几年，县上举办的大战狼窝沙，你我都参加过，现在还剩几棵树几棵草？""事情都是人干的。只要想办法，我就不信治理不了。""你真是胆大包天，治理不了咋办？"

纪栓林："有什么了不起的？想咋办就咋办嘛。"

会计说："政策多变，三十年河东，三十年河西。等你把树栽上后，弄不好全充公了。"

纪栓林："我坚信国家的政策不会变，如果真的变了，让国家全部没收，我也心甘情愿。只要我把这片沙地绿化了，没收是另外一码事，起码证明我纪栓林说到做到，合同没有白签。"

会计说："小心再来一次土改重定成分，给你划个林牧主，到那时候后悔都迟了。"

纪栓林："嘿嘿，前怕狼，后怕虎，那就甚事也干不成了。"

纪栓林家。妻子："那片沙地国家都没有治理，你还能有办法？你太自不量力了吧，别吹牛皮了。"纪栓林："吹不吹牛皮咱等着看。""恐怕你纪栓林还没把林造好，就让风把你给造坏了，要不了命也得脱几层皮。""我就准备脱几层皮。"

纪栓林家的院子。月光下纪栓林坐在石凳上抽着旱烟，在苦思冥想。妻子问："这么晚了不睡觉？天凉了。"妻子拿一件棉衣为他披在身上。纪栓林："我睡不着。你睡你的。""愁死人了，你这是自找的。"

季栓林起身出了自家院子到常老汉家去了。常家院子，常家大儿："栓林叔，你来了。"纪栓林："我来找你爹，他在家吧？"

"大，大！纪支书来找你。"常老汉从屋里出来："栓林，听说你承包了狼窝沙2000多亩沙地？"

纪栓林："对着呢。有人说我疯了，也有人大惊小怪，人多嘴杂，说甚的都有。还有的人说我在狼窝沙造不上林，我非造上不可；他们说我战胜不了狼窝沙，我非战胜不可。我就是不信那个邪！有人不是要看我的笑话吗？你就看，看我纪栓林厉害还是狼窝沙厉害？我发誓要与狼窝沙战斗到底！"

常老汉问："合同也签了，决心也下了，你准备咋干呢？"

纪栓林道："2000多亩沙地，靠我一个人不行，所以首先得招兵买马。"常老汉说："前些年，两任公社书记亲自部署挂帅治理狼窝沙，组织全公社群众浩浩荡荡开进去，场面热火朝天，十分壮观，真是空前少见的景象。结果呢？以失败告终，并未在沙狼窝留下多少树。留下的只是汗水和脚印，其余什么都没留下。"

常老汉："你什么都清楚，这些事你都知道了，你还敢承包那块沙地？"

"我也想过。狼窝沙那块地种不了树，关键的问题是风沙太大，树不等扎根长大，遇上大风就被连根拔起吹走了。所以我的想法是先搭沙障，然后种树。"

"这想法好着呢，但是先要投一大笔钱呢。咱们这穷地方，你让出人力还行，你叫出钱，没几个人能拿得出来。"纪栓林："这个合同是我签的，倾家荡产我也得投入，大家放宽心，我带头，有什么事情有我呢，天塌下来我顶着。没关系，有钱的出钱，有力的出力，成功了有你们的一份，失败了拿我是问。"

常老汉："你是个有悍性有担当的人，我相信你。我跟上你干，加上我的两个儿子，但是我没钱。我也希望跟上你能发家致富，我这两个儿子还要娶媳妇呢。"

纪栓林："我不敢说得太满，但是三五年肯定见效。""那我们家三个人跟你干。"

回到家里，纪栓林对妻子说："老婆子，把咱的存折拿出来，我要买树苗。"

妻子说："咱家就攒了那点钱，还要给孩子们上学用，将来还要给儿子攒钱娶媳妇呢。""妇人之见！快把钱拿出来，让我把树苗子买了，栽了树苗子，等树长大了，这不就有钱了，还愁没钱让孩子上学和娶媳妇吗？”

十来户农民到纪栓林的院子开会。纪栓林：“我虽然现在还不是一员猛将，但我要决心当一名猛将，这一点将来会证明的。”

甲农民：“老纪，我们相信你，与你合作一定能战胜狼窝沙。”

乙农民：“咱们共事多年，你是一条敲起来响当当、打起来硬邦邦的好汉，我们跟着你干不会错。”

常老汉：“我们几个都是相信你，也愿意跟着你干，大家凑了点钱，顶不上什么事，但是有一分钱算一分钱，攒一毛钱算一毛钱，钱是一个一个上串，粮食一颗一颗上石，总比不攒强。”

家里，妻子问：“你把咱家的钱都拿出去了，把树苗子买了？”纪栓林：“钱还不够嘛。”妻子说：“让其他人往出拿钱嘛。”纪栓林：“唉，都是穷庄户人家，能有几个钱？”

妻子：“治沙造林也是国家的事呀，你跟国家要点钱嘛。”纪栓林：“国家也正处在困难时期，应该体谅国家的难处。再不行，倒卖牲口，积攒几个钱凑起来，积少成多嘛。”妻子：“你说什么？卖家里的牲口？”纪栓林：“噢，卖了买树苗，治理狼窝沙。”

“你看咱家还有什么值钱的？”纪栓林笑着说：“你说啥值钱？”“不就是那些羊嘛？”“羊是值点钱，但最值钱的是人。”“那你把全家人卖了换树苗去，把你自己也卖了。”纪栓林：“咋能卖人呢，人卖了谁去植树造林，谁去战胜狼窝沙？”

妻子：“你就知道造林，就知道狼窝沙，那你到狼窝沙去住，别要这个家了。”“看你说的，这个家也得要，狼窝沙也非战胜不可，这是不可改变的。”“看来你非得在狼窝沙造林？”“非与狼窝沙血战到底不行，我是签了合同的。”

妻子：“合同算什么？不就几张纸吗？”纪栓林：“你说得倒轻松，那就是军令状啊，别小看那几张纸。”“别人是往家里赚钱了，你是往外贩卖家产呢，你可能真的疯了，有精神病了。”纪栓林：“我既没有精神病，也没有发疯，我就是想让那些黄沙知道我纪栓林的厉害。我要把它变成绿色森林！”“总之，家里的东西你不能卖。”纪栓林：“我非卖不可。”妻子：“就是不让你卖！”纪栓林：“非卖不可！”

羊圈，纪栓林背着家里人，硬着头皮赶了30只羊要卖。“你给我把羊放下，你不能把羊赶走。”妻子追上了纪栓林拉住他：“存折你拿走了，你再把羊给卖了，我们的日子还过不过了？”纪栓林：“就那点存款够吗？今年把羊卖了，明年我加倍还你。”说着把老婆的手拨开，赶着羊走了。妻子坐在地上哭了起来：“你是个疯子！你不是正常人，哪有你这样倾家荡产治理狼窝沙的人？这一年的灯油柴火零花钱，全指望这几只羊了，你把羊卖了，我们的日子咋过？”

乡政府，纪栓林：“王乡长，我找你有点事儿。”王乡长：“不是打退堂鼓的吧？”纪栓林：“什么退堂鼓？”“承包狼窝沙那块地，你真要不想干，我能理解。”“王乡长，既然我承包了那块地，而且签了合同，我就不会后悔。只是我现在资金有点缺口，我找了各种关系，可我贷不来钱。所以我今天来麻烦你，给信用社做做工作给我贷点钱。”王乡长：“你想贷多少钱？”纪栓林：“2万块钱。”

王乡长：“2万块钱，按说也不多，我可以打个电话问问情况。”王乡长打电话。王乡长：“陈社长，我是王永庆，沙海村的党支部书记纪栓林同志，他承包了狼窝沙那块沙地，治沙种树需要钱呀。我们也都想支持他一下，但他有2万块钱的资金缺口，想贷款，你看能给帮助一下吧？”

陈社长：“你王乡长打电话来当然可以，如果你给他写个条子来，你就是他的担保人，我一定给他解决2万块钱。”“好吧，我愿意给他担保，我即刻写个条子给他，让他去找你。”王乡长放下电话：“栓林，2万块钱你没有担保的话，我给你写个条子，我就是你的担保人。信用社有它的规矩，你要还不上钱，他们就要找我啊。”

纪栓林：“哎呀，让你乡长给我当担保，实在感谢你了，我一有钱立马给他还上，绝不能牵连到王乡长。”王乡长：“栓林支书，好好干。我给你写条子，你去找陈社长。”

信用社门口，常老汉：“看来钱这个东西就是个硬头货，一分钱果真难倒一条英雄好汉，连纪栓林都犯难了？”纪栓林：“贷下了这2万块钱，要不是王乡长担保，我这平民老百姓是贷不出来的。太难了。家里人哭哭啼啼实在叫人听了难受。我的眼泪虽然没流出来，但流在肚子里了。”常老汉：“你倒算一条硬汉子。”纪栓林：“哈哈哈。这下好了，不用愁钱了。”

常老汉：“钱的问题解决了，剩下的咋办呢？”

纪栓林：“我们要吸取先前大会战的教训，因地制宜，必须要有好的设施挡住风沙，给树苗提供良好的生长条件。叫上你儿子，明天跟我到宁夏石嘴山购买设备。”

狼窝沙。纪栓林：“今天咱们一共来了44个人。我们组成一个绿化小分队。一切行动听指挥。今天我们的主要任务是打木桩子，拉铁丝网，给树苗营造一个生长条件。”

常老汉：“听明白了，就是拉铁丝网把风沙挡在外面，还能阻挡人和畜生的糟蹋。”

纪栓林："哎呀，这个常老汉，就是个老军师，说对了，三个人一组，现在我们就开干啦！"

沙漠的春天风沙弥漫，狼窝沙的风吹得更厉害，真如一群凶残的野狼在嚎叫，似乎多少天没有尝到人的血腥味，大有将这个世界的生灵全部吞掉的势头。

常老汉："这里是个大风口，风吹得人都站不住。"

纪栓林："这里没几个好天气。要不咋能叫个狼窝沙？"虽然风沙大，吹得人浑身发抖，但刚干一会儿活，大家都热得汗流满面，他们的衣服渐渐湿透了。纪栓林带头脱掉衣服，大家也跟着脱掉了上衣，像一群斗士与许多饿狼在拼死搏斗。

纪栓林："狼窝沙，今天有你无我，有我无你，你死我活，我死你活，看看谁厉害谁软弱，究竟谁是胜利者，谁以失败告终。"

常老汉："吃饭了，大家休息会儿，吃饭了。"农民："这么大的风沙，咋吃饭？"常老汉："看来你是不饿，饿的人还管他刮风下雨，人怎么都能吃饭。"农民："满嘴都是沙，饭和沙子一块咽下肚子里。"常老汉："受苦人一辈子在风沙中，还能不吃几斤沙？"纪栓林："等我们把这都种上了树，变成了绿洲，就再也不用吃沙子了。"

纪栓林吃过饭，趁别的伙计略作休息之际，他又到地里查看情况，检查栽的树质量如何，稍有放心不下的，他亲自动手补栽，把问题放在树苗发芽之前解决。常老汉："栓林，你要休息呢，你不休息，铁人也受不了。"纪栓林说："检查一下他们栽树的质量。这苗子很快就发芽了，在发芽前不把问题解决，这树活不了。"常老汉道："我回去给他们再强调一下，让他们保证质量。"

工地上，常老汉问："栓林，我看你打摆子呢，你是不是不舒服？"纪栓林答："今天感觉有点不舒服。""你休息一下吧，这铁打的身体也经不住你这么折腾。""大家干得热火朝天，我咋好意思休息？"

"哎呀，你要注意身体呀，你是咱们的承包人，你倒了叫我们怎么办？你就算不考虑自己，也得考虑我们呀。"

"没事，吃五谷杂粮，谁还不生个病？撑一下就过去了。你们信不信？我的病明天就好了。你们放心地干吧。"

春天还未结束，嫩绿的树木便井然有序地占领了狼窝沙，狼窝沙变成了绿树窝。

纪栓林："看咱们这44人的小分队能行吧？多少年来，这块不毛之地被我们这小分队改造得变了模样。”

甲农民：“你还真的把事干成了。”乙农民：“栓林果然有这两下子。”

常老汉：“这也是运气，人有三年旺，神鬼都不敢挡，你看他，洪福齐天着呢。运气一来，扁担栽进沙里也发芽。不管咋样，咱得承认他能行，纪栓林比狼窝沙更能行，更有办法。”纪栓林笑笑说：“办法就是用铁丝将狼窝沙围困在里面，我们获得了历史性的成功！”

纪栓林的事迹被报道后，引起了省林业厅的重视。省林业厅召开治沙造林研讨会，请纪栓林同志介绍他的治沙经验。省林业厅厅长讲：“听了纪栓林同志介绍承包治理沙漠的经验。我认为在当今农村变革时期，旧的体制逐步解体，新的体制还有待完善。为了使治沙能长久坚持下去，纪栓林成立了全国第一个‘联合农户治沙’的农民治沙公司。公司依托‘治理荒沙，开发利用荒沙’的总体发展战略，采取‘公司+农户+基地’的方式，把治沙与致富紧密结合起来。纪栓林走出了一条治沙植树造林的新路子，前景是很乐观的。”

纪栓林说：“我牢记领导们的期望，下定决心，绝不辜负大家对我的重托，在这个良好开端的基础上，我要乘胜前进。”

村委会。纪栓林对大家讲：“我把你们这几个村的村干部请来，想商量一些大事，就是联产承包治理国营林场的大面积荒沙。”

村民陈环木：“你这狼窝沙的承包地干出了成绩，现在又想着承包国营林场的黄沙地，你是成功人士，我们跟着你干。”“我们村的人也跟着你干，咱们就成立一个治沙公司，你当经理。”

纪栓林：“叫个治沙公司也太时髦了，我看咱们就叫个新望林牧场。新的希望，咱这地方黄沙连片，人民群众做梦都想着要改变环境、绿化沙漠。希望咱们林牧场能给人民带来幸福，看到幸福的未来和希望。”

陈环木：“好，咱们就叫新望林牧场，这个名字好。”

国营林场场长说：“纪栓林，我们国营林场多年无力改变的21800亩黄沙，你们要承包，就得跟我们签合同。”

纪栓林：“我知道，签了合同就等于立了‘军令状’。”

场长问："三年将这21800亩的荒山造上林，四年补齐。你能做到吗？"

纪栓林："既然立了军令状，那就必须要做到。"

陈环木："纪支书都已经跟我们说过了，我们农民不怕劳动，不怕吃苦，就靠治沙造林致富了，我们肯定能做到。"

场长说："那就好，那我们今天就把合同签了。"

纪栓林和陈环木回到村子告诉村民合同已经签了。

村民张志胜问："纪支书，你把合同签了，2万多亩沙地，你准备咋弄呢？"

纪栓林道："我想好了。咱们实行三级承包，我向国家承包，联户头向我承包，群众再向联户头承包。层层承包，层层有人管，有人负责，这就建起了一套完善的体系。"

乡政府门前贴了一张广告："新望林牧场招承包户。"群众："有纪栓林的大名，是他招承包户，我们参加。"

社员们："纪栓林把狼窝沙战胜了。这人就没有干不成的事儿。""走，咱们报名去。"

村委会。纪栓林："承包户现在报名了70多户，每人承包一百亩，就是7000多亩。有些承包户是困难户，老的老，小的小。我的意见，把最难治理的15000亩给我们这些领导干部留着。剩下这5500亩租给承包户，这些沙地好治理。"

承包户："纪栓林一心为着我们，照顾我们这些老弱病残，让我们十分感动，我们也不会忘记他的。他不愧为一条慷慨强悍的汉子，我们跟定他了！我们会齐心协力、全力以赴，在这片沙漠里拼搏战斗。"

这片沙漠里打响了一场人类挑战自然灾害的战争。纪栓林除了干好自己的活，还东奔西跑地指挥着，同时还为困难户帮忙。在他的感召下，新望林牧场当年就栽了6000多亩杨树、5000多亩柠条，取得了可喜的成果。

一天下午，纪栓林和几个人一起拉运树苗，干得正起劲时，天边一片昏暗，遥远的天际深处黑压压的一片云，黑夜提前到了，这是一个不祥的信号。根据他们的经验，一场大风是难以避免的了，风在沙窝子里飞快地刮着，眨眼工夫，说到就到，沙子如雨点一样乱飞、乱扬，扑打在身上隐隐作痛。天地间幽暗变黑，伸手不见五指。

纪栓林招呼大家，抱成一团，小心别让风吹散了。大家尽量往一块凑，但因为风沙太大，刚凑起来又散伙了。他大声喊起来，拼命呼叫着他们的名字，可声音完全被风沙吞没了，他耳边只有狂风肆虐的呼啸声。纪栓林的嗓子快喊哑了，仍然没有回音。

风声一夜未止，沙子一夜未停。直到第二天早晨，纪栓林强打起精神喊叫，去寻找失散的伙伴。当他看到大家满身沙子的模样时，禁不住笑了起来。这哪像他平日熟悉的伙伴，每个人都像被沙子埋了不知多少年的文物。大家一鼓作气把树苗运到了工地，植树如期进行。

生产队部。赵大说："我原来生活很拮据，承包380亩沙地，现在种了杨树和柳树，我还有五只羊、一匹马和两头驴。全家五口人，人均水浇地2亩多。"

王四说："我是外村的常住黑户，过去只有两只羊。承包后获得了500亩的土地，种上了杨树，还有两头驴、一头骡子、两匹马和25只羊，家庭彻底摆脱了贫困。"

井占荣："我过去只有一间小房和一辆架子车，如今有三头驴、两匹马、23只羊，还有杨树450亩、沙柳250亩，人均1.5亩的水浇地。"

纪栓林："两三年工夫，你们这些承包户都成了沙漠里飞出来的金凤凰。"

承包户："是你将我们的羽毛丰满起来了，所以我们变成金凤凰了。"

纪栓林："我们新望牧林场在分配管理方面是非常严明的。承包面积按劳承包，就是说统一承包，按劳分配，分户营造，按比例分红，大头归己。对于林草，我们实行统一管理的办法，专设六位同志为护林员，给护林员付工资。"

护林员早出晚归，骑着马，跑来跑去，十分气派。每当他们在林地巡逻时，别人都夸赞道："看！人家护林员多足劲！出了一个纪栓林，全村都沾了光，连护林员都骑着马，真威风！"娃娃们喊："快来看，林牧场的队伍骑着马过来了！"

工地上。纪栓林："常老哥，你可把这工程进度和质量监督好呀。"常老汉："这些承包户啊，给自己盖房子了，都上心得很，都感谢你这个带头人给他们带来了新的生活。"纪栓林："咱这个移民新村就叫个同心村。你这个军师觉得咋样？"

常老汉："同心干，同心村。这个名字响亮，也符合大家的愿望。"

纪栓林："这个移民新村盖好了，等大家住上了，还要盖一所希望小学。让咱们同心村的孩子都有学上嘛。"

常老汉："你让大家致了富，还过上了幸福的生活。你成了当今的活菩萨。"

纪栓林："什么活菩萨？是共产党的政策好。我是共产党员，是共产党让我们过上了好日子。"

沙区新建的希望小学里，孩子们在老师的带领下升国旗。纪栓林与同学们一起唱国歌，注视着国旗冉冉升起。

纪栓林到县政府，县长对他说："纪栓林，我们县又领了地区行署分给我县的治沙造林任务，这可是国家的'三北'防护林工程。"

纪栓林："这几年我和乡政府承包了5万多亩沙地，都如期完成任务。县长，你交给我的任务，还不放心吗？"

县长："'三北'防护林是国家的重点项目，国家领导人都非常重视。县委、县政府也非常重视。我们经过研究，觉得交给你可能是最好的一个方式。你可不能让县委、县政府失望。"

纪栓林："别的地方我不敢说，就我们县的治沙造林，我已经摸索出了一些经验和做法，我知道如何调动农民的积极性，如何把他们的利益和完成国家'三北'防护林工程结合起来。"

县长："这是你纪栓林和县政府签的一项合同，也就是你跟国家签的合同。"

纪栓林："这就是我纪栓林给国家的一份承诺。"

第四十四章

延安大礼堂。会标写着：全国青年造林大会。

林业部副部长："今天，由团中央和林业部共同举办的'全国青年造林大会'，在延安胜利召开。为响应党中央'绿化祖国，建成绿色长城'的号召，我们每一个共青团员和青年，都要大力搞好植树造林活动。现在请全国植树造林治沙先进单位——陕西驼城地区沙浪河长城女子治沙队介绍她们的先进事迹和植树造林治沙经验。"

陆永翠站在主席台上发言："我们沙浪河长城女子治沙队6年来在毛乌素沙地植树种草、开渠打井、平沙造田，对3000多亩沙滩和1000多个沙丘进行综合治理，为建设绿色长城做出了贡献。多次受到各级团委和妇联的表彰，被授予'全国新长征突击队'和'全国三八红旗集体'的光荣称号。"

定安县沙海村党支部书记纪栓林也上台介绍治沙先进经验。

宾馆房间。黄振华在参会名单里发现了新疆生产建设兵团张华的名字，他按照房间号查询电话号码，正准备拨打电话。门铃响了，他放下电话去开门。

黄振华说："张华？正准备给你房间打电话，说曹操，曹操就到。"

张华："你说我们这是什么缘分？只有开会才能碰面。""平时工作忙，也请不来你这大处长啊。""这次全国青年造林大会结束以后，我们新疆生产建设兵团要到你们驼城去参观学习，你们的工作做得扎实有效。我们领导说了，新疆要向陕西学习。植树造林、防风固沙，你们已经为全国树立了样板。这可少不了黄大哥的功劳。"

"这可是驼城几百万老百姓和干部群众共同努力做出的成绩。我可不敢贪功，我只是尽心尽力做好我的本职工作。”“低调平实不张扬，这就是黄大哥的作风。”

黄振华问：“你家里都好吧？”“老公和我都在建设兵团工作。儿子高中快毕业了，马上就要考大学了。”“一个孩子吗？”“我们俩带一个孩子够忙了，还敢再生孩子？你的孩子们都大了吧？”

黄振华说：“三个大的已经考上大学了，还有两个，一个在高中，一个在初中。”“黄大哥是事业、家庭双丰收。”黄振华问：“你最近和成树有联系吗？”

张华：“我来延安开会之前和她通过电话。她现在已经调到北京国家科委了，她父亲也成为顾问委员会的委员，退居二线了。两个孩子都上学了，阿姨的身体也挺好。童军也升官了，成为军事科学院的副院长了。你们最近没有联系吗？”

“我因为工作忙，成天下乡。即便她给我打来电话，我也接不到。”

张华说：“常常回想我们在人大上学的时候，我们三个参加了林业部的西北考察，结果就把我们的一生都奉献给西北的建设。毕业以后你回到了陕西驼城家乡，成树到了兰州沙漠研究所，我到了新疆生产建设兵团。”

黄振华说：“你到新疆生产建设兵团，是我最没有想到的。你一个上海的姑娘是怎么下决心，到新疆扎根落户的？”

张华：“那时候我们都年轻，一腔热血，就想为祖国建设出力。党号召到哪里去，我们就要到哪里去，哪怕刀山火海也敢去闯一闯。”“你这个上海姑娘后悔过吗？”张华坚定地说：“从来没有后悔过，而且感到很自豪。儿子曾经问过我：‘妈妈，你为什么要从上海来到新疆？’我给他回答：‘你妈那时候打了鸡血了，死活不在上海待，非要到新疆那里，广阔天地，大有作为。’我问儿子：‘你喜欢上海还是喜欢新疆？’儿子居然说：‘上海太小了，我还是喜欢大新疆。’”

黄振华：“哈哈哈，你儿子也太可爱了。”

大轿车里，黄振华带着参加会议的代表去驼城参观。

黄振华说：“我们的汽车现在向北进发，马上就到了我们驼城的地界。驼城，顾名思义，有骆驼的城市，有500年的历史。坐落在长城脚下，是历朝历代的战略要地，也是一个军事要塞。唐代以前，这里土肥水美，算是塞北的江南。历代王朝乱砍滥伐，生态遭受了极大的破坏，土地沙化极其严重，黄土高原水土流失。当地的百姓生活困苦，甚至民不聊生。

黄振华接着说："解放以后，党中央和陕西省委省政府非常重视驼城的治沙、防风固沙、植树造林工作。经过我们这几十年的艰苦努力，沙漠和黄土高原的面貌得到了初步改善，老百姓生活也得到了改善。我们在几十年的防风固沙、植树造林当中积累了一些经验和做法，比如引水拉沙、小格林网化、飞播造林、飞播种草、飞播灭虫，还有群众中一些治沙的措施，取得了一些成效。当然，这些成绩的取得离不开各级党委政府的重视和支持，以及我们兄弟省市的帮助和支持。"

长城绿化带。黄振华对参观的会议代表们介绍道："这是沿长城的绿化带。1974年，毛泽东主席同非洲朋友谈话，他说：'你们撒哈拉沙漠南移，我们陕北驼城沙漠也向南移。要治沙现在看来还得植树造林。'当时的省委书记按照中央指示，把长城沿线第一条防风固沙林带加宽到2公里。"

大家望着绵延几百公里的树林带。

黄振华说："我们要求每个公社、每个生产队都要有自己的林场。现在我们看到的是沙树梁公社沙湾生产大队的队办林场。请他们的生产队队长纪生荣给大家介绍。"

纪生荣："我们沙湾大队过去处在沙漠之中。这里是一个风口，风沙比较大。土地被沙漠覆盖了，房子被黄风吹塌了。我小的时候，就曾被吹倒的房子埋在里边。那天正好赶上黄专员到我们这儿，听到我母亲的呼喊声，把我从塌了的房子里救了出来。我永生都不会忘记这一幕。"

黄振华说："你就是那个被砸伤的孩子。后来还让我给你起名字。"

纪生荣："我的名字是黄专员起的。他说人只要出生了就应该光荣地活着，所以他给我起名为纪生荣。我现在成了生产队队长，但我永远记着黄专员的话。一定要改变我们这儿的生态环境，我们才能过上好日子。

我们生产队积极植树造林。我们这里政策好，谁植树就归谁，所有权还可以继承。所以我们这里的老百姓家家户户承包了沙地种树种草。我们这儿的沙地，现在已经被承包完了。你们看，这一片沙地全种上了树和草。现在，我们的社员已经向沙漠深处进军了。他们在自家承包的地上，插上苗子，通过种树，既保护了我们的家园，改善了我们的气候。我们种植的经济作物，比如枣树、梨树、桃树，又为我们创收，实现了经济效益。"

一位老婆婆走过来："黄书记呀，你可来了！你是我们的救命恩人。我们家就在隔壁，到我们家去看看吧，带上你的客人，喝点茶，吃几颗枣。你看看，我们现在住的房子，都是一砖到顶的小二楼，我们再也不住沙窝子里被黄风一吹就倒的草房子了。”

黄振华说：“看来这位老姐姐盛情难却，那我们就到她的房子看看吧。”

张华：“这么美好的故事，让我们很受感动，我们跟着黄专员一块儿去看看老人家的房子。”

农家院里，老太婆和儿子、儿媳妇招呼着大家喝水、吃枣。黄振华说：“大姐，几个孙子了？”老婆婆：“三个孙子了，都上学了。我就记住你的一句话，一定要让孩子们上学。”

黄振华说：“孩子们上学就好，有了文化就有好工作，就能自食其力。你这房也是新盖的。”“盖好有两年了。这几年日子好过，沙地种的果树卖了些钱，树苗子也能卖钱。现在的日子可和过去大不一样啦。”

黄振华：“你们自己种的粮食够吃吗？”

纪生荣：“够吃，交过公粮，家家还有余粮，吃不了还能卖钱。现在的政策也好，不限制你种多少地，种多少果树，鼓励大家勤劳致富。”

黄振华说：“张华，你这个上海姑娘到了新疆生产建设兵团，可能没有想到我们这贫困地区的老百姓，过去的生活有多么困苦。”

张华：“是啊，我们这些从城市来的人，真的不知道农村人当时有多苦，老百姓日子过得有多穷。今天我们领教了。我也进一步了解到黄大哥那时候为什么一心要回到家乡，就是要为改变家乡面貌，让你的父老乡亲过上好日子才决心要回家乡，建设家乡。”

在西沙治沙所的新址前，黄振华说：“这是我们在沙漠上新建的第一座办公大楼——驼城治沙研究所。”

张华：“沙漠上面建大楼，我们还是第一次听说。它的桩基稳吗？”

黄振华说：“这是我们经过论证和实践证明的。采用渗透法，胜过黄土桩基的稳固性，我们应该申请专利。通过这个大楼的建设，可以预测我们整个这一片西沙的沙漠上，将来可能高楼大厦林立。一座新兴的驼城，将来的中心可能就在西沙。”

张华：“这可是了不起的壮举，也是了不起的发现啊！”

会议室。黄振华说：“新疆的林业处张处长想听一下我们驼城的飞播造林经验。我把我们治沙研究所的刘忠同志请来，让他给大家介绍一下飞播造林的技术和我们的探索。

他是全国科学大会科技成果奖的获得者。”

刘忠：“黄专员非常谦虚。实际上我们驼城的飞播造林，最早是黄专员提出来的。他向苏联专家请教，并经过和林业部协调，得到了中科院沙漠研究所的技术支持，才使我们的飞播造林落到实处。最后飞播造林成功，我们拿了科技成果奖，我们这奖项的背后，也凝结着我们黄专员的心血和贡献。”

林地。黄振华说：“这一片林地，名字叫‘兴旺林’。这是当地老百姓起的名儿，是以县委书记周兴旺的名字命名的。这里是我们沿长城林带最难啃的一块硬骨头。山大、沟深，又处在长城脚下。没有水源，但防风固沙的树木还必须要种活。于是县委书记周兴旺带领全县的干部、职工、学生、农民进行植树造林大会战，造林1万多亩，仅用了一个月的时间。你们看看，这片树林长得多么茂密，这里边饱含了这个县从县委书记到干部群众的心血、勤劳与奉献。”

新疆的同志：“我们这次到陕北驼城参观学习，受益匪浅，感受到了驼城人民的敢教日月换新天和战天斗地的革命精神。在这样艰苦的条件下，驼城人民没有被困难所吓倒，努力奋斗，植树造林，改变沙漠地貌。这种精神让我们太感动了。”

张华：“大家都说了，我们这次来参观学习，受益匪浅。我们不仅学到了知识和技术经验，同时也看到了精神和信仰的力量。谢谢你们。欢迎你们带领基层技术员到我们新疆来传经送宝。”

黄振华说：“好吧，你们从永安县向西一直走就到宁夏了，今天这一站是最后参观的一个点。欢迎你们常来，再跟我们进行经验交流。这点小米和红枣，你带上吧。陕北没什么好礼物，这是我们本地的特产，尝尝吧。”

张华：“好吧，小米，我要带回去。红枣，我们还有几天的火车要坐，可以做我们的小点心。一颗枣儿一颗心，记着黄大哥，记着驼城人民的经验。谢谢，这份礼物我收下了。”

会议室。黄振华说：“这次由团中央和林业部组织的全国青年造林大会。全国共表彰了7个先进单位和先进个人。沙浪河长城女子民兵治沙队和纪栓林受到了表彰，并接受了奖状，在大会上进行了先进事迹交流和经验分享。

同时，我们取得了几项科研成果。应该要汇报的，就是西北农学院在我区设了林果专业，第一期学员已经毕业。经省上批准同意，将西北农学院的林果专业分校改为驼城地区林业学校，由省地两级管理。今年7月我们可以招第一批学员。”

刘书记：“振华同志已经把全国青年团和林业部联合召开大会的会议精神和他分管的工作进行了汇报。4月初，我们地区和驼阳县各机关单位干部群众一万多人，要打响在驼阳县沙树梁公社东沙营造长城林带的战斗。我们地委常委的同志都要参加会战，同广大干部群众一起造林。”

家里，赫冬梅说：“进生今年要考大学。你这个当爹的，对孩子不闻不问，连家也回不了。你也关心关心孩子。”

黄振华说：“考大学我又不能替他考，关键是靠孩子自己自觉学习。”

黄进生：“我自己正在积极准备考试。就是心里没谱，不知道能不能考上我想要上的大学。”

黄振华说：“你想报哪所大学？”“我想考中国人民大学。”“专业比较重要，你学什么专业，就是决定你将来做什么工作。”“我想学国际政治专业。”

赫冬梅说：“你怎么会想学政治专业？搞政治风险太大，还是学自然科学吧。”

黄进生：“上次哥哥姐姐们回来说，中国要改革开放，不懂国际政治不行。要了解国际关系学，才能更好地改革开放。”

赫冬梅说：“你别听你哥哥姐姐们瞎议论。改革开放，就一定要学国际政治学吗？”

黄振华说：“人各有志，孩子想学什么，就让他自己报什么。学什么都有用，国家现在正是需要人才的时候，各类人才都有用武之地。”

沙地。记者采访黄振华问：“请您介绍我们今天治沙造林的目的和意义。”

黄振华说：“今年驼城春季造林，采取民兵大会战和群众性造林相结合的办法，重点开展营造边缘林带、长城林带、公路绿化和城郊绿化等会战，时长半个月。”

记者：“为什么要采取大会战的形式进行治沙造林呢？”

黄振华说：“我们每年都有治沙造林任务。为了进一步加快我们治沙造林的进度，地委和行署决定，每人每年至少要参加15天植树造林活动。我们之所以采取民兵大会战和人民群众造林会战相结合的办法，就是因为这项工作具有面积大、任务艰巨、植树分散等特点，要完成长城公路林带、边缘林带和城市绿化林带等几项大的工程。每人仅仅15天是不够的。4月，正好是我们植树的最好季节。我们必须抓住时机，动员全地区的干部群众，完成植树任务。”

家里。赫冬梅说：“进生，学习也要注意休息，不可经常熬夜。妈妈给你煮了两个荷包蛋，你和弟弟一块吃。”

黄俊生：“今天我也能沾二哥的光，晚上也有夜宵吃。”

黄进生：“越复习，越觉得心里没有谱。”

赫冬梅说：“你是心里太紧张，对自己期望值太高。你现在要放好心态，先不要管考上考不上，你只要尽力发挥你的水平就够了。”“姐姐哥哥们都考上了，我考不上，岂不没面子？”“这种思想在考前绝对不应该有。你看你哥哥，考试就没当回事儿，他只是尽力复习了，反而考上了。如果他像你一样有那么大的心理负担，恐怕不一定能考上。”“妈妈说得对，要考好，考出自己的实际水平，还要放松心情呢。”

赫冬梅说：“对呀，高考不仅是考你的知识水平，更是要考学生的心理素质。”

“妈妈，你这么一说，我就明白了，否则这两天我都急得睡不好觉。”

“一定不要着急。睡好觉第二天才有清醒的头脑。你现在比哥哥姐姐们的条件要好多了。他们考试的时候，吃不上饭，还要自己回来做饭，我也没有精力管他们。”

沙区，徐桢说：“我们在半固定的沙区进行飞播实验。”

黄振华说：“这次你们飞播多少亩？”“飞播草木樨和沙打旺共1万余亩。”

飞机冲上天空，撒下了草种子，也播下了希望的种子。

会议室里举行陕西省驼城地区沙漠学会成立大会。学会代表推选黄振华为理事长，徐所长、刘忠、周心澄为副理事长，贾文宇为秘书长。

每周末，黄丽莎与黄丽莹在西安钟楼新华书店门前见面。这是四年来姐妹俩的一种默契。

黄丽莎到了新华书店门口，见妹妹还没有来，就走进了书店。店内，遇见了同学夏天。夏天：“黄丽莎，你也在新华书店买书吗？”“夏主席，你也来买书啊。我想买一本指导公文写作的书。”“那你跟我来，我知道在哪儿能找到这本书。看来你已经做好了当公务员的准备。”“笨鸟先飞呗，总担心胜任不了政府的工作。”“你的工作分配最后定了吗？”“还没有收到最后通知，但是听老师说我可能分到省政府办公厅秘书处了。”“挺好的，秘书处工作琐碎而重要，挺能锻炼人的，需要的是高度的责任心。”“你的工作分到哪儿了？”“你知道我是学经济管理的，可能在省委研究室经济处。和你一样，还没有接到最后的通知。不过省委的工作和政府的工作有相同之处，也有区别，我们以后可能联系会很多。有事请教你的时候，请你多关照。”“相互帮助呗。”夏天抽出一本书问：“你要的是这本书吗？”

“是的，我就是要这本书，提前做做功课，看看这公文怎么写。”

黄丽莎看了看手表：“我和妹妹约好了在门口见面，我先出去看她来了没有，你继续看书吧。”

新华书店门口，黄丽莎：“丽莹，丽莹！刚来吗？”

黄丽莹：“姐姐，你买了一本书？”

黄丽莎：“我来得早，看你没来，我就先进书店买本书。没让你等太久吧？”“姐姐，今天我们上哪儿去玩？你想吃什么我请客。”

黄丽莎：“老让你请客，我这当姐姐的已经蹭了四年了，你想吃什么？今天姐姐请客。”

黄丽莹：“这就是上师范大学的好处，有补贴，奖学金高。妈妈给咱俩一样的生活费，我的奖学金比你的高多了，自然是我请客了。”

夏天从新华书店出来：“黄丽莎，这是你妹妹？你好，我叫夏天，和你姐姐是同学。我又给你选了两本书。我帮你把书带回学校吧，你们姐妹俩好好玩。”

黄丽莎：“那也好，谢谢你了，我们出去玩儿，带几本书也够沉的。”

告别夏天，姐妹俩来到了白云章饺子店。

饺子店里，黄丽莹：“姐姐，我问你一个问题，刚才那个夏天是不是你男朋友？”“你想哪儿去了？他是我们学校的学生会主席。”“他是学生会主席，你是副主席，那你们两个没有擦出一点爱情的火花来？”“平时只谈工作，哪有时间谈这些？”“不过我觉得，这个男生挺斯文。个子高高的，长得也很帅。你们俩在一起，挺般配的。他家是哪儿的？”“他是哪儿的人，我不太清楚，好像家在西安。你又要编排你姐姐。”“我是在关心你。姐姐，你算算你今年多大了，二十五六了，不小了，该考虑个人问题了。你的工作最后定了吗？”

黄丽莎："下个星期分配通知就来了。听老师说把我分到了省政府办公厅秘书处。我今天买书，就是想提前看看公文怎么写。你的工作分配了吗？"

黄丽莹："我的工作已经分配了，回我们驼城师范学校当老师。""你决定回驼城吗？""师范大学毕业就是当老师，在哪儿都是教学，还不如回老家呢。"

黄丽莎："爸妈心里可能更希望你在他们身边。你比我更孝顺，更听话。"

服务员端上来两盘饺子，放到她们面前。黄丽莎："饺子上来了，吃完以后我们到兴庆公园去玩。"黄丽莹："好的。"

黄丽莎牵着黄丽莹的手来到了兴庆公园。"妹妹，你要回去了，以后要牵着姐姐的手到公园来玩，就没那么方便了。""我回家了，姐姐要找个好男朋友，像夏天那样的，让他来牵着姐姐的手到公园来玩。""这四年的大学生活，有妹妹陪伴，多么难得。再好的男朋友也替代不了我俩姊妹情深。"黄丽莹："姐姐，你看那里有照相的，我们照张合影吧，做个纪念。"黄丽莎："好的。"

兴庆公园喷泉前，黄丽莎搂着妹妹黄丽莹，照了一张合影。

公园的湖边，黄丽莎和黄丽莹坐在椅子上，黄丽莎说："妹妹，你回去当老师，可以把进生和俊生的学习抓起来，让他们一定要考上大学。"

黄丽莹："这个不用你说，我回去的主要任务，就是把这俩小家伙送进大学门。"

"听妈妈说，爸爸自从当了专员，太忙了，整天下乡，连家也回不了。这两个小子就靠妈照顾，妈又当了学校的校长，工作也忙，也照顾不了他们。"

黄丽莹说："姐姐，我回去你就放心吧，当老师应该不会太忙，家里的事有我呢，你放心好好干吧。省政府办公厅的工作也不一定好干，你要处处留心。公务员工作头绪多，要细心，不像当老师，讲完课就不操那么多的心了。"

黄丽莎："我自从到了沙浪河长城女子治沙队，当了团支部委员，后来入了党，这一生就是党的人了。我志愿填写的也是服从分配。"

黄丽莹："所以组织考虑你是党员身份，又是学生干部，把你选到了省政府办公厅是合情合理的。跃生也没有来信，他的研究生考上了没有？不知道寒假过年他回不回家，姐姐过年你能回家吗？"

黄丽莎："工作一旦定了，就出具派遣证，在规定的时间内报到。我想过年我一定得回去，应该能回去。""那我们一旦工作定了以后，拿到派遣证，就一同回家，好好过个年，然后再各奔东西，参加工作。""好，一言为定，我们一起回家。"

学生宿舍，女同学：“黄丽莎，有人找你。”“是谁找我？”“一个帅哥。学生会主席夏天。”

“都快毕业了，学生会还能有什么事儿？”“帅哥找你一定会有事儿的，没事人家找你来干啥？快去吧，总是好事。”

宿舍楼下，黄丽莎：“夏主席，你找我？”夏天：“派遣证拿到了吗？”“拿到了，是省委办公厅，不是省政府办公厅。”

夏天：“咱们俩是不是调换了？我现在到了省政府办公厅。”“就是，咱们俩怎么会调换了呢？”

夏天：“不管在哪儿，都在西安市，以后请你多关照。我是想和你商量，我们马上就毕业了，走上工作岗位。这几天快毕业了，可能大家的思想也比较复杂，所以我想，咱们是不是可以组织一次联欢晚会？彼此共叙友情，再好好告别一下。”

黄丽莎：“我估计再剩一个星期，大家都走完了，要组织活动，就在本周末吧。”“我也是这个意思。你也要回老家吗？”“是的，我和妹妹已经说好了，我们一起回家过年。派遣证上要求一个月以后报到，我想中途回趟家，绰绰有余，时间来得及。”

“陕北冬天很冷吧？”“是很冷。”“你们是坐汽车回？”“我们准备坐班车回家。”

夏天：“真羡慕你们，能够回老家过年，陕北的过年氛围很好，我曾经去过一次，不像西安过年，比较冷清。坐班车一大早你们赶得上吗？”

“我想把妹妹接到我们学校，我们学校离汽车站比较近，我们一大早从学校走过去。”

“没关系，如果从我们学校走的话，你们走那天，我用自行车送你们去。不是还有很多行李吗？也把你送一程。”“那也行，就是太麻烦你了。”“不麻烦，我非常乐意。”

西安大街上的商店，黄丽莎和黄丽莹走到柜台旁，给爸爸买了几双尼龙袜子。黄丽莎说：“爸爸经常下乡，也没时间补袜子，一次我看到他袜子破了个洞。我说爸爸：‘你袜子破了，脱了鞋，在人家农民的炕上，你不会觉得不好意思吧？’爸爸笑着说，有时候农村妇女看到他的袜子破了，还要给他补袜子。有了这种袜子，爸爸就不需要再补袜子了。”

黄丽莹：“是啊，妈妈哪有时间给他补袜子呢？我回去以后，我给他补。”

黄丽莎："今天姐姐有钱，我给你买一件大衣吧，你看这款绒领的大衣多洋气呀！以后你就是人民教师了，得穿得好看一点。""好几十块钱，太贵了。你不如给妈妈买一件。""你说得对，我今天带的钱够买两件，给你买一件，给妈妈买一件。""姐姐，你哪儿来的钱？是勤工俭学挣来的？""姐姐昨天卖了两张画，再加上我勤工俭学挣来的钱，足够给你和妈妈一人买一件。服务员，请把这个大衣拿来，让我们试试。"

黄丽莹："姐姐，我穿上了，你看好看吗？""真好看，特别洋气，我们那边天气冷，冬天没有大衣是要受冻的。你说给那两个弟弟买什么？"

黄丽莹："让我说，最实用的是买皮棉鞋。记得小时候穿的布棉鞋，一到冬天雪化了就渗水，湿了以后脚好冷啊，脚指头感觉都被冻掉了。""对呀，我们看看，给他俩一人买一双皮棉鞋，可以防水，既漂亮又暖和。"

黄丽莹："姐姐，这个鞋让我来买吧，我的钱应该够买两双皮棉鞋。""丽莹，你看这个鞋，怎么这么便宜，也是皮的呀？"

售货员："这个皮棉鞋不是真皮的，是人造革。但是这个鞋最大的好处，是防水保暖。和皮鞋一样穿，可便宜了。你看现在好多年轻人都穿这种皮鞋。"

黄丽莎："我们还要留点钱买车票，要不给那两个小家伙买双人造皮鞋？反正防水保暖一样穿嘛，等以后有钱了，再给他们买皮鞋。""好的，听姐姐的。"

学生宿舍。黄丽莎和黄丽莹在宿舍吃了饭，收拾她们的行李。黄丽莎说："收拾完东西，今天晚上我们学校有联欢晚会，我们到那儿去听听音乐，跳跳舞。""好吧，我跟你去，我不太喜欢跳舞。我们学校组织舞会都跳不起来，好多同学是从农村来的，不会跳舞，没气氛，我也就很少去。"

学校舞会，夏天拿起话筒："亲爱的同学们，大学四年生活即将结束，我们将要走上自己的工作岗位，告别母校、老师，告别同学，步入我们人生新的征途。在这个离别的日子，我们学生会组织舞会，向大家告别，祝同学们在新的道路上一帆风顺，再创佳绩。首先请放一首圆舞曲，《难忘今宵》。"

黄丽莹："这个夏天还真是你们的学生会主席呀。"丽莎："你说怪不怪？本来我是分到省政府办公厅的，结果我拿到的派遣证是省委办公厅，他是省政府研究室。我不知道这是怎么回事。""你了解一下这个夏天的背景是什么，会不会是他在中间捣的鬼？""我上次问他的时候，他好像也不知道是怎么回事。""不管省委还是省政府，都是我们省的重要机关。”“对我们工作人员来讲，不管在哪个机关都是干事而已。”“姐姐，别说了，夏天好像过来了，找你的吧。”

夏天走过来坐在黄丽莎的旁边：“你们姐妹俩一同回家，行李都准备好了吗？”

黄丽莹：“我们都准备好了。”黄丽莎：“不带回家的东西明天再找一个地方寄存。”

夏天：“你不带回家的东西，明天交给我，我给你找个地方寄存下来。另外我给你一个电话，等你快回来的时候告诉我，我去接你，领你去报到。我们以后就是同事了，得相互帮助啊。”“既然你这么热心，那我就不拒绝了，好，我来之前给你打电话。”夏天给了黄丽莎一个电话号码。

汽车站，夏天将她们的行李送进了汽车站，搬到车的行李架上。黄丽莎和黄丽莹坐在位子上。夏天将一袋子东西交给了黄丽莹：“顺便买了点糖果点心，给你们路上吃吧。”“这是给我们备的干粮吧？甜甜我的嘴，那我就恭敬不如从命了。我姐姐以后就成了你的同事了，你可要对她好一点，多照顾她。”

夏天：“好，那是一定的。”

汽车内，黄丽莎和黄丽莹向夏天挥手告别。黄丽莹：“姐姐，我觉得这个夏天对你真不错。你可以把他作为你的男朋友的首选。”“再看看他的表现吧。”“对，再考验考验他，不要轻易答应。”

家里，黄振华一家人在忙活，做年夜饭、挂灯笼、买年炮，准备热热闹闹地过一个团圆的年。在北京、西安上学的孩子们全部回家了。赫冬梅和黄振华脸上挂着幸福的微笑。

第四十五章

过年了，赫冬梅请了大哥一家、大姐一家在自己家吃饭。

厨房里，贺福堂和赫冬梅正在张罗饭食酒菜。几个姑娘、侄女、外甥女在旁边打下手，择菜洗菜，准备杯盘碗筷。

赫冬梅说："姐夫，你看我采购的东西够不够？"

贺福堂："足够了，你这儿的食材比较丰富，我还带了一些调料，够了。"

"过年了，孩子们都回来了。这是咱们家最齐全的一年，30多个人，得摆上3桌。"

贺福堂："炒几个下酒菜吃，然后做一大盆拼三鲜，蒸一锅米饭，再炸些黄米糕，够孩子们吃了。"

厨房里，几个帮厨的姐妹正在择菜，大家有说有笑。

有人敲门。赫冬梅急忙跑去，打开门一看。"刘书记，过年好！你是找黄振华的吧？振华！刘书记来了。"

黄振华说："刘书记，过年好！"刘书记说："你今天是请客呢？"

赫冬梅说："是啊，孩子们都从外地回来了。过年了，我就把家人和亲戚都叫过来，在家里吃个团圆饭。"

刘书记："满院飘香呀！在外面都闻见香味儿了。振华媳妇，你是真的很能干，还会做一手好饭。"

赫冬梅说："我哪里做得来这么多人的饭？我是请我姐夫来做的。"

刘书记："是老贺师傅吗？哎呀，多少年没吃老贺师傅做的饭了，那你们可真有口福了。”贺福堂忙跑出来：“刘书记，过年好！咱一起喝口酒，吃点菜吧。”

刘书记：“老贺师傅，身体可好？还能做一手好饭，说明身体还可以啊！不打扰，不打扰了。我来找振华，说点事儿。”

赫彩莲问：“冬梅，刘书记找振华有急事吗？”

赫冬梅说：“也没什么急事，就是约振华明天给季校长拜个年。”

赫启祥说：“这刘书记当那么大的官了，还要给季老拜年？”

赫冬梅说：“季老是驼城的老革命、老前辈。每年刘书记、杨专员都要亲自到他家拜年看望。”启祥说：“刘书记怎么知道我们家有人，是不是咱们家人多，吵着人家了？”“是我姐夫做的饭，香味把人家吸引来的。刘书记一进门就说，你们家做的饭太香了，整个马路对面都是香味，满院子飘香。人家还说现在能吃上贺师傅的饭不容易，说我们有口福。让人家进来喝点酒吃点菜，刘书记不肯。”

赫彩莲：“哎，我有个主意，你明天在季老那儿摆一桌酒席，让你姐夫给他做。他们不是明天要到季老那儿拜年吗？名义是季老请客，你把东西备齐了，你姐夫过去给他们炒一桌菜，喝点小酒。一举两得，皆大欢喜。”

赫冬梅说：“对呀，这主意真好。到季老那儿拜年，总不能空着手去吧。这办法太好了，也让人家书记和专员尝尝姐夫的手艺。他们不是想吃我姐夫做的饭吗？正好！”

赫冬梅和姐夫贺福堂来到季老家院子门口敲门。赫冬梅说：“师母，季老在吗？”

师母：“冬梅来了，这一大早的，季老在呢。”“师母，我把我姐夫也请来了。今天您有贵客来，我姐夫来给您做一桌酒菜，也算我们给您和季老拜个年。”“太麻烦你们啦。谢谢！”

季老：“哈哈哈……冬梅，贺福堂师傅，快进来，欢迎，欢迎！”

黄跃生接着说：“爷爷、奶奶，过年好！”

赫冬梅说：“这是我大儿子，在北京上学，过年也回来啦。今天我让他过来送食材。”

季老：“你是自带大厨，自带食材，给我拜年来了。”

赫冬梅说：“您今天家里有贵客来，您又想吃我姐夫做的饭。这不，既招待了您的客人，也给您拜年了。”“振华娶你算是娶对了，你是个好媳妇，是个贤德、善解人意的好女人。老贺啊，欢迎你呀，你还是政协委员呢。你这么好的手艺不往下传给徒弟，太可惜了！”

贺福堂：“季主席，我每年还和您一起开过政协会呢。”

季老：“说起你传手艺的事，我倒跟你说一下，我们这儿有文史资料委员会，就是要把这些传统文化的东西传承下去。你好好编一本《驼城菜谱》，让我们文史资料委员会给你出版发行。你这么好的手艺，失传了太可惜！”

“我记住您的话了，我回去以后就整理，我来写，你们给我修改出版。”

黄振华领着刘书记和杨专员，来到了季老家里。刘书记：“季老，过年好！”杨专员：“季老，过年好！我看您气色越来越好了。”

季老：“工作上的事儿，我不操那么多心了。老了，就只管养生锻炼。谢谢你们今天来看我，来，随我到屋里来。”

进了餐厅，大家在沙发上坐了下来。季老说：“你们几位都是驼城的父母官，平时工作太忙。过年了，你们到我这儿来，我也来犒劳犒劳你们。”

刘书记：“季老，您还给我们备了酒席呀，这是不是太麻烦您了？”

季老：“嘿嘿嘿！快请坐，今天你们来，还要陪我喝两盅酒，算是给我拜年了。”

杨专员：“看来季老是对我们有话说。”

季老：“你不要那么神经敏感。我一个老人家，不干涉你们的行政决策，也不干涉你们的工作。今天我就是高兴，让你们陪我这老头子喝点酒、吃点饭。你们可别辜负了这一桌子好菜呀，这是有钱也买不来的。”

刘书记：“那我们恭敬不如从命了。”

季老说：“振华，过来，给我们倒酒。”

厨房，赫冬梅对师母说：“我姐夫给你们备了两桌。一桌给他们几个领导吃，还有一桌，等孩子们回来以后，给孩子们吃。”

师母：“太麻烦贺师傅了，连我们全家人都考虑到了。谢谢你们。”

季老：“驼城这个地方，自然条件差，老百姓生活太苦。我过去说，若要富，先种树。刘书记说，驼城不治沙，不造林，到不了共产主义。杨专员你说，一手农一手林，没有林就保不住农。咱们原来的姚专员也说过，造林治沙，变八百里沙漠为八百里粮仓。现在，你们明确提出了‘驼城贫困在沙，优势在沙，希望和致富也在沙’的思路，这对驼城人民坚定治沙信心、明确治理方向，都起了鼓舞和先导的作用。”

刘书记：“季老，您这是鼓励我们。您还要多给我们提意见，指出我们的不足，便于我们进一步做好工作。”

赫冬梅端着盘子上菜来了。黄振华惊奇地问：“你怎么到这儿来了？”

季老：“我这傻学生，工作好，思想好，品德好，但就是不如他媳妇善解人意。我过年呀，过生日呀，每次都是冬梅把他姐夫做的菜呀、小点心呀给我送来。人老了，毛病多，就喜欢吃这一口。今天我们吃的菜，就是冬梅请她姐夫——我们驼城赫赫有名的贺福堂师傅，在我们家给做的。现在能吃上贺福堂师傅做的饭可不大容易了，所以我说你们今天有口福啊。”

刘书记：“哎呀，那我们也得谢谢弟妹了，来，我们借季老的酒，敬一下你这个贤内助。”

赫冬梅说：“我姐夫和我能为你们做一顿饭，是我们的荣幸。”

杨专员：“哎呀，那我也得到厨房，去给贺福堂师傅敬一杯酒。”

季老：“振华，拿上酒，我们去厨房，给贺福堂师傅敬酒。”

贺福堂一看见季老带着刘书记、杨专员进到厨房来，受宠若惊，急忙迎上去说：“各位领导，饭菜还可以吗？”

季老说：“好得很！把他们感动得都到厨房来，要给你敬酒呢。”

刘书记：“贺福堂师傅，辛苦了。”杨专员：“贺福堂师傅，现在的政策好了，你为何不开一个饭馆呢？让驼城人民都能品尝到你的手艺。”

贺福堂：“年纪大了，已经做不动生意了。”

季老：“贺福堂师傅已经给我答应了，把他的手艺整理成书，写一本《驼城菜谱》，我们政协给他出版，绝对不能让他的手艺失传。”

刘书记：“这是件好事，我想到我们驼城的一些手艺人，他们的这些手艺和技能确实要保护和传承，否则，多年以后就会失传。”

杨专员：“这倒给我们敲了个警钟，确实要重视非物质文化遗产的保护和传承。季老，您给我们带了个好头。”

家里，黄振华说：“跃生，你真给我们争了气。这是你的研究生录取通知书。你是我们家第一个研究生。”

赫冬梅说：“你说什么？跃生考上研究生了！快让我看看录取通知书。”

黄跃生：“我估摸着这几天应该来了，如果不来，那就证明我没考上呗。”

赫冬梅说："你们老黄家祖坟上冒青烟了。我儿子考上研究生啦！看你爸还敢不敢说我儿子游手好闲。"

"我是担心儿子毕业了后，不参加工作分配，怕他游手好闲。考上研究生，爸爸当然很高兴。"

黄丽莎："跃生说他今年即便考不上，明年还要继续考。有这决心，就肯定能上研究生。"

黄丽莹："有恒心者事竟成。进生和俊生，你俩可要加油呢，跃升已经考上研究生了，你们两个可一定要考上大学。以后我可要管理、监督你们两个的学习。"

黄进生："有二姐做我们的家庭教师，哪有考不上大学之理？"

黄俊生："我们考不上大学，就是二姐辅导无方。"

黄丽莹："这臭小子，自己不努力，倒把责任推到我这儿了。"

赫冬梅领着五个孩子到了汽车站。赫冬梅说："丽莎，你在领导机关工作，一定要细心认真。不懂的要向老同志学习，要做到'三勤'。"

黄丽莎："什么叫'三勤'？"

赫冬梅说："你爸爸那天给你说的，搞行政工作要学会'三勤'，腿勤、手勤、口勤。"

黄丽莎："知道了。"黄丽莹："姐姐，你一个人出门在外，照顾好自己。我觉得夏天人不错，你再了解了解他，别拒绝了人家的好意。"丽莎："我走了，家里就靠你了，把这两个小子抓紧一点，爸妈也要你照顾。"

黄丽莹："家里的事情你放心吧。其实我是最舒适的，好歹我在家里。这两个小子啊，我会督促他们学习，看着他们考上大学。"

黄跃生："我也和大姐一块儿离开家了，怎么没人叮嘱我呀？"

黄丽莹："你在北京，还不是整天泡在姑姑家？有姑姑照顾你，我们没有什么好担心的。你到了西安玩两天，就赶快去北京报到上学。大姐有个同学叫夏天，正在追求她，你可别当电灯泡，玩两天就早点上北京吧。"

汽车在公路上向西安奔驰。车内，黄跃生问："大姐，你交男朋友啦？"

黄丽莎："胡说，你听谁说我交男朋友了？""我二姐说的，有一个叫夏天的男生对你很好。”“我们是大学同学，他是学生会主席，我是副主席，我们经常在一起工作。”“二姐说让我识相一点，别当你们的电灯泡。”“你二姐神经过敏。你这次到了西安，大姐带你到西安的名胜古迹玩一玩。”

黄跃生：“上大学四年了，一直没有到西安玩过。后来假期想来西安，又要考研究生。所以借着这次机会，我在西安待一周，好好逛逛，然后回北京。大姐一上班，恐怕也没有时间去北京玩了吧。”

黄丽莎：“其实我完全可以正月十五以后再去报到。老爸老妈整天催着我，说是省委过了春节休假之后工作就开展了，让我早点报到。”

家里，赫冬梅说：“这个家，你大姐和你大哥一走，感觉空落落的。”

黄进生：“过去我哥哥和姐姐们都出去上学，每次把他们送走以后，妈妈都要回来哭一鼻子。这次有进步，有二姐在，妈妈只是感觉到空落落的。”

黄丽莹：“妈，我回来以后，弟弟们的学习我来管，我还可以帮你做饭做家务。”

赫冬梅说：“你回来妈妈是最高兴的。你姐姐在外地工作，我也是高兴的。但是每次他们离开我的时候，难免有些伤感。”

西安汽车站，夏天推着自行车，早早就站在汽车站出站口。他看见黄丽莎和黄跃生从汽车站出来，向他们招手，并且主动过去帮黄丽莎把行李放在自行车上。

省委宿舍。夏天将黄丽莎和黄跃生引进了省委家属院的一套房内。夏天：“这是一套三居室的单元房，将来可能作为你们的宿舍。你先来，就可以先挑一间。还有两位也是新分来的大学生。不过我没想到你来这么早，我估计其他人要在正月十五以后来报到吧。”“你怎么知道还有两位呢？”

夏天：“我提前打听了，省委办公厅你们这次分来的大学生，一共有三个女生，都住在这一套房里。我提前将你的东西搬到这里来了。”

黄丽莎：“看来你对省委还比较熟悉。谢谢你的帮助。”

夏天：“那你们先收拾，休息一会儿。出了大门就是小寨商场，有卖吃的，买东西也很方便。”“谢谢，你为我做了这么多。”“你弟弟来了，你陪弟弟玩几天吧，你就和其他同志一样，过了正月十五再去报到。”

黄丽莎：“好的，接受你的建议。谢谢你为我做的一切。”

夏天："这是房门钥匙，我家离这儿不远，你知道我家的电话，有什么事可以给我打电话。"

黄丽莎领着黄跃生在大雁塔、西安城墙、钟鼓楼、临潼兵马俑、骊山、乾陵参观游玩。

黄丽莎送大弟到火车站："把你送走，我也该报到上班了。"

黄跃生："这次到西安游玩，才知道西安的古都价值。大姐，你有时间也到北京来，我陪你上长城、去故宫，登天安门城楼。""你知道大姐是最爱玩的，以后有机会和时间，我一定到北京去看望你和姑姑。去了问姑姑和姑父好。"

黄振华下乡调研，了解各县如何解决社员个人林权问题。各县为个人发放林权证的同时，按政策规定，积极做好给社员划拨自留山（沙）地的工作。

地委常委会。黄振华说："最近我到各县进行调研了解到，全区已给24万户社员划了68.5万亩自留山（沙）地，占总农户的49.7%；社员在自留山（沙）上已造林37.7万亩，占已划地的55%。建议召开全区林业工作会议，主要研究和检查全区林业'三定一查'工作，进一步落实防护林体系建设任务，准备奖励驼阳、永安和清水3个县16个公社、4名林业先进工作者和8名林业生产模范。"

刘书记："中共驼城地委、行署制定发布《关于林业'三定一查'若干问题的规定》，要求各地在1982年春季以前，完成确定林权、树权、宜林地权工作；划定自留山（沙）地；确定林业生产责任制；清查处理乱砍、乱牧、乱垦的毁林事件（即'三定一查'）。"

杨专员："地区的林业工作会议和我们地委行署关于林业的'三定一查'若干问题的规定文件的下发，将对我区保护林业、稳固防风、植树造林起到重要作用。"

长城女子治沙队。黄振华陪同共青团中央书记来到驼城，看望了团中央命名的"全国新长征突击队——沙浪河长城女子治沙队"。

座谈中，团中央书记高兴地说："全国才有十面红旗，你们就夺来了一面。这是你们的光荣，你们是沙窝窝里飞出的金凤凰。希望你们继续发扬艰苦创业的精神，把治沙队办成培养社会主义接班人的学校，出成果、出人才，让红旗大放光彩。"

治沙队的姑娘们激动地热烈鼓掌。

林业部部长杨钟来驼城视察治沙工作时说："驼城治沙的成效显著，经验丰富。你们要认真总结，要及时推广到我国其他沙区去。同时驼城治沙要步子更大一些，政策要更开放一些，要上新台阶。"

刘书记："杨部长，你这番话是对我们驼城人民极大的鼓励，我们的工作还要再接再厉。我们也有一些想法，在保护林权的同时，发挥人民群众更大的治沙热情。"

杨专员："是啊，杨部长给我们提出了更高的要求。我们要变这种鼓励为更大的动力。我们准备将全区100多万亩荒山（沙）、荒坡、荒滩划给农民植树、种草，落实种、管、牧责权利，改变乱放滥牧现象，促进治沙和畜牧业工作进一步发展。"

刘书记办公室，黄振华说："刘书记，1983年8月25日新华社发消息，介绍驼城沙区坚持植树造林30年，开始出现农林牧副相互促进、良性循环的好形势。"

刘书记："我已经看到了。在北方旱地工作会议上，驼城地区的这一出色成就，受到了与会15个省、市、自治区代表的好评。我考虑以中共驼城地委、行署名义，在统一规划的前提下，把适合社员经营的荒山、荒坡、荒沟、荒沙、荒滩和小流域划给个户或联户，签订合同，承包治理，规定标准，限期种草种树，谁种谁有，可以继承。以此来推动全地区的治沙植树造林活动更深入、更持续。"

黄振华："这样就扩大了我们的治理范围，更大范围地调动了广大群众的积极性，如果能持续发展下去，我们的三北防护林建设将会提前完成。"

第四十六章

“热烈庆祝陕西省林学会在驼城召开”的横幅挂在主席台上方。陕西省防护林建设学术讨论会上，38名专家和科技人员参加。会议经过热烈讨论，向省上领导提交了关于防护林建设相关问题的建议书。省委夏书记讲话。

宾馆，夏书记对刘书记说：“我这次来驼城，一方面是参加林学会议，另外一个任务就是考察一下干部。驼城谁来接替你比较好？”

刘书记：“我年龄快到了，快退休了。我认为现在的驼城杨专员对驼城的情况比较熟悉，工作有连续性，我建议由杨专员改任书记比较合适。”

“那么专员一职呢，你认为谁比较合适？”

“我推荐黄振华担任行署专员一职。他是业务干部出身，一直从事管理工作，特别熟悉驼城的治沙造林工作，可以说是专家型的干部。”

夏书记：“你的意见我知道了，省委还要作权衡和最终考量。”

家里。赫冬梅：“我听说这次夏书记来，是为了考察干部来的。刘书记快到年龄了，要提到省人大常委会当副主任，你怎么一天无动于衷？你至少可以到刘书记和杨专员那里去说说你的意见吧。你副专员也干了几年了，也有资格提拔了。”

黄振华：“提拔不提拔，那是组织考虑的事情，不是我去跑官要官就能要来的。”

“人家王卓远的老婆说，他们王卓远和杨专员走得近。将来杨专员的位置可能就是他的。你成天只会工作，也不知道给组织提个要求。干这么辛苦的工作，提不上去，哪怕换一个位置也行。”

“要我去跑官要官，我做不了，换个工作也做不了。”

宾馆。夏书记：“振华，来，坐。我听省委领导说，林业部也来考察过你，准备把你调到林业部工作。你当副专员已经有几年了，在你接触的这些县委书记当中，你认为谁比较合适接手你分管的工作？”

黄振华：“在地区的几个县委书记中，要接替我的工作，我认为最合适的是周兴旺书记。他对农业和林业工作非常熟悉，而且这些年，他们永安的工作，可以说走到了全地区的前列。”

夏书记：“我给你个人两个选项，你可以不必现在回答我，仔细回去考虑一下。一是继续留在地方工作；二是接受林业部三北局的工作。”

黄振华：“作为党员领导干部，我应该服从组织的安排；就我个人来讲，我是喜欢做我熟悉的工作。”

夏书记：“林业部杨部长希望我们陕西支援一下林业部，他可点名想要你嘞，想把陕北驼城的治沙造林工作经验推广到其他省区。我们有点为难，好干部哪里都需要。我看刘书记还是希望你能留到地方。我想我们还是应该尊重你的意见。你可以回去考虑一下，再做出答复。”

季老家。季老：“振华，你是遇到为难的事了吧？”

黄振华：“老校长，我是想和您讨个主意。省委领导找我谈话，征求我的意见。有两个选择，一是继续留在驼城工作，二是去林业部工作。”

季老沉默了一会儿，语重心长地说：“毛主席说，一个人做一件好事并不难，难的是一辈子做好事，不做坏事。革命是这样，搞建设也一样。一个人能把一件事做好了，就已经很了不起了。”

黄振华：“季老，我明白了。我应该继续把治沙造林工作进行到底，不忘初心。我知道应该如何给夏书记答复了。”

宾馆。黄振华：“夏书记，我认真考虑了一下，我认为我是一个业务干部，我的理想是把治理沙漠的工作进行到底。我同意到三北局去，和其他省份的同志一道，通过我们几个省区的共同努力，将三北局的工作做好。我愿意为北部地区的沙漠治理、防治土地沙化、改善生态环境尽一份力。”

夏书记：“你考虑好了，下定决心了？那好，我回去把你的意见给省委领导汇报。”

家里。赫冬梅："我听说刘书记提拔到省上了，驼城人纷纷议论，刘书记的位子由谁来接替？有人说专员提拔到书记的位置上，那么行署专员的位置又空出来了。今天还有人说可能要让你接班。"

黄振华："别听人们的瞎议论，这都是组织考虑的事情，不过我给你打个预防针，我很有可能会调到林业部下属单位工作。"

冬梅说："能到驼城当专员，为什么要到林业部去？人常说，宁当鸡头不当凤尾。你傻呀？""夏书记向我征求意见的时候，我已经表示同意到林业部去。""你这个人就是太老实，还想着你的治沙造林啊，那是多辛苦的事儿！你在驼城好好的官不做，到林业部当个中层部门的大干事？"黄振华反驳："党员领导干部，工作还能挑肥拣瘦？"

赫冬梅："大道理谁都懂，当专员，你是驼城行政一把手，党政你是二把手。在林业部你是干啥的？你只是个业务干部。"

黄振华："好了，组织才征求了意见，还没任命，你别急着发言。"

大哥家。赫彩莲："大哥，听说你病了，我和冬梅过来看看你。"

赫启祥："老毛病，哮喘。前天刮大风，受了点凉，没事的，今天好多了。"

赫冬梅："大哥，几个孩子们都工作了，你不用再上班了，够吃够花就行了，不要在那儿劳动了。"

赫启祥："干那点活又不累，权当我走路锻炼身体。我听治沙所的人议论说，妹夫又要升官了。""刘书记提到省上了，人家推荐振华当专员，"赫冬梅说，"你们的傻妹夫，给省委夏书记说，他愿意到林业部工作。"

赫彩莲："那要到林业部的话，就等于调到北京了。""要是到北京也还罢了。可能是到宁夏三北防护林建设局。到那儿去了，也就是个业务干部。""到林业部三北局，怕是要当局长了吧？肯定不如在驼城当个专员威风有权呀。"

赫启祥："不管到哪儿，总是一件好事，毕竟妹夫又提拔了。"

赫冬梅："我可不想和他到宁夏去。不行，我得找找季校长，让季老给他做做工作，这傻人有时候掂不来轻重！"

赫启祥："跟季老好好说，不要感情用事。"

季老家。赫冬梅："季老，您好！我来看看您，给您带了小点心，不知道可不可口。"

季老："冬梅来，每次都不空手。谢谢了！你今天来不单是给我送点心的吧？"

“您是老神仙，什么都瞒不住您。”

季老：“怎么？是不是不想让振华到宁夏去，来找我说说情？”

赫冬梅：“是嘛，刘书记已经推荐他当专员，你说他到宁夏去，是不是傻？”

季老：“是啊，就是傻呀。有权力还不抓住，非要到宁夏去吃苦受累。”

赫冬梅：“我就想请您劝劝他，您的话他还是听的。”

季老：“他来过了，我已经劝过他了。我给他念了一段毛主席语录。我说毛主席说，一个人做一件好事并不难，难的是一辈子做好事不做坏事。”

赫冬梅：“您这哪是劝他呀？”

季老：“我那傻学生，你以为他当了专员，就会脱离植树造林治沙这些事吗？他天生脑子就是一根筋儿。他能专心做好一件事情，但未必能做好所有的事情。”“您是说他能做一个好局长，未必能做一个好专员。”“林业部杨部长跟省委书记点名要他。振华挺识抬举的，这一点比你有见识。”

赫冬梅：“您是说让我尊重他的选择？”

季老：“驼城在治沙造林方面做出了这么大的成就，省委书记也不舍得放他走，但人家也有大局观，当然也尊重振华的意见。你作为家属更应该尊重他的选择，尊重组织的决定。”

赫冬梅：“照您这么说，是我错了。”

季老：“这小点心，我喜欢吃，谢谢啦。”

家里。黄丽莹：“妈，你怎么坐这儿发呆，在想什么呀？”赫冬梅：“我在想你爸爸如果到了宁夏去工作，我去还是不去？”“你当然应该过去，否则我爸的生活谁照顾啊？”“我的工作怎么办？”“那你就调过去呗。”“俊生怎么办？他也快考大学了，就看他要往哪儿考。”

黄俊生：“我肯定要考到北京去。”

赫冬梅：“妈当了一辈子小学老师。我去了那里还能做什么？连普通话也说不好。唉，你说在家住习惯了，到这把年龄了，再到外地去工作，真是有太多不习惯的地方。”

几个月后，黄振华来到了北京，在林业部杨部长办公室报到：“杨部长，我是陕西驼城的黄振华，今天来向您报到。”

杨部长："振华同志，谢谢你选择来林业部工作。我也要感谢陕西省委对我们国家机关的支持。你来了，我想把三北建设局的工作让你负责，把驼城好的经验和做法推广到各地。你的家属要不要调到北京来？听说你的儿子在北京上学。在北京安个家吧！生活毕竟要方便一点。你有什么想法？"

黄振华："林业部已经任命我为三北建设局的局长，我想先到各地做调研，等我了解情况以后，再给您汇报我的想法。我有两个儿子在北京上学。妻子在驼城当老师，等我征求她的意见后，再决定调不调她来北京。"

杨部长："好，一边调研一边工作。只有在调查研究的基础上，才能提出切合实际的工作思路。好，一个月以后我们再谈。"

林业部家属院，王学斌领着黄秀华、黄跃生、黄进生来到新分的单元房子看房。

黄跃生："这就是林业部给我爸分的房子？"

黄秀华："四居室，够大了吧。房间都打扫干净，墙也刷白了。"

黄跃生："我要住这间房。"

黄进生："我不和你住，我要这间房。"

黄秀华："你俩臭小子有什么资格先挑房，这是给你爸爸分的房子，得先给你爸妈挑，挑剩下的再给你们分。这间是你爸妈的卧室，这间是你爸爸的书房。这间阳面房给你两个姐姐住。你们三个住这间，买个架子床。""姑姑，你是让我们三个像在学校一样住架子床吗？""你们在学校能住架子床，在家就不能住架子床了？"

王学斌："家里摆架子床不好看。还不如在书房里再设计一个单人床。平时人少，节假日都回来了，也住得开。""还是姑父说得对，就照姑父说的办。"

黄秀华："光会讨你姑父的好。好吧，我们现在就准备买家具，把房子布置好了，等你爸爸回来，给他一个惊喜。"

黄秀华领跃生、进生去买家具，买床上用品。回到家，黄秀华指挥工人摆家具，跃生收拾卧室，进生收拾厨房。

王学斌来了，打开房门："你们的效率也太高了吧，才两天工夫就把家收拾得有模有样。"黄秀华："这两个小子干劲大着呢。毕竟在北京有了自己的家，他们可上心着呢。"

黄进生："姑姑说要给爸爸一个惊喜。我们三个谁都不告诉我妈。等放了暑假也给我妈一个惊喜。"

王学斌："对呀，快放暑假了。嫂子一家暑假都可以到北京的新家来了。"

黄秀华："可惜我妈走得太早了，她要是这会儿还活着的话，看到我哥和我们一家都在北京相聚，该有多高兴啊。"王学斌："秀华，别伤感了。今天你们三个有功，我们到全聚德烤鸭店去吃烤鸭，犒劳你们。"

黄跃生："哦，今天饿了，姑父请客，我今天可要放开肚皮吃。"

驼城家。赫冬梅："你爸都走了一个多月了，自从他到北京报到后，就来过一封信，到现在又过了20多天了，也不知道最近怎么样。"

黄丽莹："上封信，我爸不是说他要到外地调研吗？这会儿怕是在外地呢，不方便写信。""那俩小子也没来信？""要不我给他们两个打个电话。""不打了，出了门的人，心都野了，不理解在家的人心里有多惦记他们。""妈，我看你还是跟我爸去吧，你待在家里老是牵肠挂肚的。"

赫冬梅："妈已经明确给你爸说了，我哪儿也不去了，你爸也同意。说他老了，退了休还要回驼城。""离你退休还有几年呢。那你们就这样两地分居，你心里老牵挂出门在外的人。""你爸一走，俊生再考大学走了，家里就剩我们两个人，是有点太冷清了。你再嫁出去，就剩妈一个人了，守着这个家。"

黄丽莹："我不着急，我姐姐还没结婚呢。等我姐姐嫁出去，我再考虑我的个人问题。""你姐姐和那个夏天谈得怎么样？也不小了，什么话也不跟我说。""妈，你知道那个夏天，是省委夏书记的儿子。所以我姐姐迟迟不能做决定。"

赫冬梅："干部家庭、工人家庭、农民家庭都不重要，关键是这个人怎么样。只要人家对她好，人品也不错，就别让她挑三拣四了，年龄不小了，该成家了。"

黄振华到林业部杨部长办公室："杨部长，经过一个多月的调研，我了解了许多情况，也发现了一些问题，也有一些建议。"

杨部长："辛苦了！一个多月车马劳顿，今天不谈工作。林业部考虑你的具体情况，给你在北京林业部家属院分配了一套房子。你先回去休息几天，把家里安顿好。我们再谈工作。"

黄振华："也好，我再把调研报告整理一下，正式向您汇报。"

林业部家属院，黄振华被王学斌领到家属院。黄振华：“这是什么地方？”王学斌：“这是林业部给你分的新房。你走了这一个多月，我们已经把房子收拾好了，秀华说必须要给你一个惊喜，他们都在家等你，今天我们到家吃顿团圆饭。”

新家里，王学斌：“主人到了！”黄秀华从厨房跑了出来：“哥，就等你回来了。这一个月从东部跑到西部，累坏了吧？看看我们给你收拾的家，怎么样？”

黄振华：“这还是单元房？”“四居室，这是你和我嫂子的卧室，这间是你的书房。这间两个女儿回来住，这间三个儿子住。如果三个儿子同时回来，书房还可以住一个人。怎么样？”

黄振华：“太好了，我和你嫂子还没有住过这么好的房子。”黄跃生：“爸，这都是我姑姑亲自帮你选择的家具。我和进生给她当下手。”“进生呢？”

黄秀华：“我让他买酱油、醋去了。马上就回来了。”

黄振华：“谢谢你和学斌。北京有了这么好的房子，说不定你嫂子也会喜欢的。”

黄秀华：“我们都保密，还没有给我嫂子说北京分了一套房。我听孩子们说，嫂子不愿意离开驼城。”

黄振华：“上年纪的人不愿意出门了，她在驼城一辈子，已经习惯了，不想轻易改变。”

黄秀华：“放了暑假，让我嫂子和孩子们都来，说不定她会喜欢这里，不想回去了。”

王学斌：“快吃饭吧，哥已经辛苦了好多天了，饿了吧？尝尝我炒的这几个菜怎么样？”

黄振华：“学斌已经会做饭了？”

黄秀华：“哥，他一直会做饭，只是没有时间和机会让他展示厨艺。只要他在家，做饭就是他的事，他包了。”黄振华：“跃生，进生，你们要学习姑夫，上得了厅堂，下得了厨房，这才是好男人。”

会议室，黄振华：“经过一个多月的调研。我在东北、华北和西北的防护林区调研，发现了许多问题，对此我想提出几条意见和建议……”

杨部长办公室，杨部长：“振华同志，你在会上提的几条建议非常中肯。我们部委会经过研究，同时向国务院领导汇报后，准备出台关于三北防护林建设相应的文件。这个文件在你主持下先起草，之后再上部里研究讨论，最后上报国务院。这个文件不是以林业部名义下发，而是以中共中央和国务院的名义下发，让各级党委和政府认真贯彻落实。”

黄振华：“如果以中共中央和国务院的文件下发，那力度和效力就大了。三北防护林的建设问题迎刃而解。”

第四十七章

暑假到了。赫冬梅、黄丽莹乘火车来到北京，黄秀华领着黄跃生到北京火车站接站。

出租车里，赫冬梅："这北京毕竟是首都，可真大呀。"黄秀华："嫂子，你是第一次到北京来。我哥要是不调到北京来，我也未必能把你请来。""年轻的时候，一直向往着首都北京，做梦都想来看看，这是毛主席住的地方。年纪大了，就懒得不想出门了，总觉得落叶归根，老了应该守着老家。"黄丽莹："我妈一直都没出过远门，在老家住习惯了，就觉得老家最好，金窝银窝不如自家的土窝。"

赫冬梅："我们这是要到哪儿去？住酒店吗？"黄跃生："我姑姑不让告诉你，等会儿给你一个惊喜。""秀华，该不是住你婆婆家吧？如果要去你婆婆家，你可记着提醒我一定得给你婆婆买点东西，不能空手上门啊。"

黄秀华："不上我婆婆家，也不去酒店，我们马上就到了。"

黄秀华领着赫冬梅来到了林业部家属院的新家。进了门，赫冬梅："秀华，这是你们的家吗？"王学斌正在做饭："嫂子回来了，我和秀华分工，她去车站接您，我和进生在家做饭。"黄秀华："嫂子，这房子怎么样？"赫冬梅："你们的家很漂亮，这么大的单元房。过去听说单元房，上厕所都不用出门。看了你们的房才知道是真的。"

黄秀华："嫂子，这不是我们的家，这是你的家，是林业部给我哥分的房。你来看看，这是你和我哥的卧室，这是你们的书房，这两间是孩子们的房间。我和俩侄子在你来之前给你们布置的。你喜欢吗？"

赫冬梅在屋子里转了几圈："真是给你哥分的？像做梦一样，我喜欢，特别喜欢！"

黄丽莹："我妈做梦也没想到会住单元房，想着到北京，还和我爸刚来时一样，会住招待所的。早知道有了新房，应该把俊生也带上。"黄秀华："那为什么不带俊生来呢？""原来想要住招待所，太麻烦。另外他高二了，暑假老师要给他补课，就没让他来。"

黄秀华："嫂子，你应该将俊生的户口转到北京来，在北京参加高考多好啊。现在房子也有了，就可以落户到这儿。"

赫冬梅："到北京还要联系学校吧，不是很麻烦吗？"

黄秀华："你回去拿上我哥的调令，把户口转出来，北京落户的事情你就不操心了，我和学斌联系学校，我们帮你办。""北京有你和学斌真好，孩子们有了亲人，就有了依靠。"

王学斌："饭好了，等哥回来，我们准备吃饭。"

餐厅里，一家人坐在一起吃饭。黄振华："秀华两口子为了收拾这个家没少操心，买家具、打扫卫生、收拾房间，忙了好多天。"赫冬梅："是的，本来应该是我操心的事，你们都替我做了。""我们也是大致收拾了一下，还有不周到的地方，嫂子你再收拾。""我这辈子没想到能住这么好的房子，也没想到能用这么好的家具，这都托了你们的福。"

王学斌："不过我谈点正事。哥来的时候还没有把户口迁来吧？"

黄振华："你嫂子说户口不着急，所以我当时就光把工作关系和组织关系转来了。"

王学斌："北京市的户口管理条例是如果你不迁户口过来，你就得办临时户口，一年办一次很麻烦的，这里的户籍管理比较严格，我建议还是把户口转来，包括俊生和丽莹的户口也可以转过来。再说俊生在这里参加高考，比在驼城考更容易考上好大学。"

赫冬梅："如果是北京市户籍管理要求必须办理户口的话，那就办吧，再说对俊生考试也有好处，那我们尽快回去把户口迁出。你哥和我啥也不懂，免不了要你们多操心，户口在哪儿办理都不知道。"

黄秀华："户口迁出以后赶快送来，剩下的事我和学斌来办。"

王学斌："户口迁到这儿，才算是真正的北京人。"

黄跃生："那我就用假期的时间，回驼城一趟，把全家的户口办过来。"

黄振华："我和你嫂子还是喜欢做驼城人，生在那儿，长在那儿，所以老了还想回到老家。老感觉根在那里。"冬梅说："那就把你哥和俊生的转过来，我的户口就留到那儿吧。等你哥退了休，我们还是想回驼城生活。”“好的，妈妈，我会一直陪着你，北京再好，老觉得不像在自个儿的家自在。”

黄秀华：“丽莹，是不是你的男朋友在驼城，所以你不想离开那个地方？”“我姐姐还没结婚呢，目前我还不考虑个人问题。”秀华笑着说：“这恐怕不是主要理由。”

黄进生：“反正我就是喜欢北京，我觉得爸爸如果能把户口迁过来，我是最高兴的。”

黄跃生：“我也是。二姐，刚到北京，就说住北京不自在，现在下结论有点太早。”

书房里，黄振华：“学斌，你调到林业部工作也这么多年了，感觉怎么样？”

王学斌：“在基层工作，你想做什么你就直接做好了，工作特别容易上手，但是在林业部工作，要考虑的因素很多，有些工作不是你想做就能做的，更多的是靠宏观管理，比如下发文件、召开会议来推动工作。”

黄振华：“你说的是点和面的区别，也就是特殊性和普遍性的问题。”“就是这个意思。”“我到任了一个多月，从东部走到西部发现了不少问题。有的地方认为三北防护林工程是国家层面的事情，国家不给钱他们没法做。还有的地方干部思想不够解放，不能调动群众的积极性去参与这项工作，怕把地划给农民会犯错误。还有一种情况就是不作为，等、靠、要的思想很严重。这些问题不解决，要完成一期工程的任务是很难的。”

王学斌：“是啊，从这一点上说，我特别佩服我们驼城的干部群众，从来不指望国家能给他们多少钱支持，而是在政策上思想上和行动上做出了超前的决策，才使治沙造林工作走在了全国的前头，所以驼城的经验值得推广。”

“三北防护林工程是我国在西北、华北、东北地区建设的大型人工林业生态工程，涉及13个省，覆盖了半个中国，被誉为‘世界生态工程之最’。工程规划期限为73年，直到21世纪中叶，分八期工程进行建设。一期工程正在建设当中，但是各地的认识、进度参差不齐。所以，我们必须创新体制机制，完善政策措施，推动祖国北疆绿色生态屏障的建设和发展。”

“所以，哥，你的担子很重，任务很艰巨。这是一块硬骨头。”

黄振华：“再硬的骨头也得啃，再重的担子也得扛。一期工程时间已经过半了，但是任务完成还不到一半，必须采取有效措施。我最近一直在考虑，要在政策上、思想上、做法上采取一些有效措施。”

王学斌：“你准备怎么做？”

黄振华："那天，成森部长给我透露了一个很重要的消息。就是明年的中央一号文件将对土地流转和承包期限的问题作进一步的规定。这样我们在贯彻一号文件的同时，进一步解放思想，在政策上把荒地沙地承包给农民和牧民，进一步调动农民和牧民的积极性。我们部里也应该制定相应的文件，特别是农民对林地草地的承包期限不限定，谁承包谁得利且可继承，这样农民有了积极性，种草种树的速度就会加快。在做法上，我们原来定的先进点是西北毛乌素沙地的驼城、华北科尔沁沙地的赤峰，但只有这两个典型是远远不够的。各地都有特殊的地理环境生态条件，我的想法是一个省至少树立一到两个典型，这样以点带面的速度就会加快。

另外还可以召开现场交流会。要求13个省典型地区的领导、技术人员和群众代表到驼城和赤峰现场参观学习，交流工作经验，提出各地解决问题的办法。

同时还要明确各省各地区的年度任务。林业部三北局每年要进行检查和评选，对做得好的表扬，对做得不好的、完不成任务的要通报批评。"

王学斌："我看这个办法可行、有效。我建议还要加上一条，就是对各省各地的科技人员进行定期技术培训，培训的内容和方式可以灵活多样。"

黄振华："对，加强对科技人员的技术培训，还有对农民的技术培训都是很重要的环节。"

北海公园，黄秀华领着赫冬梅和黄丽莹、黄进生划船游玩。

赫冬梅："北京真漂亮。过去只是在电影上看到北海公园，今天到这儿来玩儿，坐着小船我就想起了给孩子们教的那首歌。"

黄秀华领唱，丽莹和进生也唱了起来："让我们荡起双桨，小船儿推开波浪，海面倒映着美丽的白塔，四周环绕着绿树红墙。小船儿轻轻飘荡在水中，迎面吹来了凉爽的风……"

驼城家里，黄俊生："大哥，你怎么回来了？妈妈和二姐到北京去了，你没见她们吗？"

黄跃生："见了，是我和姑姑在火车站接的妈妈和二姐。我这次利用暑假回驼城，是回来办户口的。"俊生问："给谁办户口？"跃生："把老爸和你的户口迁移到北京去。大哥问你，明年高考你想到哪儿上学，想考哪所大学？""你问我想考哪所大学，我当然想考北大了。今年我们学校的一个跟我关系挺好的学长就考上了北大，我好羡慕啊。""那你觉得明年高考，你有把握考上北大吗？”“我虽然在我们年级里面排名靠前，但是驼城考上北大、清华的是凤毛麟角，只有两三个，所以我没有把握。”“姑父和姑姑建议你到北京参加高考，相对而言，北京大学和清华大学在北京市招收的名额要比在陕西招的多。”“只要能考上北大，那我愿意在北京参加高考。”

黄跃生：“林业部给爸爸分房了，四居室的单元房。现在把你和爸爸的户口迁到那里去，我这次回来就是为了这件事，只要你愿意，我们即刻就把户口迁过去。到了那边，姑姑和姑父还要给你联系学校。”

黄俊生：“是真的吗？有这么好的事？我感觉像做梦一样！”

黄跃生：“那能否考上还得看你小子的努力程度，不过户口迁过去你可就是北京人了。”“当北京人有什么好处？”“你把户口迁过去，再把北京大学考上，去了以后，自己去体会。有些人喜欢，有些人还不喜欢做北京人呢，比如说老妈和二姐就不愿意到北京去，所以我这次来只转你和爸爸的户口。你的暑假补课什么时候结束？”

黄俊生：“下周就结束了。”“那就尽快把你的转学证明开出来，下周课程结束以后和我一起到北京去。”

“妈和二姐什么时候回来？”“估计暑假结束，她们就回来了。”

北京家里，赫冬梅：“黄局长回来了，洗手吃饭吧。”黄振华问：“这些天秀华领着你们到处逛，今天又去哪儿了？”“今天我去秀华家，看她的公公婆婆和孩子。来了这些天了，我得把人家老人看看。”“就是，我也抽不出时间，他们毕竟是我们的长辈嘛。”“我今天给他父母说了，星期天等你和学斌都休息的时候，咱们也有了新家，把秀华一家请到咱们家吃个饭。你看怎么样？”

黄振华：“好是好，请到家里吃饭，只有你亲自下厨了，你能行吗？”“有丽莹和进生给我帮忙。你别忘了我可是驼城名厨贺福堂的徒弟。”“那好，星期天检验你的厨艺水平，如果还过得去的话，我们下一周把成部长一家也请到家来，认个门儿。”“请成部长一家来，我可没有那个胆量。”“没有关系，成部长也退休了，其实他们也没那么讲究，你尽力做好就行了。”

火车上，黄跃生问：“俊生，你想什么呢？第一次坐火车感觉怎么样？”“感觉很好，像做梦一样。爸爸突然调到了北京，彻底改变了我们家的生活格局。”“你觉得是变好了，还是变得不适应了？”“变得很意外，没有想到我即将成为北京人。”

黄跃生：“对我们小城市人来讲，突然进了大城市有许多不适应。如果没有改革开放、没有高考，我们说不定一辈子就待在小城市生活。”

“我们老师为了鼓励我们好好学习，常跟我们说一句话，就是上大学可以改变人的命运。当年爸爸如果没有上大学深造，他也不可能有现在的作为。你如果不上大学，也不可能到北京成为研究生，成为我们国家的高级知识分子。”

“我算什么高级知识分子？你看看我们学校那些老教授，如果你将来能考上北大或者清华，在校园里见到的那才是国家级的知识分子。领略那些高级知识分子的风采，听听他们讲课，你一生都会受益匪浅。”

北京家里，高朋满座，热闹非凡。王母：“这是孩子舅舅家吗？”赫冬梅：“叔叔、阿姨，你们好！快请进。”

王母：“他舅舅、舅母好，今天我们来家里串个门，走走亲戚，给你添麻烦了。”

赫冬梅：“亲家上门可是贵客啊，你们能光临寒舍是我们的荣幸。”

王父：“这么大的单元房，生活可方便多了。”

王学斌：“我哥是杨部长通过陕西省委书记挖来的人才，当然要享受好的生活待遇。这是一套四居室的房子，爸、妈，你们来看看。”

黄振华：“要说住，还是四合院住着更舒坦。”

王父：“对吧，我就是喜欢住四合院，你母亲当年也是喜欢住四合院，说她在驼城住的就是四合院，来到我们家感觉就像到了自己家一样。”

黄振华：“驼城也叫小北京，好多习惯和北京差不多。”

厨房里，黄秀华：“嫂子，我来给你帮忙吧。”

赫冬梅：“你陪你哥、你家老人和孩子说说话。给他们倒点茶水，桌子上还有什么瓜子呀、红枣呀，让他们吃点零食吧。我这里有丽莹、进生就够了，我已经都做得差不多了。”

黄秀华：“嫂子，你做了什么？这么多？”

黄丽莹：“我妈昨天就开始准备了，让你们今天来吃‘驼城十二件’。”

黄秀华：“嫂子，你会做这么复杂的饭，我记得你过去不会做饭呀，你什么时候学会的？”“我妈可是和我姨夫学的，是我姨夫的最后一个徒弟。”

赫冬梅：“人都是给逼出来的，我妈去世后，我不会做饭，坐在那儿哭鼻子。后来我就下决心，和我姐夫学习做饭。不知道做得好坏，但是我姐夫老表扬我，鼓励我，慢慢就磨炼出来了。今天做得不管好坏，你可不能笑话我啊。”

黄秀华：“陕北这么多的特色小吃，我都不会做，回头我要跟你学几招，想吃的时候做一做多好。”

北京林业部家属院里。黄跃生：“到了，我们该下车了。”

黄俊生：“我们住的是楼房吗？北京可真大，这么多的高楼大厦。”“是啊，大城市高楼大厦就是多，北京人大部分都住在楼房里。”“姑父家就是四合院，我以为北京人都住四合院。”“姑父家是北京的老人，应该说是老北京。新来的北京人只能住高楼大厦了。”

餐厅，黄丽莹上菜，餐桌上摆好了碗筷。黄跃生和黄俊生进门了：“我们回来了。”

黄丽莹：“妈，跃生和俊生回来了。”赫冬梅：“回来得正好，准备吃饭！”黄丽莹：“赶得好不如赶得巧，你俩赶快去洗手间洗手、洗脸，准备吃饭。”

黄俊生：“二姐，这就是给爸分的房子吗？”“是啊，四居室。够大吧？”

“够大，没住过单元房，这房子里还有卫生间？”

黄丽莹：“你喜欢吗？”黄俊生：“喜欢。”“姐领你到卫生间洗洗手、洗洗脸、上个厕所，然后出来吃饭。”“家里还有别人吗？”“姑父一家在书房和爸爸说话呢。一会儿一起吃饭你再见他们。”

餐厅，黄振华：“叔叔、阿姨，给你介绍一下，这是我的二女儿，叫丽莹。这是大儿子跃生、二儿子进生。这是我的小儿子，叫俊生，现在还在上高中，明年准备考大学。我还有个大女儿在陕西省委办公厅工作。”

王父：“孩子们都很有出息，都考上了大学。”王母：“大女儿没见过。你们的孩子都是好孩子。”

赫冬梅：“振华，快招呼大家吃饭。”王母：“他嫂子，你也快过来吃饭吧。”

赫冬梅：“我就剩最后一道汤了，马上就来。”

黄秀华：“爸，妈，我嫂子为了请我们吃饭，昨天就开始准备了，今天她给我们做的饭是我们驼城最有名的‘十二件’，就是结婚喜事请客待客的特色席面。这里还有个讲究，就是四个碗子、四个盘子、四个汤烩。普通人是吃不上这饭的。我嫂子之所以会做，是因为她的姐夫是我们驼城的首席名厨。嫂子是跟他姐夫学的。”

王父：“那我们今天有口福了。”

王母：“让你嫂子也快出来吃饭吧，辛苦了。”

黄振华：“丽莹！你把那瓶西凤酒拿来。王叔今天第一次到家里来，我们喝点酒吧。西凤酒也是我国八大名酒之一，是我们陕西最著名的凤香型白酒。”

王父：“这每样菜都有名字吧？”

黄振华：“过去，驼城人家每逢婚礼待客，必备上好的美味佳肴，以飨宾朋。其中驼城十二件是最知名的了。据悉，这一饮食风俗形成于清末，一般是每桌六人，按顺序依次上菜，其中座盘不属于十二件之列，但却是十二件外必上的一道凉菜。正式的菜品有十二样，故称为‘十二件’，一直流传至今。”

王父：“长见识了。”王母：“这‘十二件’，每道菜都有菜名吧？”

黄秀华：“我试着说说，拼三鲜、菠菜炒肉丝、鸡羹；白面子，也叫清真羊肉；八宝饭、四喜丸子、糊辣鸡、肚丝汤、炸丸子；黄花汤，也叫金针汤；红炖块肉，或者叫棋盘肉；海带汤。”

赫冬梅：“说得对，证明你还是驼城人。”

王母：“这拼三鲜真好看，应该很好吃。这是怎么做的？”

黄振华：“拼三鲜为老十二件中最具代表性的一道传统大菜，拼合的食材丰富多样，可谓‘一食融百味，百味汇佳肴’。”

赫冬梅：“拼三鲜的基本材料是鸡肉、猪肉和羊肉。鸡肉要用鸡胸脯肉。羊肉要切成条状。猪肉一部分要卤烧后切成厚片，另一部分剁制成肉馅，用油炸成丸子或蒸成丸子，再加上小酥肉和肉佛手等，还有眉梢丸子，又称刀尖丸子，是用刀尖在手掌心刮抹肉泥，成三棱形后入锅过油而成。肉佛手要先摊成蛋饼，卷以肉馅，再过油。之后加入黄花、木耳、香菇、粉皮、炸洋芋条等，也可以放海参片、鱿鱼片、玉兰片、鱼肚片以及干贝仁、虾仁等海味。所有这一切，都须逐一炮制，或煮炸至熟，或水发胀好，并且讲究刀工造型。鸡、猪、羊肉成形，煮炸后还需先蒸再烩。”

王母：“做这个菜太复杂了。”

王学斌：“驼城是历史文化名城，中医药文化和饮食文化都很有特色，很多菜肴都非常讲究，这可是一道名菜，所以才好吃啊。”

王父："那我可要多吃点儿。"

家里，黄秀华带着黄俊生办户口并联系学校，进了门。赫冬梅："回来了，事情办得顺利吧？"

黄秀华："户口也落了，这是户口本。俊生的学校也联系好了。嫂子，我给他办了住校，我想我哥经常出差，家里也没有人给他做饭，就让他住校吧。"

黄俊生："妈，学校离家还挺远的，姑姑让我住校，我觉得住校很好，可以节约更多时间学习了。""谢谢秀华，又让你费心费力了。"

黄秀华："嫂子，其实我哥调来我特别高兴，我们这一大家子又能在一起，你们到了这儿，我又多了好多亲人在身边，以后我们经常走动，相互有个依靠。"冬梅说："孩子们在北京可以依靠姑姑。有你照顾他们，我也就放心了。"

赫冬梅与黄丽莹乘火车返回驼城。

黄丽莹："妈，我们这一大家子人现在都分散到各地，我爸和俊生也到北京了，现在回驼城就我们两个人，你不会觉得孤单吧？""我和你爸这一辈子聚少离多，已经习惯了。只是孩子们从来也没离开过我，这回他们走了，心里空落落的。"

黄丽莹："他们都走了，只有我还在你身边。""他们都喜欢到大城市里闯荡。你为什么不借着这个机会也调到北京？""我不喜欢大城市生活，太吵闹。那么多的人，没有几个是你认识的，感觉人就像是一颗小沙粒撒在茫茫的沙海里，很渺小也无能为力。"

会议室，黄振华参加中央一号文件起草征求意见的讨论会。

黄振华："明年即将颁发的中央一号文件，看了以后让人非常振奋。目前，我国农林业面临的最大问题，就是土地的流转、承包，特别是在我们工作实践中，遇到了对五荒地的治理力度不够的问题，导致我们对农民的积极性调动不够。如果我们在政策上鼓励农民承包五荒地，谁承包谁得利还可继承，就可以在充分调动农民积极性的同时，推动对五荒地的建设和治理，将会促进农业和林业大发展。"

驼城会议室，杨书记："今天的地委会议，我们学习中央一号文件。为了贯彻中央一号文件精神，放宽林业政策，加快荒山绿化，驼城地委、行署作出决定，今年再给全区社员划拨‘五荒地’700万亩。其中要求先种草200万亩、造林250万亩，以便尽快使沉寂的荒沙、荒山变成宝地，加快沙区、山区建设。”

李专员：“在党的林业政策鼓励下，全区已涌现出6000多户林草专业户、重点户。到月底，639万亩荒山、荒坡、荒沟、荒滩、荒沙作为自留山（沙）划给44万户农民种草种树，我们宣布谁造谁有，长期不变，允许继承，充分调动农民的积极性。”

农村广播，李专员讲话：“今天进行驼城全区春季植树造林广播动员大会，我作为驼城地委副书记、行署专员，代表地委、行署宣布在驼城全区范围内进一步放宽林业政策的六条措施。其中开放‘五荒地’，进行小流域治理，承包期可达50年！”

听到广播的农民议论：“承包期50年，我们这辈人栽树，儿孙也能乘凉受益了。”

街道上响起广播，赫冬梅和行人在听。杨硕母亲：“赫老师！赫老师！”赫冬梅：“好久不见。”“我是杨硕的母亲，有几年没见了。”

赫冬梅：“是啊，自从杨硕上了中学，我就没见过他，他们现在都好吧？”“杨硕上了大学，杨婷中专毕业工作了，小儿子也考上大学了。”“那你是有功之臣，供成了三个学生。”“我就是听了你的话，坚持让孩子们上学。再苦再难，也不能误了孩子们的前程。”“你的孩子都很争气。杨局长要活着也会为你和孩子们感到自豪。”“这都是托了你的福。”

赫冬梅：“这是当老师应该做的事儿，你看你现在气色很好，生活也好，孩子们有出息，你也能享受孩子们给你带来的光荣和幸福。”

驼城家里，黄振华和王学斌突然回到家里，正在吃晚饭的赫冬梅很意外。

黄振华：“还有我们的晚饭吗？”“你怎么回来啦？事先也不通知我们一下，我现在给你做晚饭来得及。学斌，怎么也和你一起回来了？”

王学斌：“我和哥参加完中央会议。我是回来参加飞播验收仪式，验收防护林的工程。”“那你们两个是出公差回来的？”王学斌：“是啊，我们是出公差回来的，我们两个都住在宾馆，只有晚上有时间回来看看嫂子。”“宾馆没给你们准备饭吗？”“我哥说宾馆的饭不如嫂子做的饭好吃，所以我们就回来吃饭了。”“好，你们回来就好，嫂子一会儿就给你们做好。”

防护林工地，黄振华："灵驼防沙林带工程已竣工，全长160公里。灵驼公路沿线大部地段已建成200米至1000米宽的绿叶林带。这是三北局指挥建设的一项重点工程，1980年上马，驼城已经提前一年超额完成任务！"

下面的人鼓掌欢呼。

会议室内，主持人："请林业部王副司长讲话。"

王学斌："水电部、黄委会和陕西省林业厅邀请二十多个单位的专家，对驼城地区飞机播种造林和飞播示范区建设成果进行评议。专家们认为，流动沙地飞播试验为治理我国西北部的流沙进行了成功的尝试，国内尚无先例！"

徐桢带头鼓掌。

主持人："我还要宣布一则消息。驼城地区以治沙所为主，驼阳县和永安县合作共同完成的'驼城沙荒大面积植树造林扩大试验'科研成果，荣获省科技成果一等奖、国家级科学技术进步三等奖。专家认为，这一科研成果达到了国内先进水平。

同时，陕西省科委确定的半流动沙丘育草试验基地——沙柳县瑶镇乡河子沟村，在5000亩半流动沙丘上进行试验性的治理，收到了可喜的成果。"

与会代表鼓掌。

驼城沙生植物园，黄振华："三北防护林一期工程重点项目提前完成，你们治沙所是头功啊。"

徐桢："这与领导决策英明和群众积极性高有很大关系，我们只是做了技术方面的指导，不敢贪功。"

黄振华："沙生植物园建得很好。你们还有什么要求吗？我能为你们做的都可以说。"

徐桢："驼城是个经济欠发达地区，我们最头疼的是经费不足。如果林业部能给点经费支持，我可以在城郊营造万亩环城樟子松林，那时的驼城，将再也不会被沙海包围，而是被树海绿海包围，驼城将会变成一座美丽的城市。"

黄振华："好啊，万亩樟子松森林项目，你们将可行性报告报上来。让驼城人一出城门看见的就是一片森林，那对调节气候、改善生态环境能够起到非常好的作用。"

徐桢："太好了，有了经费支持，我们更有信心了。不用多，几十万元就够了，我们保证建成万亩樟子松林。"

家里，黄振华翻看《驼城报》。黄振华："冬梅，你看《驼城报》发表通讯《家庭林牧场好——驼城地区一百个林草大户调查》。驼城地委出台十条政策，鼓励农民兴办家庭林牧场。这可是一件新鲜事情，是驼城地委和行署的一项创新和壮举。”

赫冬梅：“满脑子还是你的植树造林。我把你明天走要带的东西收拾好了。”

黄振华：“这张报纸有用，我拿回去了。这么好的经验，应该在全国有条件的地方推广。”

北京林业部杨部长办公室。杨部长：“振华，三北防护林一期工程进展情况如何？”

黄振华：“一期工程还有两年结束。从总体数字来讲，我们的进展顺利，甚至超前，特别是有的地方，比如说驼城已经提前两年完成既定目标，但还有些地区的进展却不尽如人意。”

杨部长：“中央领导非常关心三北防护林的总体工程进度。中顾委副主任在省委副书记的陪同下去驼城视察治沙工作，并写了考察报告。总书记在驼城治沙考察报告上批示‘驼城地区的治沙，据我所知，是全国最好的地区之一’。”

黄振华：“我这次去驼城，检查他们一期工程的竣工情况，我还发现他们有些新的做法值得在全国推广。驼城地区大力提倡农民兴办家庭林牧场这种形式，目前已有一百多个农民兴办了农牧场。”

杨部长：“你将这次驼城调研看到的情况，和三北防护林工程一期进展情况，写一份调研报告内参，以林业部名义报到中共中央和国务院有关部门。该表扬的表扬，该批评的地区要批评。”

黄振华：“好的，我们尽快起草。”

办公室，黄振华：“今天我们三北局各部门的负责人在这里开个会。根据我们三北防护林第一期的工程进展情况，我们要写一个供内部参考的调研报告，报中央和国务院有关领导。这个调研报告要将实际情况反映出来，同时要指出我们还存在的问题，特别是对这些问题应该采取的一些对策建议。杨部长特别强调，对表现好的地区要表扬，对做得不好的地区要提出批评。”

北京家里，三个儿子在家里，对俊生的高考志愿发表意见。

黄进生：“你感觉高考考得怎么样？”

黄俊生：“我觉得我发挥正常。尽管有些题难，但是我按照我理解的已经做了，对不对我也不清楚。”

黄跃生："那根据你发挥的情况，你想报的志愿是什么？你不是信誓旦旦想报北大吗？有把握吗？"俊生："北京大学呀，我感觉没有把握。"

黄进生："没有把握就别报，报了也上不去，反而对你的第二志愿会有影响。""但是我总是不甘心。万一我的分数够了，没报志愿不是太可惜了吗？"

黄跃生："对呀，想考北京大学，因为没报志愿没录上，那是要后悔一辈子的。如果报了，分数不够，那你认了。不管上什么学校，无怨无悔。"黄俊生："分数不够北京大学的录取分数线，我认栽。"黄进生："那就什么话也别说了，第一志愿填报北京大学。"

第四十八章

地委杨书记办公室，周兴旺：“杨书记，新华社发表消息，报道驼城地区种树种草治理风沙灾害取得显著成绩。全区862万亩流沙被基本固定或半固定的已达550万亩，其中52万亩改造成了良田。”

杨书记：“是啊，我们成了全国的先进，但是先进也是有压力的，要保持这个先进我们要付出更大的努力。你在副专员这个位置，接替了黄振华分管的业务，工作还顺利吧？”周兴旺：“振华是知识分子出身，对业务和技术非常熟悉。我是个行政干部出身，尽管在当县委书记期间，做出了一点成绩，但是还是要尽快掌握一些科学和技术知识，不能光靠工作经验来指导工作。”

杨书记：“既要用经验推动工作，又要学习一些科学技术知识，用知识和技术指导工作。振华打来电话和我沟通，想在我们这里召开一个三北地区防护林建设工程经验交流会，我当然同意，并且欢迎。但这是国务院三北建设领导小组和林业部召集的会议，所以我们要认真对待，他还要求整理一些先进典型材料作为经验，在会上交流。你要做好相关的准备工作。”

周兴旺：“振华对我们的治沙造林和防护林建设工作非常熟悉，对我们的典型事迹和先进人物也非常了解。国务院三北防护林领导小组和林业部在驼城召集的会议，我们遵照杨书记和李专员的指示，一定积极配合，把这个会议准备工作做好。”

定安县委书记：“欢迎周专员到我们县指导工作。我们县委县政府的主要领导班子成员，还有县林业局的负责同志都到了。”

周兴旺：“我是从咱们永安县调到驼城地区行署工作的。我们定安和永安是两个相邻的县，自然条件相近，老百姓的生活水平差不多，都比较贫困。今天我来呢，主要是国务院‘三北’防护林领导小组和林业部要在我们这儿召开一个现场会议。大家知道，我们的治沙造林，特别是驼城地区北六县的治沙造林已经名扬全国，超额完成了三北防护林的一期项目任务。所以，三北防护林局长黄振华同志，大家也都认识，他打电话给杨书记，要我们整理一些单位和个人的先进事迹。杨书记和李专员让我在北六县走一圈，把我们驼城地区的典型事迹和先进人物摸摸底，选拔出来，在这个经验交流现场会上交流。”

县长：“关于治沙造林的先进人物，我倒是想提一个人，这人叫纪栓林。我们县开放五荒地承包政策以来，他是沙海村的党支部书记，承包了2254亩沙地。”

周兴旺：“你说是个人承包了2254亩荒沙地？”

县长：“大家都听说我们过去县委县政府大战狼窝沙的消息报道。他就承包了狼窝沙那一片沙地。那地方是个风沙口，我们前些年种的树几乎都被沙尘暴吹没了。用老百姓的话说，战胜狼窝沙太难了，一场大风就能把树苗子连根拔起。沙海村的党支部书记纪栓林当年也参加了那次大会战，这个人就是有一股子不服输的劲头。狼窝沙附近的2000多亩沙地，没人敢承包，他就敢。”

县委书记：“他不光承包了狼窝沙附近的2250多亩沙地。更重要的是他不光战胜了狼窝沙，使狼窝沙变成了绿窝沙，还带动了周围几个村子的老百姓通过治沙造林，走上了致富的道路。”

周兴旺：“纪栓林的事迹很典型，你们总结一下拿出一个典型材料，请纪栓林在现场会上介绍经验。”

周兴旺副专员来到了永安县汪勤奋林场。周兴旺：“汪勤奋，你和丈夫当年春天变卖了所有的家产加上借贷的4500元用于购买树苗，植树种草6600亩，第二年春天却遭遇沙尘暴灾害，造林全部失败。我佩服你第二年春天，带全家住进了离家7.5公里的‘一棵树’，用人背驴驮的方式，运送树苗和生活物资，雇请民工30多人，连续奋战20余天，栽植杨树、榆树及沙柳等树木近10万株，使承包的1万亩荒沙得到治理。”

汪勤奋：“周专员，你当年支持我、鼓励我，在各级党委、政府和相关部门的支持下，我治理荒沙，面积从1万亩、2万亩、9万亩，直到现在的11万亩。我丈夫张加旺因患骨癌去世，但我没有放弃治沙造林，我继承他的遗志继续走在治沙路上，我植树造林的信念更加坚定。”

周兴旺：“听说你富裕了，首先想到的是父老乡亲。”

汪勤奋：“我是共产党员，我富了，也要带着周围的老百姓共同富裕。我去年筹资3万元建起了这个‘旺勤小学’，解决了周边60多个孩子的上学问题。”

县长：“周专员，她还争取资金为本村通了电，铺通了12公里柏油路，为本村380户村民安装了电话和电视，为2个村民小组安装了自来水，对24户贫困村民进行了移民安置，修建起东坑中学两栋教学楼。筹资修通了7.4公里的林区公路，实现了从治理生态环境向建设生态文明的重大转变。可是她的生活还是那样清苦，衣着还是那样朴素，思想还是那样纯朴。”

周兴旺称赞道：“你是一名真正的共产党员。听说你创办了绿源治沙有限公司，走上了林、农、牧、种植、养殖销售一体化发展的路子。”

汪勤奋：“我们公司发展中药材种植业和设施农业，初步实现了‘投入、产出、再生产’资金平衡和‘社会、经济、生态’三大效益相统一。我还平整了300亩灌木林地，建立起育苗基地，实现从买树苗栽树到卖树苗挣钱的历史性转变。”

在沼气池旁。县长：“环保兴林，科技发展。她还引进现代科学技术并积极推广应用，在林区建立了两个110立方米的大型沼气池。”

汪勤奋：“沼气池所产的沼气供公司员工平时生活、做饭、取暖所用，沼液和沼渣是很好的肥料，将它们用于苗圃施肥。从建沼气池开始，我就看到了建设绿色产业的必要性。周专员，我们还有一项试验请参观。”

樟子松林地。汪勤奋：“事有凑巧，清华大学和北京林学院组织学校一批学者在治沙基地体验生活时，他们看到基地落后的灌溉技术，了解到我本人有属于自己的一套独特的在沙漠干旱地区治沙育苗造林的办法，他们决定将自己的科研成果‘光伏扬水系统技术’在我们基地投入试验应用。”

周兴旺：“技术和设备由谁提供？”

汪勤奋：“清华大学和北京林学院提供生产技术，深圳市天源新能源有限公司负责生产设备，由我具体负责使用。每年给学校科研提供实验数据。这是我梦寐以求的，也是千载难逢的实现绿色产业梦想的好机会，我们三家一拍即合。这位就是我们这儿的科技人员黄跃生。”

黄跃生说：“我也是驼城人，所以我了解这里的治沙情况。我是北京林学院的研究生，我们和清华大学合作开展研究，先进行实验，成功以后，可以推广到全国。”

周兴旺问：“你是驼城人？莫非是黄书记的儿子？”

黄跃生答：“我父亲是黄振华。”

周兴旺感叹：“老子英雄儿好汉。你们两代人都为治沙造林做贡献。这项技术设备如果能试验成功，我们沙区林业、农业和牧业将会迎来大发展。”

黄跃生：“这套技术设备正式开始在樟子松、沙地柏、云杉、侧柏等常见树种育苗基地和造林工程中全面试用。它将尖端节水灌溉技术与太阳能水泵相结合，摒弃了传统的对水资源大量耗费的漫灌方式，根据树种在不同生长期的需要，分别采取喷灌、滴灌的方式为树种提供所需水分。”

周兴旺：“光伏扬水节水灌溉的绿色循环治沙新模式在绿源治沙有限公司的成功应用，开创了我国防沙治沙新模式。”

育苗圃。汪勤奋：“我们还准备建成500亩的引种试验基地，主要引进有经济产出的树种，如大果榛子、油用牡丹、欧李、白皮松、班克松等。引种成功后将大面积推广利用，来发展沙漠经济产业。”

县长：“她的治沙造林基地也是永安县规划的沙漠生态旅游景区之一，今后的思路是用大棚种植瓜果、蔬菜，圈养鸡、羊、猪，办餐饮业，做沙雕，办沙漠文化节，让游客参观游览、避暑休闲，采摘品尝田园果蔬，体验农耕文明；实现‘农、林、牧、游’立体发展，让沙地由‘绿起来’变为‘富起来’。”

周兴旺：“你是中国‘十大女杰’、全国‘三八’红旗手、全国劳动模范、全国优秀共产党员……”

县长：“还获得了联合国‘拉奥博士奖’和‘中国生态贡献奖’等87项国际、国家及省、市级表彰奖励，受到党和国家领导人的多次接见。”

周兴旺：“用领导同志的话说，你不仅为中国人争了光，也为世界妇女树立了榜样。”

汪勤奋：“我的这些成绩，都是党和人民给的，我还是一个种庄稼、治沙造林的农民。”

在林地上，周兴旺：“你就是号称‘绿色卫士’的郭成旺，今天我来看看你。”

郭成旺："周专员，当年我领着毛团村人积极响应党的号召，带领村民在本村沙漠南缘营造起了一条5公里长、4公里宽的防沙林带。为了保护好这块好不容易才营造起的林地，我主动承担起林地的管护任务。"

县长："郭成旺数十年如一日，早出晚归，顶风雪，冒严寒，每天守护着林地。他看待林木就像自己的孩子一样，进林地时总是扛着铁锨、拿着剪子，随时进行修枝育苗。他宁可自己多吃点苦、多受点累，也不给毁林者留有任何可乘之机，连每年大年三十他都守护在林地。他铁面无私，对毁林者严肃处理，绝不手软。"

乡长说："他还想方设法增加林地面积，用卖柴的钱买树苗，用柴草换工造林，不断扩大林地面积，这块固沙林已扩展到6万多亩。永安县将五荒地放开，一次划拨给群众进行承包治理。他联络了15户村民，承包了村上30多里外的4.5万亩荒沙进行治理，带领村民克服重重困难，不能进车的地方人拉着树苗走，没有道便背着进，硬是把一株株苗木、一捆捆柴草运进去、栽起来。"

县长介绍："他们承包的沙地被列为驼城地区技术集团承包项目后，为了保证工程建设的质量和进度，没有种苗，他们出钱买；没有劳力，沙障材料不够，就用农闲时换工，想方设法保证工程建设，高标准、高质量完成了地区下达的2000亩治理任务，被评为优良工程，受到地区的表彰奖励。秋季造林结束后，他们就着手搭设障蔽，为第二年造林做好准备。春季一季完成造林9000亩，验收后作为样板林，在全县进行了示范推广，秋冬又进行了补植新造，全年完成造林1.2万亩，再次被评为优良工程，受到地区的表彰奖励。上级的肯定，更加坚定了老郭治理荒沙的信心。"

机井旁。周兴旺："这是你打的机井？"

郭成旺："前几年秋季，我组织承包户投资1万多元，在承包沙地里打了一眼机井，修起了五间砖木结构作业房，开始在沙漠里安营扎寨。从1991年至1993年，在地区、县林业部门支持下，每年搭设障蔽百万余丈，造林1万亩。多年来，我们累计自筹资金40多万元，栽植杨树10多万株、榆树15万株、柳杆5500株、紫穗槐30万株、沙柳2万亩，种了2000斤柠条、2000斤花棒和4000斤沙蒿，使承包的沙地林草覆盖率达到67%。"

县长介绍："郭成旺同志一心治沙造林的事迹，受到中央、省、地区的多次表彰奖励，获'陕西省护林防火先进个人''省级劳动模范'荣誉称号，还被省绿化委、省林业厅授予'三北防护林工程先进个人'，被国家林业局授予'全国优秀乡村护林员'称号。"

郭成旺："这都是周专员当县委书记时对我们支持关心的结果。"

周兴旺："这是你们艰苦奋斗、迎难而上，用自己的双手改变自己命运的结果。"

治沙所门口。徐桢："欢迎周专员一行到治沙所莅临指导。"

周兴旺："这座楼房就是西沙第一个在沙漠上建的高建筑物？"

徐桢："是啊，我们在沙漠上建楼房，当时好多人不看好。现在看来，工程质量非常好。你看我们后边，师范专科学院、农校、林校许多单位都搬到西沙了，而且都建了大楼。"

周兴旺："我们不光有治沙的经验和植树造林的方法，还有在沙漠上建造大楼的做法，这些都可以申请专利呀。"

徐桢："这都是劳动人民在生产劳动中总结出来的经验，当时我们还没有知识产权的意识。你看，现在西沙的发展非常快。"

治沙所会议室。徐桢："周专员一行到我们治沙所莅临指导，让我们表示热烈的欢迎。"

周兴旺："我不是指导工作，我是来学习的。你们是国家的财富。驼城的治沙、造林方面之所以走到了全国的前面，是因为你们的科研成果在指导生产实践当中发挥了重要的作用。请治沙所组织人力将这些专家的先进事迹整理出来，我们准备搜集典型，在林业部举办的三北防护林经验交流会议上进行交流。国务院召集的由林业部主办的三北防护林工程建设经验交流会议将在驼城举行，会上将对表现突出、贡献较大的先进单位和个人进行表彰。希望大家再接再厉，争当先进。"

办公室。周兴旺拨通电话："黄振华局长吗？我是周兴旺，有件事想跟你汇报。"

黄振华："兴旺同志，客气了，有事你尽管说。"

周兴旺："杨书记给我交代了一个任务，让我配合你们在驼城召开的三北防护林交流会。我最近在北部几个沙区县进行了调查研究，摸底考察。我有一个想法。驼城的治沙造林之所以走到全国前列，是因为从领导层的重视、文件政策的实施和贯彻，到老百姓的积极参与、科技人员的无私奉献，形成了一股强大合力。驼城涌现了一大批先进人物，这些先进人物的事迹丰富而生动。驼城要向全国推广治沙造林的先进做法，我们想出一本书叫《驼城治沙》，从几个方面重点总结驼城的经验。这样，对其他地区和省份也应该有借鉴和参考价值。你看如何呢？这成书了比文件、比会议经验材料效果要好。”

黄振华：“你的建议非常好，驼城的治沙情况我比较了解。但是要作为经验向全国推广，必须要详细查文件，从实践中归纳提炼出地域优势和技术特色，形成完备的书面材料。你说的把它汇集成书，这个建议非常好。出版的费用由我们三北局出，你只管组织人员编写。这将是我们这次会议的一个重要成果。”

周兴旺：“你同意了，我们就全力以赴组织人员编写。”

市委会议室。杨书记：“今年中共中央总书记到沙谷、沙柳县视察时说，陕北干部人人要学会发动群众种树种草的本事，在沙柳县还为驼城地区题词。省委、省政府出台了《关于宣传推广陕北和渭北地区种树种草先进经验的决定》。今天我们就讨论如何贯彻落实总书记的指示和省委省政府的决定。”

李专员：“总书记这次到驼城来，对我们提出了更高的要求。省委、省政府也提出了要召开陕北种树种草经验交流会的计划。我认为近期我们地区，首先要学习贯彻总书记的指示；其次，配合做好会议的准备工作；最后，选出驼城地区种草种树的先进典型。”

周兴旺：“我同意李专员的意见。这次在筹备三北防护林经验交流会时，我们在下面调查研究发现，咱们地区有许多先进典型，他们在种草种树的过程中，发生了许多感人的事迹。”

杨书记：“总书记在我们驼城的讲话和题词，媒体也作了报道。驼城地委和行署要根据总书记的要求，提出贯彻落实的意见。省委、省政府的种草种树经验交流会议明年开春要在我们这里开，我们要做好准备。”

李专员：“我们行署首先起草一个鼓励群众种草种树的实施意见，然后讨论修改之后下发。”

杨书记：“快到年底了，你们尽快把这个实施意见起草好，先上地委常委会讨论，赶今年年底下发。明年开春就落实到县、乡、村、队。”

家里院子。黄丽莹：“妈，我姐姐来信了。”赫冬梅：“信上说什么？”

黄丽莹拆开信：“亲爱的妈妈和妹妹，你们好。我和夏天已经结婚了。我们也没有举行盛大的婚礼，只是邀请几个亲朋好友在一块儿吃了个饭，他父母说领导干部不能大操大办婚礼。快过年了，夏天想和我一起到驼城过春节，不知道你们有什么打算。”

赫冬梅："今年春节大家都在驼城相聚，你姐姐结婚回门，总要请你大姨、大舅和众亲戚吃个饭，认认亲吧。你吃完饭就给他们回信。"

丽莹房间。赫冬梅："妈两天没进你的房间，你这房间多了两幅画。是谁画的？不像你姐姐的风格。"黄丽莹："不是我姐姐的画。"赫冬梅："是你画的？没见你学画画呀。"黄丽莹："是同学画的，送给我的。"赫冬梅："你同学是学画画的？"黄丽莹："他是建筑大学毕业的，学建筑设计的。"赫冬梅："在哪儿上班？"黄丽莹："在驼城城市建设规划局上班。"赫冬梅："没想到学建筑设计的还会画画，还画这么好。"

黄丽莹："妈，你不是说要给我姐姐写信吗？"赫冬梅："你先给你姐姐回信。然后，再给北京那几个弟弟写信，就说你大姐结婚了，春节回驼城，让他们放寒假都回驼城过年。别忘了还有你爸爸，你爸爸在宁夏。"

"给我爸爸的信，我不代写，还是你自己动手写吧。"

"我们一家人分了四个地方，多麻烦。""好，我现在就给他们写信，你去给我爸写信，写完以后，我一起去邮局发信。"

驼城师范学校，一个青年手拿一卷图纸，等待黄丽莹下课。

黄丽莹："叶志龙，你怎么来我们学校了？来多久了？"叶志龙："刚来，我看你在上课，就在这儿等你。这是我设计的图纸，给你看看。"黄丽莹："来，到我房间看。"说完两个人进了黄丽莹的宿舍。叶志龙："你这是宿办合一？女孩的房间就是干净整齐。"

黄丽莹："这里一直都是宿办合一，你是驼城人，应该知道的。"叶志龙："我是在驼中上的高中，没来过师范的老师宿舍。"

黄丽莹给叶志龙倒了杯水，递给他："你喝点水吧，让我看看是什么图纸。"叶志龙："你忘了，你让我在西沙申请了一块宅基地，我也申请了一块，我们两家是挨着的。"黄丽莹："你是想和我做邻居啊？好吧，让我看看你这个图纸，是房屋的设计图纸吗？"叶志龙："你说过，你们家人多，春节都要回来的话，一定要住得下。所以我设计了一个小洋楼让你来看看，提提修改意见。"黄丽莹："你设计的是小洋楼的图纸？快让我看看。"

叶志龙："一楼设计了两个房间，老人一个卧室，你爸爸一个书房。一楼还有客厅、厨房；有两个卫生间，一个在客卫，一个在卧室里边，晚上老人上厕所也方便。二层设计了一个客厅、三个卧室、两个卫生间，还设计了一个茶室、一个大露台。小洋楼的外面是一个12米深的院子。你不是说你爸爸喜欢种菜种花吗？”

黄丽莹：“太好啦，这是不是太奢侈了？”叶志龙：“不奢侈，以后这样的房子会越来越多的。”

黄丽莹：“像这样的小洋楼，我们家是不是第一个？”叶志龙：“据我了解，现在应该是第一个。但是随着西沙的开发和利用，更多城市的居民移居到西沙，比我们好的小洋楼应该会更多。”黄丽莹：“我要把图纸拿回家让我妈看看。你不是和我做邻居吗？你的图纸呢，是不是也盖小洋楼？”叶志龙：“我盖不盖小洋楼，想听你的意见。”

黄丽莹：“为什么要听我的意见？”

叶志龙：“我想和你谈恋爱，如果我们将来成为一家人的话，盖什么样的房子当然是女主人说了算。”黄丽莹：“你要和我谈恋爱？我还得考虑考虑再说。”

家里。黄丽莹：“妈，给你看样东西。”

赫冬梅：“什么东西，是什么画吗？”“妈，你记得我跟你说过，让我们同学给咱家在西沙申请地基的事儿。”“记得，我还正想问问你，地基批下来了没有？我们老住人家地委家属院，你爸爸调走了以后，住在这儿有点不好意思。”

黄丽莹：“地已经批了，我们同学是搞城市规划的，他说西沙将来发展得要比城里好。现在政府也鼓励城里的居民移居到西沙，我们的地基的位置刚好在治沙所对面，这样的话，你和我爸爸退休以后，同事们串个门儿也方便。”

“你这是规划图吗？”

“咱们家人多，你不是说我姐姐和弟弟们都回来？家里总要住得下吧。我爸爸退休回来，养个花呀，种个菜呀，总得有院子吧。再说啊，他那么爱学习，看个书总得有书房吧。”“说了这么多，啰唆死了，你快跟我讲这图纸是怎么回事。”“这是我同学给咱们的地基设计了一个二层楼的效果图。”

餐厅。赫冬梅：“妈仔细看了，你这个同学设计的二层楼的图纸很不错。”黄丽莹：“你还有什么想法，早点提啊，让他修改。”“你这个同学的父母是干什么的？”“你问这个干什么？”“哪天带回来让我见见。”

“妈，你要做什么？人家可是平民老百姓的家庭，进这个地委家属大院，人家还哆哆嗦嗦的呢。”“总得让我见见，给你把把关吧。”“八字还没一撇呢，你把什么关？”“他对你的事这么上心，肯定也有那个意思。你也老大不小了，该考虑个人问题了。”“再说吧。”

驼城师范黄丽莹的宿舍里，叶志龙：“你不是要看我家的小洋楼吗？这是图纸。”黄丽莹：“你家有钱盖小楼？”叶志龙：“我想把我们家里的老宅子卖了，钱足够了。”

黄丽莹：“这地基要考虑离医院、公园比较近才好。”叶志龙：“西沙的发展，你现在不能想象。驼城城区已经没有发展的余地了。再过若干年，地委行署等行政机构全部要搬到西沙，将来还要在西沙搞一个高新技术开发区，中心就在西沙，那儿将是驼城的现代化新城。”黄丽莹：“你是搞城市规划的，近水楼台先得月。”叶志龙：“其实，我们的地基不是最好的地段。最好的地段在高新开发区和行政中心。因为你说要离治沙所近一点，所以我才考虑在这个地方申请的宅基地。”

家里。赫冬梅：“我们都放寒假好几天了。你那三个弟弟啥时回来？”黄丽莹：“要不我到车站看看，接他们一下？”赫冬梅：“家里也没事，我们一块儿去。”母女俩收拾好后出了门。

汽车进了站，三个儿子提着行李走出了汽车站。赫冬梅和黄丽莹迎上去，和三个弟弟拥抱，然后高高兴兴地回家了。

黄跃生问：“我爸爸和我大姐什么时候回来？”赫冬梅：“等他们回来，都快过年了，他们没有寒假，只有春节那几天假。”黄俊生：“我们其实放假好几天了，是两个哥哥要和我一块儿走，所以耽搁了几天。”赫冬梅：“俊生考上北大。你不知道给妈挣回了多少面子，好多老师们都羡慕我。”黄进生：“我们也没给爸爸妈妈丢脸呀。”赫冬梅：“没有，没有。我的五个儿女都非常争气，妈妈年轻的时候就说过，我要把我的孩子们都培养成大学生。你们的努力给妈争了气，让妈的愿望实现了。”

家里院子。黄俊生：“妈，我爸爸回来了。”全家人跑出院子迎接黄振华回家。司机将行李提到家里，黄跃生接了过去。司机：“黄局长，那我住招待所了。你还有什么事给我打电话。”

黄振华：“好吧，没什么事了，记住今晚好好休息！明天早上再回去。路上一定注意安全。代问你父母及全家春节愉快！”

司机：“谢谢黄局长，那我走了。正月初七我再来接您。”

赫冬梅：“你正月初七就要走啊？”黄振华：“孩子们都回来啦？”“都回来了，就差大女儿大女婿，他们是明天中午的飞机。”

家里。黄跃生、黄俊生领着黄丽莎和夏天，提着大包小包进了院子。

黄俊生："爸！妈！我大姐和姐夫回来了。"全家人到院子迎接黄丽莎和夏天。黄丽莎："爸爸，您比我们还先到。"

夏天郑重地鞠了一个躬，嘴里说道："爸爸，您好！"黄振华："你妈说你想来驼城过年，我们都很高兴。"

赫冬梅系着围裙从厨房里跑出院子。"丽莎和夏天回来了。"黄丽莎抱了抱妈妈。夏天说："妈，您辛苦了。"赫冬梅高兴地说："你们回来可太好了，全家人到齐了。今年我们要过一个团圆年。"

第四十九章

古城饭店，黄振华："今天请亲戚来，略备薄酒，为我大女儿丽莎和女婿夏天结婚回门举办庆典。承蒙各位亲朋好友多年来对我家孩子们的关心和照顾，在这里我表示感谢。我也向各位提前拜年，祝大家春节愉快！"

齐二舅："振华，听说你的亲家是省委书记？"

黄振华："是省委副书记。"齐三舅："你咋攀了个大官做亲家？""俩孩子是大学的同学，自由恋爱。"齐二舅："丽莎怎么运气这么好？这下好了，没人敢欺负你了。"黄振华端起酒杯："大舅、二舅、三舅，祝你们身体健康，生活幸福。"

另一桌，黄丽莎："这是大舅、舅妈。这是大姨和大姨夫。"夏天："大舅、舅妈好！大姨、姨夫好！"赫启祥："祝你们新婚愉快。我们丽莎攀了高枝。"夏天："大舅，是我高攀她了，是我追求的她。"贺福堂："好后生，一点架子也没有。"夏天："我哪敢呢？就因为我的家庭关系，丽莎差点不要我了。"黄丽莎："别听他胡说八道。"

赫彩莲："你们俩在家谁做主，谁说了算？"夏天："丽莎是领导，我都听她的。我只做好'五大员'。"赫彩莲："什么是'五大员'？"夏天："服务员、炊事员、保安员、驾驶员、卫生员。"黄丽莎："你说得比唱得都好听。"赫启祥："你只要做到前三个，我们丽莎这辈子就没有白嫁给你。"夏天："一定的，一定的。"大舅妈："好女婿，很讨人喜欢。"夏天："祝你们身体健康，新春愉快！我先干为敬。"

驼城家里，年三十了。黄丽莎正在剪窗花。夏天："陕北婆姨手真巧，没想到我婆姨会画画，还会剪窗花。”黄丽莎：“去，帮我把糨糊拿来，把窗花贴在玻璃上。”

院子里，黄振华：“今年大年三十，难得团聚。跃生，你去买一点花炮庆祝庆祝。”

黄跃生：“好，我去买花炮，多买点。”黄俊生：“我和大哥一块儿去。”

厨房里，赫冬梅和丽莹、进生包饺子。黄丽莹：“妈，年夜饭，我们除了吃饺子，是不是再炒几个菜，下酒吃？”赫冬梅：“是得炒几个菜。”黄丽莹：“那让我姐夫来炒吧。”

“别让你姐夫做饭，人家第一次上咱家的门，你们就这么不客气。”黄进生：“我来炒菜。”赫冬梅：“好，妈给你打下手。”

餐厅，全家人围着桌子坐，黄进生端上最后一盘菜坐下来。黄振华：“我们这一家人现在是8个，以后恐怕得坐两桌甚至三桌。今天过年了，这第一杯酒，我得敬你，老婆子，你是这个家的大功臣，我得谢谢你。”

孩子们举杯：“祝爸爸妈妈身体健康，万事如意，新春愉快！”

赫冬梅：“我祝你们工作顺利，学习进步，身体安康。咱们一家人平平安安、高高兴兴、快快乐乐地过好日子。”

院子里，天已经完全黑了下来，黄跃生和黄俊生点炮放花，全家人热热闹闹，家里充满欢声笑语。黄丽莹说：“今天晚上驼城也要放礼花，就在我们师范学校操场。想到现场看放花的跟我走。”三个兄弟都要去。夏天：“你去不去？”黄丽莎：“你去吧，我在家陪爸妈。”

他们到了师范学校黄丽莹的宿舍门口，操场上架起了几门花炮筒子。几声巨响，寂静的夜空绽放着各色各样的焰火。每一声巨响后，天空中爆出的绚丽礼花，都引起了人们的惊呼和笑声。

家里院子，赫冬梅给黄振华披上了大衣。老两口坐在院子的椅子上，向天空望去，看着一束一束礼花，心里无比高兴。丽莎看到父母这般恩爱，拿着相机，为父母拍下了珍贵的照片。

第二天，大年初一，赫冬梅：“你不是要看季老吗？这是我给你准备的点心和他爱吃的菜。”

黄振华：“好，那我去了。”黄丽莎看见爸爸出了门就问：“妈，我爸爸去哪儿了？”“他去看季校长了。”

黄丽莎：“我爸好像每年过年都要去季校长那里拜年。”

赫冬梅："一日为师，终身为父。你爸爸对季校长就像对待父亲一样。"

黄丽莎："爸爸真是一个有情有义的人。"

第二天，驼城大街上，一队队的秧歌从大街上横穿而过，大街两旁挤满了看秧歌的人。黄振华一家人也来到大街上。夏天："陕北过年可真好。热闹，喜庆，祥和。"黄丽莎："你既然喜欢，我们以后每年回来过年。"夏天："好的，不过我爸我妈过年可就冷清多了。"黄丽莎："让姐姐一家回来陪爸妈过年嘛。"夏天："我姐姐在文化部，过年的时候，有文艺演出活动，很难按时回来。"

黄丽莎："那怎么办？以后我们俩分开过年吧，我回驼城，你陪你爸妈。"夏天："那不行，我不和你分开。以后隔年回来吧，我爸妈能理解的。"黄丽莎指着秧歌队里说："你看，这叫作骑着毛驴回娘家。骑着毛驴的是婆姨，前面的这个是丑女婿，像不像你？哈哈哈。"夏天："这个女婿也太丑了吧。像我吗，我有那么丑？"

驼城莲花池公园，黄振华、赫冬梅领着儿女、女婿兴高采烈地看花灯。夏天和黄跃生轮换着给大家拍照。黄丽莹一回头，看见了叶志龙。黄丽莹："怎么这么巧？在这儿碰见你。"叶志龙："因为我是有心人，我已经跟你一会儿了。"黄丽莹："既然你来了，来给我们照一张全家福。"叶志龙："好的。"

黄丽莹介绍道："爸，妈！这是我的同学叶志龙，让他给我们照全家合影吧。"大家摆好姿势，照了一张全家福。

赫冬梅："你叫叶志龙，你在哪儿上班呀？"叶志龙："我在城建局上班。"赫冬梅："你是给我们家申请地基、设计小洋楼的那个同学？"黄跃生："什么小洋楼？"赫冬梅："一两句话给你说不清。志龙同学，明天你到我们家来，你给大家讲讲你的设计，再听听大家的意见。"叶志龙："好的，阿姨。"

家里客厅，叶志龙把图纸铺开在茶几上，给大家讲解。

黄丽莎悄悄拉黄丽莹："妹妹，过来，我问你几个问题。你房间里的画是谁画的？"黄丽莹："是我同学画的。"黄丽莎："他是不是在追求你？"黄丽莹："是。他是我高中的同学，那个时候我对他一点感觉没有，后来他考上建筑科技大学，我们都没有联系，毕业后他分到城建局。有一次我在街上碰见他，他说他们城建局现在正审批地基，问我想不想申请。我回来跟妈说，妈说要申请啊，我们总不能老住到人家地委家属院。后来地基就批下来了。他是搞设计的，给咱家设计了一个二层楼，因为我跟他说我们需要大一点的房子，姐姐和弟弟们回来要有地方住。爸爸喜欢养花种草种菜，得有个院子。爸爸喜欢看书，得有书房，所以他就给咱们设计了这么一个简易的二层楼房。”

黄丽莎：“就这些吗？”黄丽莹：“他还把他家的地基和我们的地基放在一起，说要和我们做邻居。他也设计了一个院子，征求我的意见。”黄丽莎：“这很好啊，做了邻居，爸妈退休回来也有人照顾，多好。”黄丽莹：“我也是这么想的。不过我现在还没有答应他，我先看他的表现。”

黄丽莎：“我觉得这个人挺好，很实在。考验人家也可以，不可过头。”

院子门口，赫冬梅：“你有多忙？正月十五也不过了，就急着回去上班。怎么说你也应该有探亲假吧？”黄振华：“单位还有许多事等着我处理呢。司机已经来接我了，我必须走。”孩子们都出来送黄振华。黄丽莎：“下次见爸爸，不知道是多久以后。”

黄振华：“在地方上工作，经常还到省上开会。现在到了部里，回来的机会少了，希望下次见面的时候，你和夏天能带一个小宝宝回来。”

孩子们：“爸爸再见，路上注意安全。”黄振华：“哦，你们好好工作好好学习，把妈妈照顾好，再见。”

正月十五一过，黄丽莎和夏天乘飞机离开驼城飞往西安。

驼城的春天到了。4月的驼城，绿草茵茵，鲜花开满了山坡；5000亩的樟子松，在驼城的东部十里沙上随风摇曳。农村的大喇叭中，播送着《中共驼城地委与行署关于大力开展种草种树的实施意见》。

驼城宾馆大楼前，悬挂着横幅“热烈祝贺全国三北防护林经验交流会议在驼城召开”。

宾馆大厅的报到处，各省的与会者络绎不绝。

机场，黄振华、杨书记等着接北京来的领导，意外地碰见了张华带领新疆生产建设兵团代表参会。

黄振华：“老同学，欢迎你们。”

张华：“又见面了，我们这次是实实在在来学习你们的经验和做法。”“你们新疆生产建设兵团也做得非常好，也是全国学习的一个典范。”“能得到你黄局长的表扬，我们深感荣幸。”“你们先回宾馆休息，我和驼城的杨书记还在等北京来的领导。”

大会议室，正在召开全国三北防护林工程经验交流大会。

刘部长讲话：“中共中央总书记在驼城视察的时候，要求我们积极植树造林，把长城沿线建成一个绿色宝库。”

张华、刘忠、汪勤奋、纪栓林等上台发言交流经验……

大会领导给各获奖单位和个人颁发奖状。

参会的领导和代表参观驼城、横山、永安、定安各地治沙造林的现场，参观了驼城治沙研究所、沙生植物园、万亩樟子松林。

家里，赫冬梅正在做饭。黄丽莹：“妈，你今天晚上做这么好的饭，是有贵客要来我们家吗？”“你爸的大学同学在驼城开会，人家要来家里看我，我们还能不给人家准备饭？”“宾馆开会，会上有饭，你何必做这么复杂呢，来了喝点茶就行。”

赫冬梅：“你爸说邀请人来家里吃饭，所以妈妈做了些准备，你赶快帮妈妈收拾桌子，说不定人家很快就来了。”

黄振华领着张华和买买提进了院子。赫冬梅在门口迎接。

张华：“嫂子，我们是专程来看你的。我们从新疆给你带了点土特产，你尝尝。”赫冬梅：“大老远的人来了，比什么都强，还带了这么多东西。快进来，我准备了一点儿家常便饭，咱们一边吃饭，一边聊天。”

买买提：“我是黄大哥的同班同学，当年风华正茂，现在已经三十多年过去了。”

黄丽莹：“叔叔阿姨你们好，欢迎到我们家来做客。”张华：“这是你的大女儿？”

黄振华：“这是二女儿，大女儿在西安工作，都成家快生小孩了。”

买买提：“日月如梭。孩子都大了，我们可老了。”

黄振华：“是啊，日子过得太快了，转眼我们都是五十多岁的人了。”

赫冬梅将他们请到餐厅：“请坐，几十年没见，老同学难得一聚。”黄振华：“请坐，请坐。”张华：“我们说就到家里喝点茶，怎么还麻烦嫂子做了这么多菜？”赫冬梅：“你们是新疆远道而来的客人，怎么能只喝点茶呢？”

第五十章

一年后。黄振华打电话给家里。赫冬梅："喂，是振华吗？"黄振华："我已买好机票，明天先回家，然后去宁夏办交接手续。"

赫冬梅："祝贺我亲爱的老头子荣升林业部副部长。"黄振华："消息这么灵通，你怎么知道的？"

赫冬梅："秀华告诉我的。明天回来想吃什么？我做好了饭，在家等着你。让跃生、丽莹到机场接你吧。""跃生在家吗？""今天刚从试验点回到家，他开车接你方便。"

家里，赫冬梅兴高采烈地在厨房忙活。

黄振华："跃生，你搞的那个现代化治沙技术能行吗？"黄跃生："怎么不行？我和清华大学协同做研究，就是针对沙漠里缺水进行的现代化治沙技术。我把试点放在驼城，得到了地委和行署的支持，特别是当地老百姓也非常欢迎。"赫冬梅："回到家，今天不谈工作。"黄振华："掌柜，已经做了这么多的菜，别再炒菜了，快坐下来陪我们吃饭。"赫冬梅："跃生！到柜子里把那瓶茅台酒拿出来。"

黄振华："在家吃饭，还要喝酒吗？"赫冬梅："今天是我最高兴的日子，今天必须要喝。给你爸倒上酒。"黄跃生："我妈今天是人逢喜事精神爽。"赫冬梅："今天我要庆祝你爸爸荣升林业部副部长。"

黄振华："行！老婆子，难得你高兴，一块儿举杯吧，为健康和快乐干杯。"

黄振华："老婆子，这些年你劳苦功高，为我们培养了5个大学生，有的还上了研究生，都成为国家的有用人才，这才是我们最大的荣耀！"黄丽莹："妈是我们家最大的功臣，你爱这个家，爱到了忘我的程度。你才是妇女的楷模。”

黄振华：“丽莹说得对，你是一个好女人、好老师、好母亲、好老婆，也是一个好女儿。”

吃过饭后，黄丽莹：“爸，妈，今天是星期天，天气又这么好，我们一家人去西沙看看。”黄跃生：“爸爸工作忙，难得陪妈去转转，我去开车，你们准备好，咱们就出发。”黄振华：“好吧，那我们走，去西沙看看。”

车里，黄丽莹给跃生指路。黄振华问：“这是领我们去哪里？”赫冬梅：“他们领我们去哪里，我们就去哪里。”黄丽莹：“到了，车停到这里。我们下车。”

一幢漂亮的二层楼前，黄振华：“这就是你们盖的小院子？”黄丽莹：“这个院子够大吧？这里可以种菜种花。跟我到房子里看看。”赫冬梅：“这基本上盖好了嘛，就差装修和收拾了。”黄振华：“这没少花钱吧？”黄丽莹：“没多花钱，我们花的钱少得你都不敢相信，还不到别人盖平房的一半。”黄振华：“那也得花钱，就靠你一个教师的工资，怎么能盖得起这房子呢？”黄丽莹：“靠工资肯定不够，我大姐和姐夫给我了一些，我在银行贷了点款。”赫冬梅：“叶志龙他有钱盖房吗？”

黄丽莹：“他原想把城里的老宅子卖掉，结果他父母不同意。你们可能不知道，人家现在可火呢，西沙好多地方盖楼房，不论单位还是个人，都找他设计。那设计也不是白设计，人家给报酬的，所以他利用业余时间挣了不少外快。最后不够，他也在银行贷了点款。”黄振华：“多劳多得是可以的，但是不能把工作时间用来赚外快。”赫冬梅：“你弟弟们都工作了，不需要我们供了，以后爸爸妈妈也节约点，攒点钱给你资助一点，尽快把银行的钱还上。你们俩现在进展如何？”

黄丽莹：“要结婚也得把房子盖好啊。”赫冬梅：“好，你们两个已经谈到结婚的事，说明进展顺利。有时间就把他带回家来。”黄丽莹：“好的，改天我把他带回家来，省得他一天提心吊胆，害怕你们瞧不上他。”黄振华：“只要他是一个负责任的男人，对你好，你们俩日子过好了，爸妈也就放心了。”

家里，黄振华：“大女儿他们还都好吧？”

赫冬梅：“丽莎两口子生了一对双胞胎，还是龙凤胎，把他公公婆婆都高兴坏了。为了带好孩子，支持丽莎上班工作，他们家雇了保姆看孩子。你一天就知道忙，也不知道给孩子们打个电话问问。”黄振华：“大女儿生了孩子后，我给亲家打电话道过喜了。”赫冬梅：“光道喜就完了，也不去看看？嫁出去的女儿，好像泼出去的水，就不用管了？”黄振华：“那你这个当母亲的应该去看望看望。”赫冬梅：“你做父亲的就不看望了？”黄振华：“我等到西安出差时找机会去，你放了暑假先去看看。明天我就回宁夏交接工作，完了之后直飞北京。”赫冬梅：“好，一家四地，现在终于成了一家三地了。”黄振华：“不管一家三地也好、四地也好，你就是个放风筝的人，我们都是天上飘的风筝，你说收线，我们就都往你这儿来了。”赫冬梅：“比喻还挺形象的。你到了北京，多操心操心进生和俊生的事儿。有你在，北京的孩子总算还有个家。”黄振华：“你就是我们的家。你在哪儿，我们的家就在哪儿。”

附小办公室，赫冬梅碰见贾文宇：“贾文宇？你怎么到我这来了？”贾文宇：“赫校长，我今天是为孩子们上学的事来找您的。”赫冬梅：“谁家的孩子要上学？”贾文宇：“我和刘兰的女儿，还有治沙所的几个子弟。”赫冬梅：“你们的孩子都这么大了，都该上小学了？那成林收养的那个孩子——成才现在干什么？”

贾文宇：“成才从西北农学院毕业以后，分配到地区农科所。现在在他们原来的那个村子搞设施农业，开发了一个蔬菜基地。”

赫冬梅：“你看多好，你把一个孤儿培养成一个对国家有用的人才。刘兰还好吗？”贾文宇：“现在是图书资料室的主任。”赫冬梅：“那你现在搞什么课题，具体做什么工作？”贾文宇：“我现在被提拔为治沙研究所的副所长，协助徐桢做科研管理工作。”赫冬梅：“好啊，你们都进步了。”贾文宇：“这都是当年黄部长培养我们的结果。”赫冬梅：“他刚被提拔了，你们都知道了？”

贾文宇：“我们治沙所的人都高兴得奔走相告，徐桢代表治沙所，都给黄部长写了祝贺信了。”赫冬梅：“谢谢你们这么关心他。从今以后，凡是治沙所来的孩子，我们学校都接受。你们都是驼城的功臣，我们学校应该对你们的子女无条件开放。”

贾文宇：“谢谢嫂子。”

汉中洋县朱鹮自然保护区。黄振华在陕西省政府及林业厅相关领导和汉中市市长的陪同下，进行参观调研。

保护区的主任给大家介绍：“从1978年起，中国科学院动物研究所的鸟类学家们组成考察队，调查了东北、华北和西北三大地区，跨越9个省区，行程5万多公里。终于在1981年5月，于陕西省洋县八里关乡大店村姚家沟的山林中发现两个朱鹮的营巢地，发现

7只朱鹮，其中4只成年朱鹮、3只幼年朱鹮。当时，这两对朱鹮都忙于哺育幼雏，这说明它们都是有繁殖能力的个体。陕西省发现的朱鹮，在科研人员同当地政府和群众的共同努力保护下，数量逐年增加，种群也发展到了7个。目前的问题是‘保’。保护朱鹮要有原生态的保护地，要求保护地的老百姓不能使用农药和化肥，这就影响了当地老百姓的农业生产水平和生活水平。这里经济比较困难，粮食产量上不去，希望林业部重视这个问题，给予当地老百姓适当的补贴。”

黄振华对秘书说：“把这个问题记下来，我们要设法解决。”

西安的宾馆里，夏天和黄丽莎抱着孩子来看望黄振华。黄丽莎：“爸爸，您难得出差到西安来，我把两个小家伙抱来，让您见见。”黄振华：“来来来，让外公抱抱。”夏天：“我爸爸不在家，他下乡去了，我妈让我来接您，到我们家吃个饭。”

黄振华：“我只有今天晚上有点空余时间。明天一早，我要到延安去看看那里的退耕还林。”黄丽莎：“爸爸，我看你职务越高，工作越忙了。我妈说你连休假的时间都没有了。”黄振华：“职务越高，责任越大嘛。”夏天：“您和我爸爸一样，是工作狂人。”

黄振华：“这两个小家伙可真漂亮。你妈批评了我几次，这次总算抽点时间看看这俩可爱的小外孙。”

黄丽莎：“夏天带着照相机，你和两个小外孙照个相，让我妈看看，这就是证明。”黄振华一手抱着一个孩子照了一张相，然后丽莎和爸爸一人抱了一个孩子，又照了一张相。

延安，黄振华在当地领导的陪同下参观延安的绿化造林。

黄振华：“黄土高原水土流失严重。我知道，延安这些年在防治水土流失方面也做出了很大的贡献。”

延安专员：“植树造林，我们做了很大的努力。但是现在存在一个问题，就是山上和坡上的这些土地都被农民承包了。农民需要在这些山坡地种粮食，还要放养羊群，这对农民来说，是一项重要的经济收入。如何解决山坡丘岭地带农民吃饭问题，缓解经济效益与绿化植树、防治水土流失的矛盾，这是摆在政府面前的一个重要问题。”

黄振华：“这个问题，确实是关系农民利益和国家绿化、防治水土流失、综合治理黄土高原的一项重大决策问题。有没有可能通过退耕还林的办法来解决？黄土高原上，在贫瘠的土地上种粮食，靠天吃饭，广种薄收，打的那点粮食不够我们对环境进行治理所付出的代价。那么为什么还要种粮食作物呢？有没有可能做到退耕还林？”

延安专员：“退耕还林可以做到，但是要给承包的农民以粮食作为补贴。这样农民才有积极性在承包的土地上种草种树。”

黄振华：“你们对绿化造林，改善延安的生态环境，还有什么建议？”

延安专员：“退耕还林，以粮代赈，封山育林，个体承包。”

黄振华：“我会把你们的意见反映到林业部和国务院。”

宾馆，黄振华在桌子前写下了：“退耕还林、封山绿化、个体承包、以粮代赈——延安绿化植树防治水土流失的调研报告。”

驼城家里院子，有人按门铃。赫冬梅打开院子的大门，进来了一个高高大大的后生。

杨硕：“赫老师，你不认识我啦？我是杨硕。”赫冬梅：“你是杨硕？这要走到大街上，我绝对不敢认你。十多年没见，你的变化也太大了。”

杨硕：“赫老师，你没怎么变化，我肯定认识你。”

赫冬梅：“上次在大街上碰见你妈，说你上研究生了，现在毕业了？”

杨硕：“毕业了，我被分到地区水利局。”

赫冬梅：“你妈说，你爸那个时候就知道修渠打坝，而你现在搞的是节水灌溉。”

杨硕：“那是我上研究生时，写毕业论文的专业研究课题。”

黄跃生端上茶水，递到杨硕手里。黄跃生：“你是研究节水灌溉的吗？我们也正在驼城做节水灌溉技术与太阳能水泵相结合的实验，摒弃了传统对水资源大量耗费的漫灌方式，根据树种在不同生长期的需要，分别采取喷灌、滴灌方式，为树种提供所需水分。”

杨硕：“你搞的这个课题我非常感兴趣。什么时候方便？能让我参观一下吗？”

黄跃生：“当然可以。目前我在和清华大学合作搞这个课题，如果搞成了，还需要你帮忙推广呢。”

黄振华的办公室，机要秘书：“黄部长，你在延安关于退耕还林的调研报告上了内参，还有总理的重要批示，部长让您看一下。”

黄丽莹带着叶志龙看母亲。赫冬梅：“志龙来了，快进来。丽莹说你一天很忙。”

叶志龙：“阿姨，我们的房子都已经装修好了，家也收拾利索了。您什么时候视察一下？看看还缺什么少什么，我好补办。”黄丽莹：“这么笨，这句话还说不出来。妈，我们想暑假结婚。”赫冬梅：“暑假很快就到了。你怎么才告诉我呀？咱们还什么也没准备呢。”

黄丽莹：“都准备好了。我姐姐说，爸妈也没什么钱，你们的工资都供我们上学了。所以我的所有的电器陪嫁都是我姐姐给的。”赫冬梅：“过日子，光有电视、冰箱、洗衣机就够了？家具、铺盖被褥、灶具、碗筷一茬东西你都准备好了？”黄丽莹：“这些东西需要的时候再买。”赫冬梅：“好了，这些东西妈给你准备，嫁女儿嘛。你姐姐结婚家里什么都没给，我老觉得心里过意不去。你结婚，我一定得买些东西给你作陪嫁。”

驼城宾馆会议厅，召开世界沙地开发利用国际学术研讨会。

主持人：“由中国科协和中国林学会发起组织的‘沙地开发利用国际学术研讨会’在驼城胜利召开。下面请中国科委副主任成树作报告。”

成树：“我报告的题目是‘从驼城治沙看沙漠化逆转的希望与前景’……”

主持人：“下边请中国林业部副部长黄振华作报告。”

黄振华：“我报告的题目是‘沙地的治理与综合开发利用探索’……”

以色列、日本、美国、加拿大等国的代表分别发言。

婚礼大厅，黄丽莹与叶志龙在大门口迎接亲朋好友。黄振华带着成树来到了婚礼大厅门口。黄振华：“你们这婚礼赶得真巧，我们正在开会，我把你成树姑姑也请来参加你们的婚礼。”

成树：“祝你们新婚快乐！”

黄丽莹、叶志龙：“爸爸好！姑姑好！”

婚礼上，司仪：“新娘的父亲正在参加国际研讨会，他从会场赶来，参加女儿和女婿的婚礼。现在我们请他讲话。”

黄振华：“今天我的女儿黄丽莹结婚了。孩子结婚，说明成人了，就要过上一种新的生活，将要为人妻、为人媳、为人母。希望我的女儿扮演好这几个角色，做一个贤良的妻子、孝顺的儿媳和女儿、慈爱的母亲。同时还要做好本职工作，处理好工作和家庭的关系，要做一个对社会对国家有用的人才。祝我女儿女婿白头偕老，夫妻二人互敬、互爱、互助，过上幸福美满的生活。今天，还有一位重要的客人，是孩子的姑姑，请她上来讲几句话。”

成树：“我是黄丽莹的姑姑，是没有血缘、胜似血缘的关系。我和她爸爸是同学，她奶奶是我爸爸的救命恩人，他俩互称姐弟，我妹妹是在驼城这个地方牺牲的，成为烈士。这说明我与驼城有缘，与沙漠有缘。不久前，我被选为中国沙漠学会的理事长。我的哥哥，也就是新娘的父亲是副理事长，我们都为中国治沙事业做了一些工作。今天在孩子的婚礼上，我要说驼城为全国治沙树立了榜样。你们都是驼城人，我要感谢你们为中国治沙事业做出的贡献，祝驼城人民生活幸福！祝我的侄女小两口家庭幸福、生活美满！”

黄振华正在办公室看报。《人民日报》头版头条：“国务院总理在延安视察时指出：‘退耕还林，封山育林，绿化造林，以粮代赈。’”

黄振华读着读着笑了：“得到了总理的肯定和重视，延安的退耕还林一定会取得更大的成绩！”

赫冬梅退休了。她来到了西安大女儿家。赫冬梅：“这次我来西安是想看看我的外孙。你爸爸还说，让我有时间可以帮你们带孩子。”

黄丽莎：“你退了休，别想着给我们带孩子了。你应该到北京陪陪我爸爸，我爸爸年龄也大了，生活上需要人照顾。”

赫冬梅：“是啊，你爸爸工作很辛苦，人也很憔悴。但是他让我来，我不能不来呀。”

黄丽莎：“妈，我们的孩子都大了，马上上幼儿园。再说我婆婆也退休了，我们家又有保姆，你不用操心。你就到北京去照顾照顾我爸爸。我爸爸虽然是领导，但是东奔西跑，工作压力又大，吃饭有一顿没一顿的，也不讲究营养。”

赫冬梅：“你既然不需要我，我就去北京了。和我的外孙外孙女玩两天，我就走了。”

北京的家里，赫冬梅做了一桌子美味佳肴。

黄振华：“你妈一回来，这房子就像个家了，有热气了。”赫冬梅：“孩子们不需要我帮忙，让我回来照顾你。我退休了，就一心一意照顾你的生活。”

黄振华：“二女儿那儿还好吧？”

赫冬梅：“二女儿的公公婆婆待在家，就等着抱孙子了。叫孩子们吃饭吧。跃生！俊生！吃饭了！”

黄跃生：“俊生正写他的毕业论文，马上就来。”

赫冬梅：“你两个姐姐都结婚了，你也该考虑个人问题了。”黄跃生：“好的，最近就给你带回来。”妈妈吃惊地问：“你真的有女朋友？是哪儿的人？”

黄跃生：“清华大学，和我一个课题组。实际上你见过，那个时候没有确定关系，你可能没注意到。她还到我们家来过。”

赫冬梅：“她家是哪儿的？”黄跃生：“北京的，普通家庭。”

赫冬梅：“普通人家好，既然你确定了恋爱关系，那就带她到家来玩。”

黄俊生出来了：“他的女朋友早都带家来过了。我见过，长得还不错。”

黄振华：“既然看上人家，就要对人家负责任。确定了关系，哪天带回来让我们见一见。男大当婚，女大当嫁，婚姻大事不是儿戏，要认真对待。”

黄振华吃饭的时候抻了抻脖子。赫冬梅：“是不是饭菜硬了？”黄振华：“最近吃饭，老觉得吞咽有点困难，好像喉咙长了个刺儿一样。”赫冬梅：“明天我陪你到医院检查一下。”

黄振华：“明天我有会，没有时间。”赫冬梅：“星期天总有时间吧？”

医院里，赫冬梅和黄秀华陪黄振华做检查。黄跃生跑前跑后去交费、排队。

家里，黄秀华：“嫂子，我哥的检查结果出来了。”赫冬梅：“结果怎么样？”黄秀华：“不好。”赫冬梅：“不会是癌症吧？”

黄秀华流着眼泪点点头。赫冬梅悲伤道：“天呐！怕什么来什么！”黄秀华：“我给成树姐说了，她说让童军姐夫联系了解放军301医院再复查一次。”赫冬梅：“那天我看见他吃饭时，就和妈当年吃饭的时候是一个样子，我心里就发怵。没想到他也得了这个可怕的病！”

部长办公室，部长：“振华同志，中组部征求我的意见，对林业部部长的人选做一个推荐，我推荐了你。实际组织也确实把你作为部长人选在考察。我年龄也快到了，组织会另有安排，你先有一个思想准备。”

黄振华：“谢谢部长对我的信任，但是林业部部长是一个非常重要的岗位。我想向您报告，我最近身体出了点问题。”

部长问：“你最近身体出什么问题了？”

黄振华：“初步检查怀疑是癌症，但我最近还要进一步在别的医院复查，再次核实。”

部长说：“振华同志，这可不是小事。身体可是革命的本钱。需要部里为你做什么，你尽管说吧。”

黄振华：“目前已经联系了解放军301医院，做进一步的检查，看看结果如何。”

部长关切地与他握手：“好，尽快进行检查，结果出来尽早告诉我。祝你身体健康，诸事顺利。”

解放军301医院，成树、童军、赫冬梅、黄秀华陪黄振华做检查。

医生说：“结果出来了，是胃癌。我们建议住院，尽快做手术。”

手术室门外，赫冬梅、黄秀华和三个儿子在门口焦急地等候。医生和护士将黄振华推出手术室。

赫冬梅问：“怎么样？”医生：“手术做得很成功，但是恢复还需要精心护理。”

病房内，赫冬梅对躺在病床上的黄振华说：“都是我的错，没有把你照顾好。”

黄振华虚弱地抓着冬梅的手说：“老婆子，别难过。在我们家，我已经算长寿的了，这都得益于你对我的照顾。”冬梅伤心地说：“我离不开你，万一你有个三长两短，真想和你一起走……”

“净说傻话！活着多好。很抱歉，我没有为你留下什么财产，你却为我培养了五个好儿女。如果我真的不能陪你到老，你要答应我做好三件事。”

冬梅擦了眼泪：“你说吧，我一定为你做好。”

黄振华：“第一件事，是好好活着，教育好我们的儿孙辈，让他们成为对社会有益的人；第二件事是每年攒点钱，到全国和世界各地旅游，许多地方我没去过，你替我走走看看；第三件事是看看驼城那片沙漠变成什么样子了，到你来见我时你要向我汇报。”

冬梅流着眼泪点头：“我都答应你……”

半年以后。在北京到驼城的飞机上，黄振华握着赫冬梅的手：“老婆子，没想到我又活过来了。”

赫冬梅：“多亏了成树和童军他们两口子，联系了全国一流的医院和医生，还给你买了术后的特效药。”“我更要感谢的是你对我的细心照顾。我们回驼城以后，好好过我们的下半辈子。”

季老家院子里，季伯贤：“你回来啦？听说你把部长也谢绝了？”

黄振华：“是啊，退休了，无官一身轻！”

季伯贤：“好啊，向我学习，每天打打太极拳，好好养生吧，剩下的事就让年轻人干吧。”

黄振华：“季老，您是我的老师，更像我的父亲。我听您的，好好养生，争取长寿。”

季伯贤：“我们现在的社会多好啊，好日子还在后头呢。我们就好好享受吧。”

驼城沙漠绿洲，黄振华拉着赫冬梅的手，五个孩子簇拥着他们。

黄振华：“这就是当年的十里沙，今天这里变成了樟子松森林。我大姐就是在这里被狼叼走，死在这里的。当年把我父亲和我大姐埋葬了以后，我妈指着这片沙漠说，让我一辈子远离这沙漠。可是我却跟这个沙漠打了一辈子交道。这都得益于我们今天的这个社会太好了，在共产党的领导下，历届的党政领导和干部、群众齐心协力，持之以恒，终于把这一片毛乌素沙地变成了绿洲。这是我一生中感到最欣慰的事。”

飞机从天上飞过。振华与冬梅抬头望着天空。振华拉着冬梅向樟子松森林的纵深走去。大地被绿色植被笼罩着，一排排防护林与一条水渠环绕着一片片农田、一栋栋新农村的房屋……

今日驼城的美丽景色，昔日的沙漠已变成了绿洲。

根据2017年榆林市林业局提供数据：目前，榆林累计治理水土流失土地2.18万平方公里，占水土流失面积的59.2%；年入黄河泥沙量由5.3亿吨减少到2.9亿吨；造林保存面积2157万亩，林木覆盖率达到33%，湿地面积达到69万亩。2016年全省PM2.5第一个达标，城区二级以上天数达到296天。特别是随着860万亩流动沙地全部得到治理，实现了从荒山秃岭到绿满山川的历史性飞跃，将陕西绿色版图向北推进了400多公里。驼城生态环境建设的成就，很好地诠释了“绿水青山就是金山银山”。

谨以此书献给为陕西省榆林市治沙造林、造福家乡父老做出贡献的人们！

后 记

一滴水可以折射出太阳的光辉，一个故事映射出人间的冷暖，一段历史跳动着时代的脉搏。每当我回到富饶美丽的家乡陕西榆林，感受着暖暖的阳光，呼吸着清新的空气，仰望湛蓝而明朗的天空，聆听亲切的家乡口音，目睹喜气洋洋的脸庞，环顾四周满眼的绿树红花，感到无比幸福与满足。对比儿时苍凉的记忆：一望无际的黄沙，终年不息的黄风沙尘，满街饥肠辘辘、面黄肌瘦的人们，衣衫褴褛的讨饭者……无不让人感慨今天的幸福来之不易，感慨父辈们为建设家乡所付出的辛劳与汗水！然而，当我想到去看望和采访他们时，许多人已垂垂老矣，有的饱受病痛折磨，有的甚至已经离世。在他们即将离我们而去之际，我猛然醒悟：不能忘记他们的过往！不能让他们的故事湮没无闻！我肩负使命：记录他们创造的这段历史，描绘他们的喜怒哀乐与过往生活，叙述他们崇高的理想与追求的目标，歌颂他们平凡而伟大的付出与贡献！

治理沙漠是世界性难题！然而，毛乌素沙地就在榆林，这里开创了飞机播种治理沙漠的先河，卫星测控显示沙漠向北退缩四百多公里的世界奇迹也在这里出现，农田林网化使得农业产值、空气质量、财政收入均位居全省前列。榆林的发展速度，不仅在全国领先，而且在全世界也名列前茅。榆林，一个神奇而美丽的地方，家乡的人们创造了一个又一个奇迹。如果没有自然生态环境的显著改善，就不可能有今天美丽而富裕的榆林。

与榆林治沙造林有关耳熟能详的名字有：惠中权、李守林、杨增占、牛玉琴、石光银、张应龙、朱序弼、郭守旺、赵长庚、漆建忠、屈秋云、杨忠信、刘冰泉、孙桢元、贾厚礼、王静涛、孙忠堂、赵玉彬、田彦如、李建树、刘咸珠、姚敬贤、杨在清、石海源、赵兴国、姬伯雄、解振基等，还有许多不为人知的人。当中这些人，多半已经离世。但他们的音容笑貌、他们的感人故事仍历历在目。

为了撰写这本书，我听母亲讲述往事，采访了父亲的同事和战友——80多岁的刘冰泉和杨忠信等人，聆听他们的亲身经历。杨忠信叔叔还赠送我他的新作《榆林治沙》，捧起这厚重的礼物我感慨万千。书中详细记载了70年的治沙历史、技术、数据、经验和做法。此外，陕西省林业局、榆林市政协、市林草局和榆阳区政协原主席纪生荣等人也为我提供了大量数据和资料。特别是陕西省政协原副主席张社年为《沙城情》撰写了序言，并给予我鼓励和支持。中国作协副主席贾平凹为本书题写书名，中国作协副主席陈彦也为本书撰写了序言。小说本着源于生活、高于生活的创作理念，虽包含虚构情节及人物，但希望读者能够理解。从采访到创作小说历时五年。完稿后，得到了陈彦、贾平凹、雷涛、李震、张阿利、李星、杨琳、王芳闻、董发亮等多位文学名家的好评和推荐，使该书荣获联合国丝路论坛可持续目标征文金奖。经陕西三秦出版社申报、省委宣传部评选，该书还获得了陕西省重大文化精品项目扶持。在此，我要感谢赵建黎、李郁、党秋妮、何飞燕几位总编及编辑韩星、乔文华等人的辛勤付出！感谢榆林市委宣传部和市林业草原局的审读，使这部书得以顺利出版！感谢省委宣传部和省三秦文化研究会的支持！同时，也要感谢所有关心、支持这本书的领导、同事和亲朋好友！

解莉芬　张晓康

2024年12月31日